En busca del tiempo perdido
Marcel Proust

Por el Camino de Swann

Primera Parte

Combray I

Mucho tiempo he estado acostándome temprano. A veces apenas había apagado la bujía, cerrábanse mis ojos tan presto, que ni tiempo tenía para decirme: «Ya me duermo». Y media hora después despertábame la idea de que ya era hora de ir a buscar el sueño; quería dejar el libro, que se me figuraba tener aún entre las manos, y apagar de un soplo la luz; durante mi sueño no había cesado de reflexionar sobre lo recién leído, pero era muy particular el tono que tomaban esas reflexiones, porque me parecía que yo pasaba a convertirme en el tema de la obra, en una iglesia, en un cuarteto, en la rivalidad de Francisco I y Carlos V. Esta figuración me duraba aún unos segundos después de haberme despertado: no repugnaba a mi razón, pero gravitaba como unas escamas sobre mis ojos sin dejarlos darse cuenta de que la vela ya no estaba encendida. Y luego comenzaba a hacérseme ininteligible, lo mismo que después de la metempsicosis pierden su sentido, los pensamientos de una vida anterior; el asunto del libro se desprendía de mi personalidad y yo ya quedaba libre de adaptarme o no a él; en seguida recobraba la visión, todo extrañado de encontrar en torno mío una oscuridad suave y descansada para mis ojos, y aun más quizá para mi espíritu, al cual se aparecía esta oscuridad como una cosa sin causa, incomprensible, verdaderamente oscura. Me preguntaba qué hora sería; oía el silbar de los trenes que, más o menos en la lejanía, y señalando las distancias, como el canto de un pájaro en el bosque, me describía la extensión de los campos desiertos, por donde un viandante marcha de prisa hacia la estación cercana; y el caminito que recorre se va a grabar en su , recuerdo por la excitación que le dan los lugares nuevos, los actos desusados, la charla reciente, los adioses de la despedida que le acompañan aún en el silencio de la noche, y la dulzura próxima del retorno.

Apoyaba blandamente mis mejillas en las hermosas mejillas de la almohada, tan llenas y tan frescas, que son como las mejillas mismas de nuestra niñez. Encendía una cerilla para mirar el reloj.

Pronto serían las doce. Este es el momento en que el enfermo que tuvo que salir de viaje y acostarse en una fonda desconocida, se despierta, sobrecogido por un dolor, y siente alegría al ver una rayita de luz por debajo de la puerta. ¡Qué gozo! Es de día ya. Dentro de un momento los criados se levantarán, podrá llamar, vendrán a darle alivio. Y la esperanza de ser confortado le da valor para sufrir. Sí, ya le parece que oye pasos, pasos que se acercan, que después se van alejando. La rayita de luz que asomaba por debajo de la puerta ya no existe. Es medianoche: acaban de apagar el gas, se marchó el último criado, y habrá que estarse la noche enteró sufriendo sin remedio.

Me volvía a dormir, y a veces ya no me despertaba más que por breves instantes, lo suficiente para oír los chasquidos orgánicos de la madera de los muebles, para abrir los ojos y mirar al calidoscopio de la oscuridad, para saborear, gracias a un momentáneo resplandor de conciencia, el sueño en que estaban sumidos los muebles, la alcoba, el todo aquel del que yo no era más que una ínfima parte, el todo a cuya insensibilidad volvía yo muy pronto a sumarme. Otras veces, al dormirme, había retrocedido sin esfuerzo a una época para siempre acabada de mi vida primitiva, me había encontrado nuevamente con uno de mis miedos de niño, como aquel de que mi tío me tirara de los bucles, y que se disipó .fecha que para mí señala una nueva era. el día que me los cortaron. Este acontecimiento había yo olvidado durante el sueño, y volvía a mi recuerdo tan pronto como acertaba a despertarme para escapar de las manos de mi tío: pero, por vía de precaución, me envolvía la cabeza con la almohada antes de tornar al mundo de los sueños.

Otras veces, así como Eva nació de una costilla de Adán, una mujer nacía mientras yo estaba durmiendo, de una mala postura de mi cadera. Y siendo criatura hija del placer que y estaba a punto de disfrutar, se me figuraba que era ella la que me lo ofrecía. Mi cuerpo sentía en el de ella su propio calor, iba a buscarlo, y yo me despertaba.

Todo el resto de los mortales se me aparecía como cosa muy borrosa junto a esta mujer, de la que me separara hacía un instante: conservaba aún mi mejilla el calor de su beso y me sentía dolorido por el peso de su cuerpo. Si, como sucedía algunas veces, se me representaba con el semblante de una mujer que yo había conocido en la vida real, yo iba a entregarme con todo mi ser a este único fin: encontrarla; lo mismo que esas personas que salen de viaje para ver con sus propios ojos una ciudad deseada, imaginándose que en una cosa real se puede saborear el encanto de lo soñado. Poco a poco el recuerdo se disipaba; ya estaba olvidada la criatura de mi sueño.

Cuando un hombre está durmiendo tiene en torno, como un aro, el hilo de las horas, el orden de los años y de los mundos. Al despertarse, los consulta instintivamente, y, en un segundo, lee el lugar de la tierra en que se halla, el tiempo que ha transcurrido hasta su despertar; pero estas ordenaciones pueden confundirse y quebrarse.

Si después de un insomnio, en la madrugada, lo sorprende el sueño mientras lee en una postura distinta de la que suele tomar para dormir, le bastará con alzar el brazo para parar el Sol; para hacerlo retroceder: y en el primer momento de su despertar no sabrá qué hora es, se imaginará que acaba de acostarse. Si se adormila en una postura aún menos usual y recogida, por ejemplo, sentado en un sillón después de comer, entonces un trastorno profundo se introducirá en los mundos desorbitados, la butaca mágica le hará recorrer a toda velocidad los caminos del tiempo y del espacio, y en el momento de abrir los párpados se figurará que se echó a dormir unos meses antes y en una tierra distinta. Pero a mí, aunque me durmiera en mi cama de costumbre, me bastaba con un sueño profundo que aflojara la tensión de mi espíritu para que éste dejara escaparse el plano del lugar en donde yo me había dormido, y al despertarme a medianoche, como no sabía en dónde me encontraba, en el primer momento tampoco sabía quién era; en mí no había otra cosa que el sentimiento de la existencia en su sencillez, primitiva, tal como puede vibrar en lo hondo de un animal, y hallábame en mayor desnudez de todo que el hombre de las cavernas; pero entonces el recuerdo .y todavía no era el recuerdo del lugar en que me hallaba, sino el de otros sitios en donde yo había vivido y en donde podría estar. descendía hasta mí como un socorro llegado de lo alto para sacarme de la nada, porque yo solo nunca hubiera podido salir; en un segundo pasaba por encima de siglos de civilización, y la imagen borrosamente entrevista de las lámparas de petróleo, de las camisas con cuello vuelto, iban recomponiendo lentamente los rasgos peculiares de mi personalidad.

Esa inmovilidad de las cosas que nos rodean, acaso es una cualidad que nosotros les imponemos, con nuestra certidumbre de que ellas son esas cosas, y nada más que esas cosas, con la inmovilidad que toma nuestra pensamiento frente a ellas. El caso es que cuando yo me despertaba así, con el espíritu en conmoción, para averiguar, sin llegar a lograrlo, en dónde estaba, todo giraba en torno de mí, en la oscuridad: las cosas, los países, los años. Mi cuerpo, demasiado torpe para moverse, intentaba, según fuera la forma de su cansancio, determinar la posición de sus miembros para de ahí inducir la dirección de la pared y el sitio de cada mueble, para reconstruir y dar nombre a la morada que le abrigaba. Su memoria de los costados, de las rodillas, de los hombros, le ofrecía sucesivamente las imágenes de las varias alcobas en que durmiera, mientras que, a su alrededor, la paredes, invisibles, cambiando de sitio, según la forma de la habitación imaginada, giraban en las tinieblas. Y antes de que mi pensamiento, que vacilaba, en el umbral de los tiempos y de las formas, hubiese identificado, enlazado las diversas circunstancias que se le ofrecían, el lugar de que se trataba, el otro, mi cuerpo, se iba acordando para cada sitio de cómo era la cama, de dónde estaban las puertas, dé adónde daban las ventanas, de si había un pasillo, y, además, de los pensamientos que al dormirme allí me preocupaban y que al despertarme volvía a encontrar. El lado anquilosado de mi cuerpo, al intentar adivinar su orientación, se creía, por ejemplo, estar echado de cara a la pared, en un gran lecho con dosel, y yo en seguida me decía: «Vaya, pues, por fin me he dormido, aunque mamá no vino a decirme adiós», y es que estaba en el campo, en casa de mi abuelo, muerto ya hacía tanto tiempo; y mi cuerpo, aquel lado de mi cuerpo en que me apoyaba, fiel guardián de un pasado que yo nunca debiera olvidar, me recordaba la llama de la lamparilla de cristal de Bohemia, en forma de urna, que pendía del techo por leves cadenillas; la chimenea de mármol de Siena, en la alcoba de casa de mis abuelos, en Combray; en aquellos días lejanos que yo me figuraba en aquel momento como actuales, pero sin representármelos con exactitud, y que habría de ver mucho más claro un instante después, cuando me despertara, por completo.

Luego, renacía el recuerdo de otra postura; la pared huía hacia otro lado: estaba en el campo, en el cuarto a mí destinado en casa de la señora de Saint-Loup. ¡Dios mío! Lo menos son las diez.

Ya habrán acabado de cenar. Debo de haber prolongado más de la cuenta esa siesta que me echo todas las tardes al volver de mi paseo con la señora de Saint-Loup, antes de ponerme de frac para ir a cenar. Porque ya han transcurrido muchos años desde aquella época de Combray, cuando, en los días en que más tarde regresábamos a casa, la luz que yo veía en las vidrieras de mi cuarto era el rojizo reflejo crepuscular. Aquí, en Tansonville, en casa de la señora Saint-Loup, hacemos un género de vida muy distinto y es de muy distinto género el placer que experimento en no salir más que de noche, en entregarme, a la luz de la luna, al rumbo de esos caminos en donde antaño jugaba, a la luz del sol; y esa habitación, donde me he quedado dormido olvidando que tenía que vestirme para la cena, la veo desde lejos, cuando volvemos de paseo, empapada en la luz de la lámpara, faro único de la noche.

Estas evocaciones voltarias y confusas nunca duraban más allá de unos segundos; y a veces no me era posible distinguir por separado las diversas suposiciones que formaban la trama de mi incertidumbre respecto al lugar en que me hallaba, del mismo modo que al ver correr un caballo no podemos aislar las posiciones sucesivas que nos muestra el kinetoscopio. Pero, hoy una y mañana otra, yo iba viendo todas las alcobas que había habitado durante mi vida, y acababa por acordarme de todas en las largas soñaciones que seguían a mi despertar; cuartos de invierno, cuando nos acostamos en ellos, la cabeza se acurruca en un nido formado por los más dispares objetos: un rinconcito de la almohada, la extremidad de las mantas, la punta de un mantón, el borde de la cama y un número de los *Débats Roses,* todo ello junto y apretado en un solo bloque, según la técnica de los pájaros, a fuerza de apoyarse indefinidamente encima de ello; cuarto de invierno, donde el placer que se disfruta en los días helados es el de sentirse separado del exterior (como la golondrina de mar que tiene el nido en el fondo de un subterráneo, al calor de la tierra); cuartos en los cuales, como está encendida toda la noche la lumbre de la chimenea, dormimos envueltos en un gran ropón de aire cálido y humoso, herido por el resplandor de los tizones que se reavivan, especie de alcoba impalpable, de cálida caverna abierta en el mismo seno de la habitación, zona ardiente de móviles contornos térmicos, oreadas por unas bocanadas de aire que nos refrescan la frente y que salen de junto a las ventanas, de los rincones de la habitación que están más lejos del fuego y que se enfriaron; cuartos estivales donde nos gusta no separarnos de la noche tibia, donde el rayo de luna, apoyándose en los entreabiertos postigos, lanza hasta el pie de la cama su escala encantada, donde dormimos casi como al aire libre, igual que un abejaruco mecido por la brisa en la punta de una rama; otras veces, la alcoba estilo Luis XVI, tan alegre que ni siquiera la primera noche me sentía desconsolado, con sus columnitas que sostenían levemente el techo y que se apartaban con tanta gracia para señalar y guardar el sitio destinado al lecho; otra vez, aquella alcoba chiquita, tan alta de techo, que se alzaba en forma de pirámide ocupando la altura de dos pisos, revestida en parte de caoba y en donde me sentí desde el primer momento moralmente envenenado por el olor nuevo, desconocido para mí, moralmente la petiveria, y convencido de la hostilidad de las cortinas moradas y de la insolente indiferencia del reloj de péndulo, que se pasaba las horas chirriando, como si allí no hubiera nadie; cuarto en donde un extraño e implacable espejo, sostenido en cuadradas patas, se atravesaba oblicuamente en uno de los rincones de la habitación, abriéndose a la fuerza, en la dulce plenitud de mi campo visual acostumbrado, un lugar que no estaba previsto y en donde mi pensamiento sufrió noches muy crueles afanándose durante horas y horas por dislocarse, por estirarse hacia lo alto para poder tomar cabalmente la forma de la habitación y llenar hasta arriba su gigantesco embudo, mientras yo estaba echado en mi cama, con los ojos mirando al techo, el oído avizor, las narices secas y el corazón palpitante; hasta que la costumbre cambió el color de las cortinas, enseñó al reloj a ser silencioso y al espejo, sesgado y cruel, a ser compasivo; disimuló, ya que no llegara a borrarlo por completo, el olor de la petiveria, e introdujo notable disminución en la altura aparente del techo. ¡Costumbre, celestina mañosa, sí, pero que trabaja muy despacio y que empieza por dejar padecer a nuestro ánimo durante semanas entras, en una instalación precaria; pero que, con todo y con eso, nos llena de alegría al verla llegar, porque sin ella, y reducida a sus propias fuerzas, el alma nunca lograría hacer habitable morada alguna!

Verdad que ahora ya estaba bien despierto, que mi cuerpo había dado el último viraje y el ángel bueno de la certidumbre había inmovilizado todo lo que me rodeaba; me había acostado, arropado en mis mantas, en mi alcoba; había puesto, poco más o menos en su sitio, en medio de la oscuridad, mi cómoda, mi mesa de escribir, la ventana que da a la calle y las dos puertas. Pero era en vano que yo supiera que no estaba en esa morada en cuya presencia posible había yo creído por lo menos, ya que no se me presentara su imagen distinta, en el primer momento de mi despertar; mi memoria ya había recibido el impulso, y, por lo general, ya no intentaba volverme a dormir en seguida; la mayor parte de la noche la pasaba en rememorar nuestra vida de antaño en Combray, en casa de la hermana de mi abuela en Balbec, en París, en Donzières, en Venecia, en otras partes más, y en recordar los lugares, las personas que allí conocí, lo que vi de ellas, lo que de ellas me contaron.

En Combray, todos los días, desde que empezaba a caer la tarde y mucho antes de que llegara el momento de meterme en la cama y estarme allí sin dormir, separado de mi madre y de mi abuela, mi alcoba se convertía en el punto céntrico, fija y doloroso de mis preocupaciones. A mi familia se le había ocurrido, para distraerme aquellas noches que me veían con aspecto más tristón, regalarme un linterna mágica; y mientras llegaba la hora de cenar, la instalábamos en la lámpara de mi cuarto; y la linterna, al modo de los primitivos arquitectos y maestros vidrieros de la época gótica, substituida la opacidad de las paredes por irisaciones impalpables, por sobrenaturales apariciones multicolores, donde se dibujaban las leyendas como en un vitral fugaz y tembloroso. Pero con eso mi tristeza se acrecía más aún porque bastaba con el cambio de iluminación para destruir la costumbre que yo ya tenía de mi cuarto, y gracias a la cual me era soportable la habitación, excepto en el momento de acostarme. A la luz de la linterna no reconocía mi alcoba, y me sentía desosegado, como en un cuarto de fonda o de «chalet» donde me hubiera alojado por vez primera al bajar del tren.

Al paso sofrenado de su caballo, Golo, dominado por un atroz designio, salía del bosquecillo triangular que aterciopelaba con su sombrío verdor la falda de una colina e iba adelantándose a saltitos hacia el castillo de Genoveva de Brabante. La silueta de este castillo se cortaba en una línea curva, que no era otra cosa que el borde de uno de los óvalos de vidrio insertados en el marco de madera que se introducía en la ranura de la linterna. No era, pues, más que un lienzo de castillo que tenía delante una landa, donde Genoveva, se entregaba a sus ensueños; llevaba Genoveva un ceñidor celeste.

El castillo y la landa eran amarillos, y yo no necesitaba esperar a verlos para saber de qué color eran porque antes de que me lo mostraran los cristales de la linterna ya me lo había anunciado con toda evidencia la áureo-rojiza sonoridad del nombre de Brabante. Golo se paraba un momento para escuchar contristado el discurso que mi tía leía en alta voz y que Golo daba muestras de comprender muy bien, pues iba ajustando su actitud a las indicaciones del texto, con docilidad no exenta de cierta majestad; y luego se marchaba al mismo paso sofrenado con que llegó. Si movíamos la linterna, yo veía al caballo de Golo, que seguía, avanzando por las cortinas del balcón, se abarquillaba al llegar a las arrugas de la tela y descendía en las aberturas. También el cuerpo de Golo era de una esencia tan sobrenatural como su montura, y se conformaba a todo obstáculo material, a cualquier objeto que se le opusiera en su camino, tomándola como osamenta, e internándola dentro de su propia forma, aunque fuera el botón de la puerta, al que se adaptaba en seguida para quedar luego flotando en él su roja vestidura, o su rostro pálido, tan noble y melancólico siempre, y que no dejaba traslucir ninguna inquietud motivada por aquella transverberación.

Claro es que yo encontraba cierto encanto en estas brillantes proyecciones que parecían emanar de un pasado merovingio y paseaban por mi alrededor tan arcaicos reflejos de historia. Pero, sin embargo, es indecible el malestar que me causaba aquella intrusión de belleza y misterio en un cuarto que yo había acabado por llenar con mi personalidad, de tal modo, que no le concedía más atención que a mi propia persona. Cesaba la influencia anestésica de la costumbre, y me ponía a pensar y asentir, cosas ambas muy tristes. Aquel botón de la puerta de mi cuarto, que para mí se diferenciaba de todos los botones de puertas del mundo en que abría solo, sin que yo tuviese que darle vuelta, tan inconsciente había llegado a serme su manejo, le veía ahora sirviendo de cuerpo astral a Golo. Y en cuanto oía la campanada que llamaba a la cena me apresuraba a correr al comedor, donde la gran lámpara colgante, que no sabía de Golo ni de Barba Azul, y que tanto sabía de mis padres y de los platos de vaca rehogada, daba su luz de todas las noches; y caía en brazos de mamá, a la que me hacían mirar con más cariño los infortunios acaecidos a Genoveva, lo mismo que los crímenes de Golo me movían a escudriñar mi conciencia con mayores escrúpulos.

Y después de cenar, ¡ay!, tenía que separarme de mamá, que se quedaba hablando con los otros, en el jardín, si hacía buen tiempo, o en la salita, donde todos se refugiaban si el tiempo era malo. Todos menos mi abuela, que opinaba que «en el campo es una pena estarse encerrado», y sostenía constantemente discusiones con mi padre, los días que llovía mucho, porque me mandaba a leer a mi cuarto en vez de dejarme estar afuera. «Lo que es así nunca se le hará un niño fuerte y enérgico .decía tristemente., y más esta criatura, que tanto necesita ganar fuerzas y voluntad.» Mi padre se encogía de hombros y se ponía a mirar el barómetro, porque le gustaba la meteorología, y mientras, mi madre, cuidando de no hacer ruido para no distraerlo, lo miraba con tierno respeto, pero sin excesiva fijeza, como sin intención de penetrar en el misterio de su superioridad. Pero mi abuela, hiciera el tiempo que hiciera, aun en los días en que la lluvia caía firme, cuando Francisca entraba en casa precipitadamente los preciosos sillones de mimbre, no fueran a mojarse, se dejaba ver en el jardín, desierto y azotado por la lluvia, levantándose los mechones de cabello gris y desordenado para que su frente se empapara más de la salubridad del viento y del agua. Decía: «Por fin, respiramos», recorriendo las empapadas calles del jardín .calles alineadas con excesiva simetría y según su gusto por el nuevo jardinero, que carecía del sentimiento de la naturaleza, aquel jardinero a quien mi padre preguntaba desde la mañana temprano si se arreglaría el tiempo. con su menudo paso entusiasta y brusco, paso al que daban la norma los varios movimientos que despertaban en su alma la embriaguez de la tormenta, la fuerza de la higiene, la estupidez de mi educación y la simetría de los jardines, en grado mucho mayor que su inconsciente deseo de librar a su falda color cereza de esas manchas de barro que la cubrían hasta una altura tal que desesperaban a su doncella. Cuando estas vueltas por el jardín las daba mi abuela, después de cenar, una cosa había capaz de hacerla entrar en casa: y era que, en uno de esos momentos en que la periódica revolución de sus paseos la traía como un insecto frente a las luces de la salita en donde estaban servidos los licores, en la mesa de jugar, le gritara mi tía: «Matilde, ven y no dejes a tu marido que beba coñac».

Como a mi abuelo le habían prohibido los licores, mi tía para hacerla rabiar (porque había llevado a la familia de mi padre un carácter tan diferente, que todos le daban bromas y la atormentaban), le hacía beber unas gotas. Mi abuela entraba a pedir vivamente a su marido que no probara el coñac; enfadábase él y echaba su trago, sin hacer caso; entonces mi abuela tornaba a salir, desanimada y triste, pero sonriente sin embargo, porque era tan buena y de tan humilde corazón, que su cariño a los demás y la poca importancia que a sí propia se daba se armonizaban dentro de sus ojos en una sonrisa, sonrisa que, al revés de las que vemos en muchos rostros humanos, no encerraba ironía más que hacia su misma persona, y para nosotros era como el besar de unos ojos que no pueden mirar a una persona querida sin acariciarla apasionadamente. Cosas son ésas como el suplicio que mi tía infligía a mi abuela, como el espectáculo de las vanas súplicas de ésta, y de su debilidad de carácter, ya rendida antes de luchar, para quitar a mi abuelo su vaso de licor, a las que nos acostumbramos más tarde hasta el punto de llegar a presenciarlas con risa y a ponernos de parte del perseguidor para persuadirnos a nosotros mismos de que no hay tal persecución; pero entonces me inspiraban tal horror, que de buena gana hubiera pegado a mi tía. Pero yo, en cuanto oía la frase: «Matilde, ven y no dejes a tu marido que beba coñac», sintiéndome ya hombre por lo cobarde, hacía lo que hacemos todos cuando somos mayores y presenciamos dolores e injusticias: no quería verlo, y me subía a llorar a lo más alto de la casa, junto al tejado, a una habitacioncita que estaba al lado de la sala de estudio, que olía a lirio y que estaba aromada, además, por el perfume de un grosellero que crecía afuera, entre las piedras del muro, y que introducía una rama por la entreabierta ventana. Este cuarto, que estaba destinado a un uso más especial y vulgar, y desde el cual se dominaba durante el día claro hasta el torreón de Roussainville-le-Pin, me sirvió de refugio mucho tiempo, sin duda por ser el único donde podía encerrarme con llave, para aquellas de mis ocupaciones que exigían una soledad inviolable: la lectura, el ensueño, el llanto y la voluptuosidad. Lo que yo ignoraba entonces es que mi falta de voluntad, mi frágil salud y la incertidumbre que ambas cosas proyectaban sobre mi porvenir contribuían, en mayor y más dolorosa proporción que las infracciones de régimen de su marido, a las preocupaciones que ocupaban a mi abuela durante las incesantes deambulaciones de por la tarde o por la noche, cuando la veíamos pasar y repasar, alzado un poco oblicuamente hacia el cielo aquel hermoso rostro suyo, de mejillas morenas y surcadas por unas arrugas que, al ir haciéndose vieja, habían tomado un tono malva como las labores en tiempo de otoño;

arrugas, cruzadas, si tenía que salir, por las rayas de un velillo a medio alzar, y en las que siempre se estaba secando una lágrima involuntaria, caída entre aquellos surcos por causa del frío o de un pensamiento penoso.

Al subir a acostarme, mi único consuelo era que mamá habría de venir a darme un beso cuando ya estuviera yo en la cama.

Pero duraba tan poco aquella despedida y volvía mamá a marcharse tan pronto, que aquel momento en que la oía subir, cuando se sentía por el pasillo de doble puerta el leve roce de su traje de jardín, de muselina blanca con cordoncitos colgantes de paja trenzada, era para mí un momento doloroso. Porque anunciaba el instante que vendría después, cuando me dejara solo y volviera abajo. Y por eso llegué a desear que ese adiós con que yo estaba tan encariñado viniera lo más tarde posible y que se prolongara aquel espacio de tregua que precedía a la llegada de mamá. Muchas veces, cuando ya me había dado un beso e iba a abrir la puerta para marcharse, quería llamarla, decirle que me diera otro beso, pero ya sabía que pondría cara de enfado, porque aquella concesión que mamá hacía a mi tristeza y a mi inquietud subiendo a decirme adiós, molestaba a mi padre, a quien parecían absurdos estos ritos; y lo que ella hubiera deseado es hacerme perder esa costumbre, muy al contrario de dejarme tomar esa otra nueva de pedirle un beso cuando ya estaba en la puerta. Y el verla enfadada destrozaba toda la calma que un momento antes me traía al inclinar sobre mi lecho su rostro lleno de cariño, ofreciéndomelo como una ostia para una comunión de paz, en la que mis labios saborearían su presencia real y la posibilidad de dormir. Pero aun eran buenas esas noches cuando mamá se estaba en mi cuarto tan poco rato, por comparación con otras en que había invitados a cenar y mamá no podía subir. Por lo general, el invitado era el señor Swann, que, aparte de los forasteros de paso era la única visita que teníamos en Combray, unas noches para cenar, en su calidad de vecino (con menos frecuencia desde que había hecho aquella mala boda, porque mis padres no querían recibir a su mujer), y otras después de cenar, sin previo aviso. Algunas noches, cuando estábamos sentados delante de la casa alrededor de la mesa de hierro, cobijados por el viejo castaño, oíamos al extremo del jardín, no el cascabel chillón y profuso que regaba y aturdía a su paso con un ruido ferruginoso, helado e inagotable, a cualquier persona de casa que le pusiera en movimiento al entrar sin llamar, sino el doble tintineo, tímido, oval y dorado de la campanilla, que anunciaba a los de fuera; y en seguida todo el mundo se preguntaba: «Una visita. ¿Quién será?», aunque sabíamos muy bien que no podía ser nadie más que el señor Swann; mi tía, hablando en voz alta, para predicar con el ejemplo, y tono que quería ser natural, nos decía que no cuchicheáramos así, que no hay nada más descortés que eso para el que llega, porque se figura que están hablando de algo que él no debe oír, y mandábamos a la descubierta a mi abuela, contenta siempre de tener un pretexto para dar otra vuelta por el jardín, y que de paso se aprovechaba para arrancar subrepticiamente algunos rodrigones de rosales, con objeto de que las rosas tuvieran un aspecto más natural, igual que la madre que con sus dedos ahueca la cabellera de su hijo porque el peluquero dejara el peinado liso por demás.

Nos quedamos todos pendientes de las noticias del enemigo que la abuela nos iba a traer, como si dudáramos entre un gran número de posibles asaltantes, y en seguida mi abuelo decía: «Me parece la voz de Swann». En efecto: sólo por la voz se lo reconocía; no se veía bien su rostro, de nariz repulgada, ojos verdes y elevada frente rodeada de cabellos casi rojos, porque en el jardín teníamos la menos luz posible, para no atraer los mosquitos; y yo iba, como el que no hace nada, a decir que trajeran los refrescos, cosa muy importante a los ojos de mi abuela, que consideraba mucho más amable que los refrescos estuvieran allí como por costumbre y no de modo excepcional y para las visitas tan sólo. El señor Swann, aunque mucho más joven, tenía mucha amistad con mi abuelo, que había sido uno de los mejores amigos de su padre, hombre éste, según decían, excelente, pero muy raro, y que, a veces, por una nadería atajaba bruscamente los impulsos de su corazón o desviaba el curso de su pensamiento. Yo había oído contar a mi abuelo, en la mesa, varias veces al año las mismas anécdotas sobre la actitud del señor Swann, padre, a la muerte de su esposa, a quien había asistido en su enfermedad, de día y de noche. Mi abuelo, que no lo había visto hacía mucho tiempo, corrió a su lado, a la posesión que tenían los Swann al lado de Combray; y con objeto de que no estuviera delante en el momento de poner el cadáver en el ataúd, logró mi abuelo sacar al señor Swann de la cámara mortuoria, todo lloroso. Anduvieron un poco por el jardín, donde había algo de sol, y, de pronto, el señor Swann, agarrando a mi abuelo por el brazo, exclamó «¡Ah, amigo mío, qué gusto da pasearse juntos con este tiempo tan hermoso! ¿Qué, no es bonito todo esto, los árboles, los espinos, el estanque? Por cierto que no me ha dicho usted si le agrada mi estanque. ¡Qué cara tan mustia tiene usted! Y de este airecito que corre, ¿qué me dice? Nada, nada, amigo mío, digan lo que quieran hay muchas cosas buenas en la vida». De pronto, volvía el recuerdo de su muerta; y pareciéndole sin duda cosa harto complicada el averiguar cómo había podido dejarse llevar en semejantes instantes por un impulso de alegría, se contentaba con recurrir a un ademán que le era familiar cada vez que se le presentaba una cuestión ardua: pasarse la mano por la frente y secarse los ojos y los cristales de los lentes. No pudo consolarse de la pérdida de su mujer; pero en los dos años que la sobrevivió, decía a mi abuelo: «¡Qué cosa tan rara! Pienso muy a menudo en mi pobre mujer; pero mucho, mucho de una vez no puedo pensar en ella». Y «a menudo, pero poquito de una vez, como el pobre Swann», pasó a ser una de las frases favoritas de mi abuelo, que la decía a propósito de muy distintas cosas. Y hubiera tenido por un monstruo a aquel padre de Swann, si mi abuelo, que yo estimaba como mejor juez, y cuyo fallo al formar jurisprudencia para mí me ha servido luego muchas veces para absolver faltas que yo me hubiera inclinado a condenar, no hubiera gritado: «Pero, ¿cómo? ¡Si era un corazón de oro!»

 Durante muchos años, y a pesar de que el señor Swann iba con mucha frecuencia, sobre todo antes de casarse, a ver a mis abuelos y a mi tía, en Combray, no sospecharon los de casa que Swann ya no vivía en el mismo medio social en que viviera su familia, y que, bajo aquella especie de incógnito que entre nosotros le prestaba el nombre de Swann, recibían .con la misma perfecta inocencia de un honrado hostelero que tuviera en su casa, sin saberlo, a un bandido célebre. a uno de los más elegantes socios del Jockey Club, amigo favorito del conde de París y del príncipe de Gales y uno de los hombres más mimados en la alta sociedad del barrio de Saint-Germain.

 Nuestra ignorancia de esa brillante vida mundana que Swann hacía se basaba, sin duda, en parte, en la reserva y discreción de su carácter; pero también en la idea, un tanto india, que los burgueses de entonces se formaban de la sociedad, considerándola como constituida por castas cerradas, en donde cada cual, desde el instante de su nacimiento, encontrábase colocado en el mismo rango que ocupaban sus padres, de donde nada, como no fueran el azar de una carrera excepcional o de un matrimonio inesperado, podría sacarle a uno para introducirle en una casta superior. El señor Swann, padre, era agente de cambio; el «chico Swann» debía, pues, formar parte para toda su vida de una casta en la cual las fortunas, lo mismo que en una determinada categoría de contribuyentes, variaban entre tal y tal cantidad de renta. Era cosa sabida con qué gente se trataba su padre; así que se sabía también con quién se trataba el hijo y cuáles eran las personas con quienes «podía rozarse». Y si tenía otros amigos serían amistades de juventud, de esas ante las cuales los amigos viejos de su casa, como lo eran mis abuelos, cerraban benévolamente los ojos; tanto más cuanto que, a pesar de estar ya huérfano, seguía viniendo a vernos con toda fidelidad; pero podría apostarse que esos amigos suyos que nosotros no conocíamos, Swann no se hubiera atrevido a saludarlos si se los hubiera encontrado yendo con nosotros.

Y si alguien se hubiera empeñado en aplicar a Swann un coeficiente social que lo distinguiera entre los demás hijos de agentes de cambio deposición igual a la de sus padres, dicho coeficiente no hubiera sido de los más altos, porque Swann, hombre de hábitos sencillos y que siempre tuvo «chifladura» por las antigüedades y los cuadros, vivía ahora en un viejo Palacio, donde iba amontonando sus colecciones, y que mi abuela estaba soñando con visitar, pero situado en el muelle de Orleáns, en un barrio en el que era denigrante habitar, según mi tía. « ¿Pero entiende usted algo de eso? Se lo pregunto por su propio interés, porque me parece que los comerciantes de cuadros le deben meter muchos mamarrachos», le decía mi tía; no creía ella que Swann tuviera competencia alguna en estas cosas, y, es más, no se formaba una gran idea, desde el punto de vista intelectual, de un hombre que en la conversación evitaba los temas serios y mostraba una precisión muy prosaica, no sólo cuando nos daba recetas de cocina, entrando en los más mínimos detalles, sino también cuando las hermanas de mi abuela hablaban de temas artísticos. Invitado por ellas a dar su opinión o a expresar su admiración hacia un cuadro, guardaba un silencio que era casi descortesía, y, en cambio, se desquitaba si le era posible dar una indicación material sobre el Museo en que se hallaba o la fecha en que fue pintado. Pero, por lo general, contentábase con procurar distraernos contándonos cada vez una cosa nueva que le había sucedido con alguien escogido de entre las personas que nosotros conocíamos; con el boticario de Combray, con nuestra cocinera o nuestro cochero. Y es verdad que estos relatos hacían reír a mi tía, pero sin que acertara a discernir si era por el papel ridículo con que Swann se presentaba así propio en estos cuentos, o por el ingenio con que los contaba. Y le decía: «Verdaderamente es usted un tipo único, señor Swann». Y como era la única persona un poco vulgar de la familia nuestra, cuidábase mucho de hacer notar a las personas de fuera cuando de Swann se hablaba, que, de quererlo, podría vivir en el bulevar Haussmann o en la avenida de la Ópera, que era hijo del señor Swann, del que debió heredar cuatro o cinco millones, pero que aquello del muelle de Orléans era un capricho suyo. Capricho que ella miraba como una cosa tan divertida para los demás, que en París, cuando el señor Swann iba el día primero de año a llevarle su saquito de *marrons glacés*, nunca dejaba de decirle, si había gente: «¿Qué, Swann, sigue usted viviendo junto a los depósitos de vino, para no perder el tren si tiene que ir camino de Lyón?» Y miraba a los otros visitantes con el rabillo del ojo, por encima de su lente.

Pero si hubieran dicho a mi tía que ese Swann .que como tal Swann hijo estaba perfectamente «calificado» para entrar en los salones de toda la «burguesía», de los notarios y procuradores más estimados (privilegio que él abandonaba a la rama femenina de su familia)., hacía una vida enteramente distinta, como a escondidas, y que, al salir de nuestra casa en París, después de decirnos que iba a acostarse, volvía sobre sus pasos apenas doblaba la esquina para dirigirse a una reunión de tal calidad que nunca fuera dado contemplarla a los ojos de ningún agente de cambio ni de socio de agente, mi tía hubiera tenido una sorpresa tan grande como pudiera serlo la de una dama más leída al pensar que era amiga personal de Aristeo, y que Aristeo, después de hablar con ella, iba a hundirse en lo hondo de los reinos de Tetis en un imperio oculto a los ojos de los mortales y en donde, según Virgilio, le reciben a brazos abiertos; o .para servirnos de una imagen que era más probable que acudiera a la mente de mi tía, porque la había visto pintada en los platitos para dulces de Combray. que había tenido a cenar á Alí Babá, ese Alí Babá que, cuando se sepa solo, entrará en una caverna resplandeciente de tesoros nunca imaginados.

Un día en que, estando en París, vino de visita después de cenar, excusándose porque iba de frac, Francisca nos comunicó, cuando Swann se hubo marchado, que, según le había dicho su cochero, había cenado «en casa de una princesa», mi tía contestó, encogiéndose de hombros y sin alzar los ojos de su labor: «Sí, en casa de una princesa de cierta clase de mujeres habrá sido».

Así que mi tía lo trataba de un modo altanero. Como creía que nuestras invitaciones debían ser para él motivo de halago, le parecía muy natural que nunca fuera a vernos cuando era verano sin llevar en la mano un cestito de albaricoques o frambuesas de su jardín, y que de cada viaje que hacía a Italia me trajera fotografías de obras de arte célebres.

No teníamos escrúpulo en mandarlo llamar en cuanto se necesitaba una receta de salsa *gribiche,* o de ensalada de piña, para comidas de etiqueta a las cuales no se lo invitaba, por considerar que no tenía prestigio suficiente para presentarle a personas de fuera que iban a casa por primera vez. Si la conversación recaía sobre los príncipes de la Casa de Francia, mi tía hablaba de ellos diciendo: «Personas que ni usted ni yo conoceremos nunca, ni falta que nos hace, ¿verdad?», y se dirigía a Swann, que quizá tenía en el bolsillo una carta de Twickenham, y le mandaba correr al piano y volver la hoja las noches en que cantaba la hermana de mi abuela, mostrando para manejar a este

Swann, tan solicitado en otras partes, la ingenua dureza de un niño que juega con un cacharro de museo sin más precauciones que con un juguete barato. Sin dada, el Swann que hacia la misma época trataran tantos *clubmen*, no tenía nada que ver con el que creaba mi tía, con aquel oscuro e incierto personaje, que a la noche, en el jardincillo de Combray, y cuando habían sonado los dos vacilantes tintineos de la campanilla, se destacaba sobre un fondo de tinieblas, identificable solamente por su voz, y al que mi tía rellenaba y vivificaba con todo lo que sabía de la familia Swann. Pero ni siquiera desde el punto de vista de las cosas más insignificantes de la vida somos los hombres un todo materialmente constituido, idéntico para todos, y del que cualquiera puede enterarse como de un pliego de condiciones o de un testamento; no, nuestra personalidad social es una creación del pensamiento de los demás. Y hasta ese acto tan sencillo que llamamos «ver a una persona conocida» es, en parte, un acto intelectual. Llenamos la apariencia física del ser que está ante nosotros con todas las nociones que respecto a él tenemos, y el aspecto total que de una persona nos formamos está integrado en su mayor parte por dichas nociones. Y ellas acaban por inflar tan cabalmente las mejillas, por seguir con tan perfecta adherencia la línea de la nariz, y por matizar tan delicadamente la sonoridad de la voz, como si ésta no fuera más que una transparente envoltura, que cada vez que vemos ese rostro y oímos esa voz, lo que se mira y lo que se oye son aquellas nociones. Indudablemente, en el Swann que mis padres se habían formado omitieron por ignorancia una multitud de particularidades de su vida mundana, que eran justamente la causa de que otras personas, al mirarle, vieran cómo todas las elegancias triunfaban en su rostro, y se detenían en su nariz pellizcada, como en su frontera natural; pero, en cambio, pudieron acumular en aquella cara despojada de su prestigio, vacante y espaciosa, y en lo hondo de aquellos ojos, preciados menos de lo justo, el vago y suave sedimento .medio recuerdo y medio olvido. que dejaron las horas de ocio pasadas en su compañía después de cada comida semanal alrededor de la mesita de juego, o en el jardín, durante nuestra vida de amistosa vecindad campesina. Con esto, y con algunos recuerdos relativos a sus padres, estaba tan bien rellena la envoltura corporal de nuestro amigo, que aquel Swann llegó a convertirse en un ser completo y vivo, y que yo siento la impresión de separarme de una persona para ir hacia otra enteramente distinta, cuando en mi memoria pasó del Swann que más tarde conocí con exactitud a ese primer Swann .a ese primer Swann en el que me encuentro con los errores amables de mi juventud, y que además se parece menos al otro. Swann de después que a las personas que yo conocía en la misma época, como si pasara con nuestra vida lo que con un museo en donde todos los retratos de un mismo tiempo tienen un aire de familia y una misma tonalidad., a ese primer Swann, imagen del ocio; perfumado por el olor del viejo castaño, de los cestillos de frambuesas y de una brizna de estragón.

Y, sin embargo, un día que mi abuela tuvo que ir a pedir un favor a una señora que había conocido en el Sagrado Corazón (y con la que no había seguido tratándose, a pesar de una recíproca simpatía por aquella idea nuestra de las castas), la marquesa de Villeparisis, de la célebre familia de los Bouillon, esta señora le dijo: «Creo que conoce usted mucho a un gran amigo de mis sobrinos los de Laumes, el señor Swann». Mi abuela volvió de su visita entusiasmada por la casa, que daba a un jardín, y adonde la marquesa le había aconsejado que se fuera a vivir, y entusiasmada también por un chalequero y su hija, que tenían en el patio una tiendecita, donde entró mi abuela a que le dieran una puntada en la falda que se le había roto en la escalera.

A mi abuela le habían parecido gentes perfectas, y declaraba que la muchacha era una perla y el chalequero el hombre mejor y más distinguido que vio en su vida. Porque para ella la distinción era cosa absolutamente independiente del rango social. Se extasiaba al pensar en una respuesta del chalequero, y decía a mamá «Sevigné no lo hubiera dicho mejor»; y en cambio contaba de un sobrino de la señora de Villeparisis que había encontrado en su casa: «¡Si vieras qué ordinario es, hija mía!»

Lo que dijo de Swann tuvo por resultado no el realzar a éste en la opinión de mi tía, sino de rebajar a la señora de Villeparisis.

Parecía que la consideración que, fiados en mi abuela, teníamos a la señora de Villeparisis le impusiera el deber de no hacer nada indigno de esa estima, y que había faltado a ella al enterarse de que Swann existía y permitir a parientes suyos que le trataran. «¿Conque conoce a Swann? ¿Una persona que se dice pariente del mariscal de Mac-Mahon?» Esta opinión de mis padres respecto a las amistades de Swann pareció confirmarse por su matrimonio con una mujer de mala sociedad, una *cocotte* casi; Swann no intentó nunca presentárnosla, y siguió viniendo a casa solo, cada vez más de tarde en tarde, y por esta mujer se figuraban mis padres que podían juzgar del medio social, desconocido de ellos; en que andaba Swann, y donde se imaginaban que la fue a encontrar.

Pero una vez mi abuelo leyó en un periódico que el señor Swann era uno de los más fieles concurrentes a los almuerzos que daba los domingos el duque de X..., cuyo padre y cuyo tío figuraron entre los primeros estadistas del reinado de Luis Felipe. Y como mi abuelo sentía gran curiosidad por todas las menudas circunstancias que le ayudaban a penetrar con el pensamiento en la vida privada de hombres como Molé, el duque de Pasquier el duque de Broglie, se alegró mucho al saber que Swann se trataba con personas que los habían conocido. Mi tía, por el contrario, interpretó esta noticia desfavorablemente para Swann; la persona que buscaba sus amigos fuera de la casta que nació, fuera de su «clase» social, sufría a sus ojos un descenso social. Le parecía a mi tía que así se renunciaba de golpe a aquellas buenas amistades con personas bien acomodadas, que las familias previsoras cultivan y guardan dignamente para sus hijos (mi tía había dejado de visitarse con el hijo de un notario amigo nuestro porque se casó con una alteza, descendiendo así, para ella, del rango respetable de hijo de notario al de uno de esos aventureros, ayuda de cámara o mozos de cuadra un día, de los que se cuenta que gozaron caprichos de reina. Censuró el propósito que formara mi abuelo de preguntar a Swann la primera noche que viniera a cenar a casa cosas relativas a aquellos amigos que le descubríamos. Además, las dos hermanas de mi abuela, solteronas que tenían el mismo natural noble que ella, pero no su agudeza, declararon que no comprendían qué placer podía sacar su cuñado de hablar de semejantes simplezas. Eran ambas personas de elevadas miras e incapaces, precisamente por eso, de interesarse por lo que se llama un chisme, aunque tuviese un interés histórico, ni, en general, por nada, que no se refiriera directamente a un objeto estético o virtuoso. Tal era el desinterés de su pensamiento respecto a aquellas cosas que de lejos o de cerca pudieran referirse a la vida de sociedad, que su sentido auditivo .acabando por comprender su inutilidad momentánea en cuanto en la mesa tomaba la conversación un tono frívolo o sencillamente prosaico, sin que las dos viejas señoritas pudieran encaminarla hacia los temas para ellas gratos dejaba descansar sus órganos, receptores, haciéndoles padecer un verdadero comienzo de atrofia. Si mi abuelo necesitaba entonces llamar la atención de alguna de las dos hermanas tenía que echar mano de esos avisos a que recurren los alienistas para con algunos maníacos de la distracción, a saber: varios golpes repetidos en un vaso con la hoja de un cuchillo, coincidiendo con una brusca interpelación de la voz y la mirada, medios violentos que esos psiquiatras transportan a menudo, al trato corriente con personas sanas, ya sea por costumbre profesional, ya porque consideren a todo el mundo un poco loco.

    Más se interesaron cuando la víspera del día en que Swann estaba invitado (y Swann les había enviado aquel día una caja de botellas de vino de Asti), mi tía, en la mano un número de *El Fígaro* en el que se leía junto al título de un cuadro que estaba en una Exposición de Corot, «de la colección del señor Carlos Swann», nos dijo: «¿Habéis visto que Swann goza los honores de *El Fígaro*?» «Yo siempre os he dicho que tenía muy buen gusto», contestó mi abuela. «Naturalmente, tenías que ser tú, en cuanto se trata de sustentar una opinión contraria a la *nuestra*», respondió mi tía; porque sabía que mi abuela no compartía su opinión nunca, y como no estaba muy segura de que era a ella y no a mi abuela a quien dábamos siempre la razón, quería arrancarnos una condena en bloque de las opiniones de mi abuela, tratando, para ir contra ellas, de solidarizarnos por fuerza con las suyas. Pero nosotros nos quedábamos callados. Como las hermanas de mi abuela manifestaran su intención de decir algo a Swann respecto a lo de *El Fígaro,* mi tía las disuadió.

Cada vez que veía a los demás ganar una ventaja, por pequeña que fuera, que no le tocaba a ella, se convencía de que no era tal ventaja, sino un inconveniente, y para no tener que envidiar a los otros, los compadecía. «Creo que no le dará ningún gusto; a mí, por mi parte, me sería muy desagradable ver mi nombre impreso así al natural en el periódico, y no me halagaría nada que me vinieran a hablar de eso.» No tuvo que empeñarse en persuadir a las hermanas de mi abuela; porque éstas, por horror a la vulgaridad, llevaban tan allá el arte de disimular bajo ingeniosas perífrasis una alusión personal, que muchas veces pasaba inadvertida aun de la misma persona a quien iba dirigida. En cuanto a mi madre, su único pensamiento era lograr de mi padre que consintiera en hablar a Swann, no ya de su mujer, sino de su hija, hija que Swann adoraba y que era, según decían, la causa de que hubiera acabado por casarse. «Podías decirle unas palabras nada más, preguntarle cómo está la niña.» Pero mi padre se enfadaba. «No, eso es disparatado. Sería ridículo.»

Pero yo fui la única persona de casa para quien la visita de Swann llegó a ser objeto de una penosa preocupación. Y es que las noches en que había algún extraño, aunque sólo fuera el señor Swann, mamá no subía a mi cuarto. Yo no me sentaba a cenar a la mesa; acabada mi cena, me iba un rato al jardín y luego me despedía y subía a acostarme. Cenaba aparte, antes que los demás, e iba luego a sentarme a la mesa hasta las ocho, hora en que, con arreglo a lo preceptuado, tenía que subir a acostarme; ese beso precioso y frágil que de costumbre mamá me confiaba, cuando yo estaba ya en la cama, había que transportarlo entonces desde el comedor a mi alcoba y guardarle todo el rato que tardaba en desnudarme, sin que se quebrara su dulzor, sin que su virtud volátil se difundiera y se evaporara, y justamente aquellas noches en que yo deseaba recibirle con mayor precaución no me cabía más remedio que cogerle, arrancarle, brusca y públicamente, sin tener siquiera el tiempo y la libertad de ánimo necesarios para poner en aquello que hacía esa atención de los maníacos que se afanan por no pensar en otra cosa cuando están cerrando una puerta, con objeto de que cuando retorné la enfermiza incertidumbre puedan oponerle victoriosamente el recuerdo del momento en que cerraron. Estábamos todos en el jardín cuando sonaron los dos vacilantes campanillazos. Sabíamos que era Swann; sin embargo, todos nos miramos con aire de interrogación, y se mandó a mi abuela a la descubierta. «No se os olvide darle las gracias de un modo inteligible por el vino; es delicioso y la caja muy grande», recomendó mi abuelo a sus dos cuñadas. «No empecéis a cuchichear», dijo mi tía. ¡Qué agradable es entrar en una casa donde todo el mundo está hablando bajito! «¡Ah!, aquí está el señor Swann. Vamos a preguntarle si le parece que mañana hará buen tiempo», dijo mi padre. Mi madre estaba pensando que una sola palabra suya podía borrar todo el daño que en casa habíamos podido hacer a Swann desde que se casó. Y se las compuso para llevarle un poco aparte.

Pero yo fui detrás; no podía decidirme a separarme ni un paso de ella al pensar que dentro de un momento tendría que dejarla en el comedor y subir a mi alcoba, sin tener el consuelo de que subiera a darme un beso como los demás días.

«Vamos a ver, señor Swann, cuénteme usted cosas de su hija; de seguro que ya tiene afición a las cosas bonitas, como su padre.»

«Pero vengan ustedes a sentarse aquí en la galería con nosotros», dijo mi abuelo acercándose. Mi madre tuvo que interrumpirse, pero hasta de aquel obstáculo sacó un pensamiento delicado más, como los buenos poetas a quienes la tiranía de la rima obliga a encontrar sus máximas bellezas. «Ya hablaremos de ello cuando estemos los dos solos .dijo Swann a media voz.. Sólo una madre la puede entender a usted. De seguro que la mamá de su niña opina como yo.» Nos sentamos todos alrededor de la mesa de hierro.

Yo quería pensar en las horas de angustia que aquella noche pasaría yo solo en mi cuarto sin poder dormirme; hacía por convencerme de que no tenían tanta importancia, puesto que al día siguiente ya las habría olvidado, y trataba de agarrarme a ideas de porvenir, esas ideas que hubieran debido llevarme, como por un puente, hasta más allá del abismo cercano que me aterrorizaba. Pero mi espíritu, en tensión por la preocupación, y convexo, como la mirada con que yo flechaba a mi madre, no se dejaba penetrar por ninguna impresión extraña. Los pensamientos entraban en él, sí, pero a condición de dejarse fuera cualquier elemento de belleza o sencillamente de diversión que hubiera podido emocionarme o distraerme.

Lo mismo que un enfermo, gracias a un anestésico, asiste con entera lucidez a la operación que le están haciendo, pero sin sentir nada, yo me recitaba versos que me gustaban, o me complacía en fijarme en los esfuerzos que hacía mi abuelo para hablar a Swann del duque de Audiffret-Pasquier, sin que éstos me inspiraran ningún regocijo ni aquéllos ninguna emoción. Los esfuerzos fueron infructuosos. Apenas hubo mi abuelo hecho a Swann una pregunta relativa a aquel orador, cuando una de las hermanas de mi abuela, en cuyos oídos resonara la pregunta como una pausa profunda, pero intempestiva, y que sería cortés romper, dijo, dirigiéndose a la otra: «Sabes; Celina, he conocido a una maestra joven, de Suecia, que me ha contado detalles interesantísimos sobre las cooperativas en los países escandinavos. Habrá que invitarla una noche». «Ya lo creo .contestó su hermana Flora.; pero yo tampoco he perdido el tiempo. Me he encontrado en casa del señor Vinteuil con un sabio muy viejo que conoce mucho a Maubant, el cual le ha explicado muy detalladamente lo que hace para preparar sus pape-les. Es interesantísimo. Es vecino del señor Vinteuil, yo no lo sabía; un hombre muy amable.» «No es sólo el señor Vinteuil el que tiene vecinos amables», exclamó mi tía Celina con voz que era fuerte, a causa de la timidez, y ficticia, a causa de la premeditación, lanzando a Swann lo que ella llamaba una mirada significativa. Al mismo tiempo, mi tía Flora, que comprendió que la frase era el modo de dar las gracias por el vino de Asti, miró también a Swann con un tanto de congratulación y otro tanto de ironía, ya fuera para subrayar el rasgo de ingenio de su hermana, ya porque envidiara a Swann el haberlo inspirado, ya porque no pudiera por menos de burlarse de él porque le creía puesto en un brete. «Me parece que podremos lograr que venga a cenar una noche .siguió Flora.; cuando se le da cuerda acerca de Maubant o de la Materna se está hablando horas y horas.» «Debe de ser delicioso», dijo mi abuelo suspirando; porque la naturaleza se había olvidado de poner en su alma la posibilidad de interesarse apasionadamente por las cooperativas suecas o la preparación de los papeles de Maubant, tan completamente como se olvidó de proporcionar a las hermanas de mi abuela ese granito de sal que tiene que poner uno mismo, para encontrarle sabor a un relato acerca de la vida íntima de Molé o del conde de París. «Pues, mire usted .dijo Swann a mi abuelo.: lo que le voy a decir tiene más relación de lo que parece con lo que me preguntaba usted, porque en algunos respectos las cosas no han cambiado mucho. Estaba yo esta mañana releyendo en Saint-Simon una cosa que le hubiera a usted divertido. Es el tomo que trata de cuando fue de embajador a España; no es uno de los mejores, no es casi más que un diario, pero por lo menos es un diario maravillosamente escrito, lo cual empieza ya a diferenciarle de esos cargantes diarios que nos creemos en la obligación de leer ahora por la mañana y por la noche.» «No soy yo de esa opinión: hay días en que la lectura de los diarios me parece muy agradable...», interrumpió mi tía Flora para hacer ver que había leído en *El Fígaro* la frase relativa al Corot de Swann. «Sí, cuando hablan de cosas o de personas que nos interesan», realzó mi tía Celina. «No digo que no .replicó Swann un poco sorprendido.. Lo que a mí me parece mal en los periódicos es que soliciten todos los días nuestra atención para cosas insignificantes, mientras que los libros que contienen cosas esenciales no los leemos más que tres o cuatro veces en toda nuestra vida. En el momento en que rompemos febrilmente todas las mañanas la faja del periódico, las cosas debían cambiarse y aparecer en el periódico, yo no sé qué, los... pensamientos de Pascal, por ejemplo .y destacó esta palabra con un tono de énfasis irónico, para no parecer pedante.; y, en cambio, en esos tomos de cantos dorados que no abrimos más que cada diez años es donde debiéramos leer que la reina de Grecia ha salido para Cannes, o que la duquesa de León ha dado un baile de trajes», añadió Swann dando muestra de ese desdén por las cosas mundanas que afectan algunos hombres de mundo. Pero lamentando haberse inclinado a hablar de cosas serias, aunque las tratara ligeramente, dijo con ironía: «Hermosa conversación tenemos; no sé por qué abordamos estas *cimas*», y volviéndose hacia mi abuelo: «Pues cuenta Saint-Simon que Maulevrier tuvo un día el valor de tender la mano a sus hijos. Ya sabe usted que de ese Maulevrier es de quien dice: «Nunca vi en esa botella ordinaria más que mal humor, grosería y estupideces.» «Ordinarias o no, ya sé yo de botellas que tienen otra cosa», dijo vivamente Flora, que tenía interés en dar las gracias ella también a Swann, porque el regalo era para las dos. Celina se echó a reír. Swann, desconcertado, prosiguió: «Yo no sé si fue por pasarse de tonto o por pasarse de listo, escribe Saint-Simon. que quiso dar la mano a mis hijos. Lo noté lo bastante a tiempo para impedírselo». Mi abuelo ya se estaba extasiando ante la locución; pero la señorita Celina, en cuya persona el nombre de Saint-Simon .un literato. había impedido la anestesia total de las facultades auditivas, se indignó: «¿Cómo? ¿Y admira usted eso? Pues sí que tiene gracia. ¿Qué quiere decir eso? ¿Es que un hombre no vale lo mismo que otro? ¿Qué más da que sea duque o cochero si es listo y bueno?

Buena manera tenía de educar a sus hijos su Saint-Simon de usted, si no los enseñaba a dar la mano a todas las personas honradas. Es sencillamente odioso. Y se atreve usted a citar eso». Y mi abuelo, afligido, y comprendiendo ante esta obstrucción la imposibilidad de intentar que Swann le contara aquellas anécdotas que tanto le hubieran divertido, decía en voz baja a mamá: «Recuérdame ese verso que me enseñaste y que me consuela tanto en estos momentos. ¡Ah!, sí: *Señor, cuántas virtudes nos has hecho tú odiosas.* ¡Qué bien está eso!

Yo no quitaba la vista de encima a mi madre; sabía bien que cuando estuviéramos a la mesa no me dejarían quedarme mientras durara toda la comida, y que para no contrariar a mi padre, mamá no me permitiría que le diera más de un beso delante de la gente, como si fuera en mi cuarto. Así que ya me estaba yo prometiendo para cuando, estando todos en el comedor, empezaran a cenar ellos y sintiera yo que se acercaba la hora, sacar por anticipado de aquel beso, que habría de ser tan corto y fugitivo, todo lo que yo únicamente podía sacar de él: escoger con la mirada el sitio de la mejilla que iba a besar, preparar el pensamiento para poder consagrar gracias a ese comienzo mental del beso, el minuto entero que me concediera mi madre al sentir su cara en mis labios, como un pintor que no puede lograr largas sesiones de modelo prepara su paleta y hace por anticipado de memoria, con arreglo a sus apuntes, todo aquello para lo cual puede en rigor prescindir del modelo. Pero he aquí que, antes de que llamaran a cenar, mi abuelo tuvo la ferocidad inconsciente de decir: «Parece que el niño está cansado, debería subir a acostarse. Porque, además, esta noche cenamos tarde». Y mi padre, que no guardaba con la misma escrupulosidad que mi muela y mi madre el respeto a la fe jurada, dijo: «Sí, anda, ve a acostarte». Fui a besar a mamá y en aquel momento sonó la campana para la cena.

No, no, deja a tu madre; bastante os habéis dicho adiós ya; esas manifestaciones son ridículas. Anda, sube.» Y tuve que marcharme sin viático, tuve que subir cada escalón llevando la contra a mi corazón, ir subiendo contra mi corazón, que quería volverse con mi madre, porque ésta no le había dado permiso para venirse conmigo, como se le daba todas las noches con el beso. Aquella odiada escalera por la que siempre subí con tan triste ánimo echaba un olor a barniz que en cierto modo absorbió y fijó aquella determinada especie de pena que yo sentía todas las noches, contribuyendo a hacerla aún más cruel para mi sensibilidad, porque bajo esa forma olfativa mi inteligencia no podía participar de ella. Cuando estamos durmiendo y no nos damos cuenta de un dolor de muelas que nos asalta, sino bajo la forma de una muchacha que está ahogándose y que intentamos sacar del agua doscientas veces seguidas, o de un verso de Molière que nos repetimos sin cesar, nos alivia mucho despertarnos y que nuestra inteligencia pueda separar la idea de dolor de muelas de todo disfraz heroico o acompasado que adoptará. Lo contrario de este consuelo es lo que yo sentía cuando la pena de subirme a mi cuarto penetraba en mí de un modo infinitamente más rápido, casi instantáneo, insidioso y brusco a la vez, por la inhalación .mucho más tóxica que la penetración moral. del olor de barniz característico de la escalera. Ya en mi cuarto, había que taparse todas las salidas, cerrar las maderas de la ventana, cavar mi propia tumba, levantando el embozo de la sábana, y revestir el sudario de mi camisa de dormir. Pero antes de enterrarme en la camita de hierro que había puesto en mi cuarto, porque en el verano me daban mucho calor las cortinas de creps de la cama grande, me rebelé, quise probar una argucia de condenado. Escribí a mi madre rogándole que subiera para un asunto grave del que no podía hablarle en mi carta. Mi temor era que Francisca, la cocinera de mi tía, que era la que se encargaba de cuidarme cuando yo estaba en Combray, se negara a llevar mi cartita. Sospechaba yo que a Francisca le parecía tan imposible dar un recado a mi madre cuando había gente de fuera, como al portero de un teatro llevar una carta a un actor cuando está en escena. Tenía Francisca, para juzgar de las cosas que deben o no deben hacerse, un código imperioso, abundante, sutil e intransigente, con distinciones inasequibles y ociosas (lo cual le asemejaba a esas leyes antiguas que, junto a prescripciones feroces como la de degollar a los niños de pecho, prohíben con exagerada delicadeza que se cueza un cabrito en la leche de su madre, o que de un determinado animal se coma el nervio del muslo).

juzgar por la repentina obstinación con que Francisca se oponía a llevar a cabo algunos encargos que le dábamos, este código parecía haber previsto complejidades sociales y refinamientos mundanos de tal naturaleza, que no había nada en el medio social de Francisca ni en su vida de criada de pueblo que hubiera podido sugerírselos; y no teníamos más remedio que reconocer en su persona un pasado francés, muy antiguo, noble y mal comprendido, lo mismo que en esas ciudades industriales en las que los viejos palacios dan testimonio de que allí hubo antaño vida de corte, y donde los obreros de una fábrica de productos químicos trabajan rodeados por delicadas esculturas que representan el milagro de San Teófilo o los cuatro hijos de Aymon. En aquel caso mío el artículo del código por el cual era muy poco probable que, excepto en caso de incendio, Francisca fuera a

molestar a mamá en presencia del señor. Swann por un personaje tan diminuto como yo, expresaba sencillamente el respeto debido, no sólo a los padres .como a los muertos, los curas y los reyes., sino al extraño a quien se ofrece hospitalidad, respeto que, visto y un libro, quizá me hubiera emocionado, pero que en su boca me irritaba siempre, por el tono grave y tierno con que hablaba de él, y mucho más esa noche en que precisamente el carácter sagrado que atribuía a la comida daba por resultado el que se negara a turbar su ceremonial. Pero para ganarme una chispa más de éxito, no dudé en mentir y decirle que no era ya a mí a quien se le había ocurrido escribir a mamá, sino ella, la que al separarnos me recomendó que no dejara de contestarle respecto a una cosa que yo tenía que buscar; y que se enfadaría mucho si no se le entregaba la carta. Se me figura que Francisca no me creyó, porque, al igual de los hombres primitivos, cuyos sentidos eran más potentes que los nuestros, discernía inmediatamente, y por señales para nosotros inaprensibles, cualquier verdad que quisiéramos ocultarle; se detuvo mirando el sobre cinco minutos, como si el examen del papel y la forma de la letra fueran a enterarla de la naturaleza del contenido o a indicarle a qué artículo del código tenía que referirse. Luego salió con aspecto de resignación que al parecer significaba:
«¡Qué desgracia para unos padres tener un hijo así!» Volvió al cabo de un momento a decirme que estaban todavía en el helado y que el maestresala no podía dar la carta en ese instante delante de todo el mundo; pero que cuando estuvieran terminando, ya buscaría la manera de entregarla. Inmediatamente mi ansiedad decayó; ahora ya no era como hacía un instante, ahora ya no me había separado de mi madre hasta mañana, puesto que mi esquelita iba, enojándose sin duda (y más aún por esta artimaña me revestiría de ridículo a los ojos de Swann), a hacerme penetrar, invisible y gozoso, en la misma habitación donde ella estaba, iba a hablarle de mí al oído; puesto que ese comedor, vedado y hostil en el cual no hacía aún más que un momento hasta el helado y los postres me parecían encubrir placeres malignos y mortalmente tristes porque mamá los saboreaba lejos de mí. iba a abrírseme como un fruto maduro que rompe su piel y dejaría brotar, para lanzarla hasta mi embriagado corazón, la atención de mi madre al leer la carta. Ya no estaba separado de ella; las barreras habían caído y nos enlazaba un hilo deleitable. Y no se acababa todo ahí; mamá iba a venir, sin duda.

o me creía que si Swann hubiera leído mi carta y adivinado su finalidad se habría reído de la angustia que yo sentía; por el contrario, como mucho más tarde supe, una angustia semejante fue su tormento durante muchos años de su vida, y quizá nadie me hubiera entendido mejor que él; esa angustia, que consiste en sentir que el ser amado se halla en un lugar de fiesta donde nosotros no podemos estar, donde no podemos ir a buscarlo, a él se la enseñó el amor, a quien está predestinada esa pena, que la acaparará y la especializará; pero que cuando entra en nosotros, como a mí me sucedía, antes de que el amor haya hecho su aparición en nuestra vida, flota esperándolo, vaga y libre, sin atribución determinada, puesta hoy al servicio de un sentimiento y mañana de otro, ya de la ternura filial, ya de la amistad por un camarada. Y la alegría con que yo hice mi primer aprendizaje cuando Francisca volvió a decirme que entregarían mi carta, la conocía Swann muy bien: alegría engañosa que nos da cualquier amigo, cualquier pariente de la mujer amada cuando, al llegar al palacio o al teatro donde está ella, para ir al baile, a la fiesta o al estreno donde la verá, nos descubre vagando por allí fuera en desesperada espera de una ocasión para comunicarnos con la amada. Nos reconoce, se acerca familiarmente a nosotros, nos pregunta qué estábamos haciendo. Y como nosotros inventamos un recado urgente que tenemos que dar a su pariente o amiga, nos dice que no hay cosa más fácil, que entremos en el vestíbulo y que él nos la mandará antes de que pasen cinco minutos ¡Cuánto queremos .como en ese momento quería yo a Francisca. al intermediario bienintencionado que con una palabra nos convierte en soportable, humana y casi propicia la fiesta inconcebible e infernal en cuyas profundidades nos imaginábamos que había torbellinos enemigos, deliciosos y perversos, que alejaban a la amada de nosotros, que le inspiraban risa hacia nuestra persona!

juzgar por él, por este pariente que nos ha abordado y que es uno de los iniciados en esos misterios crueles, los demás invitados de la fiesta no deben ser muy infernales. Y por una brecha inesperada entramos en estas horas inaccesibles de suplicio, en que ella iba a gustar de placeres desconocidos; y uno de los momentos, cuyo sucederse iba a formar esas horas placenteras un momento tan real como los demás, aún más importante para nosotros, porque nuestra amada tiene mayor participación en él, nos le representamos, le poseemos, le dominamos, le creamos casi el momento en que le digan que estamos allí abajo esperando. Y sin duda los demás instantes de la fiesta no deben de ser de una esencia muy distinta a ése, no deben contener más delicias, ni ser motivo para hacernos sufrir, porque el bondadoso amigo nos ha dicho: «¡Si le encantará bajar! ¡Le gustará mucho más estar aquí hablando con usted que aburrirse allá arriba!» Pero, ¡ay!, Swann lo sabía ya por experiencia, las buenas intenciones de un tercero no tienen poder ninguno para con una mujer que se molesta al verse perseguida hasta en una fiesta por un hombre a quien no quiere. Y muchas veces el amigo vuelve a bajar él solo.

Mi madre no subió, y sin consideración alguna con mi amor propio (interesado en que no fuera desmentida la fábula de aquel encargo que, según yo inventé, me diera mamá de buscar una cosa), me mandó a decir con Francisca: «No tiene nada que contestar», esas palabras que luego he oído tantas veces en boca de porteros de «palaces» o lacayos de garitos, dirigidas a una pobre muchacha que se extraña al oírlas: «¿Cómo, no ha dicho nada? ¡No es posible! ¿Y dice usted que le han dado mi carta? Bueno, esperaré un poco». Y .lo mismo que la muchacha asegura invariablemente que no necesita esa otra luz suplementaria que el portero quiere encender en honor suyo, y se está allí, sin oír más que las pocas frases sobre el tiempo que hace, cambiadas entre el portero y un botones, botones al que envía de pronto, al fijarse en la hora que es, a enfriar en hielo la bebida de un cliente. así yo declinaba el ofrecimiento de Francisca de hacerme una taza de tilo o estarse conmigo, la dejaba volver a su cocina, me acostaba y cerraba bien los ojos, procurando no oír la voz de mis padres, que estaban en el jardín tomando café.

Pero al cabo de unos segundos me di cuenta de que al escribir a mamá, al acercarme tanto a ella, aun a riesgo de enojarla, tanto que creí tocar ya con el momento de volver a verla, me había cerrado a mí mismo la posibilidad de dormirme sin haberla visto, y los latidos de mi corazón me eran cada vez más dolorosos porque yo acrecía mi propia agitación predicándome una calma que no era sino la aceptación de mi desgracia. De repente, mi ansiedad decayó y me sentí invadir por una gran felicidad, como cuando una medicina muy fuerte empieza a hacer efecto y nos quita un dolor: es que acababa de decidirme a no probar a dormir sin haber visto a mamá, de besarla, costase lo que costase, cuando subiera a acostarse, aun con la seguridad de que luego estuviera enfadada conmigo mucho tiempo. La calma que sucedió al acabarse de mis angustias me dio una alegría extraordinaria, no menos que la espera, la sed y el temor al peligro. Abrí la ventana sin hacer ruido y me senté a los pies de la cama; no me movía apenas para que no me sintieran desde abajo.

Afuera las cosas también parecían estar inmóviles y en muda atención para no perturbar el claror de la luna, que duplicaba y alejaba todo objeto al extender ante él su propio reflejo, más denso y concreto que él mismo, y así adelgazaba y agrandaba a la par el paisaje, como un plano doblado que se va desplegando. Movíase aquello que debía moverse, el follaje de algún castaño. Pero su estremecimiento minucioso y total, ejecutado hasta los menores matices y las extremas delicadezas, no se vertía sobre lo demás, no se fundía con ello, permanecía circunscrito. Expuestos sobre aquel fondo de silencio que no absorbía nada, los rumores más lejanos, que debían venir de jardines situados al otro extremo del pueblo, percibíanse, detallados con tal «perfección», que ese efecto de lejanía parecía que lo debían tan sólo a su *pianissimo*, como esos motivos en sordina tan bien ejecutados por la orquesta del Conservatorio, que, aunque no perdamos una sola nota de ellos, nos parece oírlos fuera de la sala de conciertos, y que hacían a todos los abonados antiguos y también a las hermanas de mi abuela cuando Swann les daba sus billetes. aguzar el oído como si oyeran el lejano avanzar de un ejército en marcha que aun no había doblado la esquina de la calle de Trévise.

Yo sabía que aquel trance en que me colocaba era uno de los que podrían acarrearme, por parte de mis padres, las más graves consecuencias, mucho más graves en verdad de lo que hubiera podido suponer ningún extraño, y que cualquier persona de fuera habría creído derivadas de faltas verdaderamente bochornosas. Pero en la educación que a mí me daban el orden de las faltas no era el mismo que en la educación de los demás niños, y me habían acostumbrado a poner en primera línea (sin duda por ser aquellas contra las cuales necesitaba precaverme más cuidadosamente) esas faltas cuyo carácter común era, según yo comprendo ahora, el que se incurre en ellas al ceder a un impulso nervioso. Pero entonces no se pronunciaba esa palabra, no se declaraba ese origen que pudiera hacerme creer que el sucumbir tenía excusa y que era incapaz de resistencia. Pero yo conocía muy bien esas faltas en la angustia que les precedía y en el rigor del castigo que llegaba después; y bien sabía que la que acababa de cometer era de la misma familia que otras, por la que fui severamente castigado, pero más grave aún.

Cuando fuera a ponerme delante de mi madre en el momento de subir ella a acostarse, y viera que me había estado levantado para decirle adiós, ya no me dejarían estar en casa, y al día siguiente me mandarían al colegio; era cosa segura. Pues bien; aunque tuviera que tirarme por la ventana cinco minutos más tarde, prefería hacerlo. Lo que yo quería era mi madre, decirle adiós, y ya había ido muy lejos por aquel camino que llevaba a la realización de mi deseo para volverme atrás.

Oí los pasos de mis padres, que acompañaban a Swann, y cuando el cascabel de la puerta me indicó que acababa de marcharse, me puse a la ventana. Mamá estaba preguntando a mi padre si le había parecido bien la langosta y si el señor Swann había repetido del helado de café y del de pistacho. «Los dos me han parecido buenos .dijo mi madre.; otra vez probaremos con otra esencia.»

«No os podéis figurar lo que me parece que cambia Swann .dijo mi tía.; está viejísimo.» Mi tía tenía tal costumbre de ver siempre en Swann al mismo adolescente, que se extrañaba al descubrirle de pronto más en años de los que ella le echaba. Mis padres, además, comenzaban a ver en él esa vejez anormal, excesiva, vergonzosa y merecida de los solteros, de todas las personas para las cuales parece que el gran día que no tiene día siguiente sea más largo que para los demás, porque para ellos está vacío y los momentos van adicionándose desde la mañana sin llegar a dividirse después entre los hijos. «Creo que le da muchos disgustos la bribona de su mujer, que vive, como sabe todo Combray, con un tal señor de Charlus. Es la irrisión de todo el inundo.» Mi madre nos hizo observar que, sin embargo, desde hacía algún tiempo no estaba tan tristón. «Y ya no hace tanto como antes el ademán ese de su padre de secarse los ojos y pasarse la mano por la frente. Yo creo que en el fondo ya no quiere a esa mujer.» «Claro que no la quiere .contestó mi abuelo.. Tuve ya hace tiempo una carta suya, que por lo pronto no me convenció y que no deja lugar a duda respecto a los sentimientos que abriga hacia su mujer, por lo menos al amor que le tenga. ¡Ah!, y ya he visto que no le habéis dado las gracias por el vino de Asti», añadió mi abuelo dirigiéndose a sus dos cuñadas. «¡Que no le hemos dado las gracias! ¡Ya lo creo! Y me parece, aquí para entre nosotros, que nos ha salido muy bien», contestó mi tía Flora. «Sí, te salió perfectamente; yo te admiré», dijo mi tía Celina. «Tú también se lo has dicho muy bien.» «Sí, la verdad es que estoy bastante contenta de mi frase sobre los vecinos amables.» «¿Y a eso lo llamáis dar las gracias? .exclamó mi abuelo.. Eso sí que lo he oído, pero ¿cómo me iba a figurar que se refería a Swann? Podéis estar seguras de que él no se ha enterado.» «¡Ya lo creo, Swann no es tonto, y no me cabe duda de que ha sabido apreciarlo! ¡No iba a decirle cuántas eran las botellas y lo que costaban!»

Mis padres se quedaron solos, sentáronse un momento, y luego mi padre dijo: «Bueno, pues si tú quieres subiremos a acostarnos». «Como quieras, aunque yo no tengo pizca de sueño. Y no será ese anodino helado de café el que me haya desvelado. Veo luz en la cocina, y ya que Francisca está levantada esperándome, voy a decirle que me desabroche el corsé mientras qué tú te desnudas.» Y mi madre abrió la puerta con celosía del vestíbulo, que daba a la escalera. La oí que subía a cerrar su ventana. Sin hacer ruido salí al pasillo; tan fuerte me latía el corazón, que me costaba trabajo andar; pero ya no me latía de ansiedad, sino de espanto y de alegría.

Vi en el hueco de la escalera la luz que proyectaba la bujía de mamá. Por fin la vi a ella y eché a correr hacia sus brazos.

En el primer momento me miró con asombro, sin darse cuenta de lo que pasaba. Luego, en su rostro se pintó una expresión de cólera; no me decía ni una palabra; en efecto, por cosas menos importantes que aquélla había estado sin dirigirme la palabra varios días. Si mamá me hubiera hablado, eso habría sido reconocer que se podía seguir hablando conmigo; y además me hubiese parecido aún más terrible cosa, como señal de que ante la gravedad del castigo que me esperaba, el silencio y el enfado eran pueriles. Una palabra hubiera sido la tranquilidad con que se contesta a un criado cuando ya está decidido el despedirlo; el beso que se da a un hijo cuando se le manda sentar plaza, beso que se le hubiera negado si todo se redujera a una desavenencia de dos días. Pero mamá oyó a mi padre subir del tocador, en donde estaba desnudándose, y para evitar el regaño que me echaría, me dijo con voz entrecortada por la cólera:

«Anda, corre; por lo menos, que no te vea aquí tu padre esperando como un tonto». Pero yo seguía diciéndole: «Ven a la alcoba a darme un beso», aterrorizado al ver cómo subía por la pared el reflejo de la bujía de mi padre, pero utilizando su inminente aparición como un medio de intimidación, en la esperanza de que mamá, para que mi padre no me encontrara allí si ella seguía negándose, me dijera:

«Vuelve a tu cuarto, que yo iré». Pero ya era tarde. Mi padre estaba allí, delante de nosotros. Murmuré sin querer estas palabras, que no oyó nadie: «Estoy perdido».

Pero no hubo nada de eso. Mi padre me negaba constantemente licencias que se me consentían en los pactos más generosos otorgados por mi madre y mi abuela, porque no daba importancia a los «principios» y para él no existía el «derecho de gentes». Por un motivo contingente, o sin motivo alguno, me suprimía a última hora un paseo tan habitual ya, tan consagrado, que no se me podía quitar, sin cometer dolo, o hacía lo que aquella noche, decirme que me fuera a acostar sin más explicaciones. Pero precisamente por carecer de principios (en el sentido que da a la palabra mi tía), tampoco tenía intransigencia. Me miró un momento, con cara de extrañeza y de enfado, y en cuanto mamá le explicó con unas cuantas frases embarulladas lo que había pasado, le dijo: «Pues mira, ya que decías que no tenías sueño, vete con él y estáte un rato en su alcoba; yo no necesito nada». Pero el que yo tenga o no sueño no tiene nada que ver. A este niño no se lo puede acostumbrar a...» «Si no es acostumbrarlo a nada .dijo mi padre, encogiéndose de hombros; ya ves que el niño tiene pena, el pobre tiene un aspecto atroz; no hay que ser verdugos. ¿Qué vas a sacar en limpio con que se te ponga malo? Ya que hay dos camas en su cuarto, di a Francisca que te prepare la grande, y por esta noche duerme en su alcoba. Vamos, buenas noches. Yo, que no tengo tantos nervios como vosotros, voy a acostarme.»

No era posible dar las gracias a mi padre; lo que él llamaba sensiblerías le hubiera irritado. Yo no me atrevía a moverme; allí estaba el padre aún delante de nosotros, enorme, envuelto en su blanco traje de dormir y con el pañuelo de cachemira que se ponía en la cabeza desde que padecía de jaquecas, con el mismo ademán con que Abrahán, en un grabado copia de Benozzo Gozzoli, que me había regalado Swann, dice a Sara que tiene que separarse de Isaac. Ya hace muchos años de esto. La pared de la escalera por donde yo vi ascender el reflejo de la bujía, hace largo tiempo que ya no existe. En mí también se han deshecho muchas que yo creí que durarían siempre, y se han alzado otras nuevas, preñadas de penas y alegrías nuevas que entonces no sabía prever, lo mismo que hoy me son difíciles de comprender muchas de las antiguas. Hace mucho tiempo que mi padre ya no puede decir a mamá: «Vete con el niño».

Para mí nunca volverán a ser posibles horas semejantes. Pero desde que hace poco otra vez empiezo a percibir, si escucho atentamente, los sollozos de aquella noche, los sollozos que tuve valor para contener en presencia de mi padre, y que estallaron cuando me vi a solas con mamá. En realidad, esos sollozos no cesaron nunca; y porque la vida va callándose cada vez más en torno de mí, es por lo que los vuelvo a oír, como esas campanitas de los conventos tan bien veladas durante el día por el rumor de la ciudad, que parece que se pararon, pero que tornan a tañer en el silencio de la noche.

Aquélla la pasó mamá en mi cuarto; en el mismo momento en que acababa de cometer una falta tan grande que ya esperaba que me echaran de casa, mis padres me concedían mucho más de lo que hubiera logrado de ellos como recompensa de una buena acción. Y hasta en aquella hora en que se manifestaba de modo tan benéfico, el comportamiento de mi padre conmigo conservaba algo de aquel carácter de cosa arbitraria e inmerecida que lo distinguía y que derivaba de que su conducta obedecía más bien a circunstancias fortuitas que a un plan premeditado. Y puede ser que hasta aquello que yo llamaba su severidad, cuando me mandaba a acostar, era menos digno de ese nombre que la severidad de mi madre o mi abuela, porque su naturaleza, mucho más distinta de la mía en ciertos puntos que la de mi mamá y mi abuelita probablemente no había adivinado hasta entonces lo que yo sufría todas las noches, cosas que ellas sabían muy bien; pero me querían lo bastante para no consentir en ahorrarme esa pena, querían enseñarme a dominarla con objeto de disminuir mi sensibilidad nerviosa y dar fuerza a mi voluntad. Mi padre, que sentía por mí un afecto de otro género, no sé si hubiera tenido ese valor; pero una vez que comprendió que yo pasaba pena, dijo a mi madre que fuera a consolarme. Mamá se quedó aquella noche en mi cuarto, y como para no aguar con remordimiento alguno esas horas tan distintas de lo que yo lógicamente me esperaba, cuando Francisca preguntó, al comprender que pasaba algo viendo a mamá sentada a mi lado, mi mano en la suya y dejándome llorar sin reñirme, qué le sucedía al señorito que lloraba tanto, mamá contestó: «Ni él mismo lo sabe, está nervioso; prepáreme en seguida la cama grande y suba usted a dormir».

Y así, por vez primera, mi pena no fue ya considerada como una falta punible, sino como un mal involuntario que acababa de tener reconocimiento oficial, como un estado nervioso del que yo no tenía la culpa; y me cupo el consuelo de no tener que mezclar ningún escrúpulo a la amargura de mi llanto, de poder llorar sin pecar. Y no fue poco el orgullo que sentí delante de Francisca por esa vuelta que habían dado las cosas humanas, que una hora después de aquella negativa de mamá de subir a mi cuarto y de su desdeñoso recado de mandarme a dormir, me elevaba a la dignidad de persona mayor, y de un golpe me colocaba en una especie de pubertad de la pena, de emancipación de las lágrimas. Debía sentirme feliz y no lo era. Apreciaba que mi madre acababa de hacerme una concesión que debía costarle mucho, que era la primera abdicación, por su parte, de un ideal que para mí concibiera, y que ella, tan valerosa, se confesaba vencida por primera vez. Que si yo había ganado una victoria, era a ella a quien se la gané; que había logrado, como pudieran haberlo hecho la enfermedad, las penas o los años, aflojar su voluntad y quebrantar su ánimo, y que aquella noche comenzaba una era nueva y sería una triste fecha. De haberme atrevido, habría dicho a mamá: «No, no quiero que te acuestes aquí». Pero conocía bien aquella práctica discreción suya, realista, diríamos hoy, que templaba en su persona la naturaleza ardientemente idealista de mi abuela, y me daba cuenta de que ahora que el mal ya estaba hecho, prefería dejarme saborear por lo menos el placer de la calma y no ir a molestar a mi padre.

Verdad que el hermoso rostro de mi madre tenía aún el brillo de la juventud aquella noche en que me guardaba cogidas las manos intentando acabar con mi llanto; pero precisamente se me figuraba que aquello no debía ser, y su cólera habría sido menos penosa para mí que aquella dulzura nueva, desconocida de mi infancia; y que con una mano impía y furtiva acababa de trazar en su alma la primera arruga y pintarle la primera cana. Esta idea me hizo llorar aún más, y entonces vi a mamá, que conmigo no se dejaba nunca llevar por ningún enternecimiento, dejarse ganar de pronto por el mío, y vi que refrenaba sus ganas de llorar. Como se diera cuenta de que yo lo había notado, me dijo riendo: «Este gorrión, este tontito, va a volver a su mamá tan boba como él, si seguimos así. Vamos a ver, ya que ninguno de los dos tenemos sueño, en vez de estar aquí cansándonos los nervios, hagamos algo, vamos a coger un libro de los tuyos». Pero yo no tenía allí ninguno. «¿No te disgustarías luego si te sacara ahora los libros que te va a regalar la abuela el día de tu santo? Piénsalo bien, ¿no vas luego a quejarte de que no te dan nada pasado mañana?» La proposición me encantó, y mamá fue por un paquete de libros, que a través del papel que los envolvía no me dejaron adivinar más que su forma apaisada, pero que ya en este su primer aspecto, aunque sumario y velado, eclipsaban a la caja de pinturas del día de Año Nuevo y a los gusanos de seda del año anterior. Los libros eran: *La Mar au Diable, François le Champi, La Petite Fadette y Les Maîtres Sonneurs*. Según supe más tarde, mi abuela había escogido primeramente las poesías de Musset, un volumen de Rousseau e *Indiana;* que si juzgaba las lecturas frívolas tan dañinas como los bombones y los dulces, no creía, en cambio, que los grandes hálitos del genio ejercieran sobre el ánimo, ni siquiera el de un niño, una influencia más peligrosa y menos vivificante que el aire libre y el viento suelto. Pero como mi padre casi la llamó loca al saber los libros que quería regalarme, volvió ella en persona al librero de Jouy le Vicomte para que no me expusiera a quedarme sin regalo (hacía un día de fuego, y regresó tan mala, que el médico advirtió a mi madre que no la dejara cansarse así) y cayó sobre las cuatro novelas campestres de Jorge Sand. «Hija mía decía a mamá., nunca podré decidirme a regalar a este niño un libro mal escrito.»

 En realidad, no se resignaba nunca a comprar nada de que no se pudiera sacar un provecho intelectual, sobre todo ese que nos procuran las cosas bonitas al enseñarnos a ir a buscar nuestros placeres en otra cosa que en las satisfacciones del bienestar y de la vanidad. Hasta cuando tenía que hacer un regalo de los llamados útiles, un sillón, unos cubiertos o un bastón, los buscaba en las tiendas de objetos antiguos, como si, habiendo perdido su carácter de utilidad con el prolongado desuso, parecieran ya más aptos para contarnos cosas de la vida de antaño que para servir a nuestras necesidades de la vida actual. Le hubiera gustado que yo tuviera en mi cuarto fotografías de los monumentos y paisajes más hermosos.

 Pero en el momento de ir a comprarlas, y aunque lo representado en la fotografía tuviera un valor estético, le parecía en seguida que la vulgaridad y la utilidad tenían intervención excesiva en el modo mecánico de la representación en la fotografía. Y trataba de ingeniárselas para disminuir, ya que no para eliminar totalmente, la trivialidad comercial, de substituirla por alguna cosa artística más para superponer como varias capas o «espesores» de arte; en vez de fotografías de la catedral de Chartres, de las fuentes monumentales de Saint-Cloud o del Vesubio, preguntaba a Swann si no había ningún artista que hubiera pintado eso, y prefería regalarme fotografías de la catedral de Chantres, de Corot; de las fuentes de Saint-Cloud, de Hubert Robert, y del Vesubio, de Turnen, con lo cual alcanzaba un grado más de arte. Pero aunque el fotógrafo quedase así eliminado de la representación de la obra maestra o de la belleza natural, sin embargo el fotógrafo volvía a recobrar sus derechos al reproducir aquella interpretación del artista. Llegada así al término fatal de la vulgaridad, aun trataba mi abuela de defenderse. Y preguntaba a Swann si la obra no había sido reproducida en grabado, prefiriendo, siempre que fuera posible, los grabados antiguos y que tienen un interés más allá del grabado mismo, como, por ejemplo, los que representan una obra célebre en un estado en que hoy ya no la podemos contemplar (como el grabado hecho por Morgen de la *Cena,* de Leonardo, antes de su deterioro). No hay que ocultar que los resultados de esta manera de entender el regalo no siempre fueron muy brillantes. La idea que yo me formé de Venecia en un dibujo del Ticiano, que dice tener por fondo la laguna, era mucho menos exacta de la que me hubiera formado con simples fotografías. En casa ya habíamos perdido la cuenta, cuando mi tía quería formular una requisitoria contra mi abuela, de los sillones regalados por ella, a recién casados o a matrimonios viejos que a la primera tentativa de utilización se habían venido a tierra agobiados por el peso de uno de los destinatarios. Pero mi abuela hubiera creído mezquino el ocuparse demasiado de la solidez de una madera en la que aun podía distinguirse una florecilla, una sonrisa y a veces un hermoso pensamiento de tiempos pasados. Hasta aquello que en esos muebles respondía a una necesidad, como lo hacía de un modo al que ya no estamos acostumbrados, la encantaba, lo mismo que esos viejos modos de decir en los que discernimos una metáfora borrada en el lenguaje moderno por el roce de la costumbre. Y precisamente las novelas campestres de Jorge Sand que me regalaba el día de mi santo abundaban, como un mobiliario antiguo, de expresiones caídas en desuso y convertidas en imágenes, de esas que ya no se encuentran más que en el campo. Y mi abuela las había preferido lo mismo que hubiera alquilado con más gusto una hacienda que tuviera un palomar gótico o cualquier cosa de esas viejas que ejercen en nuestro ánimo una buena influencia, inspirándole la nostalgia de imposibles viajes por los dominios del tiempo.

Mamá se sentó junto a mi cama; había cogido *François le Champi*, libro que, por el color rojizo de su cubierta y su título incomprensible, tomaba a mis ojos una personalidad definida y un misterioso atractivo. Yo nunca había leído novelas de verdad. Oí decir que Jorge Sand era el prototipo del novelista. Y ya eso me predisponía a imaginar en *François le Champi* algo de indefinible y delicioso. Los procedimientos narrativos destinados a excitar la curiosidad o la emoción, y algunas expresiones que despiertan sentimientos de inquietud o melancolía, y que un lector un poco culto reconoce como comunes a muchas novelas, me parecían a mí únicos .porque yo consideraba un libro nuevo, no como una cosa de la que hay muchas semejantes, sino como una persona única, sin razón de existir más que en sí misma. y se me representaba como una emanación inquietante de la esencia particular a *François le Champi*. Percibía yo por debajo de aquellos acontecimientos tan corrientes, de aquellas cosas tan ordinarias y de aquellas palabras tan usuales algo como una extraña entonación, como una acentuación rara. La acción comenzaba a enredarse; y la encontraba oscura con tanto más motivo que, por aquel tiempo, muchas veces, al estar leyendo, me ponía a pensar en otra cosa por espacio de páginas enteras. Y a las lagunas que esta distracción abría en el relato, se añadía, cuando era mamá la que me leía alto, el que se saltaba todas las escenas de amor. Y todos los raros cambios que suceden en la actitud respectiva de la molinera y del muchacho, y que sólo se explican por el avance de un amor que nace, se me aparecían teñidos de un profundo misterio, que yo creía que tenía su origen en ese nombre desconocido y suave de «Champi», nombre que vertía, sin que yo supiera por qué, sobre el niño que lo llevaba, su color vivo, purpúreo y encantador. Si mi madre no era una lectora fiel, lo era en cambio admirable para aquellas obras en que veía el acento de un sentimiento sincero, por el respeto y la sencillez de la interpretación y por la hermosura y suavidad de su tono. En la misma vida, cuando eran personas vivas y no obras de arte las que excitaban su ternura o su admiración, conmovía el ver con qué deferencias apartaba de su voz, de sus ademanes o de su palabras el relámpago de alegría que hubiera podido hacer daño a esa madre que perdió un hijo hacía tiempo; el recuerdo de un día de cumpleaños o de santo que trajera a la mente de un viejo sus muchos años, o la frase de asuntos domésticos acaso desagradable para este joven sabio. Así mismo, cuando leía la prosa de

Jorge Sand, que respira siempre esa bondad y esa distinción moral que mi abuela enseñara, a mi madre a considerar como superiores a todo en la vida, y que mucho más tarde le enseñé yo a no considerar como superiores a todo en los libros, atenta a desterrar de su voz toda pequeñez y afectación que pudieran poner obstáculo a la ola potente del sentimiento, revestía de toda la natural ternura y de toda la amplia suavidad que exigían a estas frases que parecían escritas para su voz y que, por decirlo así, entraban cabalmente en el registro de su sensibilidad. Para iniciarlas en el tono que es menester encontraba ese acento cordial que existió antes que ellas y que las dictó, pero que las palabras no indican; y gracias a ese acento amortiguaba al pasar toda crudeza en los tiempos de los verbos, daba al imperfecto y al perfecto la dulzura que hay en lo bondadoso y la melancolía que hay en la ternura, encaminaba la frase que se estaba, acabando hacia la que iba a empezar, acelerando o conteniendo la marcha de las sílabas para que entraran todas, aunque fueran de diferente cantidad, en un ritmo uniforme, e infundía a esa prosa tan corriente una especie de vida sentimental e incesante.

    Mis remordimientos se calmaron y me entregué a la dulzura de aquella noche que iba a pasar con mamá a mi lado. Sabía que una noche así no podría volver; que el deseo para mí más fuerte del mundo, tener a mi madre en mi alcoba durante estas horas nocturnas, estaba muy en pugna con las necesidades de la vida, y el sentir de todos para que la realización, que aquella noche le fue concedida, pasara de ser cosa facticia y excepcional. Al día siguiente, retornarían mis angustias, y ya no tendría allí a mamá. Pero cuando esas angustias mías estaban en sosiego, ya no las comprendía; además, mañana estaba aún muy lejos, y yo me decía que ya tendría tiempo de hacer ánimo, aunque no podría ser mucho, que se trataba de cosas que no dependían de mi voluntad, y que si me parecían más evitables era por el espacio que aún me separaba de ellas.

***

    Así, por mucho tiempo, cuando al despertarme por la noche me acordaba de Combray, nunca vi más que esa especie de sector luminoso, destacándose sobre un fondo de indistintas tinieblas, como esos que el resplandor, de una bengala o de una proyección eléctrica alumbran y seccionan en un edificio, cuyas restantes partes siguen sumidas en la oscuridad: en la base, muy amplia; el saloncito, el comedor, el arranque del oscuro paseo de árboles por donde llegaría el señor Swann, inconsciente causante de mis tristezas; el vestíbulo por donde yo me dirigía hacia el primer escalón de la escalera, tan duro de subir, que ella sola formaba el tronco estrecho de aquella pirámide irregular, y en la cima mi alcoba con el pasillito, con puerta vidriera, para que entrara mamá; todo ello visto siempre a la misma hora, aislado de lo que hubiera alrededor y destacándose exclusivamente en la oscuridad, como para formar la decoración estrictamente necesaria (igual que esas que se indican al comienzo de las comedias antiguas para las representaciones de provincias) al drama de desnudarme; como si Combray consistiera tan sólo en dos pisos unidos por una estrecha escalera, y en una hora única: las siete de la tarde. A decir verdad, yo hubiera podido contestar a quien me lo preguntara que en Combray había otras cosas, y que Combray existía a otras horas. Pero como lo que yo habría recordado de eso serían cosas venidas por la memoria voluntaria, la memoria de la inteligencia, y los datos que ella da respecto al pasado no conservan de él nada, nunca tuve ganas de pensar en todo lo demás de Combray. En realidad, aquello estaba muerto para mí.

¿Por siempre, muerto por siempre? Era posible.

En esto entra el azar por mucho, y un segundo azar, el de nuestra muerte, no nos deja muchas veces que esperemos pacientemente los favores del primero.

Considero muy razonable la creencia céltica de que las almas de los seres perdidos están sufriendo cautiverio en el cuerpo de un ser inferior, un animal, un vegetal o una cosa inanimada; perdidas para nosotros hasta el día, que para muchos nunca llega, en que suceda que pasamos al lado del árbol, o que entramos en posesión del objeto que les sirve de cárcel. Entonces se estremecen, nos llaman, y en cuanto las reconocemos se rompe el maleficio. Y liberadas por nosotros, vencen a la muerte y tornan a vivir en nuestra compañía.

Así ocurre con nuestro pasado. Es trabajo perdido el querer evocarlo, e inútiles todos los afanes de nuestra inteligencia. Ocúltase fuera de su dominios y de su alcance, en un objeto material (en la sensación que ese objeto material nos daría) que no sospechamos.

Y del azar depende que nos encontremos con ese objeto ante de que nos llegue la muerte, o que no lo encontremos nunca.

Hacía ya muchos años que no existía para mí de Combray más que el escenario y el drama del momento de acostarme, cuando un día de invierno, al volver a casa, mi madre, viendo que yo tenía frío, me propuso que tomara, en contra de mi costumbre, una taza de té.

Primero dije que no; pero luego, sin saber por qué, volví de mi acuerdo. Mandó mi madre por uno de esos bollos, cortos y abultados, que llaman magdalenas, que parece que tienen por molde una valva de concha de peregrino. Y muy pronto, abrumado por el triste día que había pasado y por la perspectiva de otro tan melancólico por venir, me llevé a los labios unas cucharadas de té en el que había echado un trozo de magdalena. Pero en el mismo instante en que aquel trago, con las miga del bollo, tocó mi paladar, me estremecí, fija mi atención en algo extraordinario que ocurría en mi interior. Un placer delicioso me invadió, me aisló, sin noción de lo que lo causaba. Y él me convirtió las vicisitudes de la vida en indiferentes, sus desastres en inofensivos y su brevedad en ilusoria, todo del mismo modo que opera el amor, llenándose de una esencia preciosa; pero, mejor dicho, esa esencia no es que estuviera en mí, es que era yo mismo. Dejé de sentirme mediocre, contingente y mortal. ¿De dónde podría venirme aquella alegría tan fuerte? Me daba cuenta de que iba unida al sabor del té y del bollo, pero le excedía en, mucho, y no debía de ser de la misma naturaleza. ¿De dónde venía y qué significaba? ¿Cómo llegar a aprehenderlo? Bebo un segundo trago, que no me dice más que el primero; luego un tercero, que ya me dice un poco menos. Ya es hora de pararse, parece que la virtud del brebaje va aminorándose. Ya se ve claro que la verdad que yo busco no está en él, sino en mí. El brebaje la despertó, pero no sabe cuál es y lo único que puede hacer es repetir indefinidamente, pero cada vez con menos intensidad, ese testimonio que no sé interpretar y que quiero volver a pedirle dentro de un instante y encontrar intacto a mi disposición para llegar a una aclaración decisiva. Dejo la taza y me vuelvo hacia mi alma. Ella es la que tiene que dar con la verdad. ¿Pero cómo? Grave incertidumbre ésta, cuando el alma se siente superada por sí misma, cuando ella, la que busca, es juntamente el país oscuro por donde ha de buscar, sin que le sirva para nada su bagaje. ¿Buscar? No sólo buscar, crear.

Se encuentra ante una cosa que todavía no existe y a la que ella sola puede dar realidad, y entrarla en el campo de su visión.

Y otra vez me pregunto: ¿Cuál puede ser ese desconocido estado que no trae consigo ninguna prueba lógica, sino la evidencia de su felicidad, y de su realidad junto a la que se desvanecen todas las restantes realidades? Intento hacerlo aparecer de nuevo. Vuelvo con el pensamiento al instante en que tome la primera cucharada de té. Y me encuentro con el mismo estado, sin ninguna claridad nueva. Pido a mi alma un esfuerzo más; que me traiga otra vez la sensación fugitiva. Y para que nada la estorbe en ese arranque con que va a probar captarla, aparta de mí todo obstáculo, toda idea extraña, y protejo mis oídos y mi atención contra los ruidos de la habitación vecina. Pero como siento que se me cansa el alma sin lograr nada, ahora la fuerzo, por el contrario, a esa distracción que antes le negaba, a pensar en otra cosa, a reponerse antes de la tentativa suprema. Y luego, por segunda vez, hago el vacío frente a ella, vuelvo a ponerla cara a cara con el sabor reciente del primer trago de té, y siento estremecerse en mí algo que se agita, que quiere elevarse; algo que acaba de perder ancla a una gran profundidad, no sé qué, pero que va ascendiendo lentamente; percibo la resistencia y oigo el rumor de las distancias que va atravesando.

Indudablemente, lo que así palpita dentro de mi ser será la imagen y el recuerdo visual que, enlazado al sabor aquel, intenta seguirlo hasta llegar a mí. Pero lucha muy lejos, y muy confusamente; apenas si distingo el reflejo neutro en que se confunde el inaprensible torbellino de los colores que se agitan; pero no puedo discernir la forma, y pedirle, como a único intérprete posible, que me traduzca el testimonio de su contemporáneo, de su inseparable compañero el sabor, y que me enseñe de qué circunstancia particular y de qué época del pasado se trata.

¿Llegará hasta la superficie de mi conciencia clara ese recuerdo, ese instante antiguo que la atracción de un instante idéntico ha ido a solicitar tan lejos, a conmover y alzar en el fondo de mi ser? No sé. Ya no siento nada, se ha parado, quizá desciende otra vez, quién sabe si tornará a subir desde lo hondo de su noche. Hay que volver a empezar una y diez veces, hay que inclinarse en su busca. Y a cada vez esa cobardía que nos aparta de todo trabajo dificultoso y de toda obra importante, me aconseja que deje eso y que me beba el té pensando sencillamente en mis preocupaciones de hoy y en mis deseos de mañana, que se dejan rumiar sin esfuerzo.

Y de pronto el recuerdo surge. Ese sabor es el que tenía el pedazo de magdalena que mi tía Leoncia me ofrecía, después de mojado en su infusión de té o de tilo, los domingos por la mañana en Combray (porque los domingos yo no salía hasta la hora de misa), cuando iba a darle los buenos días a su cuarto. Ver la magdalena no me había recordado nada, antes de que la probara; quizá porque, como había visto muchas, sin comerlas, en las pastelerías, su imagen se había separado de aquellos días de Combray para enlazarse a otros más recientes; ¡quizá porque de esos recuerdos por tanto tiempo abandonados fuera de la memoria no sobrevive nada y todo se va desagregando!; las formas externas también aquella tan grasamente sensual de la concha, con sus dobleces severos y devotos., adormecidas o anuladas, habían perdido la fuerza de expansión que las empujaba hasta la conciencia. Pero cuando nada subsiste ya de un pasado antiguo, cuando han muerto los seres y se han derrumbado las cosas, solos, más frágiles, más vivos, más inmateriales, más, persistentes y más fieles que nunca, el olor y el sabor perduran mucho más, y recuerdan, y aguardan, y esperan, sobre las ruinas de todo, y soportan sin doblegarse en su impalpable gotita el edificio enorme del recuerdo.

En cuanto reconocí el sabor del pedazo de magdalena mojado en tilo que mi tía me daba (aunque todavía no había descubierto y tardaría mucho en averiguar porqué ese recuerdo me daba tanta dicha), la vieja casa gris con fachada a la calle, donde estaba su cuarto, vino como una decoración de teatro a ajustarse al pabelloncito del jardín que detrás de la fábrica principal se había construido para mis padres, y en donde estaba ese truncado lienzo de casa que yo únicamente recordaba hasta entonces; y con la casa vino el pueblo, desde la hora matinal hasta la vespertina, y en todo tiempo, la plaza, adonde me mandaban antes de almorzar, y las calles por donde iba a hacer recados, y los caminos que seguíamos cuando había buen tiempo. Y como ese entretenimiento de los japoneses que meten en un cacharro de porcelana pedacitos de papel, al parecer, informes, que en cuanto se mojan empiezan a estirarse, a tomar forma, a colorearse y a distinguirse, convirtiéndose en flores, en casas, en personajes consistentes y cognoscibles, así ahora todas las flores de nuestro jardín y las del parque del señor Swann y las ninfeas del Vivonne y las buenas gentes del pueblo y sus viviendas chiquitas y la iglesia y Combray entero y sus alrededores, todo eso, pueblo y jardines, que va tomando forma y consistencia, sale de mi taza de té.

II

Combray, de lejos, en diez leguas a la redonda, visto desde era más que una iglesia que resumía la ciudad, la representaba el tren cuando llegábamos la semana anterior a Pascua, no taba y hablaba de ella y por ella a las lejanías, y que ya vista más de cerca mantenía bien apretadas, el abrigo de su gran manto sombrío, en medio del campo y contra los vientos, como una pastora a sus ovejas, los lomos lanosos y grises de las casas, ceñidas acá y acullá por un lienzo de muralla que trazaba un rasgo perfectamente curvo, como en una menuda ciudad de un cuadro primitivo. Para vivir, Combray era un poco triste, triste como sus calles, cuyas casas, construidas con piedra negruzca del país, con unos escalones a la entrada y con tejados acabados en punta, que con sus aleros hacían gran sombra, eran tan oscuras que en cuanto el día empezaba a declinar era menester subir los visillos; calles con graves nombres de santos (algunos de ellos se referían a la historia de los primeros señores de Combray), calle de San Hilarlo, calle de Santiago, donde estaba la casa de mi tía; calle de Santa Hildegarda, con la que lindaba la verja; calle del Espíritu Santo, a la que daba la puertecita lateral del jardín; y esas calles de Cambray viven en un lugar tan recóndito de mi memoria, pintado por colores tan distintos de los que ahora reviste para mí el mundo, que en verdad me parecen todas, y la iglesia, que desde la plaza las señoreaba, aún más irreales que las proyecciones de la linterna mágica, y en algunos momentos se me figura que poder cruzar todavía la calle San Hilarlo y poder tomar un cuarto en la calle del Pájaro .en la vieja hostería del Pájaro herido, de cuyos sótanos salía un olor de cocina que sube aún a veces, en mi recuerdo tan intermitente y cálido como entonces. sería entrar en contacto con el Más Allá de modo más maravillosamente sobrenatural que si me fuera dado conocer a Golo y hablar con Genoveva de Brabante.

    Mi tía, prima de mi abuelo, en cuya casa habitábamos, era la madre de esa tía Leoncia que desde la muerte de su marido, mi tío Octavio, no quiso salir de Combray primero, de su casa luego, y más tarde de su cuarto y de su cama, que no bajaba nunca y se estaba siempre echada, en un estado incierto de pena, debilidad física, enfermedad, manía y devoción. Sus habitaciones daban a la calle de Santiago, que terminaba un poco más abajo en el Prado grande (por oposición al Prado chico, el cual extendía su verdor en medio de la ciudad, entre tres calles), y que, uniforme y grisácea, con los tres escalones de piedra delante de casi todas las puertas, parecía un desfiladero tallado por un imaginero gótico en la misma piedra en que esculpiera un nacimiento e un calvario. Mi tía no habitaba en realidad más que dos habitaciones contiguas, y por la tarde se estaba en una de ellas mientras se ventilaba la otra. Eran habitaciones de esas de provincias que .lo mismo que en ciertos países hay partes enteras del aire o del mar, iluminadas o perfumadas por infinidad de protozoarios que nosotros no vemos. Nos encantan con mil aromas que en ellas exhalan la virtud, la prudencia, el hábito, toda una vida secreta e invisible, superabundante y moral que el aire tiene en suspenso; olores naturales, sí, y con color de naturaleza, como los de los campos cercanos, pero humanos, caseros y confinados, ya, exquisita jalea industriosa y limpia de todos los frutos del año, que fueron del huerto al armario; cada uno de su sazón, pero domésticos, móviles, que suavizan el picor de la escarcha con la suavidad del pan blanco, ociosos y puntuales como reloj de pueblo, y a la vez corretones y sedentarios, descuidados y previsores, lenceros, madrugadores, devotos y felices, henchidos de una paz que nos infunde una ansiedad más y de un prosaísmo que sirve de depósito enorme de poesía para el que sin vivir entre ellos pasa por su lado. Estaba aquel aire saturado por lo más exquisito de un silencio tan nutritivo y suculento, que yo andaba por allí casi con golosina, sobre todo en aquellas primeras mañanas, frías aún, de la semana de Resurrección, en que lo saboreaba mejor porque estaba recién llegado; antes de entrar a dar los buenos días a mi tía tenía que esperar un momento en el primer cuarto, en donde el sol, de invierno todavía, estaba ya calentándose a la lumbre; encendida ya entre los dos ladrillos y que estucaba toda la habitación con su olor de hollín, convirtiéndola en uno de esos hogares de pueblo o en una de esas campanas de chimenea de los castillos, cuyo abrigo nos inspira el deseo de que fuera estalle la lluvia, la nieve o hasta una catástrofe diluviana pasa acrecer el bienestar de la reclusión con la poesía de lo invernal; daba unos paseos del reclinatorio a las butacas de espeso terciopelo, con sus cabeceras de crochet; y la lumbre, cociendo, como si fueran una pasta, los apetitosos olores cuajados en el aire de la habitación, y que estaban ya levantados y trabajados por la frescura soleada y húmeda de la mañana, los hojaldraba, los doraba, les daba arrugas y volumen para hacer un invisible y palpable pastel provinciano, inmensa torta de manzanas, una torta en cuyo seno yo iba, después de ligeramente saboreados los aromas más cuscurrosos, finos y reputados, pero más secos también, de la cómoda, de la alacena y del papel rameado de la pared, a pegarme siempre con secreta codicia al olor mediocre, pegajoso, indigesto, soso y frutal de la colcha de flores. En el cuarto de al lado oía a mi tía hablar ella sola a media voz. Nunca hablaba más que bajito, porque se figuraba que tenía algo roto y flotante dentro de la cabeza, y que hablando fuerte podría moverse; pero nunca se pasaba mucho rato, aunque estuviera sola, sin decir algo, porque creía que eso, era sano para la garganta y que, impidiendo que la sangre se parara allí, tendría menos ahogos y angustias de aquellos que la aquejaban; además, en aquella absoluta inercia en que vivía atribuía a sus mínimas sensaciones una importancia extraordinaria, dotándolas de una tal movilidad, que era imposible que las retuviera dentro de sí; y a falta de confidente a quien comunicárselas se las anunciaba a sí misma, en un perpetuo monólogo, que era su única forma de actividad. Desdichadamente, como había contraído la costumbre de pensar en alta voz, ya no se fijaba en que hubiera alguien o no en el cuarto de al lado, y muchas veces le oía decir, dirigiéndose a si misma: «Tengo que acordarme bien de que no he dormido» (porque su pretensión capital era que no dormía nunca, pretensión que en nuestras palabras se reflejaba con gran respeto; por la mañana Francisca no iba a «despertarla», sino que «entraba» en su alcoba; cuando quería echar un sueño durante el día, decíamos que quería «reflexionar» o «descansar»; y cuando, a veces, se descuidaba charlando hasta el punto de llegar a decir: «lo que me ha despertado» o «soñé que...», se ponía encarnada y se corregía en seguida).

Al cabo de un momento entraba a darle un beso; Francisca estaba haciendo el té; y si mi tía se sentía nerviosa, pedía tilo en vez de té, y entonces yo era el encargado de coger la bolsita de la farmacia y echar en un plato la cantidad de tilo que luego había que verter en el agua hirviente. Los tallos de la flor del tilo, al secarse, se curvaban, formando un caprichoso enrejado, entre cuyos nudos se abrían las pálidas flores, como si un pintor las hubiera colocado y dispuesto del modo más decorativo. Las hojas, al cambiar de aspecto, al perderlo totalmente, se asemejaban a cosas absurdas, al ala transparente de una mosca, al revés de una etiqueta o a un pétalo de rosa, pero que hubieran sido entretejidas como en la confección de un nido. Mil pequeños detalles inútiles .prodigalidad encantadora del boticario. que en un preparado facticio se hubieran suprimido, me daban, lo mismo que un libro donde nos maravillamos de ver el nombre de un conocido, el gozo de comprender que eran aquellos verdaderos tallos de tilo, como los que yo veía en el paseo de la Estación, y modificados precisamente, porque eran de verdad y no copias, y habían envejecido. Y como cada rasgo característico que ofrecían no era más que la metamorfosis de un rasgo antiguo, yo reconocía en las bolitas grises los botones verdes que no cuajaron; pero, sobre todo, el brillo rosado, lunar y suave, en el que se destacaban las flores, pendientes de una frágil selva de tallos, como rositas de oro .señal, como ese resplandor que aun revela en un muro el sitio en que estuvo un fresco borrado, de la diferencia entre las partes del árbol que habían tenido color y las que no, me indicaba que aquellos pétalos eran los mismos que, antes de henchir la bolsita de la botica, habían aromado las noches de primavera. Aquella llama rosa, de cirio, era todavía su coloración, pero medio apagada y dormida en esa vida inferior que ahora llevaban, y que viene a ser el crepúsculo de las flores. Muy pronto podía mi tía mojar en la hirviente infusión, cuyo sabor de hoja muerta y flor marchita saboreaba, una magdalenita, y me daba un pedacito cuando ya estaba bien empapada.

A un lado de su cama había una cómoda amarilla de madera de limonero, mueble que participaba de las funciones de botiquín y altar; junto a una estatuita de la virgen y una botella de Vichy Célestins había libros de misa y recetas del médico, todo lo necesario para seguir desde el lecho los oficios religiosos y el régimen, y para que no se pasara la hora de la pepsina ni la de vísperas. Al otro lado de la dama extendíase la ventana, y así tenía la calle a la vista, y podía leer desde la mañana hasta por la noche, para no aburrirse, al modo de los príncipes persas, la crónica diaria, pero inmemorial, de Combray, crónica que luego comentaba con Francisca.

Apenas estaba cinco minutos con mi tía, me mandaba que me fuera, por temor a cansarse. Ofrecía a mis labios su frente pálida y fría, que en aquellas horas tempranas aun no tenía puestos los postizos, y en la cual se transparentaban los huesos como las puntas de una corona de espinas o las cuentas de un rosario, y me decía:

«Anda, hijo mío, ve a vestirte para ir a misa; y si ves por ahí a Francisca dile que no se entretenga mucho con vosotros y que suba pronto a ver si necesito algo».

Porque, en efecto, Francisca, que estaba a su servicio hacía muchos años, y que no sospechaba entonces que algún día habría de pasar al nuestro, descuidaba un poco a mi tía los meses que pasábamos allí. Hubo una época de mi infancia, antes de que fuéramos a Combray, cuando mi tía pasaba los inviernos en París en casa de su madre, en que yo conocía a Francisca, tan vagamente, que el día primero de año, antes de entrar en casa de mi tía, mamá me ponía en la mano un duro y me decía: «Y ten cuidado de no equivocarte. Espera para dárselo a que me oigas decir: buenos días, Francisca, y al mismo tiempo te daré un golpecito en el brazo». Apenas llegábamos al oscuro recibimiento de mi tía, veíanse en la sombra, y bajo los cañones de una cofia brillante, tiesa y frágil, como si fuera de azúcar hilado, los remolinos concéntricos de una sonrisa de gratitud anticipada. Era Francisca, de pie e inmóvil en el marco de la puertecita del corredor como una estatua de un santo en su hornacina. Conforme iba uno acostumbrándose a aquellas tinieblas de iglesia, leíanse en su rostro los sentimiento de amor desinteresado a la Humanidad y de tierno respeto a las clases sociales acomodadas, exaltado en las mejores regiones de su corazón por la esperanza del aguinaldo. Mamá me pellizcaba violentamente en el brazo y decía con voz fuerte: «Buenos días, Francisca». Y a esta señal yo soltaba el duro, que iba a caer en una mano confusa, pero tendida. Pero desde que íbamos a Combray, a nadie conocía yo mejor que a Francisca; nosotros éramos sus favoritos y le inspirábamos, al menos los primeros años, tanta consideración como mi tía, y más vivo agrado, porque añadíamos al prestigio de formar parte de la familia (y Francisca guardaba a los invisibles lazos que crea entre los individuos de una familia, la circulación de una misma sangre, tanto respeto como un trágico griego) el encanto de no ser los amos de siempre. Y por eso nos recibía con gran alegría, compadeciéndonos porque no hacía mejor tiempo, la víspera de Pascua, día de nuestra llegada, en que a veces aun soplaba un viento glacial, y cuando mamá le preguntaba por su hija y sus sobrinos, si su nieto era bueno y qué pensaban hacer de él, y si se parecía a su abuela.

Y cuando ya no había gente delante, mamá, que sabía que Francisca lloraba todavía a sus padres, muertos hacía muchos años, le hablaba de ellos bondadosamente, inquiriendo mil detalles.

Mamá había adivinado que Francisca no quería a su yerno y que éste le aguaba el placer que sentía en estar con su hija, porque cuando él estaba delante no podían hablar con libertad. Así que cuando Francisca iba a verlos, a unas leguas de Combray, mi madre le decía sonriendo: «¿Verdad, Francisca, que si Julián ha tenido que salir y tiene usted a Margarita para usted sola todo el día, lo sentirá usted mucho, pero acabará por resignarse?» y Francisca respondía riéndose: «La señora lo sabe todo, es peor que los rayos X (y decía X con una dificultad afectada y una sonrisa para burlarse de su ignorancia, que se atrevía a emplear ese término científico), que trajeron para la señora Octave y que ven lo que tiene uno en el corazón»; y desaparecía turbada porque hablaban de ella, acaso para que no la vieran llorar; mamá era la primera persona que le daba la alegría de sentir que su vida, sus dichas y sus disgustos de aldeana podían ofrecer interés y ser motivo de gozo o tristeza para otra persona además de ella. Mi tía se resignaba a prescindir un poco de Francisca durante nuestra estancia, porque sabía cuánto apreciaba mi madre los servicios de aquella criada tan inteligente y activa, que estaba tan flamante, desde las cinco de la mañana, en la cocina, con su cofia, cuyo encañonado, brillante y tieso, parecía de porcelana, como para ir a misa; que lo hacía todo bien, trabajando como una caballería, estuviera buena o no, y siempre sin meter ruido, como si no hiciera nada, y la única criada de mi tía que cuando mamá pedía agua caliente o café puro los traía verdaderamente a punto de hervir; era una de esas criadas que en una casa son de las que desagradan a primera vista a un extraño, quizá porque no se toman el trabajo de conquistarlo ni lo agasajan, porque saben muy bien que no lo necesitan, y que antes de despedirla a ella dejarían de recibirlo; pero que, en cambio, son las que se ganan mejor el apego de los amos que han puesto a prueba su capacidad real y no se preocupan por esa simpatía superficial y esa palabrería servil que impresionan favorablemente a un forastero, pero que muchas veces sirven de capa a una ineducable inutilidad.

Cuando Francisca, después de cuidar que a mis padres no les faltara nada, subía por primera vez al cuarto de mi tía para darle la pepsina y preguntarle lo que iba a tomar de almuerzo, era muy raro que no fuera ya llamada a dar su opinión o alguna explicación concerniente a un acontecimiento de importancia:

-Francisca, figúrese usted que la señora Goupil ha pasado a buscar a su hermana un cuarto de hora más tarde que de costumbre; por poco que se retrase en el camino no me extrañará que llegue a la iglesia después de alzar.

-Si, no tendría nada de particular .contestaba Francisca.

-Francisca, si llega usted a venir cinco minutos antes, ve usted pasar a la señora de Imbert, con unos espárragos dos veces más gordos que los de la tía Callot; a ver si por medio de su criada se entera usted de dónde los saca. Porque usted, que este año nos pone espárragos en todas las salsas, podría comprarlos de esos para nuestros huéspedes.

-No tendría nada de particular que fueran de casa del señor cura -decía Francisca.

- .No, Francisca, no pueden ser de casa del señor cura. Y sabe usted que no cría más que unos malos esparraguillos de nada.

Y los que yo digo eran tan gruesos como el brazo. Es decir, no como un brazo de usted, claro, sino como uno de estos pobres brazos míos que este año aun han adelgazado más.

-Francisca, ¿no ha oído usted el demonio del repique ese que me estaba partiendo la cabeza?

-No, señora.

-¡Ay, hija mía, ya puede usted decir que tiene una cabeza dura, y darle gracias a Dios! Era la Maguelone que ha venido a buscar al doctor Piperaud; salieron los dos en seguida y tomaron por la calle del Pájaro. Debe haber algún niño enfermo.

-¡Vaya por Dios! .suspiraba Francisca, que no podía oír hablar de una desgracia sucedida a un desconocido, aunque fuera en la parte más remota del mundo, sin empezar a lloriquear.

-Oiga, Francisca, ¿y por quién habrán tocado a muerto? ¡Ah, sí, Dios mío, será por la señora de Rousseau! ¡Pues no me había olvidado que se murió la otra noche! ¡Ay, ya es hora de que Dios se acuerde de mí; desde la muerte de mi pobre Octavio no sé dónde tengo la cabeza! Pero le estoy haciendo a usted perder el tiempo.

-¡No, señora, no! Mi tiempo vale poco, y además, el que hizo el tiempo no nos lo vendió. Lo que sí voy a ver es si no se me apaga la lumbre.

De este modo apreciaban Francisca y mi tía los primeros acontecimientos del día en aquella sesión matinal. Pero algunas veces esos acontecimientos revestían un carácter tan misterioso y grave que mi día no podía aguardar hasta el momento que subiera Francisca, y entonces cuatro campanillazos formidables resonaban en toda la casa.

-¡Pero, señora, no es todavía la hora de la pepsina! .deja Francisca.. ¿Es que ha tenido usted algún mareo?

-No, Francisca, es decir, sí; ya sabe usted que ahora raro es el momento en que no siento mareos; un día me acabaré como la señora de Rousseau, sin darme cuenta siquiera; pero no he llamado por eso. ¿Querrá usted creer que acabo de ver, lo mismo que la estoy viendo a usted, a la señora Goupil, con una chiquita que no sé quién es? Vaya usted a casa de Camus por diez céntimos de sal, y seguramente Teodoro podrá decirnos quién es.

-Será la hija de Pupin .decía Francisca, que, como ya había ido dos veces aquella mañana a casa de Camus, prefería atenerse a una explicación inmediata.

-¡La hija de Pupin! Pero, Francisca, ¿se figura usted que no voy yo a conocer a la hija de Pupin?

-No digo la mayor, señora; digo la pequeña, la que está interna en el colegio, en Jouy. Me pareció verla ya esta mañana.

-¡Ah, como no sea eso! .decía mi tía.. Tendría que haber venido para la función. ¡Sí, eso es, no hay que pensar más, habrá venido para la función! Entonces pronto veremos a la señora de Sazerat llamar a la puerta de su hermana, para almorzar con ella.

-Eso será. He visto al chiquillo de casa de Galopín pasar con una tarta. Verá usted cómo esa tarta era para casa de la señora de Goupil.

-Pues si la señora de Goupil tiene visita no tardará usted mucho en ver entrar a sus invitados al almuerzo, porque ya empieza a hacerse tarde .decía Francisca, que, como tenía prisa en bajar para ocuparse de sus guisos, se alegraba ante la perspectiva de dejar a mi tía esta distracción.

-.Sí, pero no vendrán antes de las doce .contestaba mi tía con tono resignado, echando al reloj una ojeada inquieta, pero furtiva, para no hacer ver que ella, que ya había renunciado a todo, sacaba, de saber quién tendría la señora de Goupil a almorzar, un placer tan vivo, y que desgraciadamente se haría esperar aún lo menos media hora. «Y

quizá lleguen mientras yo esté almorzando», se decía bajito a sí misma. Su almuerzo le servía ya de bastante distracción para que no necesitara tener otra al mismo tiempo. «No se le olvide a usted traerme los huevos a la crema en un plato liso, ¡eh!»
Ésos eran los únicos platos decorados con monigotes, y mi tía se entretenía en todas sus comidas en leer el letrero del plato en que le servían. Se calaba sus gafas, e iba descifrando: *Alí-Babá, o los cuarenta ladrones*; *Aladino, o la lámpara maravillosa*, y decía sonriente: «Muy bien, muy bien».

-¿Podría llegarme a casa de Camus? .decía Francisca, al ver que mi tía ya no la iba a mandar.

-No, no merece la pena; seguramente es la chica de Pupin. Francisca, siento mucho haberla hecho a usted subir en balde.
Pero mi tía sabía perfectamente que no la había llamado en balde, porque en Combray «una persona desconocida» era un ser tan increíble como un dios de la mitología, y no se recordaba que ninguna vez que una de aquellas pasmosas apariciones habían ocurrido, fuera de la plaza, fuera de la calle del Espíritu Santo una diligente investigación no hubiera terminado por reducir el personaje fabuloso a las proporciones de una «persona conocida», ya personalmente, ya en abstracto, según su estado civil, y como pariente en tal o cual grado de alguien de Combray. Así pasó con el hijo de la señora de Sauton, al volver del servicio; con la sobrina del padre Perdreau, que salía del convento, y con el hermano del cura, recaudador en Chateaudun, cuando vino para la función o cuando pidió el retiro. Al verlos, cundió la emoción de que había en Combray personas que no se sabía quiénes eran sencillamente, porque no fueron reconocidas o identificadas en seguida. Y, sin embargo, tanto el cura como la señora de Sauton habían prevenido anticipadamente que esperaban a sus huéspedes. Cuando, al volver por la tarde, subía yo a contar mi paseo a la tía, si cometía la imprudencia de decirle que habíamos visto junto al Puente Viejo a un hombre que mi abuelo no conocía, exclamaba: «¡Un hombre que el abuelo no conoce! No puede ser», pero, preocupada con la noticia, quería quitarse ese peso de encima y mandaba llamar a mi abuelo.

-¿A quién os habéis encontrado junto al Puente Viejo? Dice éste que a un hombre desconocido.

-No .contestaba mi abuelo., era Próspero, el hermano del jardinero de Bouilleboeuf.

-¡Ah!, ya decía, tranquilizada y un poco encendida; y encogiéndose de hombros con una sonrisa irónica, añadía.: ¡Y me decían que habían ustedes encontrado a un hombre que no sabían quién era!

Y entonces me recomendaban que otra vez fuera más circunspecto y que no pusiera nerviosa a mi tía con palabras impremeditadas. Todo el mundo, personas y animales, se conocía tan bien en Combray, que si, mi tía veía por casualidad pasar un perro «desconocido», no dejaba de pensar en eso y en consagrar a aquel hecho incomprensible su talento inductivo y sus horas de libertad.

-Debe de ser el perro de la señora de Sazerat .decía Francisca sin gran convencimiento, con objeto de tranquilizarla y de que no se calentara más la cabeza.

-¡Como que no voy yo a conocer al perro de la señora de Sazerat! .contestaba mi tía, cuyo espíritu crítico no admitía un hecho con tanta facilidad, .¡Ah!, será el perro nuevo que Galopín ha traído de Lisieux.

-Como no sea eso...

-Dicen que es un animal muy bueno .añadía Francisca, que lo sabía por Teodoro., tan listo como una persona y siempre de buen humor y amable, un perro muy gracioso. Es raro que un animal tan pequeño sea manso. Señora, voy a tener que bajarme, no tengo tiempo de distraerme, son ya las diez y no está el horno encendido; además, tengo que pelar los espárragos.

-¡Pero más espárragos aún, Francisca! Tiene una manía por los espárragos este año y va usted a cansar a nuestros parisienses.

-No, señora. Les gustan mucho los espárragos. Traerán apetito de la iglesia y ya verá usted cómo no se los comen con el revés de la cuchara.

-Pero ya deben de estar en la iglesia. Sí, sí; no pierda usted tiempo. Vaya usted a cuidar el almuerzo.

Mientras que mi tía estaba charlando así con Francisca, yo iba con mis padres a misa. ¡Qué cariño tenía yo a la iglesia de Combray, y qué bien la veo ahora! El viejo pórtico de entrada, negro y picado cual una espumadera, estaba en las esquinas curvado y como rehundido (igual que la pila del agua bendita a que conducía), lo mismo que si el suave roce de los mantos de las campesinas, al entrar en la iglesia, y de sus dedos tímidos al tomar el agua bendita, pudiera, al repetirse durante siglos, adquirir una fuerza destructora, curvar la piedra y hacerle surcos como los que trazan las ruedas de los carritos en el guardacantón donde tropiezan todos los días. Las laudas, bajo las cuales el noble polvo de los abades de Combray, allí enterrados, daba al coro un como pavimento espiritual, no eran ya tampoco de materia inerte y dura porque el tiempo la había ablandado y la vertió, como miel fundida, por fuera de los límites de su labra cuadrada, que por un lado, superaban en dorada onda, arrastrando las blancas violetas de mármol; y que en otros lugares se resorbía contrayendo aún más la elíptica inscripción latina, introduciendo una nueva fantasía en la disposición de los caracteres abreviados y acercando dos letras de una palabra mientras que separaba desmesuradamente las demás. Las vidrieras nunca tornasolaban tanto como en los días de poco sol, de modo que si afuera hacía mal tiempo, de seguro que en la iglesia lo hacía hermoso; había una, llena en toda su tamaño por un solo personaje que parecía un rey de baraja, y revivía allá, entre cielo y tierra, bajo un dosel arquitectónico (y en el reflejo oblicuo y azulado que daba este rey, veíase a veces, un día de entre semana, a mediodía, cuando ya no hay misas .en uno de esos raros momentos en que la iglesia; ventilada, yacía, más humanizada; lujosa, con el oro del sol en el mobiliario, parecía casi habitable como el *hall* de piedra tallada y vidrieras pintadas de un hotel estilo medieval. a la señora de Sazerat, que se arrodillaba un instante, dejando en el reclinatorio de al lado un paquetito muy bien atado de pastas que acababa de comprar en la pastelería de enfrente y que llevaba a casa para postre); en otra vidriera, una montaña de rosada nieve, a cuya planta se libraba un combate, parecía que había escarchado hasta la misma vidriera, hinchándola con su turbio granillo, como un vidrio en donde aun quedaran copos de nieve, pero copos iluminados por alguna luz de aurora (por la misma aurora sin duda que coloreaba el retablo con tan frescos tonos, que más bien parecían pintados allí por un resplandor venido de fuera y pronto a desvanecerse, que por colores adheridos para siempre a la piedra); y eran todas tan antiguas, que se veía brillar acá y allá su plateada vejez con el polvo de los siglos, y que mostraban brillante y raída hasta la trama, la hilazón de su tapicería de vidrio. Había una que era un alto compartimiento dividido en un centenar de cristalitos rectangulares, en los que predominaba el azul, como una gran baraja de aquellas que debían de distraer al rey Carlos VI; pero un momento después, y ya fuera, porque brillaba un rayo de sol o porque mi mirada al moverse paseaba por la vidriera, que se encendía y se apagaba, un incendio móvil y precioso, tomaba el brillo mudable de una cola de pavo real, y luego se estremecía y ondulaba formando una lluvia resplandeciente y fantástica, que goteaba desde lo alto de la bóveda rocosa y sombría, a lo largo de las húmedas paredes, como si yo fuera detrás de mis padres, que llevaban su libro de misa en la mano, no por una iglesia, sino por la nave de una gruta de irisadas estalactitas; un instante más tarde, los cristalitos en rombo tomaban la profunda transparencia, la infrangible dureza de zafiros que hubieran estado puestos en un inmenso pectoral, pero tras los cuales sentíase más codiciada que sus riquezas, una momentánea sonrisa del sol; un sol tan cognoscible en la ola azul y suave con que bañaba las pedrerías como en los adoquines de la plaza o en la paja del mercado; y en los primeros domingos de nuestra estancia, cuando llegábamos antes de Pascua, me consolaba de la desnudez y negrura de la tierra, desplegando, como en una primavera histórica y que datara de los sucesores de San Luis, el tapiz cegador y dorado de miosotis de cristal.

Dos tapices de trama vertical representaban la coronación de Ester (la tradición prestaba a Asuero los rasgos fisonómicos de un rey de Francia y a Ester los de una dama de Guermantes, de la que estaba enamorado), y los colores, al fundirse, habían añadido a los tapices expresión, relieve y claridad; un poco de color de rosa flotaba en los labios de Ester saliéndose del dibujo de su contorno, y el amarillo de su traje se ostentaba tan suntuosamente, tan liberalmente, que venía a cobrar como una especie de consistencia y triunfaba vivamente sobre la atmósfera vencida; y el follaje de los árboles seguía verde en las partes bajas del paño de seda y lana, pero arriba se había «pasado» y hacía destacarse con más palidez, por encima de los troncos oscuros, las ramas altas, amarillentas, doradas y como medio borradas por la brusca y oblicua claridad de un sol invisible. Todo esto y todavía más los objetos preciosos donados a la iglesia por personajes que para mí eran casi personajes de leyenda (la cruz de oro, trabajado, según decían, por San Eloy, y regalada por Dagoberta; el sepulcro de los hijos de Luis el Germánico, de pórfiro y cobre esmaltado), era motivo de que yo anduviera por la iglesia para ir hacia nuestras sillas, como por un valle visitado por las hadas y donde el campesino se maravilla de ver en una roca, en un árbol, en un charco, huellas palpables de su sobrenatural paso; todo esto revestía a la iglesia para mis ojos de un carácter enteramente distinto al resto de la ciudad: el ser un edificio que ocupaba, por decirlo así, un espacio de cuatro dimensiones .la cuarta era la del Tiempo. y que al desplegar a través de los siglos su nave, de bóveda en bóveda y de capilla en capilla, parecía vencer y franquear no sólo unos cuantos metros, sino épocas sucesivas, de las que iba saliendo triunfante; que ocultaba el rudo y feroz siglo onceno en el espesor de sus muros, de donde no surgía con sus pesados arcos de bóveda, rellenos y cegados por groseros morrillos, más que en la profunda brecha que abría junto al pórtico la escalera del campanario, y aun allí, disimulado por los graciosos arcos góticos que se colocaban coquetamente delante de él, como hermanas mayores que se colocan sonriendo delante de un hermanito zafio, grosero y mal vestido, para que no lo vea un extraño; que alzaba al cielo, por encima de la plaza, su torre que viera a San Luis y que todavía parecía estar viéndolo; y que se hundía con su cripta en una noche merovingia por donde, guiándonos a tientas, bajo la bóveda sombría y fuertemente nervuda, como la membrana de un inmenso murciélago de piedra, Teodoro y su hermana nos alumbraban con una vela el sepulcro de la nieta de Sigiberto, en el que había una honda huella de valva de concha .como el rastro de un fósil. que, según decían, procedía de «una lámpara de cristal, que la noche del asesinato de la princesa franca se desprendió sola de las cadenas de oro de que pendía en el mismo lugar que hoy ocupa el ábside, que sin que se rompiese el cristal ni se apagara la llama, se hundió en la piedra, haciéndola ceder blandamente bajo su peso».

Y cómo hablar del ábside de la iglesia de Combray? ¡Era tan tosco, y carecía de tal modo de toda belleza artística y hasta de inspiración religiosa! Por fuera, como el cruce de calles en que se asentaba el ábside estaba más en bajo, su tosco muro se elevaba sobre un basamento de morrillos sin labrar, erizados de guijarros y sin ningún carácter especialmente eclesiástico; las vidrieras parecían estar a demasiada altura, y el conjunto más semejaba muro de cárcel que de iglesia. Y claro que luego, pasado el tiempo, al acordarme de todos los gloriosos ábsides que había visto, no se me ocurrió nunca compararlos con el ábside de Combray. Tan sólo un día, en un recodo de una callejuela de provincia, vi, frente al cruce de tres calles, un muro rudo y sobrealzado, con vidrieras abiertas en lo alto, con el mismo aspecto asimétrico del ábside de Combray, Y entonces no me admiré, como en Chartres o en Reims, de la fuerza con que allí estaba expresado el sentimiento religioso, sino que exclamé sin querer: «¡La iglesia!».

¡La iglesia! Edificio familiar, medianero .en la calle de San Hilario, adonde daba su puerta norte. de sus dos vecinos, la botica de Rapin y la casa de la señora de Loiseau, con los que tocaba sin separación alguna, simple ciudadana de Combray, donde nos parecía que habría de pararse el cartero al hacer su reparto de la mañana, cuando salía de casa de Rapin y antes de entrar en casa de la señora Loiseau, existía, sin embargo, entre ella y todo lo demás, una demarcación que mi alma jamás pudo franquear. En vano la señora Loiseau cultivaba en su balcón unas fucsias que tenían la mala costumbre de dejar correr ciegamente a sus ramas y cuyas flores no tenían cosa más urgente que hacer, cuando ya eran grandecitas, que ir a refrescarse las mejillas moradas, congestionadas, en la sombría fachada de la iglesia: no por eso eran aquellas fucsias para mí sagradas;

entre las flores y la piedra negruzca en que se apoyaban, aunque mis ojos no percibían ningún intervalo, mi alma distinguía un abismo.

Reconocíase la torre del campanario de San Hilario desde muy lejos, inscribiendo su fisonomía inolvidable en un horizonte donde todavía no asomaba Combray; cuando en la semana de Resurrección, la veía mi padre, desde el tren que nos llevaba de París, corriendo por todos los surcos del cielo y haciendo girar en todas direcciones su veleta, que era un gallo de hierro, nos decía: «Vamos, coged las mantas, que ya hemos llegado». Y en uno de los grandes paseos que dábamos estando en Combray, había un sitio en que el estrecho camino iba a desembocar en una gran meseta cuyo horizonte cerrábalo la dentada línea de unos bosques, y por encima de ellos asomaba únicamente la fina punta de la torre de San Hilario, tan sutil, tan rosada, que parecía una raya hecha en el cielo con una uña, con la intención de dar a aquel paisaje, todo de naturaleza, una leve señal de arte, una única indicación humana. Cuando se acercaba uno y se veía el resto de la torre cuadrada y medio derruida, que menos alta que la del campanario, aun subsistía junto a ella, sorprendía ante todo el tono sombrío y rojizo de la piedra; en las brumosas mañanas de otoño, elevándose por encima del tormentoso color violeta de los viñedos, hubiérase dicho que era una ruina purpúrea, del color casi de la viña virgen.

Muchas veces, al pasar por la plaza, de vuelta del paseo, mi abuela me hacía pararme para contemplar el campanario. De las ventanas de la torre, colocadas de dos en dos, unas encima de otras, con esa justa y original proporción en las distancias que no sólo da belleza y dignidad a los rostros humanos, soltaba, dejaba caer a intervalos regulares bandadas de cuervos, que durante un instante daban vueltas chillando, como si las viejas piedras que los dejaban retozar sin verlos; al parecer, se hubieran tornado de pronto inhabitables, y exhalando un germen de agitación infinita los hubieran pegado y echado de allí. Y después de haber rayado en todas direcciones el terciopelo morado del aire, se calmaban de pronto y volvían a absorberse en la torre, que de nefasta se había convertido en propicia, y unos cuantos, plantados aquí y allá, parecían inmóviles, cuando estaban, quizá, atrapando a algún insecto en la punta de una torrecilla, lo mismo que gaviota quieta, inmóvil, con la inmovilidad del pescador, en la cresta de una ola. Sin saber muy bien porqué, mi abuela apreciaba en la torre de San Hilario esa falta de vulgaridad, de pretensión y de mezquindad que la inclinaba a querer y a considerar como ricos en benéfica influencia a la naturaleza siempre que la mano del hombre no la hubiera, como la de nuestro jardinero, empequeñecido. y a las obras geniales.

Indudablemente, la iglesia, vista por cualquier lado, se distinguía de los demás edificios en que tenía infusa como una especie de pensamiento; pero en su campanario es donde parecía tomar conciencia de sí misma y afirmar una existencia individual y responsable. La torre hablaba por ella. Creo que en la de Combray encontraba mi abuela la cualidad que más apreciaba en este mundo: la naturalidad y la distinción. Como no entendía de Arquitectura, decía: «Hijos míos, podéis reíros de mí; no será hermosa conforme a los cánones, pero me gusta mucho esa forma suya tan vieja y tan rara. Estoy convencida de que si tocara el piano tocaría con «alma». Y, al mirarla, al seguir con la vista la suave tensión, la inclinación ferviente de sus declives, de sus pendientes de piedra, que conforme se alzaban iban acercándose como se juntan las manos para rezar, uníase tan bien a la efusión de la aguja, que su mirada se lanzaba hacia arriba con ella; y, al mismo tiempo, sonreía bondadosamente a las viejas piedras gastadas, que ya sólo en el remate alumbraba el poniente, y que desde el momento en que entraban en esa zona soleada, suavizadas por la luz, parecían subir mucho más arriba, ir más lejos, como un canto atacado en voz de falsete, una octava más alto.

 Lo que en Combray daba forma, coronamiento y consagración a todos los quehaceres, a todas las obras y a todas las perspectivas de la ciudad, era el campanario. Desde mi cuarto sólo alcanzaba a ver su base, cubierta de pizarra; los domingos, cuando veía en una cálida mañana aquellas pizarras flameantes como un negro sol, me decía: «¡Dios mío!, las nueve. Tengo que vestirme ya para ir a misa, si quiero que me quede tiempo para subir a dar un beso a la tía Leoncia»; y ya veía exactamente el color que iba a tener el sol en la plaza, y el calor y el polvo que haría en el mercado, y la sombra del toldo de la tienda donde mamá entraría, quizá, antes de misa, atravesando un olor de tela cruda, a comprar un pañuelo, pañuelo que le haría mostrar el amo, el cual se preparaba ya a cerrar y acababa de salir de la trastienda, con su americana de domingo y con las manos bien jabonadas, aquellas manos que tenía por costumbre restregarse una con otra cada cinco minutos, y aun en las más tristes circunstancias, con aire de audacia, de galantería y de triunfo.

 Cuando después de misa entrábamos a decir a Teodoro que nos mandara un brioche mayor que de costumbre, porque nuestros primos, aprovechando el buen tiempo, habían venido de Thiberzy a almorzar con nosotros, teníamos enfrente el campanario, que, dorado y recogido como un gran brioche bendito, con escamas y gotitas gomosas de sol, hundía su aguda punta en el cielo azul. Y por la tarde, al volver de paseo, cuando ya pensaba yo en que pronto tendría que despedirme de mamá y no volver a verla, mostrábase el campanario tan suave en el acabar del día, que parecía colocado y hundido como un almohadón de terciopelo pardo, en el cielo pálido, que había cedido a su presión, ahondándose ligeramente para hacerle hueco, y refluyendo en los bordes; y los chillidos de los pájaros que revoloteaban por alrededor acrecían su silencio, daban más impulso a su aguja y lo revestían de inefable carácter.

Hasta cuando había que ir por las calles de detrás de la iglesia, donde no se la veía, todo parecía ordenado con arreglo al campanario, que surgía aquí o allá entre las casas, aun más impresionante por asomar así sin la iglesia. Verdad que hay muchos otros campanarios mucho más hermosos vistos de esa manera, y que guardo en mi memoria viñetas de torres asomando encima de los tejados, de un carácter más artístico que las que componían las tristes calles de Combray. Nunca se me olvidarán, de una curiosa ciudad de Normandía, próxima a Balbec, dos encantadores palacios del siglo XVIII, que por muchos conceptos me son caros y venerables, y entre los cuales, cuando se mira desde el hermoso jardín que baja de las escalinatas de los palacios hacia el río, se eleva la aguja gótica de una iglesia, y parece como que termina y corona sus fachadas; pero con un material tan distinto, tan precioso, tan rizado, rosáceo y pulido, que se aprecia claramente que no forma parte de ellos, como no forma parte de las dos hermosas guijas, entre las que está presa en la playa, la flecha purpurina y dentada de una concha en forma de huso, toda resplandeciente de esmalte. En el mismo París, en uno de los barrios más feos de la ciudad, sé yo de una ventana por la que se ve, después de un primero, un segundo y hasta un tercer término de tejados amontonados de varias calles, una campana morada, a veces rojiza, y en ocasiones, cuando la atmósfera tira una de sus mejores «pruebas., de un negro filtrado en gris, que no es más que la cúpula de San Agustín, y que da a esa vista de París el carácter de algunas de Roma, por Piranesi. Pero como en ninguno de aquellos grabados, por gustosamente que los ejecutara mi memoria, pude poner lo que ya tenía perdido hacía tanto tiempo, es decir, el sentimiento que nos mueve, no a mirar una cosa como un espectáculo, sino a creer en ella como en un ser sin equivalente, ninguna de ellas señorea una parte tan honda de mi vida como el recuerdo de aquellos aspectos del campanario de Combray en las calles de detrás de la iglesia.

Unas veces, cuando a las cinco de la tarde íbamos al correo por las cartas, se le veía a la izquierda, y unas casas más debajo de uno, elevando bruscamente con su aislada cima, la línea que dibujaban los tejados; otras, por el contrario, cuando queríamos preguntar por la señora Sazerat, se seguía con la vista dicha línea, que después de haberse elevado voluta a bajar en su otra vertiente, sabiendo que había que torcer por la segunda bocacalle, pasado el campanario; y si íbamos más allá, camino de la estación, se lo veía oblicuamente, mostrando de perfil aristas y superficies nuevas, como un sólido sorprendido en un aspecto desconocido de su revolución.

Y desde las márgenes del Vivona, el ábside, musculosamente recogido e hinchado por la perspectiva, parecía nacido del esfuerzo que hacía el campanario para lanzar su aguja hasta el mismo corazón del cielo; pero en cualquier forma que se lo viera, a él era menester tornar siempre; a él, que lo dominaba todo, conminando a las casas con un inesperado pináculo que se alzaba ante mí como un dedo inconfundible de Dios, aunque el Cuerpo Divino, oculto por la muchedumbre humana, no se veía. Y hoy todavía, si en alguna gran ciudad de provincias o en un barrio de París que no conozco bien, un transeúnte que me ha «encaminado» me indica a lo lejos como punto de referencia la torre de un hospital, o el campanario de un convento, que alzan su puntiagudo bonete eclesiástico en la esquina de una calle por donde debo continuar, a poco que mi memoria pueda encontrarle oscuramente algún rasgo de parecido con la amada y desaparecida silueta, el transeúnte, si se vuelve a ver si voy bien, puede, todo asombrado, verme, olvidado del paseo o del quehacer, allí parado delante del campanario horas y horas, probando a acordarme, y sintiendo en mi interior tierras reconquistadas al olvido que van quedando en seco y tomando forma; y en ese instante, y con mayor ansiedad que el momento antes, cuando le pedía que me guiara, sigo buscando mi camino, doblo una calle..., pero todo sin salir de dentro de mi corazón.

Al volver de misa solíamos encontrarnos con el señor Legrandin, que, obligado a vivir en París por su profesión de ingeniero, no podía, como no fuera en vacaciones, venir a su finca de Cambray más que desde el sábado por la noche hasta el lunes por la mañana. Era una de esas personas que además de su carrera científica, en la que logran brillantes triunfos, tienen una cultura enteramente distinta, artística o literaria, que no utiliza su especialización profesional, pero de la que beneficia su conversación. Más leídos que muchos literatos (en aquella época no sabíamos que el señor Legrandin gozaba de cierta reputación como escritor, y nos extrañamos al ver que un músico célebre había escrito una melodía con letra suya), y con más «facilidad» que muchos pintores, se imaginan estas personas que la vida que hacen en este mundo no es la apropiada para ellos, y ponen en sus ocupaciones positivas, ya una indiferencia medio caprichosa, ya una aplicación constante y altiva, despectiva, amarga y concienzuda. Alto, bien formado, de rostro fino y pensativo, con largos bigotes rubios, mirar azul y desengañado, de cortesía extremada y de conversación tan grata como nunca la oímos, era a los ojos de mi familia, que le citaba siempre como dechado, el tipo del hombre selecto, que tomaba la vida del modo más noble y delicado. Lo único que le censuraba mi abuela era hablar un poco mejor de lo debido, de un modo un tanto libresco, y de que su lenguaje careciera de la naturalidad que tenían sus chalinas siempre flotantes y su americana recta, casi de estudiante. También le extrañaban los inflamados párrafos que a veces lanzaba contra la aristocracia, la vida mundana, y el snobismo, «que seguramente era el pecado en que pensaba San Pablo al hablar de un pecado que no tiene remisión».

La ambición mundana era un sentimiento tan imposible de sentir y casi de comprender para mi abuela, que le parecía gastar tanta pasión en difamarla. Además no le parecía cosa de muy buen gusto que el señor Legrandin, que tenía una hermana casada, cerca de Balbec, con un hidalgo de la Normandía Baja, se entregara a tan violentos ataques contra los nobles, llegando casi hasta a reprochar a la Revolución el no haberlos guillotinado a todos.

-Salud, amigos míos .decía viniendo a nuestro encuentro.. Felices ustedes que pueden vivir mucho aquí. Yo, mañana, tengo que volverme a París, a meterme en mi rincón.

-¡Ah! .añadía con aquella sonrisa suavemente irónica y desencantada; un tanto distraída, que le era peculiar., cierto que tengo en casa toda clase de cosas inútiles. Sólo me falta lo necesario, es decir, un gran espacio de cielo, como aquí. Procura guardar siempre por encima de tu vida un buen espacio de cielo, joven .añadía, volviéndose hacia mí.. Tienes un alma muy buena, poco usual, y una naturaleza de artista, así que no consientas que le falte lo que necesita.

Cuando, al regreso, mi tía nos mandaba preguntar si la señora de Goupil había llegado tarde a misa, no podíamos informarle.

En cambio, le dábamos una preocupación más diciéndole que había en la iglesia un pintor copiando la vidriera de Gilberto el Malo. Francisca, enviada inmediatamente por su ama a la tienda de ultramarinos, volvía con las manos vacías, por culpa de que no estuviera allí Teodoro, el cual, gracias a su doble profesión de cantor de la iglesia, encargado en parte de su limpieza, y de dependiente de ultramarinos, tenía conocidos en todas partes y un saber enciclopédico.

-¡Ay! .suspiraba mi tía., ¡ojalá fuera ya la hora de que venga Eulalia! Ella es la única que podrá informarme.

Eulalia era una muchacha coja y sorda, muy activa, que se había «retirado», a la muerte de la señora de la Bretonnerie, en cuya casa estaba colocada desde niña, y que alquiló una habitación junto a la iglesia; y se pasaba el día bajando y subiendo de su casa al templo, ya a las horas de los oficios, ya fuera de ellas, para rezar un poquito o para echar una mano a Teodoro; lo restante del tiempo lo consagraba a visitar enfermos, como mi tía Leoncia, a los que contaba todo lo que había pasado en misa o en las vísperas. No despreciaba la ocasión de añadir algún pequeño ingreso a la parva renta que le pasaba la familia de sus antiguos señores, yendo de cuando en cuando a cuidar de la lencería del señor cura o de otra personalidad notable del mundo clerical de Combray. Llevaba un manto de paño negro y una papalina blanca, casi de monja: una enfermedad de la piel dio a una parte de sus mejillas y a su nariz corva los tonos de color rosa vivo de la balsamina. Sus visitas eran la gran distracción de mi tía Leoncia, y las únicas que recibía, aparte de las del señor cura. Mi tía había ido deshaciéndose poco a poco de los demás visitantes, porque a sus ojos incurrían todos en el defecto de pertenecer a una de las dos categorías de personas que detestaba.

Unas, las peores y aquellas de quienes antes se deshizo, eran las que le aconsejaban que no «se hiciera caso», y profesaban, aunque fuera negativamente y sin manifestarlo más que con ciertos silencios de desaprobación o sonrisa incrédulas, la subversiva doctrina de que un paseíto por el sol y un buen bistec echando sangre (¡a ella que conservaba catorce horas en el estómago dos malos tragos de agua de Vichy!) le probarían más que la cama y los medicamentos. Formaban la otra categoría personas que, al parecer, la creían más enferma de lo que estaba, o tan enferma como ella, aseguraba estar.

Así que aquellas personas a quienes se permitió subir, después de grandes vacilaciones y gracias a las oficiosas instancias de Francisca, y que en el curso de su visita mostraron cuán indignos eran del favor que se les había hecho, arriesgando tímidamente un: «¿No le parece a usted que si anduviera un poco, cuando el tiempo sea bueno...?», o que, por el contrario, al decirles ella: «Estoy muy mal, muy mal, esto se acaba», le contestaron: «Sí, cuando no se tiene salud. Pero aun puede usted tirar así mucho tiempo», estaban seguros, tanto unos como otros, de no ser recibidos nunca más. Y si Francisca se reía de la cara de susto que ponía mi tía al ver venir, desde su cama, por la calle del Espíritu Santo, a una de aquellas personas, o al oír un campanillazo, se reía todavía más, como de una buena jugarreta, de las argucias siempre triunfantes de mi tía para que se volvieran sin entrar y de la cara desconcertada del visitante que se marchaba sin verla, y en el fondo admiraba a su ama, considerándola superior a todas aquellas personas, puesto que no las quería recibir. De modo que mi tía exigía al mismo tiempo que le aprobaran su régimen, que la compadecieran por sus padecimientos y que la tranquilizaran respecto a su porvenir.

Y en esto Eulalia rayaba muy alto. Ya podía mi tía decirle veinte veces por minuto: «Esto se acaba, Eulalia»; otras tantas veces respondía Eulalia: «Conociendo su enfermedad como la conoce usted, llegará usted a los cien años; eso mismo me decía ayer la señora de Sazerin». (Una de las más arraigadas creencias de Eulalia, y en la que no pudo hacer mella el imponente número de mentís que le dio la experiencia, era que la señora de Sazerat se llamaba la señora de Sazerin.)

-.No pido tanto como llegar a los cien -contestaba mi tía, que prefería no ver sus días contados con un límite concreto.

Y como, además de eso, Eulalia sabía distraer a mi tía sin cansarla, sus visitas, que ocurrían regularmente todos los domingos, salvo impedimento inopinado, constituían para mi tía un placer cuya perspectiva la mantenía esos días en un estado agradable al principio, pero que acababa por ser doloroso, como la mucha hambre, a poco que Eulalia se retrasara. Cuando se prolongaba excesivamente aquella voluptuosidad de esperar a Eulalia se tornaba suplicio, y mi tía no hacía más que mirar el reloj, bostezar y sentirse mareada. Y cuando el campanillazo de Eulalia sonaba al final del día, cuando no se la esperaba ya, mi tía casi se ponía mala. En realidad, los domingos no pensaba más que en la visita, y en cuanto se acababa el almuerzo, Francisca sentía impaciencia porque nos marcháramos del comedor, para poder subir a «entretener» a mi tía.

Pero (sobre todo desde que el buen tiempo se afirmaba en Combray) ya hacía rato que la altiva hora del mediodía caía de la torre de San Hilarlo después de blasonarlo con los doce florones momentáneos de su corona, sonara alrededor de nuestra mesa, junto al pan bendito, venido también él familiarmente de la iglesia, y aun seguíamos sentados ante los platos historiados de las *Mil y una noches,* fatigados por el calor y sobre todo por la comida. Porque al fondo permanente de huevos, de chuletas, patatas, confituras y bizcochos, que ya ni siquiera nos anunciaba, añadía Francisca, con arreglo a las labores de los campos y de los huertos, el fruto de la pesca, los azares del comercio, las finezas de los vecinos y su propio genio, de tal manera que la lista de nuestras comidas reflejaba en cierto modo, como esas cuadrifolias esculpidas en el siglo XIII, en el pórtico de las catedrales, el ritmo de las estaciones y los episodios de la vida: un mero, porque la vendedora le había garantizado que estaba fresco; una pava, porque la había visto muy hermosa en el mercado de Roussainville le Pin; tuétano de cardos, porque todavía no nos los había hecho así; una pierna de carnero asada, porque el salir da ganas, y porque tenía tiempo de bajar hasta los talones de aquí hasta la hora de la cena; espinacas, para variar; albaricoques, porque eran de los primeros; grosellas, porque dentro de quince días ya no habría; frambuesas, porque las había traído expresamente el señor Swann; cerezas, porque eran el primer fruto que daba el cerezo del jardín, después de pasarse dos años sin producir; queso a la crema, porque me gustaba mucho antes; pastel de almendra, porque se había encargado la víspera, y el brioche, porque nos tocaba a nosotros traerlo. Acabado todo esto, se nos brindaba, hecha especialmente para nosotros, pero dedicada particularmente a mi padre, que le tenía mucha afición, una crema de chocolate, inspiración y atención personal de Francisca, leve y fugitiva como una obra de circunstancia en la que hubiera puesto todo su talento. El que no hubiera querido probarla, alegando que ya había terminado y que no tenía más ganas, se hubiera humillado por este sencillo hecho al rango de uno de esos groseros que hasta cuando un artista les regala una obra suya se fijan en el peso y en la materia, cuando lo que vale en ella es la intención y la firma. Y dejarse una gota en el plato hubiera significado una descortesía semejante a la de levantarse, estando delante el compositor, antes de que se acabe el trozo que están ejecutando.

Por fin, mi madre decía: «Vamos, no te estés más aquí, sube a tu cuarto, si es que afuera tienes mucho calor; pero antes sal a tomar el aire un poco para no leer en seguida de comer». Iba a sentarme junto a la bomba del agua y el pilón, exornado éste muchas veces, como un fondo gótico, por una salamandra, que esculpía sobre la ruda piedra el móvil relieve de su cuerpo alegórico y ahusado, en un banco sin respaldo, sombreado por un Tilo, en aquel rinconcito del jardín que daba, por una puerta de servicio, a la calle del Espíritu Santo, y en cuyo mal cuidado terreno se elevaba, en altura de dos escalones y formando saliente con la casa, como una construcción independiente, la despensa; veía yo su pavimento rojo y brillante como el pórfiro. Más que la guarida de Francisca, parecía un templecillo de Venus. Rebosaba con las ofrendas del lechero, del frutero, de la verdulera, que venían muchas veces de lejanas aldeas a dedicarle las primicias de sus agros. Y su tejado coronábalo siempre un arrullo de paloma.

Otras veces no me paraba en el bosquecillo consagrado que la rodeaba, y antes de subirme a leer, entraba en el cuarto de descanso que mi tío Adolfo, hermano de mi abuelo, militar que se retiró con el grado de comandante, tenía en la planta baja, y que, aunque las ventanas abiertas dejaran pasar el calor, ya que no los rayos solares, que no alcanzaban hasta allí, exhalaba sin cesar ese olor fresco y oscuro, a la vez forestal y *antiguo régimen,* que inspira largos años al olfato, cuando nos asalta al penetrar en un abandonado pabellón de caza. Pero hacía muchos años que ya no entraba en el cuarto de mi tío Adolfo, porque él ya no venía a Combray, con motivo de un disgusto que tuvo con mi familia, por culpa mía y en las circunstancias que siguen: En París me mandaban, una o dos veces por mes, a hacer una visita a mi tío Adolfo, cuando estaba acabando de almorzar, vestido con la guerrera sencilla y servido a la mesa por un criado en traje de faena, a rayas moradas y blancas. Se quejaba, gruñendo, de que no había ido a verlo hacía mucho tiempo y de que lo abandonaba; me daba un poco de mazapán o una naranja; cruzábamos un salón, donde nunca nos parábamos, siempre sin lumbre, con paredes adornadas por molduras doradas, techos pintados de azul, queriendo imitar el cielo, y muebles acolchados de satén, como en casa de mis abuelos, pero aquí amarillos, y entrábamos en lo que él llamaba su «despacho», donde había unos grabados que representaban, sobre un fondo negro, una diosa rosada y carnosa guiando un carro, y subida en un globo o con una estrella en la frente, de esas que gustaban en el segundo Imperio, porque parecían tener algo de pompeyano, que luego cayeron en aborrecimiento y que hoy empiezan a gustar otra vez, por la única razón, aunque se aleguen otras, de que tienen carácter Segundo Imperio. Y estaba con mi tío hasta que su ayuda de cámara venía a preguntarle, de parte del cochero, a qué hora tenía que enganchar. Mi tío sumíase entonces en una meditación que jamás se hubiera atrevido a interrumpir con un solo movimiento su maravillado ayuda de cámara, que esperaba, siempre con curiosidad, el resultado invariablemente idéntico. Por fin, después de una suprema vacilación, mi tío pronunciaba infaliblemente estas palabras: «A las dos y cuarto»; palabras que el criado repetía con sorpresa pero sin discutirlas: «A las dos y cuarto? Muy bien... voy a decírselo».

Por aquel entonces poseíame la afición al teatro, afición platónica, porque mis padres nunca me habían dejado ir, y se me representaban de un modo tan inexacto los placeres que procuraba, que casi llegué a creer que cada espectador miraba, lo mismo que en un estereoscopio, una decoración que era para él solo aunque igual a las otras mil que se ofrecían, una a cada cual, al resto de los espectadores.

Todas las mañanas corría a la columna anunciadora Moriss a ver las funciones que anunciaba. Nada más desinteresado y son riente que los ensueños que ofrecía a mi imaginación cada una de las obras anunciadas y que estaban condicionados a la par, por las imágenes inseparables de las palabras que componían sus títulos, y además por el color de los carteles, aún húmedos y con las arrugas recién hechas al pegarlos, en que esas letras se destacaban. A no ser una de aquellas obras tan extrañas, como el *Testamento de César Girodot y Edipo, rey*, que figuraban, no en el cartel verde de la Ópera Cómica, sino en el cartel dorado de la Comedia Francesa, nada me parecía tan distinto del airón blanco y resplandeciente de *Los Diamantes de la Corona*, como satén liso y misterioso de *El Dominó Negro*, y como mis padres me habían dicho que cuando fuera al teatro por vez primera, tendría que escoger entre esas dos obras, intentando profundizar sucesivamente en el título de cada cual; puesto que era lo único que de ellas conocía, para tratar de aprender el placer que cada una podría darme y compararlo con el que la otra encerraba, llegué a representarme con tanta fuerza, una obra deslumbrante y altiva, por un lado, y por el otro una obra suave y aterciopelada que me sentía incapaz de decidir cuál se llevaría mi preferencia, como si para el postre me hubieran dado a elegir entre arroz a la emperatriz y crema de chocolate.

Todas mis conversaciones con mis compañeros versaban sobre aquellos actores cuyo arte, aunque me era aún desconocido, era la primera forma de todas las que reviste, con que para mí se hacía presentir el Arte. Las diferencias más insignificantes entre la manera que uno u otro tenían que declamar o matizar un párrafo, me parecían de incalculable importancia. Y por lo que había oído decir de ellos, los iba clasificando por orden de talento, en una lista que me recitaba a mí mismo todo el día, y que acabaron por petrificarse en mi cerebro y molestarlo con su inmovilidad.

Más adelante, cuando fui al colegio, cada vez que durante la clase volvía el profesor la cabeza y yo hablaba con un nuevo amigo, lo primero que le preguntaba era si había ido ya al teatro y si no creía que el mejor actor era sin duda Got, el segundo Delaunay, etc.

Y si opinaba que Febvre iba después de Thiron o Delaunay después de Coquelin, la repentina movilidad que Coquelin, perdiendo la rigidez de la piedra, cobraba en mi espíritu para ocupar el segundo lugar y la agilidad milagrosa y fecunda animación que ganaba Delaunay para retroceder hasta el cuarto puesto, devolvían la sensación del reflorecer y del vivir a mi cerebro ya flexible y fértil.

Pero si tanto me preocupaban los actores, si el ver salir una tarde a Maubant de la Comedia Francesa me causó el pasmo y el dolor que el amor inspira, el nombre de una gran actriz que resplandecía en el anuncio de un teatro, y la fugaz visión de un rostro de mujer, visto tras el cristal de la portezuela de un coche que pasaba por la calle con sus caballos adornados de rosas en la frente, y que yo me figuraba que sería el de una actriz, dejaban en mí un rastro de más prolongada preocupación y de afán impotente y doloroso para representarme su vida. Clasificaba, por orden de talento, a las más famosas: Sarah Bernhardt, la Berma, Bartet, Madeleine Brohan, Jeanne Samary, pero por todas me interesaba. Pues bien; mi tío conocía a muchas de ellas y también a *cocottes* que yo no sabía distinguir claramente de las actrices, y a quienes recibía en su casa. Y si teníamos días fijos para ir a verlo, es que los demás días iban a su casa mujeres con las que su familia no debía encontrarse, por lo menos según el parecer de la familia, porque el de mi tío, al contrario, por su facilidad excesiva para hacer a viuditas lindas que quizá nunca estuvieron casadas, y a condesas de nombre pomposo que no era probablemente más que un nombre de guerra, la merced de presentarlas a mi abuela, o hasta de regalarles alhajas de familia, le había traído ya más de un disgusto con mi abuelo. A menudo, cuando el nombre de alguna actriz salía en la conversación, yo oía que mi padre decía, sonriendo, a mamá: «Es un amigo de tu tío»; y yo pensaba que mi tío, presentándome en su casa a la actriz inasequible para tantos otros y que era íntima amiga suya, hubiera podido dispensar a un chiquillo como yo, de la corte, que quizá años enteros habían hecho inútilmente a la puerta de aquella mujer hombres de calidad, cuyas cartas no contestaba y a quienes el portero de su palacio echaba a la calle.

    Con el pretexto de que una lección que fue menester cambiar de hora, caía tan mal, que me impidió ir a ver a mi tío varias veces y seguiría impidiéndomelo, un día, que no era el reservado para las visitas que le hacíamos, aprovechándome de que mis padres habían almorzado temprano; salí a la calle, y en vez de irme a mirar la cartelera, a lo que me dejaban ir solo, me llegué corriendo hasta su casa. Vi parado a la puerta un coche de dos caballos, que llevaban en las anteojeras un clavel rojo, clavel que también lucía el cochero en la solapa. Desde la escalera oí risa y hablar de mujer, y cuando llamé, hubo, primero un silencio, y después, ruido de puertas que se cierran. El ayuda de cámara que vino a abrirme pareció desconcertado al verme, y me dijo que mi tío estaba muy ocupado y que probablemente no podría verme; sin embargo, fue a pasarle aviso, y mientras tanto oí a la misma voz femenina de antes, que decía: «Sí: déjalo pasar, nada más que un momento; me divertirá mucho. En la fotografía que tienes encima de tu mesa de despacho se parece mucho a su mamá, a tu sobrina, ¿no?, la del retrato que está al lado. Sí, déjame que vea al chiquillo aunque no sea más que un momento».

Oí que mi tío gruñía y se enfadaba, y, por fin, el ayuda de cámara me dijo que pasara.

Encima de la mesa estaba, como de costumbre, el plato de mazapán, y mi tío llevaba su guerrera de todos los días, pero enfrente de él había una señora joven, con traje de seda color rosa y un collar de perlas al cuello, que estaba acabando de comerse una mandarina. Las dudas en que me puso el no saber si debía llamarla señora o señorita, me sacaron los colores al rostro y me fui a dar un beso a mi tío sin atreverme a volver la cabeza hacia el lado donde estaba ella, para no tener que hablarle. La señora me miró sonriente, y mi tío le dijo: «Es mi sobrino», sin decirle a ella mi nombre ni a mí el suyo, sin duda que desde los piques que había tenido con mi abuelo, procuraba evitar, dentro de lo posible, todo género de relación entre su familia y aquellas amistades suyas.

-Cuánto se parece a su madre .dijo la señora.

-Pero usted no ha visto nunca a mi sobrina más que en retrato -contestó vivamente mi tío en tono brusco.

-Perdone usted, amigo mío: me crucé un día con ella en la escalera, el año pasado, cuando estuvo usted tan malo. Verdad es que no la vi más que como un relámpago, y que su escalera de usted es muy oscura, pero tuve bastante para admirarla. Este joven tiene los ojos como los de su madre, y *esto* también .dijo la dama señalando con su dedo una línea en la parte inferior de la frente. ¿Lleva su sobrina el mismo apellido que usted? .preguntó a mi tío.

-A quien más se parece es a su padre -refunfuñó mi tío, que, como no tenía gana de hacer presentaciones de cerca, tampoco quería hacerlas de lejos, diciendo cómo se llamaba mi madre…

-Es su padre en todo, y también se parece algo a mi pobre madre.

-.A su padre no lo conozco .dijo la señora del traje rosa., y a su pobre madre de usted no llegué a conocerla nunca. Ya se acordará usted de que nos conocimos poco después de su gran desgracia.

Yo sentí una leve decepción, porque aquella damita no se diferenciaba de otras lindas mujeres que yo había visto en mi familia, especialmente de la hija de un primo nuestro, a cuya casa íbamos siempre el día primero de año. La amiga de mi tío iba mejor vestida, eso sí, pero tenía el mismo mirar alegre y bondadoso, y el mismo franco y amable exterior. Nada encontraba en ella del aspecto teatral que tanto admiraba en los retratos de las actrices, ni la expresión diabólica que debía corresponder a una vida como sería la suya. Me costaba trabajo creer que era una *cocotte*, y sobre todo, nunca, me hubiera creído que era una *cocotte* elegante, a no haber visto el coche de dos caballos, el traje de rosa y el collar de perlas, y de no saber que mi tío no trataba más que a las de altos vuelos. Y me preguntaba qué placer podía sacar el millonario que le pagaba hotel, coche y alhajas, de comerse su fortuna por una persona de modales tan sencillos y tan correctos. Y, sin embargo, al pensar en lo que debía ser su vida, la inmoralidad de la vida aquella me turbaba mucho más que si se hubiera concretado ante mí en una apariencia especial, por ser tan invisible como el secreto de una novela, por el escándalo que debió de echarla de casa de sus padres, acomodados y entregarla a todo el mundo, dando pleno desarrollo a su belleza, y elevando hasta el mundo galante y el halago de la notoriedad, a una mujer que, por sus gestos y sus entonaciones de voz, tan semejantes a los que yo viera en otras damas; se me representaba, sin querer, como a una muchacha de buena familia, que ya no era de ninguna familia.

Habíamos pasado al despacho, y mi tío, un poco molesto por mi presencia, le ofreció cigarrillos.

-No -dijo ella., ya sabe usted que estoy acostumbrada a los que me manda el gran duque. Ya le he dicho que esos cigarrillos le dan a usted envidia. .Y sacó de una pitillera unos pitillos cubiertos de inscripciones doradas en letras extranjeras.. Pero me parece que sí, que he visto en casa de usted al padre de este joven. ¿No es sobrino de usted? ¿Cómo lo voy a olvidar si fue tan amable, tan exquisitamente fino conmigo? .dijo con tono sencillo y tierno.

Pero yo, pensando en cómo pudo haber sido la ruda acogida, que ella decía exquisitamente fina de mi padre, cuya reserva y frialdad me eran bien conocidas, me sentí molesto, como si fuera por una falta de delicadeza en que mi padre hubiera incurrido, al apreciar la desigualdad existente entre lo que debió ser por su escasa amabilidad y el generoso reconocimiento que la dama le atribuía. Más tarde, me ha parecido que uno de los aspectos conmovedores de la vida de esas mujeres ociosas y estudiosas es el consagrar su generosidad, su talento, un ensueño siempre disponible de belleza sentimental porque ellas, lo mismo que los artistas, no lo realizan y no lo hacen inscribirse en el marco de la existencia común. y un dinero que les cuesta muy poco, a enriquecer con un precioso engaste la vida tosca y sin devastar de los hombres. Así aquélla, que en el cuarto donde estaba mi tío, vestido con su cazadora sencilla, para recibirla, irradiaba la belleza de su suave cuerpo, de su traje de seda, de sus perlas, y la elegancia que emana de la amistad de un gran duque, cogió un día una frase insignificante de mi padre, la trabajó delicadamente, la torneó, le puso una preciosa apelación engastando en ella una de sus miradas de tan bellas aguas, coloreadas de humildad y gratitud, ¡la devolvía ahora convertida en una alhaja de mano de artista en algo «perfectamente exquisito».

-Vamos, ya es hora de que te marches .me dijo el tío.

Me levanté; tenía un irresistible deseo de besar la mano a la señora del traje rosa; pero me parecía que aquello hubiera sido cosa tan atrevida como un rapto. Y me latía fuertemente el corazón, mientras que me preguntaba a mí mismo: ¿Lo hago? ¿No lo hago?; hasta que, por fin, para poder hacer algo dejé de pensar en lo que iba a hacer. Y con ademán ciego e irreflexivo, sin el apoyo de ninguna de las razones que hace un momento encontraba en favor de este acto, me llevé a los labios la mano que ella me tendía.

-¡Ves qué amable! Es muy galante, y ya le llaman la atención a las mujeres; sale a su tío. Será un perfecto *gentleman* -dijo apretando un poco los dientes para dar a la frase un leve acento británico.. ¿No podría ir un día a casa a tomar *a cup o f tea*, como dicen nuestros vecinos los ingleses? No tiene más qué mandarme un «continental» por la mañana.

Yo no sabía lo que era un «continental». No entendía la mitad de las palabras que decía la señora; pero el temor de que envolvieran alguna pregunta indirecta, que hubiera sido descortés no contestar, me impedía dejar de prestarles oído atento, lo cual me cansaba mucho.

-No, no es posible .dijo mi tío, encogiéndose de hombros., está muy ocupado, tiene mucho trabajo. Se lleva todos los premios de su clase .añadió, bajando la voz para que yo no oyera esa falsedad y no la desmintiera.. ¡Quién sabe!, acaso sea un pequeño Víctor Hugo, una especie de Vaulabelle, ¿sabe usted ?

-Siento adoración por los artistas .contestó la dama del traje rosa.; sólo ellos saben entender a las mujeres... Ellos y, los escogidos... como usted. Perdone usted mi ignorancia... ¿Quién era Vaulabelle? ¿Quizá esos tomos dorados que están en la librería pequeña de su tocador? Ya sabe usted que ha prometido que me los prestaría; los cuidaré muy bien.

Mi tío, que no quería prestar sus libros, no contestó y vino a acompañarme hasta el recibimiento. Loco de amor por la señora del traje rosa, llené de besos los carrillos de mi tío, que olían a tabaco, y mientras que él, bastante azorado, me daba a entender que le gustaría que no contase nada a mis padres de aquella visita, yo le decía, con lágrimas en los ojos, que el recuerdo de su amabilidad estaba tan profundamente grabado en mi corazón, que ya llegaría día en que pudiera demostrarle mi gratitud. En efecto: tan profundamente grabado estaba en mi corazón, que dos horas después, y luego de algunas frases misteriosas, que me pareció que no lograban dar a mis padres idea bastante clara de la nueva importancia que yo disfrutaba, consideré más explícito contar con todo detalle la visita que acababa de hacer. Con ello no creía causar molestia alguna a mi tío. ¿Y cómo iba a creerlo, si yo no tenía intención de causársela? ¿Cómo iba yo a suponer que mis padres vieran nada malo allí donde yo no lo veía? Nos sucede todos los días que un amigo nos pide que no se nos olvide transmitir sus disculpas a una mujer a quien no ha podido escribir, y que nosotros lo dejamos pasar descuidadamente, considerando que esa persona no puede conceder gran importancia a un silencio que para nosotros no la tiene. Yo me creía, como todo el mundo, que el cerebro de los demás era un receptáculo inerte y dócil, sin fuerza de reacción específica sobre lo que en él depositamos; y no dudaba que al verter en el de mis padres la noticia de la nueva amistad que hiciera por medio de mi tío, los transmitiría al mismo tiempo, como era mi deseo, el benévolo juicio que a mí me había merecido aquella presentación.

Pero, por desdicha, mis padres se atuvieron a principios enteramente distintos de aquellos cuya adopción los sugería yo, para estimar el acto de mi tío. Mi padre y mi abuelo tuvieron con él explicaciones violentas; yo me enteré indirectamente. Y unos días más tarde, al cruzarme con mi tío, que iba en coche abierto, sentí pena, gratitud y remordimiento, todo lo cual hubiera querido expresarle. Pero comparado con lo inmenso de estos sentimientos, me pareció que un sombrerazo sería cosa mezquina y podría hacer pensar a mi tío que yo no me consideraba obligado, con respecto a su persona, más que a una frívola cortesía. Decidí abstenerme de aquel ademán, tan insuficientemente expresivo, y volví la cabeza a otro lado. Mi tío se imaginó que aquella acción mía obedecía a órdenes de mis padres, y no se lo perdonó nunca; murió muchos años después de esto, sin volver a hablarse con ninguno de nosotros.

 Por eso ya no entraba en el cuarto de descanso, cerrado, ahora, de mi tío Adolfo, y después de vagar por los alrededores de la despensa, cuando Francisca aparecía en la entrada, diciéndome: «Voy a dejar a la moza que sirva el café y suba el agua caliente, porque yo tengo que escaparme al cuarto de la tía», decídame yo a entrar en casa y suba derechamente a mi habitación a leer. La moza era una persona moral, una institución permanente, que por sus invariables atribuciones se aseguraba una especie de continuidad e identidad, a través de la sucesión de formas pasajeras en que se encarnaba, porque nunca tuvimos la misma dos años seguidos. Aquel año que comimos tantos espárragos, la moza usualmente encargada de «pelarlos» era una pobre criatura enfermiza, embarazada ya de bastantes meses, cuando llegamos para Pascua, y a la que nos extrañábamos que Francisca dejara trabajar y corretear tanto, porque ya empezaba a serle difícil llevar por delante el misterioso canastillo, cada día más lleno, cuya forma magnífica se adivinaba bajo sus toscos sayos. Sayos que recordaban las hopalandas que visten algunas figuras simbólicas de Giotto, que el señor Swann me había regalado en fotografía. El mismo nos lo había hecho notar, y para preguntarnos por la moza, nos decía: «¿Qué tal va la *Caridad*, de Giotto ?» Y, en efecto, la pobre muchacha, muy gorda ahora por el embarazo, gruesa hasta de cara y de carrillos, que caían cuadrados y fuertes, bastante a esas vírgenes robustas y hombrunas, matronas más bien, que en *La Arena* sirven de personificación a las virtudes.

Y me doy cuenta ahora de que, además, se parecía a ellas por otra cosa. Lo mismo que la figura de aquella moza se agrandaba por la adición del símbolo que llevaba delante del vientre, sin comprender su significación y sin que nada de su belleza y su sentido se transparenten en su rostro como un simple fardo pesado, así, sin sospecharlo, encarna la robusta matrona que está representada en *La Arena,* encima del nombre «*Caritas*», y cuya fotografía tenía yo colgada en mi cuarto de estudio, la dicha virtud de la caridad, sin que ningún pensamiento caritativo haya cruzado jamás por su rostro enérgico y vulgar. Por una hermosa idea del pintor está pisoteando las riquezas terrenales; pero exactamente lo mismo que si estuviera pisando uva para sacar el mosto, o como si se hubiera subido encima de unos sacos para estar más en alto; tiende a Dios su corazón inflamado; mejor dicho, se le «alarga», como una cocinera alarga un sacacorchos a alguien que se lo pide desde la planta baja, por el respiradero de la cocina.

La Envidia tenía ya más expresión de envidia. Pero también en ese fresco ocupa tanto espacio el símbolo, y está representado de modo tan real, y es tan gorda la serpiente que silba en labios de la Envidia y le llena tan completamente la boca, hasta el punto de tener distendidos los músculos de la cara como un niño que está inflando una pelota, soplando, que la atención de la Envidia, y con ella la nuestra, se concentra entera en lo que hacen las labios, y no tiene casi tiempo de entregarse a pensamientos envidiosos.

A pesar de toda la admiración que profesaba el señor Swann por esas figuras de Giotto, por mucho tiempo no me dio mucho gusto contemplar en el cuarto de estudio, donde estaban colgadas unas copias que me trajo Swann, aquella Caridad sin caridad; aquel la Envidia, que parecía una lámina de Tratado de Medicina para explicar la comprensión de la glotis o de la campanilla por un tumor de la lengua o por el instrumento del operador, y aquella Justicia, que tenía el mismo rostro grisáceo y pobremente proporcionado que en Combray caracterizaba a algunas burguesitas lindas, piadosas y secas que yo veía en misa, y que estaban ya algunas alistadas en las milicias de reserva de la Injusticia. Pero más tarde comprendí que la seductora rareza y la hermosura especial de esos frescos consistía en el mucho espacio que en ellos ocupaba el símbolo, y que el hecho de que estuviera representado, no como símbolo, puesto que no estaba expresada la idea simbolizada, sino como real, como efectivamente sufrido, o manejado materialmente, daba a la significación de la obra un carácter más material y preciso, y a su enseñanza algo de sorprendente y concreto. Y así, en la pobre moza tampoco el peso que desde el vientre la tiraba llamaba la atención hacia él; e igualmente, muy a menudo, el pensamiento de los moribundos se vuelve hacia el lado efectivo, doloroso, oscuro y visceral, hacia el revés de la muerte, que es cabalmente el lado que ésta les presenta y los hace sentir, mucho más parecido a un fardo que los aplasta, a una dificultad de respirar o a una sed muy grande, que a le que llamamos idea de la muerte.

Menester era que aquellos Vicios y Virtudes de Padua encerrasen una gran realidad, puesto que se me representaban con tanta vida como la doméstica embarazada, y la criada a su vez no me parecía menos alegórica que las pinturas. Y acaso esa no participación (aparentemente al menos) del alma de un ser en la virtud que actúa por intermedio de su cuerpo, tiene, además de su valor estético, una realidad, si no psicológica, fisonómica, por lo menos. Cuando más tarde tuve ocasión de encontrar en el curso de mi vida, en algún convento, por ejemplo, encarnaciones verdaderamente santas de la caridad activa, tenían por lo general un porte alegre, positivo, indiferente y brusco de cirujano ocupado, y uno de esos rostros en que no se lee conmiseración ni ternura algunas ante el sufrimiento humano, ni ningún temor a herirle, ese rostro sin dulzura, antipático y sublime, que es el de la bondad verdadera.

Mientras que la moza .haciendo resplandecer involuntariamente la superioridad de Francisca, como el Error, por contraste, da mayor brillo al triunfo de la Verdad. servía el café, que, según mamá, no era más que agua caliente, y subía a las habitaciones agua caliente, que no era más que agua templada, yo me echaba en mi cama, un libro en la mano, en mi cuarto, que protegía, temblando, su frescura transparente y frágil contra el sol de la tarde, con la defensa de las persianas, casi cerradas, y en las que, sin embargo, un reflejo de luz había hallado medio de abrir paso a sus alas amarillas, y se había quedado inmóvil en un rincón entre la madera y el cristal, como una mariposa en reposo. Apenas si se veía a leer, y la sensación de la esplendidez de la luz sólo la sentía por los golpes que en la calle de la Cure estaba dando Camus (ya advertido por Francisca de que mi tía no «descansaba» y de que se podía hacer ruido) en unos cajones polvorientos, y que al resonar en esa atmósfera sonora, propia de las temperaturas calurosas, parecía que lanzaban a lo lejos estrellitas escarlata; y también por las moscas, que estaban ejecutando en mi presencia, y en su reducido concierto, una música, que era como la música de cámara del estío, y que no evoca el verano a la manera de una melodía humana que oímos una vez durante esa estación, y que nos la recuerda en seguida, sino que está unida a él por un lazo más necesario: porque nacida del seno de los días buenos, sin renacer más que con ellos, y guardando algo de su esencia, no sólo despierta en nuestra memoria la imagen de esos días, sino que atestigua su retorno, su presencia efectiva, ambiente e inmediatamente accesible.

 Aquel umbroso frescor de mi cuarto era al pleno sol de la calle lo que la sombra es al rayo de sol, es decir, tan luminosa como él, y brindaba a mi imaginación el total espectáculo del verano, que mis sentidos, si hubiera ido a darme un paseo, no hubieran podido gozar más que fragmentariamente; y así convenía muy bien a mi reposo, que .gracias a las aventuras relatadas en los libros que venían a estremecerle. aguantaba; como una mano muerta en medio de agua corriente, el choque y la animación de un torrente de actividad.

 Pero mi abuela, si el calor excesivo cesaba, si había tormenta o sólo un chubasco, iba a pedirme que saliera. Y como yo no quería renunciar a mi lectura, me marchaba a continuarla al jardín, debajo del castaño, a una casilla de esparto y tela, en cuyas honduras me sentaba y me creía oculto a los ojos de las visitas que pudieran tener mis padres.

 ¿Y acaso no era también mi pensamiento un refugio en cuyo hondo estaba yo bien metido, hasta para mirar lo que pasaba afuera? Cuando veía yo un objeto externo, la conciencia de que lo estaba viendo flotaba entre él y yo, y lo ceñía de una leve orla espiritual que no me dejaba llegar a tocar nunca directamente su materia; se volatilizaba en cierto modo antes de que entrara en contacto con ella, lo mismo que un cuerpo incandescente al acercarse a un objeto mojado no llega a tocar su humedad, porque siempre va precedido de una zona de evaporación. En aquella especie de pantalla colorada por diversos estados, que mientras que yo leía, iba desplegando, simultáneamente mi conciencia, y cuya escala empezaba en las aspiraciones más hondamente ocultas en mi interior, y acababa en la visión totalmente externa del horizonte que tenía al final del jardín, delante de los ojos, lo primero y más íntimo que yo sentía, el fuerte puño, siempre activo, que gobernaba todo lo demás, era mi creencia en la riqueza filosófica y la belleza del libro que estaba leyendo, y mi deseo de apropiármelas, de cualquier libro que se tratara. Porque aunque lo hubiera comprado en Combray, al verlo en la tienda de Borange, muy separada de casa para que Francisca pudiera ir allí a comprar, como iba a casa de Camus, pero mejor surtida en artículos de papelería y libros, sujeto con cintas en el mosaico de folletos y entregas que revestían las dos hojas de la puerta, más misteriosas y más ricas en pensamiento que la puerta de una catedral, es porque me acordaba de haberlo oído citar como obra notable al profesor o camarada que por aquel entonces me parecía estar en el secreto de la verdad y de la belleza, medio presentidas y medro incomprensibles para mí meta borrosa, pero permanente, de mi pensamiento.

 Tras esta creencia central, que durante mi lectura ejecutaba incesantes movimientos de adentro afuera, en busca de la verdad, venían las emociones que me inspiraba la acción en la que yo participaba, porque aquellas tardes estaban más henchidas de sucesos dramáticos que muchas vidas. Eran los sucesos ocurridos en el libro que leía, aunque los personajes a quienes afectaban no eran «reales», como decía Francisca. Pero ningún sentimiento de los que nos causan la alegría o la desgracia de un personaje real llega a nosotros, si no es por intermedio de una imagen de esa alegría o desgracia; la ingeniosidad del primer novelista estribó en comprender que, como en el conjunto de nuestras emociones la imagen es el único elemento esencial, una simplificación que consistiera en suprimir pura y simplemente los personajes reales, significaría una decisiva perfección. Un ser real, por profundamente que simpaticemos con él, lo percibimos en gran parte por medio de nuestros sentidos, es decir, sigue opaco para nosotros y ofrece un peso muerto que nuestra sensibilidad no es capaz de levantar. Si le sucede una desgracia, no podremos sentirla más que en una parte mínima de la noción total que de sí tenga. La idea feliz del novelista es sustituir esas partes impenetrables para el alma por una cantidad equivalente de partes inmateriales, es decir, asimilables para nuestro espíritu.

 Desde ese momento poco nos importa que se nos aparezcan como verdaderos los actos y emociones de esos seres de nuevo género, porque ya las hemos hecho nuestras, en nosotros se producen, y ellas sojuzgan, mientras vamos volviendo febrilmente las páginas del libro, la rapidez de nuestra respiración y la intensidad de nuestras miradas. Y una vez que el novelista nos ha puesto en ese estado, en el cual, como en todos los estados puramente interiores, toda emoción se decuplica, y en el que su libro vendrá a inquietarnos como nos inquieta un sueño, pero un sueño más claro que los que tenemos dormidos, y que nos durará más en el recuerdo, entonces desencadena en nuestro seno, por una hora, todas las dichas y desventuras posibles, de esas que en la vida tardaríamos muchos años en conocer unas cuantas, y las más intensas de las cuales se nos escaparían, porque la lentitud con que se producen nos impide percibirlas (así cambia nuestro corazón en la vida, y este es el más amargo de los dolores; pero un dolor que sólo sentimos en la lectura e imaginativamente; porque en la realidad se nos va mutando el corazón lo mismo que se producen ciertos fenómenos de la naturaleza, es decir, con tal lentitud, que aunque podamos darnos cuenta de cada uno de sus distintos estados sucesivos, en cambio se nos escapa la sensación misma de la mudanza). Venía luego, proyectando a medias ante mí, y ya menos interior a mi cuerpo que la vida de aquellos personajes, el paisaje que servía de fondo a la acción y que influía sobre mi pensamiento más poderosamente que el otro, aquel que yo tenía a la pista, cuando alzaba los ojos del libro. Así, durante dos veranos, en el calor del jardín de Combray sentí, motivada por el libro que entonces leía, la nostalgia de un país montañoso y fluviátil; en donde habría muchas aserrerías, y en donde pedazos de madera irían pudriéndose, cubiertos de manojos de berros, en el fondo del agua transparente; y no lejos de allí trepaban por los muros de poca altura racimos de flores rojizas y moradas. Y como siempre tenía presente en el alma el ensueño de una mujer que me quería, en aquellos veranos el sueño se empapaba en el frescor de las aguas corrientes, y cualquier mujer que evocara se me aparecía con racimos de flores rojizas y moradas creciendo a su lado, como con sus colores complementarios.

    No se nos queda grabada eternamente una imagen con que soñamos porque se embellezca y mejore con el reflejo de los colores extraños que por azar la rodeen en nuestros sueños, porque aquellos paisajes de los libros que leía se me representaban con mayor viveza en la imaginación que los que Combray me ponía delante y los análogos que me hubiera podido presentar. Por la manera que había tenido el autor de escogerlos, y por la fe con que mi pensamiento salía al encuentro de sus palabras, como si fueran una revelación, me parecía que eran una parte real de la Naturaleza misma, merecedora de estudiarla y profundizarla, impresión que casi no me hacían los lugares donde me hallaba, y especialmente nuestro jardín, frío producto de la correcta fantasía del jardinero, objeto del desprecio de mi abuela.

Si cuando yo estaba leyendo un libro mis padres me hubieran dejado ir a visitar la región que describía, me habría parecido que daba un gran paso hacia la conquista de la verdad. Porque si bien tenemos siempre la sensación de que nuestra alma nos está cercando, no es que nos cerque como los muros de una cárcel inmóvil, sino que más bien nos sentimos como arrastrados con ella en un perpetuo impulso para sobrepasarla, para llegar al exterior, medio descorazonados, y oyendo siempre a nuestro alrededor esa idéntica sonoridad, que no es un eco de fuera, sino el resonar de una íntima vibración. Querernos buscar en las cosas, que por eso nos son preciosas, el reflejo que sobre ellas lanza nuestra alma, y es grande nuestra decepción al ver que en la Naturaleza no tienen aquel encanto que en nuestro pensamiento les prestaba la proximidad de ciertas ideas; y muchas veces convertimos todas las fuerzas del alma en destreza y en esplendor, destinados a accionar, sobre unos seres que sentimos perfectamente que están fuera de nosotros y que no alcanzaremos nunca. Y por eso, si bien me imaginaba siempre alrededor de la mujer amada los lugares que por entonces deseaba con mayor ardor, y si bien hubiera querido que ella fuera la que me acompañara a visitarlos y la que me abriese las puertas de un mundo desconocido, no se debía aquello al azar de una sencilla asociación de ideas, no; es que mis sueños de viaje y de amor no eran más que momentos .que hoy separo artificialmente, como quien hace cortes a distintas alturas en un surtidor irisado y en apariencia inmóvil. de un mismo e infatigable manar de las fuerzas todas de mi vida.

En fin, al ir siguiendo de dentro afuera los estados simultáneamente yuxtapuestos en mi conciencia, y antes de llegar al horizonte real que los envolvía, me encuentro con placeres de otra clase: sentirme cómodamente sentado, percibir el buen olor del aire; no verme molesto por ninguna visita, y cuando daba la una en el campanario de San Hilario, ver caer trozo a trozo aquella parte ya consumada de la tarde, hasta que oía la última campanada, que me permitía hacer la suma de las horas; y con el largo silencio que seguía, parecía que empezaba en el cielo azul toda la parte que aun me era dada para estar leyendo hasta la hora de la abundante cena que Francisca preparaba y que me repondría de las fatigas que me tomaba en la lectura para seguir al héroe. Y a cada hora que daba parecíame que no habían pasado más que unos instantes desde que sonara la anterior; la más reciente venía a inscribirse en el cielo tan cerca de la otra, que me era imposible creer que cupieran sesenta minutos en aquel arquito azul comprendido entre dos rayas de oro.

Y algunas veces, esa hora prematura sonaba con dos campanadas más que la última; había, pues, una que se me escapó, y algo que había ocurrido, no había ocurrido para mí; el interés de la lectura, mágico como un profundo sueño, había engañado a mis alucinados oídos, borrando la áurea campana de la azulada superficie del silencio. ¡Hermosas tardes de domingo, pasadas bajo el castaño del jardín de Combray; tardes de las que yo arrancaba con todo cuidado los mediocres incidentes de mi existencia personal, para poner en lugar suyo una vida de aventuras y de aspiraciones extrañas, en el seno de una región regada por vivas aguas; todavía me evocáis esa vida cuando pienso en vosotras; esa vida que en vosotras se contiene, porque la fuisteis cercando y encerrando poco a poco mientras que yo progresaba en mi lectura e iba cayendo el calor del día en el cristal sucesivo, de lentos cambiantes, y atravesado de follaje, de vuestras horas silenciosas, sonoras, fragantes y limpias!

A veces, arrancábame de mi lectura, desde mediada la tarde, la hija del jardinero, que corría como una loca, volcando la maceta del naranjo, hiriéndose en un dedo, rompiéndose un diente, y chillando: «Ahí están, ahí están», para que Francisca y yo acudiéramos y no perdiéramos nada del espectáculo. Eran los días en que, con motivo de maniobras de guarnición, los soldados pasaban por Combray, tomando generalmente por la calle de Santa Hildegarda.

Mientras que nuestros criados, sentados en fila en sus sillas, fuera de la verja, contemplaban a los paseantes dominicales de Combray y se ofrecían a su admiración, la hija del jardinero veía de pronto por el hueco que quedaba entre las dos casas lejanas del paseo de la Estación, el brillar de los cascos. Los criados entraban en seguida las sillas, porque cuando los coraceros desfilaban por la calle de Santa Hildegarda la llenaban en toda su anchura, y el galope de los caballos pasaba rasando las casas y sumergiendo las aceras, como ribazos que ofrecen lecho escaso a un torrente desencadenado.

-Pobres hijos míos .decía Francisca en cuanto llegaba a la verja, llorando ya.. ¡Pobres muchachos! Los segarán como la hierba. Sólo al pensarlo no sé qué siento .añadía poniéndose la mano en el corazón, que es donde había sentido ese *no sé qué*.

-Da gusto, ¡eh!, señora Francisca, ver a esos mozos que no tienen apego a la vida .decía el jardinero para sacarla de sus casillas.
Y no lo decía en vano:

-No tener apego a la vida! Entonces, a qué se va a tener apego? La vida es lo único que Dios no da dos veces. ¡Ay, Dios mío; pero sí que es verdad que no le tienen aprecio! Los vi el año 70, y en esas malditas guerras ya no tienen miedo a la muerte. Son locos; nada más que locos. Y no valen un ochavo; no son hombres, son leones. (Para

Francisca comparar un hombre a un león, palabra que pronunciaba león, no era nada halagüeño.)

La calle de Santa Hildegarda daba vuelta muy cerca de casa, y no se podía ver venir a los soldados desde lejos; de modo que por el hueco que había entre las dos casas del paseo de la Estación es por donde se veían más y mis cascos corriendo y brillando con el sol. El jardinero tenía curiosidad por saber si quedaban muchos por pasar, y además sentía sed, porque el sol pegaba de firme. Y entonces, de repente, su hija, lanzándose como quien se lanza fuera de una plaza sitiada, hacía una salida, llegaba a la esquina próxima, y después de haber desafiado cien veces a la muerte, volvía a traernos una jarra de refresco de coco y la noticia de que aun había por lo menos un millar que venían en marcha por el camino de Thiberzy y de Méséglise. Francisca y el jardinero, ya reconciliados, discutían sobre lo que había que hacer en caso de guerra.

-Ve usted, Francisca .decía el jardinero.; mejor es la revolución, porque cuando hay revolución no van más que los que quieren.

-¡Ah, ya lo creo; eso, sí, es más franco!
El jardinero creía que cuando se declaraba la guerra se interrumpía el tránsito ferroviario.

-¡Claro! .decía Francisca.; para que los hombres no se puedan escapar.
Y contestaba el jardinero: «¡Es más listo el Gobierno!», porque se aferraba a la idea de que la guerra era una mala pasada trae el Gobierno jugaba al pueblo, y que todo el que podía se escapaba.

Pero Francisca se volvía muy pronto con mi tía; yo tornaba a mi libro, y las criadas otra vez se instalaban en la puerta a ver caer el polvo y la emoción que levantaron los soldados. Aun largo rato después que se hiciera la calma, una desusada ola de paseantes ennegrecía las calles de Combray. Y delante de todas las casas, incluso de aquellas en que no era costumbre hacerlo, los criados, y a veces los amos, festoneaban la entrada con una caprichosa orla, igual a ese festón de algas y conchas que, romo crespón y adorno, deja una marea fuerte en la orilla, después de alejarse.

Excepto en aquellos días, de costumbre podía entregarme a la lectura con toda tranquilidad. Pero la interrupción y el comentario que una visita de Swann me trajo a la lectura que tenía empezada de un autor nuevo para mí, Bergotte, tuvo por consecuencia que por mucho tiempo ya no fue sobre un muro exornado con mazorcas de flores moradas donde yo vi destacarse la imagen de una de las mujeres de mis sueños, sino sobre muy distinto fondo: el pórtico de una catedral gótica. La primera persona que me habló de Bergotte fue un compañero mío, mayor que yo, y al que yo admiraba mucho: Bloch.

Cuando le confesé la admiración que sentía por la *Noche de Octubre*, soltó una carcajada chillona como un clarín, y me dijo: «Desconfía de esa tu baja dilección por el tal Musset. Es un tipo de lo más dañino; una bestia bastante lúgubre. No puedo por menos de confesar que él, y hasta el llamado Racine, han hecho en su vida un verso con bastante ritmo, y que tiene en su abono lo que para mí es el mayor de los méritos: no significar absolutamente nada. El de Musset es «La blanche Oloossone et la blanche Camire», y el de Racine, «La fille de Minos et de Pasiphae». Los he visto citados, en descargo de esos dos malandrines, en un artículo de mi muy querido maestro Lecomte de Lisle, grato a los dioses inmortales. Y a propósito: aquí tienes un libro que yo no tengo tiempo de leer ahora, y que, según parece, recomienda ese inmenso hombrón. Me han dicho que considera a su autor como uno de los tíos más sutiles de hoy; y aunque es verdad que a veces da pruebas de inexplicable blandura, su palabra es para mí el oráculo de Delfos. Lee esas prosas líricas, y si el gigantesco coleccionador de ritmos que ha escrito *Baghavat* y el *Levrier de Magnus* dijo la verdad, por Apolo que saborearás, caro maestro, los nectáreos gozos del Olimpo. Me había pedido en tono sarcástico que lo llamara «caro maestro», y así me llamaba él también; pero, en realidad, nos recreábamos bastante con aquella broma, porque aun no estábamos muy lejos de la edad en que nos figuramos que dar nombre es crear.

Desgraciadamente, no pude calmar, hablando con Bloch y pidiéndole explicaciones, la inquietud que me causara diciéndome que los buenos versos (a mí que no les pedía nada menos que la revelación de la verdad) eran tanto mejores cuanto menos significaran. Porque no se volvio a invitar a Bloch a venir a casa. Primero se le hizo una buena acogida. Mi abuelo sostenía que cada vez que trababa con un compañero más íntima amistad que con los demás y lo llevaba a casa, se trataba siempre de un judío, cosa que en un principio no le hubiera desagradado .su amigo Swann también era de familia judía., a no ser porque le parecía que, por lo general, yo no lo había escogido entre los mejores. Así que cuando llevaba a casa algún amigo nuevo, casi siempre se ponía a tararear: «*¡Oh Dios de nuestros padres, de la Judía»* o «*Israel, quebranta tus cadenas!*», sin la letra, naturalmente (ti la lam ta lam talim) ; pero yo siempre tenía miedo de que mi compañero conociera la música y por ahí fuera a acordarse de la letra.

Antes de verlos, sólo al oír su nombre, que muchas veces no tenían ninguna característica israelita, adivinaba no ya sólo el origen judío de mis amigos que en realidad lo eran, sino hasta los antecedentes desagradables que pudiera haber en su familia.

-¿Y cómo se llama ese amigo tuyo que viene esta tarde?
-Dumont, abuelo.
-¿Dumont? No me fío...
Y se ponía a cantar:
Arqueros, velad bien,
velad, sin tregua y sin ruido.

Y después de hacernos, con la mayor habilidad, algunas preguntas más concretas, exclamaba: .¡Alerta, alerta!., o si era el mismo paciente, el que, obligado, sin darse cuenta, por medio de un disimulado interrogatorio, confesaba su procedencia, entonces, para hacernos ver que ya no le cabía duda alguna, se contentaba con mirarnos, tarareando imperceptiblemente:
¿Qué, qué me traéis hasta aquí
a ese tímido israelita?,
o bien aquello de
¡Oh campos paternales, Hebrón, valle suave!,
o lo de
Sí soy de la rasa elegida.

Aquellas pequeñas manías de mi abuelo en ningún modo implicaban sentimientos de malevolencia hacia mis camaradas. Pero Bloch se hizo antipático a mis padres por otras razones. Comenzó por irritar a mi padre, que al verlo un día todo mojado, le preguntó con interés:

-¿Pero qué tiempo hace, amigo Bloch; ha llovido? No lo entiendo, porque el barómetro estaba muy bien.

Y no obtuvo más respuesta que ésta:

-Me es absolutamente imposible decirle a usted si ha llovido o no, porque vivo tan apartado de las contingencias físicas, que mis sentidos ya no se molestan en comunicármelas.

-Pero, hijo mío, tu amigo es idiota .me dijo mi padre, cuando Bloch se hubo marchado.. De modo que ni siquiera sabe decir cómo está el tiempo, con lo interesante que es eso. Es un majadero.

Bloch se hizo antipático a mi abuela porque como, después de, almorzar, dijera que ella se sentía un poco mala, Bloch ahogó un sollozo y se secó unas lágrimas.

-.¿Cómo quieres que eso sea de verdad, si apenas me conoce? ¿O es que está loco?

Y, por último, se hizo desagradable a los ojos de todos porque después de llegar a almorzar con hora y media de retraso y todo lleno de barro, en vez de excusarse, dijo:

-Yo nunca me dejo influir por las perturbaciones atmosféricas ni por las divisiones convencionales del tiempo, y rehabilitaría con gusto el uso de la pipa de opio y del kriss malayo; pero ignoro el empleo de esos instrumentos, mucho más dañinos, y tan vulgares, que se llaman reloj y paraguas.

A pesar de todo, hubiera seguido viniendo a Combray. Verdad es que no era el amigo que mis padres desearan para mí, acabaron por creer sinceras las lágrimas que le arrancó la indisposición de mi abuela; pero el instinto o la experiencia les había enseñado que los impulsos de nuestra sensibilidad ejercen poco dominio sobre la continuidad de nuestras acciones y nuestra conducta en la vida, y que el respeto a las obligaciones morales, la lealtad a los amigos, la ejecución de una obra y la sujeción a un régimen tienen más firme asiento en la ciega costumbre, que en aquellos momentáneos transportes fogosos y estériles. Mejor que a Bloch, hubieran querido para amigos míos compañeros que no me dieran más que aquello que con arreglo al código de la moral burguesa debe darse a los amigos; que no me enviaran inopinadamente una cesta de fruta tan sólo porque aquel día se habían acordado de mí cariñosamente, y que, no sintiéndose capaces de inclinar a favor mío la justa balanza de los deberes y exigencias de la amistad, por un sencillo impulso de su imaginación o de su sensibilidad, tampoco fueran capaces de falsearla en daño mío. Ni siquiera nuestros errores hacen desviarse fácilmente del deber a naturalezas de esas de las que era mi abuela dechado, ella que, reñida hacía muchos años con una sobrina con quien no se trataba, no cambió el testamento en que le legaba toda su fortuna, porque era su parienta más lejana y porque las cosas debían ser así.

Pero yo quería a Bloch, mis padres deseaban darme gusto, y los insolubles problemas que yo me planteaba a propósito de la belleza sin sentido de la hija de Minos y de Pasifae me cansaban mucho más y me ponían más mareado de lo que hubieran podido hacerlo nuevas conversaciones con Bloch, por perniciosas que las considerara mi madre. Y se lo hubiera seguido recibiendo en casa, a no ser porque después de la comida aquella y luego de hacerme saber .noticia llamada a ejercer gran influencia en mi vida, haciéndome feliz primero y desdichado más tarde. que todas las mujeres no pensaban más que en el amor, y que no había una capaz de resistencia invencible, afirmó haber oído decir con toda seguridad que mi tía había llevado una juventud borrascosa y había estado recluida, cosa sabida públicamente. No pude callármelo, se lo dije a mis padres; cuando volvió le dieron con la puerta en las narices, y un día que me acerqué a él en la calle, estuvo muy frío conmigo.

Pero en lo que me dijo de Bergotte no mintió.

Los primeros días no vi clara aquella cualidad que tanto habría de gustarme en su estilo, como pasa con una melodía que aun no distinguimos bien y que un día llegará a subyugarnos. No se me caía de la mano la novela suya que estaba leyendo, pero yo me sentía interesado únicamente por el asunto, como sucede en los primeros momentos del amor, cuando vamos todos los días a una reunión o un espectáculo, para ver a una mujer, y nos creemos que lo que allí nos lleva es el atractivo de la diversión. Luego, empecé a fijarme en las expresiones raras, casi arcaicas, que le gustaba emplear en aquellos momentos en que una oculta onda de armonía y un preludio interno agitaban su estilo; en esos momentos es cuando se ponía a hablar del .vano sueño de la vida., del .inagotable torrente de hermosas apariencias., del .tormento delicioso y estéril de comprender y amar., y de las conmovedoras efigies que ennoblecen para siempre la fachada venerable y seductora de las catedrales; cuando daba expresión a toda una filosofía nueva para mí, con imágenes maravillosas, imágenes que parecían despertar aquel canto con arpas que entonces se elevaba, y al que las metáforas servían de sublime acompañamiento. Uno de aquellos pasajes de Bergotte, el tercero o cuarto que yo separé de entre los demás, me dio una alegría incomparable a la que me diera el primero, gozo que sentí en una región más profunda de mi ser, más lisa y más anchurosa, y de donde había desaparecido todo obstáculo y separación. Y es que, sin dejar de reconocer entonces su afición a las expresiones raras, la misma efusión musical, la misma filosofía idealista, que ya otras veces, y sin que yo me diera cuenta, habían sido causa de mi placer, ya no tuve la impresión de estar frente a un trozo particular de un determinado libro de Bergotte, que trazaba en la superficie de mi mente una figura puramente lineal, sino ante un .trozo ideal de Bergotte, común a todos sus libros, y al cual todos los pasajes análogos que venían a confundirse con él prestaban una especie de espesor y de volumen que ensanchaban el espíritu.

No era yo el único admirador de Bergotte; también era el escritor favorito de una amiga de mi madre, muy ilustrada, y los enfermos del doctor Du Boulbon tenían que esperarse a que el doctor acabara la lectura del último libro de Bergotte; y de su sala de consulta y de un parque cerca de Combray salieron los primeros gérmenes de esa predilección por Bergotte, especie tan rara entonces y hoy tan universalmente extendida, cuya flor ideal y vulgar se encuentra en todas partes de Europa y América, hasta en el pueblo más insignificante. Lo que en los libros de Bergotte admiraba la amiga de mi madre, y, según parece, el doctor Du Boulbon, era lo mismo que yo: la abundancia melódica, las expresiones antiguas y otras más sencillas y vulgares, pero que, por el lugar en que las sacaba a la luz, revelaban un gusto especial, y, por último, cierta sequedad, cierto acento, ronco casi, en los pasajes tristes. También a él debían parecerle éstas sus mejores cualidades. Porque en los libros que luego publicó, al encontrarse con una gran verdad, o con el nombre de una catedral famosa, interrumpía el relato, y en una invocación, en un apóstrofe o en una larga plegaria, daba libre curso a aquellos efluvios que en sus primeras obras se quedaban en lo profundo de su prosa, delatados solamente por las ondulaciones de la superficie, y quizá eran aún más armoniosos cuando estaban así velados, cuando no era posible indicar de modo preciso dónde nacía ni dónde expiraba su murmullo.

Aquellos trozos, en que tanto se recreaba, eran nuestros favoritos, y yo me los sabía de memoria. Y sentía una decepción cuando reanudaba el relato. Cada vez que hablaba de una cosa cuya belleza me había estado oculta hasta entonces, de los pinares, del granizo, de *Notre Dame de Paris*, de *Athalie*; o de *Phèdre*, esa belleza estallaba al contacto con una imagen suya, y llegaba hasta mí. Y como me daba cuenta de cuántas eran las partes del universo que mi flebe percepción no llegaría a distinguir si él no las ponía a mi alcance, hubiera deseado saber su opinión sobre todas las cosas, poseer una metáfora suya para cada cosa, especialmente para aquellas que yo tendría ocasión de ver, y más particularmente algunos monumentos franceses antiguos y ciertos paisajes marítimos, que consideraba él, a juzgar por la insistencia con que los citaba en sus libros, como ricos en significación y belleza.

Desgraciadamente, no conocía yo sus opiniones respecto a casi nada.

Y estaba seguro de que eran enteramente distintas de las mías, puesto que procedían de un mundo incógnito, al que yo aspiraba a elevarme; persuadido de que mis pensamientos habrían parecido simpleza pura a aquel espíritu perfecto, llegué hasta hacer tabla rasa de todos, y cuando me encontraba en algún libro suyo un pensamiento que ya se me había ocurrido a mí, se me dilataba el corazón, como si un Dios lleno de bondad me lo hubiera devuelto y declarado legítimo y bello. Sucedía a veces que una página suya venía a decir lo mismo que yo escribía a mi madre y a mi abuela las noches que no podía dormir, de tal modo que aquella página de Bergotte parecía una colección de epígrafes destinados a mis cartas.

Y más tarde, cuando empecé a escribir un libro, ciertas frases, cuya cualidad no bastó para decidirme a seguir escribiendo, me las encontré luego equivalentes en Bergotte. Pero yo no sabía saborearlas más que leídas en sus obras; cuando era yo el que las escribía, preocupado de que reflejasen exactamente lo que yo estaba viendo en mi pensamiento, y temeroso de no .cogerlo parecido...

No tenía tiempo para preguntarme si lo que yo escribía era agradable o no. Pero, en realidad, sólo esa clase de frases y de ideas me gustaba de verdad. Mis esfuerzos, descontentadizos e inquietos, eran señal de amor, de amor sin placer, pero muy hondo. De modo que cuando me encontraba con frases así en una obra ajena, es decir, sin tener ya escrúpulos ni severidad, sin necesidad de atormentarme, me entregaba con deleite al gusto que hacia ellas me movía, como el cocinero que por fin se acuerda de que tiene tiempo de ser goloso un día que no tuvo que cocinar. Cierta vez, al encontrar en un libro de Bergotte una burla referente a una criada vieja, mis irónica aún por lo magnífico y solemne del lenguaje del escritor, pero igual a la que yo había dicho un día a mi abuela hablando de Francisca, y otra ocasión en que vi como no juzgaba indigna de figurar en uno de aquellos espejos de la verdad, que eran sus obras, una observación análoga a otra que yo había hecho respecto al señor Legrandin (observaciones, tanto la relativa a Francisca como la del señor Legrandin, que hubieran sido de las que más deliberadamente habría yo sacrificado a Bergotte, convencido de que le parecerían insignificantes), me pareció de repente que mi humilde vida y los reinos de la verdad no estaban tan separados como yo pensaba, y que aun llegaban a coincidir en algunos puntos, y lloré de alegría y de confianza sobre las páginas del escritor, como en los brazos del padre vuelto a encontrar.

A través de sus libros me imaginaba yo a Bergotte como un viejecito endeble y desengañado, á quien se le habían muerto sus hijos, y que nunca se consoló de su desgracia. Así que yo leía, cantaba interiormente su prosa, más *dolce* y más *lento* quizá de como estaba escrita, y la frase más sencilla venía hacia mí con una tierna entonación. Sobre todo, me gustaba su filosofía, y a ella me entregué para siempre. Sentíame impaciente por llegar a la edad de entrar en la clase del colegio, llamada de Filosofía. Me resistía a pensar que allí se hiciera otra cosa que nutrirse exclusivamente del pensamiento de Bergotte, y si me hubieran dicho que los metafísicos que me iban a atraer cuando entrara en esa clase no se le parecían en nada, habría sentido desesperación análoga a la del enamorado que quiere amar por toda la vida cuando le hablan de otras mujeres que querrá el día de mañana.

Un domingo estaba leyendo en el jardín, cuando me interrumpió Swann, que venía a visitar a mis padres.

-¿Qué está usted leyendo? ¿Se puede ver? ¡Ah!, Bergotte. ¿Quién le ha recomendado a usted sus obras?

Le dije que Bloch.

-¡Ah!, sí; el muchacho ese que vi aquí una vez y que se parece tan extraordinariamente al retrato de Mahomet II, de Bellini.

Es curioso: tiene las mismas cejas circunflejas, igual nariz corva, y los pómulos salientes también. Con una perilla sería exactamente el mismo hombre. Pues tiene buen gusto, porque Bergotte, es un escritor delicioso...Y al ver lo mucho que yo parecía admirar a Bergotte, Swann, que no hablaba jamás de las personas que conocía, hizo una bondadosa excepción y me dijo:

-Lo conozco mucho. Si a usted le puede agradar que le ponga algo en el ejemplar de usted, puedo pedírselo.

No me atrevía a aceptar, pero empecé a preguntar a Swann cosas de Bergotte. .¿Sabe usted cuál es su actor favorito?

-.No, de los actores no sé. Pero me consta que no hay ningún actor que él coloque al nivel de la Berma, que considera por encima de todo. ¿No la ha oído usted?

-.No, señor; mis padres no me dejan ir al teatro.

-Es lástima. Debía usted pedírmelo. La Berma, en *Phèdre* y en el *Cid*, no es más que una actriz, cierto; pero, sabe usted, yo no creo mucho en eso de la *jerarquía* de las artes. .Y observé, como ya había notado con sorpresa en las conversaciones de Swann con las hermanas de mi abuela, que cuando hablaba de una cosa seria y empleaba una expresión que parecía envolver una opinión sobre un asunto importante, se cuidaba mucho de aislarla dentro de una entonación especial, maquinal e irónica, como si la pusiera entre comillas y no quisiera cargar con su responsabilidad: La *jerarquía*, sabe usted, cómo dicen las gentes ridículas., parecía dar a entender.

Pero si era ridículo decir jerarquía, ¿por qué lo decía? Un momento después añadió: .Le daría a usted una emoción tan noble como cualquier obra maestra, como, yo no sé, como... las reinas de Chantres., completó echándose a reír. Hasta entonces aquel horror a expresar seriamente su opinión me había parecida una cosa que debía de ser elegante y parisiense, por oposición al dogmatismo provinciano de las hermanas de mi abuela; y también sospechaba que pudiera ser una de las formas del ingenio dominante en la peña de

Swann, y que, por reacción contra el lirismo de las generaciones precedentes, rehabilitaba hasta la exageración los detalles concretos, considerados antes como vulgares, y proscribía las frases. Pero ahora me chocaba un poco esa actitud de Swann ante las cosas. Parecía como si no se atreviera a tener opinión, y que no estaba tranquilo más que cuando podía dar detalles precisos con toda minuciosidad. Pero entonces es que no se daba cuenta de que era profesar una opinión el postular que la exactitud de los detalles era cosa de importancia. Me acordé de aquella cena tan triste para mí; porque mamá no iba a subir a mi alcoba, cuando dijo que los bailes de la princesa de León carecían de toda importancia. Y, sin embargo, en ese género de diversiones empleaba él su vida. Y todo aquello me parecía contradictorio. ¿Para qué vida reservaba, pues, el decir, por fin, seriamente lo que opinaba de las cosas, el formular juicios que no necesitaban comillas, y el no entregarse con puntillosa cortesía a placeres que consideraba al mismo tiempo como ridículos? En el modo que tuvo Swann de hablarme de Bergotte noté, en cambio, algo que no era particularmente suyo, sino, al contrario, común por entonces a todos los admiradores del escritor, a la amiga de mi madre, al doctor Boulbon. Y es que decían de Bergotte lo mismo que Swann: .Es un escritor delicioso, tan personal, tiene una manera tan suya de decir las cosas, un poco rebuscada, pero muy agradable.. Y ninguno llegaba a decir: .Es un gran escritor, tiene mucho talento.. Y no lo decían porque no lo sabían. Somos muy tardos en reconocer en la fisonomía particular de un escritor ese modelo que en nuestro museo de ideas generales lleva el letrero de .mucho talento.. Precisamente porque esa fisonomía nos es nueva, no le encontramos parecido con lo que llamamos talento.

    Preferimos hablar de originalidad, gracia, delicadeza, fuerza, hasta que llega un día en que nos damos cuenta de que todo eso es cabalmente el talento.

    -Ha hablado Bergette de la Berma en alguna obra suya? -pregunté al señor Swann.

    -Me parece que en su folletito sobre Racine, pero debe de estar agotado. Aunque no sé si han hecho una reimpresión; yo me enteraré. Además, puedo pedir a Bergotte todo lo que usted quiera; no se pasa una semana en el año que no venga a cenar a casa. Es un gran amigo de mi hija. Van los dos a visitar las ciudades viejas, las catedrales y los castillos.

    Como yo no tenía noción alguna de la jerarquía social, ya hacía tiempo que la imposibilidad que veía mi padre en que tratáramos a la señora de Swann y a su hija había dado por resultado, al imaginarme las grandes distancias que debían separarnos, el revestirlas a mis ojos de gran prestigio. Lamentaba yo que mi madre no se tiñera el pelo ni se pintara los labios de encarnado, como, a lo dicho por la señora de Sazerat, hacía la mujer de Swann para agradar no a su marido, sino al señor de Charlus, y me figuraba que debía de despreciarnos, cosa que me apenaba, sobre todo por la hija de Swann, que me habían dicho que era una muchacha muy linda, objeto muy frecuente de mis ensueños, en los que le prestaba siempre el mismo rostro seductor y arbitrario. Pero cuando supe aquel día que la señorita de Swann era un ser de tan rara condición que se bañaba, como en su elemento natural, en tales privilegios; que cuando preguntaba si había alguien invitado a cenar, recibía esas sílabas llenas de claridad, ese nombre de un invitado de oro, que para ella no era más que un viejo amigo de casa, Bergotte, y que la charla íntima en la mesa de su casa, lo que equivalía para mí a la conversación de mi tía, la componían palabras de Bergotte referentes a los temas que no abordaba en sus libros, como oráculos; y, por último, juicios que yo habría escuchado que cuando ella iba a ver una ciudad, llevaba al lado a Bergotte, desconocido y glorioso, como los dioses que descienden a mezclarse con los mortales, entonces sentía, al mismo tiempo que el valor de un ser como la señorita de Swann, cuán tosco e ignorante debía parecerle yo, y eran tan vivos los sentimientos de la dicha y la imposibilidad que para mí habría en ser su amigo, que a la vez me asaltaban el deseo y la desesperación. Y ahora, cuando pensaba en ella, la veía por lo general ante el pórtico de una catedral, explicándome la significación de las esculturas y presentándome como amigo suyo, con una sonrisa, que hablaba muy bien de mí, a Bergotte. Y siempre la delicia de las ideas que en mi despertaban las catedrales, las colinas de la isla de Francia y las llanuras de Normandía, proyectaba sus reflejos sobre la imagen que yo me formaba de la hija de Swann; es decir, que ya estaba dispuesto a enamorarme de ella. Porque creer que una persona participa de una vida incógnita, cuyas puertas nos abriría su cariño, es todo lo que exige el amor para brotar, lo que más estima, y aquello por lo que cede todo lo demás. Hasta las mujeres que sostienen que no juzgan a un hombre más que por su físico, ven en ese físico las emanaciones de una vida especial. Y por eso gustan de los militares y los bomberos: por el uniforme son menos exigentes para el rostro, se creen que bajo la coraza que besan hay un corazón múltiple, aventurero y cariñoso; y un soberano joven, un príncipe heredero, no necesita, para hacer las más halagüeñas conquistas en un país extranjero, de la regularidad de perfil, indispensable quizá a un corredor de Bolsa.

Mientras que yo estaba leyendo en el jardín, cosa que mi tía no comprendía que se hiciera más que los domingos, porque ese día está prohibido hacer nada serio, y ella no cosía (un día de trabajo me decía que cómo me *entretenía* en leer, sin ser domingo, dando a la palabra entretenimiento el sentido de niñería y pierde-tiempo), mi tía Leoncia charlaba con Francisca, esperando la hora de la visita de Eulalia. Le anunciaba que acababa de ver pasar a la señora de Goupil, .sin paraguas y con el traje nuevo que se había mandado hacer en Châteaudun. Como vaya muy lejos, antes de vísperas, no será raro que se le moje..

-Quizá, quizá (lo cual significaba quizá no) –decía Francisca, para no desechar definitivamente la posibilidad de una alternativa más favorable.

-¡Ah! .decía mi tía, dándose una palmada en la frente ahora me acuerdo de que no me enteré de si llegó esta mañana a la iglesia después de alzar. A ver si no se me olvida preguntárselo a Eulalia... Francisca, mire usted qué nube tan negra hay detrás del campanario, y que mal aspecto tiene ese sol que da en la pizarra; de seguro que no se acabará el día sin agua. No podía ser que el tiempo siguiera así, hace mucho calor. Y cuanto antes sea, mejor, porque mientras no empiece la tormenta, no bajará esa agua de Vichy que he tomado .añadía mi tía, cuyo anhelo de que bajara el agua de Vichy podía mucho más que el temor de ver echado a perder el traje de la señora de Goupil.

-.Podría ser, podría ser.

-Y que cuando llueve, en la plaza no hay donde meterse.

-¿Cómo, las tres ya? .exclamaba de pronto mi tía, palideciendo.. Entonces ya han empezado las vísperas, y se me ha olvidado mi pepsina. Ahora me explico por qué no se me quita del estómago el agua de Vichy.

Y, precipitándose sobre un libro de misa encuadernado de terciopelo verde, del que con las prisas dejaba escapar unas estampitas de esas bordeadas con una orla de encaje de papel amarillento, destinadas a marcar las páginas de las fiestas, mi tía, al mismo tiempo que se tragaba las gotas, empezaba a recitar rápidamente los textos sagrados, cuya significación se velaba ligeramente con la incertidumbre de saber si, ingerida tanto tiempo después del agua de Vichy, llegaría la pepsina a tiempo de darle caza y obligarla a bajar. .Las tres, es increíble lo de prisa fue pasa el tiempo..

Un golpecito en el cristal, como si hubieran tirado algo; luego, un caer ligero y amplio, como de granos de arena lanzados desde una ventana de arriba, y por fin, ese caer que se extiende; toma reglas, adopta un ritmo y se hace fluido, sonoro, musical, incontable, universal: llueve.

-Qué, Francisca, ¿no lo había yo dicho? Y cómo cae. Pero me parece que he oído el cascabel de la puerta del jardín. Vaya usted a ver quien está fuera de casa con este tiempo.

Francisca volvía:
-Es la señora (mi abuela), que dice que va a dar una vuelta. Pues está lloviendo mucho.

-No me extraña .decía mi tía alzando los ojos al cielo… Siempre dije que no tenía la cabeza hecha como los demás. Pero, en fin, más vale que sea ella y no yo la que se está mojando.

-La señora siempre es al revés de los demás –decía Francisca suavemente, reservándose, para el momento en que estuviera sola con los criados, su opinión de que mi abuela estaba un coco .tocada..

-Pues ya han pasado las oraciones. Eulalia no vendrá -suspiraba mi tía.; le habrá dado miedo el tiempo.

-Pero, señora, todavía no son las cinco, no son más que las cuatro y media.

-¿Las cuatro y media? Y he tenido que levantar los visillos para que me entre un rayo de luz. ¡A las cuatro y media y ocho días antes de las Rogaciones! ¡Ay, Francisca!, ¡muy incomodado debe estar Dios con nosotros! Sí, es que la gente de hoy hace tantas cosas... Como decía mi pobre Octavio, nos olvidamos de Dios, y Él se venga.

De pronto, un rojo vivo encendía las mejillas de mi tía: era Eulalia. Pero, desdichadamente, apenas Francisca la había introducido, cuando tornaba a entrar, y con sonrisa encaminada a ponerse al unísono con la alegría que, según creía ella, causarían a mi tía sus palabras, y articulando las sílabas para hacer ver fue, a pesar del estilo indirecto, repetía fielmente y como buena criada las mismas palabras que se dignaba pronunciar el visitante, decía:

-El señor cura tendría un placer, un gusto vivísimo en poder saludar a la señora, si no está descansando. El señor cura no quiere molestar. Está abajo, y lo hice entrar en la sala.

En realidad, las visitas del señor cura no daban a mi tía tanto gusto como Francisca suponía, y el aspecto de júbilo que ésta se consideraba como obligada a adoptar cada vez que tenía que anunciarlo no respondía por completo a lo que sentía la enferma.

El cura (hombre excelente, con quien lamento no haber hablado más porque, aunque no entendía nada de arte, sabía muchas etimologías), acostumbrado a dar a los visitantes notables noticias respecto a la iglesia (hasta tenía el propósito de escribir un libro acerca de la parroquia de Combray), la cansaba con explicaciones interminables y siempre iguales.

Pero cuando llegaba al mismo tiempo que Eulalia, su visita era francamente desagradable a mi tía. Hubiera preferido aprovecharse bien de Eulalia y no tener a dos personas a la vez; pero no se atrevía a negarse al cura, y se limitaba a indicar a Eulalia con una seña que no se fuera con él y que se quedara un rato con ella cuando el cura se hubiera marchado.

-Señor cura, me han dicho que un artista ha plantado su caballete en su iglesia, para copiar una vidriera. Yo puedo asegurar que en todos mis años, que ya son muchos, nunca oí hablar de semejante cosa. ¡Qué cosas va a buscar la gente hoy en día! Y lo malo es que va a buscarlas a la iglesia.

-No diré yo tanto como que lo malo es eso, porque en San Hilarlo hay cosas que valen la pena de verse. Hay otras muy viejas, en mi pobre basílica, la única sin restaurar de toda la diócesis. El pórtico es muy antiguo y está muy sucio, pero tiene majestad; lo mismo pasa con los tapices de Ester, por los que yo no daría dos perras, pero que, según los inteligentes, van en mérito inmediatamente después de los de Sens. Claro es que reconozco que junto a detalles demasiado realistas, ofrecen otros que denotan un verdadero espíritu de observación. Pero de las vidrieras que no me digan.

¿Tiene sentido común eso de dejar unas ventanas que no dan bastante luz, y que hasta engañan la vista con esos reflejos de color indefinible, en una iglesia donde no hay dos losas al mismo nivel? Y no quieren poner otras losas so pretexto de que éstas son las tumbas de los abades de Combray y los señores de Guermantes, antiguos condes de Brabante. Es decir, los ascendientes directos del hoy duque de Guermantes y también de la duquesa, porque ella es una Guermantes que se casó con su primo. (Mi abuela, que a fuerza de no interesarse por las personas, acababa por confundir todos los nombres, sostenía, cada vez que se pronunciaba ante ella el de la duquesa de Guermantes, que era parienta de la señora de Villeparisis. Todos nos echábamos a reír, y ella, para defenderse, alegaba cierta esquela de defunción: .Me parece que allí había un Guermantes.. Y por esta vez yo también me ponía de parte de los demás y en contra de ella, porque no podía creer que existiera relación alguna entre su amiga de colegio y la descendiente de Genoveva de Brabante.)

-¿Ve usted?, Roussainville no es hoy en día más que una parroquia de campesinos, aunque en tiempos pasados tornara mucho impulso esa localidad, gracias al comercio de sombreros de fieltro y de relojes. (Por cierto que no estoy seguro de la etimología de

Roussainville. Me inclino a creer que su nombre primitivo era Rouville *(Radulfi villa)* como Châteauroux *(Castrum Radulfi),* pero ya hablaremos de eso otra vez.) Pues bien, en su iglesia hay unas magníficas vidrieras, casi todas modernas, y una imponente *Entrada de Luis Eelipe en Combray,* que estaría mucho mejor aquí en Combray, y que dicen que no desmerece de la famosa vidriera de Chartres. Precisamente ayer hablaba con el hermano del doctor Percepied, que es aficionado, y me decía que es un trabajo bellísimo.

Pero como le decía yo a ese artista, que, por lo demás, es un hombre muy fino y, según parece, un virtuoso del pincel, ¿qué es lo que ve usted de notable en esa vidriera, que es aún un poco más oscura que las otras?

-Pero estoy segura de que si se lo pidiera usted a Monseñor -decía indiferentemente mi tía, la cual ya estaba pensando que iba a cansarse. no le negaría a usted una vidriera nueva.

-Desde luego, señora .contestaba el cura.. Pero es que precisamente monseñor llamó la atención hacia esa desdichada vidriera, demostrando que representa a Gilberto el Malo, señor de Guermantes, descendiente directo de Genoveva de Brabante, que era una Guermantes, en el momento de recibir la absolución de San Hilario.

-Pero yo no veo allí a San Hilario.

-Sí; ¿no se ha fijado usted nunca en una dama con traje amarillo que está en una esquina de la vidriera? Pues es San Hilario (Saint-Hilaire), que en otras provincias se llama Saint-Illiers, Saint-Hélier, y hasta Saint-Ylie, en el Jura. Y estas corrupciones de *sanctus Hilarius* no son de las más raras que ocurren con los nombres de los bienaventurados. La patrona de usted, amiga Eulalia, *sancta Eulalia,* ¿sabe usted en lo que fue a parar en Borgoña? Pues sencillamente en *Saint-Eloi,* se convirtió en santo. Qué, Eulalia, ¿se imagina usted cambiada en hombre después de muerta? .El señor cura siempre tiene ganas de broma.. Pues el hermano de Gilberto, Carlos el Tartamudo, príncipe piadoso, pero que por habérsele muerto su padre, Pipino el Insensato, muy joven, a consecuencia de una enfermedad mental, carecía del freno de toda disciplina, en cuanto veía en un pueblo un individuo que no le era simpático, mandaba matar a todos los habitantes de aquel lugar. Gilberto, para vengarse de Carlos, mandó quemar la iglesia de Combray, la primitiva entonces, la que Teodoberto, al salir con su corte de su residencia de campo que tenía cerca de aquí en Thiberzy *(Theoderberciacus),* para ir a luchar con los borgoñones, prometió labrar encima de la tumba de San Hilario si el Todopoderoso le concedía la victoria. No queda más que la cripta, que

Teodoro le habrá enseñado a usted alguna vez, porque lo demás lo quemó Gilberto. Y luego derrotó al desdichado Carlos, con el auxilio de Guillermo el Conquistador (el cura pronunciaba *Guilermo*), y por eso vienen tantos ingleses a ver la iglesia. Pero no supo conciliarse las simpatías de los vecinos de Combray, que un día, al salir Gilberto de misa, se arrojaron sobre él y le cortaron la cabeza. Teodoro tiene un librito donde se explica todo eso.

Pero, indudablemente, lo más curioso de nuestra iglesia es la vista desde el campanario, que es grandiosa. Claro que a usted, que no está muy fuerte, no le aconsejaría yo que subiera los noventa y siete escalones, la mitad precisamente que en el célebre Duomo, de Milán. Hay para cansar a una persona sana, mucho más teniendo en cuenta que hay que subir doblado para no romperse la cabeza, y que va uno recogiendo con la ropa todas las telarañas de la escalera.

De todos modos, tendría usted que abrigarse bien, añadía (sin observar la indignación que causaba a mi tía esa idea de suponerla capaz de subir al campanario), porque arriba hay una corriente de aire tremenda. Hay personas que dicen haber sentido allí el frío de la muerte. Pero los domingos siempre vienen partidas de gente, a veces de muy lejos, para admirar la belleza del panorama, y siempre vuelven encantados. Mire usted, precisamente el domingo que viene encontraría usted gente, porque son las Rogaciones. Y hay que confesar que desde allá arriba hay un panorama mágico, con unas vislumbres de la llanura a lo lejos, que tiene un carácter muy particular. Cuando hace un tiempo claro se puede distinguir hasta Verneuil. Y, además, se dominan a un tiempo cosas que de otro modo no se pueden ver más que separadamente; por ejemplo, el curso del Vivonne y los fosos de Saint-Assise les Combray, que están separados del río por una cortina de árboles muy grande, o los distintos canales de Jouy le Vicomte (*Gaudiacus vice comitis*, como usted sabe). Cada vez que he ido a Jouy le Vicomte he visto un trozo de canal, y al volver una calle veía otro, pero entonces ya desaparecía el anterior, y aunque los reuniera con el pensamiento ya no hace efecto. Desde el campanario de San Hilario ya es otra cosa: se los ve formar como una red en que está cogida la localidad.

Ahora, que no se distingue el agua, y parecen grandes grietas que dividen el pueblo en varios trozos, tan perfectamente como un brioche ya cortado, pero con los pedazos juntos. Para verlo bien del todo habría que estar al mismo tiempo en el campanario de San Hilario y en Jouy le Vicomte.

Tanto cansaba a mi tía el cura, que apenas se marchaba no tenía más remedio que despedir a Eulalia.

-Tenga usted, pobre Eulalia .decía con voz feble, sacando una moneda de una bolsita que tenía al alcance de la mano.; tenga usted, para que no me olvide en sus oraciones.

-Pero, señora, eso no está bien; ya sabe usted que no es por eso por lo que vengo .decía Eulalia, siempre con el mismo vacilar y la misma timidez que si fuera la primera vez, y con una apariencia de descontento que divertía a mi tía y no le parecía mal, porque si algún día Eulalia, al tomar el dinero, presentaba semblante menos contrariado que de costumbre, mi tía decía:

-No sé lo que tenía Eulalia; yo le he dado lo mismo que siempre y parece que no estaba contenta.

-Pues no puede quejarse .suspiraba Francisca, que tendía a considerar como calderilla todo lo que mi tía le daba para ella o para sus hijos, y como tesoros derrochados locamente por una ingrata las piezas depositadas todos los domingos en la mano de Eulalia, con tanta discreción, que Francisca no llegó a verlas nunca.

Y no es que ella ambicionara el dinero que mi tía daba a Eulalia. Ya gozaba bastante del caudal de mi tía, al saber que las riquezas del ama ensalzan y hermosean al mismo tiempo a la sirvienta; y que ella, Francisca, era persona insigne y glorificada en Combray, Jouy le Vicomte y otros lugares, por lo numeroso de las haciendas de mi tía, la frecuencia y duración de las visitas del cura y la gran cantidad de botellas de agua de Vichy que se consumía. Era avara por mi tía, y de haber administrado su fortuna, lo cual era su sueño, la habría defendido de los ataques ajenos con ferocidad maternal. No le hubiera parecido mal que mi tía, cuya incurable generosidad conocía, se alargara a dar, siempre que fuera a personas ricas. Quizá pensaba que los ricos, como no tenían necesidad de los regalos de mi tía, no podían ser sospechosos de quererla por sus dádivas. Además, estas dádivas, hechas a personas de gran posición económica, como la señora de Sazerat, Swann, Legrandin, o la señora de Goupil, entre personas del .mismo rango. que mi tía y que .podían codearse, se le representaban como un aspecto de los usos de aquella vida extraña y brillante de los ricos que dan bailes y se visitan, vida que Francisca admiraba sonriente. Pero ya no era lo mismo si los beneficiarios de la generosidad de mi tía eran de aquellos que Francisca llamaba .gente como yo, gente que no es más que yo., y que le inspiraban desprecio, a no ser que la llamasen .señora Francisca., y se consideraran .menos que ella.. Y cuando vio que, a pesar de sus consejos, mi tía hacía su voluntad, y nada más, y tiraba el dinero por lo menos Francisca así se lo creía. con seres indignos, empezaron a parecerle muy parvos los regalos que su ama le hacía, comparados con las cantidades imaginarias prodigadas a Eulalia. Y para Francisca no había en los alrededores de Combray hacienda lo bastante considerable para que no la pudiera adquirir Eulalia con el producto de sus visitas. Cierto que Eulalia hacía la misma evaluación de las riquezas inmensas y ocultas de Francisca. Por lo general, en cuanto Eulalia se iba comenzaba Francisca a hacer malévolas profecías a cuenta de ella. Odiábala, pero le tenía miedo y se consideraba obligada mientras estuviera en casa a .ponerle buena cara.. Pero cuando se había marchado, se cobraba, sin nombrarla nunca, a decir verdad, pero profiriendo oráculos sibilinos o sentencias de un carácter general, como las del Eclesiastés, pero cuya aplicación no podía escapar a mi tía. Después de mirar por un rincón del visillo si ya había cerrado la puerta Eulalia, decía: .Los aduladores siempre saben caer a punto y recoger las pepitas, pero paciencia, que ya los castigará Dios algún día.; y lo decía con el mismo mirar de lado y la misma insinuación de Joas, cuando, pensando exclusivamente en Atalia, dice:

Le bonheur des méchants comme un torrent sécoule.

Pero cuando el cura había estado también de visita, tan interminable que agotaba las fuerzas de mi tía, Francisca se marchaba del cuarto detrás de Eulalia, diciendo:
-Señora, voy a dejarla a usted descansar, porque tiene usted aspecto de hallarse fatigada.
Mi tía ni siquiera contestaba, exhalando un suspiro que parecía el último, con los ojos cerrados y como muerta. Pero apenas había llegado abajo Francisca, sonaban por toda la casa cuatro campanillazos violentísimos, y mi tía, sentada en la cama, gritaba:
-¿Se ha ido ya Eulalia? ¿No le parece a usted que se me ha olvidado preguntar si la señora de Goupil llegó a misa después de alzar? Corra usted a ver si la alcanza.
Pero Francisca volvía sin haberlo logrado.
-¡Qué fastidio! .decía mi tía sacudiendo la cabeza.. Lo único importante que le tenía que preguntar.
Y así se iba pasando la vida para mi tía Leoncia, siempre idéntica en la dulce uniformidad de lo que ella llamaba con desdén fingido y profunda ternura su .rutina.. Guardada por todo el mundo, no sólo en casa, donde todos, después de haber comprobado la inutilidad de darle un consejo de mejorar de higiene, se habían resignado a respetarla, sino en el pueblo, donde, a tres calles de distancia, el embalador, antes de ponerse a clavetear, mandaba preguntar a Francisca si mi tía no .estaba descansando, aquella

rutina se vio quebrantada por una vez ese año. Y fue porque, lo mismo que un fruto escondido llega a sazón sin que nadie se de cuenta, y se desprende espontáneamente, la moza una noche salió de su cuidado. Pero sufrió dolores intolerables, y como en Combray no había comadrona, Francisca tuvo que ir por una a Thiberzy antes de que amaneciera. Los gritos de la moza no dejaron dormir a mi tía, y como Francisca volvió muy tarde, a pesar de lo corto de la distancia, la echó mucho de menos. Así que mi madre me dijo por la mañana:

-Sube a ver si tu tía necesita algo.

Entré en la primera habitación, y por la puerta abierta vi a mi tía durmiendo echada de lado; la vi que roncaba ligeramente. Ya iba a marcharme muy despacio, pero sin duda el ruido que hice se entremetió en su sueño y le .cambió de velocidad., como dicen de los automóviles, porque la música de los ronquidos se interrumpió un instante, y siguió luego un tono más bajo, hasta que por fin se despertó, volviendo a medias la cara, que entonces pude ver; pintábase en ella algo como terror; sin duda había tenido un sueño terrible; tal como estaba colocada no podía verme, y yo me estuve allí sin saber que hacer, si adelantarme o salir; pero ya mi tía parecía volver al sentimiento de la realidad, y haber reconocido lo falaz de las visiones que la asustaran; una sonrisa de gozo, de piadosa, gratitud al Creador, que deja que la vida sea menos cruel que los sueños, iluminó débilmente su rostro, y con aquélla su costumbre de hablarse a sí misma a media voz, cuando creía que estaba sola, murmuró: .¡Alabado sea Dios!

No tenemos más preocupación que ésta del parto de la moza. ¿Pues no había soñado que mi pobre Octavio resucitaba y quería hacerme dar un paseo diario?.. Tendió la mano hacia el rosario, que estaba en la mesita; pero el sueño que tornaba no le dejó fuerzas para cogerle, y volvió a dormirse tranquila; entonces salí a paso de lobo del cuarto, sin que ella ni nadie haya sabido nunca lo que yo acababa de oír.

Al decir que aparte de los sucesos muy raros, como aquel alumbramiento, la rutina de mi tía no sufría jamás variación alguna, no cuento las que, por repetirse siempre idénticas y con intervalos regulares, no producían en el seno de la uniformidad más que una especie de uniformidad secundaria. Así, todos los sábados, como Francisca tenía que ir por la tarde al mercado de Roussainville le Pin, se adelantaba una hora el almuerzo, para todos. Y mi tía se acostumbró tan perfectamente a esta derogación semanal de sus hábitos, que tenía tanto apego a esta costumbre como a las demás.

Y tanto se había .arrutinado., como decía Francisca, que si algún sábado hubiera tenido que esperar la hora habitual del almuerzo, aquello la habría .sacado de sus casillas. tanto como el tener que adelantar su almuerzo a la hora del sábado en otro día cualquiera.

Este adelanto del almuerzo prestaba al sábado, para nosotros todos, una fisonomía particular, indulgente y muy simpática. En ese momento, en que por lo general nos queda aún una hora que vivir antes del descanso de la comida, sabíamos que iban a llegar a los pocos segundos unas escarolas precoces, una tortilla de favor y un bittec inmerecido. El retorno de aquel sábado asimétrico era uno de esos menudos acontecimientos interiores, locales, casi cívicos, que en las vidas tranquilas y las sociedades fuertes crean como un lazo nacional, llegan a tema favorito de las conversaciones, de las bromas y de los relatos, deliberadamente exagerados; y hubiera sido núcleo apto para un ciclo legendario de tener alguno de nosotros la testa épica. Ya por la mañana, antes de vestirnos, sin ningún motivo y sólo por el gusto de poner a prueba la fuerza de solidaridad, nos decíamos unos a otros, con buen humor, cordialmente, patrióticamente:

-Hoy no tenemos que descuidarnos, es sábado, mientras que mi tía, conferenciando con Francisca, y al pensar que el día sería más largo que de costumbre, decía:

-Hoy, como es sábado, podría usted hacerles un buen guiso de ternera.. Si a las diez y media sacaba alguno, distraído, el reloj, diciendo:

-Todavía falta una hora y media para el almuerzo., todos nos alegrábamos de poder recordarle:

-.¿Pero en qué está usted pensando: no ve que es sábado?; y todavía nos duraba la risa un cuarto de hora después, y nos prometíamos subir a contárselo a mi tía para distraerla. Hasta el cielo parecía otro. Después del almuerzo, el sol, consciente de que era sábado, se paseaba una hora más por lo alto del cielo, y cuando uno de nosotros, que creía que ya se hacía tarde para el paseo, exclamaba: .¡Cómo! ¡Las dos nada más!., al ver pasar las dos campanadas de la torre de San Hilarlo (que ya están acostumbradas a encontrarse los caminos desiertos, por amor de la comida o de la siesta, a lo largo del río, claro y corretón, abandonado hasta del pescador, y que pasan solitarias por el cielo vacante, donde no quedan más que unas nubecillas perezosas), todo el mundo le respondía a coro: .Lo que lo despista a usted es que hemos almorzado una hora antes; ¿no ve usted que es sábado? La sorpresa de un bárbaro (así llamábamos a toda persona ignorante del carácter particular del sábado), que venía a ver a papá a las once y nos encontraba sentados a la mesa, era una de las cosas que más divertían a Francisca en este mundo. Pero por mucho que la regocijara el hecho de que el desconcertado visitante ignorara que los sábados almorzábamos antes, aun le parecía más cómico (simpatizando en el fondo con esa estrecha patriotería) que a mi padre no se le ocurriera que el bárbaro podía ignorarlo, y contestara, sin más explicaciones, a su asombro, al vernos ya sentados a la mesa:

-¡Pero, hombre, es sábado!. Y cuando Francisca llegaba a este punto del relato, tenía que secarse lágrimas de risa, y para acrecer su regocijo, prolongaba el diálogo, inventaba una respuesta del visitante a quien aquella del .sábado. no decía nada. Y muy lejos de quejarnos de sus adiciones, todavía nos sabían a poco, y le decíamos:

-Me parece que dijo algo más. La primera vez que lo contó usted era más largo.

Y hasta mi tía dejaba su labor, y alzando la cabeza, miraba por encima de sus lentes.

Tenía además el sábado otra cosa de notable, y es que en el mes de mayo los sábados íbamos, después de cenar, al mes de María.. Como allí solíamos encontrarnos al señor Vinteuil, muy severo para con .esa lamentable casta de jóvenes descuidados, con ideas de la época actual., mi madre se cuidaba mucho de que nada flaqueara en mi porte exterior, y nos marchábamos a la iglesia.

Recuerdo que fue en el mes de María cuando empecé a tomar cariño a las flores de espino. En la iglesia, tan santa, pero donde teníamos derecho a entrar, no sólo estaban posadas en los altares, inseparables de los misterios en cuya celebración participaban, sino que dejaban correr entre las luces y los floreros santos sus ramas atadas horizontalmente unas a otras, en aparato de fiesta, y embellecidas aún más por los festones de las hojas, entre las que lucían, profusamente sembrados, como en la cola de un traje de novia, los ramitos de capullos blanquísimos. Pero sin atreverme a mirarlas más que a hurtadillas, bien sentía que aquellos pomposos atavíos vivían y que la misma Naturaleza era la que, al recortar aquellos festones en las hojas y añadirles la suprema gala de los blancos capullos, elevaba aquella decoración al rango de cosa digna de lo que era regocijo popular y solemnidad mística a la vez. Más arriba abríanse las corolas, aquí y allá, con desafectada gracia, reteniendo con negligencia suma, como último y vaporoso adorno, el ramito de estambres, tan finos como hilos de la Virgen, y que les prestaban una suave veladura; y cuando yo quería seguir e imitar en lo hondo de mi ser el movimiento de su fluorescencia, lo imaginaba como el cabeceo rápido y voluble de una muchacha blanca, distraída y vivaz, con mirar de coquetería y pupilas diminutas. El señor Vinteuil venía a sentarse con su hija a nuestro lado. Persona de buena familia, había sido profesor de piano de las hermanas de mi abuela, y cuando murió su mujer, aprovechando una herencia que tuvo, se retiró a vivir cerca de Combray, e iba a casa de visita con frecuencia. Pero como era excesivamente pudibundo, dejó de ir a casa para no encontrarse con Swann, que había hecho, a su parecer, .una boda que no le correspondía, de esas de hoy día.. Mi madre, al saber que componía música, le dijo por amabilidad que cuando ella fuera a su casa tenía que tocar alguna composición de las suyas. Cosa que hubiera agradado mucho al señor Vinteuil; pero llevaba la cortesía y la bondad a tal punto de escrúpulo, que se colocaba siempre en el lugar de los demás y tenía miedo de aburrirlos y parecer egoísta si seguía, o si sencillamente dejaba adivinar sus deseos. Mis padres me llevaron con ellos el día que fueron a verlo, y me permitieron que me quedara en el jardín; como la casa del señor Vinteuil, Montjouvain, tenía por la parte de atrás un montículo breñoso, me fui a esconder allí, y me encontré con que estaba a la altura de la sala del segundo piso y a una distancia de medio metro de la ventana.

Cuando entraron a anunciar a mis padres, vi que el señor Vinteuil se daba prisa a colocar en el piano de modo que fuera bien visible un papel de música. Pero cuando pasaron mis padres lo quitó de allí y lo puso en un rincón. Sin duda temía inspirar a mis padres la sospecha de que se alegraba de verlos sólo por tocar una obra suya. Y cada vez que durante la visita volvió mi madre a la carga, repetía: Pero yo no sé quién puso eso en el piano, porque no es su sitio; y desviaba la conversación hacia otros temas, precisamente porque ésos le interesaban menos. Su pasión era su hija, la cual, con sus modales de chico, tenía tal apariencia de robustez, que no podía uno por menos de sonreír al ver las precauciones que su padre tomaba con ella, y cómo tenía siempre a mano chales suplementarios para abrigarle los hombros. Mi abuela nos había hecho notar la expresión bondadosa, delicada y tímida casi que cruzaba muy a menudo por la mirada de aquella niña tan ruda, y que tenía el rostro lleno de pecas.

Cuando acababa de pronunciar una palabra, oíala con la mente de la persona a quien iba a dirigida, se alarmaba por las malas interpretaciones que pudieran dársele, y bajo la figura hombruna de aquel .diablo, se alumbraban y se recortaban, como por transparencia, los finos rasgos de una muchacha llorosa.

Cuando, antes de salir de la iglesia, me arrodillaba delante del altar, al levantarme sentía de pronto que se escapaba de las flores de espino un amargo y suave olor de almendras, y advertía entonces en las flores unas manchitas rubias, que, según me figuraba yo, debían de esconder ese olor, lo mismo que se oculta el sabor de un franchipán bajo la capa tostada, o el de las mejillas de la hija de Vinteuil detrás de sus pecas. A pesar de la callada quietud de las flores de espino, ese olor intermitente era como un murmullo de intensa vida, la cual prestaba al altar vibraciones semejantes a las de un seto salvaje, sembrado de vivas antenas, cuya imagen nos la traían al pensamiento algunos estambres casi rojos que parecían conservar aún la virulencia primaveral y el poder irritante de insectos metamorfoseados ahora en flores.

    Al salir de la iglesia hablábamos un momento con el señor Vinteuil delante del pórtico. Mediaba entre los chiquillos que se estaban peleando en la placa, defendía a los pequeños y sermoneaba a los mayores. Si su hija nos decía con su vozarrón que se alegraba mucho de vernos, en seguida parecía que en su misma persona otra hermana más sensible se ruborizaba por estas palabras de muchacho irreflexivo, que quizá podrían hacernos creer que quería que la invitáramos a casa. Su padre le echaba una capa por los hombros, y ambos montaban en un cochecito que guiaba la chica, y se volvían a Montjouvain. A nosotros, como al día siguiente era domingo y nos levantaríamos tarde para la hora de misa mayor, cuando había luna y el tiempo estaba templado, en vez de volver derecho a casa, mi padre, enamorado de la gloria, nos llevaba a dar un paseo por el Calvario, paseo que, por la escasa aptitud de mi madre para orientarse y saber por dónde iba, consideraba papá como hazaña de su genio estratégico. Llegábamos a veces hasta el viaducto, cuyas zancadas de piedra empezaban en la estación y representaban para mí el destierro y la desolación que reinaban más allá del mundo civilizado, porque todos los años, al venir de París, nos recomendaban estuviéramos alerta al aproximarnos a Combray, y que no dejáramos pasar la estación, preparándonos bien porque el tren no paraba más que dos minutos y se marchaba en seguida por el viaducto, saliéndose de las tierras de cristianos, cuyo extremo límite marcaba para mí Combray. Volvíamos por el paseo de la estación, donde estaban los hoteles más bonitos del lugar. La luna iba sembrando en los jardines, como Hubert Robert, un pedazo de marmórea escalinata, un surtidor y una verja entreabierta. Su luz había destruido la oficina de Telégrafos. No quedaba más que una columna tronchada, pero bella como una ruina inmortal. Yo iba a rastras, me caía de sueño, y el olor de los tilos que embalsamaba el aire se me aparecía como una recompensa que sólo se logra a costa de grandes fatigas, y que no vale la pena lo que cuesta. De cuando en cuando, detrás de las verjas, perros que despertábamos con nuestros pasos solitarios daban alternos ladridos, de esos que todavía oigo algunas veces; y en el seno de esos ladridos debió de ir a refugiarse el paseo de la estación (cuando se construyó en su emplazamiento el parque público de Combray), porque dondequiera que me encuentre, en cuanto empiezan a oírse, lo veo, con sus tilos y sus aceras iluminadas por la luna.

De pronto, mi padre nos paraba y preguntaba a mamá:
-¿Dónde estamos?.. Rendida por el paseo, pero orgullosa de su esposo, mi madre reconocía cariñosamente que lo ignoraba en absoluto. Entonces él se encogía de hombros, riéndose. Y como si se la extrajera del bolsillo de la americana al sacar la llave, nos mostraba, allí, en pie y delante de nosotros, la puertecita trasera de nuestro jardín, que había venido, con la esquina de la calle del Espíritu Santo, a esperarnos al cabo de los caminos desconocidos.

Mi madre, admirada, le decía: .Eres el demonio.. Y desde aquel instante ya no necesitaba yo andar, el suelo andaba por mí en aquel jardín donde hacía tanto tiempo que la atención voluntaria había dejado de acompañar a mis actos: la Costumbre acababa de cogerme en brazos y me llevaba a la cama como a un niño pequeño.

Aunque el sábado, que empezaba una hora antes, y en que no tenía a Francisca, transcurría más despacio que otro día cualquiera para mi tía, sin embargo, esperaba su retorno semanal impacientemente desde que comenzaba la semana, porque en el sábado se contenía toda la novedad y la distracción que su debilitada y maníaca naturaleza eran aún capaces de soportar. Y no es que a veces no aspirara a un gran cambio, que su vida careciera de esas horas excepcionales en que sentimos sed de algo distinto de lo existente, cuando las personas, que por falta de energía o imaginación no saben sacar de sí mismas un principio de renovación, piden al minuto que llega, al cartero que está llamando, que les traigan algo nuevo, aunque sea malo, un dolor, una emoción; cuando la sensibilidad, que la dicha hizo callar como arpa ociosa, quiere una mano que la haga resonar, aunque sea brutal, aunque la rompa; cuando la voluntad, que tan difícilmente conquistó el derecho de entregarse libremente a sus deseos y a sus penas, desea echar las riendas en manos de ocurrencias imperiosas, por crueles que sean.

Indudablemente, como las fuerzas de mi tía se extinguían al menor esfuerzo, sólo gota a gota volvían al seno de su reposo, el depósito tardaba mucho en llenarse, y pasaban meses antes de que ella tuviera ese pequeño colmo que otros seres derivan hacia la acción y que ella no sabía cómo decidirse a usar. No me cabe duda de que entonces, así como del placer mismo que le causaba el retorno diario del puré, siempre de su gusto, nacía al cabo de algún tiempo el deseo de substituirle por patatas *bechamel*, sacaba de la acumulación de tantos días monótonos, a que tan apegada era, la esperanza de un cataclismo doméstico, limitado a la duración de un instante, pero que la obligaría, de una vez para siempre, a uno de esos cambios que le serían saludables; ella lo reconocía, pero por sí sola no podía decidirse a emprender. Nos quería de verdad, y le hubiera gustado llorarnos; y de llegar en una ocasión en que se encontrara ella bien y sin sudar, la noticia de que la casa estaba ardiendo, de que ya habíamos perecido todos y de que pronto no quedaría ni una piedra en pie, aunque ella podría salvarse sin prisa, con tal de que se levantara inmediatamente, debió alimentar muchas veces sus esperanzas, porque reunía a las ventajas secundarias de hacerle saborear en un sentimiento único todo su cariño a nosotros, y de causar el pasmo del pueblo, presidiendo el duelo, abrumada y valerosa, moribunda, pero en pie, la más preciosa ventaja de obligarla en el momento oportuno, y sin perder tiempo, y sin posibilidad de dudas molestas, a irse a pasar el verano a su hermosa hacienda de Mirougrain, que tenía una cascada y todo. Como nunca ocurrió ningún caso de éstos, cuyo perfecto éxito meditaba, sin duda, cuando estaba sola, absorta en uno de sus innumerables solitarios (y que la hubiera desesperado al primer comienzo de realización, al primero de esos detalles imprevistos, de esa palabra que anuncia una mala noticia, y cuyo tono no se olvida jamás, de todo lo que lleva la huella de la muerte verdadera, muy distinta de su posibilidad lógica y abstracta), se resarcía, para dar de cuando en cuando mayor interés a su vida, introduciendo en ella peripecias imaginarias a cuyo desarrollo atendía apasionadamente. Gozábase en suponer de pronto que Francisca le robaba, que ella recurría a la astucia para averiguarlo, y que la cogía con las manos en la masa; acostumbrada, cuando jugaba ella sola a las cartas, a jugar con su juego y el riel adversario, se pronunciaba a sí misma las excusas tímidas de Francisca, y contestaba a ellas con tal fuego e indignación, que si uno de nosotros entraba en ese momento, la encontraba bañada en sudor, con los ojos echando chispas y los postizos caídos, dejando al descubierto su calva frente. Francisca quizá oyera alguna vez, desde la habitación de al lado, corrosivos sarcasmos a ella dirigidos, y cuya invención no hubiera servido da bastante alivio a mi tía, de haber quedado en estado puramente inmaterial, y si no les hubiera dado realidad murmurándolos a media voz. A veces, ese .espectáculo desde la cama. no parecía bastante a mi tía, y quería ver representadas sus comedias. Entonces, un domingo después de cerrar misteriosamente las puertas, confiaba a Eulalia su dudas respecto a la probidad de Francisca, y su intención de despedirla, y otras veces era a

Francisca a quien participaba sus sospechas de la deslealtad de Eulalia, a quien muy pronto cerraría la puerta; y al cabo de unos días ya estaba cansada de su confidenta de ayer, se arreglaba con la otra, y los papeles se cambiaban para la próxima representación. Pero las sospechas que Eulalia le inspiraba a veces eran fuego de virutas, pronto extinguido sin tener en qué alimentarse, porque Eulalia no vivía en la casa.

Pera no ocurría lo mismo con las despertadas por Francisca, a quien sentía mi tía vivir constantemente bajo el mismo techo, sin atreverse, por miedo a coger frío si salía de la cama, a bajar a la cocina y enterarse de si eran o no sospechas fundadas. Poco a poco llegó a no tener otra ocupación mental que adivinar lo que podía estar haciendo Francisca en cada momento, y si quería ocultárselo.

Se fijaba en los más furtivos gestos de Francisca, en cualquier contradicción entre sus dichos, en un deseo que al parecer quería disimular. Y hacíale ver que la había desenmascarado con una sola palabra, que hacía palidecer a Francisca, y que mi tía hundía en el corazón de la desdichada, aparentemente, con cruel regocijo, y al otro domingo una revelación de Eulalia como esos descubrimientos que de repente abren un campo insospechado a una ciencia que nace y que hasta entonces arrastraba una vida lánguida. probaba a mi tía que sus sospechas aun estaban muy por bajo de la realidad. .Francisca es la que lo debe saber ahora que le da usted coche.. .¡Qué yo le doy coche!., exclamaba mi tía. ¡Ah!, yo no sé, creía que... La he visto pasar en carruaje, con más orgullo que Artabán, camino del mercado de Roussainville. Y creí que era la señora la que..... Poco a poco Francisca y mi tía, como el cazador y la pieza, no hacían más que ponerse en guardia contra sus recíprocas argucias. Mi madre tenía miedo de que Francisca llegara a tomar verdadero odio a mi tía, que la ofendía con la mayor dureza posible. El caso era que Francisca se fijaba cada día con mayor atención en los menores ademanes y más insignificantes de palabras mi tía. Cuando tema que preguntarle algo, vacilaba mucho, pensando en el modo como lo haría. Y cuando ya había proferido su demanda, observaba a mi tía a hurtadillas, para adivinar por el aspecto de su rostro lo que pensaba y lo que decidiría. Y así, mientras un artista que lee memorias del siglo XVII y quiere acercarse al Rey Sol cree tomar el buen camino, forjándose una genealogía que le haga descendiente de una familia histórica, o manteniendo correspondencia con un soberano europeo de su tiempo, y al hacerlo vuelve la espalda precisamente a aquello que erróneamente busca bajo formas idénticas, y por consiguiente sin vida, una vieja señora provinciana, que no era más que la fiel servidora de irresistibles manías, y de una malevolencia hija de la ociosidad, veía, sin hacer pensado nunca en Luis XIV, que las ocupaciones más insignificantes de su jornada, relativas al momento de levantarse, a su almuerzo, a sus horas de descanso, cobraban por su despótica singularidad una parte del interés de aquello que Saint-Simon llamaba la .mecánica de la vida en Versalles, y podía imaginarse ella también que su silencio, una nube de buen humor, o de altanería en su rostro, eran comentados por parte de Francisca con la misma pasión y temor que el silencio, el buen humor o la altanería del Rey cuando un cortesano, o hasta un gran señor, le habían entregado un memorial en un rincón de una alameda de Versalles.

Un domingo que mi tía tuvo la visita del cura y de Eulalia al mismo tiempo, y se echó luego a descansar, subimos todos a despedirnos, y mamá le dijo cuánto lamentaba aquella mala suerte que reunía a todas sus visitas a la misma hora.

-Ya sé que las cosas no se han arreglado muy bien esta tarde, Leoncia .le decía cariñosamente.. Todo el mundo ha venido al mismo tiempo.

A eso interrumpía la tía mayor con un .por mucho trigo , porque desde que su hija estaba mala creía deber suyo animarla presentándole siempre las cosas por el lado bueno. Pero mi padre tomaba la palabra:

-Ya que toda la familia está reunida, voy a aprovecharme para contaros una cosa, sin tener que repetírsela a cada cual. Me temo que Legrandin esté enfadado con nosotros; apenas si me saludó esta mañana.

Yo no me quedé a oír a mi padre, porque precisamente estaba con él aquella mañana cuando se encontró con Legrandin, y bajé a la cocina a enterarme de lo que teníamos de cena, cosa que me distraía todos los días como las noticias del periódico, y me excitaba como un programa de fiestas. Al pasar el señor Legrandin junto a nosotros, saliendo de misa, y al lado de una dama propietaria de un castillo de allí cerca, y a quien sólo conocíamos de vista, mi padre lo saludó reservada y amistosamente a la vez, sin pararse; Legrandin apenas si contestó, un poco extrañado, como si no nos conociera, y con esa perspectiva de la mirada propia de las personas que no quieren ser amables, y que desde allá, desde el fondo súbitamente prolongado de sus ojos, parece que lo ven a uno al final de un camino interminable, y a tanta distancia, que se contentan con hacernos un minúsculo saludo con la cabeza para que guarde proporción con nuestra dimensión de marioneta.

Como la dama que Legrandin acompañaba era persona virtuosa y bien considerada, no podía pensarse que Legrandin disfrutara de sus favores y que le molestara que los vieran juntos; así que mi padre se preguntaba qué había hecho él para incomodar a Legrandin. Sentiría mucho saber que está enfadado dijo mi padre., porque resalta junto a toda esa gente endomingada, con su americana recta, su corbata floja, tan desafectado, con esa sencillez tan de verdad y tan ingenua que se hace muy simpática.

Pero el consejo de familia opinó unánimemente que lo del enfado era una figuración de mi padre, y que Legrandin debía de ir en aquel momento pensando en alguna cosa y distraído. Por lo demás, el temor de mi padre se disipó al día siguiente por la tarde. Volvíamos de dar un gran paseo cuando vimos junto al Puente Viejo a Legrandin, que con motivo de las fiestas pasaba unos días en Combray. Vino hacia nosotros tendiéndonos la mano: .Señor lector, me preguntó, ¿conoce usted este verso de Paul Desjardins?:

Ya está el bosque sombrío, pero azul sigue el cielo.

-¿No es verdad que el verso da muy bien la nota de esta hora? Puede que no haya usted leído nunca a Paul Desjardins. Léalo, hijo mío; hoy se está cambiando en sermoneador, pero ha sido por mucho tiempo un límpido acuarelista...

Ya está el bosque sombrío, fiero azul sigue el cielo...

-¡Ojalá siga el cielo siempre azul para usted!, amiguito mío; hasta en esa hora que para mí ya va llegando, cuando el bosque está sombrío y cae la noche, se consolará usted mirando al cielo…Sacó un cigarrillo y se estuvo un rato con la vista puesta en el horizonte.

-¡Bueno, adiós, amigos!., dijo de pronto, y se marchó.

A la hora en que yo bajaba a la cocina a enterarme, la cena ya estaba empezada, y Francisca señoreaba las fuerzas de la naturaleza convertidas en auxiliares suyas, como en esas comedias de magia donde los gigantes hacen de cocineros; meneaba el carbón, entregaba al vapor unas patatas para estofadas, y daba punto, valiéndose del fuego, a maravillas culinarias, preparadas previamente en recipientes de ceramista desde las tinas, las marmitas, el caldero, las besugueras, a las ollitas para la caza, los moldes de repostería y los tarritos para natillas: pasando por una colección completa de cacerolas de todas dimensiones. Me paraba a mirar encima de la mesa, donde acababa de mondarlos la moza, los guisantes alineados y contados, como verdes bolitas de un juego; pero mi pasmo era ante los espárragos empapados de azul ultramar y de rosa, y cuyo tallo, mordisqueado de azul malva, iba rebajándose insensiblemente hasta la base .sucia aún por el suelo de su planta., con irisaciones de belleza supraterrena. Parecía que aquellos matices celestes delataban a las deliciosas criaturas que se entretuvieron en metamorfosearse en verduras, y que, a través del disfraz de su firme carne comestible, transparentaban con sus colores de aurora naciente sus intentos de arco iris y su languidez de noches azules, una esencia preciosa, perceptible para mí aun cuando, durante toda la noche que seguía a una comida donde hubo espárragos, se divertían en sus farsas poéticas y groseras, como fantasía shakespeariana, en trocar mi vaso de noche en copa de perfume.

La pobre Caridad de Giotto, como Swann la llamaba, encargada por Francisca de .recortarlos., los tenía al lado en una cesta, con cara de pena, como si estuviera sintiendo todo el dolor de la madre tierra; y las leves coronas azules que ceñían a los espárragos por cima de sus túnicas rosas, se dibujaban tan finamente, estrella por estrella, como se dibuja en el fresco de Padua las flores ceñidas en la frente de la Virtud o prendidas en su canastilla. Y entre tanto, Francisca daba vueltas en el asador a uno de aquellos pollos, asados como ella sola sabía hacerlo, que difundieron por todo Combray el olor de sus méritos, y que cuando no los servía a la mesa hacían triunfar la bondad en mi concepción especial de su carácter, porque el aroma de esa carne que ella convertía en tan tierna y untuosa, era para mí el perfume mismo de una de sus virtudes.

Pero el día que bajé a la cocina mientras mi padre consultaba al consejo de familia respecto a su encuentro con Legrandin, era uno de aquellos en que la Caridad de Giotto, bastante mal aún por su reciente parto, no podía levantarse; y Francisca, como no tenía ayuda, estaba retrasada en su trabajo. Cuando bajé la vi en la despensa, que daba al corral, matando un pollo, que con su resistencia desesperada y tan natural, acompañada por los gritos de Francisca, que, fuera de sí, al mismo tiempo que trataba de abrirle el cuello por debajo de la oreja, chillaba .¡Mal bicho, mal bicho!, ponía la santa dulzura y la unción de nuestra doméstica un poco menos en evidencia de lo que hubiera puesto el pobre animal en el almuerzo del día siguiente, con su pellejo bordado en oro como una casulla, y su grasa preciosa, que parecía ir goteando de un ropón. Cuando ya murió, Francisca recogió la sangre, que iba corriendo sin sofocar su rencor, y aun tuvo un acceso de cólera, y mirando el cadáver de su enemigo, dijo por última vez: .Mal bicho.. Volví a subir, todo trémulo; mi deseo hubiera sido que echaran en seguida a Francisca.

Pero entonces, ¿quién me haría unas albóndigas tan calentitas, un café tan perfumado... y aquellos pollos...? Y en realidad, ese cobarde cálculo lo hemos hecho todos, como lo hice yo entonces. Porque mi tía Leoncia sabía .cosa que ignoraba yo. que Francisca, que habría dado su vida sin una queja por su hija o por sus sobrinos, era para los demás seres extraordinariamente dura de corazón. A pesar de eso, mi tía la tenía en casa porque, aunque conocía su crueldad, estimaba mucho su buen servicio. Poco a poco fui advirtiendo que el cariño, la compunción y las virtudes de Francisca ocultaban tragedias de cocina, lo mismo que descubre la Historia que los reinados de esos reyes y reinas representados orando en las vidrieras de las iglesias se señalaron por sangrientos episodios. Me di cuenta de que, exceptuando a sus parientes, los humanos excitaban tanto más su compasión con sus infortunios cuanto más lejos estaban de ella. Los torrentes de lágrimas que lloraba al leer el periódico, sobre las desgracias de gente desconocida, se secaban prestamente si podía representarse a la víctima de manera un poco concreta. Una de las noches siguientes al parto de la moza, viose ésta aquejada por un fuerte cólico; mamá la oyó quejarse, se levantó y despertó a Francisca, que declaró, con gran insensibilidad, que todos aquellos gritos eran una comedia, y que quería .hacerse la señorita.. El médico, que ya temiera esos dolores, nos había puesto una señal en un libro de medicina que teníamos, en la página en que se describen esos dolores, y nos indicó que acudiéramos al libro para saber lo quo debía hacerse en los primeros momentos. Mi madre mandó a Francisca por el libro, recomendándole que no dejara caer el cordoncito que servía de señal. Pasó una hora, y Francisca sin volver; mi madre, indignada, creyó que había vuelto a acostarse, y me mandó a mí a la biblioteca. Allí estaba Francisca, que quiso mirar lo que indicaba la señal, y al leer la descripción clínica de los dolores, sollozaba, ahora que se trataba de un enfermo-tipo, desconocido para ella. A cada síntoma doloroso citado por el autor del libro, exclamaba:

 -Por Dios, Virgen Santa, es posible que Dios quiera hacer sufrir tanto a una desgraciada criatura? ¡Pobrecilla, pobrecilla!..

 Pero en cuanto la llamé y volvió junto a la cama de la Caridad de Giotto, sus lágrimas cesaron, ya no pudo sentir ni aquella agradable compasión y ternura que le era desconocida, y que muchas veces le proporcionaba la lectura de los periódicos, ni ningún placer de ese linaje, y molesta e irritada por haberse levantado a medianoche por la moza, al ver los sufrimientos mismos cuya descripción la hacía llorar, no se le ocurrieron más que gruñidos de mal humor, y hasta horribles sarcasmos, diciendo, cuando se creyó que nos habíamos ido y que ya no la oíamos: .No tenía más que haber hecho lo que se necesita para eso; y bien que le gustó; ahora que no se venga con mimos. También hace falta que un hombre esté dejado de la mano de Dios para cargar con *eso*. Ya lo decían en la lengua de mi pobre madre:

Del trasero de un perro se enamorica,
y llega a parecerle cosa bonica...

Cuando su nieto tenía un leve constipado de cabeza, por la noche, en vez de acostarse y aunque no estuviera bien, se marchaba a ver si necesitaba algo, y andaba cuatro leguas, para volver antes de amanecer a la hora de su faena; pero ese mismo amor a los suyos y el deseo de asegurar la futura grandeza de su casa se traducía, en su política con los otros criados, por una máxima constante, que consistió en no dejarlos introducirse en el cuarto de mi tía, al que no dejaba acercarse a nadie, muy orgullosamente, llegando hasta levantarse cuando estaba mala, para dar el agua de Vichy a mi tía, antes que permitir a la moza el acceso al cuarto de su ama. Y como ese himenóptero observado por Fabre, la abeja excavadora, que para que sus pequeñuelos tengan carne fresca que comer después de su muerte, apela a la anatomía en socorro de su crueldad, y hiere a los gorgojos y arañas capturados, con gran saber y habilidad, en el centro nervioso que rige el movimiento de las patas, sin dañar otra función vital, de modo que el insecto paralizado, junto al cual pone sus huevos, ofrezca a las larvas que vengan carne dócil, inofensiva, incapaz de huir o resistirse, y completamente fresca, Francisca hallaba, para servir su permanente voluntad de hacer la casa imposible a todo criado, agudezas tan sabias e implacables, que muchos años más tarde nos enteramos de que si comimos aquel verano espárragos casi a diario, fue porque el olor de ellos ocasionaba a la pobre moza encargada de pelarlos ataques de asma tan fuertes, que tuvo que acabar por marcharse.

Pero, desgraciadamente, la opinión que nos merecía Legrandin tenía que cambiar mucho. Uno de los domingos siguientes a aquel encuentro en el Puente Viejo, que sacó a mi padre de su error, al acabar la misa, cuando con el sol y el rumor de fuera entraba en la iglesia una cosa tan poco sagrada que la señora de Goupil, la señora de Percepied (todas las personas, que al llegar yo momentos antes, después de empezada la misa, siguieron absortas en su rezo, los ojos bajos, y yo habría creído que no me veían si no hubieran empujado con el pie el banquito que me estorbaba el paso a mi silla), empezaban a hablar con nosotros en alta voz, como si estuviéramos ya en la plaza, vimos en el deslumbrante umbral del pórtico, y dominando el abigarrado tumulto del mercado, a Legrandin; el marido de la señora con quien lo viéramos aquel otro día estaba presentándole en aquel momento a la mujer de otro rico terrateniente de allí cerca. En la cara de Legrandin pintábanse animación y fervor extraordinarios; hizo un profundo saludo, seguido de una inclinación secundaria hacia atrás, que llevó bruscamente su busto más atrás de lo que estaba en la posición inicial del saludo, y que sin duda había aprendido del marido de su hermana, el señor de Cambremer. Ese rápido enderezarse hizo refluir, a modo de ola musculosa, las ancas de Legrandin, que yo no suponía tan llenas; y no sé porqué aquella ondulación de pura materia, sin ninguna expresión de espiritualidad, y azotada tempestuosamente por una baja solicitud, despertaron de pronto en mi ánimo la posibilidad de un Legrandin muy distinto del que conocíamos. La señora aquella le mandó decir un recado al cochero, y mientras que se llegaba al coche persistió en su rostro aquella huella de tímido y servicial gozo que la presentación en él marcara. Sonriente, como hechizado y soñando, volvió apresuradamente hacia la señora, y como andaba más de prisa que de ordinario, sus hombros oscilaban a derecha e izquierda ridículamente, y tanto era su descuido al andar y su despreocupación por el resto del mundo, que parecía el juguete inerte y mecánico de la felicidad. Entre tanto, salimos del pórtico y fuimos a pasar a su lado; Legrandin era lo bastante educado para no volver la cabeza; pero puso su vista, impregnada de hondo meditar, en un punto tan lejano del horizonte, que no pudo vernos, y así no tuvo que saludarnos. Y allí quedó tan ingenuo su rostro rematando una americana suelta y recta, que parecía un poco descarriada, sin quererlo, en medio de aquel detestado lujo. Y la chalina de pintas, agitada por el viento de la plaza, seguía flotando por delante de Legrandin, como estandarte de su altivo aislamiento y de su noble independencia. En el momento en que llegábamos a casa notó mamá que se nos había olvidado la tarta, y rogó a mi padre que volviéramos a decir que la llevaran en seguida. Cerca de la iglesia nos cruzamos con Legrandin, que venía en dirección opuesta a la nuestra, acompañando a la señora de antes al coche. Pasó a nuestro lado sin dejar de hablar con su vecina, y nos hizo con el rabillo de sus ojos azules un gesto que en cierto modo no salía de los párpados; y que, como no interesaba los músculos de su rostro, pudo pasar completamente ignorado de su interlocutora; pero que, queriendo compensar con lo intenso del sentimiento lo estrecho del campo en que circunscribía su expresión, hizo chispear en aquel rinconcito azulado que nos concedía toda la vivacidad de su gracejo, que, pasando de la jovialidad, frisó en malicia, y que sutilizó las finuras de la amabilidad hasta los guiños de la connivencia, de las medias palabras, de lo supuesto, hasta los misterios de la complicidad, y que, finalmente, exaltó las garantías de amistad hasta las protestas de ternura, hasta la declaración amorosa, e iluminó entonces a la dama con secreta e invisible languidez, sólo perceptible para nosotros, enamorada pupila en rostro de hielo.

Precisamente el día antes había pedido a mis padres que me dejaran ir aquella noche a cenar con él: .Venga usted a hacer un rato de compañía a su viejo amigó .me dijo.. Y como ese ramo que un viajero nos manda desde un país adonde nunca hemos de volver, hágame respirar, desde la lejanía de su adolescencia, esas flores primaverales, por entre las que yo crucé también un día. Venga a casa y tráigame flores, primaveras, barbas de capuchinos, achicorias silvestres, cuencos de oro; tráigame la flor de sedum, con que se forma el ramo dilecto de la flora balzacciana; la flor del Domingo de Resurrección, margaritas y bolas de nieve de esas que empiezan a aromar el jardín de su tía cuando no se han fundido aún las bolas de nieve de verdad que trajeron las tormentillas de Pascua.

Y tráigame la gloriosa vestidura de seda de la azucena, digna de Salomón, y el policromo esmalte de los pensamientos; pero, ante todo, no se olvide de traerme el airecillo aún fresco de las últimas heladas que entreabrirá para esas dos mariposas que están esperando a la puerta desde esta mañana, la primera rosa de Jerusalén.

Dudaban en casa si, a pesar de todo, debían mandarme a cenar con el señor Legrandin. Pero mi abuela se negó a admitir que hubiera estado grosero con nosotros. .Ya sabéis perfectamente que viene aquí con toda sencillez, sin nada de hombre de mundo.. Y declaró que de cualquier forma, y aun poniéndonos en lo peor, si en realidad estuvo grosero, más valía que hiciéramos como que no lo notamos.

A decir verdad, hasta mi padre, que era el más enfadado con Legrandin, por su actitud, abrigaba aún algunas dudas sobre lo que podía significar. Era una de esas actitudes o actos que revelaba el carácter más hondo y oculto de un ser; no se eslabona con sus palabras anteriores, no nos la puede confirmar el testimonio del culpable, que no ha de confesar; y no tenemos otro testimonio que el de nuestros sentidos, que muchas veces, enfrentados con ese recuerdo aislado e incoherente, parecen haber sido juguete de una ilusión; de modo que esa actitudes, que son las únicas importantes, nos dejan muy a menudo en la duda.

Cené con Legrandin, en su terraza; había luna. ¡Qué hermosa calidad de silencio hay esta noche! -me dijo. Para los corazones heridos como el mío, dice un novelista que ya leerá usted algún día lo único adecuado es la sombra y el silencio Y, sabe usted, hijo mío, llega una hora en esta vida, aun está usted muy lejos de ella, en que los ojos fatigados ya no toleran más que una luz, ésta que una noche como la presente prepara y destila en la oscuridad, y cuando el oído no percibe otra música que la que toca la luna en el caramillo del silencio.. Prestaba oídos a lo que decía el señor Legrandin, que siempre me parecía agradable; pero preocupado por el recuerdo de una mujer que había visto por vez primera recientemente, y al pensar que Legrandin trataba a varias personalidades aristocráticas de las cercanías, se me ocurrió que quizá la conociera, y sacando fuerzas de flaqueza, le dije:

-¿Conoce quizá a las señoras del castillo de Guermantes?; y sentía una especie de felicidad, porque al pronunciar aquel nombre adquiría como una especie de dominio sobre él, por el solo hecho de extraerlo de mis sueños y darle una vida objetiva y sonora.

Pero ante aquel nombre de Guermantes vi abrirse en los ojos azules de nuestro amigo una pequeña muesca oscura, como si los acabara de atravesar una punta invisible, mientras que el resto de la pupila reaccionaba segregando oleadas azules. Sus ojeras se ennegrecieron y se agrandaron. Y la boca, plegada en una amarga arruga, se recobró antes, sonrió, mientras que el mirar seguía doliente, como el de un hermoso mártir que tuviera el cuerpo erizado de flechas. .No, no las conozco., dijo; pero, en vez de dar a un detalle tan sencillo y a una respuesta tan poco sorprendente el tono corriente y natural que convenía, la pronunció apoyándose en las palabras, inclinándose, saludando con la cabeza, y a la vez con la insistencia que se da, para merecer crédito, a una afirmación inverosímil .como si eso de no conocer a los Guermantes fuera sólo efecto de una rara casualidad., y al mismo tiempo con el énfasis de una persona que, como no puede ocultar una cosa que le es molesta, prefiere proclamarla, para dar a los demás la impresión de que la confesión que está haciendo no le fastidia, y es fácil, agradable y espontánea, y que la cosa misma .el no conocer a los Guermantes. puede muy bien ser algo no impuesto, sino voluntario, derivado de alguna tradición familiar, principio de moral o voto místico que le prohibiera expresamente el trato ton los Guermantes. .No .continuó explicando con las mismas palabras la entonación que les daba.; no las conozco; nunca he querido conocerlas, siempre quise guardar a salvo mi independencia; en el fondo, ya sabe usted que soy un jacobino. Muchas personas me lo han vuelto a decir, que hacía mal en no ir a Guermantes, que iba a pasar por un grosero, por un oso. Pero esta reputación no me da miedo, porque es verdad. En el fondo, de este mundo sólo me gustan unas pocas iglesias, dos o tres libros, pocos cuadros más, y la luna, siempre que esa brisa de su juventud de usted me traiga el perfume de los jardines que ya no pueden distinguir mis cansadas pupilas.

Yo no acababa de comprender por qué había que alardear de independencia para no ir a casa de gentes desconocidas, y por qué eso podía dale a uno tinte de salvaje o de oso. Pero sí entendía que Legrandin no era del todo verídico cuando decía que no le gustaban más que las iglesias, la luna y la juventud; también le gustaban, y mucho, los señores de los castillos, y tan sobrecogido se hallaba en su compañía por el temor de desagradarlos, que no se atrevía a lucir ante ellos su amistad con gentes de clase media, con hijos de notarios o de agentes de cambio, y prefería, si alguna vez llegaba a descubrirse la verdad, que fuera cuando él no estaba delante, .por defecto; en suma, era un snob. Cierto que nunca confesaba nada de eso, con el lenguaje aquel que tanto nos gustaba a mis padres y a mí. Y cuando yo preguntaba si conocía a los Guermantes, Legrandin, el maestro de la conversación, contestaba: .No, nunca he querido conocerlos.

Pero desgraciadamente lo decía ya tarde, porque otro Legrandin que él ocultaba celosamente en el fondo de sí mismo, y que no enseñaba nunca, porque ése estaba enterado de muchas cosas del Legrandin nuestro, de historias comprometidas, de su snobismo; ese otro Legrandin ya había contestado con la muesca abierta en la mirada, con el rictus de la boca, con la exagerada seriedad de tono de la respuesta, con las mil flechas que ponían a nuestro Legrandin, acribillado y desfalleciente, como a un San Sebastián del snobismo:

-¡Ay, qué daño me hace usted! No, no conozco a los Guermantes.

Ha ido usted a tocar en la llaga más dolorosa de mi vida.. Y como aunque aquel Legrandin, indiscreto y acusón, carecía del hermoso hablar del otro, tenía, en cambio, la palabra mucho más rápida, compuesta de eso que se llama .reflejos., cuando el Legrandin, maestro de conversación, quería imponerle silencio, el otro ya había hablado, y en vano nuestro amigo se desesperaba por la mala impresión que las revelaciones de su alter ego debieron de causar; lo único que podía hacer eran atenuarlas.

Claro que eso no quería decir que Legrandin no era sincero cuando tronaba contra los snobs. No podía saber, al menos por sí mismo, que lo era, porque no nos es dado conocer más que las pasiones ajenas, y lo que llegamos a conocer de las nuestras lo sabemos por los demás. Nuestras pasiones no accionan sobre nosotros más que en segundo lugar, por medio de la imaginación, que coloca en lugar de los móviles primeros, morales de relevo que son más decentes. Jamás el snobismo de Legrandin le aconsejó ir a visitar a menudo a una duquesa. Lo que hacía era encargar a la imaginación de Legrandin que le representase a tal duquesa ceñida de torsos los atractivos. Y Legrandin iba hacia la duquesa creyendo ceder a la seducción del ingenio y la virtud, ignorada de esos infames snobs. Los demás eran los únicos que sabían que también él lo era; porque, gracias a la incapacidad en que estaban de comprender el trabajo intermediario de su imaginación, veían, una enfrente de otra, la actividad mundana de Legrandin y su causa primera.

Ahora, en casa ya, no nos hacíamos ilusiones respecto al señor Legrandin y se espaciaron mucho nuestras relaciones. Mamá se regocijaba grandemente cada vez que sorprendía a Legrandin en flagrante delito de aquel pecado que no confesaba y que seguía llamando el pecado sin remisión, el snobismo. A mi padre, en cambio, le costaba trabajo tomar los desdenes de Legrandin con tal desprendimiento y buen humor; y un año en que pensó mi familia en mandarme a pasar las vacaciones del verano a Balbec, acompañado de mi abuela, dijo: .Tengo que decir sin falta a Legrandin que vais a ir a Balbec, a ver si se ofrece a presentaron a su hermana. Ya no debe de acordarse de que nos dijo que su hermana vive a dos kilómetros de allí.. Mi abuela, que opinaba que en los baños de mar hay que estarse todo el día en la playa husmeando la sal, y que más vale no conocer a nadie, porque las visitas y los paseos son otros tantos robos de aire de mar, pedía por el contrario, que no habláramos de nuestro proyecto a Legrandin, porque ya estaba viendo a su hermana, aquella señora de Cambremer, bajando del coche en el hotel en el momento que íbamos a salir a pescar, y obligándonos a quedarnos en casa para hacerle los honores. Pero mamá se reía de esos temores, pensando en su fuero interno que el peligro no era muy amenazador, y que Legrandin no se daría tanta prisa en ponernos en relación con su hermana. Pues bien; sin necesidad de sacarle la conversación de Balbec, el mismo Legrandin, muy ajeno a que hubiéramos tenido nunca propósito de ir por allí, vino a enredarse en el lazo una tarde que lo encontramos por la orilla del río.

-Hay en las nubes de esta tarde violetas y azules muy hermosos, ¿verdad, compañeros? .dijo a mi padre.; un azul, sobre todo, más floral que aéreo, el azul de la cineraria, que choca mucho visto en el cielo. Y también esa nubecilla rosa tiene un tinte de flor, de clavel o de hidrangea. Sólo en el canal de la Mancha, entre Normandía y Bretaña, he podido hacer observaciones más copiosas sobre esta especie de reino vegetal de la atmósfera. Allí, junto a Balbec, junto a esos lugares tan salvajes, hay una ensenada de suavidad encantadora, donde la puesta de sol de esa tierra de Auge, esa puesta de rojo y oro, que, por lo demás, aprecio mucho, no tiene ningún carácter, es insignificante; pero en esa atmósfera suave y húmeda se abren por la tarde, en unos pocos momentos, ramos de ésos, celeste y rosa, incomparables, y que a veces tardan horas en marchitarse. Hay otros que se deshojan en seguida, y aun es más hermoso el espectáculo de un cielo todo cubierto por el dispersarse de innumerables pétalos azafranados y rosa. En esa ensenada, que parece de ópalo, todavía son más femeninas las playas doradas, porque están atadas, como rubias Andrómedas, a las terribles peñas de las costas próximas, a esa fúnebre costa, célebre por sus numerosos naufragios, y donde todos los inviernos sucumben tantas barca al peligro del mar. Balbec es la osatura geológica más vieja de nuestro suelo; es, verdaderamente, Ar-Mor, el mar, el Finisterre, la región maldita que ese brujo de Anatole France, que nuestro joven amigo debe de leer, ha descrito tan bien, oculta en sus brumas eternas, como el verdadero país de los Cimerios, de la *Odisea*. Sobre todo desde Balbec, donde ya están haciéndose hoteles, encima de esa tierra antigua y amable, que en nada alteran, es una delicia hacer excursiones cortas por esas regiones primitivas tan hermosas.

-¡Ah!, ¿tendrá usted conocidos en Balbec? .dijo mi padre.. Precisamente este niño va a ir allí a pasar dos meses con su abuela, y quizá con mi mujer.

Legrandin, cogido de improviso por la pregunta en momento en que tenía la mirada fija en mi padre, no pudo desviarla; pero hundiéndola con mayor intensidad a cada segundo .al mismo tiempo que sonreía tristemente. en los ojos de su interlocutor, con aire de amistad, de franqueza y de no tener miedo de mirar cara a cara, pareció que le atravesaba el rostro, hecho de pronto transparente, y que allá, detrás de él, contemplaba en aquel momento una nube de vivos colores que le servía de coartada mental, permitiéndole asegurar que, en el momento que le preguntaron si conocía a alguien en Balbec, estaba pensando en otra cosa y no había oído la pregunta. Por lo general, miradas de éstas arrancan del interlocutor un: .¿En qué está usted pensando?; pero mi padre, irritado, curioso y cruel, volvió a decir:

-Pues conoce usted muy bien esa región. ¿Es que tiene usted amigos por allá?

En un postrer y desesperado esfuerzo, la sonriente mirada de Legrandin llegó al máximum de ternura, de vaguedad, de sinceridad y de distracción; pero comprendiendo, sin duda, que no tenía más remedio que contestar, nos dijo:

-Yo tengo amigos por doquiera que haya rebaños de árboles heridos, pero que no se dejan vencer, y que se agrupan para implorar juntos, con patética obstinación, a un cielo inclemente que no se compadece de ellos.

-No me refería a eso .dijo mi padre, tan terco como los árboles y tan implacable como el cielo.. Lo decía por si acaso ocurriera algo a mi suegra, para que no se sintiera tan sola.

-Allí, como en todas partes, conozco a todo el mundo, sin conocer a nadie .respondió Legrandin, que no se rendía fácilmente.; conozco mucho las cosas y poco a las personas. Pero allí las cosas también parecen personas, seres raros, de delicada esencia, engañados por la vida. Muchas veces se encuentra uno con un castillo, encaramado en la costa, junto al camino, parado allí para confrontar su pena con la noche rosada, por donde va subiendo una luna de oro, mientras que las barcas vuelven estriando las aguas jaspeadas, izada en los palos la llama de la luna y arbolados los colores lunares; otras, es una sencilla casa solitaria, feúcha, de aspecto tímido, pero novelesco, que oculta a todas las miradas un inmarcesible secreto de felicidad y desencanto. Ese país inverosímil .añadió con maquiavélica delicadeza., ese país de ficción no es buena lectura para un niño, y no es el que yo escogería para mi amiguito, ya tan dado a la tristeza y con el corazón tan predispuesto. Los climas de confidencia amorosa y de nostalgia inútil acaso convengan a los viejos desengañados como yo, pero siempre son malsanos para un temperamento sin formar. Créame usted .repitió con insistencia; las aguas de esa bahía, casi bretona ya, quizá ejerzan una influencia sedante en un corazón que ya no, está intacto como el mío y cuya herida no tiene compensación. Pero a su edad, mocito, están contraindicadas. Buenas noches, vecinos .añadió con aquella sequedad evasiva en él usual, y volviéndose hacia nosotros, con el dedo tieso y admonitorio del médico, resumió su consulta: Sobre todo, nada de Balbec antes de los cincuenta años, y eso según esté el corazón .nos gritó.

Mi padre volvió a hablarle del asunto en ulteriores encuentros; lo atormentó a preguntas, pero todo fue inútil: lo mismo que aquel erudito estafador que empleaba en la confección de palimpsestos falsos un trabajo y un saber tales que sólo con la centésima parte se hubiera ganado una posición más lucrativa, pero honrada, Legrandin, de haber seguido nosotros insistiendo, hubiera sido capaz de construir toda una ética del paisaje y una geografía celeste de la Normandía baja antes que confesar que a dos kilómetros de Balbec vivía una hermana suya, y tener que darnos una carta de presentación, cosa que no le habría asustado tanto si hubiera estado segura .como debía estarlo, dada su experiencia del carácter de mi abuela. de que no la íbamos a utilizar.

***

Siempre volvíamos temprano de paseo para poder subir a la habitación de mi tía Leoncia antes de cenar. Al principio de la temporada, cuando las días se acaban temprano, al llegar a la calle del Espíritu Santo todavía se veía un reflejo del sol poniente en los cristales de casa, y una banda purpúrea en el fondo de los bosques del Calvario, que, más lejos, iba a reflejarse en el estanque; y esta púrpura, que coincidía a veces con un fresco muy vivo, asociábase en mi mente a la púrpura del fuego donde estaba asándose un pollo, que me traería, después del placer poético del paseo, el placer de la golosina, del calor y del descanso. En el verano, en cambio, cuando volvíamos aun no se había puesto el sol, y mientras estábamos en el cuarto de la tía Leoncia, su luz, que descendía y tocaba la ventana, se paraba entre los cortinones y las abrazaderas, dividida, ramificada, filtrada, incrustando trocitos de oro en la madera del limonero de la cómoda, e iluminada oblicuamente la habitación con la misma delicadeza que toma en el bosque, bajo los árboles. Pero algunos días, muy pocos, al volver ya hacía tiempo que perdiera la cómoda sus momentáneas incrustaciones; no quedaba, cuando llegábamos a la calle del Espíritu Santo, ningún resol en los cristales, y el estanque que está al pie del Calvario se había quedado sin púrpura, y a veces era ya de un color opalino, y un prolongado rayo de luna, que iba ensanchándose y estriándose con todas las arrugas del agua, le cruzaba de lado a lado. Y entonces, al llegar cerca de casa, veíamos a alguien en el umbral de la puerta, y mamá me decía:

-¡Dios mío! Francisca está esperándonos; la tía está alarmada: es que volvemos muy tarde.

Y sin tomarnos siquiera el tiempo necesario para quitarnos abrigos y sombreros, subíamos en seguida a ver a la tía Leoncia para tranquilizarla, y que viera que, al contrario de lo que ella pensaba, nada nos había ocurrido, sino que habíamos ido por el lado de Guermantes., y, ¡caramba!, cuando se da ese paseo ya sabía mi tía que no había hora segura para la vuelta.

-Ve usted, Francisca .exclamaba mi tía; ya le decía yo a usted que habrían ido por el lado de Guermantes, ¡Dios mío!; deben tener gana, y la pierna de cordero se habrá secado con lo que ha tenido que esperar. Es que éstas no son horas de volver; ¡claro, habéis ido por el lado de Guermantes!

-Yo creí que ya lo sabía usted, Leoncia -decía mamá.

Creí que Francisca nos había visto salir por la puertecita del huerto.

Porque alrededor de Combray había dos .lados. para ir de paseo, y tan opuestos, que teníamos que salir de casa por distinta puerta, según quisiéramos ir por uno u otro: el lado de Méséglise la Vineuse, que llamábamos también el camino de Swann, porque yendo por allí se pasaba por delante de la posesión del señor Swann, y el lado de Guermantes. De Méséglise la Vineuse, a decir verdad, no conocí nunca otra cosa que el .lado. y una gente que los domingos iba de paseo a Combray: gente que esta vez ni nosotros ni siquiera mi tía .conocíamos., y que por eso eran consideradas como .gente que habrá venido de Méséglise.. En cuanto a Guermantes, vendría un día en que trabara más conocimiento con él, pero tenía que pasar tiempo; y durante toda mi adolescencia, si Méséglise era para mí una cosa tan inaccesible como aquel horizonte siempre oculto a la vista, por lejos que se fuera, por los repliegues de un terreno distinto ya del de Combray, Guermantes sólo se me aparecía como el término, mucho más ideal que real, de su propio lado., especie de expresión geográfica abstracta, como la línea ecuatorial, el Polo o el Oriente. Así que .tirar por Guermantes para ir a Méséglise, o al contrario, se me figuraba expresión tan desprovista de sentido como tirar por el Este para ir al Oeste. Como mi padre siempre hablaba, del lado de Méséglise, considerándolo como el más hermoso panorama de llanura que conocía, y del lado de Guermantes como el típico paisaje del río, dábales yo, al concebirlos como dos entidades, esa cohesión y unidad propias sólo de las creaciones de nuestra mente; la mínima parcela de ellos me parecía preciosa y expresiva de su particular excelencia, y, comparados con ellos, los caminos puramente materiales que había para llegar al suelo sagrado de cualquiera de ambos, y en medio de cuyos caminos estaban posados en calidad de ideal de panorama de llanura e ideal de paisaje de río, no merecían la pena de ser mirados con mayor atención que la que pone el espectador enamorado de dramas en las calles que llevan al teatro. Pero, sobre todo, interponía yo entre uno y otro algo más que sus distancias kilométricas: la distancia existente entre las dos partes de mi cerebro con que pensaba en ellos, una de esas distancias de dentro del espíritu, que no sólo alejan, sino que separan y colocan en distinto plano.

Y esa demarcación era más absoluta todavía, porque nuestra costumbre de no ir nunca en un mismo día por los dos lados en un solo paseo, sino una vez por el lado de Méséglise y otra por el lado de Guermantes, los encerraba, por así decirlo, lejos uno de otro, y sin poderse conocer, en los vasos herméticos e incomunicables de tardes distintas.

Cuando queríamos ir por el lado de Méséglise, salíamos (no muy temprano, y aunque estuviera nublado, porque el paseo no era muy largo y no nos llevaba muy lejos), como para ir a cualquier parte, por la puerta principal de la casa de mi tía, a la calle del Espíritu Santo. El armero nos daba las buenas tardes, echábamos las cartas al buzón, decíamos de paso a Teodoro, de parte de Francisca, que ya no le quedaba aceite o café, y salíamos del pueblo por el camino que va a lo largo de la valla blanca del parque del señor Swann. Antes de llegar allí, nos encontrábamos, porque salía al encuentro de los extraños, el olor de las lilas. Y luego, las mismas lilas, de entre los verdes corazoncitos de sus hojas, alzaban curiosamente, por encima de la valla del parque, sus penachos de plumas malvas o blancas, abrillantadas, aun en la sombra, por el sol en que se habían bañado. Algunas, medio ocultas por la casita con techumbre de tejas, llamada casa de los Arqueros, y que servía de vivienda al jardinero, asomaban por encima del gótico pináculo su minarete de rosa. Las ninfas de la primavera parecían vulgares puestas junto a estas huríes, que en un jardín francés conservaban los tonos brillantes y puros de las miniaturas persas. A pesar de mi deseo de abrazar su flexible cintura y acercar a mi rostro los estrellados bucles de sus cabecitas fragantes, pasábamos sin pararnos, porque mis padres no iban a Tansonville desde la boda de Swann, y para que no pareciera que queríamos curiosear, en vez de tomar el camino que bordea la valla y que sube derechamente al campo, tomábamos otro que sale al campo también pero oblicuamente, y que nos hacía desembocar mucho más allá. Un día mi abuelo dijo a mi padre:

-Ya os acordaréis de que Swann dijo que como su mujer y su hija se iban a Reims, iba a aprovecharse para pasar veinticuatro horas en París. De modo que, ya que las señoras no están ahí, podemos ir por junto al parque. Y así cortaríamos.

Nos paramos un momento junto a la valla. El tiempo de las lilas tocaba a su fin; algunas había aún que expandían en altas arañas malvas las delicadas burbujas de sus flores; pero en mucha parte del follaje, donde una semana antes reventaba su embalsamado musgo, ahora se marchitaba, empequeñecida y negruzca, una hueca espuma, seca y sin aroma. Mi abuelo enseñaba a mi padre lo que en aquellos sitios había cambiado y lo que estaba igual, desde el paseo aquel que dio con el señor Swann padre, el día de la muerte de su mujer, y aprovechaba la ocasión para volver a contar otra vez aquel paseo.

Ante nosotros un camino, con dos filas de capuchinas a los lados, subía en pleno sol hacia el castillo. A la derecha el parque, por el contrario, se dilataba en terreno llano. Sombreado por los añosos árboles que lo rodeaban, había un estanque, que mandaron hacer los padres de Swann; pero en sus más ficticias creaciones el hombre trabaja siempre sobre la base de la Naturaleza: hay lugares que siempre imponen en torno de ellos su particular imperio, y arbolan sus inmemoriales insignias en medio de un parque, como las arbolarían, lejos de toda intervención humana, en una soledad que también viene hasta aquí a rodearlos, surgida de la necesidad de su exposición y superpuesta a la obra del hombre. Y así, al pie del paseo que dominaba el estanque artificial, se formó con dos bandas tejidas con flores de miosotis y vincapervincas, la corona natural, delicada y azul que ciñe la frente en claroscuro, de las aguas; y así también el gladiolo, dejando doblegarse sus espadas con regio abandono, extendía por encima del eupatorio y del ranúnculo los destrozados lirios, violetas y amarillos, de su cetro lacustre.

La marchó de la hija de Swann, que a mí .al quitarme la terrible posibilidad de que la chiquilla privilegiada que tenía amistad con Bergotte e iba con él a ver catedrales asomara por un paseo, me conociera y me despreciara. me hacía mirar indiferentemente a Tansonville, aquella primera vez en que me era dado contemplarlo con libertad, parecía, por el contrario, como que añadiera a aquella posesión, a los ojos de mi abuelo y de mi padre, ciertas comodidades, cierto atractivo pasajero, y llenando el papel que en una excursión de montaña cumple la falta de nubes, convertía aquel día en excepcionalmente propicio para un paseo por aquel lado; hubiera sido mi deseo que fracasaran sus cálculos, que un milagro trajera a la señorita de Swann y a su padre, tan cerca de nosotros, que no pudiéramos evadirnos y nos presentaran sin poderlo remediar. Así que cuando de repente vi en la hierba, como síntoma de su posible presencia, un capacito olvidado junto a una caña de pescar, cuyo corcho flotaba en el agua, me apresuré a desviar hacia otro lado las miradas de mi padre y de mi abuelo. Aunque como Swann nos había dicho que no estaba muy bien que él se fuera, porque tenía parientes suyos invitados en casa, muy bien podía ser la caña de alguno de los invitados. No se oía por los paseos ningún rumor de pasos. A media altura de un árbol indeterminado, un pájaro invisible, ingeniándose en hacer más corto el día, exploraba con una prolongada nota la soledad circundante, pero dábale ésta una réplica tan unánime, le devolvía un golpe tan redoblado de silencio e inmovilidad, que se hubiera dicho como si no lograra más que detener para siempre aquel mismo instante que intentaba hacer más rápidamente pasajero.

La luz caía tan implacablemente de un cielo inmovilizado, que hubiéramos deseado sustraernos a su atención, y hasta el agua dormida, cuyo sueño se veía constantemente irritado por los insectos, al soñar sin duda en un Maelstrom imaginario, contribuía a aumentar el desconcierto que me inspiró el ver el flotador de la caña, porque parecía arrastrarlo, al parecer velozmente, por la silenciosa extensión del cielo reflejado en ella; estaba ya casi vertical y como si fuera a hundirse, y ya me preguntaba si no sería mi deber, prescindiendo del deseo y el miedo de conocerla que yo tenía, avisar a la hija de Swann que el pez picaba, cuando tuve que salir corriendo para alcanzar a mi padre y a mi abuelo, que me llamaban, extrañados de que no los hubiera seguido por el caminito que sube hacia el campo, y por donde ya iban ellos. En el caminito susurraba el aroma de los espinos blancos. El seto formaba como una serie de capillitas, casi cubiertas por montones de flores que se agrupaban, formando a modo de altarcitos de mayo; y abajo, el sol extendía por el suelo un cuadriculado de luz y sombra, como si llegara a través de una vidriera; el olor difundíase tan untuosamente, tan delimitado en su forma, como si me encontrara delante del altar de la Virgen, y las flores así ataviadas sostenían, con distraído ademán, su brillante ramo de estambres, finas y radiantes molduras de estilo florido, como las que en la iglesia calaban la rampa del coro o los bastidores de las vidrieras, abriendo su blanca carne de flor de fresa. ¡Qué aldeanotes y sencillos habrían de parecer a su lado los escaramujos que, unas semanas más tarde, subirían también por aquel rústico cansino, a pleno sol, con sus rojos corpiños de seda lisa, que se deshacen con un soplo!

Pero de nada me servía quedarme parado delante de los espinos, respirando su olor invisible y fijo, presentándosele a mi pensamiento, que no sabía que hacer con él, perdiéndolo y volviendo a encontrarlo, entregándome al ritmo que lanzaba sus flores, ya a un lado, ya a otro, con gozo juvenil e intervalos inesperados, como algunos intervalos musicales: ofrecíame indefinidamente la misma seducción, con profusión inagotable; pero sin dejarme ahondar más adentro, como esas melodías que se cantan y se cantan sin penetrar nunca su secreto. Íbame de su lado un momento para tornar a ellas con fuerzas frescas. Perseguía en el talud, que por detrás del seto sube casi vertical hacia el campo, a alguna amapola extraviada, a algún aciano rezagado, que decoraban la escarpa con sus flores como la orla de un tapiz donde aparece diseminado el tema rústico, que luego triunfará en todo el paño; unas cuantas sólo, espaciadas como esas casas aisladas que ya anuncian la proximidad de un poblado, me anunciaban la vasta extensión donde estallan los trigos y se rizan las nubes, y una sola amapola, que izaba en lo alto de sus jarcias y entregaba al azote del viento su lama roja, por encima de su boya negra y grasa, me aceleraba el latir del corazón, como el viajero que divisa un terreno bajo la primera barca varada que está arreglando un calafate, grita:

-¡El mar!, antes de ver el agua.

Luego me volvía a los espinos, como se vuelven a esas obras maestras, creyendo que se las va a ver mejor después de estar un rato sin mirarlas; pero de nada me servía hacerme una pantalla con las manos, para no ver otra cosa, porque el sentimiento que en mí despertaban seguía siendo oscuro e indefinido, sin poderse desprender de mí para ir a unirse a las flores. Las cuales no me ayudaban a aclarar mi sentimiento, sin que yo pudiera pedir a otras flores que lo satisficieran. Entonces, entregándome a esa alegría que se siente al ver una obra de nuestro pintor favorito que difiere de las que conocemos, o cuando nos ponen delante un cuadro que sólo habíamos visto antes esbozado en lápiz, o si un trozo oído en piano se nos aparece revestido de la coloración orquestal, mi abuelo me llamaba, y señalándome el seto de Tansonville, me decía:

-Mira, tú, que tanto te gustan los espinos; mira ese espino rosa qué bonito es.. Y, en efecto, era un espino, pero éste de color rosa y aún más hermoso que los blancos. También estaba vestido de fiesta de fiesta religiosa, las únicas festividades verdaderas, porque no hay un capricho contingente que las aplique como las fiestas mundanas a un día cualquiera, que no está especialmente consagrado a ellas, y que nada tiene de esencialmente festivo., pero más ricamente vestido, porque las flores pegadas a la rama, unas encima de otras, sin dejar ningún hueco sin decorar, como los pompones que adornan los cayados de estilo rococó, eran de .color. y, por consiguiente, de calidad superior, según la estética de Combray, y a juzgar por la escala de precios de la .tienda. de la plaza, o la casa de Camus, donde los dulces de color de rosa costaban más caros. También a mí me gustaba más el queso de crema de color rosa, en el que me dejaban mezclar fresas. Y precisamente aquellas flores habían ido a escoger uno de esos tonos de cosa comestible, o de tierno realce de un traje para fiesta mayor, colores que se presentan a los niños con la razón de superioridad, y por eso les imponen con mayor evidencia su belleza, conservando siempre para los ojos infantiles algo más vivo y natural que los demás colores, aunque ya hayan comprendido que no prometían nada a su golosina, y que no los había escogido para ellos la modista. Y yo, en verdad, en seguida, tuve la sensación, lo mismo que delante de los espinos blancos, pero aún con mayor asombro, de que la intención de festividad no estaba traducida en aquellas flores de modo ficticio; y por un arte de industria humana, sino que era la Naturaleza misma la que espontáneamente le había dado expresión con la sencillez de una comerciante de pueblo que trabaja en un altarcito del Corpus, recargando el arbusto con sus rositas sobremanera tiernas y de un carácter de Pompadour de provincia. En lo alto de las ramas, como otros tantos tiestecillos de rosales revestidos de papel picado, de esos que en las fiestas mayores adornaban el altar con sus delgados husos, pululaban mil capullitos de tono más pálido, que, entreabriéndose, dejaban ver, como en el fondo de una copa de mármol rosa, ágatas sangrientas, y delataban aún más claramente que las flores la esencia particular e irresistible del espino, que dondequiera que eche brote o florezca, no sabía hacerlo más que con color de rosa. Intercalado en el seto, pero diferenciándose de él, como una jovencita en traje de fiesta entre personas desaseadas que se quedarán en casa, ya preparado para el mes de María, del que parecía estar participando, brillaba sonriente, con su fresco vestido rosa, el arbusto católico y delicioso.

  El seto dejaba ver en el interior del parque un paseo que tenía a los lados jazmines, pensamientos y verbenas entremezcladas con alhelíes que abrían su fresca boca, de un rosa fragante y pasado como cuero de Córdoba; en la arena del centro del paseo una manga de riego, pintada de verde, iba serpenteando, y en los sitios donde tenía agujeros lanzaba por encima de las flores, cuyo aroma impregnaba con su frescura, el abanico vertical y prismático de sus gotillas multicolores. De repente me fiaré, sin poder moverme, como sucede cuando vemos algo que no sólo va dirigido a nuestro mirar, sino que requiere más profundas percepciones y se adueña de nuestro ser entero. Una chica de un rubio rojizo, que, al parecer, volvía de paseo, y que llevaba en la mano una azada de jardín, nos miraba, alzando el rostro, salpicado de manchitas de color de rosa. Le brillaban mucho los negros ojos, y como yo no sabía entonces, ni he llegado luego a saberlo, reducir a sus elementos objetivos una impresión fuerte, como no tenía bastante de eso que se llama .espíritu de observación. para poder aislar la noción de su color, por mucho tiempo, cuando pensé en ella, el recuerdo del brillo de sus ojos se me presentaba como de vivísimo azul, porque era rubia; de modo que quizá si no hubiera tenido ojos tan negros .cosa que tanto sorprendía al verla por vez primera. no me hubieran enamorado en ella tanto como me enamoraron, y más que nada sus ojos azules.

La miré primero con esa mirada que es algo que el verbo de los ojos, ventana a que se asoman todos los sentidos, ansiosos y petrificados; mirada que querría tocar, capturar, llevarse el cuerpo que está mirando, y con él el alma; y luego, por el miedo que tenía de que de un momento a otro mi abuelo y mi padre vieran a la chica y me mandaran apartarme, y correr un poco delante de ellos, la miré con una mirada inconscientemente suplicante, que aspiraba a obligarla a que se fijara en mí, a que me conociera. Dirigió ella sus pupilas delante de ella primero, y luego hacia un lado, para enterarse de las personas de mi padre y mi abuelo, y sin duda sacó de su observación la idea de que éramos ridículos, porque se volvió, y con aspecto de indiferencia y desdén, se puso de lado, para que su rostro no siguiera en el campo visual donde ellos estaban; y mientras que sin haberla visto, siguieron andando dejándome atrás, ella dejó que su mirada se escapara hacia donde yo estaba, sin ninguna expresión determinada, como si no me viera, pero con una fijeza y una sonrisa disimulada, que yo no pude interpretar, con arreglo a las nociones que me habían dado de lo que es la buena educación, más que como prueba de un humillante desprecio; y al mismo tiempo esbozó con la mano un ademán burlón, que cuando se dirigía públicamente a una persona desconocida, no tenía en el pequeño diccionario de buenas maneras que yo llevaba conmigo más que una sola significación: la de insolencia deliberada.

-Vamos, Gilberta, ven aquí; qué es lo que estás haciendo .gritó con voz penetrante y autoritaria una señora de blanco, que yo no había visto, y que tenía detrás, a alguna distancia, a un señor con traje de dril, para mí desconocido, el cual me miraba con ojos saltones; y la chica dejó de sonreír; bruscamente, cogió su azada y se marchó, sin volverse hacia mí, con semblante dócil impenetrable y solapado.

Y así pasó junto a mí ese nombre de Gilberta, dado como un talismán, con el que algún día quizá podría encontrar a aquel ser, que por gracia suya ya se había convertido en persona, cuando un momento antes no era más que una vaga imagen. Y así pasó, pronunciado por encima de los jazmines y de los alhelíes, agrio y fresco como las gotas de agua de la manga verde; impregnando, irisando la zona de aire que atravesó .y que había aislado con todo el misterio de la vida de la que lo llevaba, ese nombre que servía para que la llamaran los felices mortales que vivían y viajaban con ella; y desplegó bajo la planta del espino rosa, y a la altura de mi hombro, la quintaesencia de su familiaridad, para mí dolorosa, con su vida, con la parte desconocida de su vida, en donde yo no podía penetrar.

Por un instante, mientras nos íbamos alejando, y mi abuelo murmuraba: .Ese infeliz de Swann, ¡qué papel le hacen representar!: se arreglan para que se vaya y pueda ella quedarse sola con su Charlus, porque es él, ¿sabes?, lo he reconocido. ¡Y esa niña, viéndolo todo!., la impresión que en mí dejara el tono despótico con que habló a Gilberta su madre, sin que ella replicara, me la mostró como obligada a obedecer a alguien, no siendo ya superior a todo, y calmó mi pena, me tornó la esperanza y disminuyó mi amor.

Pero pronto ese amor volvió a elevarse de nuevo dentro de mí como reacción con que mi humillado corazón quería ponerse al nivel de Gilberta o rebajarla a ella hasta mi corazón. La quería, lamentaba no haber tenido tiempo e inspiración para ofenderla, para hacerle daño, para obligarla a que se acordara de mí. Me parecía tan bonita, que con gusto hubiera vuelto sobre mis pasos para gritarle, encogiéndome de hombros: .Es usted feísima, ridícula, repulsiva.

Y entre tanto me iba alejando, llevándome para siempre como tipo primero de la felicidad inaccesible a los niños de mi clase, por leyes naturales, imposibles de violar, la imagen de una chiquilla rubia, con el cutis lleno de manchitas rosas, que tenía una azada en la mano y se reía, dejando escaparse hacia mí prolongadas miradas inexpresivas y solapadas. Y ya el encanto con que su nombre había aromado aquel lugar junto a las plantas de espino rosa, en que lo oímos ella y yo al mismo tiempo, iba a ganar, a impregnar, a perfumar todo lo que la rodeaba: sus abuelos, que los míos tuvieron la dicha inefable de tratar; la sublime profesión de agente de cambio, y el penoso barrio de los Campos Elíseos, donde ella vivía en París.

-Leoncia -dijo mi abuelo al volver., me hubiera gustado que estuvieras con nosotros hace un momento. No conocerías Tansonville. Si me hubiera atrevido te habría cortado una rama de espino rosa, de esos que te gustaban tanto.

Mi abuelo siempre contaba nuestros paseos a mi tía Leoncia, en parte para distraerla, y en parte porque no había perdido toda la esperanza de que llegara a salir alguna vez. Le gustaba mucho en tiempos esa posesión y, además, las visitas de Swann fueron de las últimas que recibiera cuando ya tenía cerrada la puerta a todo el mundo. Y lo mismo que cuando Swann venía ahora a preguntar por ella (porque ella era la única persona de casa a quien Swann quería seguir viendo) le mandaba decir que estaba cansada, pero que lo dejaría subir otro día, así aquella noche contestó:

-Sí, un día que haga bueno iré en coche hasta la puerta del parque.. Y lo decía sinceramente.

Le hubiera gustado ver a Swann, y ver a Tansonville; pero con sólo el deseo se le agotaban las fuerzas, y ya no le quedaban para llevarlo a realización. A veces, el buen tiempo la reanimaba un poco, se levantaba, se vestía; pero el cansancio llegaba antes de que hubiera salido a la otra habitación, y pedía de nuevo la cama. Y es que para ella ya había empezado más pronto de lo que suele llegar ese gran abandono de la vejez, que está preparándose a morir, que se envuelve en su crisálida, dejación que se puede advertir allá al fin de las vidas que se prolongan mucho, hasta entre amantes que se quisieron profundamente, entre amigos que estuvieron unidos por los más generosos lazos, y que al llegar un año dejan ya de hacer el viaje o la salida necesarios para verse, no se escriben y saben que no volverán a comunicarse en este mundo. Mi tía sabía muy bien, sin duda, que nunca más vería a Swann, que no volvería a salir de su casa; pero esa reclusión definitiva hacíasela cómoda la misma razón que, según nosotros, debiera serle más dolorosa; y es que aquella reclusión se la imponía la disminución, perceptible para ella cada día que pasaba, de sus fuerzas, y que al convertir todo acto y movimiento en cansancio o en sufrimiento, revestía a la inacción, al aislamiento y al silencio de la suavidad reparadora y bendita del descanso.

Mi tía no fue a ver el seto de espino rosa; pero yo preguntaba a cada momento a mis padres si no iba a ir, si antes iba a menudo a Tansonville, para hacerlos hablar de los padres y los abuelos de la señorita de Swann, que me parecían seres enormes, como los dioses.

Ansiaba oír ese nombre, para mí casi mitológico, de Swann, cuando hablaba con mis padres, y no me atrevía a pronunciarlo yo, pero arrastraba a mis padres a temas de conversación concernientes a Gilberto y a su familia, referentes a ella, y que no me dejaban muy aislado de ella; y de pronto obligaba a mi padre, haciendo como que me creía que el cargo que tuvo mi abuelo ya lo había tenido otra persona de la familia, o que el seto de espino rosa, que quería ver la tía Leoncia, estaba en terrenos comunales, a rectificarme, diciéndome como espontáneamente y para corregirme: .No, no, ese cargo lo tenía el padre de *Swann*; el seto es del padre de *Swann*. Y entonces yo volvía a respirar, porque ese nombre, que en el momento de oírlo me parecía más lleno que ninguno, porque tenía la pesantez de las muchas veces que yo lo había pronunciado antes mentalmente, al posarse en el lugar de mi alma, en que siempre estaba escrito, pesaba hasta ahogarme. Causábame un placer que me daba vergüenza haberme atrevido a solícitas de mis padres, porque era un placer tan grande, que, sin duda, debió de costarles mucha pena el dármelo, y eso sin ninguna compensación, porque para ellos no era placer alguno. Así que, por discreción, desviaba la conversación.

Y también por escrúpulo de conciencia. Todas las raras seducciones que para mí adornaban el nombre de Swann las encontraba en ese nombre cuando ellos lo pronunciaban. Y entonces se me figuraba de pronto que mis padres no podían por menos de sentir también esas seducciones, que se colocaban en mi punto de vista; que a su vez advertían mis sueños, los absorbían, los hacían suyos, y me sentía tan apenado como si hubiera vencido y depravado a mis padres.

Aquel año, cuando mis padres, un poco antes que de costumbre, decidieron la fecha de vuelta a París, la mañana del día de salida me rizaron el pelo para retratarme, pusiéronme con mucho cuidado un sombrero nuevo y me vistieron una casaca de terciopelo; mi madre estuvo buscándome por todas partes, y, por fin, me encontró llorando a lágrima viva en el atajo que va a Tansonville, despidiéndome de los espinos, abrazando sus punzantes ramas y pisoteando mis papillotes y mi sombrero nuevo, como una princesa de tragedia a quien pesaran sus vanos atavíos, sin la menor gratitud para la persona que con tanto cuidado me había hecho los lazos y me había arreglado el peinado. Mi llanto no conmovió a mi madre; pero no pudo retener un grito al ver mi sombrero aplastado y mi casaquita estropeada. Yo no la oía. .¡Pobres espinitos míos! –decía yo llorando., vosotros no queréis que yo esté triste; no queréis que me vaya, ¿verdad? Nunca me habéis hecho nada malo. Os querré mucho siempre.. Y secándome las lágrimas, les prometía para cuando fuera mayor no imitar la insensata vida de los demás hombres, y al llegar los días de primavera, aunque estuviera en París, salir al campo a ver los primeros espinos, en vez de hacer visitas y escuchar tonterías.

Ya en el campo, no nos separábamos de los espinos en todo el resto del paseo, cuando íbamos por el lado de Méséglise.

Recorríalos constantemente, invisible caminante, el viento, que para mí era el genio particular de Combray. Todos los años el día que llegábamos, yo, para tener la sensación cabal de estar en Combray, subía a verlo correr por entre los sayos y a correr tras de él. Siempre llevábamos el viento al Méséglise, por aquella combada plana, donde se pasan leguas y leguas sin que el terreno se quiebre nunca. Sabía yo que la hija de Swann iba a menudo a Laon a pasar unos días, y aunque Laon se hallaba a bastantes leguas, como la distancia estaba compensada por la falta de obstáculos, cuando en aquellas cálidas tardes veía venir un soplo de viento del extremo horizonte inclinando los trigales más distantes, propagándose como una ola por aquella vasta extensión, y yendo a morir a mis pies, tibio y murmurante, entre los tréboles y los pipirigallos, aquella llanura que a los dos nos era común parecía como que nos acercaba y nos unía, y yo me figuraba que aquel soplo de viento la había rozado; que el murmullo de la brisa que yo no podía entender, era un mensaje suyo, y besaba el aire al pasar. A la izquierda había un pueblo llamado Champieu (*Campus Pagani*, según el cura). A la derecha veíanse, asomando por encima de los trigales, los dos campanarios rústicos y cincelados de San Andrés del Campo, afilados, escamosos, torneados, amarillos, grumosos, alveolados como dos espigas más.

A simétricos intervalos, en medio de la inimitable ornamentación de su follaje, inconfundible con el de ningún otro árbol frutal, abrían los manzanos sus largos pétalos de satén blanco, o dejaban colgar los tímidos ramitos de sus capullos encarnados.

Por allí, por el lado de Méséglise, es donde observé por vez primera esa sombra redonda que dan los manzanos en la tierra soleada, y esas sedas de oro que el sol poniente teje oblicuamente bajo las hojas del árbol, y cuya continuidad veía yo a mi padre romper con su bastón, pero sin desviar nunca sus hilos.

Muchas veces, por el cielo de la tarde cruzaba la luna, blanca como una nube, furtiva, sin brillo, igual que una actriz cuya hora de trabajar no llegó aún, y que en traje de calle mira desde la sala a sus compañeras, sin llamar la atención, deseando que nadie se fije en ella. Me gustaba encontrar su imagen en los libros y en los cuadros, pero esas obras de arte diferían mucho .por lo menos durante, los primeros años, antes de que Bloch acostumbrara mi vista y mi pensamiento a más sutiles armonías. de esas en que hoy me parecería bella la luna, y que entonces no me decían nada.

Era, por ejemplo, en una novela de Saintine, en un paisaje de Gleyre, donde dibuja limpiamente en el cielo su hoz de plata, en obras de esas ingenuamente incompletas, coma lo eran mis propias impresiones, obras que indignaba a las hermanas de mi abuela el que yo admirara. Creían ellas que deben presentarse a los niños obras de arte de las que admiramos definitivamente cuando somos hombres maduros, y que los niños demuestran buen gusto si las encuentran agradables desde un principio. Y es porque, sin duda, se representaban los méritos estéticos como objetos materiales, que unos ojos abiertos no tienen más remedio que percibir, sin necesidad de haber ido madurando lentamente sus equivalentes dentro del propio corazón.

Por el lado de Méséglise, en Montjouvain, casa situada junto a una gran charca y al abrigo de una escarpa llena de matorrales, vivía el señor Vinteuil. Así que muchas veces nos cruzábamos en el camino con su hija, que iba, a todo correr, en un cochecito guiado por ella. Desde un cierto año ya no nos la encontrábamos a ella sola, sino acompañada por una amiga mayor que ella, que tenía mala fama en aquellas tierras y que acabó por irse a vivir definitivamente a Montjouvain. La gente decía: .Ese pobre señor Vinteuil tiene que estar cegado por el cariño para no enterarse de lo que se murmura y dejar a su hija, él que se escandaliza por una palabra mal dicha, que meta en casa a una mujer así. Y dice que es una mujer excepcional, de gran corazón y con muchas disposiciones para la música, si las hubiera cultivado. Pero que tenga por seguro que no es a la música a lo que se dedica con su hija.. El señor Vinteuil lo decía, y, en efecto, es cosa digna de notarse la admiración que despierta una persona por sus cualidades morales en los padres de otra persona cualquiera con quien tenga relaciones carnales. El amor físico, tan injustamente difamado, obliga de tal modo a un ser a poner de manifiesto hasta las menores partículas de bondad y de desprendimiento que en sí lleve, que estas virtudes acaban por resplandecer a los ojos de las personas que más de cerca la rodean.

 El doctor Percepied, que por su vozarrón y sus espesas cejas podía representar cuando quería el papel de hombre pérfido, para el que no tenía disposiciones, sin que eso comprometiera en nada su reputación inquebrantable e inmerecida de fiera bondadosa, se las arreglaba para hacer llorar de risa al cura y a todo el mundo, diciendo con topo rudo: .Sí, sí; parece que se dedica a la música la niña de Vinteuil con su amiga. Parece que eso les extraña a ustedes. Yo no sé, su padre es el que me lo ha dicha ayer. Después de todo, ¿por qué no va a gustarle la música a esa joven? Yo no puedo contrariar las vocaciones artísticas de los muchachos. Y Vinteuil se conoce que tampoco. Y también él se dedica a la música con la amiga de su hija. ¡Caramba!, todo es música en esa casa. ¿Pero de qué se ríen ustedes?, ¿de que ya es mucha música? El otro día me encontré al buen Vinteuil junto al cementerio, y no se podía tener de pie…

 Pero los que como nosotros vieron en aquella época al señor Vinteuil huir de los conocidos, irse por otro lado cuando veía a alguno, envejecer en unos meses, absorberse en su pena, incapaz de todo esfuerzo que no tuviera como objeto inmediato la felicidad de su hija, y pasar días enteros junto a la tumba de su mujer, era muy difícil que no comprendiera la pena que estaba matando a Vinteuil, y que supusieran que no se enteraba de las hablillas que corrían. Se enteraba y, probablemente, les daba crédito. No hay nadie, por muy virtuoso que sea, que por causa de la complejidad de las circunstancias no pueda llegar algún día a vivir en familiaridad con el vicio que más rigurosamente condena .sin que, por lo demás, le reconozca por completo bajo ese disfraz de hechos particulares que reviste para entrar en contacto con uno y hacerlo padecer: palabras raras, aptitud inexplicable tal noche de un ser a quien se quiere por tantos motivos. Pero un hombre como el señor Vinteuil debía de sufrir mucho al tener que resignarse a una de esas situaciones que erróneamente se consideran exclusivas del mundo de la bohemia, y que, en realidad, se producen siempre que un vicio .que la misma naturaleza humana desarrolló en un niño, a veces sólo con mezclar las cualidades de su padre y de su madre, como el color de los ojos. busca el lugar seguro que necesita para vivir.

Pero no porque el señor Vinteuil se diera cuenta de la conducta de su hija disminuyó en nada su cariño hacia ella. Los hechos no penetran en el mundo donde viven nuestras creencias, y como no les dieron vida no las pueden matar; pueden estar desmintiéndolas constantemente sin debilitarlas, y un alud de desgracia o enfermedades que una tras otra padece una familia, no le hace dudar de la bondad de su Dios ni de la pericia de su médico. Pero cuando Vinteuil pensaba en él y en su hija, desde el punto de vista de la gente; cuando quería colocarse con ella en el rango que ocupaban en la pública estimación, entonces aquel juicio de orden social lo formulaba él mismo, como lo haría el vecino de Combray que más lo odiara, y se veía con su hija caído hasta lo último; por eso sus modales tomaron desde hacía poco esa humildad y respeto hacia las personas que estaban por encima de él, y a quienes miraba desde abajo (aunque en otra época los considerara muy inferiores), esa tendencia a subir hasta ellas, que es resultado casi mecánico del venir a menos. Un día en que íbamos con Swann por una, calle de Combray, desembocaba por otra el señor Vinteuil, que se vio frente a nosotros de pronto, cuando ya era tarde para irse por otro lado; Swann, con la orgullosa caridad del hombre, de mundo, que, rodeado por la disolución de todos los prejuicios morales, no ve en la infamia de otra persona más que un motivo para demostrarle su benevolencia, con pruebas que halagan más el amor propio del que las da, porque le parecen preciosas al que las recibe, habló mucho con Vinteuil, a quien antes no dirigía la palabra, y antes de despedirse le dijo que porqué no mandaba a su hija a jugar un día a Tansonville.

Esa invitación hubiera indignado a Vinteuil dos años antes; pero ahora lo llenó de tan sentida gratitud, que se creyó obligado a no cometer la indiscreción de aceptar. Parecíale que la amabilidad de Swann para con su hija era por sí sola un apoyo tan honroso, tan grato, que más valía no utilizarlo para tener la platónica dulzura de conservarlo.

-¡Qué hombre más fino! .nos dijo cuando se hubo marchado Swann, con la misma entusiasta veneración de esas muchachitas de la clase media que miran respetuosas y admiradas a una duquesa, por más horrible y estúpida que sea.. ¡Que hombre tan fino! ¡Lástima que haya hecho una boda tan desdichada!

Y entonces, y para que se vea cómo hasta los seres más sinceros tienen algo de hipócritas, y al hablar con una persona se deshacen de la opinión que han formado de ella, para volver a decirla en cuanto se va, mis padres se unieron a las lamentaciones de Vinteuil por el matrimonio de Swann, en nombre de unos principios y conveniencias que (por el hecho mismo de invocarlos en común con él, como gentes de la misma clase) parecían sobrentender todos que eran respetados en Montjouvain. Vinteuil no mandó a su hija a casa de Swann. Éste lo sintió mucho, porque cada vez que se separaba de Vinteuil, se acordaba de que tenía que preguntarle hacía tiempo por una persona de su mismo apellido, pariente suyo según creía. Y aquella vez se había prometido no olvidarse de esto cuando Vinteuil mandara a su hija a Tansonville.

Como el paseo, por el lado de Méséglise, era el más corto de los que dábamos por los alrededores de Combray, lo reservábamos para el tiempo inseguro; solía llover a menudo por aquel lado de Méséglise, y nunca perdíamos de vista el lindero de los bosques de Roussainville; cuya espesura podría servirnos de abrigo.

A veces el sol iba a esconderse tras una nube que deformaba su óvalo y se orlaba de amarillo. Quedábase el campo sin brillo, pero no sin luz, y toda la vida parecía en suspenso, mientras que el pueblecillo de Roussainville esculpía en el cielo el relieve de sus blancas aristas, con limpidez y perfección maravillosas. Un soplo de viento hacía levantar el vuelo a algún cuervo que iba a caer allá lejos, y sobre el fondo del cielo blancuzco la lejanía de bosques parecía más azul aún, como si estuviera pintada en uno de esos camafeos que decoran los entrepaños de las viejas casas.

Pero otras veces empezaba a llover y se cumplía la amenaza del capuchino que tenía el óptico en su escaparate; las gotas de agua, como los pájaros migratorios que se echan a volar todos juntos, bajaban del cielo en apretadas filas. No se separan, no van a la ventura en esa rápida travesía, cada una guarda el puesto que le corresponde, llama junto a ella a la que sigue, y el cielo se ennegrece más que cuando parten las golondrinas. Nos refugiábamos en el bosque. Ya su viaje parecía cumplido, y todavía seguían llegando algunas más débiles y calmosas. Pero salíamos de nuestro refugio, porque el follaje agrada mucho a las gotas, y ya estaba la tierra casi seca cuando todavía más de una se rezagaba jugando con las molduras de una hoja, y colgada de su punta, descansaba, brillando al sol; de pronto, se dejaba deslizar desde lo alto de la rama y nos caía en la nariz.

Otras veces, íbamos a refugiarnos al pórtico de San Andrés del Campo, revueltas con los santos y patriarcas de piedra. ¡Qué francesa era la iglesia aquella! Encima de la puerta estaban representados en piedra santos, reyes caballeros con una flor de lis en la mano, escenas de bodas y funerales, lo mismo que podían estar grabados en el alma de Francisca. El escultor había narrado también algunas anécdotas referentes a Aristóteles y Virgilio, del mismo modo que Francisca hablaba en la cocina de San Luis, como si lo hubiera conocido personalmente, y, por lo general, para avergonzar con la comparación a mis abuelos, que no eran tan .justos. Veíase que las nociones que tenía el artista medieval y la campesina medieval (superviviente en el siglo XIX) de la historia antigua, pagana y cristiana, y tan característica por su exactitud como por su simplicidad, procedían no de los libros, sino de una tradición, antigua y directa a la par, ininterrumpida, oral, deformada, incognoscible y viva. Otra persona de Combray, a quien yo descubría, virtual y profetizada, en las esculturas góticas de San Andrés del Campo, era el mozo Teodoro, dependiente de casa de Camus.

Francisca lo consideraba tan de su tiempo y de su tierra, que cuando la tía Leoncia estaba muy enferma para que Francisca sola pudiera volverla en la cama, llevarla al sillón, antes que dejar subir a la moza de la cocina para .lucirse. ante mi tía, llamaba a Teodoro. Y ese muchacho, que pasaba con razón por ser un mal sujeto, tan henchido estaba de aquella alma que inspiró la decoración de San Andrés del Campo, y especialmente de los sentimientos de respeto que Francisca creía debidos a los .pobres enfermos, a su pobre ama., que al alzar la cabeza, de mi tía sobre la almohada ponía la cara cándida y solícita de los angelitos de los bajorrelieves, que rodean con un cirio en la mano a la Virgen desfallecida, como si los rostros de piedra esculpida, grisácea y desnuda, igual que los bosques en invierno, estuvieran sólo adormilados y en reserva, prontos a florecer de nuevo a la vida, en innúmeros rostros populares, reverentes y sagaces, como el de Teodoro, e iluminados con el fresco rubor de una manzana madura. Y había una santa no ya pegada a la piedra como los angelitos, sino separada de la portada, de estatura mayor que la natural, de pie en un pedestal como en un taburete que la salvara del contacto de la tierra húmeda, con mejillas bien llenas, seno firme que se dilataba bajo su corpiño como un racimo maduro en un saco de crin, frente estrecha, nariz corta y dura, pupilas hundidas, y ese aspecto de utilidad, de insensibilidad y de valor que tienen las mujeres de aquella tierra. Esa semejanza que insinuaba en la estatua una ternura que yo no había ido a buscar en ella, certificábala muchas veces alguna muchacha del campo que venía a resguardarse al pórtico, como nosotros, y cuya presencia, igual que la de esa hojarasca parásita que crece junto a las hojarascas esculpidas, parece destinada a juzgar de la veracidad de la obra de arte, cotejándola con la naturaleza. Allá, delante de nosotros, Roussainville, tierra de promisión o de maldición; Roussainville, donde nunca llegué penetrar, cuando ya la lluvia había parado donde nosotros estábamos, seguía castigado como un poblado de la Biblia por las lanzas de la tormenta, que flagelaban oblicuamente las moradas de sus habitantes, o bien recibía el perdón de Dios Padre, que mandaba hasta él los desflecados tallos de oro de un sol renaciente, tallos desiguales como los rayos de un viril en el altar.

A veces, el tiempo echábase a perder por completo; teníamos que volver y estarnos encerrados en casa. Aquí y allá, en el campo, que con la oscuridad y la humedad se parecía al mar, casitas aisladas, puestas en la falda de una colina, brillaban como barquitas que replegaron sus velas y se están quietas al largo toda la noche. Pero ¡qué importaban la lluvia y la tormenta! En verano el mal tiempo no es más que un enfado pasajero y superficial del buen tiempo subyacente y fijo, muy distinto del buen tiempo del invierno, instable y fluido, y que, al contrarío de éste, se instala en la tierra, se solidifica en densas capas de hojarasca, por donde el agua puede ir resbalando sin comprometer la resistencia de su permanente alegría, y que iza por toda la temporada en las calles del pueblo, en los muros de las casas y de los jardines sus banderolas de seda violeta o blanca. Sentado en la salita, donde esperaba leyendo que llegara la hora de cenar, oía cómo chorreaba el agua por los castaños; pero bien sabía que el chaparrón no haría otra cosa más que barnizar sus hojas, y que prometían ellos estarse allí, como firmes garantías del estío, toda la noche lluviosa, asegurando la continuidad del buen tiempo; llovía, sí, pero al día siguiente seguirían ondulando como antes, por encima de la blanca valló de Tansonville, las hojitas en forma de corazón; y sin ninguna tristeza miraba yo cómo el chopo de la calle de Perchamps dirigía a la tormenta súplicas y saludos desesperados, y sin ninguna tristeza oía en lo hondo del jardín los postreros tableteos del trueno, como un arrullo entre las lilas.

Si el tiempo estaba malo, ya desde por la mañana mis padres renunciaban al paseo, y yo me quedaba sin salir. Pero luego me acostumbré a irme yo solo aquellos días por el lado de Méséglise la Vineuse, en el otoño que fuimos a Combray con motivo de la testamentaría de mi tía Leoncia; porque mi tía Leoncia había muerto al fin, dando la razón lo mismo a los que sostenían que su régimen debilitante acabaría por matarla, que a los que sostuvieron siempre que padecía una enfermedad orgánica nada imaginaria, y que tendría que rendirse a la evidencia de los escépticos cuando llegara a acabar con ella; su muerte no ocasionó gran pena más que a una persona; pero a ésa, tremenda, eso sí. Durante los quince días que duró la última enfermedad de mi tía, Francisca, no la abandonó un instante; no se desnudó, no permitió que la atendiera nadie más que ella, y sólo se separó del cadáver cuando recibió sepultura. Comprendimos entonces que aquella especie de terror en que Francisca viviera a las malas palabras, a las sospechas y, a los arrebatos de cólera de mi tía, determinó en ella un sentimiento, que nosotros creíamos ser de odio, y en realidad era de amor y veneración. Su ama verdadera, la de las decisiones imposibles de prever, la de las argucias tan difíciles de evitar, la del bondadoso corazón que fácilmente se ablandaba, su soberana, su misterioso todopoderoso monarca, ya no existía. Y junto a ella, nosotros éramos muy poca cosa. Ya estaba lejos aquel tiempo, cuando empezamos a pasar los veranos en Combray, en que para Francisca poseíamos igual prestigio que mi tía. Aquel otoño se pasó todo en cumplir las formalidades indispensables, en conferencias con notarios y arrendadores, y mis padres no tenían ocio para salir, además de que el tiempo se prestaba poco a ello, y se acostumbraron a dejarme ir solo por el lado de Méséglise la Vineuse, arropado en un gran *plaid*, que me resguardaba del agua y que me echaba por los hombros con mayor gusto, porque sabía que sus rayas escocesas escandalizaban a Francisca, a quien nadie podría meter en la cabeza que el color de los vestidos no tiene nada que ver con el luto, y que, además, no estaba contenta con el género de pena que teníamos por la muerte de mi tía, porque no dimos banquete fúnebre, no adoptamos un tono de voz especial para hablar de ella, y porque yo hasta canturreaba alguna vez. Estoy seguro de que en un libro .y en esto me parecía a Francisca. esa concepción del luto .conforme al cantar de Roldán y a la portada de San Andrés del Campo, me hubiera parecido simpática. Pero en cuanto tenía al lado a Francisca me entraba un diabólico deseo de que montara en cólera, y aprovechaba el menor pretexto para decirle que yo sentía a mi tía porque era una buena persona, a pesar de sus manías, pero no porque fuera mi tía, y que siendo tía mía hubiera podido serme odiosa y no causarme ninguna pena su muerte, frases todas que en un libro me parecerían tontas.

Si Francisca entonces, henchida como un poeta por una oleada de confusos pensamientos sobre la pena y los recuerdos de familia, se excusaba por no saber contestar a mis teorías, diciendo:

-Yo no sé explicarme., me glorificaba de su confesión con un buen sentido irónico y brutal, propio del doctor Percepied; y si añadía :

-Pues a pesar de todo tenía paréntesis (quería decir parentesco) con usted, y siempre hay que tener respeto a ese paréntesis, encogíame yo de hombros, y me decía: .También soy yo un tonto en discutir con una ignorante que habla así.; y de ese modo adoptaba, para juzgar a Francisca, el mezquino punto de vista de esos hombres que son objeto del gran desprecio de algunas personas en la imparcialidad de la meditación, aunque luego esas personas se porten como ellos en una de las escenas vulgares de la vida.

Aquel otoño mis paseos fueron más agradables, porque los daba después de muchas horas de lectura. Cuando me cansaba de haber estado leyendo toda la mañana en la sala, me echaba el *plaid* por los hombros y salía; mi cuerpo, forzado por mucho rato a la inmovilidad, pero que se había ido cargando mientras, inmóvil de animación y velocidad acumuladas, necesitaba luego, como un peón al soltarse, gastarlas en todas direcciones. Las paredes de las casas, el seto de Tansonville, los árboles del bosque de Roussainville y los matorrales a que se adosaba Montjouvain llevaban paraguazos y bastonazos de mi mano, y oían mis gritos de gozo, que no eran, tanto unos como otros, más que ideas confusas que me exaltaban y que no lograban el descanso de la claridad, porque preferían, a un lento y difícil aclararse, el placer de una derivación más cómoda hacia un escape inmediato. La mayor parte de esas llamadas traducciones de nuestros sentimientos no hacen otra cosa que quitárnoslos de encima, expulsándolos de nuestro interior en una forma indistinta que no nos enseña a conocerlos. Cuando echo cuentas de lo que debo al lado de los Méséglise, de los humildes descubrimientos a que sirvió de fortuito marco o de necesario inspirador, me acuerdo que en ese otoño, en uno de aquellos paseos, junto a la escarpa llena de maleza de Montjouvain, es donde por primera vez me sorprendió el desacuerdo entre nuestras impresiones y el modo habitual de expresarlas. Después de una hora de agua y de aire, con las que luché muy contento, al llegar a la orilla de la charca de Montjouvain ante una chocilla tejada, donde guardaba sus útiles de jardinería el jardinero del señor Vinteuil, el sol volvió a salir, y sus dorados, que lavó el chaparrón, lucían nuevamente en el cielo, en los árboles, en las paredes de la chocilla, en las tejas todavía mojadas, por cuyo caballete se estaba paseando una gallina.

El aire que hacía tiraba horizontalmente de las hierbecillas que crecían entre los ladrillos de la pared, y del plumón de la gallina, que se dejaban ir unas y otro a la voluntad del viento, estirándose todo lo que podían, con el abandono de cosas inertes y ligeras. Las tejas daban a la charca, que con el sol reflejaba de nuevo, un tono de mármol rosa en que nunca me había fijado. Y al ver en el agua y en la pared una sonrisa pálida, que respondía a la sonrisa del cielo, exclamé: .¡Atiza, atiza, atiza!., blandiendo mi cerrado paraguas.

Pero al mismo tiempo comprendí que mi deber hubiera sido no limitarme a esas palabras y aspirar a ver un poco más claramente en mi asombro.

-Y también en aquel momento, y gracias a un campesino que por allí pasaba, con facha ya bastante malhumorada, que se le puso más aún cuando por poco le doy en la cara con el paraguas, y que respondió fríamente a mi: .Buen tiempo para andar, ¡eh!, aprendí que las mismas emociones no se producen simultáneamente, con arreglo a un orden preestablecido en el ánimo de todos los hombres. Más tarde, siempre que una prolongada lectura me daba ganas de conversación, el camarada a quien yo estaba deseando hablar acababa de entregarse al placer de la charla, y quería que ahora lo dejaran leer en paz. Y si acababa de pensar cariñosamente en mis padres y adoptar las decisiones más prudentes y propias para darles gusto, mientras, estaba llegando a su conocimiento algún pecadillo mío, del que ya no me acordaba, y que ellos me echaban en cara en el instante mismo de ir a darles un beso.

Muchas veces, a la exaltación causada por la soledad, venía a unirse otra, que yo no sabía separar claramente de aquélla, motivada por el deseo de ver surgir ante mí una moca del campo que yo pudiera estrechar entre mis brazos. Nacía bruscamente, sin que yo tuviera tiempo de referirlo a su causa, entre muy distintos pensamientos, y el placer que lo acompañaba no se me representaba sino un grado superior al placer que me ofrecían aquellos pensamientos. Y agradecía a todo lo que en aquel momento vivía en mi ánimo: al reflejo rosado de las tejas, a las hierbas salvajes, al pueblo de Roussainville, donde hacía tanto tiempo que quería ir; a los árboles de su bosque, al campanario de su iglesia, esa emoción nueva que me representaba todas aquellas cosas como más codiciadoras, porque yo me creía que era todo aquello lo que provocaba esa emoción que me empujaba más rápidamente hacia allí, cuando inflaba mi vela con su brisa, potente, nueva y propicia. Pero si ese deseo de que se me apareciese una mujer añadía a los encantos de la Naturaleza un punto más de exaltación, en cambio, los encantos de la Naturaleza daban amplitud a lo que hubiera podido tener de mezquino el encanto de la mujer. Parecíame que la belleza de los árboles era su belleza, y, que con su beso me revelaría el alma de esos horizontes, del pueblo de Roussainville, de los libros que estaba leyendo aquel año, y como mi imaginación cobraba fuerzas al contado con mi sensualidad, y mi sensualidad se difundía por todos los dominios de la imaginación, resultaba que mi deseo no tenía límites. Y era también que .como sucede en esos momentos de ensoñación que tenemos en el campo, cuando la acción de la costumbre está en suspenso, y nuestras nociones abstractas de las cosas, apartadas a un lado, y creemos con profunda fe en la originalidad, en la vida individual del lugar en que estamos. La moza que pasaba y excitaba mi deseo parecíame que era no un ejemplar cualquiera de ese tipo general, la mujer, sino un producto necesario y natural del suelo aquel. Porque en aquella época toda lo que no era yo mismo, la tierra y los seres se me figuraba más precioso y más importante, dotado de más veraz existencia que a un hombre ya hecho. Y no separaba las personas de la tierra. Sentía deseo por una moza de Méséglise o de Roussainville, por una pescadora de Balbec, como sentía deseo por Méséglise y por Balbec. Y no hubiera creído ya en el placer que podrían darme, no me hubiera parecido tan cierto ese placer, si hubiera modificado a mi antojo las condiciones en que se ofrecía. En París, una pescadora de Balbec o una moza de Méséglise eran una concha que yo no había visto en la playa, y un helecho que yo no cogí en el bosque; y conocerlas allí hubiera sido quitar del placer que me diera la mujer todos aquellos con que la envolviera mi imaginación. Pero vagar así por los bosques de Roussainville, sin una moza a quien besar, era no conocer el tesoro oculto de ese bosque, su más honda belleza. Esa muchacha que yo me representaba siempre rodeada de verdor era también como una planta local de más elevada especie que las demás, y cuya estructura me dejaría sentir, mucho más de cerca que en las otras, el sabor profundo de la tierra aquella. Me lo creía con más facilidad (como me creía que las caricias con que me revelara ese sabor serían de una clase especial, cuyo placer sólo ella podía procurarme) porque estaba todavía en esa edad en que aun no hemos abstraído el gozo de poseer a las mujeres de las personas que nos le ofrecieron, y aun no se lo ha reducido a una noción general que nos haga considerar desde entonces a las mujeres como los instrumentos intercambiables de un placer siempre idéntico. Ni siquiera existe, aislado, separado o formulado en la mente, como la finalidad que se persigue al acercarse a una mujer y como causa de la turbación previa que se siente. Apenas si pensamos en él como en un placer que ha de venir y le llamamos el encanto de esa mujer, el encanto suyo, porque no pensamos en nosotros, sino sólo en salir de nosotros. Esperado oscuramente, inmanente, oculto, lleva a tal grado de paroxismo en el momento en que se cumplen los demás placeres que nos causaron las miradas cariñosas y los besos del ser que está a nuestro lado, que se nos representa el placer ese como una especie de transporte de gratitud nuestra por la bondad de nuestra compañera y por su predilección por nosotros, que medimos por los beneficios y la dicha con que nos abruma.

Pero en vano imploraba al torreón de Roussainville, y le pedía que me trajera a alguna niña de allí, como al único confidente que tuve pie mis primeros deseos, cuando desde lo más alto de nuestra casa de Combray, en aquel cuartito que olía a lirios, no veía en el cuadrado marco de la ventana entreabierta otra cosa que su torre, mientras que con las vacilaciones heroicas del viajero que emprende una exploración o del desesperado que va a suicidarse, desfallecido, iba abriendo en el interior de mi propio ser un camino desconocido, y que yo creía mortal, hasta el momento en que una señal de vida natural, como un caracol, se superponía a las hojas del grosellero salvaje que llegaban hasta donde yo estaba. En vano le suplicaba ahora. En vano, recogiendo la llanura en mi campo visual, la registraba con mis ojos, que querían traerse de allí a una mujer. Me llegaba hasta del pórtico de San Andrés del Campo: nunca estaba allí esa moza que hubiera estado de haber ido yo con mi abuelo, y en la imposibilidad, por consiguiente, de trabar conversación con ella. Miraba tercamente el tronco de un árbol lejano, detrás del cual podría surgir la moza para venir a donde yo estaba: el horizonte escrutado seguía desierto; caía la noche, y sin esperanza ya fijaba yo mi atención como para aspirar, las criaturas que pudiere ocultar, en ese suelo estéril, en esa tierra exhausta; y ahora pegaba no de gozo, sino de rabia, a los árboles del bosque de Roussainville, aquellos árboles que no servían de refugio a ningún ser vivo, como si fueran árboles pintados en un panorama; porque sin poder resignarme a volver a casa antes de abrazar a la mujer de mis deseos, no tenía más remedio que emprender el camino de vuelta a Combray, diciéndome a mí mismo que cada vez disminuían las probabilidades de que la casualidad me la pusiera al paso. ¿Y me habría atrevido acaso a hablarle si la hubiera encontrado? Creo que me habría tomado por un loco; yo no creo que existieran verdaderamente fuera de mí los deseos que formaba durante aquellos paseos, y que no lograban realización, ni creía que los demás pudieran participar de ellos. Se me aparecían tan sólo como creaciones puramente subjetivas, impotentes e ilusorias de mi temperamento.

Ningún lazo las unía con la Naturaleza ni con la realidad, que desde ese momento perdía todo encanto y significación, y ya no era para mi vida más que un marco convencional, como es para la ficción de una novela el asiento del vagón donde la va leyendo el viajero para matar el tiempo.

Quizá de una impresión que tuve acerca de Montjouvain, unos años más tarde, impresión que entonces no vi clara, proceda la idea que más tarde me he formado del sadismo. Se verá más adelante que, por otras razones, el recuerdo de esa impresión está llamado a jugar importante papel en mi vida. Hacía un tiempo muy caluroso; mis padres tuvieron que marcharse de casa por todo el día, y me dijeron que volviera a la hora que yo quisiera; fui hasta la charca de Montjouvain, porque me gustaba mirar cómo se reflejaba en ella el tejado de la chocita; me tumbé a la sombra, y me dormí entre los matorrales del talud que domina la casa, en aquel mismo sitio donde estuve esperando a mis padres el día que fueron a visitar al señor Vinteuil. Cuando desperté era casi de noche, e iba ya a levantarme cuando vi a la señorita de Vinteuil (apenas si la reconocí, porque en Combray la había visto sólo unas cuantas veces, y cuando era niña, mientras que ahora era una muchachita), que, sin duda, acababa de volver a casa, a unos centímetros de donde yo estaba, en la misma habitación en que su padre recibiera al mío, y que ahora era la salita de ella. La ventana estaba entreabierta y la lámpara encendida, de modo que yo veía todo lo que hacía sin que me viera ella, pero si me marchaba podía oír el ruido de mis pasos entre los matorrales, y quizá supusiera que me había escondido allí para espiarla.

Estaba de riguroso luto, porque hacía poco que había muerto su padre. No habíamos ido a darle el pésame; no quiso mi madre, a causa de una virtud que en ella, era lo único que limitaba los efectos de la bondad: el pudor; pero compadecíala profundamente. Se acordaba mi madre del triste final de la vida del señor Vinteuil absorbido primero por las funciones de madre y de niñera que cumplía con su hija, y luego por lo que ella le hizo sufrir, reía el torturado rostro del viejo en aquellos último tiempos; sabía que tuvo que renunciar para siempre a acabar de transcribir en limpio todas sus obras de los últimos años, pobres obras de un viejo profesor de piano, de un ex organista de pueblo, que considerábamos de poco valor intrínseco, pero sin despreciarlas, porque para él valían mucho y fueron su razón de vivir antes de que las sacrificara, a su hija, y que en su mayor parte ni siquiera estaban transcritas, retenidas sólo en la memoria, y algunas apuntadas en hojas sueltas, ilegibles, y que se quedarían ignoradas de todos; y mi madre pensaba en aquella otra renuncia, aun más dura, a que tuvo que ceder el señor Vinteuil: renunciar a un porvenir de honradez y respeto para su hija; y cuando evocaba aquella suprema aflicción del viejo maestro de piano de mis tías, sentía pena de verdad y pensaba con terror en esa otra pena, mucho más amarga que debía de tener la hija de Vinteuil, unida al remordimiento de haber ido matando poco a poco a su padre. .Pobre señor Vinteuil .decía mamá.: vivió y murió por su hija, que no le dio ningún pago. Veremos si se lo da después de muerto y en qué forma. Sólo ella puede hacerlo.

Al fondo de la salita de la señorita de Vinteuil, encima de la chimenea, había un pequeño retrato de su padre, y en el momento en que oyó ella el ruido de un coche que venía por la carretera, se levantó, cogió la fotografía, se echó en el sofá y acercó junto a sí una mesita en la que puso el retrato, lo mismo que en otra ocasión había acercado el señor Vinteuil aquella obra que deseaba dar a conocer a mis padres. Pronto entró su amiga. La hija de Vinteuil no se levantó a recibirla, y con las dos manos enlazadas por detrás de la cabeza se retiró hacia el extremo opuesto del sofá como para dejarle un hueco. Pero en seguida se dio cuenta de que eso era como imponerle una actitud que quizá le era molesta. Acaso a su amiga le gustaría más ir a sentarse en una silla más apartada; y se cogió en pecado de indiscreción, y la delicadeza de su corazón se asustó; volvió a ocupar el sofá entero y empezó a bostezar, como indicando que se había echado porque tenía sueño, y nada más. A pesar de la familiaridad ruda e imperativa que tenía con su amiga, reconocía ya los ademanes obsequiosos y reticentes de su padre, los mismos repentinos escrúpulos.

Al poco se levantó, hizo como que quería cerrar la ventana y que no podía.

-.Déjala abierta, yo tengo calor -dijo su amiga.

-Pero es muy molesto que nos vean -contestó la señorita de Vinteuil.

Y debió de adivinar que su amiga se creería que no había dicho aquellas palabras más que para provocarla a contestar con otras que estaba deseando oír, pero cuya iniciativa dejaba por discreción a la otra. Y su mirada tomó, sin duda, porque yo no podía distinguirla, aquella expresión que tanto gustaba a mi abuela, al pronunciar estas palabras:

-Cuando digo que nos vean, me refiero a que nos vean leer: es que por insignificante que sea lo que una está haciendo, siempre molesta que haya unos ojos que nos estén mirando.

Por generosidad instintiva y por involuntaria cortesía, se callaba las palabras premeditadas que había juzgado indispensables para la realización de su deseo. Y a cada momento, en el fondo de sí misma, una virgen tímida y suplicante imploraba y hacía retroceder a un soldadote rudo y triunfante.

-Sí, es muy probable que nos estén mirando a esta hora en un campo tan solo como éste .dijo irónicamente su amiga. Y si nos miran, ¿qué? .añadió, creyendo que debía acompañar con un guiño malicioso y tierno aquellas palabras que recitaba por bondad, como un texto agradable a la señorita de Vinteuil, y con un tono que quería ser cínico., y ¿qué? Si nos ven, mejor.

La hija de Vinteuil se estremeció y se levantó de su asiento.

Aquel corazón suyo escrupuloso y sensible, ignoraba cuáles palabras debían venir espontáneamente a adaptarse a la situación que sus sentidos estaban pidiendo. Iba a buscar lo más lejos que podía de su verdadera naturaleza moral el lenguaje propio de la muchacha viciosa que ella quería ser, pero las palabras que en aquella boca le hubieran parecido sinceramente dichas le sonaban a falso en la suya.

Y las pocas que decía le salían en un tono afectado, en el cual sus hábitos de timidez paralizaban sus intentos de audacia, y todo salpicado de .¿tienes frío, tienes calor, tienes ganas de quedarte sola y leer?.. La señorita me parece que tiene esta noche ideas muy lúbricas .dijo, por fin, como si repitiera una frase oída otras veces a su amiga.

La señorita de Vinteuil sintió que su amiga arrancaba un beso del escote de su corpiño de crespón, lanzó un chillido, escapó, y las dos se persiguieron saltando, con sus largas mangas revoloteando como alas, cacareando y piando como dos pajarillos enamorados. Por fin, la hija de Venteuil acabó, por caer en el sofá, cubierta por el cuerpo de su amiga. Pero como ésta estaba de espaldas a la mesita donde se hallaba el retrato del viejo profesor de piano, la señorita de Vinteuil comprendió que no lo iba a ver si no le llamaba la atención, y le dijo, como si acabara de fijarse en el retrato:

-Y ese retrato de mi padre, siempre mirándonos; yo no sé quién lo ha puesto ahí; ya he dicho veinte veces que no es su sitio.

Me acordé de que esas palabras eran las palabras que Vinteuil dijo a mi padre, refiriéndose a la obra musical. Sin duda se servían de aquel retrato para profanaciones rituales, porque su amiga le contestó con esta frase que debía de formar parte de las respuestas litúrgicas:

-Déjale donde está, ya no nos puede dar la lata. Y que no gemiría y te echaría chales encima si te viera así, con la ventana abierta, el tío orangután.

La hija de Vinteuil contestó con unas palabras de cariñosa censura que delataban su bondadosa índole; no porque las dictara la indignación que pudiera causarle aquel modo de hablar de su padre (evidentemente, estaba ya acostumbrada, y quién sabe con ayuda de qué sofismas, a sofocar ese sentimiento), sino porque eran como un freno que para no mostrarse egoísta ponía ella misma al placer que su amiga estaba deseando procurarle. Y además, esa moderación sonriente para contestar a tales blasfemias, aquel reproche cariñoso e hipócrita, se aparecían quizá a su naturaleza franca y buena como una forma particularmente infame, como una forma dulzarrona de aquella perversidad que estaba intentando asimilarse. Pero no pudo resistir a la seducción del placer que sentiría al verse tratada con cariño por una persona tan implacable con los muertos sin defensa; saltó a las rodillas de su amiga y le ofreció castamente la frente, como si hubiera sido su hija, sintiendo con deleite que las dos llegaban al extremo límite de la crueldad, robando hasta en la tumba su paternidad al señor Vinteuil. Su amiga le cogió la cabeza con las manos y le dio un beso en la frente, con docilidad, que le era muy fácil por el gran afecto que tenía a la señorita de Vinteuil y por el deseo de llevar alguna distracción a la vida tan triste de la huérfana.

-.¿Sabes lo que me dan ganas de hacerle a ese mamarracho? -dijo cogiendo el retrato.

Y murmuró al oído de la hija de Vinteuil algo que yo no pude oír.

-No, no te atreves.

-¿Que no me atrevo yo a escupir en esto, en *esto*? -dijo la amiga con brutalidad voluntaria.

Y no oí nada más, porque la señorita de Vinteuil, con aspecto lánguido, torpe, atareado, honrado y triste, se levantó para cerrar las maderas y los cristales de la ventana. Pero ahora ya sabía yo el pago que después de muerto recibía Vinteuil de su hija por todas las penas que en la vida le hizo pasar.

Y, sin embargo, he pensado luego que si el señor Vinteuil hubiera podido presenciar esa escena, quizá no habría perdido toda su fe en el buen corazón de su hija, en lo cual, acaso, no estuviera del todo equivocado. Claro que en el proceder de la señorita de Vinteuil la apariencia de la perversidad era tan cabal, que no podía darse realizada con tal grado de perfección a no ser en una naturaleza de sádica; es más verosímil vista a la luz de las candilejas de un teatro del bulevar que no a la de la lámpara de una casa de campo esa escena de cómo una muchacha hace que su amiga escupa al retrato de un padre que vivió consagrado a ella; y casi únicamente el sadismo puede servir de fundamento en la vida a la estética del melodrama. En la realidad, y salvo los casos de sadismo, una muchacha acaso puede cometer faltas tan atroces como las de la hija de Vinteuil contra la memoria y la voluntad de su difunto padre, pero no las resumiría tan expresamente en un acto de simbolismo rudimentario y cándido como aquél; y la perversidad de su conducta estaría más velada para los ojos de la gente y aun para los de ella, que haría esa maldad sin confesarlo. Pero poniéndonos más allá de las apariencias, la maldad, por lo menos al principio, no debió de dominar exclusivamente en el corazón de la señorita de Vinteuil.

Una sádica como ella es una artista del mal, cosa que no podría ser una criatura mala del todo, porque ésta consideraría la maldad como algo interior a ella, le parecería muy natural y ni siquiera sabría distinguirla en su propia personalidad y no sacaría un sacrílego gusto en profanar la virtud, el respeto a los muertos y el cariño filial, porque nunca habría sabido guardarles culto. Los sádicos de la especie de la hija de Vinteuil son seres tan ingenuamente sentimentales, tan virtuosos por naturaleza, que hasta el placer sensual les parece una cosa mala, un privilegio de los malos. Y cuando se permiten entregarse un momento a él hacen como si quisieran entrar en el pellejo de los malos y meter también a su cómplice, de modo que por un momento los posea la ilusión de que se evadieron de su alma tierna y escrupulosa hacia el mundo inhumano del placer. Y al ver cuán difícil le era lograrlo, me figuraba yo con cuánto ardor lo debía desear. En el momento en que quería ser tan distinta de su padre, me estaba recordando las maneras de pensar y de hablar del viejo profesor de piano. Lo que profanaba, lo que utilizaba para su placer y que se interponía entre ese placer y ella, impidiéndole saborearlo directamente, era, más que el retrato, aquel parecido de cara, los ojos azules de la madre de él, que le transmitió como una joya de familia, y los ademanes de amabilidad que entremetían entre el vicio de la señorita de Vinteuil y ella una fraseología y una mentalidad que no eran propias de ese vicio y que le impedían que lo sintiera como cosa muy distinta de los numerosos deberes de cortesía a que se consagraba de ordinario. Y no es que le pareciera agradable la perversidad que le daba la idea del placer, sino el placer lo que le parecía cosa mala. Y como siempre que a él se entregaba acompañábalo de esos malos pensamientos que el resto del tiempo no asomaban en su alma virtuosa, acababa por ver en el placer una cosa diabólica, por identificarla con lo malo. Acaso se daba cuenta la hija de Vinteuil de que su amiga no era del todo mala, que no hablaba con sinceridad cuando profería aquellas blasfemias. Pero, por lo menos, tenía gusto en besar en su rostro sonrisas y miradas, acaso fingidas pero análogas en su expresión viciosa y baja, las que hubieran sido propias de un ser no de bondad y de resinación, sino de crueldad y de placer. Quizá podía imaginarse por un momento que estaba jugando de verdad los fuegos que, con una cómplice tan desnaturalizada, habría podido jugar una muchacha que realmente sintiera aquellos sentimientos bárbaros hacia su padre. Pero puede que no hubiera considerado la maldad como un estado tan raro, tan extraordinario, que tan bien lo arrastraba a uno y donde tan grato era emigrar, de haber sabido discernir en su amiga, como en todo el mundo, esa indiferencia a los sufrimientos que ocasionamos, y que, llámese cómo se quiera, es la terrible y permanente forma de la crueldad.

Si era muy sencillo ir por el lado de Méséglise, ir por el lado de Guermantes era otra cosa, porque el paseo era largo y había que tener confianza en el tiempo. Parecía que empezaba una serie de días buenos: Francisca, desesperada de que no cayera ni una gota para las .pobres sementeras., al ver tan sólo unas cuantas nubes blancas vagando por la superficie tranquila y azulada del cielo, exclamaba lloriqueando: .No parece sino que allá arriba no hay más que unos perros de mar jugando y enseñando los hocicos. ¡Sí que están pensando en mandar agua a los pobres labradores! Y luego, cuando ya esté crecido el trigo, empezará a llover, y vena y vena, sin saber el agua de dónde cae, como si cayera en el mar. El jardinero y el barómetro daban invariablemente a mi padre la misma favorable respuesta, y entonces aquella noche, en la mesa, se decía:

-Mañana, si el tiempo sigue así, iremos por el lado de Guermantes.

Salíamos, en seguida de almorzar, por la puertecita del jardín, e íbamos a parar a la calle de Perchamps, estrecha y en brusco recodo, llena de gramíneas, por entre las cuales dos o tres avispas se pasaban el día herborizando, calle tan rara como su nombre, al cual atribuía yo el origen de sus curiosas particularidades y de su áspera personalidad; en vano se la buscaría en el Combray de hoy, porque en el lugar que ocupaba se alza ahora la escuela. Pero mi imaginación (igual que esos arquitectos de la escuela de Viollet le Duc, que al imaginarse que se encuentran detrás de un coro Renacimiento, o de un altar del siglo XVII, rastros de un coro románico, vuelven el edificio al mismo estado en que debía de estar en el siglo XII) no deja en pie una sola piedra del nuevo edificio, hace cala y reconstituye la calle de los Perchamps. Claro que dispone para estas reconstituciones de datos más precisos que los que suelen tener los restauradores: unas imágenes conservadas en la memoria, las últimas quizá que actualmente existan, y que pronto dejarán de existir, de lo que era el Combray de mi infancia: y como fue Combray mismo el que las dibujó en mi imaginación antes de desaparecer, tienen la emoción .en lo que cabe comparar un pobre retrato a esas efigies gloriosas cuyas reproducciones le gustaba regalarme a mi abuela de los grabados antiguos de la Cena o de un cuadro de Gentile Bellini, donde se ven, en el estado en que ya no existen, la obra maestra de Vinci o la portada de San Marcos.

  Pasábamos por la calle del Pájaro, delante de la Hostería del Pájaro Herid, con su gran patio, en el que entraban almas veces allá en el siglo XVII, las carrozas de las duquesas de Montpensier, de Guermantes y de Montmorency, cuando las señoras tenían que ir a Combray con motivo de alguna diferencia con un arrendador, o de una cuestión de homenaje. Salíamos al patio, y por entre los árboles se veía asomar el campanario de San Hilario. De buena gana me habría sentado allí para estarme toda la tarde leyendo y oyendo las campanas: porque estaba aquello tan hermoso, tan tranquilo, que el sonar de las horas no rompía la calma del día, sino que extraía su contenido, y el campanario, con la indolente y celosa exactitud de una persona que no tiene más quehacer que ése, apretaba en el momento justo la plenitud del silencio para exprimir y dejar caer las gotas de oro que el calor había ido amontonando en su seno, lenta y naturalmente.

  El principal atractivo del lado de Guermantes es que íbamos casi todo el tiempo junto al Vivonne. Lo atravesábamos primeramente, a diez minutos de casa, por la pasarela llamada el Puente Viejo. Al día siguiente de llegar, el día de Pascua, si hacía buen tiempo, después del sermón me llegaba yo hasta allí, a ver, en medio de aquel desorden de mañana de festividad grande, cuando los preparativos suntuosos acrecientan la sordidez de los cacharros caseros que andan rodando, como se paseaba el río, vestido de azul celeste, por entre tierras negras y desnudas, sin otra compañía que una bandada de cucos prematuros y otra de primaveras adelantadas, mientras que de cuando en cuando una violeta de azulado pico doblaba su tallo al peso de la gotita de aroma encerrada en su cucurucho. El Puente Viejo desembocaba en un sendero de sirgar, que en aquel lugar estaba tapizado cuando era verano por el azulado follaje de un avellano; a la sombra del árbol había echado raíces un pescador con sombrero de paja. En Combray sabía yo que personalidad de herrero o de chico de la tienda se disimulaba bajo el uniforme del suizo o la sobrepelliz del monaguillo, pero jamás llegué a descubrir la identidad de aquel pescador. Debía conocer a mis padres, porque al pasar nosotros saludaba con el sombrero; entonces yo iba a preguntar quién era, pero me hacía señas de que me callara para no asustar a los peces. Seguíamos por la senda de sirga que domina la corriente con una escarpa de varios pies de alto; al otro lado la orilla era baja, y se dilataba en extensos prados hasta el pueblo y hasta la estación, que estaba distante del poblado.

Por aquellas tierras quedaban diseminados, medio hundidos en la hierba, restos del castillo de los antiguos condes de Combray, que en la Edad Media tenía el río como defensa, por este lado, contra los ataques de los señores de Guermantes y de los abades de Martinville. Ya no había más que unos fragmentos de torres que alzaban sus gibas, apenas aparentes en la pradera, y unas almenas, desde las cuales lanzaba antaño sus piedras el ballestero, o vigilaba el atalaya Novepont, Clairefontaine, Martinville le Sec, Bailleau le Exempt, tierras todas vasallas de Guermantes, y entre las cuales estaba enclavado Combray; hoy esas ruinas, al ras de la hierba, las dominaban los chicos de la escuela de los frailes que iban allí a estudiarse la lección, o de recreo, a jugar; pasado casi hundido en la tierra, echado a la orilla del agua como un paseante que toma el fresco, pero que inspira muchos sueños a mi imaginación, porque en el nombre de Combray me hacía superponer al pueblo de hoy una ciudad muy distinta: pasado que atraía mis pensamientos con su rostro añejo e incomprensible, medio oculto por esas florecillas llamadas botones de oro. Había muchos en aquel sitio, escogido por ellos, para jugar entre las hierbas; aislados los unos en parejas o en grupos otros, amarillos como la yema de huevo, y tanto más brillantes, porque como me parecía que no podía derivar hacia ningún intento de degustación el placer que me causaba el verlos, lo iba acumulando en su dorada superficie, hasta que llegaba a tal intensidad que producía una belleza inútil, y eso desde mi primera infancia, cuando desde la senda de sirga tendía yo los brazos hacia ellos sin poder pronunciar todavía bien su precioso nombre de Príncipes de cuento de hadas francés, llegados acaso hacía muchos siglos del Asia, pero afincados para siempre en el pueblo, contentos del modesto horizonte, satisfechos del sol y de la orilla del río, fieles a la vista de la estación, y que conservaban, sin embargo, en su simplicidad popular, como algunas de nuestras viejas telas pintadas, un poético resplandor oriental.

Entreteníame en mirar las garrafas que ponían los chicos en el río para coger pececillos, y que, llenas de agua del río, que a su vez las envuelve a ellas, son al mismo tiempo continente. de transparentes flancos, como agua endurecida, y contenido. encerrado en un continente mayor de cristal líquido y corriente; y me evocaban la imagen de la frescura de manera más deleitable e irritante que si estuvieran en una mesa puesta, porque me la mostraban fugitiva siempre en aquella perpetua aliteración entre el agua sin consistencia, donde las manos no podían cogerla, y el cristal sin fluidez, donde no podía gozarse el paladar. Yo me prometía ir más adelante a aquel sitio, con cañas de pescar; lograba que sacaran un poco del pan de la merienda, y lanzaba al río unas bolitas, que parecía como que bastaban para determinar en él un fenómeno de sobresaturación, porque el agua se solidificaba en seguida, alrededor de las bolillas, en racimos ovoideos de hambrientos renacuajos, que sin duda tenía hasta entonces en disolución, invisibles, y ya casi en vía de cristalizar.

En seguida empezaban a obstruir la corriente las plantas acuáticas. Primero había algunas aisladas, como aquel nenúfar atravesado en la corriente y tan desdichadamente colocado que no paraba un momento, como una barca movida mecánicamente, y que apenas abordaba una de las márgenes cuando se volvía a la otra, haciendo y rehaciendo eternamente la misma travesía. Su pedúnculo, empujado hacia la orilla, se desplegaba, se alargaba, se estiraba en el último límite de su tensión hasta la ribera, en que le volvía a coger la corriente, replegando el verde cordaje, y se llevaba a la pobre planta a aquel que con mayor razón podía llamarse su punto de partida, porque no se estaba allí un segundo sin volver a zarpar, repitiendo la misma maniobra. Yo la veía en todos nuestros paseos, y me traía a la imaginación a algunos neurasténicos, entre los cuales incluía papá a la tía Leoncia, que durante años nos ofrecen invariablemente el espectáculo de sus costumbres raras, creyéndose siempre que las van a desterrar al día siguiente, y sin perderlas jamás, cogidos en el engranaje de sus enfermedades y manías, los esfuerzos que hacen inútilmente para escapar contribuyen únicamente a asegurar el funcionamiento y el resorte de su dietética extraña, ineludible y funesta. Y así aquel nenúfar, parecido también a uno de los infelices cuyo singular tormento, repetida indefinidamente por toda la eternidad, excitaba la curiosidad del Dante, que hubiera querido oírle contar al mismo paciente los detalles y la causa del suplicio, pero que no podía porque Virgilio se marchaba a grandes zancadas y tenía que alcanzarlo, como me pasaba a mí con mis padres.

Más allá, el río modera su anchura y cruza una finca abierta al público, y cuyo amo se había divertido en tareas de horticultura acuática, criando en los reducidos estanques que allí forma el Vivonne verdaderos jardines de ninfeas. Como por aquel sitio había en las orillas mucho arbolado, la sombra de los árboles daba al agua un fondo, por lo general, de verde sombrío, pero que algunas veces, al volver nosotros en una tarde tranquila, después de un tiempo tormentoso, veía yo de color azul claro y crudo tirando a violeta, tono de interior, de gusto japonés. Aquí y allá, en la superficie, enrojecía como uña fresa una flor de ninfea escarlata con los bordes blancos. Un poco más lejos comenzaban a abundar las flores, ya no tan lisas, más pálidas, graneadas y rizosas, y dispuestas por el azar en lazos tan graciosos, que parecía que iban flotando a la deriva, tras el melancólico desfallecer de una fiesta galante, desatadas guirnaldas de rosas de espuma. Luego, había un rincón reservado a las especies vulgares que ostentaban el blanco y el rosa, propios de la juliana, lavadas con celo doméstico como la porcelana, y un pico más allá se apretaban unas contra otras, formando un verdadero macizo flotante, igual que pensamientos de un vergel, que habían venido a posar como mariposas sus alas azuladas y feas en la oblicuidad transparente de aquel torrente de agua; de aquel parterre, también celeste, porque ofrecía a las flores un suelo de más precioso color, más tierno aún que el color de las mismas flores; y ya hiciera chispear en las primeras horas de la tarde, bajo las ninfeas, el calidoscopio de una felicidad recogida, silenciosa y móvil, y ya se llenara hacia el anochecer de las rosas y los oros del Poniente, como un puerto lejano cambiaba incesantemente para estar siempre concorde, alrededor de las corolas que mantenían los tonos más fijos, con lo más profundo, fugitivo y misterioso de cada hora, con lo infinito de cada hora, y así parecía que las hizo florecer en pleno cielo.

Al salir de ese parque, el Vivonne corría de nuevo. ¡Y cuántas veces he visto, haciendo propósito de imitarlo cuando pudiera vivir a mi gusto, al paseante que suelta su remo, se echa boca arriba, con la cabeza caída en el fondo de su barca, dejándola flotar a la deriva, sin ver más que el cielo que va marchando perezosamente allá en lo alto, a ese paseante que muestra en el rostro los anticipados sabores de, la dicha y de la paz!

Nos sentábamos entre los lirios, a la orilla del agua. Por el cielo feriado, se paseaba lentamente una nube ociosa. De cuando en cuando una carpa aburrida se asomaba fuera del agua, aspirando ansiosamente. Era la hora de merendar. Antes de volver a marchar, comíamos fruta, pan y chocolate, sentados allí en la hierba, hasta donde venían horizontales, débiles, pero aun densos y metálicos, los toques de la campana de San Hilario, que no se mezclaban con el aire, que hacía tanto tiempo estaban atravesando, y que, alargados por la palpitación sucesiva de todas sus líneas sonoras, vibraban a nuestros pies, rozando las flores.

Muchas veces, a la orilla del río y entre árboles, nos encontrábamos una casita de las llamadas de recreo, aislada, perdida, sin ver otra cosa del mundo más que la corriente que bañaba sus pies. Una mujer joven, de rostro pensativo y velos elegantes, raros en aquellas tierras, y que indudablemente había ido allí a .enterrarse., según la expresión popular, a saborear el amargo placer de que allí nadie supiera su nombre, y sobre todo el nombre de aquel ser cuyo corazón perdió, se asomaba a la ventana cuyo horizonte acababa en la barca amarrada a la puerta.

Alzaba, distraída, sus ojos al oír por detrás de los árboles de la orilla voces de paseantes, que, aun antes de verlos, estaba ella segura de que nunca conocieron ni conocerían al infiel, de que nada tuvieron que ver con él en el pasado ni tendrían que ver en el porvenir. Sentíase que en su gran renunciar había cambiado voluntariamente unos lugares donde al menos hubiera podido ver de lejos al amado, por éstos que nunca pisara él. Y yo la veía, al volver de un paseo, en caminos por los que sabía ella muy bien que nunca habría de pasar el ausente, quitarse de las manos resignadas unos guantes muy largos de desaprovechada gracia.

En los paseos, por el lado de Guermantes, nunca llegamos hasta el nacimiento del Vivonne, en el que yo pensaba muy a menudo, y que tenía para mí una existencia tan ideal y abstracta, que me llevé igual sorpresa cuando me dijeron que estaba en la provincia y a determinada distancia kilométrica de Combray que el día en que me enteré de que existía otro lugar concreto de la tierra donde estaba situada en la antigüedad la entrada de los infiernos.

Nunca pudimos llegar tampoco hasta ese término que con tanto ardor deseaba yo: Guermantes. Sabía que allí vivían los dueños del castillo, el duque y la duquesa de Guermantes; sabía que eran personas de verdad con existencia actual; pero cuando pensaba en ellos me los representaba, ora en un tapiz, como la condesa de Guermantes de la .Coronación de Ester. de nuestra iglesia, ora con matices cambiantes, como Gilberto el Malo en la vidriera, cuando pasaba del verde lechuga al azul ciruela, según lo mirara mientras estaba tomando agua bendita o desde nuestras sillas, ora impalpable del todo, como aquella imagen de Genoveva de Brabante, antepasada de la familia de Guermantes, que la linterna mágica paseaba por las cortinas de mi cuarto o subía hasta el techo; en fin, envueltos siempre en un misterio de tiempos merovingios y bañándose como en una puesta de sol en la anaranjada luz que emana del final de su nombre, de esas dos sílabas: antes. Pero si a pesar de eso ergo para mí como tal duque y duquesa seres reales, aunque extraños, en cambio, su persona ducal se distendía desmesuradamente, se inmaterializaba, para abarcar a ese Guermantes de su título, a todo ese lado de Guermantes tan soleado: al curso del río, a sus ninfeas y sus añosos árboles, a tantas tardes hermosas. Yo sabía que no sólo llevaban el título de duque y duquesa de Guermantes, sino que desde el siglo XIV, después de haber intentado vencer a su antiguos señores, se aliaron con ellos por enlaces matrimoniales y eran condes de Combray; por consiguiente, los primeros ciudadanos de Combray, y, sin embargo, los únicos ciudadanos que no vivían en el pueblo. Condes de Combray, que tenían a Combray en medio de su nombre y de su persona, que indudablemente participaban también de un modo efectivo de aquella tristeza piadosa y extraña, característica de Combray; propietarios de la ciudad, pero no de una casa particular, y que debían vivir afuera, en la calle, entre cielo y tierra, como aquel Gilberto de Guermantes, que yo veía por su revés de laca negra, cuando, al ir por sal a casa de Camus, alzaba los ojos hacia las vidrieras del ábside.

Sucedía que por el lado, de Guermantes pasábamos a veces por delante de pequeños cercados, húmedos, en donde asomaban racimos de sombrías flores. Me paraba, como si estuviera apoderándome de una noción preciosa, porque no se me figuraba tener delante un trozo de aquella región fluviátil, que con tanto ardor quise conocer desde que la viera descripta por uno de mis autores favoritos. Y con esa región, con su suelo, con su suelo cruzado por riachuelos espumeantes, identifiqué a Guermantes, que así cambió de aspecto en mi imaginación, al oír cómo nos hablaba el doctor Percepied de las flores y del agua que corría por el parque del castillo. Soñaba que la señora de Guermantes me invitaba a ir por allí, llevada por una repentina simpatía hacia mí; todo el día estaba pescando truchas conmigo al lado. Al anochecer me cogía de la mano, me pasaba por delante de los jardincillos de sus vasallos, iba mostrándome a lo largo de las cercas las flores que allí apoyaban sus mazorcas violetas o rojas, y me decía cómo se llamaban. Me hacía contarle el asunto de las poesías que tenía yo intención de escribir. Y esos sueños me avisaban de que puesto que yo quería ser escritor, ya era hora de ir pensando lo que iba a escribir. Pero en cuanto me hacía yo esta pregunta, y trataba de encontrar un asunto en que cupiera una significación filosófica infinita, mi espíritu dejaba de funcionar, no veía más que un vacío delante de mi atención, me daba cuenta de que yo no tenía cualidad genial, o acaso que una enfermedad cerebral las impedía desarrollarse.

Muchas veces contaba con mi padre para arreglarlo. Tenía tanta influencia y estaba tan bienquisto con personajes de importancia, que gracias a eso pudimos violar unas leyes que Francisca me había enseñado a considerar como más ineludibles que las de la vida y la muerte; por ejemplo, logró retrasar todo un año las obras de revoco de nuestra casa, la única que escapó de todo el barrio, y logró del ministro una autorización para que el hijo de la señora de Sazerat, que quería ir a los baños, sufriera, el examen de bachiller dos meses antes, en la serie de matriculados, cuyo apellido empezaba con A, en lugar de esperar el turno de la S. Si hubiera caído gravemente enfermo, o me hubieran capturado unos bandidos, convencido yo de que mi padre tenía mucho trato con los poderes supremos, e irresistibles cartas de recomendación dirigidas a Dios, para que mi enfermedad o mi cautiverio pudieran ser otra cosa que unos simulacros sin peligro para mi persona, habría esperado tranquilo la hora del retorno a la buena realidad, la hora de la libertad o de la curación; y quizá esa falta de genio, ese negro vacío que se abría en mi espíritu cuando buscaba asuntos para mis futuras obras, era también una ilusión sin consistencia que cesaría por la intervención de mi padre, el cual ya debía de tener convenido con el Gobierno y con la Providencia que yo sería el primer escritor de mi tiempo. Pero otras veces, mientras que mis padres se impacientaban al ver que yo me quedaba atrás y no los seguía, mi vida actual, en vez de parecerme una creación artificial de mi padre, modificable a su antojo, se me representaba, por el contrario, como comprendida dentro de una realidad que no había sido hecha para mí, contra la que no valía ningún recurso, sin ningún aliado mío en su seco, y detrás de la cual nada se ocultaba. Me parecía entonces que existía como los demás humanos, que al igual de ellos envejecería y moriría, y que entre los hombres pertenecía yo a aquel género de los que no tienen disposiciones para escribir. Y descorazonado renunciaba por siempre a la literatura, a pesar de los ánimos que Bloch me había dado. Aquel sentimiento íntimo, inmediato, que yo tenía del vacío de mi pensamiento, prevalecía contra todas las palabras halagüeñas que me pudieran prodigar, lo mismo que en el alma del malo, cuyas buenas acciones alaba la gente, prevalecen los remordimientos, de su conciencia.

Un día me dijo mi madre:

-, que estás siempre hablando de la señora de Guermantes, entérate que cómo el doctor Percepied la trató muy bien cuando estuvo mala hace cuatro años, pues ahora va a venir a Combray para asistir a la boda de la hija del médico. Podrás verla en la ceremonia.. Al doctor Percepied era la persona a quien yo oí hablar más de la duquesa de Guermantes, y hasta nos había enseñado un número de una revista ilustrada donde estaba retratada la duquesa con el disfraz que llevó a un baile de trajes dado por la princesa de León.

De pronto, durante la misa nupcial, un movimiento que hizo el pertiguero al cambiar de sitio, me descubrió sentada en una capilla a una dama de nariz grande, ojos azules y penetrantes, con una chalina hueca de seda color malva, y un granito a un lado de la nariz. Como en la superficie de su rostro encarnado, cual si estuviera acalorada, distinguí yo diluidas y apenas perceptibles parcelas de analogía con el retrato que me habían enseñado, y, sobre todo, como los rasgos particulares que yo notaba en ella, al tratar de enunciarlos se formulaban cabalmente en los mismos términos: nariz grande, ojos azules, que había empleado el doctor Percepied para describir a la duquesa de Guermantes, me dije yo que aquella dama se parecía a la señora de Guermantes; además, la capilla desde donde oía misa era la de Gilberto el Malo, en cuyas lisas tumbas, deformadas y doradas como alvéolos de miel, descansaban los antiguos condes de Brabante, y que me habían dicho estaba reservada a la familia de Guermantes cuando alguno de sus individuos iba a Combray a alguna ceremonia; verosímilmente no podía haber más que una mujer que se pareciese al retrato de la duquesa que estuviese allí aquel día, un día, precisamente, en que tenía que ir a Combray, y en aquella capilla: sí, era ella. Muy grande fue mi desencanto. Nacía éste de que yo nunca me había fijado, cuando pensaba en la señora de Guermantes, en que me la representaba con los colores de un tapiz o de una vidriera en otro siglo, y de materia distinta al resto de los mortales. Nunca se me ocurrió que pudiera tener una cara encarnada y una chalina malva, como la señora de Sazerat, y el óvalo de su rostro me recordó a tantas personas visitas de casa, que me rozó la sospecha, enseguida disipada, de que aquella dama, en su principio generador y en todas sus moléculas, quizá no era sustancialmente la duquesa de Guermantes, sino que su cuerpo, ignorante del nombre que le daban, pertenecía a cierto tipo femenino que abarcaba igualmente a mujeres de médico y de tendero. Y ésa, nada más que ésa es la duquesa de Guermantes., decía la cara atenta y asombrada que ponía yo para contemplar aquella imagen que, naturalmente, no tenía nada que ver con la otra, que, bajo el nombre de la duquesa de Guermantes, se había aparecido tantas veces en mis sueños, porque esta cara no la había yo formado arbitrariamente, sino que me había saltado a los ojos por vez primera un momento antes en la iglesia; que no era de la misma naturaleza, colorable a voluntad como aquélla, que se dejaba empapar en el tinte anaranjado de una sílaba, sino que era tan real, que todo, hasta el granito que se inflamaba en un lado de su nariz, atestiguaba su sujeción a las leyes de la vida, como en una apoteosis de teatro una arruga del traje de hada o un temblor de su dedo meñique delatan la presencia material de una actriz viva allí donde dudábamos si teníamos delante tan sólo una proyección luminosa.

Pero al mismo tiempo a aquella imagen clavada por su nariz saliente y su mirada penetrante en mis ojos (quizá porque mis ojos fueron los primeros que la descubrieron, los que antes la penetraron, antes de que se me pudiera ocurrir que la mujer que tenía delante pudiera ser la duquesa de Guermantes), a aquella imagen reciente, inconmovible, intenté aplicar la idea de que era la señora de Guermantes, sin lograr otra cosa que hacerla girar enfrente de la imagen, como dos discos separados por un intervalo. Pero al ver ahora que aquella señora de Guermantes con la que tanto había soñado existía realmente, fuera de mí, cobró mayor dominio aún en mi imaginación, que, paralizada un momento al contacto de una realidad tan distinta de la que esperaba, empezó a reaccionar y a decirme: .Ya cubiertos de gloria antes de Carlomagno, los Guermantes tenían derecho de vida y muerte sobre sus vasallos; la duquesa de Guermantes es una descendiente de Genoveva de Brabante. No conoce, no condescendería a conocer a ninguna de las personas que aquí están.

Y, oh maravillosa independencia de las miradas humanas sujetas al rostro por un cordón tan largo, tan suelto, tan extensible, que pueden pasearse ellas solas muy lejos de él!. mientras que la señora de Guermantes estábase sentada en la capilla encima de las tumbas de sus antepasados muertos, su mirada vagaba y allá, subía por los pilares, y hasta se posaba en mí como un rayo de sol que errara por la nave, pero rayo de sol que me parecía consciente en el momento de acariciarme.

En cuanto a la propia señora de Guermantes, como quiera que estaba inmóvil, sentada a modo de madre, que hace como que no ve las audaces travesuras y los indiscretos atrevimientos de sus niños que juegan y hablan con personas desconocidas, me fue imposible saber si aprobaba o censuraba, en el ocio de su espíritu, la errabundez de aquellas miradas.

Tenía interés en que no se marchara antes de que yo la hubiera podido mirar bastante, porque me acordaba que desde años antes consideraba el verla cosa muy codiciada; y no apartaba la vista de ella, como si cada una de mis miradas tuviera poder para llevarse materialmente a mi interior, y dejarlo allí en reserva, el recuerdo de la nariz saliente, de las mejillas encarnadas, de las particularidades que se me representaban como otros tantos preciosos datos auténticos y singulares respecto a su rostro. Ahora que la embellecía con todos los pensamientos a ella relativos, y sobre todo, acaso con el deseo que siempre tenemos de no sufrir un desencanto, forma del instinto de conservación de lo mejor de nuestro ser, y volvía a colocarla (puesto que ella y la duquesa de Guermantes, que yo hasta entonces había evocado, eran una misma persona) en lugar aparte de los demás mortales, con los que la confundiera un momento, al ver pura y simplemente su cuerpo, me irritaba el oír a mi alrededor:

-Es más guapa que la mujer de Sazerat, es más guapa que la hija de Vinteuil., como si se las pudiera comparar. Y mis miradas se posaban en su pelo rubio, en sus ojos azules, en el arranque de su cuello, y omitía los rasgos que hubieran podido recordarme otras fisonomías, hasta que yo acababa por exclamar, ante aquel croquis voluntariamente incompleto: .¡Cuánta nobleza! Cómo se ve que tengo delante a una altiva Guermantes, a una descendiente de Genoveva de Brabante.. Y la atención con que yo iluminaba su rostro la aislaba de tal modo, que cuando hoy me pongo a pensar en esa ceremonia, me es imposible ver a ninguno de los asistentes a ella, exceptuando a la duquesa y al pertiguero, que contestó afirmativamente a mi pregunta de si aquella dama era la señora de Guermantes. Y la veo, sobre todo en el momento del desfile por la sacristía, alumbrada por el sol intermitente y cálido de un día huracanado y tormentoso; estaba la señora de Guermantes rodeada por toda aquella gente de Combray, de la que ni siquiera sabía los nombres, pero cuya inferioridad proclamaba demasiado alto la supremacía suya, para no inspirarle una sincera benevolencia hacia aquellas personas, a las que pensaba imponerse afin más a fuerza de sencillez y buena gracia. Y como no podía omitir esas miradas voluntarias, cargadas de un significado preciso, que se dirigen a un conocido, dejaba a sus distraídos pensamientos escaparse incesantemente por delante de ella en un torrente de luz azulada imposible de contener, y que no quería que molestara o pareciese despectivo a aquellas buenas gentes que encontraba a su paso y que rozaba a cada instante. Todavía estoy viendo, allá encima de su chalina malva, hueca y sedosa, el cándido asombro de sus ojos, al que añadía, sin atreverse a destinarla a nadie determinado, pero para que todos participaran de ella, una sonrisa vagamente tímida de señora feudal, que parece como que se disculpa ante sus vasallos y les indica su cariño. Aquella sonrisa se posó en mí, que estaba sin quitar ojo de la duquesa. Entonces, acordándome de la mirada que en mí puso durante la misa, azul como un rayo de sol que atravesara la vidriera de Gilberto el Malo, me dije: .No cabe duda de que se fija en mí.. Creí que yo le gustaba, que seguiría pensando en mí después de salir de la iglesia, y que acaso por causa mía se sintiera melancólica aquella tarde en Guermantes. Y en seguida la quise, porque si algunas veces basta para que nos enamoremos de una mujer con que nos mire despectivamente, como a mí se me figuraba que me miró la hija de Swann, y con pensar que jamás será nuestra, también otras veces no requiere el enamorarse más que una mirada bondadosa, como la de la señora de Guermantes, y la idea de que acaso esa mujer sea nuestra algún día. Sus ojos azuleaban como una vincapervinca imposible de coger, pero que, sin embargo, era para mí; y el sol, amenazado por un nubarrón, pero asaeteando aún con toda su fuerza la plaza y la sacristía, daba una coloración de geranio a la alfombra roja puesta para la solemnidad, y por encima de la cual avanzaba sonriente la duquesa de Guermantes, y añadía a su lana un vello rosado, una epidermis de luz, esa especie de ternura, de seria dulzura en la pompa y en el gozo, características de algunas páginas de Lohengrin y de ciertas pinturas de Carpaccio, y que explican por qué Baudelaire pudo aplicar al sonido de la corneta el epíteto de delicioso.

    Desde aquel día, en mis paseos por el lado de Guermantes sentí con mayor pena que nunca carecer de disposiciones para escribir y tener que renunciar para siempre a ser un escritor famoso. La pena que sentía, mientras que me quedaba solo soñando a un lado del camino, era tan fuerte; que para no padecerla, mi alma, espontáneamente, por una especie de inhibición ante el dolor, dejaba por completo de pensar en versos y en novelas, en un porvenir poético que mi falta de talento me vedaba esperar. Entonces, y muy aparte de aquellas preocupaciones literarias; sin tener nada que ver con ellas, de pronto un tejado, un reflejo de sol en una piedra, el olor del camino, hacíanme pararme por el placer particular que me causaban y además porque me parecía que ocultaban por detrás de lo visible una cosa que me invitaban a ir a coger, pero que, a pesar de mis esfuerzos, no lograba descubrir. Como me daba cuenta de que ese algo misterioso se encerraba en ellos, me quedaba parado, inmóvil, mirando, anheloso, intentando atravesar con mi pensamiento la imagen o el olor. Y si tenía que echar a correr detrás de mi abuelo para seguir el paseo, hacíalo cerrando los ojos, empeñado en acordarme exactamente de la silueta del tejado o del matiz de la piedra, que sin que yo supiera por qué, me parecieron llenas de algo, casi a punto de abrirse y entregarme aquello de que no eran ellas más que vestidura. Claro que impresiones de esa clase no iban a restituirme la perdida esperanza de poder ser algún día escritor y poeta porque siempre se referían a un objeto particular sin valor intelectual y sin relación con ninguna verdad abstracta.

Pero al menos proporcionábanme un placer irreflexivo, la ilusión de algo parecido a la fecundidad, y así me distraían de mi tristeza, de la sensación de impotencia que experimentaba cada vez que me ponía a buscar un asunto filosófico para una magna obra literaria.

Pero el deber de conciencia que me imponían esas impresiones de forma, de perfume y de color .intentar discernir lo que tras de ellas se ocultaba. era tan arduo, que en seguida me daba excusas a mí mismo para poder sustraerme a esos esfuerzos y ahorrarme ese cansancio. Por fortuna, entonces me llamaban mis padres, y yo veía que en aquel momento carecía de la tranquilidad necesaria para proseguir mi rebusca, y que más valía no pensar en eso hasta que volviera a casa, y no cansarme inútilmente por adelantado. Y ya no me preocupaba de aquella cosa desconocida que se envolvía en una forma o en un aroma, y que ahora estaba muy quieta porque la llevaba a casa protegida con una capa de imágenes, y luego me la encontraría viva, como los peces que traía cuando me dejaban ir de pesca, en mi cestito, bien cubiertos de hierba, que los conservaba frescos. Una vez en casa, me ponía a pensar en otra cosa, y así iban amontonándose en mi espíritu (como se acumulaban en mi cuarto las flores cogidas en mis paseos y los regalos que me habían hecho) una piedra por la que corría un reflejo, un tejado, una campanada, el olor de unas hojas, imágenes distintas que cubren el cadáver de aquella realidad presentida que no llegué a descubrir por falta de voluntad. Hubo un día, sin embargo, en que tuve una sensación de ésas y no la abandoné sin haberla profundizado un poco: nuestro paseo se había prolongado mucho más de lo ordinario, y a la mitad del camino de vuelta nos alegramos mucho de encontrarnos con el doctor

Percepied, que pasaba en su carruaje a rienda suelta y nos conoció y nos hizo subir a su coche. A mí me pusieron junto al cochero; corríamos como el viento, porque el doctor tenía aún que hacer una visita en Martinville le Sec; nosotros quedamos, en esperarlo a la puerta de la casa del enfermo. A la vuelta de un camino sentí de pronto ese placer especial, y que no tenía parecido con ningún otro, al ver los dos campanarios de Martinville iluminados por el sol poniente y que con el movimiento de nuestro coche y los zigzags del camino cambiaban de sitio, y luego el de Vieuxvicq, que, aunque estaba separado de los otros dos por una colina y un valle y colocada en una meseta más alta de la lejanía, parecía estar al lado de los de Martinville.

Al fijarme en la forma de sus agujas, en lo movedizo de sus líneas, en lo soleado de su superficie, me di cuenta de que no llegaba hasta lo hondo de mi impresión, y que detrás de aquel movimiento, de aquella claridad, había algo que estaba en ellos y que ellos negaban a la vez.

Parecía que los campanarios estaban muy lejos, y que nosotros nos acercábamos muy despacio, de modo que cuando unos instantes después paramos delante de la iglesia de Martinville, me quedé sorprendido. Ignoraba yo el porqué del placer que sentí al verlos en el horizonte, y se me hacía muy cansada la obligación de tener que descubrir dicho porqué; ganas me estaban dando de guardarme en reserva en la cabeza aquellas líneas que se movían al sol, y no pensar más en ellas por el momento. Y es muy posible que de haberlo hecho, ambos campanarios se hubieran ido para siempre a parar al mismo sitio donde fueran tantos árboles, tejados, perfumes y sonidos, que distinguí de los demás por el placer que me procuraron y que luego no supe profundizar. Mientras esperábamos al doctor, bajé a hablar con mis padres. Nos pusimos de nuevo en marcha, yo en el pescante como antes, y volví la cabeza para ver una vez más los campanarios, que un instante después tornaron a aparecerse en un recodo del camino. Como el cochero parecía no tener muchas ganas de hablar y apenas si contestó a mis palabras, no tuve más remedio, a falta de otra compañía, que buscar la mía propia, y probé a acordarme de los campanarios. Y muy pronto sus líneas y sus superficies soleadas se desgarraron, como si no hubieran sido más que una corteza; algo de lo que en ellas se me ocultaba surgió; tuve una idea que no existía para mí el momento antes, que se formulaba en palabras dentro de mi cabeza, y el placer que me ocasionó la vista de los campanarios creció tan desmesuradamente, que dominado por una especie de borrachera, ya no pude pensar en otra cosa. En aquel momento, cuando ya nos habíamos alejado de

Martinville, volví la cabeza, y otra vez los vi, negros ya, porque el sol se había puesto. Los recodos del camino me los fueron ocultando por momentos, hasta que se mostraron por última vez y desaparecieron.

Sin decirme que lo que se ocultaba tras los campanarios de Martinville debía de ser algo análogo a una bonita frase, puesto que se me había aparecido bajo la forma de palabras que me gustaban, pedí papel y lápiz al doctor, y escribí, a pesar de los vaivenes del coche, para alivio de mi conciencia y obediencia a mi entusiasmo, el trocito siguiente, que luego me encontré un día, y en el que apenas he modificado nada:

-Solitarios, surgiendo de la línea horizontal de la llanura, como perdidos en campo raso, se elevaban hacia los cielos las dos torres de los campanarios de Martinville. Pronto se vieron tres; porque un campanario rezagado, el de Vieuxvicq, los alcanzó, y con una atrevida vuelta se plantó frente a ellos. Los minutos pasaban; íbamos aprisa, y, sin embargo, los tres campanarios estaban allá lejos, delante de nosotros, como tres pájaros al sol, inmóviles, en la llanura.

Luego, la torre de Vieuxvicq se apartó, fue alejándose, y los campanarios de Martinville se quedaron solos, iluminados por la luz del poniente, que, a pesar de la distancia, veía yo jugar y sonreír en el declive de su tejado. Tanto habíamos tardado en acercarnos, que estaba yo pensando en lo que aún nos faltaría para llegar, cuando de pronto el coche dobló un recodo y nos depositó al pie de las torres, las cuales se habían lanzado tan bruscamente hacia el carruaje, que tuvimos el tiempo justo para parar y no toparnos con el pórtico.

Seguimos el camino; ya hacía rato que habíamos salido de Martinville, después que el pueblecillo nos había acompañado unos minutos, y aún solitarios en el horizonte, sus campanarios y el de Vieuxvicq nos miraban huir, agitando en señal de despedida sus soleados remates. De cuando en cuando uno de ellos se apartaba, para que los otros dos pudieran vernos un momento más; pero el camino cambió de dirección, y ellos, virando en la luz como tres pivotes de oro, se ocultaron a mi vista. Un poco más tarde, cuando estábamos cerca de Combray y ya puesto el sol, los vi por última vez desde muy lejos: ya no eran más que tres flores pintadas en el cielo, encima de la línea de los campos. Y me trajeron a la imaginación tres niñas de leyenda, perdidas en una soledad, cuando ya iba cayendo la noche: mientras que nos alejábamos al galope, las vi buscarse tímidamente, apelotonarse, ocultarse unas tras otra hasta no formar en el cielo rosado más que una sola mancha negra, resignada y deliciosa, y desaparecer en la oscuridad.

No he vuelto a pensar en esta página; pero recuerdo que en aquel momento, cuando en el rincón del pescante donde solía colocar el cochero del doctor un cesto con las aves compradas en el mercado de Roussainville la acabé de escribir, me sentí tan feliz, tan libre del peso de aquellos campanarios y de lo que ocultaban, que, como si yo fuera también una gallina y acabara de poner un huevo, me puse a cantar a grito pelado.

Durante el día, en aquellos paseos no pensaba más que en lo grato que sería tener amistad con la duquesa de Guermantes, pescar truchas, pasearme en barca por el Vivonne, y ávido de felicidad, sólo pedía a la vida en aquellos momentos que se compusiera de una serie de tardes felices. Pero cuando en el camino de vuelta veía a la izquierda una alquería bastante separada de otras dos, que, por el contrario, estaban muy juntas, y desde la cual, para entrar en Combray, no había más que seguir una alameda de robles que tenía a un lado prados con sus cercas; plantados a distancias iguales de manzanos que a la hora del poniente ponían por tierra el dibujo japonés de sus sombras, mi corazón comenzaba de pronto a latir apresuradamente porque sabía que antes de media hora estaríamos en casa, y que como era reglamentario, los días que se iba por el lado de Guermantes y se cenaba más tarde a mí me mandarían a acostarme en cuanto tomara la sopa, de modo que mi madre, retenida en el comedor como si hubiera invitados, no subiría a decirme adiós a mi cuarto. La zona de tristeza en que acababa de penetrar, se distinguía tan perfectamente de la zona a la que en un momento antes me lanzaba yo alegremente, como en algunos cielos hay una línea que separa una banda de color rosa de otra verde o negra. Y vemos a un pájaro volando por el espacio rosa, que va a llegar a su límite, que lo toca ya, que entra en la zona negra. Los deseos que hacía un instante me asaltaban de ir a Guermantes, de viajar y ser feliz, me eran ahora tan ajenos, que su cumplimiento no me hubiera dado gozo alguno. ¡Con qué gusto hubiera cambiado todo eso por poder estarme llorando toda la noche en brazos de mamá! Sentía escalofríos, no apartaba mis angustiadas miradas del rostro de mi madre, del rostro que aquella noche no aparecería por la alcoba donde yo me estaba viendo ya con el pensamiento; y deseaba la muerte. Y aquello duraría hasta la mañana siguiente, cuando los rayos del sol matinal apoyaran sus barras, como el jardinero, en el muro cubierto de capuchinas que trepaban hasta mi ventana, y saltara yo de la cama para bajar corriendo al jardín, sin acordarme ya de que la noche volvería a traer consigo la hora de separarme de mamá. Y de ese modo, por el lado de Guermantes, he aprendido a distinguir esos estados que se suceden en mi ánimo, durante ciertos períodos, y que se reparten cada uno de mis días, llegando uno de ellos a echar al otro con la puntualidad de la fiebre; estados contiguos, pero tan ajenos entre sí, tan faltos de todo medio de intercomunicación, que cuando me domina uno de ellos no puedo comprender, ni siquiera representarme, lo que deseé, temí o hice cuando me poseía el otro.

Así, el lado de Méséglise y el lado de Guermantes, para mí, están unidos a muchos menudos acontecimientos de esa vida, que es la más rica en peripecias y en episodios de todas las que paralelamente vivimos, de la vida intelectual. Claro es que va progresando en nosotros insensiblemente, y el descubrimiento de las verdades que nos la cambian de significación y de aspecto y nos abren rutas nuevas, se prepara en nuestro interior muy lentamente, pero de modo inconsciente; así que, para nosotros, datan del día, del minuto en que se nos hicieron visibles. Y las flores, que entonces estaban jugando en la hierba; el agua que corría al sol, el paisaje entero que rodeó su aparición, siguen acompañándolas en el recuerdo con su rostro inconsciente o distraído; y ese rincón de campo, ese trozo de jardín, no podían imaginarse cuando los estaba contemplando un niño soñador, un transeúnte humilde .como un memorialista confundido con la multitud que admira a un rey, que gracias a él estaban llamados a sobrevivir hasta en lo más efímero de sus particularidades; y, sin embargo, a ese perfume de espino que merodea a lo largo de un seto donde pronto vendrá a sucederle el escaramujo, a ese ruido de pasos sin eco en la arena de un paseo, a la burbuja formada en una planta acuática por el agua del río y que estalla en seguida, mi exaltación las ha llevado a través de muchos años sucesivos, se los ha hecho franquear a salvo, mientras que por alrededor los caminos se han ido borrando, han muerto las gentes que los pisaban. Muchas veces, ese trozo de paisaje que así llega hasta mí, se destaca tan aislado de todo lo que flota vagamente en mi pensamiento, como una florida Delos, sin que me sea posible decir de qué país, de qué época quizá de qué sueño, sencillamente. me viene. Pero el poder pensar en el lado de Guermantes y en el de Méséglise, se lo debo a esos yacimientos profundos de mi suelo mental, a esos firmes terrenos en que todavía me apoyo. Como creía en las cosas y en las personas cuando andaba por aquellos caminos, las cosas y las personas que ellos me dieron a conocer son los únicos que tomo aún en serio y que me dan alegría.

Ya sea porque en mí se ha cegado fe creadora, o sea porque la realidad no se forme más que en la memoria, ello es que las flores que hoy me enseñan por vez primera no me parecen flores de verdad.

    El lado de Méséglise, con sus lilas, sus espinos blancos, sus acianos, sus amapolas y sus manzanos, el lado de Guermantes, con el río lleno de renacuajos, sus ninfeas y sus botones de oro, forman para siempre jamás la fisonomía de la tierra donde quisiera vivir, y a la que exijo, ante todo, que en ella se pueda ir a pescar, pasearse en barca, ver ruinas de fortificaciones góticas, y encontrarse en medio de los trigales, como San Andrés del Campo estaba, una iglesia monumental, rústica y dorada como un almiar; y los acianos, los espinos, los manzanos con que a veces me encuentro en los campos cuando viajo, se ponen inmediatamente en comunicación con mi corazón, porque están a la misma profundidad al mismo nivel de mi rasado. Y, sin embargo, como todos los sitios tienen algo de individual, cuando me asalta el deseo de ver otra vez el lado de Guermantes, no se satisfaría con que me llevaran a la orilla de un río donde hubiera ninfeas tan hermosas o más hermosas que en el Vivonne, como por la noche al volver a casa .a la hora en que despertaba dentro de mí esa angustia que más tarde emigra al amor y puede hacerse inseparable de este sentimiento amoroso, no hubiera yo querido que subiera a decirme adiós una madre más hermosa y más inteligente que la mía. No; lo mismo que lo que yo necesitaba para dormirme feliz y con esa paz imperturbable que ninguna mujer me ha podido dar luego, porque hasta el momento de creer en ellas se duda de ellas, y nunca nos dan el corazón, como me daba mi madre el suyo, en un beso entero y sin ninguna reserva, sin sombra de una intención que no fuera dirigida a mí .lo mismo que lo que yo necesitaba. es que fuera ella la que inclinara hacia mí aquel rostro que tenía junto a un ojo un defecto, según decían, pero que a mí me gustaba tanto como lo demás, así lo que yo quiero ver es el lado de Guermantes que conocí yo, con la alquería separada de las otras dos que están juntas, apretadas una contra otra, al principio de la alameda de robles; son esas praderas donde se reflejan, cuando el sol las pone lustrosas como una charca, las hojas del manzano; es ese paisaje cuya individualidad viene a veces durante la noche en mis sueños a sobrecogerme con una fuerza casi fantástica, imposible de encontrar luego cuando me despierto.

    Indudablemente, el lado de Méséglise o el lado de Guermantes me han expuesto luego a muchas decepciones y a muchas faltas, porque unieron dentro de mí indisolublemente impresiones distintas que no tenían otro lazo que el haberlas sentido allí al mismo tiempo.

Porque muchas veces he tenido deseos de ver a una persona sin darme cuenta de que era sencillamente porque me recordaba un seto de espinos, y he llegado a creer y a hacer creer en un retoñar del cariño donde no había más que deseo de viaje. Por eso mismo también, como están presentes en aquellas de mis impresiones actuales con que tienen relación, les dan cimiento y profundidad, una dimensión más que a las otras. Y de ese modo les infunden un encanto y una significación que sólo yo puedo gozar.

Cuando en las noches estivales, el cielo armonioso gruñe como una fiera y todo el mundo se enfada con la tormenta que llega, si yo me quedo solo, extático, respirando a través del rumor de la lluvia el olor de unas lilas invisibles y persistentes, al lado de Méséglise se lo debo.

Y así me estaba muchas veces, hasta que amanecía, pensando en la época de Combray, en mis noches de insomnio, en tantos días cuya imagen me trajo recientemente el sabor, el perfume, hubieran dicho en Combray. de una taza de té, y por asociación de recuerdos en unos amores que tuvo Swann antes de que yo naciera, y de los cuales me enteré años después de salir de Combray, con esa precisión de detalles más fácil de obtener a veces tratándose de la vida de personas ya muertas hace siglos, que de la vida de nuestro mejor amigo, y que parece cosa imposible, como lo parece el que se pueda hablar de ciudad a ciudad, mientras ignoramos el rodeo que se ha dado para salvar la imposibilidad. Todos esos recuerdos, añadidos unos a otros, no formaban más que una masa, pero podían distinguirse entre ellos .entre los más antiguos y los más recientes, nacidos de un perfume, y otros que eran los recuerdos de una persona que me los comunicó a mi. ya que no fisuras y grietas de verdad, por lo menos ese veteado, esa mezcolanza de coloración que en algunas rocas y mármoles indican diferencias de origen, de edad y de formación.

Claro es que cuando se acercaba el día ya hacía rato que estaba disipada la incertidumbre de mi sueño. Sabía en qué alcoba me encontraba realmente, la había ido reconstruyendo a mi alrededor en la oscuridad y .ya orientándome por la memoria tan sólo, y ayudándome con un pálido resplandor, debajo del dial ponía yo los cortinones del balcón. la reconstruía y la amueblaba toda entera, como un arquitecto y un tapicero que respetan los huecos primitivos de las ventanas y las puertas; colocaba los espejos y ponía la cómoda en su sitio de siempre. Pero apenas la luz del día y no ese reflejo de una última brasa en una barra de cobre que yo confundiera antes con el día. trazaba en la oscuridad, como con yeso, su primera raya blanca y rectificativa, la ventana con sus visillos se marchaba del marco de la puerta en donde ya la había colocado erróneamente, mientras que la mesa, instalada en aquel lugar por mi torpe memoria huía a toda velocidad para hacer hueco a la ventana, llevándose por delante la chimenea y apartando la pared del pasillo; un patinillo triunfaba en donde un instante antes se extendía el tocador, y la morada que yo reconstruyera en las tinieblas se iba en busca de las moradas entrevistas en el torbellino del despertar, puesta en fuga por ese pálido signo que trazó por encima de sus cortinas el dedo tieso de la luz del día.

Segunda Parte

Un amor de Swann

Para figurar en el cogollito, en el *clan*, en el grupito de los Verdurin, bastaba con una condición, pero ésta era indispensable: prestar tácita adhesión a un credo cuyo primer artículo rezaba que el pianista, protegido aquel año por la señora de Verdurin, aquel pianista de quien decía ella: .No debía permitirse tocar a Wagner tan bien., se .cargaba. a la vez a Planté y a Rubinstein, y que el doctor Cottard tenía más diagnóstico que Potain. Todo recluta nuevo. que no se dejaba convencer por los Verdurin de que las reuniones que daban las personas que no iban a su casa eran más aburridas que el ver llover, era inmediatamente excluido. Como las mujeres se revelaban a este respecto más que los hombres a deponer toda curiosidad mundana y a renunciar al deseo de enterarse por sí mismas de los atractivos de otros salones, y como los Verdurin se daban cuenta de que ese espíritu crítico podía, al contagiarse, ser fatal para la ortodoxia de la pequeña iglesia suya, poco a poco fueron echando a todos los fieles del sexo femenino.

Aparte de la mujer del doctor, una señora joven, aquel año estaban casi reducidos (aunque la señora de Verdurin era muy virtuosa y pertenecía a una riquísima familia de la clase media, con la que había ido cesando poco a poco todo trato) a una persona casi perteneciente al mundo galante; la señora de Crécy, a la que llamaba la señora de Verdurin por su nombre de pila, Odette, y la consideraba como un .encanto., y a la tía del pianista, que debía estar muy al tanto de las costumbres de portal y escalera; personas ambas que no sabían nada del gran mundo, y de tanta candidez, que fue muy fácil convencerlas de que la princesa de Sagan y la duquesa de Guermantes tenían que pagar a unos cuantos infelices para no tener desiertas sus mesas, tanto que si aquellas dos grandes señoras hubieran invitado a la ex portera y a la *demimondaine* habrían recibido una desdeñosa negativa.

Los Verdurin no daban comidas: siempre había en su casa cubierto puesto. No se hacían programas para la reunión de después de cenar. El pianista tocaba, pero sólo si .le daba por ahí, porque allí no se obligaba a nadie; ya lo decía el señor Verdurin:

-¡Todo por los amigos, vivan los camaradas!.. Si el pianista quería tocar la cabalgata de *La Valquiria* o el preludio de *Tristán*, la señora de Verdurin protestaba, no porque esa música le desagradara, sino porque al contrario, la impresionaba demasiado. .¿Es que se empeña usted en que tenga jaqueca? Ya sabe usted que cada vez que toca eso pasa lo mismo. Mañana, cuando quiera levantarme, se acabó, ya no soy nada.. Si no se tocaba el piano, había charla, y algún amigo, por lo general el pintor favorito de tanda, .soltaba., como decía Verdurin, .una paparrucha fenomenal que retorcía a todos de risa., sobre todo a la señora de Verdurin .tan aficionada a tomar en sentido propio las expresiones figuradas de sus emociones que una vez el doctor Cottard (entonces joven principiante) tuvo que ponerle en su sitio una mandíbula que se le había desencajado a fuerza de reír.

Estaba prohibido el frac, porque allí todos eran camaradas, y para no parecerse en nada a los .pelmas., a los que se tenía más miedo que a la peste, y que eran invitados tan sólo a grandes reuniones, que daban los Verdurin muy de tarde en tarde, y tan sólo cuando podían servir para entretenimiento del pintor para dar a conocer al pianista. El resto del tiempo se contentaban con representar charadas, cenar vestidos con los disfraces, pero en la intimidad, y sin introducir ningún extraño al .cogollito.

Pero a medida que los .camaradas. iban tomando más importancia en la vida de la señora de Verdurin, el dictado de pelma y de réprobo lo aplicaba a todo lo que impedía a los amigos que fueran a su casa, a lo que los llamaba a otra parte; a la madre de éste, a la profesión de aquél o a la casa de campo y salud delicada de un tercero. Cuando el doctor Cottard se levantaba de la mesa y consideraba imprescindible salir para ir a ver un enfermo grave, le decía la señora de Verdurin: .¡Quién sabe!, quizá le siente mejor que no vaya usted esta noche a molestarlo; pasará muy bien la noche sin usted, y mañana va usted tempranito y se lo encuentra bueno. En cuanto entraba diciembre se ponía mala de pensar en que los fieles desertarían. el día de Navidad y el de Año Nuevo.

La tía del pianista exigía que la familia cenara aquella noche en la intimidad, en casa de la madre de ella.

-Y se le figura a usted que se va a morir su madre -exclamaba ásperamente la señora de Verdurin., si no va usted a cenar con ella la noche de Año Nuevo, como hacen en *provincias*.

Esas inquietudes retornaban para Semana Santa.

-Doctor, supongo que usted, un sabio, un hombre sin prejuicios, ¿vendrá el Viernes Santo como un día cualquiera? –dijo a Cottard el primer año, con tono tranquilo, como el que está seguro de lo que le van a contestar. Pero esperaba la respuesta temblando, porque si no iba el doctor, corría peligro de estarse sola aquella noche.

-Sí, sí, vendré el Viernes Santo a despedirme, porque nos vamos a pasar la Pascua de Resurrección a Auvernia.

-¿A Auvernia? Para dar de comer a pulgas y piojos. ¡Que les haga buen provecho!

Y tras un momento de silencio:

-Por lo menos, si nos lo hubiera usted dicho, habría podido organizarse algo y hacer el viaje juntos y con más comodidad.

Igualmente, cuando alguno de los .fieles. tenía un amigo, o una parroquiana., un *flirt*, que podían ser causa de deserción, los Verdurin, que no se asustaban de que una mujer tuviera un amante con tal de que hablaran de su casa y de que la amiga no lo antepusiera a ellos, decían:

-Pues bueno, traiga usted a ese amigo. Y se lo llevaba a prueba, para ver si era capaz de no guardar ningún secreto a la señora de Verdurin y si se lo podía agregar al *clan*. En caso desfavorable, se llamaba aparte al fiel que lo había presentado, y se le hacía el favor de mal quistarlo con su amigo o su querida. Y en caso favorable, el .nuevo. pasaba a ser .fiel.. Así que cuando aquel año la *demimondaine* contó al señor Verdurin que había conocido a un hombre encantador, un señor Swann, e insinuó que él tendría mucho gusto en poder ir a aquellas reuniones, Verdurin transmitió acto continuo la petición a su esposa. (Nunca opinaba hasta que ella había opinado, y su misión particular era poner en ejecución los deseos de su mujer y los de los fieles, con gran riqueza de ingenio.)

-Aquí tienes a la señora de Crécy, que te quiere pedir una cosa. Le gustaría presentarte a un amigo suyo, al señor Swann. ¿Qué te parece?

-Pero vamos a ver, ¿se puede negar algo a una preciosidad como ésta? Sí, preciosidad; usted cállese, no se le pregunta su opinión.

-Bueno, como usted quiera .contestó Odette, en tono de discreteo., ya sabe usted que yo no ando *fishing for compliments*.

-Bueno, pues traiga usted a su amigo, si es simpático.

Claro que el .cogollito. no guardaba ninguna relación con la clase social en que se movía Swann, y un puro hombre de mundo hubiera considerado que no valía la pena de gozar una posición excepcional, como la de Swann, para ir luego a que lo presentaran en casa de los Verdurin. Pero a Swann le gustaban tanto las mujeres, que cuando trató a casi todas las de la aristocracia y las conoció bien, ya no consideró aquellas cartas de naturalización, casi títulos de nobleza, que le había otorgado el barrio de Saint-Germain, más que como una especie de valor de cambio, de letra de crédito, que por sí no valía nada, pero gracias a la cual podía ser recibido muy bien en un rinconcillo de Provincias o en un oscuro círculo social de París, donde había una chica del hidalgo del pueblo o del escribano, que le gustaba. Porque el amor o el deseo le infundían entonces un sentimiento de vanidad que no tenía en su vida de costumbre (aunque ese sentimiento debió de ser el que antaño lo empujara hacia esa carrera de vida elegante donde malgastó en frívolos placeres las dotes de su espíritu y puso su erudición en materias de arte a la disposición de damas de alcurnia que querían comprar cuadros o amueblar sus hoteles), y que lo inspiraba el deseo de brillar a los ojos de una desconocida que le cautivara con mayor elegancia de la que implicaba el solo nombre de Swann. Lo deseaba, especialmente, cuando la desconocida era de condición humilde.

Lo mismo que un hombre inteligente no tiene miedo de parecer tonto a otro hombre inteligente, el hombre elegante no teme que su elegancia pase inadvertida para el gran señor, sino para el rústico.

Las tres cuartas partes de los alardes de ingenio y las mentiras de vanidad que, rebajándose, prodigaron desde que el mundo es mundo los hombres, van dedicadas a gente inferior. Y Swann, que con una duquesa era descuidado y sencillo, se daba tono y tenía miedo de verse despreciado ante una criada.

No era de esas personas que por pereza o por resignado sentimiento de la obligación, que crea la grandeza social de estarse siempre amarrado a cierta orilla, se abstienen de los placeres que les ofrece la vida fuera de la posición social en que viven confinados hasta su muerte, y acaban por contentarse cuando se acostumbran, y a falta de cosa mejor, con llamar placeres a las mediocres diversiones y los aburrimientos soportables que esa vida encierra.

Swann no hacía porque le parecieran bonitas las mujeres con que pasaba el tiempo, sino que hacía por pasar el tiempo con las mujeres que le habían parecido bonitas. Y muchas veces eran mujeres de belleza bastante vulgar: porque las cualidades físicas que buscaba estaban, sin darse cuenta él, en oposición completa con las que admiraba en los tipos de mujer de sus pintores o escultores favoritos a profundidad y la melancolía de expresión eran un jarro de agua para su sensualidad, que despertaba, en cambio, ante una carne sana, abundante y rosada.

Si en un viaje se encontraba con una familia, con la que habría sido más elegante no trabar relación, pero en la que alguna mujer se le aparecía revestida de un encanto nuevo, guardar el decoro, engañar el deseo que ella inspiró, sustituir con un placer distinto el que habría podido sacar de esa mujer escribiendo a una antigua querida suya para que fuera a reunírsele, le hubiera parecido una abdicación tan cobarde ante la vida, una renuncia tan estúpida a un placer nuevo, como si en vez de viajar se estuviera encerrado en su cuarto viendo vistas de París. No se encerraba en el edificio de sus relaciones, sino que había hecho de él, para poder alzarlo de nuevo desde su base y a costa de nuevas fatigas, en cualquier parte donde hubiera una mujer que le gustaba, una tienda desmontable como las que llevan los exploradores. Y consideraba sin valor, por envidiable que a otros pareciera, todo lo que tenía traducción o cambio a un placer nuevo y con un placer nuevo. Muchas veces su crédito con una duquesa, formado de los muchos deseos que la dama había tenido durante años y años de serle agradable, sin encontrar nunca la ocasión, se venía abajo de un golpe, porque Swann le pedía, en un indiscreto telegrama, una recomendación telegráfica que inmediatamente lo pusiera en relación con un intendente suyo, que tenía una hija que había llamado la atención de Swann en el campo, comportamiento semejante al de un hambriento que da un diamante por un pedazo de pan. Y aquello, después de hecho, le divertía muchas veces, porque tenía Swann, contrapesada por sutiles delicadezas, cierta cazurrería. Pertenecía a esa clase de hombres inteligentes que viven sin hacer nada, en ociosidad, y buscan consuelo y acaso excusa en la idea de que esa ociosidad ofrece a su inteligencia temas tan dignos de interés como el arte o el estudio, y que la .vida. contiene situaciones más interesantes y novelescas que todas las novelas. Y así se lo aseguraba, y convencía de ello a sus más finos amigos, especialmente al barón de Charlus, al cual divertía mucho contándole aventuras picantes que le habían ocurrido; por ejemplo, que se encontraba en el tren a una mujer, que luego llevaba a su casa, y que resultaba ser la hermana de un rey que por entonces tenía en sus manos todos los hilos de la política europea, de la cual venía él a enterarse perfectamente y de un modo sumamente grato; o que, por un raro juego de circunstancias, dependía de la elección de Papa que hiciera el conclave el que se ganara o no los favores de una cocinera.

Y no sólo ponía Swann cínicamente en el trance de servirle de terceros a la brillante falange de viudas, generales y académicos con quienes tenía particular amistad. Todos sus amigos solían recibir, de cuando en cuando, cartas suyas, pidiendo una esquela de recomendación o de presentación, con una habilidad diplomática tal, que, mantenida a través de sucesivos amores y pretextos distintos, revelaba, mucho mejor que lo hubieran revelado repetidas torpezas, un carácter permanente y una identidad de objetivos. Muchos años después, cuando empecé a interesarme por su carácter, a causa de las semejanzas que en otros aspectos ofrecía con el mío, me gustaba oír contar que cuando escribía Swann a mi abuelo (que todavía no lo era, porque los grandes amores de Swann comenzaron hacia el tiempo en que yo nací, y vinieron a cortar esas prácticas, éste, al ver en el sobre la letra de su amigo, exclamaba: .Este Swann ya va a pedir algo, ¡ojo!. y ya fuera por desconfianza, ya por ese sentimiento inconscientemente diabólico que nos impulsa a ofrecer una cosa tan sólo a las gentes que no tienen ganas de ella, mis abuelos oponían siempre una negativa absoluta a las suplicas más sencillas de satisfacer que Swann les dirigía, como presentarle a una muchacha que cenaba todos los domingos en casa; y tenían que fingir, cada vez que Swann les hablaba de ella, que apenas si la veían, cuando la verdad era que toda la semana habían estado pensando en la persona a quien podría invitarse el día que iba a casa esa muchacha, sin dar muchas veces con el invitado apropiado, todo por no querer hacer una seña, al que tanto lo estaba deseando.

Muchas veces, un matrimonio amigo de mis abuelos, que hasta entonces se habían estado quejando de que Swann nunca iba a verlos, anunciaba con satisfacción, y quizá con cierto deseo de inspirar envidia, que Swann estaba ahora amabilísimo y no se separaba nunca de ellos.

Mi abuelo no quería aguarles la fiesta; pero miraba a mi abuela, tarareando:

¿Qué misterio es éste?
Yo no entiendo nada.

o

Visión fugitiva...

o

En casos semejantes
Más vale no ver nada.

Unos cuantos meses después, cuando mi abuelo preguntaba al nuevo amigo de Swann si seguía viendo a éste tan a menudo, al interlocutor se le alargaba la cara. .Nunca pronuncie usted su nombre en mi presencia.. .Pero si yo creía que eran ustedes De ese modo fue íntimo durante unos meses de unos primos de mi abuela, y cenaba casi a diario en su casa. Pero de pronto dejó de ir sin decir una palabra. Ya creyeron que estaba malo, y la prima de mi abuela iba a mandar preguntar por él, cuando se encontró en la despensa una carta que por equivocación había ido a parar al libro de cuentas de la cocinera. En esa carta notificaba a aquella mujer que se marchaba de París y no podría ya ir nunca por allí. Y es que ella era querida suya, y en el momento de romper estimó que a ella sola debía avisar.

Cuando su querida del momento era, por el contrario, persona del gran mundo, o por lo menos que tenía abiertas sus puertas, aunque fuera de extracción humilde o de posición algo equívoca, Swann entonces volvía a aquel ambiente, pero sólo a la órbita particular en que ella se movía, a donde él la llevara. .Esta noche no hay que contar con Swann .se decían.; es la noche de ópera de su dama americana.. Y lograba que la invitaran a casas aristocráticas de muy difícil acceso, donde él tenía sus costumbres hechas, su comida un día a la semana y su *poker*; todas las noches, después que un leve rizado en su espeso pelo rojo templaba con cierta suavidad el ardor de sus ojos verdes, escogía una flor para el ojal y se iba a cenar a casa de tal o cual señora de sus amistades, donde estaría su querida; y entonces, al pensar en las pruebas de admiración y de amistad que todas aquellas elegantes personas que por allí habría, y que lo miraban a él como árbitro de la elegancia, le iban a prodigar en presencia de la mujer querida, aun encontraba su encanto a esta vida mundana, de la que ya estaba hastiado, sí, pero que en cuanto incorporaba a ella un amor nuevo se le aparecía bella y preciosa, porque la materia de esa vida se impregnaba y se coloraba con una llama latente y retozona.

Pero mientras que todas estas relaciones o *flirts* fueron realización más o menos completa del sueño inspirado por un rostro o un cuerpo que a Swann le parecieran espontáneamente y sin esforzarse muy bonitos, en cambio, cuando un día, en el teatro, le presentó a Odette de Crécy uno de sus amigos de antaño, que le habló de ella como de una mujer encantadora, de la que acaso se pudiera lograr algo, pero presentándola como más difícil de lo que en realidad era con objeto de dar aún mayor valor de amabilidad al hecho de la presentación, Odette pareció a Swann, no fea, pero de un género de belleza que nada le decía, que no le inspiraba el menor deseo, que llegaba a causarle una especie de repulsión física: una de esas mujeres corno las que tiene todo el mundo, diferentes para cada cual, y que son todo lo contrario de lo que demanda nuestra sensualidad. Tenía un perfil excesivamente acusado, un cutis harto frágil, los pómulos demasiado salientes y los rasgos fisonómicos muy forzados para que a Swann le pudiera gustar. Los ojos eran hermosos, pero grandísimos, tanto, que dejándose vencer por su propia masa, cansaban el resto de la fisonomía y parecía que Odette tenía siempre mal humor o mala cara. Poco después de aquella presentación en el teatro, le escribió pidiéndole que le mostrara sus colecciones, que tanto le interesaban a .ella, ignorante, pero muy aficionada a las cosas bonitas., diciendo que así se imaginaría ella que le conocía mejor, después de haberlo visto en su home, que ella se figuraba .muy cómodo, con su té y sus libros.; si bien no ocultó Odette su asombro de que Swann viviera, en un barrio que debía de ser tan triste .y tan poco *smart* para un hombre tan *smart*.

Odette fue a casa de Swann, y al marcharse le dijo que sentía haber estado tan poco tiempo en una casa que tanto se alegró de conocer; y hablaba de Swann como si para ella fuera algo más que el resto de los humanos que conocía, el cual parecía crear entre ambos una especie de lazo romántico, que a el le arrancó una sonrisa. Pero a la edad en que frisaba Swann, cuando ya se está un tanto desengañado y sabemos contentarnos con estar enamorados por el gusto de estarlo, sin exigir gran reciprocidad, ese acercarse de los corazones, aunque ya no sea como en la primera juventud la meta necesaria del amor, en cambio sigue unido a él por una asociación de ideas tan sólida, que puede llegar a ser origen de amor si se presenta antes que él. Antes soñábamos con poseer el corazón de la mujer que nos enamoraba; más adelante nos basta para enamorarnos con sentir que se es dueño del corazón de una mujer. Y así, a una edad en que parece que buscamos ante todo en el amor un placer subjetivo, en el cual debe entrar en mayor proporción que nada la atracción inspirada por la belleza de una mujer, resulta que puede nacer el amor .el amor más físico sin tener previamente y como base el deseo. En esa época de la vida, el amor ya nos ha herido muchas veces, y no evoluciona él solo, con arreglo a sus leyes desconocidas y fatales, por delante de nuestro corazón pasivo y maravillado. Lo ayudamos nosotros, lo falseamos con la memoria y la sugestión. Al reconocer uno de sus síntomas, nos acordamos de los demás, los volvemos a la vida.

Como ya tenemos su tonada grabada toda entera en nuestro ser, no necesitamos que una mujer nos la empiece a cantar por el principio .admirados ante su belleza. para poder seguir.

Y si empieza por en medio .allí donde los corazones se van acercando y se habla de no vivir más que el uno para el otro, ya estamos bastante acostumbrados a esa música para unirnos en seguida a nuestra compañera de canto en la frase donde ella nos espera.

Odette de Crécy volvió a ver a Swann, y menudeó sus visitas; a cada una de ellas se renovaba para Swann la decepción que sufría al ver de nuevo aquel rostro, cuyas particularidades se le habían olvidado un poco desde la última vez, y que en el recuerdo no era ni tan expresivo, ni tan ajado, a pesar de su juventud; y mientras estaba hablando con ella, lamentaba que su gran hermosura no fuera de aquellas que a él le gustaban espontáneamente. También es verdad que el rostro de Odette parecía más saliente y enjuto, porque esa superficie unida y llana que forman la frente y la parte superior de las mejillas estaba cubierta por una masa de pelo, como se llevaba entonces, prolongada y realzada con rizados que se extendían en mechones sueltos junto a las orejas, y su cuerpo, que era admirable, no podía admirarse en toda su continuidad (a causa de las modas de la época, y aunque era una de las mujeres que mejor vestían en París) porque el corpiño avanzaba en saliente, como por encima de un vientre imaginario, y acababa en punta, mientras que por debajo comenzaba la inflazón de la doble falda, y así la mujer parecía que estaba hecha de piezas diferentes y mal encajadas unas en otras; y los plegados, los volantes, el justillo seguían con toda independencia y según el capricho del dibujo o la consistencia de la tela la línea que los llevaba a los lazos, a los afollados de encaje, a los flecos de azabache, o que los encaminaba a lo largo de la ballena central del cuerpo, pero sin adaptarse nunca al ser vivo, que parecía como envarado o como nadando en ellos, según que la arquitectura de esos adornos se acercara más o menos a la de su cuerpo.

Pero luego Swann se sonreía, cuando ya se había ido Odette, al pensar en lo que ella le había dicho, de lo largo que le iba a parecer el tiempo hasta que Swann la dejara volver; y se acordaba del semblante inquieto y tímido que puso para rogarle que no tardara mucho, y de sus miradas de aquel instante, clavadas en él con temerosa súplica, y que le llenaban de ternura el rostro, a la sombra del ramo de pensamientos artificiales colocado en la parte anterior del sombrero redondo, de paja blanca, con brillo de terciopelo negro que llevaba Odette. .¿Y usted no va a venir nunca a casa a tomar el té?. Alegó trabajos que tenía entre manos, un estudio en realidad abandonado hacía años. sobre Ver Meer de Delft. .Claro que yo no soy nada, infeliz de mí, junto a los sabios como usted contestó ella.. La rana ante el areópago. Y, sin embargo, me gustaría mucho ilustrarme, saber cosas, estar iniciada. ¡Qué divertido debe ser andar entre libros, meter las narices en papeles viejos! .añadió con ese aire de satisfecha de sí misma que adopta una mujer elegante cuando asegura que su gozo sería entregarse sin miedo a mancharse, a un trabajo puerco, como guisar, poniendo las manos en la masa...

o se ría usted de mí porque le pregunte quién es ese pintor que no lo deja a usted ir a mi casa (se refería a Ver Meer); nunca he oído hablar de él. ¿Vive? ¿Pueden verse obras suyas en París? Porque me gustaría representarme los gustos de usted, y adivinar algo de lo que encierra esa frente que tanto trabaja y esa cabeza que se ve que está reflexionando siempre; así podría decirme: ¡Ah!, en eso es en lo que está pensando. ¡Qué alegría poder participar de su trabajo!.. Swann se excusó con su miedo a las amistades nuevas, a lo que llamaba, por galantería, su miedo a perder la felicidad.

-¿Ah! ¿Conque le da a usted miedo encariñarse con alguien? ¡Qué raro!

Yo es lo único que busco, y daría mi vida por encontrar un cariño -dijo con voz tan natural y convencida, que conmovió a Swann.

Ha debido usted de sufrir mucho por una mujer, y se cree que todas son iguales. No lo entendió a usted. Y es que es usted un ser excepcional. Es lo que me ha atraído hacia usted; en seguida vi que usted no era como todo el mundo... Además .dijo él., usted también tendrá que hacer; yo sé lo que son las mujeres; dispondrá usted de poco tiempo.. .Yo nunca tengo nada que hacer. Siempre estoy libre; y para usted lo estaré siempre. A cualquier hora del día o de la noche que le sea cómoda para verme, búsqueme, y yo contentísima. ¿Lo hará usted? Lo que estaría muy bien es que le presentaran a usted a la señora de Verdurin, porque yo voy a su casa todas las noches. ¡Figúrese usted si nos encontráramos por allí, y me pudiera yo imaginar que usted iba a esa casa un poquito por estar yo allí!..

Indudablemente, al recordar de ese modo sus conversaciones cuando estaba solo y se ponía a pensar en ella, no hacía más que mover su imagen entre otras muchas imágenes femeninas, en románticos torbellinos; pero si gracias a una circunstancia cualquiera (o sin ella, porque muchas veces la circunstancia que se presenta en el momento en que un estado, hasta entonces latente, se declara; puede no tener influencia alguna en él), la imagen de Odette de Crécy llegaba a absorber todos sus ensueños, y éstos eran ya inseparables de su recuerdo, entonces la imperfección de su cuerpo ya no tenía ninguna importancia, ni el que fuera más o menos que otro cuerpo cualquiera del gusto de Swann, porque convertido en la forma corporal de la mujer querida, de allí en adelante sería el único capaz de inspirarle gozos y tormentos.

Mi abuelo conoció, precisamente, cosa que no podía decirse de ninguno de sus amigos actuales, a la familia de esos Verdurin. Pero había dejado de tratarse con el que llamaba el .Verdurin joven, y lo juzgaba, sin gran fundamento, caído entre bohemia y gentuza, aunque tuviera aún muchos millones. Un día recibió una carta de Swann preguntándole si podría ponerlo en relación con los Verdurin.

-¡Ojo, ojo! .exclamó mi abuelo., no me extraña nada: por ahí tenía que acabar Swann. Buena gente. Y además no puedo acceder a lo que me pide, porque yo ya no conozco a ese caballero. Además, detrás de eso debe haber una historia de faldas, y yo no me quiero meter en esas cosas. ¡Ah!, va a ser divertido si a Swann le da ahora por los Verdurin..

Ante la contestación negativa de mi abuelo, la misma Odette llevó a Swann a casa de los Verdurin.

El día que Swann hizo su presentación, estaban invitados a cenar el doctor Cottard y su señora, el pianista joven y su tía y el pintor por entonces favorito de los Verdurin; después de la cena acudieron algunos otros fieles.

El doctor Cottard nunca sabía de modo exacto en qué tono tenía que contestarle a uno, y si su interlocutor hablaba en broma o en serio. Y por si acaso, añadía a todos sus gestos la oferta de una sonrisa condicional y previsora, cuya expectante agudeza le serviría de disculpa en caso de que la frase que le dirigían fuera chistosa y se le pudiera tachar de cándido. Pero como tenía que afrontar la hipótesis opuesta, no dejaba que la sonrisa se afirmara claramente en su cara, por la que flotaba perpetuamente una incertidumbre donde podía leerse la pregunta que él no se atrevía a formular:

-¿Lo dice usted en serio?. Y lo mismo que no sabía exactamente la actitud que había que adoptar en una reunión, tampoco estaba muy seguro del comportamiento adecuado en la calle y en la vida en general; de modo que oponía a los transeúntes, a los coches, a los acontecimientos, una maliciosa sonrisa, que por anticipado quitaba a su actitud toda la tacha de importunidad, porque con ella probaba si no convenía al caso, que lo sabía muy bien y que sonreía por broma.

Sin embargo, en todos aquellos casos en que una pregunta franca le parecía justificada, el doctor no dejaba de esforzarse por achicar el campo de sus dudas y completar su instrucción.

Así, siguiendo el consejo que su previsora madre le dio al salir él de su provincia natal, no dejaba pasar una locución o un nombre propio que no conociera sin intentar documentarse respecto a esas palabras.

Nunca se saciaba de datos relativos a las locuciones, porque como les atribuía a veces un sentido más preciso del que tienen, le hubiera gustado saber lo que significaban exactamente muchas de las que oía usar más a menudo: .guapo como un diablo, sangre azul, vida de perros, el cuarto de hora de Rabelais, ser un príncipe de elegancia, dar carta blanca; quedarse chafado, etc., como asimismo en qué determinados casos podría él encajarlas en sus frases. Y a falta de locuciones, decía los chistes que le enseñaban.

En cuanto a los apellidos nuevos que pronunciaban delante de él, se contentaba con repetirlos en tono de interrogación, lo cual consideraba suficiente para merecer explicaciones sin que pareciera que las pedía.

Como carecía del sentido crítico que él creía aplicar a todo, ese refinamiento de cortesía que consiste en afirmar a una persona a la que hacemos un favor, que los favorecidos somos nosotros, pero sin aspirar a que se lo crean, era con él trabajo perdido, porque todo lo tomaba al pie de la letra. A pesar de la ceguera que por él tenía la señora de Verdurin, acabó por molestarle, aunque el doctor seguía pareciéndole muy fino, el que cuando lo invitaba a un palco proscenio para ver a Sarah Bernhardt, y le decía en colmo de atención:

-Doctor, le agradezco mucho que haya venido, y más porque aquí estamos muy cerca del escenario, y usted ya debe de haber visto muchas veces a Sara Bernhardt., el doctor Cottard, el cual había entrado en el palco con una sonrisa que para precisarse o desaparecer aguardaba a que alguien autorizado le informara del valor del espectáculo, le respondiera: .Es verdad, estamos demasiado cerca, y además ya empieza uno a cansarse de Sara Bernhardt. Pero usted me dijo que le gustaría verme por aquí, y sus deseos son órdenes.

Estoy encantado de hacerle a usted ese favor. Por una persona tan buena, ¡qué no haría uno!. y añadía: .Sara Bernhardt es la que llaman Voz de Oro, ¿no? Muchas veces he leído que cuando trabaja arden las tablas. Es rara la frase, ¿eh?; y esperaba un comentario que no llegaba.

-¿Sabes? .dijo la señora de Verdurin a su marido. Me parece que es un error el dar poca importancia, por modestia, a los regalos que hacemos al doctor. Es un sabio que vive aparte del mando práctico, sin conocer el valor de las cosas, y las juzga por lo que le decimos.

-Yo no me había atrevido a decírtelo, pero ya lo había notado .contestó el marido. Y para el Año Nuevo siguiente, en vez de mandarle al doctor Cottard un rubí de 3.000 francos, diciéndole que no valía nada, le enviaron fina piedra reconstituida dándole a entender que no lo había mejor.

Cuando la señora de Verdurin anunció que aquella noche iría Swann, el doctor exclamó . .¿Swann ?., con sorpresa rayana en la brutalidad, porque la novedad más insignificante cogía siempre más desprevenido que a nadie a aquel hombre, que se figuraba estar perpetuamente preparado a todo. Y al ver que no le contestaban, vociferó: .Swann, ¿qué es eso de Swann?., en un colmo de ansiedad que se extinguió de pronto cuando le dijo la señora de Verdurin:

-Es ese amigo de que nos ha hablado Odette.. .¡Ah, ya, ya!, está bien., contestó el doctor, ya tranquilo. El pintor se alegró de la presentación de Swann, porque lo suponía enamorado de Odette y a él le gustaba mucho favorecer relaciones. .No hay nada que me distraiga tanto como casar a la gente .confió al doctor Cottard, al oído.; ya he logrado muchos éxitos, hasta entre mujeres.

Al decir a los Verdurin que Swann era muy *smart*, Odette les hizo temer que fuera un pelma. Pero, al contrario, produjo una excelente impresión, que tenía sin duda como la de sus causas indirectas, y sin que lo notaran ellos, la costumbre de Swann de pisar casas elegantes. Porque Swann tenía, en efecto sobre los hombres que no habían frecuentado la alta sociedad, por inteligentes que fueran, esa superioridad que da el conocer el mundo, y que estriba en no transfigurarlo con el horror o la atracción que nos inspira, sino en no darle importancia alguna. Su amabilidad, exenta de todo snobismo y del temor de aparecer demasiado amable, era desahogada, y tenía la soltura y la gracia de movimientos de esas personas ágiles cuyos ejercitados miembros ejecutan precisamente lo que quieren, sin torpe ni indiscreta participación del resto del cuerpo. La sencilla gimnasia elemental del hombre de mundo, que tiende la mano amablemente cuando le presentan a un jovenzuelo desconocido, y que, en cambio, se inclina con reserva cuando le presentan a un embajador, había acabado por infiltrarse, sin que él lo advirtiera, en toda la actitud social de Swann, que con gentes de medio inferior al suyo, como los Verdurin y sus amigos, instintivamente tuvo tales atenciones y se mostró tan solícito, que, según los Verdurin indicaban, no era un .pelma.. Sólo estuvo frío un momento con el doctor Cottard; al ver que le hacía un guiño y que le sonreía con aire ambiguo, antes de que llegaran a hablarse (mímica que Cottard llamaba .dejar llegar.), Swann, creyó que quizá el doctor lo conocía por haber

estado juntos en cualquier sitio alegre, aunque él no solía frecuentarlos, porque no le gustaba el ambiente de juerga. La alusión le pareció de mal gusto, sobre todo estando delante Odette, que podría formarse un mal concepto de él, y adoptó una actitud glacial. Pero cuando le dijeron que una dama que estaba muy cerca era la señora del doctor, pensó que un marido tan joven no habría intentado aludir, estando presente su mujer, a ese género de diversiones, y ya no atribuyó a aquel aspecto de estar en el secreto, propio del doctor, la significación que temía. El pintor invitó en seguida a Swann a que fuera con Odette a su estudio; a Swann le pareció agradable. .Quizá a usted le favorezca más que a mí -dijo la señora de Verdurin, con tono de fingido enojo., y le enseñen el retrato de Cottard (el pintor lo hacía por encargo de ella). No se le escape a usted, .señor. Biche .dijo al pintor, al que por broma consagrada llamaban afectadamente .señor.-, la mirada, el rinconcito fino y regocijado de la mirada. Lo que quiero tener es, ante todo, su sonrisa, y lo que le pido a usted es un retrato de su sonrisa.. Como esta frase le pareció muy notable, la repitió muy alto para seguridad de que la habían oído otros invitados, y hasta hizo que se acercaran unos cuantos con cualquier pretexto. Swann manifestó deseos de que le presentaran a todo el mundo, hasta a un viejo amigo de los Verdurin, llamado Saniette, que por su timidez, sus sencillos modales y su bondad, había perdido la consideración que merecía por su mucho saber de archivero, su gran fortuna y la buena familia a que pertenecía. Al hablar parecía que tenía sopas en la boca; cosa adorable, porque delataba, mucho más que un defecto del habla, una cualidad de su ánimo, como un resto de la inocencia de la edad primera, que nunca había perdido. Y todas las consonantes que no podía pronunciar eran como otras tantas crueldades que no se decidía a cometer.
Cuando pidió que le presentaran al señor Saniette, le pareció a la señora de Verdurin que Swann no guardaba las distancias (tanto, que dijo insistiendo en la diferencia: .Señor Swann, ¿tiene usted la bondad de permitirme que le presente a nuestro amigo Saniette?.); Swann inspiró a Saniette una viva simpatía, que los Verdurin no revelaron nunca a Swann, porque Saniette les molestaba un poco y no querían proporcionarle amigos. Pero en cambio, Swann les llegó al alma cuando luego pidió que le presentaran a la tía del pianista. La cual estaba de negro, como siempre, porque creía que de negro siempre se está bien, y que esto es lo más distinguido, y tenía la cara muy encarnada, como siempre le pasaba al acabar de comer. Hizo a Swann un saludo, que empezó con respeto y acabó con majestad. Como era muy ignorante y tenía miedo de no hablar bien, pronunciaba a propósito de una manera confusa, creyendo que así si

soltaba alguna palabra mal pronunciada, iría difuminada en tal vaguedad, que no se distinguiría claramente; de modo que su conversación no pasaba de un indistinto gargajeo, de donde surgían de vez en cuando las pocas palabras en que tenía confianza. Swann creyó que no había inconveniente en burlarse un poco de ella al hablar con el señor Verdurin, que se picó.

-Es una mujer excelente .contestó.. Desde luego que no asombra; pero es muy agradable cuando se habla un rato con ella sola.

-No lo dudo .dijo Swann en seguida.. Quería decir que no me parecía una .eminencia. .añadió subrayando con la voz ese sustantivo.; pero eso, en realidad es un cumplido.

-Pues mire usted: aunque le extrañe, le diré que escribe deliciosamente. ¿No ha oído usted nunca a su sobrino? Es admirable, ¿verdad, doctor? ¿Quiere usted que le pida que toque algo, señor Swann?

-Tendría un placer infinito... .empezó a decir Swann; pero el doctor lo interrumpió con aire de guasa. Porque había oído decir que en la conversación el énfasis y la solemnidad de formas estaban anticuados, y en cuanto oía una palabra grave dicha en serio, como ese .infinito., juzgaba que el que la había dicho pecaba de pedantería. Y si además esa palabra daba la casualidad que figuraba en lo que él llamaba un lugar común, por corriente que fuera la palabra, el doctor suponía que la frase iniciada era ridícula y la remataba irónicamente con el lugar común aquel, cual si lanzara sobre su interlocutor la acusación de haber querido colocarlo en la conversación, cuando, en realidad, no había nada de eso.

-.Infinito, como los cielos y los mares -exclamó con malicia, alzando los brazos enfáticamente.

El señor Verdurin no pudo contener la risa.

-¿Qué pasa ahí, que se están riendo todos esos señores?

-Parece que en ese rincón no se cría la melancolía -exclamó la señora de Verdurin.. Pues yo no estoy muy divertida, aquí, castigada a estar sola .añadió en tono de despecho y echándoselas de niña.

Estaba sentada en un alto taburete sueco, de madera de pino encerada, regalo de un violinista de aquel país, y que ella conservaba, aunque por su forma recordaba a un escabel, y no casaba bien con los magníficos muebles antiguos de la casa; pero le gustaba tener siempre a la vista los regalos que solían hacerle los fieles de cuando en cuando, para que así, cuando los donantes fueran a verla, tuvieran el gusto de reconocer aquellos objetos. Por eso trataba de convencer a los amigos de que se limitaran a las flores y a los bombones, que, por lo menos, no se conservan; pero como no lo lograba, tenía la casa llena de calientapiés, almohadones, relojes, biombos, barómetros, cacharros de China, amontonados y repetidos, y toda clase de regalos de aguinaldo completamente dispares.

Desde aquel elevado sitial participaba animadamente en la conversación de los fieles, y se sonreía de sus .camelos.; pero desde el accidente de la mandíbula, renunció a tomarse el trabajo de desternillarse de verdad, y en su lugar entregábase a una mímica convencional, que significaba, sin ningún riesgo ni fatiga para su persona, que lloraba de risa. Al menor chiste de uno de los íntimos contra un pelma o un ex íntimo relegado al campo de los pelmas, con gran desesperación del señor Verdurin, el cual tuvo mucho tiempo la pretensión de ser tan amable como ella, pero que como se reía de veras, se quedaba en seguida sin aliento, distanciado y vencido por aquella artimaña de hilaridad incesante y ficticia., lanzaba un chillido, cerraba sus ojos de pájaro, que ya empezaba a velar una nube, y bruscamente, como si no tuviera más que el tiempo justo para ocultar un espectáculo indecente, o para evitar un mortal ataque, hundía la cara entre las manos, y con el rostro así oculto y tapado, parecía que se esforzaba en reprimir y ahogar una risa, que sin aquel freno hubiera acabado por un desmayo. Y así, embriagada por la jovialidad de los fieles, borracha de familiaridad, de maledicencia y de asentimiento, la señora de Verdurin, encaramada en su percha como un pájaro después de haberle dado sopa en vino, hipaba de amabilidad.

Entre tanto, el señor Verdurin, después de pedir permiso a Swann para encender su pipa (.aquí no gastamos etiqueta, somos todos amigos.) rogaba al pianista que se sentara al piano.

-Pero no le des la lata; no viene aquí a que lo atormentemos -aclamó la señora de la casa.; yo no quiero que se le atormente.

-Pero eso no es darle la lata -dijo Verdurin. Quizá el señor Swann no conozca la sonata en fa sostenido que hemos descubierto; puede tocar el arreglo de piano.

-No, no; mi sonata, no .vociferó la señora de Verdurin; no tengo ganas de cargar con un catarro de cabeza y neuralgia facial, a fuerza de llorar corno la última vez. Gracias por el regalito; pero no quiero volver a empezar. Buenos están ustedes; ya se ve que no son ustedes los que se tendrán que estar luego ocho días en la cama.

Aquella pequeña comedia, que se repetía siempre que el pianista iba a tocar, encantaba a los fieles corno si fuera nueva, y les parecía prueba de la seductora originalidad del .ama. de y su sensibilidad musical. Los que estaban a su lado hacían señas a los que más lejos fumaban o jugaban a las cartas, de que se acercaran, de que ocurría algo, y les decían, como se dice en el Reichstag en los momentos interesantes: .Oiga, oiga.. Y al día siguiente se daba el pésame a los que no pudieron presenciarlo, diciéndoles que la escena fue más divertida aún que de costumbre.

-Bueno, pues ya está, no tocará más que el andante.

-¡Eh, eh!, el andante, pues no vas tú poco aprisa –exclamó la señora.. Pues el andante es precisamente el que me deshace de brazos y piernas. ¡Sí que tiene unas cosas el amo! Es como si nos dijera, hablando de la .novena., que sólo tocaran el final, o de *Los Maestros Cantores*, la obertura nada más.

El doctor, entre tanto, animaba a la señora de Verdurin para que dejara tocar al pianista, no porque creyera que eran de mentira las perturbaciones que le causaba la música .las consideraba como estados neurasténicos., sino por este hábito tan frecuente en muchos médicos de aflojar inmediatamente la severidad de sus órdenes en cuanto hay en juego, cosa que les parece mucho más importante, alguna reunión mundana en donde ellos están, y que tiene como factor esencial a una persona a quien aconsejan que por aquella noche no se acuerde de su dispepsia o su gripe.

-No, esta vez no le pasará nada, ya lo verá –dijo intentando sugestionarla con la mirada.. Y si le pasa algo, ya la curaremos.

-¿De veras? .contestó la señora de Verdurin, como si ante la esperanza de tal favor ya no cupiera más recurso que capitular. También, quizá a fuerza de decir que se iba a poner mala, había momentos en que ya no se acordaba que era mentira y estaba mentalmente enferma. Y hay enfermos que, cansados de tener que estar siempre imponiéndose privaciones para evitar un ataque de su enfermedad, se dan a la ilusión de que podrán hacer impunemente lo que les gusta, y de ordinario les sienta mal, a condición de entregarse en manos de un ser poderoso que, sin que tengan ellos que molestarse nada, con una píldora o una palabra los pongan buenos.

Odette había ido a sentarse en un canapé forrado de tapices de Beauvais, al lado del piano.

-Yo ya tengo mi sitio .dijo a la señora de Verdurin, la cual, viendo que Swann se sentó en una silla, lo hizo levantarse.

-Ahí no está usted bien, siéntese usted junto a Odette. ¿Verdad que hará usted un huequecito al señor Swann, Odette?

-Bonito tapiz .dijo Swann al ir a sentarse, en su deseo de mostrarse cumplido.

-¡Ah !, me alegro de que sepa usted apreciar mi canapé .respondió la señora de Verdurin-. No se moleste usted en buscar otro tan hermoso, porque no lo hay. Nunca han hecho nada mejor que esto. Las sillitas también son un prodigio; las verá usted. Cada adorno de bronce es un atributo correspondiente al asunto tratado en el dibujo del asiento; ha y con qué entretenerse, ¿sabe usted?; pasará usted un buen rato viéndolo. Hasta los dibujos de los galones son bonitos; mire usted esa vid sobre fondo rojo, la del oso y las uvas. Vaya un dibujo, ¡eh! ¿Qué le parece? Eso era dibujar y entender de dibujo. Y qué apetitosa es la tal parra. Mi marido sostiene que a mí no me gusta la fruta porque como menos que él. Y, sin embargo, soy más golosa de fruta que ninguno de ustedes; sólo que no tengo necesidad de metérmela en la boca y la saboreo con la mirada ¿De qué se ríen ustedes? Que les diga el doctor si no es verdad que esas uvas me purgan. Hay quien hace su tratamiento de Fontainebleau y yo lo hago de Beauvais. Pero, señor Swann, no se vaya usted sin tocar los bronces del respaldo. ¿Le parece suave la pátina? Pero tóquelos bien, no así, con la punta de los dedos.

-¡Ah!, si la señora de Verdurin empieza a sobar los bronces me parece que esta noche no hay música .dijo el pintor.

-Cállese usted, tonto. Bien mirado -dijo ella, a nosotras las mujeres nos están prohibidas cosas menos voluptuosas que ésta.
No hay carne que se pueda comparar con esto. Cuando mi marido me hacía el honor de tener celos... Vamos, no digas que no los tuviste alguna vez, aunque no sea más que por cortesía...

-Pero si yo no he dicho nada. Doctor, usted es testigo, ¿verdad que yo no he dicho nada? Swann palpaba los bronces por cumplir, y no se atrevía a dar por terminada la operación.

-Vamos, luego los acariciará usted, porque ahora va usted a ser acariciado, acariciado por el oído; creo que le gustará a usted; este joven se va a encargar de esa misión.

Cuando el pianista acabó de tocar, Swann estuvo con él más amable que con nadie, debido a lo siguiente:

El año antes había oído en una reunión una obra para piano y violín. Primeramente sólo saboreó la calidad material de los sonidos segregados por los instrumentos. Le gustó ya mucho ver cómo de pronto, por bajo la línea del violín, delgada, resistente, densa y directriz, se elevaba, como en líquido tumulto, la masa de la parte del piano, multiforme, indivisa, plana y entrecortada, igual que la parda agitación de las olas, hechizada y bemolada por la luz de la luna. Pero en un momento dado, sin poder distinguir claramente un contorno, ni dar un nombre a lo que le agradaba, seducido de golpe, quiso coger una frase o una armonía .no sabía exactamente lo que era., que al pasar le ensanchó el alma, lo mismo que algunos perfumes de rosa que rondan por la húmeda atmósfera de la noche tienen la virtud de dilatarnos la nariz. Quizá por no saber música le fue posible sentir una impresión tan confusa, una impresión de esas que acaso son las únicas puramente musicales, concentradas, absolutamente originales e irreductibles a otro orden cualquiera de impresiones. Y una de estas impresiones del instante es, por decirlo así, *sine materia.* Indudablemente, las notas que estamos oyendo en ese momento aspiran ya, según su altura y cantidad, a cubrir, delante de nuestra mirada, superficies de dimensiones variadas, a trazar arabescos y darnos sensaciones de amplitud, de tenuidad, de estabilidad y de capricho. Pero las notas se desvanecen antes de que esas sensaciones estén lo bastante formadas en nuestra alma para librarnos de que nos sumerjan las nuevas sensaciones que ya están provocando dos notas siguientes o simultáneas. Y esa impresión seguiría envolviendo con su liquidez y su esfumado los motivos que de cuando en cuando surgen, apenas discernibles para hundirse en seguida y desaparecer, tan sólo percibidos por el placer particular que nos dan, imposibles de describir, de recordar, de nombrar, inefables, si no fuera porque la memoria, como un obrero que se esfuerza en asentar duraderos cimientos en medio de las olas, fabricó para nosotros facsímiles de esas frases fugitivas, y nos permite que las comparemos con las siguientes y notemos sus diferencias. Y así, apenas expiró la deliciosa sensación de Swann, su memoria le ofreció, acto continuo, una trascripción sumaria y provisional de la frase, pero en la que tuvo los ojos clavados mientras que seguía desarrollándose la música, de tal modo, que cuando aquella impresión retornó ya no era inaprensible. Se representaba su extensión, los grupos simétricos, su grafía y su valor expresivo; y lo que tenía ante los ojos no era ya música pura: era dibujo, arquitectura, pensamiento, todo lo que hace posible que nos acordemos de la música. Aquella vez distinguió claramente una frase que se elevó unos momentos por encima de las ondas sonoras. Y en seguida la frase esa le brindó voluptuosidades especiales, que nunca se le ocurrieron hacia antes de haberla oído, que sólo ella podía inspirarle, y sintió hacia ella un amor nuevo.

Con su lento ritmo lo encaminaba, ora por un lados ora por otro: hacia una felicidad noble, ininteligible y concreta. Y de repente, al llegar a cierto punto, cuando él se disponía a seguirla, hubo un momento de pausa y bruscamente cambió de rumbo, y con un movimiento nuevo, más rápido, menudo, melancólico, incesante y suave, lo arrastró .con ella hacia desconocidas perspectivas. Luego, desapareció. Anheló con toda el alma volverla a ver por tercera vez. Y salió, efectivamente, pero ya no le habló con mayor claridad, y la voluptuosidad fue esta vez menos intensa. Pero cuando volvió a casa sintió que la necesitaba, como un hombre que, al ver pasar a una mujer entrevista un momento en la calle, siente que se le entra en la vida la imagen de una nueva belleza, que da a su sensibilidad un valor aun más grande, sin saber siquiera ni cómo se llama la desconocida ni si la volverá a ver nunca.

Aquel amor por la frase musical pareció por un instante que prendía en la vida de Swann una posibilidad de rejuvenecimiento.

Hacía tanto tiempo que renunció a aplicar su vida a un ideal, limitándola al logro de las satisfacciones de cada día, que llegó a creer, sin confesárselo nunca, formalmente, que así habría de seguir hasta el fin de su existencia; es más: como no sentía en el ánimo elevados ideales, dejó de creer en su realidad, aunque sin poder negarla del todo. Y tomó la costumbre de refugiarse en pensamientos sin importancia, con lo cual podía dejar a un lado el fondo de las cosas. E igual que no se planteaba la cuestión de que acaso lo mejor sería no ir a sociedad, pero, en cambio, sabía exactamente que no se debe faltar a un convite aceptado, y que si después no se hace la visita de cortesía, hay que dejar tarjetas, lo mismo en la conversación se esforzaba por no expresar nunca con fe una opinión íntima respecto a las cosas, sino en proporcionar muchos detalles materiales, que en cierto modo tuvieran un valor intrínseco, y que le servían para no dar el pecho. Ponía una extremada precisión en los datos de una receta de cocina, en la exactitud de la, fecha del nacimiento o muerte de un pintor, o en los títulos de sus obras. Y algunas veces llegaba, a pesar de todo, hasta formular un juicio sobre una obra, o sobre un modo de tomar la vida, pero con tono irónico; como si no estuviera muy convencido de lo que decía. Pues bien; como esos valetudinarios que de pronto, por haber cambiado de clima, por un régimen nuevo, o a veces por una evolución orgánica espontánea y misteriosa, parecen tan mejorados de su dolencia, que empiezan a entrever la posibilidad inesperada de empezar a sus años una vida enteramente distinta, Swann descubrió en el recuerdo de la frase aquella, en otras sonatas que pidió que le tocaran para ver si daba con ella, la presencia de una de esas realidades invisibles en las que ya no creía, pero que, como si la música tuviera una especie de influencia electiva sobre su sequedad moral, le atraían de nuevo con deseo y casi con fuerzas de consagrar a ella su vida. Pero como no llegó a enterarse de quién era la obra que había oído, no se la pudo procurar y acabó por olvidarla. Aquella semana se encontró a algunas personas que estaban también en la reunión y les preguntó; pero unos habían llegado después de la música, otros se marcharon antes; y de los que estuvieron allí durante la ejecución, los hubo que se fueron a charlar a otra sala, y los hubo que escucharon, pero quedándose tan en ayunas como los primeros. Los amos de la casa sabían que era una obra nueva, escogida a gusto de los músicos que tocaron aquella noche; los cuales se habían ido a dar conciertos por provincias; de modo que Swann no pudo enterarse de más. Tenía muchos amigos músicos; pero, aunque se acordaba perfectamente del placer especial e intraducible que le causaba la frase, y veía las formas que dibujaba, era incapaz de entonarla. Y ya dejó de preocuparle.

Pues bien; apenas hacía unos minutos que el joven pianista de los Verdurin empezó a tocar, cuando, de pronto, tras una nota alta, largamente sostenida durante dos compases, reconoció, vio acercarse, escapando de detrás de aquella sonoridad prolongada y tendida como una cortina sonora para ocultar el misterio de su incubación, toda secreta, susurrante y fragmentada, la frase aérea y perfumada que le enamoraba. Tan especial era, tan individual e insustituible su encanto, que para Swann aquello fue como si se hubiera encontrado en una casa amiga con una persona que admiró en la calle y que ya no tenía esperanza de volver a ver. Por fin se marchó, diligente, guiadora, entre las ramificaciones de su fragancia y dejó en el rostro de Swann el reflejo de su sonrisa. Pero ahora ya podía preguntar el nombre de su desconocida (le dijeron que era el andante de la sonata para piano y violín, de Vinteuil), le había echado mano, podría llevársela a casa cuando quisiera , probar a descifrar su lenguaje y su misterio.

Así, cuando el pianista acabó, Swann le dio las gracias tan cordialmente, que eso le agradó mucho a la señora de Verdurin.

-¿Es un mago, verdad? .dijo Swann.. ¡Qué modo tiene de comprender la sonata el muy bribón! ¿No sabía que el piano pudiera llegar a tanto, eh? Es todo, menos piano. Siempre caigo en el lazo y me parece que estoy oyendo una orquesta, más completo.

El joven pianista hizo una inclinación, y dijo sonriente y subrayando las palabras, corno si fueran muy ingeniosas:

-Es usted muy indulgente conmigo.

Y mientras que la señora de Verdurin decía a su marido que diera al joven pianista una naranjada, porque se la tenía muy merecida, Swann estaba contando a Odette como se enamoró de aquella frase musical. Y cuando la señora de Verdurin dijo desde lejos:

- Parece que le están diciendo a usted cosas bonitas,

Odette, ésta contestó. Sí, muy hermosas. y a Swann lo deleitó esta sencillez.

Pidió detalles relativos a Vinteuil, a sus obras, la época en que vivió y a la significación que él podría dar a la frase, que es lo que más le interesaba.

Pero ninguna de aquellas personas que, al parecer, profesaban gran admiración al autor de la sonata (cuando Swann dijo que la sonata le parecía muy hermosa, la señora de Verdurin exclamó:

-Vaya si es hermosa. Pero no debe uno confesar que no ha oído la sonata de Vinteuil, no hay derecho a no conocerla., a lo que añadió el pintor:

-.Es una cosa enorme, verdad. No es la cosa de público bonita y tal, no; Pero para los artistas es de una emoción grande.), supo contestar a sus preguntas, sin duda porque nunca se las habían hecho ellos.

Y cuando Swann hizo una o dos observaciones concretas sobre la frase que le gustaba, dijo la señora de Verdurin:

-Pues, mire usted, nunca me había fijado; bien es verdad que a mí no me gusta meterme en camisa de once varas ni extraviarme en la punta de una aguja; aquí no perdemos el tiempo en pedir peras al olmo, no somos así.; mientras que el doctor Cottard la miraba desenvolverse entre aquel torrente de locuciones con admiración beatífica y estudioso fervor. Por lo demás, él y su mujer, con ese buen sentido propio de algunas lentes del pueblo, se guardaban mucho de dar una opinión o de fingir admiración cuando se trataba de una música que para ellos, según se confesaba luego mutuamente el matrimonio al volver a casa, era tan incomprensible como la pintura del señor Biche. Y es que como la gracia, lo atractivo, las formas de la naturaleza, no llegan al público más que a través de los lugares comunes de un arte lentamente asimilado, lugares comunes que todo artista original empieza por desechar, los Cottard, imagen en esto del público, no veían ni en la sonata de Vinteuil ni en los retratos del pintor lo que para ellos era armonía en música y belleza en pintura. Cuando el pianista tocaba les parecía que iba sacando al azar del piano notas que no estaban enlazadas por las formas que ellos tenían costumbre de oír, y que el pintor echaba los colores caprichosamente en el lienzo. Si alguna vez reconocían una forma en un cuadro del pintor la juzgaban pesada y vulgar (es decir, sin la elegancia consagrada por la escuela de pintura, con cuyos anteojos veían hasta a la gente que andaba por la calle) y sin ninguna veracidad, como si Biche no hubiera sabido cómo era un hombre o ignorara que las mujeres no tienen el pelo color malva.

Los fieles se dispersaron, y el doctor creyó la ocasión propicia, y, mientras la señora de Verdurin decía su última frase sobre la sonata de Vinteuil, lo mismo que un nadador principiante que se tira al agua para aprender, pero escoge un momento en que no lo pueda ver mucha gente, exclamó con brusca resolución:

-.Entonces es lo que se llama un músico de *primo cartello*.

Todo lo que pudo averiguar Swann fue que la aparición reciente de la sonata de Vinteuil causó gran impresión en una escuela musical muy avanzada, pero era enteramente desconocida del gran público.

-Yo conozco a un Vinteuil .dijo Swann, acordándose del profesor de piano de las hermanas de mi abuela.

-¡Ah!, quizá sea ése el de la sonata . exclamó la señora de Verdurin.

-No, no .dijo Swann riéndose., si usted lo hubiera visto, aunque sólo fuera dos minutos, no se plantearía esa cuestión.

-Entonces, plantear la cuestión, es resolverla .dijo el doctor.

-Puede que sea pariente suyo .continuó Swann.; sería lamentable; pero, al fin y al cabo, un hombre genial puede muy bien tener un primo que sea un viejo estúpido. Si así fuera, yo confieso que pasaría por cualquier tormento con tal de que el viejo estúpido me presentara al autor de la sonata, y, en primer lugar, por el tormento de tratar al viejo, que debe de ser atroz.

El pintor dijo que Vinteuil estaba por aquel entonces muy malo, y que el doctor Potain creía que no se podía salvar.

-¿Pero hay todavía gente que llama a Potain ? -dijo la señora de Verdurin.

-Señora .dijo Cottard, con tono de afectada discreción, tenga en cuenta que está usted hablando de un compañero mío, mejor dicho, de uno de mis maestros.

Al pintor le habían dicho que Vinteuil estaba amenazado de locura. Y afirmaba que eso podía advertirse en determinados pasajes de la sonata. A Swann no le pareció disparatada la observación, pero le perturbó mucho; porque como en una obra de música pura no se da ninguna de esas relaciones lógicas que cuando faltan en el habla de una persona indican que no está en su juicio, la locura, vista en una sonata, le parecía tan misteriosa como la locura de una perra o de un caballo, de las que suelen darse caso, a pesar de su rareza.

-Vaya usted a paseo, con lo de los maestros; usted sabe diez veces más que él contestó la señora de Verdurin a Cottard, con el tono de una persona que sabe defender lo que dice y hace frente valerosamente a los que no opinan como ella. Por lo menos, usted no mata a sus enfermos.

-Pero, señora, observe usted que es académico –replicó el doctor irónicamente., y hay enfermos que prefieren morir a manos de un príncipe de la ciencia... Es muy elegante eso de poder decir que lo asiste a uno Potain.

-¡Ah, sí!, ¿conque es más elegante? ¿De modo que ahora entra en las enfermedades eso de la elegancia? No lo sabía. ¡Qué divertido es usted! .exclamó de pronto, tapándose la cara con las manos.. Y yo, tonta de mí, que estaba discutiendo seriamente sin notar que me la estaba usted dando con queso.

Al señor Verdurin le pareció un poco cansado echarse a reír por tan poca cosa, y se limitó a echar una bocanada de humo; pensando tristemente que nunca podría rivalizar con su esposa en el terreno de la amabilidad.

-¿Sabe usted que su amigo nos ha sido muy simpático? -dijo la señora de Verdurin a Odette, cuando ésta se despedía.
Es muy sencillo y muy agradable. Si todos los amigos que nos presente usted son así, puede traerlos cuando quiera.

El señor Verdurin observó que Swann no había sabido apreciar a la tía del pianista.

-Es que todavía no estaba en su centro .respondió su mujer. ¿Cómo quieres que la primera vez tenga ya el tono de la casa, como Cottard, que es de nuestro clan hace ya años? La primera vez no se cuenta, es para hacer dedos. Odette, hemos quedado en que mañana irá a buscarnos al Chatelet. ¿Por qué no va usted a recogerlo a su casa?

-No, no quiere.

-Bueno, lo que usted disponga. Pero no vaya a desertar a última hora.

Con gran sorpresa de la señora de Verdurin, Swann no desertó nunca. Iba a buscarlos a cualquier parte, hasta a los restaurantes de las afueras, algunas veces aunque no muchas, porque aun no era la temporada, y, sobre todo, al teatro, que gustaba mucho a la señora de Verdurin; un día, en casa, dijo la señora que les sería muy útil para las noches de estreno y de funciones de gala un pase de libre circulación para el coche, y que le echaron mucho de menos el día del entierro de Gambetta. Swann, que nunca aludía a sus amistades de lustre, sino tan sólo a aquellas de poco precio, que le hubiera parecido poco delicado ocultar, y entre las cuales contaba, por haberse acostumbrado a juzgarlas así en los salones del barrio de Saint-Germain, sus amistades con personajes oficiales, contestó:

-Yo le traeré a usted uno a tiempo para la *reprise* de los *Denicheff,* porque precisamente mañana almuerzo en el Elíseo y allí veré al prefecto de Policía.

-¿Cómo en el Elíseo? -gritó el doctor Cottard con voz tonante.

-Sí, estoy convidado por Grévy .contestó Swann un poco azorado por el efecto que hizo su frase.

Y el pintor dijo a Cottard en tono de broma:

-Le da a usted eso muy a menudo?

Generalmente, después que le habían explicado la cosa. Cottard decía:

-¡Ah!, ya, ya; está bien., y no daba más muestras de emoción. Pero aquella vez las últimas palabras de Swann, en vez de calmarlo, como de costumbre, llevaron al colmo su asombro de que una persona que cenaba a su lado, que no tenía cargo oficial, ni brillo social ninguno, se codeara con el presidente de la República.

-¿Cómo Grévy, conoce usted Grévy? .dijo a Swann con la cara estúpida e incrédula de un municipal cuando un desconocido se le acerca diciéndole que quiere ver al presidente de la República, y que al comprender por estas palabras .cuál era la clase de persona que tenía delante., como dicen los periódicos asegura al loco que lo van a recibir en seguida y lo lleva a la enfermería especial de la prevención.

-Sí, lo trato un poco. Conozco a algún amigo suyo (y no se atrevió a decir que era el príncipe de Gales) y además allí se invita a mucha gente; no tienen nada de divertido esos almuerzos, no crea usted, son muy sencillos y no suele haber más de ocho comensales -respondió Swann, que quería borrar lo deslumbrante de aquella impresión que hizo en su interlocutor el que él se tratara con el presidente de la República.

Y en seguida Cottard, tomando a pie juntillas lo que dijo Swann, adoptó la cosa muy corriente opinión de que ser invitado por Grévy era cosa muy corriente y nada apetecible. Y ya no se extrañó de que Swann, ni otra persona cualquiera, fuera al Elíseo, y hasta lo compadecía por ir a aquellos almuerzos que, según propia confesión del invitado, eran aburridos.

-Ya, ya; está bien .dijo con el tono de un aduanero que desconfiaba un momento antes y que después de las explicaciones de uno, pone el visto y le deja a uno pasar sin abrir los baúles.

-Ya lo creo que deben ser aburridos los tales almuerzos; ya necesita usted ánimo para ir .dijo la señora de Verdurin; porque el presidente de la República se le figuraba un pelma especialmente temible, que si llegara a emplear los medios de seducción y apremio que tenía a su disposición, con los fieles de los Verdurin, quizá los hubiera hecho desertar.. Dicen que es más sordo que una tapia y que come con los dedos.

En efecto, no se debe usted divertir mucho .dijo el doctor con una sombra de conmiseración en la voz; y acordándose de que los invitados no eran más que ocho, preguntó vivamente, más bien movido por celo de lingüista que por curiosidad de mirón: Esos son almuerzos íntimos, ¿no?

Pero el prestigio que a sus ojos tenía el presidente de la República acabó por triunfar de la humildad de Swann y de la malevolencia de la señora Verdurin, y no se pasaba comida sin que Cottard preguntara con mucho interés: .¿Vendrá esta noche el señor Swann? Es amigo personal de Grévy. Es lo que se llama un *gentleman*, ¿no?. Y hasta le ofreció una tarjeta de entrada a la Exposición de Odontología.

-Puede entrar usted y las personas que lo acompañen, pero no dejan pasar perros. Ya comprenderá usted que se lo digo porque tengo amigos que no lo sabían y que luego se tiraban de los pelos.

El señor Verdurin notó que a su mujer le había sentado muy mal el descubrimiento de aquellas amistades elevadas que tenía Swann y de las que no hablaba nunca.

Swann se reunía con el cogollito en casa de los Verdurin, a no ser que hubiera dispuesta alguna diversión fuera de casa; pero no iba más que por la noche, y casi nunca aceptaba convites para la cena, a pesar de los ruegos de Odette.

-Si usted quiere, podemos cenar solos, si así le gusta más .decía ella.

-¿Y la señora de Verdurin, qué va a decir?

-Eso es muy sencillo. Diré que no me han preparado el traje a tiempo o que mi *cab* ha llegado tarde. Ya nos arreglaremos.

-Es usted muy buena.

Pero Swann pensaba que, no consintiendo en verla hasta después de cenar, haría ver a Odette que existían para él otros placeres preferibles al de estar con ella, y así no se saciaría en mucho tiempo la simpatía que inspiraba a Odétte. Además, prefería con mucho a la de Odette, la belleza de una chiquita de oficio, fresca y rolliza como una rosa, de la que estaba por entonces enamorado, y le gustaba más pasar con ella las primeras horas de la noche, porque estaba seguro de que luego vería a Odette. Por lo mismo, no quería nunca que Odette fuera a buscarlo para ir a casa de los Verdurin. La obrerita esperaba a Swann cerca de su casa, en una esquina que ya conocía Rémi, el cochero; subía al coche y se estaba en los brazos de Swann hasta que el coche se paraba ante la casa de los Verdurin.

Al entrar, la señora le enseñaba unas rosas qué él mandó aquella mañana, diciéndole que lo iba a regañar, y le indicaba un sitio junto a Odette, mientras el pianista tocaba, dedicándosela a ellos dos, la frase de Vinteuil, que era como el himno nacional de sus amores.

La frase empezaba por un sostenido de trémolos en el violín, que duraban unos cuantos compases y ocupaban el primer término, hasta que, de pronto, parecía que se apartaban, y como en un cuadro de Pieter de Hooch, donde la perspectiva se ahonda a lo lejos por el marco de una puerta abierta, allá en el fondo, con color distinto y a través de la aterciopelada suavidad de una luz intermedia, aparecía la frase, bailarina, pastoril, intercalada, episódica, como cosa de otro mundo distinto. Pasaba sembrando por todas partes los dones de su gracia; los pliegues de su túnica eran sencillos e inmortales, y llevaba en los labios la misma sonrisa de siempre; pero en ella parecía que Swann percibía ahora un matiz de desencanto, como si la frase conociera lo vano de la felicidad, cuyo camino mostraba a los hombres. En su gracia ligera había algo ya consumado, algo como la indiferencia que sigue a la pena. Pero poco le importaba, porque no la consideraba en sí misma en lo que podía expresar para un músico que ignorara la existencia de Swann y de Odette cuando la creó, para todos los que la habrían de oír en siglos futuros, sino como una prenda y recuerdo de su amor, que hasta al pianista y a los Verdurin les hacía pensar en Odette, al mismo tiempo que en él, y que les servía de lazo; hasta tal punto que, cediendo al capricho de Odette, renunció a su proyecto de pedir a un músico que le tocara la sonata: entera, y siguió sin conocer más que aquel tiempo

-¿Qué necesidad tiene usted de lo demás? -le había dicho Odette. El trozo *nuestro* es ése.. Sufría al pensar que la frase, cuando pasaba tan cerca y tan por lo infinito al mismo tiempo, aunque era para él y para Odette, no los reconocía y lamentaba que tuviera una significación y belleza intrínseca y extraña a ellos, lo mismo que sentimos que el agua de una gema que regalamos, o los vocablos de una carta de la mujer amada, sean algo más que la esencia de un amor fugaz o de un ser determinado.

Sucedía muchas veces que Swann se entretenía demasiado con la obrerita antes de ir a casa de los Verdurin, y cuando llegaba, apenas el pianista tocaba la frase suya, se daba cuenta de que ya pronto llegaría la hora de marcharse. Acompañaba a Odette hasta la puerta de su hotelito de la calle de La Perousse, detrás del Arco de Triunfo. Y quizá por eso, para no pedirle todos los favores de una vez, sacrificaba el placer, para él menos necesario, de verla un poco antes y llegar cuando ella a casa de los Verdurin, al ejercicio de este derecho que ella le reconocía a marcharse juntos, y que Swann estimaba más, porque, gracias a él, se hacía la ilusión de que ya nadie la veía ni se interponía entre ellos, de que ya nadie era obstáculo para que Odette siguiera con él, aun después de haberse separado.

Así, que volvían en el coche de Swann; una noche, cuando Odette acababa de bajar y estaba diciéndole adiós, cogió precipitadamente del jardincillo que precedía a la casa uno de los últimos crisantemos del año, y se lo dio a Swann, que se iba. Durante todo el camino, de vuelta a casa, lo tuvo apretado contra sus labios, y cuando, al cabo de unos días; se marchitó la flor, la guardó cuidadosamente en su secreter.

Pero nunca entraba en su casa. Sólo dos veces fue por la tarde a participar en aquella operación, para ella capital, de tomar el té.. Lo retirado y solitario de aquellas callecitas cortas (formadas casi todas por hotelitos contiguos, cuya monotonía se rompía de pronto con una casucha siniestra, testimonio histórico, sórdida ruina de una época en que esos barrios aun tenían mala fama), la nieve que todavía quedaba en el jardín y en los árboles, el desaliño con que se presenta el invierno y la cercanía del campo, aun daban mayor misterio al calor y las flores que al entrar en la casa le salían a uno al paso.

En el piso bajo, de nivel superior al de la calle, se dejaba a la izquierda la alcoba de Odette, que daba a una callecita paralela de la parte de atrás, y una escalera recta, con paredes pintadas en tono sombrío, adornadas con telas orientales, hilos de rosarios turcos y un gran farol japonés pendiente de un cordoncito de seda (pero que para no privar a los visitantes de las comodidades más recientes de la civilización occidental, ocultaba un mechero de gas), llevaba a la sala y a la salita. Precedía a estas habitaciones un estrecho recibimiento, con la pared cuadriculada por un enrejado de jardín, pero dorado, y que tenía por todo alrededor unos cajones rectangulares, donde aun florecían, lo mismo que en un invernadero, filas de esos grandes crisantemos, en aquella época muy notables, pero que no llegaban, ni con mucho, a los que más adelante lograrían obtener los horticultores. A Swann le molestaba que estuvieran de moda aquellas flores desde el año antes; pero esta vez le agradó ver la penumbra de la habitación de rosa, de naranja y de blanco, rayada cual piel de cebra, por los fragrantes resplandores de esos astros efímeros que se encienden en los días grises. Odette lo recibió vestida con una bata color rosa, con el cuello y los brazos al aire. Lo invitó a sentarse a su lado; en uno de los muchos misteriosos retiros dispuestos en los huecos y rincones del salón, protegidos por grandes palmeras, colocadas en maceteras chinas, o por biombos, adornados con retratos, lazos y abanicos. Le dijo: .Así no está usted bien; yo lo acomodaré.; y con una risita vanidosa, como si se le hubiera ocurrido una invención notable, colocó tras la cabeza de Swann, y a sus pies, almohadones de seda japonesa, apretujándolos con la mano, como prodigando aquellas riquezas e indiferente a su valor. Pero cuando el ayuda de cámara fue trayendo sucesivamente numerosas lámparas que, contenidas casi todas en cacharros de China, ardían sueltas o por parejas en distintos muebles, como en otros tantos altares, y que en el crepúsculo, ya casi noche, de aquella tarde de invierno, reavivaron una puesta de sol más rosada, duradera y humana que la otra y quizá en la calle hacían pararse a algún enamorado soñando en el misterio que delataban y celaban a la vez las encendidas vidrieras, Odette no dejó de mirar al criado con el rabillo del ojo, para ver si las colocaba exactamente en su sitio consagrado. Se imaginaba que poniendo una lámpara en el lugar que no le correspondía, el efecto de conjunto de su salón se habría deshecho; su retrato, colocado en un caballete oblicuo y encuadrado con peluche, no tendría buena luz. Siguió febrilmente con la mirada las idas y venidas de aquel hombre ordinario, y lo regañó ásperamente por pasar muy cerca de dos jardineras que no tocaba nadie más que ella, por miedo a que se las rompieran; jardineras que fue a examinar en seguida, para ver si el criado les había hecho algo. Todas las formas de sus cacharritos chinos le parecían .graciosas., y lo mismo las orquídeas y las catleyas, que eran con los crisantemos sus flores favoritas, porque tenían el raro mérito de no parecer flores, sino cosa de seda e satén. Esta parece que está hecha del forro de mi abrigo., dijo a Swann, enseñándole una orquídea, y con una inflexión de cariño hacia esa flor tan *chic*, hacia esa hermana elegante e imprevista que la naturaleza le daba, tan lejos de ella en la escala de los seres y, sin embargo, tan refinada y mucho más digna que tantas mujeres de tener un sitio en su salón. Le fue enseñando quimeras con lenguas de fuego, pintadas en un cacharro o bordadas en una pantalla de chimenea; las corolas de un ramo de orquídeas; un dromedario de plata nielada, con los ojos incrustados de rubíes, que en la chimenea era vecino de un sapo de jade; y afectaba, ya temor a la maldad de los monstruos o risa por su fealdad, ya rubor por la indecencia de las flores, ya irresistible deseo de besar al dromedario y al sapo, a los que llamaba .ricos.. Contrastaban esos fingimientos con lo sincero de algunas devociones suyas, especialmente la que tenía a Nuestra Señora del Laghet, que hacía mucho tiempo, cuando ella vivía en Niza, la salvó de una enfermedad mortal; y llevaba siempre encima una medalla de oro con la imagen de esa virgen, a la que atribuía un poder sin límites. Odette hizo a Swann su té, y le preguntó:

-¿Con limón, o con leche?; y cuando él contestó que con leche, ella replicó:

-Una nube, ¿eh?.. Swann dijo que el té estaba muy bueno, y ella entonces:

-¿Ve usted cómo yo sé lo que le gusta.. En efecto, aquel té le pareció a Swann, lo mismo que a ella, una cosa exquisita, y tal es la necesidad que el amor tiene de encontrar justificación y garantía de duración en placeres, que, por el contrario, sin él no lo serían y que terminan donde él acaba, que cuando Swann se marchó a su casa, a las siete, para vestirse, durante todo el camino que recorrió el coche no pudo contener la alegría que había recibido aquella tarde, e iba repitiéndose:

-¡Qué agradable debe de ser tener una persona así, que le pueda dar a uno en su casa esa cosa tan rara que es un buen té!. Una hora más tarde recibió una esquela de Odette; conoció en seguida aquella letra grande, que, con su afectación de rigidez británica, imponía una apariencia de disciplina a caracteres informes, donde unos ojos menos apasionados quizá hubieran visto desorden de ideas, insuficiencia de educación y falta de franqueza y de carácter. Swann se había dejado la pitillera en casa de Odette. ¡Ah! ¡Si se hubiera usted dejado el corazón! Entonces no se lo habría devuelto.

Todavía fue más importante una segunda visita que Swann hizo a Odette. Al ir aquel día a su casa, se la iba representando con la imaginación, como acostumbraba hacer siempre que tenía que verla; y aquella necesidad en que se veía para que su cara le pudiera parecer bonita, de limitarla a los pómulos frescos y rosados, a las mejillas, que a menudo tenía amarillentas y cansadas, y que salpicaban unas manchitas encarnadas, lo afligía como prueba de lo inasequible del ideal y lo mediocre de la felicidad. Aquel día lo llevaba un grabado que Odette quería ver. Estaba un poco indispuesta y lo recibió en bata de crespón de China color malva; y con una rica tela bordada que le cubría el pecho a modo de abrigo.

De pie, junto a él, dejando resbalar por sus mejillas el pelo que llevaba suelto, con una pierna doblada en actitud levemente danzarina, para poder inclinarse sin molestia hacia el grabado que estaba mirando; la cabeza inclinada, con sus grandes ojos tan cansados y ásperos si no les prestaba su brillo la animación, chocó a Swann por el parecido que ofrecía con la figura de Céfora, hija de Jetro, que hay en un fresco de la Sixtina. Swann siempre tuvo afición a buscar en los cuadros de los grandes pintores, no sólo los caracteres generales de la realidad que nos rodea, sino aquello que, por el contrario, parece menos susceptible de generalidad, es decir, los rasgos fisonómicos individuales de personas conocidas nuestras; y así, reconocía en la materia de un busto del dux Loredano, de Antonio Rizzo, los pómulos salientes, las cejas oblicuas de su cochero Rémi, con asombroso parecido; veía la nariz del señor de Palancy con colores de Ghirlandaio; y en un retrato del Tintoreto, el carrillo invadido por los primeros pelos de las patillas, la desviación de la nariz, el mirar penetrante y los párpados congestionados del doctor du Boulbon le saltaban a los ojos. Quizá, como tuvo siempre remordimientos de haber limitado su vida a las relaciones mundanas y a la conversación, veía como una especie de indulgente perdón que le concedían los grandes artistas en el hecho de que también ellos contemplaron con gusto e introdujeron en sus cuadros esas caras que prestan a su obra tan singular testimonio de realidad y de vida, un sabor moderno; o quizá era que estaba tan dominado por la frivolidad mundana, que sentía la necesidad de buscar en una obra antigua esas alusiones anticipadas, rejuvenecedoras, a nombres propios de hoy. O, por el contrario, acaso tenía bastante temperamento de artista para que aquellas características individuales le agradaran por adquirir más amplia significación, en cuanto las contemplaba libres y sueltas, en el parecido de un retrato antiguo con un original que no aspiraba a representar. Sea como fuere, y quizá porque la plenitud de impresiones que desde algún tiempo gozaba, aunque le llegó por amor de la música, acreció también su afición a la pintura, encontró un placer profundísimo y llamado a tener en su vida duradera influencia, en el parecido de Odette con la Céfora de ese Sandro di Mariano, que ya no nos gusta llamar con su popular apodo de Botticelli, desde que este nombre evoca, en lugar de la verdadera obra del artista, la idea falsa y superficial que el vulgo tiene de él. Ya no estimó la cara de Odette por la mejor o peor cualidad de sus mejillas, y por la suavidad puramente carnosa que creía Swann que iba a encontrar en ellas al tocarlas con sus labios, si alguna vez se atrevía a besarla, sino que la consideró como un ovillo de sutiles y hermosas líneas que él devanaba con la mirada, siguiendo las curvas en que se arrollaban, enlazando la cadencia de la nuca con la efusión del pelo y la flexión de los párpados, como lo haría en un retrato de ella, en que su tipo se hiciera inteligible y claro.

La miraba; en su rostro, en su cuerpo, se aparecía un fragmento del fresco de Botticelli, y ya siempre iba a buscarlo allí, ora estuviera con Odette, ora pensara en ella, y aunque no le gustaba evidentemente el fresco florentino más que por parecerse a Odette, sin embargo, este parecido la revestía a ella de mayor y más valiosa belleza. A Swann le remordió el haber desconocido por un momento el valor de un ser que el gran Sandro habría adorado, y se felicitó de que el placer que sentía al ver a Odette tuviera justificación en su propia cultura estética. Se dijo que al asociar la idea de Odette a sus ilusiones de dicha, no se resignaba por falta de otra mejor a una cosa tan imperfecta como hasta entonces creyera, puesto que en ella encerraba su más refinado gusto artístico. Olvidábase de que no por eso era Odette mujer más conforme a su deseo, porque precisamente su deseo siempre estuvo orientado en dirección opuesta a sus aficiones estéticas. Aquellas dos palabras, obra florentina., hicieron a Swann un gran favor. Ellas abrieron para Odette, como un título nobiliario, las puertas de un mundo de sueños, que hasta entonces le estaba cerrado, y donde se revistió de nobleza. Y mientras que la visión puramente carnal que hasta entonces tuviera de aquella mujer, al renovar perpetuamente sus dudas sobre la calidad de su rostro y de su cuerpo, de su total belleza, debilitaban su amor a ella, se disiparon esas dudas y se afirmó aquel amor cuando tuvo por base los datos de una estética concreta, sin contar con que el beso y la Posesión, que parecían cosas naturales y mediocres, si eran don de una carne marchita, cuando eran corona que remataba la contemplación de una obra de museo, debían ser placer sobrenatural y delicioso.

    Y cuando se inclinaba a lamentar que hacía meses no tenía más ocupación que ver a Odette, decíase que era cosa lógica dedicar mucho tiempo a una inestimable obra maestra, fundida por esta vez en material distinto, y particularmente sabroso, en un rarísimo ejemplar que él contemplaba ya con humildad, espiritualismo y desinterés de artista, ya con orgullo, egoísmo y sensualidad de coleccionista.

    Colocó, encima de su mesa de trabajo, una reproducción de la Céfora, como si fuera una fotografía de Odette. Admiraba los ojos grandes, el rostro delicado, donde se adivinaba la imperfección del cutis, los maravillosos bucles en que caía el pelo por las cansadas mejillas, y adaptando lo que hasta entonces le parecía hermoso de modo estético a la idea de una mujer de verdad, lo transformaba en méritos físicos que se felicitaba de encontrar todos juntos en un ser que podía ser suyo. Esa vaga simpatía que nos atrae hacia la obra maestra que estamos mirando, ahora que él conocía el original de carne de la Céfora, se convertía en deseo, que suplía al que no supo inspirarle al principio el cuerpo de Odette. Cuando se estaba mucho rato mirando al Botticelli, pensaba luego en el Botticelli suyo, que le parecía aún más hermoso, y al apretar contra el pecho la fotografía de Céfora, se le figuraba que abrazaba a Odette.

Y no sólo era el posible cansancio de Odette el que Swann se ingeniaba en prevenir, sino el propio cansancio suyo; sentía que desde que Odette podía verlo con toda clase de facilidades, ya no tenía tantas cosas que decirle como antes, y tenía miedo de que sus modales, un tanto insignificantes y monótonos, sin movilidad ya, que ahora adoptaba Odette cuando estaban juntos, no acabaran por matar en él esa esperanza romántica de un día en que ella le declarara su pasión, esperanza que era el motivo y la razón de existencia de su amar. Y para renovar algo el aspecto moral, harto parado, de Odette, y que tenía miedo que lo cansara, de pronto le escribía una carta llena de fingidas desilusiones y de cóleras simuladas, y se la mandaba antes de la cena. Sabía Swann que Odette se asustaría, que iba a contestar, y esperaba que de aquella, contracción que sufriría el alma de Odette, por miedo a perderlo, brotarían palabras que nunca le había dicho; y, en efecto, así es como logró las cartas más cariñosas de Odette, una de ellas, aquella que le mandó Odette desde la .Maison Dorée (precisamente el día de la fiesta París-Murcia, a beneficio de los damnificados por las inundaciones de Murcia), y que empezaba por estas palabras:

-Amigo, me tiembla tanto la mano, que apenas si puedo escribir, carta que guardó Swann en el mismo cajón que el crisantemo seco.

Y si no había tenido tiempo de escribirle al llegar aquella noche a casa de los Verdurin, le saldría al encuentro en seguida, para decirle:

-Tenemos que hablar; y mientras, él contemplaría ávidamente en su rostro y en sus palabras algo no visto hasta entonces, un escondrijo de su corazón que hasta entonces le había ocultado.

Ya al acercarse a casa de los Verdurin, cuando veía las grandes ventanas iluminadas por la luz de las lámparas no se cerraban nunca, las maderas, se enternecía al pensar en aquel ser encantador que iba a ver en medio de esa luz dorada. A veces, las sombras de los invitados se destacaban negras, esbeltas, recortadas, al pasar por delante de las lámparas, como esos grabaditos intercalados en la tela transparente de una pantalla. Buscaba la silueta de Odette. Y en cuanto llegaba, sin darse cuenta, se le encendía la mirada con tal alegría, que el señor Verdurin decía al pintor:

-Amigo, esto está que arde. Y, en efecto, la presencia de Odette daba para Swann a la casa de los Verdurin una cosa que no podía hallar en ninguna de las demás adonde iba: una especie de aparato sensitivo, de sistema nervioso que se ramificaba por todas las habitaciones y lanzaba constantes excitaciones hasta su corazón.

Así, el sencillo funcionamiento de aquel organismo social que era el .clan. de los Verdurin, proporcionaba a Swann citas diarias con Odette, y gracias a él podía fingir que le era indiferente el verla, o que no quería verla, sin que esto le expusiera a grave riesgo, porque aunque le escribiera durante el día, siempre estaba seguro de verla por la noche en casa, de los Verdurin y acompañarla a casa.

Pero un día en que pensó sin gusto en aquel inevitable retorno con ella, llevó hasta el bosque de Boulogne a su obrerita para retrasar el momento de ir a casa de los Verdurin, y llegó allí tan tarde que Odette, creyendo que aquella noche ya no iría Swann; se había marchado. Cuando vio que no estaba en el salón, Swann sintió un dolor en el corazón; temblaba al verse privado de un placer cuya magnitud medía ahora por vez primera porque hasta entonces había estado seguro de tenerle cuando quisiera, cosa ésta que no nos deja apreciar nunca lo que vale un placer.

-¿Has visto la cara que puso cuando vio que Odette no estaba? -dijo Verdurin a su mujer. Me parece que está cogido.

-¿La cara que ha puesto? .preguntó bruscamente el doctor Cottard, que no sabía de quién estaban hablando, porque había salido un momento para ver a un enfermo, y que ahora volvía a recoger a su mujer.

-¿Cómo, no se ha encontrado usted en la puerta a un Swann magnífico?

-No. ¿Ha venido el señor Swann?

-.Sí, pero un momento nada más; un Swann muy agitado y muy nervioso. Es que ya se había marchado Odette, ¿sabe usted? .Quiere usted decir que están a partir un piñón y que ella le ha enseñado lo que es la hora del pastor, ¿eh? .dijo el doctor probando prudentemente el sentido de esas locuciones.

-No; yo creo que no hay nada entre ellos, y me parece que Odette hace mal y se está portando como lo que es, como un alma de cántaro.

-¡Bah, bah, bah! .dijo el señor Verdurin, ¡qué sabes tú si hay o no hay!; nosotros no hemos estado allí mirando si había o no.

-Es que me lo habría dicho Odette -replicó orgullosamente la señora de Verdurin.. Me cuenta todas sus historias. Como en este momento no tiene a nadie, yo le he aconsejado que duerman juntos. Pero dice que no puede, que Swann le gusta, pero que está muy corto con ella y eso la azora a ella también; además, dice que ella no lo quiere de esa manera, que es un ser ideal, que tiene miedo a desflorar su cariño por Swann, en fin, yo no sé cuántas cosas. Y yo creo, a pesar de todo, que es lo que le conviene.

-Yo no soy enteramente de tu misma opinión; no me acaba de gustar ese caballero: me parece que le gusta darse tono.

La señora de Verdurin se quedó muy quieta y adoptó una expresión inerte, como si se hubiera cambiado en estatua, ficción con la que dio a entender que no había oído aquella frase insoportable de darse tono, frase que parecía implicar que era posible darse tono. con ellos, es decir, que había alguien que era más que ellos.

-Pues si no hay nada, no creo que sea porque ese señor se imagine que ella es una *virtud* .dijo irónicamente el señor Verdurin.. Después de todo, ¡quién sabe! Parece que la considera inteligente. No sé si oíste la otra noche todo lo que le estaba soltando a propósito de la sonata de Vinteuil; yo quiero a Odette con toda el alma; pero, vamos, para explicarle teorías de estética, hay que estar un poco tonto.

-Bueno, bueno; que no se hable mal de Odette -dijo la señora, echándoselas de niña.. Es simpatiquísima.

-Pero si eso no tiene que ver para que sea simpatiquísima; no estamos hablando mal de ella: decimos que no es ninguna virtud ni ningún talento, y nada más. En el fondo -dijo al pintor-, ¿qué le importa a uno que sea o no una virtud? Quizá así no sería tan simpática.

En el descansillo de la escalera alcanzó a Swann el maestresala, que no estaba en casa cuando llegó Swann, y al que Odette diera encargo .pero ya hacía lo menos una hora. de decir a Swann que ella iría probablemente a casa de Prévost a tomar chocolate antes de recogerse. Swann marchó en seguida a casa de Prévost, pero a cada paso su coche tenía que pararse para dejar paso a otros carruajes o a los transeúntes, obstáculos odiosos que Swann no habría respetado a no ser porque luego, si los atropellaba, el guardia le entretendría más tomando el número. Contaba el tiempo que tardaba, añadiendo unos cuantos segundos a cada minuto para estar seguro de que no los hacía muy cortos, cosa que le habría podido inspirar la ilusión de que sus probabilidades para llegar a tiempo y encontrar a Odette eran mayores que la que realmente tenía. Y hubo un momento en que Swann, de pronto, lo mismo que un enfermo con fiebre que acaba de dormir y se da cuenta de las absurdas pesadillas que rumiaba sin separarlas claramente de su persona, vio en su interior los extraños pensamientos que le dominaban desde que le habían dicho en casa de los Verdurin que Odette ya se había marchado, y sintió lo nuevo de aquel dolor en el corazón, que sufría ya hacía rato, pero que tan sólo percibió ahora como si acabara de desesperarse. ¿Y qué?, no era toda aquella agitación porque no iba a ver a Odette hasta el otro día, lo que él había deseado hace una hora, cuando se encaminaba ya tan tarde a casa de los Verdurin. Y no tuvo más remedio que confesarse que en ese mismo coche que lo llevaba a Prévost ya no iba la misma persona, ya no estaba solo, tenía al lado, pegado, amalgamado a él, a un ser nuevo, que no podría quitarse de encima nunca, y al que tendría que tratar con los mimos que a un amo o a un enfermo. Y, sin embargo, desde aquel instante en que sintió que una nueva persona se había superpuesto a él, su vida le pareció más atractiva. Y ya casi no se decía que aquel posible encuentro en casa de Prévost (cuya esperanza aniquilaba hasta tal punto todos los momentos que la precedían, que no quedaba idea ni recuerdo donde Swann pudiera ir a descansar su espíritu), caso de ocurrir, sería, muy probablemente, como cualquiera de los demás, es decir, poca cosa.

Como todas las noches, en cuanto estuviera con Odette lanzaría una mirada furtiva sobre su móvil rostro, mirada que huiría en seguida por miedo a que Odette leyera en ella la insinuación de un deseo y no creyera ya en su desinterés, y en seguida dejaría de pensar en Odette, todo preocupado en buscar pretextos para que no se marchara tan pronto y en asegurarse sin aparentar mucho interés de que al otro día podría verla en casa de los Verdurin, es decir, preocupado en prolongar por un instante y en renovar por un día más la decepción y la tortura que le traía la vana presencia de esa mujer a quien se acercaba tanto sin atreverse a abrazarla.

No estaba en casa de Prévost; Swann quiso buscar en los demás restaurantes de los bulevares. Y para ganar tiempo, mientras él recorría unos cuantos, mandó a visitar otros a su cochero Rémi (el dux Loredano de Rizzo); no encontró Swann nada, y fue a esperar a su cochero en el lugar que le había indicado. El coche no volvía y Swann se representaba el momento que iba a llegar, ya como aquel en que su cochero le diría: .Aquí está la señora., o ya, como otro en que oiría decir a Rémi : .No he encontrado a esa señora en ningún café.. Y así, veía delante de él el final de su noche, uno y doble a la vez, precedido, ya por el encuentro de Odette, ya por la obligada renuncia a encontrarla y la conformidad con volverse a casa sin haberla visto.

Volvió el cochero, pero en el momento de parar delante de Swann éste no le preguntó. ¿Has encontrado a esa señora?, sino que le dijo: .No se te olvide recordarme mañana que tengo que encargar leña, porque me parece que ya queda poca.. Acaso se decía que si Rémi había encontrado a Odette en algún café donde estaba esperándolo, el fin de la noche nefasta quedaba ya borrado porque empezaba la realización del fin de la noche feliz, y que, por consiguiente, no tenía prisa por llegar a una felicidad capturada ya y a buen recaudo que no se había de escapar. Pero también lo hizo por fuerza de inercia; su alma tenía esa falta de agilidad que se da en muchos cuerpos, de esas gentes que para evitar un golpe, para quitarse una llama de encima o para hacer un movimiento urgente necesitan tomarse tiempo y quedarse un segundo en la posición en que estaban antes del acontecimiento, como para encontrar un punto de apoyo y poder tomar impulso. E indudablemente si el cochero lo hubiera interrumpido diciéndole que la señora estaba allí, él habría contestado:

-¡Ah!, sí, el encargo ese que te había dado; pues me extraña., para seguir luego hablando de la leña, porque de ese modo ocultaba la emoción que sentía y se daba a sí mismo tiempo para romper con la inquietud y sonreír a la felicidad.

Pero el cochero le dijo que no la había encontrado en ninguna parte, y añadió a modo de consejo y, en su calidad de criado antiguo:

-Lo mejor es que el señor se vaya a casa.

Pero la indiferencia que Swann fingía fácilmente cuando Rémi no podía alterar en nada el tenor de la respuesta que le traía, decayó ahora al ver cómo intentaba hacerle renunciar a su esperanza y a su rebusca.

-No, no es posible .exclamó., tenemos que encontrar a esa señora, no hay más remedio. Hay un asunto que lo requiere, y si no, podría ofenderse.

-No sé cómo se va a dar por ofendida -respondió Rémi, porque ella es la que se ha marchado sin esperar al señor, diciendo que iba a casa de Prévost, y luego no ha ido.

Ya empezaban a apagar en todas partes. Por debajo de los árboles del bulevar, en una misteriosa oscuridad, erraban los pocos transeúntes, apenas discernibles. De cuando en cuando, una sombra femenina se acercaba a Swann, le decía unas palabras al oído, y le pedía que la acompañara a casa, Swann se estremecía. Iba rozando al pasar todos aquellos cuerpos oscuros como si por el reino de las sombras, entre mortuorias fantasmas, fuera buscando a Eurídice.

De todas las maneras de producirse el amor, y de todos los agentes de diseminación de ese mal sagrado, uno de los más eficaces es ese gran torbellino de agitación que nos arrastra en ciertas ocasiones. La suerte está echada, y el ser que por entonces goza de nuestra simpatía, se convertirá en el ser amado. Ni siquiera es menester que nos guste tanto o más que otros. Lo que se necesitaba es que nuestra inclinación hacia él se transformara en exclusiva. Y esa condición se realiza cuando .al echarlo de menos. en nosotros sentimos, no ya el deseo de buscar los placeres que su trato nos proporciona, sino la necesidad ansiosa que tiene por objeto el ser mismo, una necesidad absurda que por las leyes de este mundo es imposible de satisfacer y difícil de curar: la necesidad insensata y dolorosa de poseer a esa persona.

Swann llegó hasta los últimos restaurantes; no había tenido calma más que para afrontar la hipótesis de la felicidad; pero ahora ya no ocultaba su agitación, ni el valor que concedía al encuentro de Odette, y ofreció a su cochero una recompensa si la encontraba, como si así, inspirándole el deseo de dar con ella, que vendría a acumularse al suyo propio, fuera posible que Odette, aunque se hubiera recogido ya, siguiera estando en un café del bulevar. Fue hasta la Maison Dorée, entró dos veces en Tortoni, y salía, sin haberla encontrado, del Café Inglés, con aire huraño y a grandes zancadas en busca del coche que lo esperaba en la esquina del bulevar de los Italianos, cuando de repente tropezó con una persona que venía en dirección contraria a la suya: Odette; más tarde le explicó ella que, no habiendo encontrado sitio en Prévost, se fue a cenar a la Maison Dorée, en un rincón donde Swann no supo encontrarla, y ahora se dirigía a tomar su coche.

Tan inesperado fue para Odette el encuentro con Swann, que se asustó. Él había estado corriendo medio París, más que porque creyera posible encontrarla, porque le parecía durísimo tener que renunciar. Y por eso aquella alegría que su razón estimaba irrealizable por aquella noche, le pareció aún mucho mayor; porque no había colaborado en ella con la previsión de creerla verosímil, porque era ajena a él; y porque no se sacaba él del espíritu para dársela a Odette .sino que emanaba de ella misma, ella misma la proyectaba hacia él. aquella verdad tan radiante que disipaba como un sueño el temido aislamiento, y en la que se apoyaba y descansaba, sin pensar, su sueño de felicidad. Lo mismo un viajero que llega un día de buen tiempo a orillas del Mediterráneo, se olvida de que existen los países que acaba de atravesar, y más que mirar al mar, deja que le cieguen la vista los rayos que hacia él lanza el azul luminoso y resistente de las aguas.

Subió con Odette en el coche de ella y mandó a su cochera
que fuera detrás.

Odette tenía en la mano un ramo de catleyas, y Swann vio, debajo del pañuelo de encaje que le cubría la cabeza, que llevaba en el pelo flores de la misma variedad de orquídea, atadas al airón de plumas de cisne. Tocada de mantilla, llevaba un traje de terciopelo negro, que se recogía oblicuamente en la parte inferior para dejar asomar un trozo de falda de faya blanca; también por debajo del terciopelo asomaba otro paño de faya blanca en el corpiño, donde se abría el escote, en el cual se hundían otras cuantas catleyas. Apenas se había repuesto del susto que tuvo al toparse con Swann, cuando el caballo se encontró con un obstáculo y dio una huida. Llevaron una gran sacudida, y Odette lanzó un grito y se quedó sin aliento, toda palpitante.

-No es nada .dijo él., no se asuste.

Y la cogió por el hombro, apoyándola contra su cuerpo para sostenerla; luego dijo:

-.No hable usted, no se canse más, contésteme por señas. ¿Me permite usted que le vuelva a poner bien las flores esas del escote que casi se caen con la sacudida? Tengo miedo de que las pierda usted, voy a meterlas un poco más.

Odette, que no estaba acostumbrada a que los hombres usaran tantos rodeos con ella, le dijo:

-Sí, sí, hágalo.

Pero Swann, azorado por la contestación y quizá también porque había hecho creer a Odette que el pretexto de las flores era sincero, y acaso porque él también empezaba a creer que lo había sido, exclamó:

-Pero no hable, va usted a cansarse, contésteme por señas que yo la entiendo. ¿De veras me deja usted...? Mire, aquí hay un poco de..., creo que es polen que se ha desprendido de las flores; si me permite se lo voy a quitar con la mano. ¿No le hago daño? ¡No! Quizá cosquillas, ¿eh? Pero es que no quiero tocar el terciopelo para no chafarle. ¿Ve usted?, no había más remedio que sujetarlas, si no se caen; las voy a hundir un poco más... ¿De veras que no la molesto? ¿Me deja usted que las huela, a ver si no tienen perfume? Nunca he olido estas flores ¿Me deja?, dígamelo de veras.

Ella, sonriente, se encogió de hombres como diciendo : ¡Qué tonto es usted, pues no ve que me gusta!

Swann alzó la otra mano, acariciando la mejilla de Odette; ella lo miró fijamente, con ese mirar desfalleciente y grave de las mujeres del maestro florentino que, según Swann, se le parecían los ojos rasgados, finos, brillantes, como los de las figuras botticelescas, se asomaban al borde de los párpados, como dos lágrimas que se iban a desprender. Doblaba el cuello como las mujeres de Sandro lo doblan, tanto en sus cuadros paganos como en los profanos. Y con ademán que, sin duda, era habitual en ella, y que se cuidaba mucho de no olvidar en aquellos momentos porque sabía que le sentaba bien, parecía como que necesitaba un gran esfuerzo para retener su rostro, igual que si una fuerza invisible lo atrajera hacia Swann. Y Swann fue el que lo retuvo un momento con las dos manos, a cierta distancia de su cara, antes de que cayera en sus labios. Y es que quiso dejar a su pensamiento tiempo para que acudiera, para que reconociera el ensueño que tanto tiempo acarició, para que asistiera a su realización, lo mismo que se llama a un pariente que quiere mucho a un hijo nuestro para que presencie sus triunfos. Quizá Swann posaba en aquel rostro de Odette, aun no poseído ni siquiera besado, y que veía por última vez esa mirada de los días de marcha con que queremos llevarnos un paisaje que nunca se volverá a ver.

Pero era tan tímido con ella, que aunque aquella noche se le entregó, como la cosa había empezado por arreglar las catleyas, ya fuera por temor a ofenderla, ya por miedo a que pareciera que mintió la primera vez, ya porque le faltara audacia para pedir algo más que poner bien las flores (cosa que podía repetir, porque no ofendió a Odette aquella primera noche), ello es que los demás días siguió usando el mismo pretexto. Si llevaba catleyas prendidas en el pecho, decía: .¡Qué lástima! Esta noche las catleyas están bien, no hay que tocarlas, no están caídas como la otra noche; aquí veo una que no está muy bien, sin embargo. ¿Me deja usted que vea a ver si huelen más que las del otro día?. Y si no llevaba:

-¡Ah! Esta noche no hay catleyas: no puedo dedicarme a mis mañas.. De modo que durante algún tiempo no se alteró aquel orden de la primera noche, cuando comenzó con roces de dedos y labios en el pecho de Odette, y así empezaban siempre a acariciarse; y más tarde, cuando aquella convención (o simulacro ritual de convención) de las catleyas cayó en desuso, sin embargo, la metáfora .hacer catleya., convertida en sencilla frase, que empleaban inconscientemente para significar la posesión física .en la cual posesión, por cierto, no se posee nada, sobrevivió en su lenguaje, como en conmemoración de aquella costumbre perdida. Y acaso esa manera especial de decir una cosa no significaba lo mismo que sus sinónimos. Por muy cansado que se esté de las mujeres, aunque se considere la posesión de distintas mujeres como la misma cosa, ya sabida de antemano, cuando se trata de conquistas difíciles o que nosotros consideramos como tales, se convierte en un placer nuevo, y entonces nos creemos obligados a figurarnos que esa posesión nació de un episodio imprevisto de nuestras relaciones con ella, como fue el episodio de las catleyas para Swann. Aquella noche esperaba temblando (y se decía que si lograba engañar a Odette, ella nunca lo adivinaría) que de entre los largos pétalos color malva de las flores saldría la posesión de aquella mujer; y el placer que sentía, y que, según pensaba él, toleraba Odette, porque no sabía de lo que se trataba, le pareció cabalmente por eso algo como el que debió sentir el primer hombre al saborearlo entre las flores del Paraíso Terrenal: un placer que antes no existía, un placer que él iba creando, un placer .como siempre trascendía del nombre especial que le dio. totalmente particular y nuevo.

Ahora, todas las noches, cuando la llevaba hasta su casa, Odette lo hacía entrar, y muchas veces salía luego en bata a acompañarlo hasta el coche, y lo besaba delante del cochero, diciendo: .¿Y a mí qué? ¿Qué me importa la gente?.. Las noches que Swann no iba a casa de los Verdurin (cosa más frecuente desde que tenía más facilidad para verla). Odette le rogaba que pasara por su casa antes de recogerse, sea la hora que fuere. Por entonces era primavera, una primavera helada y pura. Al salir de alguna reunión mundana, Swann montaba en su victoria, se echaba una manta por las piernas, contestaba a los amigos que lo invitaban a marchar juntos que no iba por el mismo camino, y el cochero, que ya sabía adónde tenía que ir, arrancaba a gran trote. Los amigos se extrañaban, y, en efecto, Swann ya no era el mismo. Ahora no se recibían cartas suyas pidiendo que le presentaran a una mujer. No se fijaba en ninguna, y ya no iba por los sitios donde suelen verse mujeres. En un restaurante del campo, su actitud era ahora precisamente la contraria de aquella que antes lo daba a conocer, y que todos creían que le duraría siempre. Y es que una pasión acciona sobre nosotros como un carácter momentáneo y diferente, que reemplaza al nuestro verdadero y suprime aquellas señales externas con que se exteriorizaba. En cambio, era ahora cosa invariable que Swann, en cualquier parte que estuviera, no dejaba de ir a ver Odette. Recorría inevitablemente el espacio que lo separaba de ella; espacio que era como la pendiente misma, irresistible y rápida, de su vida. Realmente, muchas veces se entretenía hasta tarde en alguna casa aristocrática, y habría preferido volver derecho a su casa sin dar aquel largo rodeo y no ver a Odette hasta el otro día; pero el hecho de tener que molestarse a una hora anormal por causa de ella, de adivinar que los amigos, cuando se separaba de ellos, decían:

—Siempre tiene que hacer; debe haber una mujer que lo haga ir a su casa a todas horas., le daba la sensación de que estaba viviendo la vida de los hombres que tienen un amor en su existencia, y que por el sacrificio que hacen de su tranquilidad y sus intereses a un voluptuoso ensueño, reciben, en cambio, una íntima delectación.

Además, sin que él se diera cuenta, la certidumbre de que Odette lo esperaba, de que no estaba con otras personas, que no volvería sin verla, neutralizaba aquella angustia, olvidada ya, pero siempre latente, que sintió la noche que le dijeron que ya se había marchado de casa de los Verdurin: angustia tan apaciguada ahora, que casi podía llamarse felicidad. Quizá a esa angustia se debía la importancia que había tomado Odette para Swann.

La mayoría de las personas que conocemos no nos inspiran más que indiferencia; de modo que cuando en un ser depositamos grandes posibilidades de pena o de alegría para nuestro corazón, se nos figura que pertenece a otro mundo, se envuelve en poesía, convierte nuestra vida en una gran llanura, donde nosotros no apreciamos más que la distancia que de él nos separa. Swann no podía por menos de inquietarse cuando se preguntaba lo que Odette sería para él en el porvenir. Muchas veces, al ver desde su victoria, en aquellas hermosa y frías noches; la luz de la luna que difundía su claridad entre sus ojos y las calles desiertas, pensaba en aquel rostro claro, levemente rosado, como el de la luna; que surgió un día ante su alma, y que desde entonces, proyectaba sobre el mundo la luz misteriosa en que aparecía envuelto. Si llegaba cuando Odette ya había mandado acostarse a sus criados, en vez de llamar a la puerta del jardín, iba primero a la callecita trasera, a la que daba, entre las demás ventanas iguales, pero oscuras, de los hotelitos contiguos, la ventana, la única iluminada, de la alcoba de Odette, en el piso bajo.

Daba un golpecito, en el cristal, y ella, que ya estaba sobre aviso, contestaba y salía a esperarlo a la puerta de entrada del otro lado.

Encima del piano estaban abiertas algunas de las obras musicales favoritas de Odette: el *Vals de las Rosas* y *Pobre loco*, de Tagliafico (obra que debía tocarse en su entierro, según decía en su testamento); pero Swann le pedía que tocara, en vez de estas cosas, la frase de la sonata de Vinteuil, aunque Odette tocaba muy mal; pero muchas veces la visión más hermosa que nos queda de una obra es la que se alzó por encima de unos sonidos falsos que unos torpes dedos iban arrancando a un piano desafinado. Para Swann la frase continuaba espiritualmente asociada a su amor por Odette. Bien sabía él que ese amor no correspondía a nada externo que los demás pudieran percibir, y se daba cuenta de que las cualidades de Odette no justificaban el valor que concedía a los ratos que pasaba a su lado.

Y más de una vez, cuando dominaba en Swann la inteligencia positiva, quería dejar de sacrificar tantos intereses intelectuales y sociales a ese placer imaginario. Pero la frase, en cuanto la oía, sabía ganarse en el espíritu de Swann el espacio que necesitaba, y ya las proporciones de su alma se cambiaban; y quedaba en ella margen para un gozo que tampoco correspondía a ningún objeto exterior, y que, sin embargo, en vez de ser puramente individual como el del amor, se imponía a Swann con realidad superior a la de las cosas concretas. La frase despertaba en él la sed de una ilusión desconocida; pero no le daba nada para saciarla. De modo que aquellas partes del alma de Swann en donde la frasecita iba borrando la preocupación por los intereses materiales, por las consideraciones humanas y corrientes, se quedaban vacías, en blanco, y Swann podía inscribir en ellas el nombre de Odette. Además, la frase infundía su misteriosa esencia en aquello que podía tener de falaz y de pobre el afecto de Odette. Y al mirar el rostro que ponía Swann, cuando la oía, hubiérase dicho que estaba absorbiendo un anestésico que le ensanchaba la respiración. Y, en efecto, el placer que le proporcionaba la música, y que pronto sería en él verdadera necesidad, se parecía en aquellos momentos al placer que habría sentido respirando perfumes, entrando en contacto con un mundo que no está hecho para nosotros, que nos parece informe porque no lo ven nuestros ojos, y sin significación porque escapa a nuestra inteligencia y sólo lo percibimos por un sentido único. Gran descanso, misteriosa renovación para Swann .que en sus ojos, aunque eran delicados, gustadores de la pintura, y en su ánimo, aunque era fino observador de costumbres, llevaba indeleblemente marcada la sequedad de su vida. el sentirse transformado en criatura extraña a la Humanidad, ciega, sin facultades lógicas, casi en un fantástico unicornio, en un ser quimérico, que sólo percibía el mundo por el oído. Y como, sin embargo, buscaba en la frase de Vinteuil una significación hasta cuya hondura no podía descender su inteligencia, sentía una rara embriaguez en despojar a lo más íntimo de su alma de todas las ayudas del razonar, y en hacerla pasar a ella sola por el colador, por el filtro oscuro del sonido.

Empezaba a darse cuenta de todo el dolor, quizá de toda la secreta inquietud, que había en el fondo de la dulzura de la frase, pero no sufría. ¿Qué importaba que la frase fuera a decirle que el amor es frágil, si el suyo era muy fuerte? Y jugaba con la tristeza que difundían los sonidos, sentía que le rozaba, pero como una caricia, que aun profundizaba y endulzaba más la sensación que tenía Swann de su felicidad. Pedía a Odette que la tocara diez, veinte veces, exigiendo al mismo tiempo que no dejara de besarlo.

Cada beso llama a otro beso. ¡Con qué naturalidad nacen los besos en eso tiempos primeros del amor! Acuden apretándose unos contra otros; y tan difícil sería contar los besos que se dan en una hora, como las flores de un campo en el mes de mayo. Entonces ella hacía como que se iba a parar, diciendo:

-¿Cómo quieres que toque si me tienes cogida? No puedo hacer las dos cosas a un tiempo; dime lo que hago: ¿o tocar, o acariciarte?; y él se enfadaba, y Odette entonces rompía en una risa que acababa por cambiarse en lluvia de besos y caía sobre Swann. O lo miraba con semblante huraño, y Swann veía entonces una cara digna de figurar en la *Vida de Moisés,* de Botticelli; y colocaba el rostro de Odette en la pintura aquella, daba al cuello de Odette la inclinación requerida, y cuando ya la tenía pintada perfectamente al temple, en el siglo XV, en la pared de la Sixtina, la idea de que, no obstante, seguía estando allí junto al piano, en el momento actual, y que la podía besar y poseer, la idea de su materialidad y de su vida, lo embriagaba con tal fuerza, que con la mirada extraviada y las mandíbulas extendidas, se lanzaba hacia aquella virgen de Botticelli y empezaba a pellizcarle los carrillos.

Luego, cuando ya se marchaba, no sin volver desde la puerta para darle otro beso, porque se le había olvidado llevarse en el recuerdo alguna particularidad de su perfume o de su fisonomía, volvía en su victoria, bendiciendo a Odette porque consentía en aquellas visitas diarias, que, sin duda, no debían de ser gran alegría para ella, pero que, resguardándolo a él del tormento de los celos .y quitándole la ocasión de padecer otra vez aquel mal que en él se declaró la noche que no estaba Odette en casa de los Verdurin., le ayudaban a gozar hasta lo último, sin más ataques, como aquel primero tan doloroso, y que acaso fuera único, de aquellas horas únicas de su vida, horas casi de encanto, como aquella en que iba atravesando París a la luz de la Luna. Y como notara durante su trayecto de vuelta, que ahora el astro ya no ocupaba, con respecto a él, el mismo lugar que antes, y estaba casi caído en el límite del horizonte, sintió que su amor obedecía también a leyes naturales e inmutables, y se preguntó si el período en que acababa de entrar duraría aún mucho, y si su alma no vería pronto aquel rostro amado, ya caído y a lo lejos, a punto de no ser ya fuente de ilusión. Porque Swann, desde que estaba enamorado, encontraba una ilusión en las cosas, como en la época de su adolescencia, cuando se creía artista; pero ya no era la misma ilusión; porque ésta era Odette quien únicamente se la daba. Sentía remozarse las inspiraciones de su juventud, disipadas por su frívolo vivir; pero ahora llevaban todas el reflejo y la marca de un ser determinado; y en las largas horas que se complacía con delicado deleite en pasar en casa, a solas con su alma convaleciente, iba volviendo a ser el mismo Swann de la juventud; pero no ya de Swann, sino de Odette.

No iba a casa de Odette más que por la noche, y nada sabía de lo que hacía en todo el día, como nada sabía de su pasado, y hasta le faltaba ese insignificante dato inicial que nos permite imaginarnos lo que no sabemos y nos entra en ganas de saberlo.

Así, que no se preguntaba lo que hacía ni lo que fuera su vida pasada.

Tan sólo algunas veces se sonreía al pensar que unos años antes, cuando aún no la conocía, le habían hablado de una mujer que, si no recordaba mal, era la misma, como de una ramera, como de una entretenida, una de esas mujeres a las que todavía atribuía Swann, porque entonces aun tenía poco mundo, el carácter completa y fundamentalmente perverso con que las revistió la mucha fantasía de ciertos novelistas. Y se decía que muy a menudo basta con volver del revés las reputaciones que forma la gente para juzgar exactamente a una persona; porque a aquel carácter que la gente atribuía a Odette oponía él una Odette buena, ingenua, enamorada del ideal, y casi tan incapaz de mentir, que, como una noche le rogara, con objeto de poder cenar solos, que escribiera a los Verdurin diciendo que estaba mala, al otro día la vio ruborizarse y balbucear cuando la señora de Verdurin le preguntó si estaba mejor, y reflejar, a pesar suyo, en la cara, la pena y el suplicio que le costaba mentir; y mientras que en su respuesta iba multiplicando los detalles imaginarios de su falsa enfermedad del día antes, por lo desolado de la voz y lo suplicante de la mirada, parecía que pedía perdón de su embuste.

Algunas aunque pocas tardes Odette iba a casa de Swann a interrumpirlo en sus ensueños o en aquel estudio sobre Ver Meer, en el que trabajaba ahora de nuevo. Le decían que la señora de Crécy estaba esperando en la sala. Swann iba en seguida a recibirla, y en cuanto abría la puerta, aparecía en el rostro de Odette un sonrisa que transformaba la forma de su boca, el modo de mirar y el modelado de las mejillas. Swann luego, a solas, volvía a ver esa sonrisa, o la del día antes, o aquella con que lo acogió en tal ocasión, o la que sirvió de respuesta la noche que Swann le preguntó si le permitía que arreglara las catleyas del escote; y así como no conocía otra cosa de la vida de Odette, su existencia se le aparecía en innumerables sonrisas sobre un fondo neutro y sin color, igual que una de esas hojas de estudio de Watteau, sembradas de bocas que sonríen, dibujadas con lápices de tres colores en papel agamuzado.

Pero muchas veces, en un rincón de esa vida que Swann veía tan vacía, aunque su razón le indicaba que en realidad no era así, porque no podía imaginársela de otro modo; algún amigo que sospechaba sus relaciones, y que por eso no se arriesgaba a decirle de Odette más que una cosa insignificante, le contaba que vio a Odette aquella mañana subiendo a pie la calle Abatucci, con una manteleta guarnecida de pieles de *skunks*, un sombrero a lo Rembrandt y un ramo de violetas prendido en el pecho. Aquella sencilla descripción trastornaba a Swann, porque le revelaba de pronto que la vida de Odette no era enteramente suya; ansiaba saber a quién quería agradar Odette con aquella *toilette* que él no conocía; y se prometió preguntarle adónde iba cuando la vio aquel amigo, como si en toda la vida incolora .casi inexistente, porque para él era invisible de su querida, no hubiera más que dos cosas: las sonrisas que a él le dedicaba y aquella visión de Odette, con su sombrero a lo Rembrandt y su ramo de violetas en el pecho.

Excepto cuando le pedía la frase de Vinteuil en vez del *Vals de las Rosas,* Swann nunca le hacía tocar las cosas que le gustaban a él, y ni en música ni en literatura intentaba corregir su mal gusto. Se daba perfecta cuenta de que no era inteligente. Cuando le decía que a ella le gustaba mucho que le hablaran de los grandes poetas, es porque se imaginaba que inmediatamente iba a oír coplas heroicas y románticas del género de las del vizconde Borelli, pero más emocionantes aún. Le preguntó si Ver Meer de Delft había sufrido por amor a una mujer, y si era una mujer la que le había inspirado sus obras; y cuando Swann le confesó que no se lo podía decir, Odette ya perdió todo interés por aquel pintor. Solía decir:

-Sí, la poesía, ya lo creo; nada sería más hermoso si fuera de verdad, y si los poetas creyeran en todo lo que dicen. Pero algunas veces son más interesados que nadie. Que me lo digan a mí.

Tenía yo una amiga que estuvo en relación con un poetilla. En sus versos, todo se volvía hablar del amor, del cielo y de las estrellas. Pero buen chasco le dio. Se le comió más de trescientos mil francos. Si Swann entonces intentaba enseñarle lo que era la belleza artística, y cómo había que admirar los versos o los cuadros, ella, al cabo de un momento, dejaba de atender y decía: .Sí... pues yo no me lo figuraba así.. Y Swann notaba en ella tal decepción, que prefería mentir, decirle que todo aquello no era nada, fruslerías nada más, que no tenía tiempo para abordar lo fundamental, que todavía había otra cosa. Y entonces ella lo interrumpía: .¿Otra cosa? ¿El qué...? ¿Entonces, dímelo?.; pero él se guardaba de decirlo porque ya sabía que lo que dijera le había de parecer insignificante y distinto de lo que se esperaba, mucho menos sensacional y conmovedor, y temía Swann que, al perder la ilusión del arte, no perdiera Odette, al mismo tiempo, la ilusión del amor.

En efecto; Swann le parecía intelectualmente inferior a lo que ella se había imaginado. .Nunca pierdes la sangre fría, no puedo definirte.. Y lo que más la maravillaba era la indiferencia con que miraba al dinero, su amabilidad para todo el mundo y su delicadeza. Ocurre muchas veces, en efecto; y con personas de más valía que

Swann, con un sabio, con un artista, cuando su familia y sus amigos saben estimar lo que vale, que el sentimiento que demuestra que la superioridad de su inteligencia se impuso a ellos, no es un sentimiento de admiración por sus ideas, porque no las entienden, sino de respeto a su bondad. A Odette le inspiraba también respeto la posición que ocupaba Swann en la sociedad aristocrática, pero nunca deseó que su amante probara a introducirla en aquel ambiente. Pensaba que Swann no lo lograría, y además, tenía miedo de que sólo con hablar de ella provocara revelaciones temibles. Ello es que le había arrancado la promesa de no pronunciar nunca su nombre. Le dijo que el motivo que tenía para no hacer vida de sociedad era que, hace muchos años, regañó con una amiga; la cual, para vengarse, había ido hablando mal de ella. Swann objetaba: .Pero tu amiga no conoce a todo el mundo.

-Sí, esas cosas se corren como una mancha de aceite y la gente es tan mala... Por un lado, Swann no entendió bien esta historia; pero, por otro, sabía que esas proposiciones:

-La gente es tan mala y la calumnia se extiende como una mancha de aceite, se consideran generalmente como verdaderas; así, pues, debía de haber casos en que se aplicaran concretamente. ¿Era el de Odette uno de ellos? Y esta pregunta le preocupaba, pero no por mucho tiempo, por que padecía también Swann de aquella pesadez de espíritu que aquejaba a su padre cuando se planteaba un problema difícil.

Además, aquella sociedad que daba tanto miedo a Odette no le inspiraba grandes deseos, porque estaba demasiado lejos de la que ella conocía, para que se la pudiera representar bien. Sin embargo, a pesar de que en algunas cosas conservaba hábitos de verdadera sencillez .seguía su amistad con una modista retirada del oficio, y subía casi a diario la escalera pina, oscura y fétida de la casa donde vivía su amiga., se moría por lo *chic*, aunque su concepto de lo *chic* era muy distinto del de las gentes verdaderamente aristocráticas.

Para éstas, el *chic* es una emanación de unas cuantas personas que lo proyectan en un radio bastante amplio .y con mayor o menor fuerza, según lo que se diste de su intimidad. sobre el grupo de sus amigos o de los amigos de sus amigos, cuyos nombres forman una especie de repertorio. Este repertorio lo guardan en la memoria las gentes del gran mundo, y tienen respecto a estas materias una erudición de la que sacan un modo de gusto y de tacto especiales; así que Swann, sin necesidad de apelar a su ciencia del mundo, al leer en un periódico los nombres de los invitados a una comida, podía decir inmediatamente hasta qué punto había sido *chic*, lo mismo que un hombre culto aprecia por la simple lectura de una frase la calidad literaria de su autor. Pero Odette era de esas personas muy numerosas, aunque las gentes de la alta sociedad no lo crean, y que se dan en todas las clases sociales que como no poseen esas nociones, se imaginan lo *chic* de modo enteramente distinto, revestido de diversos aspectos, según el medio a que pertenezcan, pero teniendo por carácter determinante. ya fuera el *chic* con que soñaba Odette, ya fuera el *chic* ante el cual se inclinaba respetuosamente la señora de Cottarde. de ser directamente accesible a cualquiera. El otro, el de las gentes de la alta sociedad, también lo era, pero a fuerza de tiempo. Odette decía hablando de una persona:

-No va más que a los sitios *chic*.

Y cuando Swann le preguntaba qué es lo que quería decir con eso, ella respondía con cierto desdén:

-.Pues, caramba, los sitios *chic*. Si a tus años voy a tener que enseñarte lo que son los sitios chic... ¡Qué sé yo! Por ejemplo, los domingos por la mañana, la avenida de la Emperatriz; el paseo de coches del Lago, a las cinco; los jueves, el teatro Edén; los viernes, el Hipódromo, los bailes.

-¿Pero qué bailes?

-Pues los bailes que se dan en París; vamos, los bailes *chic* quiero decir. Ahí tienes ese Herbinger, ese que está con un bolsista, sí, debes conocerlo, es uno de los hombres que más se ven en París, un muchacho rubio, muy *snob*, que lleva siempre una flor en el ojal y una raya atrás, y que gasta abrigos claros; sí, está liado con esa vieja pintada que lleva a todos los estrenos. Bueno, pues ése dio un baile la otra noche, donde fue toda la gente *chic* de París. ¡Cuánto me hubiera gustado ir! Pero había que presentar la invitación a la puerta, y no pude lograr ninguna. Bueno; en el fondo, lo mismo me da porque la gente creo que se mataba de tanta que había. Y todo para poder decir que estaban en casa de Herbinger. Y a mí esas cosas, sabes, no me dicen nada. Además, puedes asegurar que de cada cien de las que digan que estaban, la mitad de ellas mienten. Pero me extraña que tú, tan *pschutt*, no estuvieras.

Swann nunca intentaba hacerle modificar su concepto del *chic*; pensaba que el suyo no valía mucho más y era tan tonto y tan insignificante como el otro: así que ningún interés tenía en enseñárselo a su querida; tanto, que cuando ya llevaban meses de relaciones, ella sólo se interesaba por las amistades de Swann, en cuanto que podían servirle para tener tarjetas de entrada al pesaje de las carreras, a los concursos hípicos, o billetes para los estrenos. Le gustaba que cultivara amistades tan útiles, pero se inclinaba a considerarlas como *chic*, desde que un día vio por la calle a la marquesa de Villeparisis, con un traje de lana negro y una capota con bridas.

-Pero si parece una acomodadora, una portera vieja, *darling*. ¡Y es marquesa! Yo no soy marquesa, pero me tendrían que dar mucho dinero para salir disfrazada de ese modo.

No comprendía porqué vivía Swann en la casona del muelle de Orleáns, que le parecía indigna de él.

Tenía la pretensión de que le gustaban las antigüedades, y tomaba una expresión de finura y arrobo cuando decía que le agradaba pasarse todo un día .revoliendo cacharros, buscando baratillos. y cosas .antiguas.. Aunque se empeñaba, como haciéndolo cuestión de honor (y como si obedeciera a un precepto de familia), en no contestar nunca cuando Swann le preguntaba lo que había hecho, y en no .dar cuentas. de cómo gastaba el tiempo, una vez habló a Swann de una amiga suya que la había invitado y que tenía una casa amueblada toda con muebles de época. Swann no pudo averiguar qué época era aquélla. Después de pensarlo un poco, dijo Odette que era .allá de la Edad Media. Con eso quería decir que las paredes tenían entabladuras. Poco después volvió a hablarle de su amiga, y añadió con el tono vacilante y de estar enterado con que se citan palabras de una persona que estuvo cenando con uno la noche antes y cuyo nombre era desconocido, pero al que los anfitriones consideraban como persona tan célebre que se da por supuesto que el interlocutor sabe perfectamente de quién se trata: .Tiene un comedor del... del dieciocho. Comedor que por lo demás le parecía horroroso, pobre como si la casa no estuviese acabada que sentaba muy mal a las mujeres, y que nunca se pondría de moda. Y volvió a hablar por tercera vez de aquel comedor, mostrando a Swann las señas del artista que lo hilo, diciéndole que de buena gana lo llamaría, cuando tuviera dinero, para ver si podía hacerle, no uno como aquel de su amiga, sino el que ella soñaba, y que por desgracia no casaba con las proporciones de su hotelito, con altos aparadores, muebles Renacimiento y chimeneas como las del castillo de Blois. Aquel día se le escapó delante de Swann lo que opinaba de su casa del muelle de Orleáns; como Swann criticara que a la amiga de Odette le diera, no por el estilo Luis XVI, porque ese estilo, aunque se ve poco, puede ser delicioso, sino por la falsificación de lo antiguo, ella le dijo:

-Pero no querrás que viva como tú, entre muebles rotos y alfombras viejas, porque en Odette aun no podía más la aburguesada respetabilidad que el diletantismo de la *cocotte*.

Consideraba como una minoría superior al resto de la humanidad a los seres que tenían afición a los cacharros, figurillas artísticas y a versos, que despreciaban los cálculos mezquinos y soñaban con cosas de amores y de pundonor. No le importaba que en realidad tuvieran o no esos gustos, con tal de que los pregonaran, y volvía diciendo de un hombre que le contó que le gustaba vagar, ensuciarse las manos en tiendas viejas, y que creía que nunca sabría apreciarle este siglo de comerciantes, porque no le preocupaban sus intereses y era un hombre de otra época: .Es un espíritu adorable. ¡Qué sensibilidad! Pues nunca lo sospeché.; y sentía hacia aquel hombre una amistad enorme y súbita. Pero, por el contrario, las personas que, como Swann, tenían de verdad esos gustos, pero sin hablar de ellos, no le decían nada. Claro que no tenía más remedio que confesar que Swann no era interesado; pero luego añadía con aire burlón: .En él no es lo mismo.; y en efecto, lo que seducía a la imaginación de Odette no era la práctica del desinterés, sino su vocabulario.

Se daba cuenta de que muchas veces no podía él realizar los sueños de Odette, y por lo menos hacía porque no se aburriera con él, y no contrariaba sus ideas vulgares y aquel mal gusto que tenía en todo, y que a Swann también le estaba como cualquier cosa que de ella viniera, que hasta le encantaba, como rasgos particulares, gracias a los cuales se le hacía visible y aparente la esencia de aquella mujer. Así que cuando estaba contenta porque iba a ir a la *Reina Topacio*, o se le ponía el mirar serio, preocupado y voluntarioso, porque tenía miedo de perder la batalla de flores, o sencillamente la hora del té con *muffins* y *toasts* del .Té de la rue Royale., al que creía indispensable asistir para consagrar la reputación de elegancia de una mujer, Swann, arrebatado como si estuviera ante la naturalidad de un niño o la fidelidad de un retrato que parece que va a hablar, veía el alma de su querida afluir tan claramente a su rostro, que no podía resistir a la tentación de ir a tocarla con los labios.

-¡Ah, con que quiere que la llevemos a la batalla de flores esta joven Odette, ¿eh?

Quiere que la admiren. Bueno, pues la llevaremos. No hay más que hablar.. Como Swann era un poco corto de vista, tuvo que resignarse a gastar lentes, para estar en casa, y a adoptar, para afuera, el monóculo, que lo desfiguraba menos.

La primera vez que se lo vio puesto, Odette no pudo contener su alegría:

-.Para un hombre, digan lo que quieran, no hay nada más *chic*. ¡Qué bien estás así, pareces un verdadero *gentleman*! No le falta más que un título., añadió con cierto pesar. Y a Swann le gustaba que Odette fuera así; lo mismo que si se hubiera enamorado de una bretona, se habría alegrado de verla con su cofia y de oírle decir que creía en los fantasmas. Hasta entonces, como ocurre a muchos hombres en quienes la afición al arte se desarrolla independientemente de su sensualidad, había reinado una extraña disparidad entre la manera de satisfacer ambas cosas, y gozaba en la compañía de mujeres de lo más grosero, las seducciones de obras de lo más refinado, llevando, por ejemplo, a una criadita a un palco con celosía para ver representar una obra decadente que tenía unas de oír o una exposición de pintura impresionista, convencido, por lo demás, de que una mujer aristocrática y culta no se hubiera enterado más que la chiquilla aquella, pero no hubiera sabido callarse con tanta gracia. Ahora, al contrario, desde que quería a Odette, le era tan grato simpatizar con ella y aspirar a no tener más que un alma para los dos, que se esforzaba por encontrar agradables las cosas que a ella le gustaban, y se complacía tanto más profundamente, no sólo en imitar sus costumbres, sino en adoptar sus opiniones, cuanto que, como no tenían base alguna en su propia inteligencia, le recordaban su amor como único motivo de que le gustaran esas cosas. Si iba dos veces a *Sergio Panine*, o buscaba las ocasiones de oír como dirigía Olivier Métra, era por el placer de iniciarse en todos los conceptos de Odette y sentirse partícipe de todos sus gustos. Y aquel hechizo, para acercar su alma a la de Odette, que tenían las obras o los sitios que le gustaban, llegó a parecerle más misterioso que el que contienen obras mucho más hermosas, pero que no le recordaban a Odette. Además, como había ido dejando que flaquearan las creencias intelectuales de su juventud, y como su escepticismo de hombre elegante se había extendida hasta ellas, inconscientemente, creía .o por lo menos así lo había creído por tanto tiempo que aún lo decía. que los objetos sobre que versan nuestros gustos artísticos no tienen en sí valor absoluto, sino que todo es cuestión de época y lugar, y depende de las modas, las más vulgares de las cuales valen lo mismo que las que pasan por más distinguidas. Y como juzgaba que la importancia que Odette atribuía a tener entrada para el barnizado de los cuadros de la Exposición no era en sí misma más ridícula que el placer que sentía él en otro tiempo, cuando almorzaba con el príncipe de Gales, parecíale que la admiración que profesaba Odette por Montecarlo o por el Righi no era más absurda que la afición suya a Holanda, que Odette se figuraba como un país muy feo, o a Versalles, que a Odette se le antojaba muy triste. Y se abstenía de ir a esos sitios, porque legustaba decirse que lo hacía por ella y que no quería sentir ni querermás que con ella lo que ella sintiera y amara.

Le gustaba, como todo lo que rodeaba a Odette, la casa de los Verdurin, que no era en cierta manera más que un modo de verla y hablarla. Allí, como en el fondo de todas las diversiones, comidas, música, juegos, cenas con disfraz, días de campo, noches de teatro, y hasta en las pocas noches de gran gala de la casa, estaba presente Odette, veía a Odette, hablaba con Odette, don inestimable que los Verdurin hacían a Swann al invitarlo; y se encontraba mejor que en parte alguna en el .cogollito., al que hacía por atribuir méritos reales, porque así se imaginaba que formaría parte de el por gusto toda su vida. Y como no se atrevía a decirse que querría a Odette eternamente, por lo menos le gustaba suponer que se trataría siempre con los Verdurin .proposición ésta que *a priori* despertaba menos objeciones por parte de su inteligencia. y de ese modo se figuraba un porvenir en el que veía a Odette a diario; lo cual no era exactamente lo mismo que quererla siempre; pero, por el momento, y mientras que la quería, creer que no se quedaría un día sin verla era ya bastante para él.

-¡Qué ambiente tan delicioso! -se decía Swann.. Esa, esa es la vida de verdad, la que se hace en esa casa; hay allí más talento y más amor al arte que en las grandes casas aristocráticas. ¡Y cuánto y qué sinceramente le gustan a la señora de Verdurin la música y la pintura! Claro que, a veces, exagera de un modo un tanto ridículo; ¡pero siente tal pasión por las obras de arte, y hace tanto por agradar a los artistas !... No tiene idea de lo que es la gente de la aristocracia, pero también es verdad que los aristócratas se forman igualmente una idea muy falsa de los ambientes artísticos. Y quizá sea porque yo no voy a buscar en la conversación satisfacción de grandes necesidades intelectuales; pero el caso es que paso buenos ratos con Cottard, aunque haga unos chistes estúpidos. El pintor, cuando se pone presuntuoso y quiere deslumbrar a la gente, es desagradable; pero como talento es de los mejores que yo conozco. Y, además, hay allí mucha libertad, cada cual hace lo que quiere sin la menor sujeción, sin ninguna etiqueta.

¡Y el derroche de buen humor que se gasta a diario en esa casa!

Decididamente, creo que, a no ser en casos muy raros, no iré más que allí.

Y me iré formando mis costumbres y mi vida en ese ambiente..

Y como las cualidades que Swann consideraba intrínsecas de los Verdurin no eran más que el reflejo que proyectaban sobre sus personas los placeres que disfrutó Swann en aquella casa durante sus amores con Odette, resultaba que, cuanto más vivos, más profundos y más serios eran aquellos placeres, más serias, más profundas y más vivas eran las prendas con que adornaba Swann a los Verdurin. La señora de Verdurin dio muchas veces a Swann lo único que él llamaba felicidad; una noche se sentía agitado e irritado con Odette, porque su querida había hablado con cual invitado más que con tal otro, no se atrevía a ser él quien tomara la iniciativa de preguntar a Odette si saldrían juntos, y entonces la señora de Verdurin era portadora de paz y alegría, diciendo espontáneamente:

-¿Odette, usted se marcha con el señor Swann, verdad?; tenía miedo al verano que se acercaba, muy preocupado por si Odette se marchaba a veranear ella sola, y no podía verla a diario, y la señora de Verdurin iba a invitar a los dos a irse al campo con ellos; de modo que por todas estas cosas Swann fue dejando que el interés y la gratitud se infiltraran en su inteligencia e influyeran en sus ideas, y llegó hasta a proclamar que la señora de Verdurin era un gran corazón. Un antiguo compañero suyo de la Escuela del Louvre le hablaba de una persona exquisita o de gran mérito, y Swann respondía .Prefiero mil veces los Verdurin.. Y con solemnidad, en el nueva, decía: .Son seres magnánimos, y en este mundo, en el fondo, lo único que importa y que nos distingue es la magnanimidad. Sabes, para mí, ya no hay más que dos clases de personas: los magnánimos y los que no lo son; he llegado ya a una edad en que hay que abanderarse y decidir para siempre a quiénes vamos a querer y a quiénes vamos a desdeñar, y atenerse a los que queremos sin separarse nunca de ellos para compensar el tiempo que hemos malgastado con los demás. Pues yo añadía con esa leve emoción que sentimos, en cierto modo, sin darnos cuenta, al decir una cosa, no porque sea verdad, sino porque nos gusta decirla, y escuchamos nuestra propia voz como si no saliera de nosotros mismos pues yo ya he echado mi suerte y me he decidido por los corazones magnánimos y por vivir siempre en su compañía. ¿Que si es realmente inteligente la señora de Verdurin? A mí me ha dado tales pruebas de nobleza y de elevación de sentimientos, que, ¡qué quieres!, no se conciben sin una gran elevación de ideas. Tiene una profunda comprensión del arte. Pero, en ella, lo más admirable no es eso: hay cositas exquisitas, ingeniosamente buenas, que ha hecho por mí una atención genial, un ademán de sublime familiaridad, que revelan una comprensión de la vida mucho más honda que todo los tratados de filosofía.

Swann, sin embargo, hubiera debido reconocer que había antiguos amigos de sus padres, tan sencillos como los Verdurin, compañeros de sus años juveniles, que sentían el arte tanto como ellos, y que conocía a otras personas de una gran bondad, y que, sin embargo, desde que había optado por la sencillez, por el arte y por la grandeza de alma, ya nunca iba a verlos. Y es que esas personas no conocían a Odette, y aunque la hubieran conocido, no se habrían preocupado de acercársele.

Así que, en el grupo de los Verdurin, no había indudablemente un solo fiel que los quisiera o que creyera quererlos tanto como Swann. Y, sin embargo, aquella vez que dijo el señor Verdurin que Swann no acababa de gustarle, no sólo expresó su propia opinión, sino que se anticipó a la de su mujer. El cariño que sentía Swann por Odette era muy particular, y no tuvo la atención de tomar a la señora de Verdurin como confidente diario de sus amores; la discreción con que Swann tomaba la hospitalidad de los Verdurin era muy grande, y muchas veces no aceptaba cuando lo invitaban a cenar, por un motivo de delicadeza que ellos no sospechaban, y creían que lo hacía por no perder una invitación en casa de algún pelma; además, y no obstante todo lo que hizo Swann por ocultársela, se habían ido enterando poco a poco de la gran posición de Swann en el mundo aristocrático; y todo eso contribuía a fomentar en los Verdurin una antipatía hacia Swann. Pero la verdadera razón era muy otra. Y es que se dieron cuenta en seguida de que en Swann había un espacio impenetrable y reservado, y que allí dentro seguía profesando para sí que la princesa de Sagan no era grotesca, y que las bromas de Cottard no eran graciosas; en suma, y aunque Swann jamás abandonara su amabilidad ni se revolviera contra sus dogmas, que existía una imposibilidad de imponérselos, de convertirlo por completo, tan fuerte como nunca la vieran en nadie. Hubieran pasado por alto que tratara a pelmas .a los cuales Swann prefería mil veces en el fondo de su corazón los Verdurin y su cogollito., con tal de que hubiera consentido, para dar buen ejemplo, en renegar de ellos delante de los fieles. Pero era ésta una abjuración que comprendieron muy bien que no habían de arrancarle nunca.

¡Qué diferencia con un nuevo., invitado a ruegos de Odette, aunque sólo había hablado con él unas cuantas veces, y en el que fundaban los Verdurin grandes esperanzas: el conde de Forcheville! (Resultó que era cuñado de Saniette, cosa que sorprendió grandemente a los fieles porque el anciano archivero era de tan humildes modales que siempre lo estimaron como de inferior categoría social, y les extrañó el ver que pertenecía a una clase social rica y de relativa aristocracia.) Forcheville, desde luego, era groseramente *snob*, mientras que Swann, no; y distaba mucho de estimar la casa de los Verdurin por encima de cualquier otra, como hacía Swann. Pero carecía de esa delicadeza de temperamento que a Swann le impedía asociarse a las críticas, positivamente falsas, que la señora de Verdurin lanzaba contra conocidos suyos. Y ante las parrafadas presuntuosas y vulgares que el pintor soltaba algunas veces, y ante las bromas de viajante que Cottard arriesgaba, y que Swann, que quería a los dos, excusaba fácilmente, pero no tenía valor e hipocresía suficiente para aplaudir, Forcheville, por el contrario, era de un nivel intelectual que podía adoptar un fingido asombro ante las primeras, aunque sin entenderlas, y un gran regocijo ante las segundas. Precisamente, la primera comida de los Verdurin a que asistió Forcheville puso de relieve todas esas diferencias, hizo resaltar sus cualidades y precipitó la desgracia de Swann.

Asistía a aquella comida, además de los invitados de costumbre, un profesor de la Sorbona, Brichot, que conoció a los Verdurin en un balneario, y que de no estar tan ocupado por sus funciones universitarias y sus trabajos de erudición, habría ido a su casa muy gustoso con mayor frecuencia. Porque sentía esa curiosidad, esa superstición de la vida que, al unirse con un cierto escepticismo relativo al objeto de sus estudios, da a algunos hombres inteligentes, cualquiera que sea su profesión, al médico que no cree en la medicina, al profesor de Instituto que no cree en el latín, fama de amplitud, de brillantez y hasta de superioridad de espíritu. En casa de los Verdurin iba, afectadamente, a buscar términos de comparación en cosas de lo más actual, siempre que hablaba de filosofía o de historia, en primer término, porque consideraba ambas ciencias como una preparación para la vida, y se figuraba que estaba viendo vivo y en acción, allí en el clan, lo que hasta entonces sólo por los libros conocía; y, además, porque, como antaño le inculcaron un gran respeto a ciertos temas, respeto que, sin saberlo, conservaba, le parecía que se desnudaba de su personalidad de universitario, tomándose con esos temas libertades que precisamente le parecían libertades tan sólo porque seguía tan universitario como antes.

Apenas empezó la comida, el conde de Forcheville, sentado a la derecha de la señora de Verdurin, que aquella noche se había puesto de veinticinco alfileres en honor al .nuevo., le dijo:

-Muy original esa túnica blanca.; y el doctor Cottard, que no le quitaba ojo, por la gran curiosidad que tenía de ver cómo era un .de., según su fraseología, y que andaba esperando el momento de llamarle la atención y entrar más en contacto con él, cogió al vuelo la palabra blanca., y sin levantar la nariz del plato, dijo:

-¿Blanca?, será Blanca de Castilla., y luego, sin mover la cabeza lanzó furtivamente a derecha e izquierda miradas indecisas y sonrientes. Mientras que Swann denotó con el esfuerzo penoso e inútil que hizo para sonreírse que juzgaba el chiste estúpido, Forcheville dio muestra de que apreciaba la finura de la frase, y al propio tiempo, de que estaba muy bien educado, porque supo contener en sus justos límites una jovialidad tan franca que sedujo a la señora de Verdurin.

-¿Qué? ¿Qué me dice usted de un sabio así? -preguntó a Forcheville.. No se puede hablar seriamente con él dos minutos seguidos. También en su hospital las gasta usted así? Porque entonces .decía volviéndose hacia el doctor. aquello no debe de ser muy aburrido y tendré que pedir que me admitan.

-Creo que el doctor hablaba de ese vejestorio antipático llamado Blanca de Castilla, y perdónenme que así hable. ¿No es verdad, señora? .preguntó Brichot a la dueña de la casa, que cerró los ojos, medio desmayada, y hundió la cara en las manos, dejando escapar unos gritos de reprimida risa.

-¡Por Dios, señora! No quisiera yo ofender a las almas virtuosas, si es que las hay aquí en esta mesa *sub rosa*... Reconozco que nuestra inefable república ateniense .pero ateniense del todo podría honrar en esa Capeto oscurantista al primer prefecto de Policía que supo pegar. Sí, mi querido anfitrión, sí .prosiguió con su bien timbrada voz, que destacaba claramente cada sílaba, en respuesta a una objeción del señor Verdurin., nos lo dice de un modo muy explícito la crónica de San Dionisio, de una autenticidad de información absoluta. Ninguna patrona mejor para el proletariado anticlerical que aquella madre de un santo; por cierto que al santo también le hizo pasar las negras .eso de las negras lo dice Suger y San Bernardo., porque tenía para todos.

-¿Quién es ese señor? -preguntó Forcheville a la señora de Verdurin. Parece hombre muy enterado.

-¿Cómo? ¿No conoce usted al célebre Brichot? Tiene fama europea.

-¡Ah!, es Brichot .exclamó Forcheville, que no habla oído bien. ¿Qué me dice usted? .añadió, mirando al hombre célebre con ojos desmesuradamente abiertos.. Siempre es agradable cenar con una persona famosa. ¿Pero ustedes no invitan más que a gente de primera fila? ¡No se aburre uno aquí, no!

-Sabe usted, sobre todo, lo que pasa .dijo modestamente la señora de Verdurin.: es que aquí todo el mundo está en confianza. Cada cual habla de lo que quiere, y la conversación echa chispas. ¡Ya ve usted! Brichot esta noche no es gran cosa; yo lo he visto algunas veces arrebatador, para arrodillarse delante de él; pues, bueno, en otras casas ya no es la misma persona; se le acaba el ingenio, hay que sacarle las palabras del cuerpo, y hasta es pesado.

-¡Sí que es curioso! .dijo Forcheville, extrañado.

Un ingenio como el de Brichot hubiera sido considerado como absolutamente estúpido en el círculo de gentes donde transcurrió la juventud de Swann, aunque realmente es compatible con una inteligencia de verdad. Y la del profesor, inteligencia vigorosa y nutrida, probablemente hubiera podido inspirar envidia a muchas de las gentes aristocráticas que Swann consideraba ingeniosas. Pero estas gentes habían acabado por inculcar tan perfectamente a Swann sus gustos y sus antipatías, por lo menos en lo relativo a la vida de sociedad y alguna de sus partes anejas, que, en realidad, debía estar bajo el dominio de la inteligencia, es decir, la conversación, que a Swann le parecieron las bromas de Brichot pedantes, vulgares y groseras al extremo. Además, le chocaba, por lo acostumbrado que estaba, los buenos modales, el tono rudo y militar con que hablaba a todo el mundo el revoltoso universitario. Y, sobre todo, y eso era lo principal, aquella noche se sentía mucho menos indulgente al ver la amabilidad que desplegaba la señora de Verdurin con el señor Forcheville, ese que Odette tuvo la rara ocurrencia de llevar a la casa. Un poco azorado con Swann, le preguntó al llegar.

-¿Qué le parece a usted mi convidado?

Y él, dándose cuenta por primera vez de que Forcheville, conocido suyo hacía tiempo, podía gustar a una mujer, y era bastante buen mozo, contestó: .Inmundo.. Claro que no se le ocurría tener celos de Odette; pero no se sentía tan a gusto como de costumbre, y cuando Brichot empezó a contar la historia de la madre de Blanca de Castilla, que .había estado con Enrique Plantagenet muchos años antes de casarse., y quiso que Enrique le pidiera que siguiera su relato, diciéndole:

-¿Verdad, señor Swann?., con el tono marcial que se adopta para ponerse a tono con un hombre del campo o para dar ánimo a un soldado, Swann cortó el efecto a Brichot, con gran cólera del ama de casa, contestando que lo excusaran por haberse interesado tan poco por Blanca de Castilla y que en aquel momento estaba preguntando al pintor una cosa que le interesaba. En efecto: el pintor había estado aquella tarde viendo la exposición de un artista amigo de los Verdurin que había muerto hacía poco, y Swann quería enterarse por él .porque estimaba su buen gusto. de si, en realidad, en las últimas obras de aquel pintor había algo más que el pasmoso virtuosismo de las precedentes.

-Desde ese punto de vista es extraordinario; pero esta clase de arte no me parece muy .encumbrado., como dice la gente -dijo Swann sonriendo.

-Encumbrado a las cimas de la gloria –interrumpió Cottard, alzando los brazos con fingida gravedad.

Toda la mesa se echó a reír.

-Ya le decía yo a usted que no se puede estar serio con él .dijo la señora de Verdurin a Forcheville.. Cuando menos se lo espera una, sale con una gansada.

Pero observó que Swann era el único que no se había reído.

No le hacía mucha gracia que Cottard bromeara a costa suya delante de Forcheville. Pera el pintor, en vez de responder de una manera agradable a Swann, como le habría respondido seguramente de haber estado solos, optó por asombrar a los invitados colocando un parrafito sobre la destreza del pintor maestro muerto.

-Me acerqué .dijo. y metí la nariz en los cuadros para ver cómo estaba hecho aquello. Pues ¡ca!, no hay manera; no se sabe si está hecho con cola, con rubíes, con jabón, con bronce, con sol o con caca.

-¡Ka, ele, eme! .exclamó el doctor, pero ya tarde y sin que nadie se fijara en su interrupción.

-Parece que no está hecho con nada .prosiguió el pintor., y no es posible dar con el truco, como pasa con la Ronda o los Regentes; y de garra es tan fuerte como pueda serlo Rembrandt o Hals. Lo tiene todo, se lo aseguro a ustedes.

Y lo mismo que esos cantantes que, cuando llegan a la nota más alta que puedan dar, siguen luego en voz de falsete piano, el pintor se contentó con murmurar, riendo, como si el cuadro, a fuerza de ser hermoso, resultara ya risible .Huele bien, lo marea a uno, le corta la respiración, le hace cosquillas, y no hay modo de enterarse cómo está hecho aquello.

Es cosa de magia, una picardía, un milagro .y echándose a reír, un timo, ¡vaya! .Y entonces se detuvo, enderezó gravemente la cabeza, y adoptando un tono de bajo profundo, que procuró que le saliera armonioso, añadió: ¡Y qué honrado!

Excepto en el momento en que dijo .más fuerte que la Ronda., blasfemia que provocó una protesta de la señora de Verdurin, la cual consideraba a la Ronda como la mejor obra del universo, sólo comparable a la Novena y a la Samotracia, y cuando dijo aquello otro de .hecho con caca., que hizo lanzar a Forcheville una mirada alrededor de la mesa para ver si la palabra pasaba, y al ver que sí, arrancó a sus labios una sonrisa mojigata y conciliadora, todos los invitados, menos Swann tenían los ojos clavados en el pintor y fascinados por sus palabras.

-¡Lo que me divierte cuando se entusiasma así! -exclamó la señora de Verdurin, encantada de que la conversación marchara tan bien la primera noche que tenían al conde de Forcheville. Y tú, ¿qué haces con la boca abierta como un bobo? -dijo a su marido.. Ya sabes que habla muy bien; no parece sino que es la primera vez que lo oyes. ¡Si usted lo hubiera visto mientras estaba usted hablando! ¡Se lo comía con los ojos! Y mañana nos recitará todo lo que ha dicho usted, sin quitar una coma.

-¡No, no, lo digo en serio! .repuso el pintor, encantado de su éxito.. Parece que se creen ustedes que estoy hablando para la galería, y que todo es charlatanismo; yo los llevaré a ustedes a que lo vean y a que me digan si he exagerado algo; me juego la entrada a que vuelven más entusiasmados que yo.

-No, si no le decimos a usted que exagera; lo que queremos es que coma usted y que coma mi marido también; sirva usted otra vez lenguado al señor; ¿no ve que se le ha enfriado el que tenía? No nos corre nadie; está usted sirviendo como si hubiera fuego en la casa. Espere, espere un poco para la ensalada.

La señora de Cottard era modesta, pero no carecía del aplomo requerido cuando, por una feliz inspiración, daba con una frase acertada. Veía que tendría éxito; aquello le inspiraba confianza, y la lanzaba, más que por sobresalir ella, para ayudar a subir a su marido. Así que no dejó escapar la palabra ensalada que acababa de pronunciar la señora de Verdurin.

-¿Es la ensalada japonesa? -dijo a media voz, volviéndose a Odette. Y contenta y azorada por la oportunidad y el atrevimiento con que supo hacer una alusión discreta, pero clara, a la nueva y discutida obra de Dumas, se echó a reír con risa de ingenua, poco chillona, pero tan irresistible, que no pudo dominarla, en unos instantes.

-¿Quién es esa señora? -dijo Forcheville-. Tiene gracia.

-No, no es ensalada japonesa; pero si vienen todos ustedes a cenar el viernes, se la haremos.

-Le voy a parecer a usted muy paleta, caballero -dijo a Swann la señora del doctor.; pero confieso que aun no he visto esa famosa *Francillon,* que es la comidilla de todo el mundo. El doctor ya ha ido a verla (recuerdo que me dijo cuánto se alegró de encontrarlo a usted allí y gozar de su compañía), y luego no he querido que volviera a tomar billetes para ir conmigo. Claro que en el teatro Francés nunca pasa uno la noche aburrida, y además trabajan todos los cómicos muy bien; pero como tenemos unos amigos muy amables .la Señora de Cottard rara vez pronunciaba un nombre propio y se limitaba a decir: .unos amigos nuestros, una .amiga mía., por .distinción., y con un tono falso, como dando a entender que ella no nombraba más que a quien quería., que tienen palco muy a menudo y se les ocurre la feliz idea de llevarnos con ellos a todas las novedades que lo merecen, estoy segura de ver *Francillon,* un poco antes o un poco después, y de poder formarme opinión. Ahora, que no sabe una qué decir, porque en todas las casas adonde voy de visita no se habla más que de esa maldita ensalada japonesa. Ya empieza a ser un poco cansador -añadió al ver que Swann no parecía acoger con mucho interés aquella candente actualidad.. Pero muchas veces da pie a ideas muy divertidas.

Tengo yo una amiga muy ocurrente y muy guapa; que está muy al tanto de la moda, y dice que el otro día mandó hacer en su casa esa ensalada japonesa, pero con todo lo que dice Alejandro Dumas, hijo, en su obra. Había invitado a unas cuantas amigas; y yo no fui de las elegidas. Y según me dijo, el día que recibe, aquello era detestable. Nos hizo llorar de risa. Claro que también hace mucho la manera de contar .añadió viendo que Swann seguía serio.

Y creyéndose que tal vez sería porque no le gustaba *Francillon*:

-Creo que sufriré una desilusión. Nunca valdrá tanto como *Sergio Panine*, el ídolo de Odette. Esas obras sí que tienen fondo, son asuntos que hacen pensar; pero ¡mire usted que ir a dar recetas de cocina en el teatro Francés! *Sergio Panine* es otra cosa. Como todo lo de Jorge Onhet, por supuesto, siempre está también escrito.

-No sé si conoce usted el *Maestro Herrero*; a mí aun me gusta más que *Sergio Panine.*

-Yo, señora, confieso -dijo Swann con cierta ironía-, que tan poca admiración me inspira una como otra.

-¿De veras? ¿Qué les encuentra usted de malo? ¿Les tiene usted antipatía? Quizá le parece un poco triste, ¿eh? Pero yo digo siempre que no se debe discutir de novelas ni de obras de teatro. Cada cual tiene su modo de ver, y a lo mejor, lo que yo prefiero le parece a usted detestable.

Se vio interrumpida por Forcheville, que se dirigía a Swann. En efecto: mientras la señora del doctor había estado hablando de *Francillon,* Forcheville se dedicó a expresar a la señora de Verdurin su admiración por el pequeño *speeck* del pintor, según él lo llamó.

-¡Qué memoria y qué facilidad de palabra tiene -dijo a la señora de Verdurin, cuando hubo acabado el pintor.: he visto pocas parecidas! Caramba, ya las quisiera yo para mí. Él y el señor Brichot son dos números de primera; pero como lengua me parece que esto daría quince y raya al profesor. Es más natural, menos rebuscado.

Claro que se le escapan alguna palabras harto realistas, pero ahora gusta eso, y pocas veces he visto tener la sartén por el mango en una conversación tan diestramente, como decíamos en mi regimiento; precisamente en el regimiento tenía yo un compañero que este señor me recuerda un poco. Se estaba hablando horas y horas de cualquier cosa, de este vaso, ¡pero qué de este vaso, eso es una tontería, de la batalla de Waterloo, de lo que usted quiera!, y a todo eso soltándonos ocurrencias graciosísimas. Swann debió conocerlo, porque estaba en el mismo regimiento.

-¿Ve usted muy a menudo al señor Swann? -inquirió la señora de Verdurin.

-No -contestó Forcheville; y como quería congraciarse con Swann para poder acercarse a Odette más fácilmente, quiso aprovechar la ocasión que se le ofrecía de halagarlo hablando de sus buenas relaciones, pero en tono de hombre de mundo y como en son de crítica, sin nada que pareciera felicitación por un éxito inesperado-. No, nos vemos muy poco, ¿verdad, Swann? ¡Cómo nos vamos a ver! Este tonto está metido en casa de los La Trémoille, de los Laumes, de toda esa gente. Imputación completamente falsa, porque hacía un año que Swann no iba más que a casa de los Verdurin. Pero el mero hecho de nombrar a personas no conocidas en la casa se acogía entre los Verdurin con un silencio condenatorio.

Verdurin, temeroso de la mala impresión que aquellos nombres de pelmas, lanzados así a la faz de todos los fieles, debieron causar a su mujer, la miró a hurtadillas, con mirar henchido de inquieta solicitud. Y vio su resolución de no darse por enterada, de no tomar en consideración la noticia que acababan de comunicarle y de permanecer, no sólo muda, sino sorda, como solemos fingir cuando un amigo indiscreto desliza en la conversación una excusa de tal naturaleza que sólo el oírla sin protesta sería darla por buena, o pronuncia el nombre execrado de un ingrato delante de nosotros; y la señora de Verdurin, para que su silencio no pareciera un consentimiento, sino ese gran silencio que todo lo ignora de las cosas inanimadas, borró de su rostro todo rasgo de vida y de motilidad; su frente combada se convirtió en un hermoso estudio de relieve, que ofreció invencible resistencia a dejar entrar el nombre de esos La

Trémoille, tan amigos de Swann; la nariz se frunció levemente en una arruguita que parecía de verdad. Ya no fue más que un busto de cera, una máscara de yeso, un modelo para monumento, un busto para el palacio de la Industria, que el público se pararía a contemplar, admirando la destreza con que supo el escultor expresar la imprescriptible dignidad con que afirman los Verdurin, frente a los La Trémoille y los Laumes, que ni ellos ni todos los pelmas del mundo están por encima de los Verdurin, y la rigidez y la blancura casi papales que supo dar a la piedra. Pero el mármol acabó por animarse, habló y dijo que hacía falta no tener estómago para ir a casa de gente así, porque la mujer siempre estaba borracha, y el marido era tan ignorante, que decía pesillo por pasillo.

-Por todo el oro del mundo no dejaría yo entrar en mi casa a esa gente .concluyó la señora Verdurin, mirando a Swann con aspecto imperativo.

Indudablemente, no esperaba que la sumisión de Swann llegara al extremo de santa simplicidad de la tía del pianista, que acababa de exclamar:

-Pero es posible? Lo que me extraña es que haya personas que se traten con ellos; yo tendría miedo, porque le pueden dar a una un golpe. ¡Y todavía hay tontos que les hacen la corte!
Pero por lo menos habría podido decir como Forcheville:

-Sí, pero es una duquesa, y hay gente todavía que se deja alucinar por esas cosas., lo cual habría dado ocasión a la señora de Verdurin para decir: .Pues buen provecho les haga.. Pero no, ni eso siquiera; Swann se limitó a una risita que significaba que no podía tomar en serio semejante disparate. Verdurin seguía lanzando a su esposa miradas furtivas, y veía tristemente, explicándoselo muy bien, que a su mujer la dominaba una cólera de inquisidor que no logra extirpar la herejía, y para ver si arrancaba a Swann una retractación, como el valor de sostener las propias opiniones parece siempre una cobardía y un cálculo a aquellos contra quienes las sostenemos, Verdurin le dijo:

-Díganos usted francamente lo que piensa; no iremos luego a contárselo.

A lo cual respondió Swann:

-No, si no es que tenga miedo de la duquesa (si es que se refieren ustedes a los La Trémoille). A todo el mundo le gusta su trato. No digo que sea muy .profunda. (pronunció profunda como si hubiera sido una palabra ridícula, porque su lenguaje aun conservaba trazas de ciertas modalidades espirituales, con las que dio al traste aquella renovación sonada por el amor a la música, y ahora expresaba sus opiniones con viveza), pero de veras que es inteligente y su marido es un hombre cultísimo. ¡Es una gente deliciosa!

Tanto, que la señora de Verdurin, dándose cuenta de que aquel solo infiel le impediría realizar la unidad moral del cogollito, rabiosa contra aquel cabezota que no veía, el daño que le estaba haciendo con sus palabras, no pudo menos que gritar:

-¡Bueno!, opine usted así si le parece, pero por lo menos no nos lo diga:

-Todo depende de lo que usted llame inteligencia –dijo Forcheville, que quería sobresalir él también.. Vamos a ver, Swann, ¿qué entiende usted por inteligencia?

-Eso, eso .exclamó Odette., esas son las cosas que yo quiero que me diga, pero él nunca cede.

-Pero si.... protestó Swann.

-Nada, nada .dijo Odette.

-.El que nada no se ahoga .interrumpió el doctor.

-¿Llama usted inteligencia a la facundia locuaz de los salones, a esas personas que saben meterse en todo?

-Acabe usted con los entremeses para que le puedan cambiar el plato .dijo la señora de Verdurin con tono agrio dirigiéndose a Saniette, que absorto en sus reflexiones se había olvidado de comer. Y quizá un poco avergonzada por el tono con que lo dijera, añadió.: Vamos, lo mismo da, tiene usted tiempo; yo lo digo por los demás, para que no esperen.

-Ese buen anarquista de Fenelón -dijo Brichot marcando las sílabas. da una definición muy curiosa de la inteligencia...

-Oigan, oigan -dijo la señora de Verdurin a Forcheville y al doctor., eso de la definición de Fenelón no todos los días se le presenta a uno ocasión de oírlo.

Pero Brichot esperaba a que Swann diera la definición suya. Y como Swann hurtó el bulto y no contestó, fracasó aquella brillante justa que la señora de Verdurin ofrecía tan regocijada a Forcheville.

-¡Claro!, hace lo que conmigo -dijo Odette enfurruñada.; me alegro de ver que no soy yo sola la que le parezco poco.

-¿Esos de La Trémoille que nos pinta esta señora de modo tan poco recomendable .preguntó Brichot articulando con mucha fuerza. son quizá descendientes de aquellos cuya amistad tenía en tanto la marquesa de Sevigné, porque la realzaba mucho a los ojos de sus vasallos? Verdad es que la marquesa tenía otra razón, que debía ser la verdadera, porque como era literata hasta la médula de los huesos nunca decía las cosas de primeras. Y es que en el diario que mandaba a su hija periódicamente, la señora de La Trémoille, perfectamente documentada por lo bien emparentada que estaba, era la que escribía sobre la política extranjera.

-No, me parece que no es la misma familia -dijo a todo trance la señora de Verdurin.

Saniette, que después de haber dado al maestresala su plato, lleno aún, se hundió de nuevo en un silencio meditativo, salió por fin de su mutismo para contar, riéndose, que una vez había cenado con el duque de La Trémoille, y que resultaba que el duque ignoraba que Jorge Sand era seudónimo de una mujer. Swann, como Saniette le era simpático, creyó oportuno darle unos cuantos detalles sobre la cultura del duque, que demostraban la imposibilidad de tal confusión; pero se paró de pronto porque acababa de comprender que Saniette no necesitaba esas pruebas, y sabía que la historia era falsa por la sencilla razón de que la había inventado en aquel instante. Aquel hombre excelente sufría al ver que los Verdurin lo tomaban por un pelma; y como se daba cuenta de que aquella noche había estado más soso que nunca, quería decir algo gracioso antes de que se acabara la cena. Capituló tan pronto, puso una cara tan lastimera por su fracaso, y respondió a Swann tan cobardemente para que no se encarnizara en una refutación inútil:

-Bueno, bueno; de todos modos, equivocarse no es un crimen, me parece, que Swann se habría alegrado de poder decirle que la historia era cierta y graciosísima. El doctor había estado escuchando, y se le ocurrió que en aquel caso sería oportuno un *Se non é vero...*; pero, como no estaba muy seguro de las palabras, tuvo miedo de enredarse y no dijo nada.

Acabada la cena, Forcheville buscó al doctor.

-No ha debido de ser fea, ¿eh?, la señora de Verdurin, y además es una mujer con la que puede uno hablar, y para mí eso es todo. Claro que ya empieza a amorcillarse un poco. La que parece muy lista es la señora de Crécy; ya, lo creo, tiene vista de águila.

Estábamos hablando de la señora de Crécy .dijo a Verdurin, que se acercó con su pipa en la boca.. Debe de tener un cuerpo...

-Mejor me gustaría encontrármela entre las sábanas que no al diablo .dijo precipitadamente Cottard, que estaba esperando hacía un momento a que Forcheville tomara aliento para colocar aquel chiste viejo, temeroso de que se pasara la oportunidad si la conversación tomaba otro rumbo; chiste que soltó con esa naturalidad y aplomo exagerados que sirven para ocultar la frialdad y la inquietud del que está recitando. Forcheville, que conocía el chiste, lo entendió y se rió mucho. Verdurin tampoco regateó su regocijo, porque hacía poco que había dado con un símbolo para expresarlo distinto del de su mujer, pero tan sencillo y tan claro como el de ella. Apenas iniciaba los movimientos de cabeza y hombros propios de la persona que se desternilla de risa, se ponía a toser como si se hubiera tragado el humo de la pipa por reírse con mucha fuerza. Y, sin quitarse la pipa de la boca, prolongaba indefinidamente ese simulacro de hilaridad y de ahogo. Él y su mujer, que estaba enfrente oyendo contar una historia al pintor, y que en aquel momento cerraba los ojos, e iba a hundir el rostro en las manos, parecían dos caretas de teatro que expresaban de modo distinto el mismo sentimiento de jovialidad.

Verdurin hizo muy bien en no quitarse la pipa de la boca, porque Cottard, que sintió necesidad de salir un momento, dijo a media voz una frasecita que había aprendido hacía poco y que repetía siempre que tenía que ir al mismo sitio: .Tengo que ir a dar un recadito al duque de Aumale., de modo que el acceso de tos volvió a empezar.

-¡Pero, hombre, quítate la pipa de la boca, te vas a ahogar por querer contener la risa! -le dijo la señora, que se acercó al grupo para ofrecer licores.

-Su marido es un hombre delicioso, tiene un ingenio que vale por cuatro -declaró Forcheville a la señora de Cottard.

-Gracias, señora; un soldado viejo nunca dice que no a un trago.

-Al señor de Forcheville le parece Odette encantadora -dijo Verdurin a su esposa.

-Pues precisamente ella tendría mucho gusto en almorzar un día con usted. A ver cómo lo combinamos, pero sin que se entere Swann, porque tiene un carácter que lo enfría todo. Claro que eso no quita para que venga usted a cenar, naturalmente; esperamos que nos favorezca usted a menudo. Ahora, como ya viene el buen tiempo, vamos muchas veces a comer en sitio descubierto. ¿No le desagradan las comidas en el Bosque? Muy bien, pues eso. Pero, ¿eh?, se ha olvidado usted de su oficio .gritó al joven pianista para hacer ostentación al mismo tiempo, y delante de un nuevo tan importante como Forcheville, de su ingenio y de su dominio tiránico sobre los fieles.

-El señor de Forcheville me estaba hablando mal de ti .dijo la señora de Cottard a su marido cuando éste volvió al salón.

Y el doctor, siempre con la obsesión de la nobleza de Forcheville, que le preocupaba desde que empezó la cena, le dijo:

-Ahora estoy asistiendo a una baronesa, la baronesa de Putbus; parece que los Putbus estuvieron en las Cruzadas, ¿no? Tienen en Pomerania un lago donde caben diez plazas de la Concordia.

Le estoy asistiendo una artritis seca. Es una mujer simpática. Creo que la señora de Verdurin la conoce.

Con eso dio pie a que Forcheville, cuando se vio solo un momento después con la señora de Cottard, completara el favorable juicio que del doctor tenía formado:

-Es muy simpático, y se ve que conoce gente. Claro, los médicos lo saben todo.

-Voy a tocar el *scherzo* de la sonata de Vinteuil, para el señor Swann . dijo el pianista.

-¡Caramba!, conque una sonata de escuerzos, ¿eh? -preguntó Forcheville para dárselas de gracioso.

Pero el doctor, que no conocía ese chiste, no lo entendió, y creyó que Forcheville se había equivocado. Se acercó en seguida a rectificarlo:

-No, no se dice escuerzo, se dice *scherzo* .aclaró con tono solícito, impaciente y radiante.

Forcheville le explicó el chiste, y el doctor se puso encarnado.

-¿Reconocerá usted que tiene gracia, doctor?

-Sí, ya lo conocía hace tiempo -contestó Cottard.

Pero se callaron; por debajo de la agitación de los trémulos del violín que la protegían con su vestidura temblorosa, a dos octavas de distancia, lo mismo que en una región montañosa vemos por detrás de la inmovilidad aparente y vertiginosa de una cascada, allá doscientos pies más abajo, la minúscula figurilla de una mujer que se va paseando, surgió la frasecita lejana, graciosa, protegida por el amplio chorrear de la cortina transparente, incesante y sonora. Y Swann corrió hacia ella, desde lo más hondo de su corazón, como a una confidente de sus amores, corno a una amiga de Odette, que debía decirle que no hiciera caso a ese Forcheville.

-Llega usted tarde -dijo la señora de Verdurin a un fiel, invitado tan sólo en calidad de .mondadientes.., Brichot esta noche ha estado incomparable, elocuentísimo. Pero se ha marchado ya. ¿Verdad, señor Swann? Por cierto, creo que es la primera vez que hablaba usted con él, no? .añadió para hacer resaltar que lo conocía gracias a ella.. ¿Verdad que Brichot ha estado delicioso?

Swann se inclinó cortésmente.

-¿Pero no le ha interesado a usted? .preguntó secamente la señora.

-Sí, señora, mucho me ha encantado. Quizá es un tanto precipitado y jovial, a veces, para mi gusto, y le sentaría bien un poco más de calma y de suavidad; pero se ve que sabe mucho y que es una excelente persona.

Todo el mundo se retiró muy tarde. Lo primero que dijo Cottard a su mujer fue:

-Pocas veces he visto a la señora de Verdurin tan animada como esta noche.

-¿Qué es lo que viene a ser exactamente esta señora de Verdurin; una virtud de entre dos aguas? -dijo Forcheville al pintor, al que propuse que se marcharan juntos.

Odette sintió mucho ver marcharse a Forcheville; no se atrevió a no volver a casa con Swann, pero en el coche estuvo de muy mal humor, y cuando Swann le preguntó si quería que entrara en su casa, le contestó, encogiéndose de hombros y con impaciencia:

-¡Pues claro!.. Cuando ya se marcharon todos los invitados, la señora de Verdurin dijo a su marido:

-¿Has visto qué risa tan tonta la de Swann cuando estábamos hablando de la señora de La Trémoille?

Había observado que cuando pronunciaban este nombre, Swann y Forcheville algunas veces suprimían la partícula. Y no dudando que lo hicieran para demostrar que a ellos no les asustaban los títulos, quiso imitar su orgullo, pero no había sabido coger bien la forma gramatical con que se traducía. Y como su defectuosa manera de hablar podía más que su intransigencia republicana, seguía diciendo los señores *de* La Trémoille, o mejor dicho, con esa abreviatura usual en la letra de los *couplets*, y los pies de las caricaturas con que se disimula los *de* La Trémoille, y luego se resarcía diciendo sencillamente: .La señora La Trémoille.. .La *duquesa*, como dice Swann. añadió irónicamente, con una sonrisa que indicaba que estaba citando palabras ajenas y que ella no cargaba con una denominación tan ingenua y tan ridícula.

-Yo te diré que esta noche lo he encontrado muy estúpido. Su marido le respondió:

-No es un hombre franco, es un caballero muy cauteloso que siempre está nadando entre dos aguas. Quiere estar bien con todos. ¡Qué diferencia entre él y Forcheville! Ese hombre, por lo menos, te dice claramente lo que piensa, te agrade o no te agrade.

No es como el otro, que no es ni carne ni pescado. Por supuesto, a Odette parece que le gusta más Forcheville, y yo le alabo el gusto. Y, además, ya que Swann viene echándoselas de hombre de mundo y de campeón de duquesas, el otro, por lo menos, tiene su título, y es conde de Forcheville .añadió con delicada entonación, como si estuviera muy al corriente de la historia de ese condado y sopesara minuciosamente su valor particular.

-Yo te diré .repuso la señora. que esta noche ha lanzado contra Brichot unas cuantas indirectas venenosas y ridículas. Claro, como ha visto que Brichot caía bien en la casa, esa era una manera de herirnos y de minarnos la cena. Se ve muy claro al joven amigo que te desollará a la salida.

-Yo ya te lo dije -contestó él, es un fracasado, un envidiosillo de todo lo que sea grande.

En realidad, no había fiel menos maldiciente que Swann; pero todos los demás tenían la precaución de sazonar sus chismes con chistes baratos, con una chispa de emoción y de cordialidad; mientras que la menor reserva que Swann se permitía sin emplear fórmulas convencionales, como .Esto no es hablar mal; pero...., porque lo consideraba una bajeza, parecía una perfidia. Hay autores originales que con la más mínima novedad excitan la ira del público, sencillamente porque antes no halagaron sus gustos, atiborrándolo de esos lugares comunes a que está acostumbrado; y así indignaba Swann al señor Verdurin. Y en el caso de Swann, como en el de ellos, la novedad de su lenguaje es lo que inducía a creer en lo negro de sus intenciones.

Swann estaba aún ignorante de la desgracia que lo amenazaba en casa de los Verdurin, y seguía viendo sus ridículos de color de rosa, a través de su amor por Odette.

Ahora, por lo general, sólo se daba cita con su querida por la noche; de día tenía miedo de cansarla yendo mucho a su casa, pero le gustaba estar siempre presente en la imaginación de Odette, y buscaba las ocasiones de insinuarse hasta el pensamiento de su amiga de una manera agradable. Si veía en el escaparate de una tienda de flores, o de una joyería, alguna planta o alguna alhaja que le gustaran mucho, pensaba en seguida en enviárselas a Odette, imaginándose que aquel placer que había sentido él al ver la flor o la piedra preciosa, lo sentiría ella también, y vendría a acrecer su cariño; y las mandaba llevar inmediatamente a la calle La Perouse, para no retardar el instante aquel en que, por recibir Odette una cosa suya, parecía que estaban más cerca. Quería, sobre todo, que llegara el regalo antes de que ella saliera, para ganarse, por el agradecimiento que ella sintiera, una acogida más cariñosa aquella noche en casa de los Verdurin, acaso una carta que ella enviaría antes de ir a cenar, y ¡quién sabe si hasta una visita de la propia Odette!, una visita suplementaria a casa de Swann para darle las gracias.

Como en otra época, cuando experimentaba en el temperamento

de Odette los efectos del despecho, ahora probaba, por medio de las reacciones de la gratitud, a extraer de su querida parcelas íntimas de sentimiento que aun no le había revelado.

Muchas veces, Odette tenía apuros de dinero, y en caso de alguna deuda urgente, pedía a Swann que la ayudara. Y él se alegraba mucho, como de todo lo que pudiera inspirar a Odette un gran concepto del amor que le tenía, o sencillamente de su influencia y de lo útil que podía serle. Indudablemente, si al principio le hubieran dicho:

-Lo que le gusta es tu posición social.., ahora, si te quiere es por tu dinero., Swann no lo hubiera creído; pero no le dolería mucho que las gentes se figurasen a Odette unida a él, es decir, que se viera que estaban unidos el uno al otro. por un lazo tan fuerte como el esnobismo o el dinero. Y hasta si hubiera llegado a creérselo, quizá su pena no habría sido muy grande al descubrir en el amor de Odette ese estado más duradero que el basado en los atractivos o prendas personales de su amigo: el interés, que no dejaría llegar nunca el día en que ella sintiera ganas de no volverlo a ver.

Por el momento, colmándola de regalos y haciéndole favores, podía descansar confiadamente en estas mercedes, exteriores a su persona y a su inteligencia, del agotador cuidado de agradarle por sí mismo. Y aquella voluptuosidad de estar enamorado, de no vivir más que de amor, que muchas veces dudaba que fuera verdad, aumentaba aún de valor por el precio que, como *dilettante* de sensaciones inmateriales, le costaba .lo mismo que se ve a personas dudosas de si el espectáculo del mar y el ruido de las olas son cosa deliciosa, convencerse de que sí y de que ellos tienen un gusto exquisito en cuanto tienen que pagar cien francos diarios por la habitación de la fonda donde podrán gozar del mar y sus delicias.

Un día, reflexiones de éstas le trajeron a la memoria aquella época en que le hablaran de Odette como de una mujer entretenida., y una vez más se divirtió oponiendo a esa personalidad extraña, la mujer entretenida .amalgama tornasolada de elementos desconocidos y diabólicos, engastada, como una aparición de Gustavo Moreau, en flores venenosas entrelazadas en alhajas magníficas., la otra Odette por cuyo rostro viera pasar los mismos sentimientos de compasión por el desgraciado, de protestas contra la injusticia, y de gratitud por un beneficio, que había visto cruzar por el alma de su madre o de sus amigos; esa Odette, que hablaba muchas veces de las cosas que a él le eran más familiares que a ella, de su cuarto, de su viejo criado, del banquero a quien tenía confiados sus títulos; y esta última imagen del banquero le recordó que tenía que pedir dinero. En efecto, si aquel mes ayudaba a Odette en sus dificultades materiales con menos largueza que el anterior, en que le dio 5000 francos, o no le regalaba un collar de diamantes que ella quería, no reavivaría en su querida aquella admiración por su generosidad, aquella gratitud que tan feliz lo hacían, y hasta corría el riesgo de que Odette pensara que su amor disminuía al ver reducidas las manifestaciones con que aquel cariño se expresaba. Y entonces se preguntó de pronto si aquello que estaba haciendo no era cabalmente entretenerla, como si en efecto, esta noción de entretener pudiera extraerse, no de elementos misteriosos ni perversos, sino pertenecientes al fondo diario y privado de su vida, lo mismo que ese billete de 1000 francos, roto y repegado, doméstico y familiar, que su ayuda de cámara le ponía en el cajón de la mesa, después de pagar la casa y las cuentas, y que él mandaba a Odette con cuatro más., y si no se podía aplicar a Odette, desde que él la conocía .porque no se le pasó por las mientes que antes de conocerlo a él hubiera podido recibir dinero de nadie. ese dictado que tan incompatible con ella se figuraba Swann de mujer entretenida.. Pero no pudo ahondar en esa idea, porque un acceso de pereza de espíritu, que en él eran congénitos, intermitentes y providenciales, llegó en aquel momento y apagó todas las luminarias de su inteligencia, tan bruscamente, como andando el tiempo, cuando hubiera luz eléctrica, podría dejarse una casa a oscuras en un momento. Su pensamiento anduvo a tientas un instante por las tinieblas; se quitó los lentes, limpió sus cristales, se pasó las manos por los ojos, y no volvió a vislumbrar la luz hasta que tuvo delante una idea completamente distinta, a saber: que el mes próximo convendría mandar a Odette 6000 o 7000 francos en vez de 5000, por la sorpresa y la alegría que con eso iba a darle.

    La noche que no estaba en casa esperando que llegara la hora de ver a Odette en casa de los Verdurin, o en uno de los restaurantes de verano del Bosque o de Saint-Cloud, donde les gustaba mucho ir, se marchaba a cenar a alguna de aquellas elegantes casas donde, antes era asiduo convidado. No quería romper el contacto con personas que quién sabe si podían ser útiles a Odette algún día, y a quienes ahora utilizaba a veces para alguna cosa que le pedía Odette. Además, estaba muy acostumbrado desde hacía tiempo a la vida aristocrática y al lujo, y aunque había aprendido con la costumbre a despreciar una y otro, sin embargo, los necesitaba; de modo que en cuanto se le aparecieron exactamente en el mismo plano las casas más modestas y las mansiones ducales, tan habituados estaban sus sentidos a los palacios, que sentía necesidad de no estar siempre en moradas modestas. Le merecían la misma consideración .con tal identidad, que hubiera parecido increíble las familias de clase media que daban bailes en su quinto piso, escalera D, puerta de la derecha, que la princesa de Parma, en cuyo palacio se celebraban las fiestas más lucidas de París; pero no tenía la sensación de hallarse en un baile cuando se estaba con la gente seria en la alcoba del ama de casa; y al ver los tocadores tapados con toallas, las camas transformadas en guardarropa y los cubrepiés llenos de gabanes y sombreros, le causaba la misma sensación de ahogo que puede causar hoy a personas acostumbradas a veinte años de luz eléctrica el olor de un quinqué o el humo de una lamparilla. El día que cenaba fuera mandaba enganchar para las siete y media; se vestía pensando en Odette, y así no estaba solo, porque el pensar constantemente en Odette alumbraba los momentos en que ella estaba lejos con la misma encantadora luz de los instantes que pasaban juntos. Subía al coche, pero sentía que aquel pensamiento saltaba al carruaje al mismo tiempo que él, se le ponía en las rodillas como un animal favorito que llevamos a todas partes y que seguiría con él en la mesa, sin que lo supieran los invitados. Y aquel animalito le acariciaba, le daba calor; y Swann sentía una especie de lánguida dejadez, y se rendía a un leve estremecimiento que le crispaba el cuello y la nariz, cosa nueva en él, mientras iba poniéndose en el ojal el ramito de ancolias. Sentíase melancólico y malucho hacía algún tiempo, sobre todo desde que Odette presentó a Forcheville en casa de los Verdurin, y por su gusto se habría ido al campo a descansar. Pero no tenía valor para marcharse de París, ni siquiera por un día, mientras que Odette estuviera allí. Había una atmósfera cálida, y eran aquellos los días más hermosos de la primavera. Y aunque iba atravesando una ciudad de piedras para meterse en un hotel cerrado, lo que tenía siempre en la imaginación era un parque suyo, junto a Combray; allí, en cuanto eran las cuatro, antes de llegar al plantado de espárragos, gracias al aire que viene por el lado de Méséglise, podía disfrutarse, a la sombra de las plantas, tanto frescor como en la orilla del estanque, cercado de miosotis y espadañas, y cenaba en una mesa rodeada por guirnaldas de rosas y de grosella, que le arreglaba su jardinero.

 Acabada la cena, si estaban citados temprano en el Bosque o en Saint-Cloud, se marchaba tan pronto .sobre todo si amenazaba lluvia y podían los fieles recogerse antes. que una vez que cenaron muy tarde en casa de la princesa de Laumes, y que Swann se marchó sin esperar el café, para ir a buscar a los Verdurin a la isla del Bosque, la princesa dijo:

 -Realmente, si Swann tuviera treinta años más y una enfermedad de la vejiga, se comprendería que escapara de esa manera; pero esto ya es burlarse de la gente.

Decíase Swann que aquel encanto de la primavera, que no podía ir a disfrutar, lo encontraría, al menos, en la isla de los Cisnes o en Saint-Cloud. Pero como no podía pensar en nada más que en Odette, ni siquiera sabía si las hojas olían bien o si hacía luna; acogíale la frasecilla de la sonata de Vinteuil, tocada en el piano del jardín del restaurante. Si no había piano abajo, los Verdurin hacían todo lo posible porque bajaran uno de un cuarto de arriba o del comedor. Y no es que Swann hubiera vuelto a su favor, no; pero la idea de preparar a cualquiera, aunque fuera a una persona poco estimada, un obsequio ingenioso, inspiraba a los Verdurin, durante los momentos de los preparativos, sentimientos ocasionales y efímeros de simpatía y de cordialidad. Muchas veces se decía Swann que aquella noche era una noche de primavera más que estaba pasando, y se prometía fijarse en los árboles y en el cielo. Pero la agitación que le sobrecogía al ver a Odette, como asimismo cierto febril malestar que lo aquejaba, sin descanso, hacía algún tiempo, le robaban la calma y el bienestar, que son fondo indispensable para las impresiones que inspira la Naturaleza. Una de las noches que aceptó Swann la invitación de los Verdurin, dijo, cuando estaban cenando, que a la noche siguiente se reuniría en banquete con unos compañeros suyos, y Odette, allí en plena mesa, le contestó, delante de Forcheville que ahora era uno de los fieles; delante del pintor, delante de Cottard .Sí, ya sé que tiene usted banquete; así que no lo veré hasta que pase usted por casa. No vaya muy tarde, ¿eh? Aunque Swann nunca tuvo envidia seriamente de las pruebas de, amistad que daba Odette a uno u a otro de los fieles, sintió una gran dulzura al oírla confesar así, delante de todos y con tan tranquilo impudor, sus citas diarias de por la noche, la posición privilegiada que gozaba en casa de Odette y la preferencia que eso implicaba hacia él. Verdad es que Swann había pensado muchas veces que Odette no era, en ningún modo, una mujer que llamara la atención, y la supremacía suya sobre un ser tan inferior a él no era cosa para sentirse halagado, cuando se la pregonaba a la faz de los fieles; pero desde que se fijó que Odette era para muchos hombres una mujer encantadora, y codiciable el atractivo que para ellos ofrecía su cuerpo, despertó en Swann un deseo doloroso de dominarla enteramente, hasta en las más recónditas partes de su corazón. Y cuando acabó la cena, la llevó aparte, le dio las gracias efusivamente, intentando hacerle comprender, según los grados de la gratitud que le demostraba, la escala de placeres que Odette podía darle, y que el más alto de ellos era garantizarlo y hacerlo invulnerable, mientras su amor durara, contra las embestidas de los celos.

A la noche siguiente, cuando salió del banquete estaba lloviendo mucho, y como él tenía coche abierto, un amigo se ofreció a llevarlo a su casa en cupé; Swann, como Odette le había dicho el día antes que fuera a su casa, estaba seguro de que su querida no esperaba a nadie aquella noche, y de buena gana, mejor que echar a andar en la victoria con aquel chaparrón; se habría ido a acostar tranquilo y contento. Pero quizá si veía Odette que no siempre tenía el mismo interés en pasar con ella sus últimas horas, ya no se preocuparía de reservárselas y podrían faltarle un día que las necesitara más que nunca.

Llegó a casa de Odette pasadas las once; se excusó por haber ido tan tarde, y ella se quejó de que, en efecto, era muy tarde, de que la tormenta la había puesto un poco mala y de que le dolía la cabeza, y le previno que iba a tenerlo a su lado media hora nada más y que a las doce lo echaría; al poco rato dio muestras de cansancio y de sueño.

-¿Entonces esta noche no hay catleyas? -dijo Swann…¡Yo que esperaba una buena catleya !...

Odette le contestó un poco huraña y nerviosa:

-No, amiguito, ¿no ves que estoy mala? Esta noche no hay catleyas.

-Bueno, no insisto; aunque yo creo que te sentaría bien.

Odette rogó a Swann que apagara la luz antes de irse; él mismo echó las cortinas de la cama y se marchó. Pero volvió a su casa y, de repente, se le ocurrió que quizá Odette estaba esperando a alguien aquella noche, que lo del cansancio era fingido, que si le pidió que apagara la luz fue para hacerle creer que iba a dormirse, y que en cuanto Swann se fue, Odette volvió a encender y abrió la puerta al hombre que iba a pasar la noche con ella. Miró qué hora era. Hacía una hora y media que se habían separado; salió a la calle, tomó un simón y mandó parar muy cerca de la casa de Odette, en una callecita perpendicular a aquella otra a la que daba la parte trasera del hotel y la ventana donde él llamaba muchas noches para que Odette saliera a abrirle. Bajó del coche; a su alrededor, en aquel barrio, todo era soledad y negrura; dio unos cuantos pasos y desembocó delante de la casa. Entre la oscuridad de todas las ventanas de la calle, apagadas ya hacía rato, vio una única ventana que derramaba, por entre los postigos que prensaban su pulpa misteriosa y dorada, la luz de la habitación, esa luz que, así como otras noches, al verla desde lejos, al llegar a la callecita, le anunciaba .Aquí está Odette esperándote., ahora lo torturaba y le decía .Aquí está Odette con el hombre que esperaba.. Quiso saber quién era; se deslizó a lo largo de la pared hasta llegar debajo de la ventana, pero entre las maderas oblicuas de los postigos no se podía ver nada; sólo oyó en el silencio de la noche el murmullo de una conversación. Sufría al ver aquella luz, en cuya dorada atmósfera se movía, tras las maderas, la invisible y odiada pareja; sufría al oír aquel murmullo que revelaba la presencia del hombre que llegó cuando él se fue, la fallía de Odette y la dicha que con ese hombre iba a disfrutar.

Y, sin embargo, se alegraba de haber ido; el tormento que lo echó de su casa, al precisarse, perdió en intensidad, ahora que la otra vida de Odette, la que él sospechó de un modo brusco e impotente en aquel pasado momento, estaba allí, iluminada de lleno por la lámpara, prisionera, sin saberlo, en aquella habitación en donde él podía entrar cuando se le antojara a sorprenderla y capturarla; aunque quizá sería mejor llamar a los cristales como solía hacerlo cuando era muy tarde; así Odette se enteraría de que Swann lo sabía todo, había visto la luz y oído la conversación, y él, que hace un momento se la representaba como riéndose de sus ilusiones con el otro, los veía ahora a los dos, confiados en su error, engañados por Swann, al que creían muy lejos, y que estaba allí e iba a llamar a los cristales. Y quizá la sensación casi agradable que tuvo en aquel momento provenía de algo más que de haberse aplacado su duda y su pena: de un placer de la inteligencia. Si desde que estaba enamorado las cosas habían recobrado para él algo de su interés delicioso de otras veces, pero sólo cuando las alumbraba el recuerdo de Odette, ahora sus celos estaban reanimando otra facultad de su juventud estudiosa, la pasión de la verdad, pero de una verdad interpuesta también entre él y su querida; sin más luz que la que ella le prestaba, verdad absolutamente individual, que tenía por objeto único, de precio infinito y de belleza desinteresada, los actos de Odette, sus relaciones, sus proyectos y su pasado. En cualquier otro período de su vida, las menudencias y acciones corrientes de una persona no tenían para Swann valor alguno; si venían a contárselas le parecían insignificantes y no les prestaba más que la parte más vulgar de su atención; en aquel momento se sentía muy mediocre. Pero en ese extraño período de amor lo individual arraiga tan profundamente, que esa curiosidad que Swann sentía ahora por las menores ocupaciones de una mujer, era la misma que antaño le inspiraba la Historia. Y cosas que hasta entonces lo habrían abochornado: espiar al pie de una ventana, quién sabe si mañana sonsacar diestramente a los indiferentes, sobornar a los criados, escuchar detrás de las puertas, le parecían ahora métodos de investigación científica de tan alto valor intelectual y tan apropiados al descubrimiento de la verdad como descifrar textos, comparar testimonios e interpretar monumentos.

Ya a punto de llamar a los cristales, tuvo un momento de rubor al pensar que Odette iba a enterarse de que había tenido sospechas, de que había vuelto a apostarse allí en la calle. Muchas veces le había hablado Odette del horror que tenía a los celosos y a los amantes que se dedican a espiar. Lo que iba a hacer era muy torpe y se ganaría su malquerencia de allí en adelante, mientras que, en aquel momento, en tanto que no llamara, ella todavía lo quería acaso, aunque lo estaba engañando. ¡Y sacrificamos tantas veces a la impaciencia de un placer inmediato la realización de muchas posibles venturas!...

Pero el deseo de averiguar la verdad era más fuerte, y le parecía más noble. Sabía que la realidad de las circunstancias, que él habría podido reconstituir exactamente, aun a costa de su vida, era legible detrás de aquella ventana, estriada de luz, como la cubierta iluminada de oro de uno de esos manuscritos preciosos de tanta belleza artística, que seduce hasta al erudito que los consulta. Y sentía una gran voluptuosidad en aprender la verdad, que le apasionaba en aquel ejemplar, único, efímero y precioso, de una materia translúcida, tan cálida y tan bella. Y, además, la superioridad que sentía .que necesitaba sentir. con respecto a ella, más que de estar enterado era de poder mostrar que lo estaba. Se empinó y dio un golpe. No oyeron, y entonces volvió a llamar, y la conversación cesó. Se oyó una voz de hombre, y Swann se fijó en ella, por si distinguía de qué amigo de Odette era, que preguntó:

-¿Quién es?

No estaba seguro de reconocer la voz. Volvió a llamar, y se abrieron los cristales, y luego los postigos. Ahora ya no había posibilidad de retroceder, y puesto que lo iba a saber todo, para no presentarse con aspecto de infeliz y de celoso con curiosidad, se limitó a gritar con voz alegre e indiferente:

-.No, no se molesten; al pasar por ahí he visto luz, y se me ha ocurrido preguntar si estaba usted ya mejor.

Alzó los ojos. Se habían asomado a la ventana dos caballeros viejos, uno de ellos con una lámpara en la mano; a la luz de la lámpara vio, dentro, una habitación que le era desconocida. Y es que, como tenía la costumbre, si iba a ver a Odette muy tarde de reconocer su ventana por ser la única que estaba encendida, se había equivocado, y llamó en una ventana de la casa de al lado. Pidió perdón, se marchó y se fue a su casa, contento de que la satisfacción de su curiosidad hubiera dejado su amor intacto, y de que, después de haber estado simulando hacia Odette una especie de indiferencia, no hubiera logrado, con sus celos, aquella prueba demasiado ansiada que entre dos amantes dispensa a que la posee de querer mucho al otro. Nunca le habló de aquella desdichada aventura, ni él se acordó mucho de esa noche. Pero, a menudo, un giro de su pensamiento tropezaba con aquel recuerdo, sin querer, porque no la había visto; se le hundía en el alma más y más, y Swann sentía un repentino y hondo dolor. Y lo mismo que si se tratara de un dolor físico, los pensamientos de Swann no podían aliviarle nada; pero, por lo menos, con el dolor físico para que, como es independiente del pensamiento, este pensamiento puede posarse en él, comprobar que disminuye, que cesa momentáneamente. Pero aquel otro dolor, el pensamiento, sólo con acordarse de él le volvía a dar vida. No querer pensar en aquello, era pensar más, sufrir más. Y cuando estaba charlando con unos amigos, sin acordarse ya de su dolor, de pronto, una palabra le demudaba el rostro, como le pasa a un herido cuando una persona torpe le toca sin precaución el miembro dolorido. Al separarse de Odette, sentíase feliz y tranquilo, recordaba las sonrisas suyas, burlonas al hablar de otros y cariñosas para con él; pero el peso de su cabeza, cuando la apartaba de su eje para dejarla caer casi involuntariamente en los labios de Swann, lo mismo que hizo la primera noche; las miradas desfallecientes que le lanzaba mientras él la tenía entre sus brazos, al mismo tiempo que apretaba, temblorosa, su cabeza contra el hombro de Swann.

Pero, en seguida, sus celos, como si fueran la sombra de su amor, se complementaban con el duplicado de la sonrisa de aquella noche .pero que ahora se burlaba de Swann y se henchía de amor hacia otro hombre. de la inclinación de su cabeza, pero vuelta hacia otros labios, con todas las demostraciones de cariño que a él le había dado, pero ofrecidas a otro. Y todos los recuerdos voluptuosos que se llevaba de casa de Odette, eran para Swann como
.bocetos. o proyectos semejantes a esos que enseñan los decoradores, y gracias a los cuales Swann podía formarse idea de las actitudes de ardor o de abandono que Odette podía tener con otros hombres. De modo que llegaron a darle pena todo placer que con ella disfrutaba, toda caricia inventada, cuya exquisitez señalaba él a su querida; todo nuevo encanto que en ella descubría, porque sabía que, unos momentos después, todo eso vendría a enriquecer su suplicio con nuevos instrumentos.

Y este suplicio era todavía más cruel cuando Swann recordaba una mirada que había sorprendido hacia algunos días por vez primera en los ojos de Odette. Fue en casa de los Verdurin, después de cenar. Forcheville había visto que su cuñado Saniette no gozaba de ningún favor en la casa; ya fuera porque quiso tomarlo como cabeza de turco y brillar a costa suya, ya porque le molestara una frase torpe que Saniette le dijo y que pasó inadvertida para todos los invitados, que no podían sospechar la alusión desagradable que encerraba, aunque sin malicia por parte de Saniette, ya porque tuviera ganas de echar de la casa a una persona que lo conocía demasiado y que sabía que era lo bastante delicada para no sentirse muy a gusto en su presencia, ello es que Forcheville contestó a aquella frase de Saniette, con tal grosería, insultándolo y envalentonándose más y más mientras seguía vociferando, con el susto, la pena y los ruegos del otro, que el infeliz preguntó a la señora de Verdurin si debía seguir en aquella casa, y, al no recibir contestación, se marchó balbuceando y con las lágrimas en los ojos.

Odette asistió impasible a la escena; pero cuando Saniette se hubo retirado, relajó en algunos grados de dignidad la expresión habitual de su rostro, para poder ponerse al mismo nivel que Forcheville, e hizo rebrillar en sus pupilas una sonrisa de enhorabuena por la valentía del ejecutor y de burla por la víctima; fue una mirada de complicidad en lo malo, que quería decir tan claramente.

-Eso es una ejecución bien hecha, o yo no entiendo de eso. ¡Qué corrido estaba! ¡casi lloraba!, que Forcheville, al encontrarse con esa mirada, perdió toda la ira verdadera o falsa que aún lo encendía, se sonrió y contestó:

-No tenía más que haber sido más amable, y seguiría aquí. Pero una lección siempre conviene aunque se sea viejo.

Un día, Swann salió a media tarde para hacer una visita, y, como no estaba la persona que buscaba, se le ocurrió ir a casa de Odette, a esa hora en que nunca solía hacerlo, pero en que sabía muy bien que ella estaba en casa escribiendo cartas o echando la siesta hasta que llegara el momento del té, hora en que le sería grato verla sin servirle de molestia. El portero le dijo que creía que la señora estaba en casa; llamó, le pareció oír ruido y pasos, pero no abrieron. Ansioso e irritado, se fue a la callecita adonde daba la parte de atrás del hotel, y se colocó delante de la ventana de la alcoba de Odette; los visillos no le dejaban ver nada, dio un golpe a los cristales, llamó, y nadie vino a abrir. Vio que unos vecinos estaban mirándolo. Se marchó, pensando que, después de todo, quizá se equivocara al creer oír pasos; pero se quedó tan preocupado, que no pudo apartar su pensamiento de aquello. Volvió una hora después; estaba en casa; le dijo que antes, cuando él llamó, también estaba, pero durmiendo; que el campanillazo la despertó, y adivinando que era Swann, corrió a abrirle, pero él ya se había ido. Había oído muy bien los golpes en los cristales. Swann reconoció en el relato algunos de esos fragmentos de un hecho exacto que los embusteros, en un aprieto, se consuelan incrustando en la composición de la mentira que inventan, creyendo que así ganan algo y disimulan las apariencias de la verdad. Claro que, cuando Odette hacía algo que no quería que se supiese, lo guardaba muy bien el fondo de su alma. Pero en cuanto se veía delante de la persona a quien quería engañar, se azoraba, se le borraban todas las ideas, paralizábanse todas sus facultades de invención y raciocinio, no encontraba en su cabeza más que un gran vacío, y como, sin embargo, había que decir algo, no encontraba a su alcance más que la cosa misma que quería ocultar, y que, por ser la única verdadera, era la que estaba allí inmutable. Y de ella arrancaba un trocito, sin importancia en sí mismo, diciéndose que, después de todo; más valía hacer aquello, porque era un detalle de verdad, sin los riesgos de un detalle falso.

-Eso, por lo menos, es verdad –pensaba-, y eso se lleva ya ganado; que se informe y verá que es verdad; eso no es lo que me venderá.. Se equivocaba, porque eso era cabalmente lo que la vendía, y no se daba cuenta de que ese detalle de verdad tenía entrantes y salientes que no podían encajarse más que en los detalles contiguos del hecho cierto del que Odette lo recortó, y que cualquiera que fueran los detalles inventados de que lo rodeaba, siempre revelarían, por lo que faltaba o lo que sobraba, que no casaba con ellos. .Confiesa que me oyó llamar, y luego dar en el cristal, y que se figuró que era yo, y dice que tenía ganas de verme. Pero eso no pega con el hecho de que no haya mandado abrir.

Pero no le hizo notar esta contradicción, porque creía que Odette, abandonada a sí misma, soltaría quizá alguna mentira que sería indicio, aunque débil, de la verdad; hablaba ella, y Swann no la interrumpía; recogía con ávida y dolorosa devoción las palabras de Odette, sintiendo .precisamente porque tras ellas la ocultaba al hablar. que sus frases, como un velo sagrado, guardaban vagamente el relieve y dibujaban el indeciso modelado de esta realidad infinitamente preciosa y, por desgracia, inasequible, lo que estaba haciendo un rato antes, a las tres, cuando él llegó, realidad que nunca poseería más que en aquellos ilegibles y divinos vestigios de las mentiras, y que sólo existía ya en el recuerdo encubridor de aquel ser que la contemplaba sin saber lo preciosa que era y que no la entregaría nunca. Claro que, a ratos, sospechaba que los actos de Odette no eran en sí mismos de arrebatador interés, y que las relaciones que Odette pudiera tener con otros hombres no exhalaban, naturalmente, del modo universal, y para todo ser pensante, una tristeza mórbida e inspiradora de la fiebre del suicidio. Y se daba cuenta de que tal interés y tal tristeza eran en él como una enfermedad, y que cuando se curara de ella, los actos de Odette, los besos que diera a otros hombres se le aparecerían tan inofensivos como los de cualquier otra mujer. Pero el que la curiosidad dolorosa que ahora le inspiraban a Swann tuvieran una causa puramente subjetiva, no bastaba para que llegara a considerar que era absurda la importancia dada a esa curiosidad, y lo que hacía para satisfacerla.

Y es que Swann había llegado a una edad cuya filosofía ayudada por la de la época aquella, por la del medio, donde tanto tiempo viviera Swann, el grupo de la princesa de Laumes, donde se convenía que una persona era tanto más inteligente cuanto más dudaba de todo, y no se respetaban, como cosas reales e indiscutibles, más que los gustos personales. no es ya la filosofía de la juventud, sino una filosofía positiva, médica casi, de hombres que, en vez de exteriorizar los objetos de sus aspiraciones, hacen por sacar de sus años pasados un residuo fijo de costumbres y pasiones que puedan considerar como características y permanentes, y cuya satisfacción busquen deliberadamente, ante todo al adoptar un determinado género de vida. Swann se resignaba a aceptar la pena que sentía por ignorar lo que había hecho Odette, lo mismo que aceptaba la recrudescencia que un clima húmedo originaba a su eczema; y le gustaba calcular en su presupuesto una suma disponible para obtener datos relativos a lo que hacía Odette, sin los cuales padecería mucho, lo mismo que se reservaba dinero para otros gustos que le procuraban un placer, por lo menos antes de enamorarse, como el de sus colecciones o el de la buena cocina.

Cuando fue a despedirse de Odette, le pidió ella que se quedara un rato más, y hasta lo cogió del brazo para que no se fuera, cuando ya estaba abriendo la puerta. Pero él no se fijó, porque entre los muchos ademanes, frases e incidentes que constituyen la trama de una conversación, es inevitable que pasemos sin fijarnos junto a aquellos que ocultan esa verdad que nuestras sospechas andan buscando a ciegas, y que, por el contrario, nos detengamos en aquellos que nada celan. Le decía a cada momento:

-¡Qué lástima que para un día que has venido por la tarde, cuando nunca vienes, no te haya podido ver!.. Swann sabía muy bien que Odette no estaba bastante enamorada de él para que aquel sentimiento tan vivo, por no haber podido recibirlo, fuera sincero; pero como era buena y le gustada complacerlo, y muchas veces se entristecía cuando le causaba una contrariedad, le pareció muy natural que ahora se entristeciera también por haberlo privado de ese placer de pasar un rato juntos, muy grande para él, aunque no para Odette. Sin embargo, la cosa era tan fútil, que acabó por extrañarle aquel aire doloroso con que seguía hablando Odette. Le recordaba ahora más que de costumbre a las mujeres del pintor de la *Primavera*. Tenía una cara de abatimiento y de pena, cual rendida al peso de un dolor imposible de sobrellevar, la misma cara que ponen esas figuras de Botticelli para una cosa tan sencilla como dejar al Niño Jesús jugar con una granada, o ver cómo echa Moisés agua a la pila. Ya conocía Swann aquella expresión de tristeza, pero no recordaba exactamente cuándo se la había visto a Odette; de pronto se acordó; fue aquella vez que Odette mintió al hablar con la señora de Verdurin, al día siguiente a la comida a que dejó de asistir Odette con el pretexto de que estaba mala, pero, en realidad, para poder estar con Swann.

Claro que ni la mujer más escrupulosa hubiera podido sentir remordimientos por una mentira tan inocente. Pero las que echaba generalmente Odette eran ya menos inocentes, y servían para evitar que descubrieran ciertas cosas que habrían podido crearle dificultades con éste o con aquél. Así que, cuando mentía, sobrecogida de terror, sintiéndose poco armada para defenderse y sin confianza en el éxito, le daban unas de llorar por cansancio, como a los niños que no han dormido. Además, sabía que su mentira, por lo general, dañaba gravemente al hombre a quien se la decía, y que si mentía mal se ponía a merced suya. Por eso se sentía ante él humilde y culpable al mismo tiempo. Y cuando tenía que decir una mentirilla mundana, por asociación de ideas y de recuerdos, sentíase como mala de cansancio y como pesarosa por una acción fea.

¿Qué mentira tan grande debía de estar diciéndole Odette, cuando ponía aquella mirada de dolor y aquella voz de queja, que parecían rendirse al peso del esfuerzo que costaban, y demandar gracia? Se le ocurrió que, no sólo estaba esforzándose por ocultarle la verdad respecto al incidente de la tarde, sino alguna cosa más actual, que quizá no había ocurrido y que iba a ocurrir de un momento a otro, sirviendo acaso para aclarar lo demás. En aquel instante oyó un campanillazo. Odette siguió hablando, pero su voz era un gemido, y su sentimiento por no haber visto a Swann esa tarde, por no haberle abierto, rayó en la desesperación.

Se oyó la puerta de entrada al volver a cerrarse, y el ruido de un coche, como si se marchara la persona que no debía encontrarse con Swann, y a la que debieron de decir que Odette había salido. Y entonces, al pensar que sólo con ir un día, a una hora que no era la de siempre, había estorbado tantas cosas de las que Odette no quería que se enterara, se sintió descorazonado, desesperado casi. Pero como quería a Odette, como tenía la costumbre de orientar hacia ella todos sus pensamientos, aquella compasión que él se inspiraba a sí mismo, se la consagró a ella, y murmuró:

-¡Pobrecilla mía!

Al marcharse, Odette cogió unas cartas que tenía en la mesa, y le preguntó si quería echárselas al correo. Se las llevó, pero al volver a su casa se dio cuenta de que tenía aún las cartas encima. Volvió hasta el correo, las sacó del bolsillo, y antes de echarlas miró a quién iban dirigidas. Todas eran para tiendas, menos una, que era para Forcheville. La tenía en la mano, diciéndose: .Si viera lo que hay dentro, me enteraría de cómo lo llama, del tono en que le habla, de si hay algo entre ellos. Quizá si no la miro cometa una indelicadeza con Odette, porque ésa es la única manera de quitarme de encima una sospecha, acaso calumniosa para ella, y que de todos modos siempre la hará sufrir, y será indestructible si dejo pasar esta carta sin verla.

Del correo se fue a casa; pero se había quedado con esa carta. Como no se atrevió a abrirla, encendió una bujía y acercó el sobre a la luz. Al principio no pudo leer nada; pero el sobre era fino, y apretándolo contra la tarjeta dura que iba dentro, pude leer al trasluz las últimas palabras. Era una fórmula de despedida muy fría.

Si en vez de ser él el que estaba mirando una carta dirigida a Forcheville, hubiera sido Forcheville el que mirara una carta dirigida a Swann, de seguro que habría leído palabras más cariñosas.

Tuvo la tarjeta inmóvil un instante, y luego, como el sobre le venía muy ancho, empujó con el pulgar de modo que fueran pasando los distintos renglones por la parte no forrada del sobre, que era la única que se transparentaba.

Pero no acababa de distinguir bien. Daba lo mismo, porque ya había visto lo bastante para comprender que se trataba de un hecho sin importancia, y que de ninguna manera se refería a sus relaciones, algo referente a un tío de Odette. Swann había leído el principio del renglón: .Hice bien en...; pero no sabía en qué había hecho bien Odette, cuando, de pronto, una palabra que al principio no pudo descifrar le aclaró el sentido de la frase: .He hecho bien en no abrir, porque era mi tío.. ¡No abrir! ¡De modo que Forcheville estaba en la casa cuando llamó Swann, y ella lo había hecho salir, y por eso se había oído ruido! Entonces leyó toda la carta; al final, Odette se excusara porque no había tenido más remedio que hacerlo marcharse precipitadamente, y le decía que se había dejado en su casa la pitillera, con la misma frase que escribió Swann una de las primeras veces que éste la visitó. Pero al escribir a Swann había añadido: .¡Ojalá se hubiera usted dejado también el corazón, pero ése no se lo habría devuelto!.. Nada de eso decía a Forcheville, y, en realidad, no se hacía en la carta alusión alguna que permitiera sospechar entre ellos ningún lío. Y, además, mirándolo bien, en todo eso, el verdadero engañado era Forcheville, puesto que Odette le escribía para hacerle creer que el visitante era su tío. Total, que él, Swann, era el hombre a quien Odette daba más importancia, el hombre por quien echó al otro. Y, sin embargo, si no había nada entre Forcheville y ella, ¿por qué no abrió en seguida, y por qué dijo?: .He hecho bien en no abrir, era mi tío.; si en aquel momento no estaba haciendo nada malo, ¿cómo habría podido explicarse el mismo Forcheville que no abriera? Y allí estaba Swann, desolado, confuso, pero feliz al mismo tiempo, delante de aquel sobre que Odette le entregara confiadamente por lo segura que estaba de su delicadeza, y que a través de transparentes cristales le dejaba ver, con el secreto de un incidente, que nunca hubiera creído posible averiguar, un poco de la vida de Odette, lo mismo que una estrecha sección luminosa abierta a lo desconocido. Y sus celos recibían con regocijo, como si tuvieran una vitalidad independiente, egoísta y voraz, todo lo que servía para alimentarlos, aunque fuera a costa suya. Ahora ya tenían algo donde ir a alimentarse y Swann podría preocuparse todos los días por las visitas que Odette tenía a las cinco, e intentaría averiguar en dónde estaba Forcheville a esa hora. Porque el cariño de Swann conservaba el mismo carácter que desde el principio le imprimieron dos cosas: el ignorar lo que hacía Odette durante el día y la pereza cerebral que le impedía suplir esa ignorancia con su imaginación. Y al principio no tuve celos de toda la vida de Odette, sino tan sólo de aquellos momentos en los que podía suponer, acaso por una circunstancia final interpretada, que Odette lo había engañado. Sus celos, como un pulpo que echa primero una amarra, y luego otra, y luego otra; se ataron sólidamente en ese momento de las cinco de la tarde, y luego a otra hora del día, y después a un instante determinado. Pero Swann no sabía inventar sus tormentos; no eran más que perpetuación y recuerdo de un tormento que le vino de afuera.

Y de afuera le llegaban muchas angustias. Quiso separar a Odette de Forcheville y llevársela unos días al Mediodía. Pero se figuraba que Odette inspiraba deseos a todos los hombres que había en el hotel, y que ella, a su vez, los deseaba. Así, que ese Swann que antes, cuando viajaba, iba buscando las caras nuevas y las reuniones numerosas, huía ahora como un salvaje del trato de gentes, como si la sociedad humana lo molestara profundamente. ¿Y cómo no iba a ser misántropo si en todo hombre veía un amante posible de Odette?

Y así, los celos aun contribuyeron mucho más que el deseo voluptuoso y riente que al principio le inspiró Odette a alterar el carácter de Swann y a cambiar de arriba abajo a los ojos de los demás, hasta el aspecto de los signos exteriores con que se manifestaba ese carácter.

Había pasado un mes desde que Swann leyó la carta de Odette a Forcheville, cuando una noche fue a una cena que los Verdurin daban en el Bosque. Cuando se iba a marchar se fijó en los conciliábulos de la señora de Verdurin y algunos de los invitados, y le pareció entender que estaban diciendo al pianista fue no se le olvidara ir, al día siguiente, a una reunión que habían preparado en Chatou, reunión a la cual no invitaron a Swann.

Los Verdurin hablaron a media voz y en términos vagos, pero el pintor, distraído, sin duda, exclamó:

-Y no hará falta ninguna luz: que toque la sonata *Claro de luna* en la oscuridad, y así se verá todo más claro.

La señora de Verdurin, al ver que Swann estaba a dos pasos de allí, adoptó esa expresión fisonómica en la que el deseo de hacer callar al que habla y de poner una cara inocente para el que escucha se neutraliza en una intensa nulidad de la mirada, esa expresión que disimula la serial de inteligencia del cómplice bajo la sonrisa del ingenuo, propia de todos los que notan que alguien se ha tirado una plancha, y que precisamente sirve para revelarla instantáneamente, si no al autor de ella, por lo menos a la víctima. Odette puso, de pronto, una cara de desesperada que renuncia a luchar contra las dificultades aplastantes de la vida, y Swann contó ansiosamente los minutos que le faltaban para salir del restaurante y marcharse con ella, porque, durante el camino de vuelta, podría pedirle explicaciones y lograr, o bien que no fuera ella a Chatou, o que se arreglara para que lo invitaran a él, y luego aplicaría en sus brazos la angustia que lo dominaba. Por fin, pidieron los coches. La señora de Verdurin dijo a Swann:

-Entonces, adiós; hasta pronto, ¿eh?

Y la mirada amable y la sonrisa forzada que puso tenían por objeto que a Swann no se le ocurriera preguntar por qué no le decía como antes:

-Hasta mañana, en Chatou, y pasado mañana, en casa, ¿eh?

Los Verdurin hicieron subir en su coche a Forcheville; detrás estaba el carruaje de Swann, el cual estaba esperando que se fueran los Verdurin para decir a Odette que subiera.

—Odette, usted se viene con nosotros, ¿verdad? -dijo la señora de Verdurin.; aquí le hemos hecho a usted un jequecito al lado del señor Forcheville.

—Sí, señora .respondió Odette.

—Pero cómo es eso, yo creí que venía usted conmigo .exclamó Swann, con las palabras justas y sin ningún disimulo, porque la portezuela estaba abierta, los segundos eran contados y él no podía volverse a casa así, en aquel estado, sin Odette.

—Es que la señora de Verdurin me ha invitado...

—Vamos, por esta noche puede usted volverse solo, ya se la hemos dejado a usted muchas veces .dijo la señora de Verdurin.

—Es que tenía que decir a Odette una cosa importante.

—Pues se la escribe usted luego...

—Adiós .le dijo Odette tendiéndole la mano.

Swann hizo por sonreír, pero tenía cara de terror.

—¿Has visto los modales que gasta ahora Swann con nosotros? .dijo la señora de Verdurin a su marido, cuando estuvieron en casa.. Creí que me iba a comer porque nos llevamos a Odette. ¡Qué indecencia! ¡Que nos diga claramente que tenemos una casa de citas! No comprendo cómo Odette puede aguantar esos modales. Parece que le está diciendo: .Usted me pertenece.. Yo le diré a Odette lo que pienso, y me parece que comprenderá lo que quiero decir.

Y pasado un instante, añadió colérica:

—Vamos, ¿se habrá visto animalucho?

Y sin darse cuenta empleaba las mismas palabras que arrancan los últimos desesperados movimientos de agonía de un animal inofensivo al campesino que lo aplasta, y obedecía, acaso, a la misma oscura necesidad de justificación, como Francisca en Combray, cuando la gallina se resistía a morir.

Cuando arrancó el coche de los Verdurin y se adelantó el de Swann, el cochero, al verlo, le preguntó si estaba malo o si le había ocurrido algo.

Swann despidió el coche. Quería andar y volvió a París a pie, atravesando el Bosque. Iba hablando solo, y en voz alta, con el mismo tono un tanto falso que hasta entonces adoptaba para enumerar los atractivos del cogollito y para exaltar la grandeza de ánimo de los Verdurin. Pero así como las frases, las sonrisas y los besos de Odette se le hacían tan odiosos cuando iban dedicados a otros, como dulces le eran cuando se dirigían a él, asimismo el salón de los Verdurin, que hace un instante le parecía entretenido, con cierta afición al arte y hasta una especie de nobleza moral, ahora que Odette se iba a encontrar allí, y a hablar de amor libremente con un hombre que no era él, se le revelaba con todas sus ridiculeces, su majadería y su ignominia.

Representábase con asco la reunión del día siguiente en Chatou. En primer término, ¡esa idea de ir a Chatou! Como unos tenderos que acaban de cerrar el establecimiento. ¡Verdaderamente, esas gentes son una cursilería burguesa realmente sublime! No existen; se han escapado de una obra de Labiche..

De seguro irían los Cottard, y acaso Brichot. ¡Qué grotesca es esa vida de gentecillas que no pueden pasarse unos sin otros, y que se considerarían perdidos si mañana no se vieran todos en Chatou! Y también iría el pintor, ese pintor tan aficionado a casar a la gente., y que invitaría a Forcheville a que fuera con Odette a su estudio. Y veía a Odette vestida de modo excesivamente llamativo para un día de campo, porque es tan ordinaria, y, sobre todo, ¡es la pobrecilla tan tonta!...

Oyó las bromitas que gastaría la señora Verdurin, después de cenar; bromitas que, cualquiera que fuera el invitado que tenía como blanco, divertían siempre a Swann, porque veía a Odette reírse, reírse con él, casi en él. Y ahora sentía que, probablemente, iban a hacer reír a Odette a costa suya. .¡Qué jovialidad tan asquerosa!., decía, imprimiendo a su boca una expresión de asco tan intensa, que tenía la sensación muscular de su gesto hasta en su intensa, que repelía el cuello de la camisa. ¿Y cómo habrá criaturas hechas a imagen y semejanza de Dios que encuentren gracia en esas bromas nauseabundas? Cualquier nariz un poco delicada se volverá con asco para que no la perturben esos olores. ¡Es increíble pensar que un ser humano no pueda comprender que al permitirse una sonrisa hacia una persona que le ha tendido lealmente la mano, se degrada hasta tal bajeza, que nunca podrá sacarlo de allí la mejor voluntad del mundo!

Yo vivo muchos miles de metros más arriba de esos bajos fondos donde se agitan y chillan esos chismosos, para que me puedan salpicar las bromas de una Verdurin .exclamó, alzando la cabeza y sacando el pecho. ¡Dios me es testigo de que he querido sacar a Odette de allí con toda sinceridad y elevarla a una atmósfera más noble y pura!

Pero la paciencia humana tiene sus límites, y la mía ya se ha agotado, dijo, como si esa misión de arrancar a Odette de una atmósfera de sarcasmos no fuera una cosa que se le había ocurrido hacía unos minutos, y como si no se hubiera impuesto esa tarea tan sólo en cuanto se le ocurrió que él sería el blanco de esos sarcasmos, que no teman más objeto que separarlo de Odette.

Ya veía al pianista dispuesto a tocar la sonata *Claro de luna*, y los gestos de la señora de Verdurin, asustada de lo mal que le iba a sentar la música de Beethoven para los nervios. ¡Farsante, imbécil! ¡Y esa mujer se cree que le gusta *el Arte*!. Y diría a Odette, después de haber deslizado unas frases elogiosas para Forcheville, lo mismo que había hecho con él muchas veces: .Odette, haga usted un sitio, a su lado, para el señor de Forcheville.. .¡ En la oscuridad! ¡Celestina, alcahueta !.. Y .alcahueta. llamaba también a la música, que los incitaría a calarse, a soñar juntos, a mirarse y a cogerse la mano. Y le parecía razonable la severidad que contra las artes mostraron Platón, Bossuet y la vieja educación francesa.

En fin, la vida que se hacía en casa de los Verdurin, la que él denominaba antes .verdadera vida., le parecía ahora la peor oída imaginable, y aquel ambiente el más abyecto de todos.

Verdaderamente, no puede darse nada más bajo en la escala social: es el último círculo dantesco. Indudablemente, el texto augusto se refería a los Verdurin. ¡Qué talento demuestran las gentes de la aristocracia, que, aunque tengan también sus cosas censurables, nunca son como esas cuadrillas de *golfos*, en no querer conocerlos siquiera, ni ensuciarse con su contacto la punta de los dedos! Ese *Noli me tangere* del barrio de Saint-Germain es una profunda adivinación.. Ya hacía rato que había salido del Bosque, estaba cerca de su casa, y borracho aún con aquella embriaguez de su dolor, y con la sonoridad artificial y las entonaciones engañosas que tomaba su voz, inspirada por un numen no muy sincero, aun seguía perorando en voz alta, rompiendo el silencio de la noche. La aristocracia tiene sus defectos, y yo soy el primero en reconocerlos; pero es gente con la que no le pueden a uno pasar ciertas cosas. He conocido a mujeres elegantes que no eran perfectas, pero con un fondo de delicadeza y de rectitud en la conducta que las hace incapaces de una felonía, y que abre un abismo entre ellas y arpías como la Verdurin. ¡Verdurin! ¡Vaya un nombre! No les falta nada, son perfectos en su género. ¡A Dios gracias, ya iba siendo hora de que se acabara mi condescendencia en tratar a esas gentes, en esa promiscuidad con esas basuras!

Pero así como las virtudes que un momento antes atribuía a los Verdurin no hubieran sido suficientes, sin la protección y el favor que los Verdurin prestaban a sus amores con Odette, para provocar en Swann aquella embriaguez y aquel enternecimiento por sus personas, que, en realidad, le eran inspirados por Odette, aunque a través de otros seres, lo mismo ahora la inmoralidad, por cierta que fuera, que veía en los Verdurin, no habría sido lo bastante fuerte a desencadenar su indignación y arrancarle la condenación de sus infamias., si los Verdurin no hubieran invitado a Forcheville y a él no. E indudablemente la voz de Swann veía más claro que él, cuando se negaba a pronunciar aquellas palabras de asco hacia el círculo

Verdurin, y de alegría por haber roto con él, como no fuera en tono un poco falso y más bien con objeto de apaciguar su ira que de expresar sus ideas. En efecto, mientras que Swann se entregaba a esas invectivas, su pensamiento debía de estar, sin que él se diera cuenta, preocupado con otra cosa completamente distinta, porque apenas llegó a su casa y cerró la gran puerta de la calle, se dio una palmada en la frente, y abriendo otra vez, volvió a salir, exclamando con voz que ya era natural: .Me parece que he dado con el medio de que me inviten mañana a la cena de Chatou.. Pero el medio no debía de ser muy eficaz, porque Swann no asistió a la cena; el doctor Cottard, que había sido llamado a provincias para un caso grave, y por eso no iba a casa de los Verdurin hacía unos días y no pudo asistir a la reunión de Chatou, dijo al día siguiente de dicha cena, al sentarse a la mesa en casa de los Verdurin:

-¡Qué! ¿No vemos esta noche al señor Swann? Es amigo personal de...

-No, no, tengo esperanza de que no .exclamó la señora de Verdurin.. Dios nos libre; es un hombre muy cargante, un tonto mal educado.

Cottard, al oír estas palabras, manifestó a un mismo tiempo su asombro y su sumisión, como ante una verdad opuesta a todo lo que oyera antes, pero de irresistible evidencia sin embargo; bajó la nariz, intimidado y sorprendido, hasta su plato, y se limitó a contestar:

-¡Ah, ah, ah, ah, ah!., atravesando a reculones en aquel repliegue en buen orden, que hizo hasta el fondo de sí mismo por una gama descendente, por todos los registros de su voz. Y ya no se habló más de Swann en casa de los Verdurin.

Y entonces, aquella casa, que había servido para unir a Swann y a Odette, se convirtió en un obstáculo a sus citas. Ya no le decía Odette, como en los primeros tiempos de sus amores:

-De todos modos, nos veremos mañana por la noche, porque hay comida en casa de los Verdurin., sino; mañana no podremos vernos, porque hay comida en casa de los Verdurin.. Otra vez, era que los Verdurin convidaban a Odette a la Ópera Cómica a ver *Una noche de Cleopatra*, y Swann leía, en los ojos de su querida, el miedo a que él le rogara que no fuera, esa expresión de temor, que antes habría besado al verla cruzar por el rostro de Odette, pero que ahora lo exasperaba.

-Y no es que yo sienta rabia .se decía a sí mismo. al ver las ganas que tiene de ir a picotear en esa música de estercolero. Es pena, por ella y no por mí; pena de ver que después de estar seis meses tratándome a diario, no ha sabido cambiar lo bastante para eliminar espontáneamente a Víctor Massé. Y, sobre todo, porque no ha llegado a comprender que hay noches en que un ser de esencia algo delicada debe saber renunciar a un placer, cuando se lo piden.

Y ella ya debía saber decir .no iré., aunque no fuera más que por inteligencia, porque esa respuesta es la que nos dará la medida de la calidad de su alma.. Y como se persuadía a sí mismo de que si deseaba que Odette no fuera aquella noche a la Opera Cómica y se quedara con él era sólo para poder formar un juicio más favorable del valor espiritual de Odette, se lo decía a ella con el mismo grado de insinceridad que a sí mismo, y acaso con un poco más, porque entonces obedecía al deseo de cogerla por el amor propio.

-Te juro .le decía unos momentos antes de que se marchara al teatro. que aunque te estoy pidiendo que no salgas, mi deseo, si yo fuera egoísta, sería que me lo negaras, porque esta noche tengo mil cosas que hacer y me cogería los dedos con la puerta si, en contra de todo lo que espero, me dijeras que no ibas. Pero mis quehaceres y mis gustos no son todo, y también tengo que pensar en ti. Puede llegar un día en que tengas derecho a censurarme, al ver que me despego de ti por no haberte avisado en esos momentos decisivos en que he formado de ti unos juicios tan severos que ningún amor los sobrevive mucho tiempo. ¿Tú ves? *Una noche de Cleopatra* (¡qué título!) no tiene nada que ver con nuestro asunto. Lo que hay que aclarar es si tú eres uno de esos seres de la última categoría del espíritu y hasta de la belleza, de esos miserables que no saben renunciar a un placer. Y si así fuera, ¿cómo va a ser posible amarte si ni siquiera eres una persona, una criatura definida, imperfecta, pero, por lo menos, perfectible? Eres un agua informe que corre según sea el declive que se le ofrece, un pez sin memoria y sin reflexión; mientras que viva en su pecera, se tropezará cien veces al día con el cristal creyéndose que es el agua. ¿No comprendes que tu respuesta, aunque no de por resultado que yo te deje de querer inmediatamente, eso, desde luego, te hará perder, a mis ojos muchos de tus atractivos, al ver que no eres una persona que estás por debajo de todas las cosas y no sabes hacerte superior a ninguna?

Hubiera preferido pedirte que no fueras a *Una noche de Cleopatra* (no tengo más remedio que ensuciarme los labios con ese nombre abyecto), como una cosa sin importancia, convencido, sin embargo, de que ibas a ir. Pero ya que me he echado estas cuentas, y he sacados esas consecuencias de tu respuesta, me parece lo más honrado avisarte..

Hacía un momento que Odette daba señales de emoción y de incertidumbre. Ya que no la significación de ese discurso comprendía, al menos, que podía calificársele en el género corriente de los *laius*, y escenas de reproches y súplicas, y la experiencia que tenía de los hombres le permitía deducir, sin fijarse mucho en el detalle de las palabras, que no las dirían si no estuvieran enamorados, y que desde el momento que estaban enamorados no había por qué obedecerlos, y aun sentirían más amor después. Y habría escuchado a Swann con gran calma de no haber visto que se pasaba la hora, y que por poco que siguiera hablando, iba, como se lo dijo con sonrisa cariñosa, testaruda y confusa, .a acabar por perder la obertura. Otras veces, Swann le decía que el motivo principal para que dejara de quererla sería su obstinación en no renunciar a mentir.

Hasta mirándolo por el lado de la coquetería, ¿no comprendes lo que pierdes de tus atractivos, rebajándote a mentir así? ¡Cuántas faltas te serían perdonadas por una confesión! Realmente, eres menos lista de lo que yo me figuraba.. Pero era inútil que Swann le expusiera todas las razones que había para que no mintiera; esas razones quizá habrían dado al traste con un sistema general de la mentira; pero Odette no poseía tal sistema y se limitaba, en cada caso particular en que deseaba que Swann no supiera una cosa, a ocultársela. Así que, para ella, el embuste era un expediente de orden particular; y lo único que la decidía a mentir o no, era también una razón de orden particular, la probabilidad, más o menos grande, de que Swann descubriera que no había dicho la verdad.

Físicamente, estaba atravesando una mala fase; engordaba, y el encanto doliente y expresivo, y las miradas de asombro y de ensueño de antes, se iban, al parecer, con su primera juventud. De modo que había llegado a ser tan preciosa para Swann, precisamente en el momento en que menos bonita le parecía. La miraba mucho, para ver si podía captar aquella seducción que él le conocía, y que no encontraba ya. Pero al saber que, bajo aquella nueva crisálida, seguía viviendo Odette, seguía latiendo la misma voluntad fugaz, inaprensible y solapada, era bastante para que Swann continuara poniendo el mismo ardor en la tarea de apoderarse de ella. Miraba fotografías de hacía dos años, y se acordaba de lo deliciosa que estaba entonces. Y eso lo consolaba un poco de lo que padecía por ella.

Cuando los Verdurin la llevaban a Saint-Germain, a Chatou, a Meulan, muchas veces, si hacía buen tiempo, proponían que se quedaran todos a dormir allí, para volver al otro día. La señora de Verdurin procuraba aplacar los escrúpulos del pianista, que se había dejado a su tía en París.

No, si se alegrará mucho de pasar un día sin verlo. ¿Cómo se va a alarmar si sabe que está usted con nosotros? Además, yo cargo con la responsabilidad.

Pero si no lo lograba, el señor Verdurin se marchaba por, aquellos campos en busca de una oficina de telégrafos o de un chico de recados, después de preguntar quiénes eran los fieles que tenían que avisar a sus casas. Odette le daba las gracias, y le decía que no tenía que telegrafiar a nadie, porque ya tenía dicho a Swann, de una vez para siempre, que telegrafiándole así, a la vista de todos, se comprometía. A veces, la ausencia duraba varios días, y los Verdurin la llevaban a ver los sepulcros de Dreux, o a Compiègne, a admirar, por consejo del pintor, las puestas del sol en el bosque, y se alargaban hasta el castillo de Pierrefonds.

¡Pensar que podría visitar monumentos de verdad conmigo que me he pasado diez años estudiando arquitectura, y que recibo a cada momento súplicas para acompañar, en una visita a Beauvais o a Saint-Loup-de-Naud, a, personas de primer orden, sin hacer el menor caso, y que en cambio iría por ella con mucho gusto! ¡Y se va con animales de lo peor, a extasiarse sucesivamente ante las deyecciones de Luis Felipe y de Viollet le Duc! Para eso no hay que ser artista, y no se requiere un olfato especial para no ir a veranear en esas letrinas, como no sea por ganas de oler excrementos..

Pero cuando Odette se marchaba a Dreux o a Pierrefonds .sin permitirle que él fuera por otro lado, porque eso haría muy mal efecto., según decía Odette, hundíase Swann en la más embriagadora novela de amores, la guía de ferrocarriles, que le enseñaba los medios de que disponía para correr a su lado, por la tarde, por la noche, hasta aquella misma mañana, y de la que sacaba algo más que los medios disponibles para ir hasta Odette: la autorización de hacerlo. Porque, al fin y al cabo, ni la guía ni los trenes se habían hecho para los perros. Si se ponía en conocimiento del público por medio de impresos que a las ocho salía un tren que llegaba a Pierrefonds a las diez, es porque el acto de ir a Pierrefonds era perfectamente lícito, y no requería el permiso de Odette; y era también un acto que podía tener otro objeto distinto del deseo de encontrar a Odette, puesto que muchas gentes, que no conocían a Odette, lo hacían a diario, y en número bastante para que valiera la pena encender las calderas de la máquina.

De modo que, en fin de cuentas, si a él le daba la gana de ir a Pierrefonds, no iba a ser Odette quien se lo impidiera. Y, justamente, aquel día tenía ganas de ir, y habría ido de seguro, aunque Odette no existiera. Hacía mucho tiempo que deseaba formarse una idea concreta de los trabajos de restauración de Viollet le Duc.

Y con aquel tiempo tan hermoso, sentía un imperioso deseo de pasearse por el bosque de Compiègne.

Y era tener mala suerte el que Odette le hubiera vedado precisamente el sitio que lo tentaba hoy. ¡Hoy! Si se decidía a ir, a pesar de su prohibición, la vería hoy mismo. Pero mientras que si se hubiera encontrado en Pierrefonds con una persona indiferente, Odette le habría dicho alegremente:

-¡Ah, conque usted por aquí!, invitándolo a ir a verla al hotel en donde se alojaba con los Verdurin; en cambio, si lo veía a él, a Swann, se molestaría, creyendo que la había seguido, lo querría menos, quién sabe si no volvería la cabeza al verlo. De modo que ni viajar puedo., le diría a la vuelta, cuando, en realidad, él era el que ni siquiera podía viajar.

Para poder ir a Compiègne y a Pierrefonds, sin que pareciera que iba en busca de Odette, se le ocurrió por un momento hacer que lo llevara un amigo suyo que tenía un castillo allí cerca, el marqués de Forestelle. Se lo dijo, sin contarle el motivo, y el amigo no cabía en su pellejo de alegría, porque al cabo de quince años había Swann consentido, por fin, en ir a su posesión; y aunque le dijo Swann no quería detenerse mucho, por lo menos le prometió que harían excursiones y darían paseos juntos durante unos días.

Swann ya se veía allí con su amigo. Y antes de ver a Odette, hasta si no lograba verla, con sólo pisar aquella tierra lo inundaría una gran felicidad, porque, aunque no supiera, en un momento dado, cuál era el lugar exacto que disfrutaba de la presencia de Odette, sin embargo, sentiría palpitar en torno la posibilidad de su súbita aparición: en el patio delcastillo, que ahora se le representaba hermoseado porque iría a verlo a causa de Odette; en todas las calles del pueblo, que se le aparecían llenas de poesía; en todos los senderos del bosque, bañado por la luz profunda y tierna del Poniente .asilos innumerables y alternativos donde iba a refugiarse simultáneamente, en la indecisa ubicuidad de sus esperanzas, el corazón de Swann, vagabundo, dichoso y múltiple.

Sobre todo .diría a su amigo Forestelle. hay que tener cuidado en no tropezarnos con Odette y con los Verdurin; me acaban de decir que hoy precisamente están en Pierrefonds. Ya sobra tiempo para verlos en París, y parece que no podemos dar un paso los unos sin los otros. Y su amigo no comprendería por qué cambiaba Swann veinte veces de proyectos, por qué recorría todos los comedores de los hoteles de Compiègne sin decidirse a quedarse en ninguno, aunque los Verdurin no asomaban por ninguna parte, como buscando aquello de que decía huir; y, en realidad, para huirles en cuanto los encontrara, porque si hubiera dado con el grupito de seguro se habría ido ostensiblemente por otro lado, satisfecho de haber visto a Odette y de que ella lo hubiera visto, sobre todo de que hubiera visto de que no le hacía caso. Pero ya adivinaría que había ido allí detrás de ella. Y cuando el marqués de Forestelle iba a buscarlo para que se marcharan, Swann le respondía:

-No, no puedo ir hoy a Pierrefonds; Odette está allí pasando el día.. Y Swann se daba por feliz, a pesar de todo, al sentir que si entre todos los mortales él era el único que no tenía derecho a ir ese día a Pierrefonds, aquello se debía a que él era para Odette distinto de los demás, su amante, y esa restricción que él sufría del derecho de libre circulación era una forma más de la esclavitud y de ese amor que tanto gozaba. Realmente, más valía no correr el riesgo de enfadarse con ella, tener paciencia y esperar que volviera. Y pasaba los días inclinado sobre un mapa del bosque de Compiègne, como si fuera el famoso mapa del Cariño, rodeado de fotografías del castillo de Pierrefonds. En cuanto llegaba el día de su posible retorno, volvía a coger la guía, calculaba el tren que debió de tomar, y si perdía ése, los que le quedaban luego. No salía por miedo a que llegara un telegrama mientras estaba fuera de casa, no se acostaba por si acaso Odette volvía tarde y se le ocurría sorprenderlo yendo a visitarlo a medianoche. Precisamente, oía que llamaban a la puerta de la calle, le parecía que tardaban mucho en abrir, iba ya a despertar al portero, se asomaba a la ventana para llamar a Odette, si es que era ella, porque tenía miedo, a pesar de que había bajado diez veces en persona a decirlo, que le contestaran que no estaba el señor en casa. Resultaba ser un criado que llegaba a acostarse. Se fijaba en el incesante rodar de los coches que pasaban, y que antes no le llamaban la atención. Los oía a lo lejos, sentía cómo se iban acercando, cómo pasaban luego delante de la puerta, portadores de un mensaje sin pararse por parte y no era para él. Y esperaba toda la noche iba a otra e inútilmente, porque los Verdurin habían adelantado su viaje y Odette estaba en París desde el mediodía; no se le había ocurrido avisar a Swann, sin saber qué hacer se había ido ella sola a un teatro, se había vuelto a casa temprano y ahora estaba durmiendo.

Y es que ni siquiera se había acordado de Swann. Y esos momentos, en que se olvidaba hasta de la existencia de su querido, hacían más servicio a Odette, y eran de mayor eficacia para asegurarle el amor de Swann, que todas las artes de su coquetería.

Porque así, Swann vivía en esa dolorosa excitación que tuvo fuerza bastante para hacer estallar su amor aquella noche que no encontró a Odette en casa de los Verdurin y se pasó horas buscándola. Y Swann no pasaba días felices, como yo en Combray, durante los cuales se olvidan las penas que revivirán a la noche. Swann no veía a Odette de día, y a ratos pensaba que dejar a una mujer tan bonita salir tan sola por París era imprudente demencia, como colocar un estuche repleto de alhajas en medio del arroyo. Entonces las gentes que andaban por las calles, como si indignaban todas las fueran ladrones. Pero como su rostro colectivo e informe escapaba a las garras de su imaginación, no servía para alimentar sus celos. Y cansaba el cerebro a Swann, que pasándose la mano por los ojos, exclamaba: .¡Sea lo que Dios quiera!., al modo de esas personas que, después de encarnizarse en abarcar el problema de la realidad del mundo exterior o de la inmortalidad del alma, conceden a su fatigado cerebro el respiro de un acto de fe. Pero el recuerdo de la ausente estaba siempre indisolublemente unido hasta a los actos más fútiles de la vida de Swann .almorzar, recibir sus cartas, salir, acostarse., precisamente por el lazo de la tristeza que sentía al tener que ejecutarlos sin Odette, lo mismo que esas iniciales de Filiberto el Hermoso, que Margarita de Austria, para expresar su melancolía mandó entretejer con las iniciales suyas en todos los rincones de la iglesia de Brou. Muchos días, en lugar de comer en casa, se iba a almorzar a un restaurante de allí cerca, que antes apreciaba mucho por su buena cocina, y al que ahora iba únicamente por una de esas razones, místicas y ridículas a la vez, que suelen denominarse románticas; y era que ese restaurante (que aun existe) se llamaba lo mismo que la calle donde vivía Odette: *Laperousse.* Algunas veces, cuando hacía una excursión corta, no se preocupaba de comunicarle que había vuelto a París hasta unos días después. Y decía sencillamente, sin la precaución de resguardarse, por si acaso, tras un trocito de verdad, que acababa de llegar en el tren de aquella mañana. Las palabras aquellas no eran verdad; al menos, para Odette eran embustes sin consistencia, sin punto de apoyo, como lo habrían tenido a ser verdaderas, en el recuerdo de su llegada a la estación; hasta era incapaz de representárselas en el momento de pronunciarlas, porque lo impedía la imagen contradictoria de la cosa enteramente distinta que estuvo haciendo en el mismo momento en que ella decía que estaba bajando del tren. Pero, por el contrario, en el ánimo de Swann se incrustaban aquellas palabras sin, encontrar obstáculo alguno y adquirían la inmovilidad de una verdad tan indudable, que si un amigo le decía que él llegó también en ese tren y que no había visto a Odette, se quedaba Swann tan convencido de que su amigo se equivocaba de día o de hora, porque sus palabras no coincidían con las de Odette. Éstas sólo le habrían parecido falsas en el caso de haber desconfiado anticipadamente de que eran verdad. Para que Swann creyera que su querida mentía, se requería como condición necesaria la sospecha previa. Entonces, todo lo que decía Odette le parecía sospechoso. Si le oía citar un nombre, es que era seguramente el de uno de sus amantes; y, forjada esta suposición, pasaba semanas enteras desesperado, y una vez hasta anduvo en tratos con una agencia policíaca para enterarse de las señas, idas y venidas de aquel desconocido que no la dejaría vivir hasta que se marchara de París, y que resultó ser un tío de Odette, que hacía más de veinte años que había muerto.

Aunque Odette no le permitía que fuera a buscarla a sitios públicos, porque decía que eso daría que hablar, ocurría que, a veces, se encontraban en una reunión adonde estaban invitados los dos, en casa de Forcheville, en casa del pintor o en un baile benéfico dado en algún Ministerio. La veía, pero no se atrevía a quedarse, por miedo a irritarla y a que se creyera que estaba espiando los placeres que disfrutaba al lado de otras personas, placeres que .mientras que volvía él sola e iba a acostarse con la misma ansiedad que yo sentiría años después en Combray, cuando él estaba invitado a cenar en casa. se le figuraban ilimitados porque no los había visto acabar. Y una o dos veces le fue dado conocer en aquellas noches alegrías que nos sentiríamos llamados a calificar, a no ser por el choque que causa el brusco cese de la inquietud, de alegrías tranquilas, porque se fundan en gran sosiego; había pasado un momento en una reunión en casa del pintor, y ya se disponía a marcharse; allí se dejaba a Odette, convertida en una brillante desconocida, en medio de hombres a quien Odette parecía que hablaba, con miradas y alegrías que no eran para él, para Swann, de otra voluptuosidad que habrían de saborear luego allí o en otra parte (acaso en el baile de los Incoherentes, donde temía él que fuera su querida), y que daba a Swann aún más celos que la unión carnal, porque se la imaginaba más difícilmente; ya estaba en la puerta del estudio, cuando oyó que lo llamaban unas palabras (que al despojar a la fiesta de aquel final que lo espantaba, la revestían de retrospectiva inocencia; palabras que convertían la vuelta de Odette a su casa, no en cosa inconcebible y aterradora, sino grata y sabida, que cabría junto a él, como un detalle de su vida diaria, allí en el coche, palabras que quitaban a Odette su apariencia harto brillante y alegre, indicando que no era más que momentáneo disfraz que se puso un instante sin pensar en misteriosos placeres, y del que ya estaba cansada); unas palabras que le lanzó Odette cuando llegaba él ya a la misma puerta:

-¿No quiere usted esperarme cinco minutos?

-Voy a marcharme, podemos salir juntos y me dejará usted en casa.

Es cierto que un día Forcheville quiso volver con ellos, y como al llegar a casa de Odette cuando pidiera permiso para entrar él también, Odette le contestó señalando a Swann:

-¡Ah, lo que este señor diga, pregúnteselo usted! Vamos, entre usted un momento si quiere, pero no mucho, porque le prevengo que le gusta hablar muy despacio conmigo, y no le agradan las visitas cuando está en casa. ¡Ah!, si usted conociera a este hombre como lo conozco yo..., ¿verdad, *my love*, que nadie lo conoce a usted como yo?..

Y a Swann aun le conmovió más el ver que le dirigía delante de Forcheville, no sólo esas palabras cariñosas y de predilección, sino también algunas críticas, como: .Estoy segura de que todavía no ha contestado usted nada a sus amigos respecto a la cena del domingo. No vaya, si no quiere; pero, por lo menos, cumpla usted; o .¿Se ha dejado usted aquí el ensayo sobre Ver Meer para poder adelantarlo un poco mañana? ¡Qué perezoso! Yo lo haré trabajar, ya lo creo.; con las cuales demostraba que estaba al corriente de sus invitaciones y de sus estudios de arte, que los dos tenían una vida suya aparte. Y al decir esas cosas, le lanzaba una sonrisa, allá en cuyo fondo veía él que Odette era suya, enteramente suya.

Y entonces, en esos momentos, mientras ella le estaba haciendo una naranjada, de pronto, lo mismo que pasa cuando una lámpara mal manejada pasea por alrededor de un objeto, y por las paredes, grandes sombras fantásticas que van luego a replegarse y a aniquilarse dentro de ella, todas las terribles y tornadizas ideas que Odette le había inspirado se desvanecían, se refugiaban en aquel cuerpo encantador que tenía delante. Le asaltaba la repentina sospecha de que esa hora que pasaba en casa de Odette, junto a la lámpara, no era una hora artificial, para uso suyo (destinada a enmascarar esa cosa terrible y deliciosa, en la que pensaba siempre, sin poder imaginársela bien nunca: una hora de la vida de Odette, cuando él no estaba allí), con accesorios de teatro y frutas de cartón, sino que quizá era una hora seria, de verdad en la vida de Odette, y que si él no hubiera estado allí, Odette habría ofrecido el mismo sillón a Forcheville, sirviéndole, no un brebaje desconocido, sino aquella naranjada precisamente; que el mundo donde vivía Odette no era ese orbe espantoso y sobrenatural donde él se entretenía en situarla, y que acaso no existía más que en su imaginación, sino el universo real, que no difundía ninguna melancolía particular, que abarcaba esa mesa donde él podría escribir, y esa bebida que le sería dado paladear; todos esos objetos que contemplaba con tanta curiosidad y admiración como gratitud, porque absorbían sus sueño, liberándole de ellos; pero, en cambio, se enriquecían; al absolverlas con esas soñaciones, se las mostraban realizadas palpablemente, le seducían el alma, tomando relieve delante de sus ojos, y al mismo tiempo le tranquilizaban el corazón. ¡Ah, si el destino hubiera querido que Odette y él no tuvieran más que una sola morada; que Swann, al estar en su casa, estuviera también en la de ella; que al preguntar al criado lo que iban a almorzar, hubiera recibido como respuesta al *menu* confeccionado por Odette; que si Odette quería ir a dar una vuelta por la mañana a la avenida del Bosque de Boulogne, su deber de buen marido le hubiera obligado, aunque no tuviera él ganas de salir a acompañarla, a cargar con el abrigo de ella si hacía mucho calor, y si por la noche, después de cenar, cuando Odette no sintiera deseo de salir y se quedara en casa, no hubiera tenido él más remedio que estarse con ella y hacer su voluntad! Entonces, todas las futesas de la vida de Swann, tan tristes ahora, cobrarían, por el contrario, al entrar a formar parte de la vida de Odette, y hasta las más familiares, una especie de superabundante dulzura y de misteriosa densidad, como esa lámpara, esa naranjada y ese sillón que encarnaban tantos sueños y contenían tantos deseos.

Sin embargo, dudaba mucho Swann de que lo que así echaba de menos fuera una paz, una calma que quizá no serían atmósfera muy favorable a su amor. Cuando Odette dejara de ser para él una criatura siempre ausente, deseada, imaginaria: cuando el sentimiento que Odette le inspiraba no fuese ya del mismo linaje de misteriosa inquietud que le cansaba la frase de la sonata, sino afecto y reconocimiento; cuando se crearan entre ellos lazos normales que acabaran con su locura y su tristeza, entonces los actos de la vida de Odette ya le parecerían de escaso interés en sí mismos, como sospechara ya varias veces que en realidad lo eran; por ejemplo, el día que leyó al trasluz la carta a Forcheville. Juzgaba su enfermedad con la misma sagacidad que si se la hubiera inoculado para estudiarla, y se decía que, una vez curado, todos los actos de Odette le serían indiferentes. Y desde el fondo de su mórbido estado, temía, en realidad, tanto como la muerte semejante curación, porque habría sido, en efecto, la muerte de todo lo que él era en ese momento.

Después de aquellas noches de calma, las sospechas de Swann se aplacaban; bendecía a Odette, y, a la mañana siguiente, le mandaba magníficas alhajas, porque sus atenciones de la noche antes habían excitado su gratitud o acaso el deseo de que se repitieran, o bien un paroxismo de amor que tenía necesidad de desahogarse.

Pero otros ratos volvía su dolor, se imaginaba que Odette era querida de Forcheville, y que cuando los dos lo vieron aquella noche, en el bosque, desde el fondo del landó de los Verdurin, suplicarle inútilmente, con aquel aire de desesperación que notó hasta su cochero, que volviera con él, para tener luego que irse solo y vencido por otro lado, Odette debió de lanzar a Forcheville, mientras le decía: .Qué rabioso está, ¿eh?., las mismas miradas brillantes, maliciosas, bajas y solapadas que el día en que Forcheville echó a Saniette de casa de los Verdurin.

Y entonces Swann la detestaba. .También soy yo tonto en estar pagando con mi dinero el placer de los demás. Pues que no se fíe y que tenga cuidado en no tirar mucho de la cuerda, porque pudiera darse el caso de que no soltara un céntimo. Por lo pronto, voy a renunciar provisionalmente a los regalos suplementarios.

¡Pensar que ayer mismo, porque me dijo que tenía ganas de ir a la temporada de Bayreuth, cometí la majadería de ofrecerle alquilar uno de los castillos del rey de Baviera para nosotros dos, allí cerca!

¡Y no la ha emocionado mucho, no dijo que sí ni que no, ojalá diga que no: ¡Qué divertido debe ser estarse quince días oyendo música de Wagner con ella, que le importa Wagner lo mismo que a un pez una castaña!.. Y como su odio, al igual que su amar, necesitaba manifestarse, hacer algo, se complacía en llevar cada vez más lejos sus malas figuraciones, porque, gracias a las perfidias que atribuía a Odette, la detestaba más, y podría, si .cosa que le agradaba pensar. fueran ciertas, tener ocasión de castigarla y de saciar y en ella su creciente cólera. Llegó hasta suponer que Odette iba a escribirle pidiéndole dinero para alquilar el castillo ese junto a Bayreuth, pero avisándole que Swann no podría acompañarla, porque había prometido invitar a Forcheville y a los Verdurin. ¡Cuánto se habría alegrado de que Odette tuviera semejante atrevimiento! ¡Qué alegría en negarse, en redactar la contestación vindicatoria! Y se complacía en escoger los términos de la respuesta, en enunciarlos en alta voz, como si en efecto ya hubiera recibido la carta de Odette.

Pues eso mismo es lo que ocurrió al otro día. Odette le escribía que los Verdurin y sus amigos manifestaron deseos de asistir a las representaciones wagnerianas, y que si Swann le mandaba dinero, podría tener el gusto de invitarlos, correspondiendo así a sus muchas y frecuentes atenciones. De Swann, ni una palabra; se sobrentendía que la presencia de los Verdurin excluía la suya.

De modo que iba a tener el gozo de mandarle aquella terrible respuesta que había redactado, palabra por palabra, el día antes, sin esperanza de tener que utilizarla nunca. Claro que sabía Swann que Odette, con el dinero que tenía, o que se procuraría fácilmente, podía alquilar una casa en Bayreuth, ya que así lo deseaba, ella que no era capaz de distinguir entre Bach y Clapisson.

Pero, en todo caso, tendría que vivir con más estrechez. Y no tendría medio de organizar, como las habría organizado si él mandaba unos cuantos billetes de mil francos, a diario, en un castillo, esas cenas elegantes que acaso le diera el capricho de rematar .capricho que quizá nunca se le había ocurrido. cayendo en brazos de Forcheville.

No, no sería Swann el que pagara ese viaje odioso. ¡Ah, cuánto daría por estorbar el viaje, porque Odette se dislocara un pie antes de marcharse, por lograr, a cualquier costo, sobornar al cochero que había de conducirla a la estación para que la llevara a un sitio retirado, donde tenerla secuestrada, a aquella mujer pérfida, de ojos brillantes, con una sonrisa de complicidad, dedicada a Forcheville, que era la forma con que Swann veía a Odette hacía cuarenta y ocho horas!

Pero esa apariencia odiosa no duraba mucho, al cabo de unos días, el mirar brillante y falso iba perdiendo lustre y doblez, y la execrada imagen de una Odette que decía a Forcheville:

-¡Qué rabioso está!, palidecía y se iba borrando. Entonces reaparecía, iba elevándose progresivamente, con suave brillar, el rostro de la otra Odette, de la que sonreía también a Forcheville, sí, pero con sonrisa cargada de cariño a Swann, mientras decía: .No esté usted mucho rato, porque a este señor no le gustan mucho las visitas cuando tiene ganas de estar conmigo. ¡Ah, si usted conociera a este hombre como yo lo conozco....; la misma sonrisa que tomaba para dar a Swann las gracias por algún rasgo de delicadeza muy apreciado por ella, o por algún consejo que le había pedido en una de aquellas circunstancias graves que sólo a él confiaba.

Y entonces se preguntaba cómo había podido escribir a esa Odette una carta insultante, que hasta aquel día no debió Odette creerlo capaz de firmar, y que, indudablemente, lo destronaría del lugar elevado y único que su bondad y su lealtad le habían ganado en la estima de Odette. Lo iba a querer menos, porque lo quería precisamente a causa de esas cualidades que no encontraba ni en Forcheville ni en ningún otro hombre. Y por esas prendas mostrábale Odette, a veces, bondades que se le olvidaban cuando estaba celoso, porque no eran señal de deseo y denotaban más bien afecto que amor, pero que Swann juzgaba de nuevo muy importantes, a medida que el espontáneo desvanecerse de sus sospechas, acentuado muchas veces por la distracción que le proporcionaba una lectura sobre arte o la conversación con un amigo, hacía a su amor menos exigente en punto a reciprocidades.

Ahora, cuando, después de aquella oscilación, había vuelto Odette al sitio de donde la apartaran momentáneamente los celos de Swann, al sector donde se le aparecía llena de seducción, Swann la veía llena de cariño, con una mirada de consentimiento, tan bonita, que no podía por menos de tender los labios hacia ella, como si estuviera allí y pudiera besarla; y le guardaba tanta gratitud por aquella mirada de bondad y de encanto, como si Odette lo hubiera mirado realmente así, como si aquella sonrisa no fuera pintura de su imaginación para dar gusto a su deseo.

¡Qué disgusto debía de haberle causado! Claro que encontraba razones válidas para aquel resentimiento hacia Odette; pero no le habrían inspirado resentimiento esas razones a no haberla querido tanto. También había tenido quejas graves de otras mujeres, a las que, sin embargo, hoy haría un favor, porque, como ya no las quería, no le inspiraban cólera. Si llegaba un día en que se encontrara con respecto a Odette en el mismo estado de indiferencia, comprendería entonces que sólo sus celos revistieron con aquel carácter de cosa imperdonable y atroz aquel deseo, tan natural en el fondo, de origen tan pueril, y en cierto modo de espiritual delicadeza, de poder corresponder cuando la ocasión se presentaba a las finezas de los Verdurin y jugar al ama de casa.

Volvía a ese punto de vista .opuesto al de su amor y de sus celos, y en que se colocaba por una a modo de equidad intelectual y para dar lo suyo a todas las probabilidades, y desde allí probaba a juzgar a Odette, como si no la quisiera, como si fuera para él una mujer como otra cualquiera, como si la vida de Odette, en cuanto él no estaba delante, no se tramara y no se urdiera, ocultamente, en contra suya.

¿Para qué creer que allí, iba a gozar con Forcheville, o con otro hombre, placeres embriagadores que con él no sentía, y que eran únicamente invento de sus celos? Y tanto en Bayreuth como en París, cuando Forcheville pensara en él, no tendría más remedio que considerarlo como persona a quien tenía que ceder su puesto cuando los dos se encontraban en casa de ella. Si Forcheville y ella miraban como un triunfo el estar allá en Bayreuth en contra de su voluntad, él lo habría querido, oponiéndose inútilmente al viaje, mientras que si aprobaba el proyecto, que era defendible, parecería que Odette iba allí por consejo suyo, se sentiría enviada, alojada por él, y el placer que recibiera en dar albergue a unos amigos, a quienes tantos favores debía, tendría que agradecérselo a Swann.

Mientras que así, iba a marcharse enfadada con él, sin volver a verlo; en cambio, si Swann le mandaba aquellos dineros, la animaba al viaje y procuraba hacérselo agradable, Odette correría hacia su amante, reconocida y satisfecha, y él tendría esa gran alegría de verla; alegría de la que estaba privado hacía casi una semana y que no admitía sustitución por otro placer alguno. Porque en cuanto Swann podía representarse a Odette sin horror leyendo la bondad de su sonrisa y sin que los celos superpusieran a su amor el deseo de quitársela a otro, ese amor tomaba preferentemente la forma de deleite ante las sensaciones que le daba la persona de Odette, y ante el placer de admirar como un espectáculo, o interrogar como un fenómeno, su modo de alzar los ojos, el formarse de una sonrisa suya o la emisión de una entonación de su voz. Y ese placer, distinto a cualquier otro, acabó por crear en él una necesidad que sólo ella podía saciar con su presencia o con sus cartas; necesidad casi tan desinteresada, tan artística, tan perversa, como esa otra que caracterizaba el período nuevo de la vida de Swann, en que, a la sequedad y depresión de años anteriores, sucedió una especie de superabundancia espiritual, sin que él supiera el porqué .como no sabe un enfermo por qué de pronto empieza a fortificarse y a engordar, camino de una total curación.; esa otra necesidad, que se desarrollaba también, aparte del mundo real: la de oír música y conocer música.

Así, con aquella alquimia de su enfermedad, una vez que había hecho celos con su amor, se ponía a fabricar cariño y compasión hacia Odette. Ya era otra vez Odette la buena, la amable Odette. Tenía remordimientos de haberla tratado con dureza.

Deseaba que se acercara a él; pero antes quería darle algún gusto, para ver cómo la gratitud se pintaba en su cara y modelaba su sonrisa.

Y por eso, Odette, segura de que Swann volvería al cabo de unos días tan cariñoso y sumiso como antes, a pedirle que hicieran las paces, se acostumbró a no tener ya miedo a desagradarlo, hasta irritarlo, y cuando le parecía bien le negaba los favores que más en estima tenía él.

Quizá no se daba cuenta Odette de lo sincero que Swann era con ella cuando regañaban, y cuando le dijo que no le mandaría más dinero y que procuraría hacerle daño. Quizá tampoco sabía cuán sincero era, si no con Odette, por lo menos consigo mismo, en otros casos en que, mirando por el porvenir de sus relaciones, para mostrar a Odette que podía pasarse sin ella y que siempre era posible la ruptura, decidía quedarse algún tiempo sin ir por su casa.

Muchas veces hacía eso Swann, tras unos días en los que Odette no le había dado ningún disgusto nuevo; y como sabía que de las visitas próximas que le hiciera no habría de sacar ninguna gran alegría, sino más probablemente alguna pena que acabaría con la calma actual, le escribía que estaba muy ocupado y que no iba a poder verla en ninguno de los días convenidos.

Y precisamente, una carta de ella se cruzaba con la suya: Odette le suplicaba que aplazaran una cita. Se preguntaba Swann el motivo; volvían la pena y las sospechas. En aquel nuevo estado de agitación que lo dominaba, no podía cumplir el compromiso que él mismo se había impuesto en un estado anterior de calma relativa, y corría a su casa para exigir que se vieran todos los días. Y aunque ella no le escribiera la primera, sólo con que contestara, eso bastaba para que no pudiera pasarse más sin verla. Porque, al contrario de lo que Swann calculaba, el consentimiento de Odette lo trastornaba todo en su alma. Como hacen todos los que están en posesión de una cosa, para saber lo que ocurriría si se quedaran sin ella por un momento, se quitaba esa cosa del espíritu, dejando todo lo demás en el mismo estado que cuando la cosa estaba allí. Y la falta de una cosa no sólo consiste en que no la tengamos, no es un defecto parcial, sino un trastorno de todo, un estado nuevo, que nunca pudo preverse en el estado anterior.

Pero otras veces, por el contrario .cuando Odette estaba a punto de hacer un viaje., Swann escogía un pretexto para una ligera disputa, y se resolvía, después de ella, a no escribirle y a no verla hasta que volviera, dando así las apariencias y las ventajas de una riña seria, que quizá creyera Odette definitiva, a una separación que en su mayor parte era consecuencia inevitable del viaje y que Swann no hacía más que anticipar un poco. Y se figuraba a Odette preocupada, afligida por no recibir ni visita ni carta suya, y esa imagen calmaba sus celos y le hacía más fácil el perder la costumbre de verla. Indudablemente, allá en el fondo, acariciaba con gusto la idea de volver a ver a Odette; pero esa idea estaba en las profundidades de su alma, arrinconada por su resolución y por toda la interpuesta longitud de las tres semanas de separación aceptada, y con tan poca impaciencia, que ya empezaba a preguntarse si no duplicaría voluntariamente la duración de una abstinencia tan fácil. Y esa abstinencia no tenía más que tres días de vida, menos tiempo del que a veces se le pasaba sin ver a Odette, y sin haberlo premeditado como ahora. Pero, de pronto, una ligera contrariedad o un malestar físico .induciéndole a considerar el momento presente como excepcional y fuera de toda regla, como momento en que hasta la misma prudencia aceptaría el sosiego que trae consigo un placer; y licenciaría hasta el retorno útil del esfuerzo, a la voluntad suspendía la acción de esa facultad que dejaba ya de ejercer su comprensión; o aún menos que eso, si se le ponía en la cabeza una cosa que se le olvidó preguntar a Odette; por ejemplo, si había decidido de qué color quería que le pintaran el coche, o cuando se trataba de unos valores bursátiles, si quería acciones ordinarias o privilegiadas (porque era muy bonito hacerle ver que podía pasarse sin ella; pero si después había que volver a pintar el coche o las acciones no daban dividendo, no habría adelantado nada), entonces, como una goma estirada que se suelta, o como el aire que se escapa de una máquina neumática entreabierta, la idea de volver a verla, de las lejanas tierras donde ella se hallaba, tornaba de un salto al campo del presente y de las posibilidades inmediatas.

Tornaba sin encontrar resistencia, y tan irresistible, que a Swann le dolía menos sentir cómo iban pasando uno a uno los quince días que tenía que estar separado de Odette, que los diez minutos que esperaba mientras su cochero enganchaba el coche que lo llevaría a casa de Odette; y le daban arrebatos de impaciencia y de alegría, y acariciaba mil veces con pródigo cariño esa idea de ver a Odette, que con un brusco giro se había plantado de nuevo a su lado, en su más próxima conciencia, cuando él creía que estaba allá, muy lejos. Y es que había desaparecido ese obstáculo del deseo de intentar resistir inmediatamente, porque Swann se había demostrado a sí mismo que era muy capa de resistir y pasarse sin verla, y ya no veía inconveniente en aplazar un ensayo de separación que podría poner en práctica en cuanto quisiera. Además, ocurría que esa idea de verla retornaba con una seducción y novedad, con una virulencia que, embotadas un poco por la costumbre, cobraron nuevo temple con aquella privación no de tres días, sino de quince (porque lo que dura la renuncia a un placer, debe calcularse por anticipado, con arreglo al plazo fijado), privación que transformaba un placer esperado, que se sacrifica fácilmente, en una felicidad inesperada, a la que no podemos resistirnos. Y a más de eso, tornaba esa idea embellecida por la ignorancia en que estaba Swann de lo que pudo pensar, y quizá hacer Odette, al ver que su amante no daba señales de vida, así que iba a encontrarse con la arrebatadora revelación de una Odette casi desconocida.

Pero Odette, que consideraba únicamente como una finta su negativa a dar dinero, tampoco consideraba más que como un pretexto ese detalle que Swann le iba a preguntar, del color del coche o de la clase de acciones. Porque Odette no sabía reconstituir las diversas fases de las crisis que atravesaba su amante, y en la idea que de ellas se formaba se le olvidaba incluir su mecanismo, y no creía más que en el final, ya conocido de antemano, necesario, infalible y siempre idéntico. Idea incompleta .y quizá aún más profunda. si se la miraba desde el punto de vista de Swann, a quien debía de parecerle que Odette no lo entendía, como un morfinómano o un tuberculoso convencido, el primero de que un acontecimiento externo vino a detenerlo en el preciso momento en que iba ya a libertarse de su vicio inveterado, el segundo de que una indisposición accidental le impidió su restablecimiento o cuando ya estaba a punto de curarse, y que se sienten incomprendidos por el médico, el cual no concede la misma importancia que ellos a esas llamadas continencias, que no son en opinión del facultativo más que disfraces que reviste, para presentarse más sensiblemente a los enfermos, el vicio y el estado mórbido que no han dejado de pesar, incurablemente, sobre ellos hasta en ese momento en que acariciaban sueños de curación y de buena conducta. Y, en realidad, el amor de Swann había llegado ya a ese punto en que el médico, y en ciertas enfermedades hasta el más atrevido cirujano, dudan de si es posible y conveniente privar a un enfermo de su vicio n quitarle su enfermedad.

Claro que Swann no tenía conciencia directa de lo grande de ese amor. Cuando quería medirlo le parecía a veces empequeñecido, casi reducido a la nada; por ejemplo, lo poco que le atraían, casi la repulsión que le inspiraban, los rasgos fisonómicos de Odette antes de que se enamorara de ella, y que volvía a sentir algunos días. .Verdaderamente, voy progresando .decía; ayer no sacaba ningún gusto de estar en su cama, es curioso; y hasta me parecía fea.. Y era sincero, sí; pero su amor iba bastante más allá de las regiones del deseo físico. Y no entraba en él, por mucho, la persona de Odette. Cuando sus miradas tropezaban con la fotografía de Odette que tenía encima de la mesa, o cuando la propia Odette iba a verlo, le costaba trabajo identificar la figura de carne o de cartulina con la preocupación dolorosa y constante que en su seno sentía. Exclamaba con asombro:

-¡Es ella!.; como si de repente nos mostraran exteriorizada, ahí delante de nosotros, una enfermedad que padecemos, y no la encontráramos parecida a la nuestra. ¡Ella! Swann se preguntaba qué era eso de ¡ella.!; porque guarda mucha mayor semejanza con el amor y con la muerte que esas cosas que tanto se repiten, el interrogar, cada vez más, por miedo a que se nos escape, el misterio de la personalidad. Y aquella enfermedad amorosa de Swann se había multiplicado tanto, se enlazó tan íntimamente a todas las costumbres de Swann, a sus actos, a su pensamiento, a su salud, a su sueño, a su vida, a lo que deseaba para después de la muerte, que ya no formaba más que un todo con él, que no era posible arrancársela sin destruirlo a él, o, para decirlo en términos de cirugía, su amor ya no era operable.

Su amor lo había desprendido de tal manera de todo interés, que ahora, cuando por casualidad iba a alguna reunión aristocrática, diciéndose que sus buenas relaciones, igual que una montura elegante que él no sabía estimar bien, podían revestirlo de mayor valor a los ojos de Odette (cosa que no era cierta, porque esas relaciones se envilecían con ese amor mismo que, para Odette, rebajaba el valor de todas las cosas, al tocarla, y les quitaba su precio), sentía, además de la pena de encontrarse en lugares y entre gentes que ella no conocía, el placer desinteresado, propio de la lectura de una novela, o la contemplación de un cuadro donde se presentan las diversiones de una clase social ociosa; lo mismo que se complacía en considerar el funcionamiento de su vida doméstica, la elegancia de su guardarropa, la excelente colocación de su dinero, igual que en leer en Saint-Simón, uno de sus autores favoritos, la mecánica de los días y la composición de las comidas de la señora de Maintenon, o la cauta avaricia y la opulencia de Lulli. Y en la corta parte en que no era absoluto su desprendimiento de las cosas del gran mundo, el motivo de ese placer nuevo que sentía Swann era poder emigrar por un momento a los pocos rincones de sí mismo, donde casi no había entrado el amor y la pena. Y así, la personalidad que le atribuía mi tía, de .el hijo de Swann., distinta de su personalidad más individual de Carlos Swann, le era más grata que ninguna, ahora. Un día, el de los cumpleaños de la princesa de Parma (porque esta dama podía ser indirectamente útil a Odette, proporcionándole billetes para fiestas de gala, jubileo, etc.), quiso regalarle fruta, y no sabiendo donde comprarla, rogó que le hiciera este encargo a una prima de su madre, que, encantada por esta confianza, le escribió dándole cuenta de su misión, y diciendo que no había comprado toda la fruta en el mismo sitio, sino las uvas en casa de Crapote, que tiene la especialidad; las fresas en Jauret, las peras en la tienda de Chevet. donde son más hermosas que en ninguna parte, etc.; y .las frutas han pasado por mi mano una a una.. En efecto, a juzgar por el agradecimiento de la princesa, las fresas tenían mucho aroma, y las peras eran muy jugosas. Pero el .las frutas han pasado por mi mano una a una. lo alivió a Swann grandemente de su pena, porque le llevó el pensamiento a una región donde casi nunca iba, a pesar de que le pertenecía como heredero de una familia ricamente acomodada, donde se conservaban tradicionalmente, y siempre dispuesta a ser utilizada en cuanto él lo requería, las señas de las .buenas tiendas. y el arte de hacer un buen encargo.

Claro es que tenía tan olvidado que él era .el hijo de Swann, que, el recobrar por un momento esa personalidad, le proporcionaba un placer más hondo que los habituales, que ya lo hartaban; y aunque la amabilidad de las familias de clase media, que lo consideraban bajo ese aspecto del .hijo de Swann., era menos visible que la de los aristócratas (si bien más halagüeña, porque, en esa clase de gentes, la amabilidad implica siempre consideración), una carta firmada por una alteza, donde lo invitaban a alguna fiesta de príncipes, no le era tan grata como una misiva convidándolo a una boda o pidiéndole que fuera testigo de ella, firmada por amigos viejos de sus padres, algunos de los cuales seguían tratándolo como mi abuelo, que lo invitó el año antes al casamiento de mi madre, y otros, no lo conocían casi, pero se consideraban ligados por deberes de cortesía con el hijo y el digno sucesor del difunto señor Swann.

Pero también le parecía que formaban parte de su casa, de su hogar y de su familia las gentes de la aristocracia, por las íntimas y viejas amistades que tenía con algunos de ellos. Y al pensar en sus brillantes relaciones, sentía el mismo apoyo externo, el mismo bienestar que cuando contemplaba las ricas tierras; la hermosa plata y la excelente lencería de mesa que había heredado de los suyos. Y la idea de que si le daba un ataque, su criado correría espontáneamente a avisar al duque de Chartres, al príncipe de Reuss, al duque de Luxemburgo y al barón de Charlus; le servía de gran consuelo, como a nuestra vieja Francisca la consolaba saber que la enterrarían envuelta en sábanas suyas, limpias, marcadas con sus iniciales, sin ningún zurcido (o tan bien zurcidas, que aun aumentaba su valor, haciendo pensar en la habilidad de la zurcidora), y sacaba de la imagen frecuente de esa mortaja una cierta satisfacción, ya que no de bienestar, por lo menos de amor propio.

Pero, sobre todo, en aquella idea, como en todos sus actos y pensamientos que se referían a Odette, Swann iba siempre dominado y dirigido por el sentimiento secreto de que a Odette, aunque no por eso lo quería menos, le agradaba más ver a una persona cualquiera, al más pelma de los fieles de los Verdurin, que a él, y cuando se trasladaba a un mundo donde se lo consideraba como el hombre exquisito por excelencia, que todos querían atraerse y ver a menudo, volvía a creer en la existencia de una vida más feliz, casi a apetecerla, como ocurre a un enfermo que lleva en cama, y a dieta, dos meses, al leer en un periódico el *menu* de un banquete oficial o el anuncio de una excursión por Sicilia.

Tenía que dar excusas a la gente de la aristocracia por no ir a visitarlos, y en cambio, se excusaba ante Odette por ir a visitarla a ella. Y eso que las pagaba bien (preguntándose, a fin de mes, por poco que hubiera abusado de la paciencia de Odette, yendo a verla con frecuencia, si era bastante mandarle cuatro mil francos), y para cada una de ellas buscaba un pretexto, el llevarle un regalo, darle una contestación de algo que le interesaba, o haberse encontrado en la calle con el barón de Charlus, que iba a casa de Odette, y que exigió a Swann que lo acompañara. Y cuando no tenía ningún pretexto, rogaba a su amigo Charlus que fuera a su casa, y que le dijera, como espontáneamente, en el curso de la conversación, que se le había olvidado decir una cosa a Swann, y que hiciera Odette el favor de avisarle para que pasara en seguida por casa de ella, y poder decírselo; pero, por lo general, Swann se cansaba de esperar, y Charlus le decía, por la noche, que su estratagema no había resultado. De modo que, ahora, Odette, además de hacer frecuentes viajes, aun cuando estuviera en París, apenas si veía a Swann, y ella que cuando estaba enamorada le decía:

-.Siempre estoy desocupada y

-¿Qué me importa a mí la gente?, invocaba las conveniencias o pretextaba un quehacer siempre que Swann quería verla. Cuando hablaba de ir a una fiesta de beneficencia, a una exposición, a un estreno, donde iría ella, Odette replicaba que eso sería querer pregonar sus relaciones y tratarla como a una mujerzuela. Hasta tal punto que, para no estar privado en absoluto de verla, Swann, sabedor de que Odette conocía y apreciaba mucho a mi tío Adolfo, que era amigo suyo, fue un día a visitarlo a su casa de la calle de Bellechasse, para pedirle que ejerciera su influencia sobre el ánimo de Odette en favor suyo. Como Odette, siempre que hablaba a Swann de mi tío, lo hacía en un tono romántico, diciendo:

-¡Ah!, él no es como tú. Me tiene una amistad tan hermosa, tan pura, tan grande... No me menospreciaría él hasta ese punto de pedirme que lo acompañara a sitios públicos.; Swann estaba un poco azorado, y no sabía en qué diapasón tenía que ponerse para hablar a mi tío de Odette. Empezó por la excelencia apriorística de Odette, el axioma de su superhumanidad seráfica y la revelación de sus virtudes indemostrables, y que no podían conocerse por la mera experiencia:

-Quiero hablar con usted; usted ya sabe qué clase de mujer es Odette, que está por encima de cualquier otra mujer, que es un ser adorable, un ángel. Pero ya conoce la vida de París. No todo el mundo la mira con los mismos ojos que usted y que yo. Y hay personas que dicen que yo hago el ridículo, porque ella ni siquiera puede pasar porque la vea fuera de casa, en el teatro. Ella tiene mucha confianza en usted. ¿Por qué no le dice usted unas palabras en favor mío, y le asegura que exagera cuando se imagina que, con solo un saludo, la perjudico?.

Mi tío aconsejó a Swann que dejara de ver a Odette por un poco de tiempo, con lo cual ella le querría más aún, y a Odette que permitiera a Swann hablar con ella en donde él quisiera. Algunos días después, Odette dijo a Swann que había tenido una decepción: mi tío era un hombre como los demás, y había intentado poseerla a la fuerza. Odette quitó de la cabeza a Swann la idea, que se le ocurrió en el primer momento, de ir a desafiar a mi tío; pero, de allí en adelante, Swann se negó a darle la mano. Lamentó mucho esta ruptura con mi tío Adolfo, porque tenía la esperanza, si hubieran podido verse más a menudo y hablar con intimidad, de hacer puesto en claro ciertos rumores referentes a la vida de Odette, hacía años, en Niza, donde mi tío pasaba los inviernos, y Swann creía que quizá se habían conocido allí. Unas pocas palabras que se le escaparon un día a uno, y que aludían a un hombre que fue querido de Odette, trastornaron totalmente a Swann. Pero aquellas cosas, que antes de sabidas le parecían las más terribles de oír, las menos fáciles de creer, una vez que eran ya sabidas, se incorporaban por siempre a sus tristezas, las admitía y no podía imaginarse que no hubieran existido antes. Cada uno de esos rumores retocaba la idea que se forjaba Swann de su querida con una pincelada imborrable. Hasta creyó oír una vez que esa ligereza de costumbres de Odette, ni siquiera sospechada por él, era muy conocida, y que en Bade y en Niza, donde pasaba antes algunas temporadas, disfrutó una especie de notoriedad galante. Hizo por reunirse con algunos calaveras conocidos suyos, aficionados a la vida alegre, para sonsacarles algo; pero ellos ya sabían que Swann conocía a Odette, y, además, él temía recordársela y ponerlos sobre su pista. Pero Swann, que hasta entonces consideraba la cosa más fastidiosa del mundo todo lo referente a la vida cosmopolita de Bade o de Niza, al saber que Odette, en otro tiempo, había hecho una vida bastante libre en esas ciudades de placer, sin poder averiguar si la hacía tan sólo para satisfacer necesidades económicas, que al presente, gracias a él, ya no sentía, o cediendo a caprichos que podían volver ahora, se inclinaba con impotente, ciega y vertiginosa angustia sobre el abismo insondable donde fueron a parar aquellas años del Septenado de Mac-Mahón, cuando era uso pasar el invierno en el Paseo de los Ingleses, de Niza, y el verano a la sombra de los tilos badenses, y los veía dolorosa, magníficamente profundos como los hubiera pintado un poeta; y habría empeñado en la tarea de reconstruir todas las menudencias de la crónica mundana de aquella Costa Azul de entonces, siempre que pudieran ayudarle a comprender algo de la sonrisa o de la mirada .tan sencillas y tan honradas, a pesar de todo. de Odette, mayor pasión que el estudiante de estética que interroga apasionadamente los documentos que nos quedan sobre la Florencia del siglo XV, para penetrar más profundamente en el alma de la *Primavera,* de la *bella Vanna,* o de la *Venus,* de Botticelli.

Muchas veces la miraba, soñando, sin decirla nada; y ella decía:

-¡Qué triste estás!.. Aún no hacía mucho tiempo que de la idea de una Odette buena, igual o mejor que otras criaturas que él conocía, pasó a la idea de una Odette mujer entretenida; ahora, por el contrario, le había sucedido que de la Odette de Crécy, quizá muy conocida de la gente juerguista, de los mujeriegos, había retornado a aquel rostro de expresión tan suave a veces, a aquel temperamento tan humano. Se decía: .Qué significa eso de que en Niza todo el mundo sepa quién es Odette de Crécy? Esas reputaciones, por ciertas que sean, las han formado las ideas ajenas.; y creía que tal leyenda .aunque fuera auténtica. era algo externo a Odette; no era como una personalidad suya, irreductible y dañina; que la criatura que acaso se vio en la necesidad de obrar mal era una mujer de mirar bondadoso, de corazón compasivo para con los que sufren, de cuerpo dócil, que él había tenido en sus brazos, que él había manejado, una mujer que acaso podría llegar algún día a ser enteramente suya, si lograba hacérsela indispensable.

Allí estaba, cansada muchas veces, con el rostro libre de esas desconocidas cosas que tanto hacían sufrir a Swann; se apartaba el pelo de la frente con la mano; su frente y su cara parecían agrandarse, y entonces, de pronto, un pensamiento sencillamente humano, un buen sentimiento de esos que tienen todas las criaturas cuando se abandonan a sí mismas en un instante de descanso o de recogimiento, brotaba de sus ojos como un rayo amarillo. Y en seguida, todo su rostro se iluminaba como una gris campiña, cuando las nubes que cubren el cielo se apartan, para el momento de la transfiguración, en la hora del poniente. Swann habría podido compartir la vida que en aquel momento latía en Odette, el porvenir que ella entreveía como un sueño; en el fondo de esa vida y de ese futuro, ninguna cosa mala había dejado su residuo. Aquellos momentos, aunque muy raros, no fueron inútiles. Con el recuerdo, Swann iba ensamblando aquellas parcelas, suprimía los intervalos; moldeaba, como en oro, una Odette bondadosa y tranquila, por la que hizo más adelante .como se verá en la segunda parte de esta obra. sacrificios que nunca habría logrado la otra Odette. Pero ¡qué escasos eran esos instantes y qué de tarde en tarde la veía! Ni siquiera en las citas nocturnas, pues ahora Odette aguardaba al último minuto para decirle si podría verla o no por la noche, porque Odette, como sabía que siempre contaba con Swann, quería estar segura, antes de decirle que fuera, que no había ninguna otra persona que solicitara lo mismo. Alegaba que no tenía más remedio que esperar una contestación importantísima para ella, y a veces, después de haber hecho ir a Swann, si algunos amigos la invitaban, cuando ya había comenzado la noche, a ir con ellos al teatro o a cenar, Odette daba un brinco de alegría y se ponía a vestirse en seguida. Conforme iba adelantando, en su atavío, cada uno de sus movimientos acercaba a Swann a aquel momento en que tendría que separarse, en que ella se escaparía con irresistible arranque; y cuando ya, vestida, hundía por última vez en el espejo sus miradas tensas, iluminadas por la atención, se daba un poco de carmín en los labios y se arreglaba un mechón de pelo en la frente, esperando que le trajeran su abrigo de noche, azul celeste, con borlas de oro, Swann ponía una cara tan triste, que Odette no podía reprimir un ademán de impaciencia, y le decía: .¡Vaya una manera de darme las gracias por haberte dejado estar conmigo hasta el último momento!

¡Yo que creía que me había portado bien contigo! ¡ Bueno es saberlo para otra vez!.. Otras veces, aun a riesgo de que ella se enfadara, Swann se prometía averiguar adónde había ido su querida, y soñaba en una alianza con Forcheville, que quizá le habría podido contar algo. Cuando sabía con quién salía Odette por la noche, era muy raro que Swann no pudiera encontrar, entre todos sus amigos, alguno que conociera, aunque fuese indirectamente, al hombre que la había acompañado y que pudiera pedirle detalles. Y cuando se ponía a escribir a un amigo para aclarar este o el otro extremo, sentía el reposo de no hacerse ya preguntas que no tenían respuesta, y de transferir a otra persona la fatiga de interrogar. Cierto que Swann
no adelantaba mucho cuando lograba los datos pedidos. No por saber una cosa se la puede impedir; pero siquiera las cosas que averiguamos, las tenemos, si no entre las manos, por lo menos en el pensamiento, y allí están a nuestra disposición, lo cual nos inspira la ilusión de gozar sobre ellas una especie de dominio. Swann tenía una gran tranquilidad siempre que el que estaba con Odette era el barón de Charlus. Sabía que entre Odette y el barón de Charlus no podía haber nada, y que cuando su amigo salía con ella por dar gusto a Swann, le contaría luego, sin ninguna dificultad, lo que había hecho. Muchas veces Odette declaraba tan categóricamente a Swann que no podía verlo en una noche determinada, o parecía tener tal interés en salir, que Swann consideraba importantísimo que Charlus no tuviera nada que hacer aquella noche, y quisiera acompañarla.

Al otro día, sin atreverse a hacer muchas preguntas a su amigo, le obligaba, haciendo como que no entendía bien sus primeras respuestas, a decirle más cosas, con las cuales sentía un gran alivio, porque resultaba que Odette había pasado la noche entregada a los más inocentes placeres. .Como Memé, no entiendo bien... entonces no fuisteis al salir de su casa al museo de Grévin? ¿No? ¡Ah!, fuisteis antes. ¡Tiene gracia! No sabes la gracia que me haces, Memé. Vaya una ocurrencia irse luego al Gato Negro; eso se ve que salió de la cabeza de Odette ¿No? ¿Fue cosa tuya? Es raro. Pero, después de todo, no ibas descaminado, porque Odette debió encontrarse allí con muchos conocidos. ¡Ah!, ¿conque no habló con nadie? Es rarísimo. Parece que os estoy viendo desde aquí, los dos solitos, muy serios. Bueno, Memé, eres muy buen muchacho, ¿sabes?, te quiero mucho.. Y ya Swann se sentía aliviado. Porque para él, que muchas veces, al hablar con personas indiferentes, a quienes apenas si escuchaba, había oído frases como .Ayer vi a la de Crécy con un señor desconocido.; frases que en el corazón de Swann pasaban inmediatamente al estado sólido, endurecidas como una incrustación, y lo desbarraban, y nunca se iban de allí, eran dulcísimas esas otras palabras: .No conocía a nadie, no habló con nadie; palabras que, circulaban holgadamente por su alma, palabras fluidas, fáciles, respirables. Y luego pensaba que Odette debía considerarlo como persona muy aburrida, para que prefiriera a su compañía aquellos placeres, cuya insignificancia lo tranquilizaba, pero le daba pena al mismo tiempo, como una traición.

Cuando no podía saber adónde iba su querida, habríale bastado para calmar la angustia que sentía al quedarse solo, y contra la cual no había más específico que la presencia de Odette, la felicidad de estar con ella (específico que, a la larga, agravaba el mal como muchas medicinas, pero que por el momento calmaba el dolor); habríale bastado que ella lo dejara estarse en su casa, esperarla hasta la hora de la vuelta, porque en el sosiego de aquella hora se habrían fundido aquellas otras que consideraba él distintas de las demás, como maléficas y encantadas. Pero Odette no quería; Swann se volvía a casa, por el camino iba forjando proyectos y casi no pensaba en Odette; llegaba, y mientras se estaba desnudando seguía con ideas alegres y contento porque al día siguiente iba a ver alguna obra de arte admirable, se metía en la cama y apagaba la luz; pero en cuanto se disponía a dormir y dejaba de ejercer sobre su ánimo aquella violencia, inconsciente por lo habitual que era, volvía a sobrecogerlo un escalofrío terrible, y empezaba a sollozar. No quería preguntarse el porqué; secábase los ojos, y decía riendo:

-Bonita cosa, me estoy volviendo neurótico.. Y le cansaba, muchísimo el pensar que al otro día habría que averiguar de nuevo lo que Odette había hecho, buscar influencias para poder verla. Tan cruel le era aquella necesidad de una actividad sin tregua, sin variedad, sin resultados, que un día, al verse un bulto en el vientre, sintió una gran alegría, pensando que quizá era un tumor mortal, y que ya no tendría que ocuparse en nada, porque la enfermedad lo gobernaría, lo tomaría por juguete hasta que llegara el próximo final de todo. Y, en efecto, si en aquella época se le ocurrió muchas veces desear la muerte, más que por huir de sus penas, era por escapar a la monotonía de sus esfuerzos.

Sin embargo, le habría gustado vivir hasta la época en que ya no la quisiera, cuando Odette ya no tuviera necesidad de decirle mentiras, cuando lograra por fin enterarse de si aquella tarde que fue a visitarla estaba o no acostada con Forcheville. A veces, llegaban unos cuantos días en que la sospecha de que Odette quería a otro hombre, le quitaba de la cabeza aquella pregunta referente a Forcheville, la despojaba de todo interés, como esas formas nuevas de un mismo estado morboso que se nos figura que nos libran de las precedentes. Hasta había días que no lo atormentaba sospecha alguna. Se creía que ya estaba curado. Pero al otro día, al despertarse, sentía el mismo dolor en el mismo sitio, aquel dolor cuya sensación diluyó el día antes en un torrente de impresiones distintas, pero que no había cambiado de sitio. Y precisamente, la fuerza del dolor es lo que había despertado a Swann.

Como Odette no le daba ningún detalle de aquellas ocupaciones tan importantes de cada día (aunque él había vivido ya lo bastante para saber que no hay otras ocupaciones que los placeres), no tenía Swann bastante base para poder imaginárselas, y su cerebro funcionaba en el vacío; entonces se pasaba los dedos por los cansados párpados, como si limpiara los cristales de sus lentes, y no pensaba en nada. Sin embargo, en aquella vaguedad sobrenadaban algunos quehaceres de Odette que asomaban de vez en cuando, y que ella refería a obligaciones con parientes lejanos o con amigos de antaño, los cuales quehaceres, por ser los únicos que Odette citaba expresamente como obstáculo a sus citas, formaban para Swann el marco fijo y necesario de la vida de Odette. De cuando en cuando, Odette le decía en un tono de voz especial:

-Hoy voy con mi amiga al Hipódromo.; y si Swann se sentía un día un poco malo y pensaba que quizá Odette quisiera ir a verlo, de pronto se acordaba de que aquel día era cabalmente el de la amiga, y se decía:

-No, no vale la pena molestarse en pedirle que venga; se me debía haber ocurrido que hoy es el día que va al Hipódromo con su amiga.

Hay que reservarse para las cosas posibles, y no perder el tiempo en pedir lo que ya sabemos que nos van a negar.. Y no sólo le parecía ineludible aquel deber que a Odette incumbía, y ante el cual se inclinaba Swann, de ir al Hipódromo, sino que ese carácter de necesidad que lo distinguía y legitimaba, hacía plausible todo lo que con el tal deber se refiriera de cerca o de lejos. Si por la calle se encontraba con un hombre que saludaba a Odette, despertando así los celos de Swann, Odette no tenía más que responder a las preguntas de su querido, relacionando la existencia del desconocido con una de las dos o tres grandes obligaciones conocidas de Swann, diciendo, por ejemplo: .Es un caballero que estaba en el palco de mi amiga el otro día en el Hipódromo., explicación que calmaba las sospechas de Swann, porque, en efecto, no se podía evitar que la amiga invitara a su palco a otras personas además de Odette, personas que Swann nunca intentaba o lograba imaginarse. ¡Cuánto se habría alegrado de conocer a aquella amiga, de que lo invitara a ir con ellas al Hipódromo! Hubiera cambiado todas sus amistades por la de cualquier persona que tuviera costumbre de ver a Odette, aunque fuera una manicura o la dependienta de una tienda. Las habría obsequiado como a reinas. Porque le habrían dado el mejor calmante para sus penas al ofrecerle aquello en que ellas participaban de la vida de Odette. ¡Qué alegremente habría corrido a pasar el día en casa de aquellas gentes humildes, que Odette seguía tratando, ya fuera por interés, ya por sencilla naturalidad! De buena gana se iría a vivir para siempre a un quinto piso de una casa sórdida, donde Odette no lo llevaba nunca; pasaría por amante de la modistilla, y viviría con ella, con tal de recibir casi a diario la visita de Odette. Y habría aceptado una vida modesta, abyecta, pero dulcísima, preñada de calma y de felicidad, en uno de esos barrios.

Sucedía a veces que, estando con Odette, se acercaba a ella algún hombre que Swann no conocía, y entonces podía observarse en el rostro de Odette la misma tristeza que aquel día que fue a verla su querido cuando Forcheville estaba en su casa. Pero era cosa rara; porque los días que, a pesar de sus quehaceres y del temor de lo que pensara la gente, accedía a ver a Swann, lo que dominaba en su porte era una gran seguridad; contraste, acaso revancha inconsciente o reacción natural, de la emoción miedosa que en los primeros tiempos sentía a su lado, cuando empezaba una carta, diciendo: .Amigo mío: me tiembla tanto la mano que apenas si puedo escribir. (por lo menos, ella sostenía que la sentía, y alguna verdad debía de haber en aquella emoción para que a Odette le entraran ganas de exagerarla). Entonces le gustaba Swann. Y nunca temblamos más que por nosotros mismos o por los seres amados.

Cuando muestra felicidad ya no está en sus manos, nos sentimos a su lado muy a gusto, tranquilos y sin miedo. Al hablarle y al escribirle, ya no empleaba aquellas palabras que antes servían a Odette para hacerse la ilusión de que Swann era suyo, buscando las ocasiones de decir *mi* y *mío* al nombrar a su querido: .Es usted mi tesoro, yo guardo el perfume de nuestra amistad., y ya no hablaba del porvenir, de la muerte, como de una cosa que compartirían. En aquel tiempo, ella contestaba admirada a todo lo que decía Swann: .Usted nunca será como los demás.; y miraba aquella cabeza de su querido, alargada, un tanto calva (la cabeza que hacía decir a los amigos, enterados de los éxitos de Swann; .No es lo que se dice guapo; pero con su tupé, su monóculo y su sonrisa, es muy *chic*), quizá con más curiosidad de saber cómo era Swann que deseo de llegar a ser su querida, y diciendo:

-¡Ojalá pudiera yo ver lo que hay detrás de esa frente!

Ahora, a todas las palabras de Swann respondía Odette, ya con tono de irritación, ya de indulgencia:

-.No, lo que es tú siempre serás al revés de los demás.

Y decía, mirando aquella cabeza un poco aviejada por la pena (que ahora hacía pensar a todo el mundo, en virtud de esa aptitud que permite adivinar las intenciones de un poema sinfónico, cuando se lee su explicación en el programa, y la cara de un niño cuando se conoce a sus padres: .No es lo que se dice feo; pero con esa sonrisa, ese tupé y ese monóculo, es ridículo., trazando en la sugestionada imaginación la demarcación inmaterial que separa, a unos meses de distancia, la cabeza de un hombre querido de verdad y la cabeza de un cornudo):

-¡Ah, si pudiera yo cambiar lo que hay en esa cabeza, darle un poco de juicio!

Y Swann, siempre dispuesto a creer en la verdad de lo que deseaba, en cuanto la conducta de Odette permitía la más leve duda, se lanzaba ávidamente sobre esa frase:

-Si quieres, vaya si puedes -le decía.

Y hacía por demostrarle que la tarea de calmar su ánimo, de dirigirlo, de hacerlo trabajar, era una labor nobilísima, que estaban deseando tomar en sus manos otras mujeres, si bien esa que él llamaba noble labor, de haber caído en otras manos que en las de Odette, le había parecido una indiscreta e insoportable usurpación de su libertad. .Si no me quisiera un poco, no le entrarían ganas de verme cambiado. Y para hacerme cambiar tendrá que verme más a menudo.. Y el reproche de Odette venía a parecerle una prueba de interés y quizá de amor; y, en efecto, tan escasas eran las que ahora le daba, que no tenía más remedio que tomar como tales las prohibiciones que ella le ponía a esto o a aquello. Un día le dijo que no le gustaba el cochero de Swann, que debía de hablarle mal de ella, y que de todos modos no se portaba con la exactitud y deferencia debidas a su amo. Odette se daba cuenta de que Swann estaba deseando que le dijera:

-No lo traigas cuando vengas a casa, lo mismo que habría deseado un beso. Y aquel día estaba de buen humor, y se lo dijo, con gran enternecimiento de Swann. Por la noche; charlando con el barón de Charlus, como con él podía entregarse al placer de hablar abiertamente de Odette (porque todas sus palabras, aun dirigidas a personas que no la conocían, se referían en cierto modo a ella), le dijo:

-A mí me parece que me quiere, es muy buena conmigo, y se interesa mucho por lo que hago.

Y si al ir a casa de Odette algún amigo, que iba a dejar por el camino, le decía al subir al coche: .Hombre, ese cochero no es Loredán., Swann le contestaba con melancólica alegría:

-¡Quita, hombre, quita! Te diré que no puedo llevar a Loredán cuando voy a la calle de la Pérousse, porque no le gusta a Odette. Se le figura que no está lo bastante bien para mí. Ya sabes lo que son las mujeres, y como eso la disgustaría... Ya lo creo, si lo llego a llevar, tenemos una buena!

Swann padecía con esos modales nuevos de Odette, tan distraídos, indiferentes e irritables, pero no se daba cuenta de que sufría con ellos; como Odette se había ido poniendo fría con él progresivamente, día a día, sólo comparando lo que era hoy con lo
que había sido al principio habría podido Swann medir la profundidad de la mudanza. Y como esa mudanza era su herida secreta y honda, la que le dolía día y noche, en cuanto sentía que sus ideas se acercaban mucho a ella, se apresuraba a encaminarlas hacia otro lado para no sufrir aún más. Y se decía de un modo abstracto: .En un tiempo, Odette me quería más; pero nunca se representaba el tiempo aquel. Y así, como en su gabinete había una cómoda que él hacía por no mirar, dando un rodeo al entrar y al salir para evitarla, porque, en uno de sus cajones, estaban guardados el crisantemo que le dio la primera noche que la había acompañado y las cartas donde le decía: .Si se hubiera usted dejado el corazón, no se lo habría devuelto., o .A cualquier hora del día o de la noche, no tiene más que llamarme y disponer de mi vida., así había dentro de él un lugar al que nunca

dejaba acercarse a su alma, obligándola, si era menester, a dar el rodeo de una larga argumentación para no pasar por delante: el lugar donde latía el recuerdo de días felices.

Pero toda la previsora providencia se vio burlada una noche que asistió a una reunión aristocrática.

Era en casa de la marquesa de Saint-Euverte, en la última de aquellas reuniones donde la marquesa daba a conocer a los artistas que luego le servían para sus conciertos de beneficencia. Swann, que había hecho intención de ir a todas las precedentes, sin decidirse a última hora, recibió, cuando se estaba vistiendo para ir a aquélla, la visita del barón de Charlus, que se brindó a ir con él a casa de la marquesa, si su compañía le hacía la noche menos aburrida y triste.

Pero Swann le contestó:

—Ya sabe usted el placer tan grande que tengo siempre en que estemos juntos. Pero el favor mayor que usted puede hacerme es ir a ver a Odette. Ya sabe usted que Odette le hace mucho caso.

Esta noche me parece que no saldrá más que para ir a casa de su exmodista, y aun entonces se alegrará mucho de que la acompañe usted. Distráigala y procure traerla al buen camino. A ver si podemos arreglar para mañana alguna cosa que sea de su agrado, y a la que podamos ir los tres. Y a ver si lanza usted algo para el verano que viene, si ella tiene gana de alguna cosa, quizá de un viaje por mar, que podríamos hacer los tres juntos; en fin, cualquier cosa.

Esta noche ya no cuento con verla; pero claro que si ella lo quisiera, o usted encontrara ocasión de lograrlo, no tiene más que mandarme un recado a casa de la marquesa, hasta las doce, y después a mi casa. Y muchas gracias por todo lo que está usted haciendo por mí; ya sabe usted que lo quiero de verdad.

El barón le prometió ir a hacer la visita que Swann deseaba, y lo acompañó hasta la puerta del palacio de la marquesa, donde Swann llegó muy tranquilo, porque sabía que Charlus pasaría aquellas horas en casa de Odette; pero en un estado de melancólica indiferencia hacia todas las cosas que no tocaban a su querida, y en particular, hacia las cosas del mundo elegante, que se le aparecían con el encanto que tienen por sí mismas, cuando ya no son un fin para nuestra voluntad. En cuanto bajó del coche, en aquel primer plano del ficticio resumen de su vida doméstica, que a las amas de casa les gusta ofrecer a sus invitados los días de ceremonia, aspirando a respetar la propiedad de los trajes y del decorado, Swann vio con agrado a los herederos de los .tigres. de Balzac, a los *grooms* encargados de seguir a sus amos en el paseo, y que con sus sombreros y sus grandes botas permanecían fuera del palacio, en la avenida central o en la puerta de las cuadras, como jardineros colocados a la entrada de sus *parterres*. Esa predisposición que siempre tuvo Swann a encontrar analogías entre los seres vivos y los retratos de los museos, seguía activa, y aun más general y constante que nunca, porque ahora que se había despegado de la vida del mundo elegante, toda ella se le representaba como una serie de cuadros. Al entrar en el vestíbulo donde antes, cuando era hombre de mundo asiduo, penetraba envuelto en su abrigo, para salir de frac, pero sin saber lo que allí pasaba, porque en los pocos minutos que transcurrían allí estaba con el pensamiento o en la fiesta donde iba a entrar, o en la fiesta de la que acababa de salir, notó por primera vez, al verla despertar ante la inopinada llegada de un invitado, la ociosa y magnífica jauría de lacayos que dormían acá y allá en banquetas y en arcas, y que, irguiendo sus nobles y agudos perfiles de lebreles, se alzaron y se formaron en círculo a su alrededor.

Había uno de aspecto particularmente feroz, muy parecido al verdugo de algunos cuadros del Renacimiento, donde se representan suplicios, que se adelantó hacia él con aspecto implacable para coger su abrigo y su sombrero. Pero la dureza de su mirada de acero se compensaba con la suavidad de sus guantes de piel, de tal modo, que al acercarse a Swann parecía que despreciaba a la persona y que guardaba todas sus consideraciones para el sombrero.

Lo cogió con un cuidado minucioso, por lo justo de su guante, y delicado por el aparato de su fuerza. Y se lo dio a uno de sus ayudantes, novel y tímido, que expresaba el susto que lo embargaba paseando miradas furiosas en todas direcciones con la agitación de una fiera cautiva en las primeras horas de su domesticidad.

Unos pasos más allá, un mozarrón de librea soñaba, inmóvil, estatuario, inútil, como ese guerrero puramente decorativo que en los cuadros más tumultuosos de Mantegna está meditando, apoyado en su escudo, mientras que a su lado se desarrollan escenas de carnicería; apartado del grupo que atendía a Swann, parecía terminantemente decidido a no interesarse en aquella escena, que iba siguiendo vagamente con la mirada, como si fuera la Degollación de los Inocentes o el Martirio de Santiago. Se daba mucho aire a los individuos de esa raza desaparecida .o que acaso nunca existió más que en el retablo de San Zenón o en los frescos de los Eremitani, donde Swann se encontró con ella, y donde sigue entregada aún a sus sueños. que parece salida de la cópula de una estatua antigua con un modelo paduano del maestro, o con un sajón de Alberto Durero. Los mechones de su pelo rojizo que la naturaleza rizó, pero que la brillantina alisaba, estaban tratados muy ampliamente, como en la escultura griega, que estudiaba sin cesar el maestro de Mantua y que, aunque no toma de la creación otro modelo que el hombre, sabe sacar de sus simples formas riquezas variadas, cogidas a toda la naturaleza viva, de modo que una cabellera con sus bucles lisos y puntiagudos, o con la superposición de su triple diadema floreciente, parece, al mismo tiempo, un montón de algas, una nidada de palomas, una guirnalda de jacintos y una franja de serpientes.

Aun había otros lacayos, colosales también, a los lados de la monumental escalera, que, gracias a su decorativa presencia y a su inmovilidad marmórea, habría podido recibir el nombre de .Escalera de los Gigantes., como la del palacio de los Dux; por allí subió Swann, triste, al pensar que Odette nunca había pisado aquellos escalones. En cambio, ¡con qué gusto hubiera trepado por los escalones negros, malolientes y escurridizos de la modistilla retirada, con qué gusto habría pagado más caro que un proscenio abonado el derecho de pasar en aquel quinto piso los ratos que Odette iba allí, y aun los ratos en que no iba, para poder hablar de ella, vivir con personas que ella trataba, sin que Swann las conociera, y que precisamente por eso le parecía que guardaban una parte real, inaccesible y misteriosa de la vida de su amante! Mientras que en aquella pestilente y deseada escalera de la modista, por no haber en la casa otra escalera de servicio, se veían todas las noches, a la puerta de cada cuarto, encima del felpudo, sendas botellas sucias y vacías para el lechero, en la escalera magnífica y desdeñada que Swann iba subiendo había a uno y a otro lado, a distintas alturas, ante la anfractuosidad que formaba en el muro la ventana del portero o la puerta de una habitación, representando el servicio interior a ellos encomendado, y rindiendo pleitesía a los invitados, un portero, un mayordomo, un tesorero (buenos hombres, que vivían todo el resto de la semana muy independientes, cada uno en sus habitaciones propias, comiendo allí y todo, como tenderos modestos, y que quizá pasarían el día de mañana a servir a un médico o a un industrial), muy atentos a las instrucciones que les habían dado antes de endosarse la librea, que rara vez se ponían, y que no les venía muy ancha; manteníanse tiesos, cada uno bajo el arco de una puerta o ventana, con una brillante pompa, entibiada por la simplicidad popular, como santos en sus hornacinas; y un enorme pertiguero, como los de las iglesias, golpeaba las losas con su bastón al paso de cada invitado. Al llegar al final de la escalera, por donde lo había ido siguiendo un criado de rostro descolorido, con una corta coleta recogida en una redecilla, igual que un sacristán de Goya o un escribano, Swann pasó por delante de un pupitre, donde había unos criados sentados, como notarios delante de grandes registros, que se levantaron e inscribieron su nombre. Atravesó entonces una pequeña antecámara que .al igual de esas habitaciones famosas de rebuscada desnudez, destinadas a albergar una sola obra de arte magistral, y en las que no hay nada más que la obra maestra. Exhibía a la entrada, al modo de preciosa efigie de Benvenuto Cellini, representando una atalaya, un lacayo mozo, con el cuerpo levemente inclinado hacia adelante, alzando por encima de su altísimo cuello encarnado una cara más encarnada aún, de la que escapaban torrentes de fuego de timidez y de solicitud; el cual atravesaba con su mirada impetuosa, vigilante y frenética, los tapices de Aubusson, que pendían a la puerta del salón, donde ya se oía la música y parecía espiar, con impasibilidad militar o fe sobrenatural, un ángel o vigía desde la torre de un castillo o de una catedral, la aparición del enemigo o el advenimiento de la hora del juicio, encarnación de la vigilante espera, monumento del alerta, alegoría de la alarma. Y a Swann ya no le quedaba más que entrar en la sala del concierto, cuyas puertas le abría un ujier de cámara, cargado de collares, inclinándose como para entregarle las llaves de una ciudad. Pero Swann iba pensando en aquella casa donde él podría estar ahora, si Odette lo hubiera dejado, y el entrevisto recuerdo de una botella de leche vacía, encima de un felpudo, le oprimió el corazón.

Swann volvió a encontrarse de nuevo con el sentimiento de la fealdad masculina, cuando pasada la cortina de tapices, sucedió al espectáculo de la servidumbre el espectáculo de los invitados.

Pero aquella fealdad de las caras, aunque muy bien conocidas por él, se le aparecía como cosa nueva, porque los rasgos fisonómicos en lugar de servirle de signos para identificar a tal persona, que hasta entonces se le representaba como un haz de seducciones que perseguir, de aburrimientos que evitar o de cortesías que rendir.
vivían ahora en perfecta autonomía de líneas, sin más coordinación que la de sus relaciones estéticas. Y hasta los monóculos que llevaban muchos de aquellos hombres entre los cuales estaba Swann encerrado (y que en otra ocasión, lo más que hubieran sugerido a Swann, es la idea de que llevaban monóculo), ahora, desligados de significar una costumbre, idéntica para todos, se le aparecían cada uno con su individualidad. Quizá por no mirar al general de Froberville y al marqués de Bréauté, que estaban charlando a la entrada, más que como a dos personajes de un cuadro, mientras que por mucho tiempo fueron para él útiles amigos, que lo presentaron en el Jockey Club y le sirvieron de testigos en duelos, se explicaba que el monóculo del general, incrustado entre sus párpados como un casco de granada en aquel rostro ordinario, lleno de cicatrices y de triunfo, ojo único de un cíclope en medio de la frente,

pareciera a Swann herida monstruosa que cargaba de gloria al herido, pero que no se debía enseriar; mientras que el monóculo que el marqués de Bréauté añadía .en serial de fiesta, a los guantes gris perla, a la corbata blanca y a la .bimba., reemplazando con él sus lentes, cuando iba a fiestas aristocráticas, lo mismo que hacía Swann. tenía pegado al otro lado del cristal, como una preparación de historia natural en un microscopio, una mirada infinitesimal, llena de amabilidad, que sonreía incesantemente por todo, por lo alto de los techos, lo magnífico de la fiesta, lo interesante del programa y la excelente calidad de los refrescos.

-¡Caramba, ya era hora! Hacía siglos que no le echábamos a usted la vista encima .dijo el general; y al observar sus cansadas facciones, creyó que lo que lo alejaba de los salones era una enfermedad grave, y añadió:

.¡Pues tiene usted buena cara, sabe!, .mientras el marqués preguntaba:

-¿Qué hace usted por aquí, amigo mío?., a un novelista mundano que acababa de calarse el monóculo, su único órgano de investigación psicológica y de implacable análisis, que respondió con aire importante y misterioso arrastrando la *r*:

-Estoy observando....

El monóculo del marqués de Forestelle era minúsculo, no tenía reborde y obligaba al ojo en que iba incrustado a una crispación dolorosa y constante, como un cartílago superfluo de inexorable presencia y rebuscada materia, con la cual el rostro del marqués tomaba una expresión de melancólica delicadeza que hacía creer a las mujeres que el marqués era capaz de sufrir mucho por ellas.

Pero el del señor de Saint-Candé, ceñido, como Saturno, por un enorme anillo, era el centro de gravedad de un rostro que se gobernaba por la pauta del monóculo y la nariz roja y temblona, y los labios abultados y sarcásticos aspiraban con sus gestos a ponerse a la altura del brillante fuego graneado que lanzaba el disco de cristal, fuego preferido a las miradas más bonitas del mundo, por jovencitas *snobs* y depravadas, en las que despertaba ideas de artificiales delicias y de refinamientos de voluptuosidad; entre tanto, detrás de su monóculo correspondiente, el señor de Palancy, que paseaba lentamente por todas la fiestas su cabezota de carpa, con ojos redondos, y que, de cuando en cuando, alargaba las mandíbulas como para buscar su orientación, parecía que llevaba consigo tan sólo un fragmento accidental y acaso puramente simbólico del cristal de su pecera, fragmento destinado a representar el todo, y que recordé a Swann gran admirador de los Vicios y Virtudes, del Giotto en

Padua, aquella Injusticia junto a la cual se ve un ramo frondoso que evoca las selvas donde tiene su guarida.

Swann se adelantó, a ruegos de la marquesa de Saint-Euverte, para oír un aria de Orfeo que tocaba un flautista, y se colocó en un rincón donde, por desgracia, no disfrutaba otra perspectiva que la de dos damas, ya de edad madura, sentadas una al lado de otra, la marquesa de Cambremer y la vizcondesa de Franquetot, que, como eran primas, se pasaban el tiempo en todas las reuniones, con sus bolsos en la mano y con sus hijas detrás, buscándose como si estuvieran perdidas en una estación y sin tranquilidad hasta que encontraban dos sillas juntas y las marcaban con su abanico o con su pañuelo; como la señora de Cambremer tenía muy pocas relaciones, se alegraba mucho de tener por compañera a la vizcondesa de Franquetot, que, por el contrario, estaba muy bien relacionada, y le parecía de muy buen y tono muy original mostrar a todas sus encumbradas amistades prefería a su compañía la de una dama poco brillante que le traía recuerdos de su juventud. Swann, lleno de irónica melancolía, estaba viendo cómo escuchaban el intermedio de piano (.San Francisco hablando a los pájaros., de Liszt), que vino después del aria de flauta, y como iban siguiendo el vertiginoso estilo del pianista, la vizcondesa de Franquetot, con ansia, con ojos espantados, como si las teclas por donde el virtuoso iba corriendo ágilmente fueran una serie de trapecios a ochenta metros de altura, de los cuales podía caer a tierra, lanzando al mismo tiempo a su compañera miradas de asombro y de denegación que significaban: .Es increíble, nunca creí que un mortal pudiera hacer eso.; y la marquesa de Cambremer, como mujer que recibió sólida educación musical, llevando el compás con la cabeza, transformada en volante de metrónomo, con oscilaciones tan rápidas y amplias de hombro a hombro, que (con esa especie de extravío y abandono en la mirada propia de los dolores imposibles de retener y dominar, y que dicen: .¡Qué le vamos a hacer !.), a cada momento enganchaba con sus solitarios las tiras de su corpiño, y tenía que enderezar el negro racimo que llevaba en el pelo, sin dejar por eso de acelerar el movimiento. Al otro lado de la vizcondesa de Franquetot, un poco más adelante, estaba la marquesa de Gallardos, preocupada con su idea favorita, su parentesco con los Guermantes, del que sacaba para sí y para la gente mucha gloria y algo de vergüenza, porque las figuras preeminentes de la familia la tenían un poco de lado, quizá porque era muy pesada, porque era mala, o porque venía de una rama inferior, o quién sabe sin razón alguna. Cuando estaba al lado de una persona desconocida, como en ese momento era la vizcondesa de

Franquetot, padecía porque la conciencia que ella tenía de su parentesco con los Guermantes no pudiera manifestarse externamente en caracteres visibles, como esos que en los mosaicos de las iglesias bizantinas están colocados unos juntos a otros y representan en una columna vertical, junto a un Santo Personaje, las palabras cuya pronunciación se le atribuye. Estaba pensando que en los seis años que llevaba, de casada su joven prima, la princesa de los Laumes, no la había invitado ni había ido a verla una sola vez. Esa idea la llenaba de cólera y al mismo tiempo de orgullo, porque a fuerza de decir a la gente que se extrañaba por no verla en casa de la princesa de los Laumes, que no iba allí para no encontrarse con la princesa Matilde .cosa que su ultralegitimista familia no le habría perdonado nunca., acabó por creerse que ése era, en efecto, el motivo que le impedía ir a casa de su prima.

Sin embargo, recordaba, pero de un modo confuso, haber preguntado más de una vez a la princesa de los Laumes cómo podrían arreglarse para verse; pero a ese recuerdo humillante lo neutralizaba, y con mucho, murmurando: .A mí no me toca dar los primeros pasos, porque tengo veinte años más que ella.. Gracias a la virtud de estas palabras interiores echaba altivamente atrás los hombros, despegándolos del busto; y como tenía la cabeza inclinada hacia a un lado, casi horizontal, recordaba la cabeza .añadida. de un faisán orgulloso que se sirve a la mesa con todo su plumaje. Era, por naturaleza, pequeña, hombruna y regordeta; pero los desaires le habían dado tiesura, como esos árboles que, nacidos en mala postura al borde de un precipicio, no tienen más remedio que crecer hacia atrás para guardar el equilibrio. Y obligada, para consolarse así de no ser tanto como los demás de Guermantes, a decirse siempre que si los trataba poco era por intransigencia de principios y por orgullo, aquella idea llegó a modelar su cuerpo, prestándole una especie de majestuoso porte que, para las gentes de clase media, parecía un signo de su alta estirpe, y que, de cuando en cuando, encendía, con fugitivo deseo, el apagado mirar de los calaveras de casino. Si se hubiera sometido la conversación de la marquesa de Gallardon a esos análisis, que, buscando la frecuencia mayor o menor con que se repite una palabra, nos llevan a descubrir la clave de un lenguaje cifrado, se habría visto que ninguna frase, ni siquiera la más usual, se daba tanto en sus labios como .en casa de mis primos los de Guermantes, en casa de mi tía la de Guermantes, la salud de Elzear de Guermantes., .el baño de mi prima la de Guermantes.

Cuando le hablaban de un personaje famoso, respondía que, aunque no lo conocía personalmente, lo había visto muchas veces en casa de su tía la duquesa de Guermantes, pero con tono tan glacial y voz tan sorda, que se veía muy claro que no lo conocía personalmente, porque se lo impedían los principios arraigados y firmísimos que le empujaban los hombros hacia atrás, dándole, semejanza con uno de esos aparatos que hay en los gimnasios para desarrollar el tórax.

Y precisamente la princesa de los Laumes, que nadie creía que fuera a casa de la marquesa de Saint-Euverte, llegó en aquel momento. Para mostrar que no intentaba hacer pesar la superioridad de su rango en una casa a la que iba por mera condescendencia, entró encogiendo los hombros, aunque no había ninguna multitud apiñada que atravesar ni nadie a quien dejar paso, y se quedó expresamente en un rincón, como si aquél fuera el sitio apropiado para ella, igual que un rey que hace cola en un teatro mientras que las autoridades no se enteran de su presencia; y limitando su mirada .para que no pareciera que se hacia ver y que pedía el adecuado tratamiento. al dibujo de la alfombra o de su falda, se estuvo de pie en el sitio que más modesto le pareció (y adonde sabía que iría a sacarla con una exclamación de arrobo la marquesa de Saint- Euverte en cuanto la viera), junto a la marquesa de Cambremer, a quien no conocía. Observaba la mímica de su vecina, melómana ella también, pero no la imitaba. Y no es que no deseara la princesa, para cinco minutos que iba a pasar en casa de la Saint-Euverte, y para que el favor que así le hacía valiera aún más, mostrarse amabilísima. Pero sentía un horror instintivo a lo que ella llamaba .exageraciones., y deseaba mostrar que ella no tenía por qué entregarse a manifestaciones que no concordaban bien con el .estilo. del grupo de sus íntimos, pero que no dejaban de hacerle efecto, gracias a ese espíritu de imitación que el ambiente nuevo, aunque sea inferior, desarrolla hasta en las personas más seguras de sí mismas. Empezó a preguntarse si no sería aquella gesticulación cosa requerida por lo que estaban tocando, obra que no entraba en el marco de la música a que ella estaba acostumbrada, y si el abstenerse de aquellos balanceos no sería dar prueba de incomprensión de la obra y de desconsideración al ama de casa; de modo que para expresar por un .corte de cuentas. sus contradictorios sentimientos, ya se limitaba a subirse los tirantes de su traje, o a afirmar en su rubio pelo las bolitas de coral o de esmalte rosa, escarchadas de diamantes, que realzaban la sencillez y gracia de su peinado, mientras examinaba con fría curiosidad a su fogosa vecina, ya seguía la música por unos momentos, con su abanico, pero fuera de compás, para no abdicar su independencia. El pianista acabó con Liszt y empezó a tocar un preludio de Chopin, y la marquesa de Cambremer lanzó a la vizcondesa de Franquetot una cariñosa sonrisa de satisfacción de competencia y de alusión al pasado. Allá, cuando joven, había aprendido a acariciar el largo cuello sinuoso y desmesurado de las frases chopinianas, libres, táctiles, flexibles, que empiezan por buscarse su sitio por camino muy remoto y apartado del que tomaron al salir, muy lejos del punto donde esperábamos su contacto, pero que si se entregan a este retozo de su fantasía es para volver más deliberadamente .con retorno más premeditado y preciso, como dando en un cristal que resuene hasta arrancar gritos a herirnos en el corazón.

Como vivió de joven en el seno de una familia provinciana con muy pocas relaciones, y no iba casi nunca a bailes, allá, en la soledad de su mansión, se embriagó, moderando o precipitando las danzas de estas imaginarias parejas, desgranándolas como flores, y abandonando un momento el baile imaginario para oír cómo soplaba el viento a la orilla del lago, entre los pinos, mientras que se adelantaba hacia ella, distinto de como se figuran las mujeres a los amantes de este mundo, un mancebo esbelto, de voz cantarina, extraña y falsa, calzados los guantes blancos. Pero hoy, la belleza de esa música pasada de moda parece muy ajada. Sin gozar ya de la estima de los inteligentes, perdió honor y gracia, y ni siquiera las personas de mal gusto disfrutan en ella más que placeres mediocres y callados. La marquesa de Cambremer echó hacia atrás una mirada furtiva. Sabía que su nuera (muy respetuosa con su nueva familia en todo menos en lo tocante a las cosas de la inteligencia, porque en este campo tenía ideas propias por haber aprendido hasta armonía y griego) despreciaba a Chopin y sufría oír música suya. Pero como esa wagneriana estaba lejos, con un grupo de muchachas jóvenes, la marquesa de Cambremer se entregó a sus deliciosas impresiones.

También las sentía así la princesa de los Laumes. Aunque no tenía grandes prendas naturales para la música, desde los quince años le dio lecciones una profesora de piano del barrio de Saint-Germain, mujer de genio que al final de su vida, se vio en la miseria y a los setenta años tuvo que volver a dar lecciones a las hijas y a las nietas de sus primeras discípulas. Ya había muerto. Pero su método y su excelente sonido revivían a menudo en sus discípulas, aun en aquellas convertidas para siempre a la mediocridad, que abandonaron la música y nunca abrían un piano. Así que la princesa pudo mover la cabeza con pleno conocimiento de causa y sabiendo apreciar exactamente el modo como tocaba el pianista aquel preludio que ella se sabía de memoria. Murmuró: siempre será delicioso; y lo hizo frunciendo los labios románticamente como una flor bonita, y armonizó con ellos su mirada, que se cargó en aquel momento de vaguedad y sentimentalismo. Mientras tanto, la marquesa de Gallardon pensaba que sentía mucho no ver con más frecuencia a la princesa de los Laumes, porque estaba deseando darle una lección no contestando a su saludo. No sabía que tenía muy cerca a su prima. Un movimiento de cabeza de la vizcondesa de Franquetot descubrió a la princesa. E inmediatamente la Gallardon se precipitó hacia ella, molestando a todo el mundo; pero como no quería perder aquel porte altivo y glacial, que recordaba a todos que no deseaba mucho trato con una persona en cuyos salones podía encontrarse a la princesa Matilde, y a la que ella no debía ir a saludar primero, porque .no era de su tiempo., quiso compensar aquel porte de reserva y orgullo con algunas palabras que justificaran su saludo y obligaran a la princesa a entrar en conversación; así que en cuanto se vio cerca de su prima, con rostro seco y tendiendo la mano como una carta forzada, le dijo:

-¿Qué tal está tu marido?, con el mismo tono de preocupación que si el príncipe estuviera gravemente enfermo. La princesa se echó a reír con una risa muy suya, que quería indicar a los demás que se estaba riendo de una persona y que al mismo tiempo la embellecía, concentrando los rasgos de su rostro en torno a su animada boca y a sus ojos brillantes, y le respondió:

-¡Pero si está divinamente!

Y todavía siguió riéndose. Sin embargo, la marquesa de
Gallardon, enderezando el busto y con el rostro ya más frío, aunque todavía preocupado por el estado de salud del príncipe, dijo a su prima:

-Oriana (y aquí la princesa miró asombrada y risueña a un invisible tercer personaje, al que tomaba por testigo de que nunca autorizó a la marquesa para que la llamara por su nombre de pila), tengo mucho interés en que vayas mañana a casa a oír un quinteto con clarinete de Mozart. Me gustaría saber tu opinión.

Y parecía, no que estaba haciendo una invitación, sino que pedía un favor, que necesitaba el parecer de la princesa sobre el cuarteto de Mozart, como si fuera el plato original de una nueva cocinera y deseara saber lo que opinaba un entendido de sus méritos culinarios.

-Conozco el quinteto, y te puedo decir ahora mismo lo que me parece.

-Sabes, mi marido no está muy bien del hígado... se alegrará mucho de verte .replicó la Gallardon, que ahora imponía a la princesa la asistencia a su fiesta como un deber de caridad.

A la princesa no le gustaba decir a una persona que no quería ir a su casa. Y todos los días escribía cartas lamentándose de no haber podido ir, por una inopinada visita de su suegra, por una invitación de su cuñado, por la ópera o por haberse marchado al campo, a una reunión a la que nunca tuvo intención de asistir. Y así daba a mucha gente la alegría de suponer que estaba en muy buenas relaciones con ellos, que de buena gana habría ido a su casa, a no ser por aquellos contratiempos principescos, que tanto halagaban a sus amigos ver en competencia con su invitación. Además, como formaba parte de aquel ingenioso grupo de los Guermantes donde sobrevivía algo de la gracia viva, sin lugares comunes ni sentimientos convencionales, que desciende de Merimée, y halla su última expresión en el teatro de Meilhac y Halévy., adaptaba esa gracia al trato social, la trasponía hasta en su cortesía, que aspiraba a que fuese precisa, positiva, muy cercana a la humilde verdad. No exponía ampliamente a una señora cuán grandes eran sus deseos de asistir a una reunión en su casa; le parecía más amable enumerarle unas cuantas menudencias de las que dependía que pudiera ir o no.

-Mira, te diré .contestó a la marquesa de Gallardon; mañana tengo que ir a casa de una amiga que me tiene comprometida hace ya mucho tiempo. Si nos lleva al teatro no me será posible, con toda mi mejor voluntad, ir a tu casa; pero si no salimos, como sé que estaremos solos, podré marcharme antes.

-¿Has visto a tu amigo Swann?

-No, no sabía que estuviera aquí esa alhaja de Swann; voy a hacer porque me vea.

-Es raro que venga aquí, a casa de la vieja Saint-Euverte .dijo la marquesa. Ya sé que es hombre listo –añadió-; queriendo dar a entender que era intrigante; pero, de todos modos, es extraño ver a un judío en casa de una mujer que tiene un hermano y un cuñado arzobispos.

-Yo confieso con rubor que no me parece nada extraño .contestó la princesa de los Laumes.

-Ya sé que se ha convertido desde sus padres y sus abuelos. Pero dicen que los que abjuran su religión siguen tan apegados a ella como los demás, y que eso de la conversión es una farsa. ¿No lo sabes tú?

-Carezco de toda ilustración en ese punto.

El pianista, que tenía que tocar dos cosas de Chopin, una vez acabado el preludio, empezó una polonesa. Pero, en cuanto la marquesa de Gallardon indicó a su prima que Swann estaba allí, Chopin redivivo habría podido tocar todas sus obras sin ganarse la atención de la princesa de los Laumes. Hay dos clases de personas: unas que se sienten atraídas con gran curiosidad por las gentes que no conocen, y otras que sólo tienen interés por los conocidos; la princesa de los

Laumes era de éstas. Le sucedía, como a muchas damas del barrio de Saint-Germain, que la presencia en un sitio donde ella estuviera de una persona de su grupo, a la que por lo demás no tenía nada de particular que decir, acaparaba exclusivamente su atención, a costa de todo lo restante. Desde aquel instante, con la esperanza de que Swann la viera, la princesa, como una rata blanca cuando le acercan un terrón de azúcar y luego se lo quitan, no hizo más que volver la cara, con mil gestos de connivencia, sin relación alguna con el sentimiento de la polonesa de Chopin, hacia donde Swann estaba, y si éste mudaba de sitio desplazábase paralelamente la imantada sonrisa de la princesa.

-Oriana, no te enfades, ¿eh? .dijo la marquesa de Gallardon, que no podía resistirse a sacrificar sus mayores esperanzas sociales y su deseo de deslumbrar a la gente, por el gusto oscuro inmediato y privado de decir una cosa desagradable; pero hay quien dice que ese Swann es persona que no puede entrar en una casa decente. ¿Es cierto?

-Ya sabes muy bien que es verdad .contestó la princesa., porque tú lo has invitado cincuenta veces y nunca ha ido a tu casa.

Y se marchó del lado de su mortificada prima, rompiendo de nuevo en una risa que escandalizó a los que escuchaban la música, pero que llamó la atención de la marquesa de Saint-Euverte, que por cortesía estaba cerca del piano, y que hasta entonces no había visto a la princesa. Se alegró mucho de verla, porque creía que aún seguía en Guermantes asistiendo a su suegro, que estaba enfermo.

-¿Pero estaba usted ahí, princesa?

-Sí, estaba en un rincón. He oído cosas muy bonitas.

-¡Ah! ¿Pero hace ya rato que está usted ahí?

-Sí, hace un rato largo, que se me ha hecho muy corto. Largo nada más que porque no la veía a usted.

La marquesa de Saint-Euverte quiso ceder su sillón a la princesa, que respondió:

-De ninguna manera. Yo estoy bien en cualquier parte.

Y fijándose intencionadamente, para manifestar más clara aún su sencillez de gran señora, en un pequeño asiento sin respaldo, dijo:

-Mire, con ese *pouf* tengo bastante. Así me estaré derecha. ¡Huy! Estoy metiendo ruido; me van a sisear.

Mientras tanto, el pianista, duplicando la velocidad, llevaba a su colmo la emoción musical, y un criado iba pasando refrescos en una bandeja, haciendo tintinear las cucharillas, sin ver las señas que, como todas las semanas, le hacía la señora para que se marchara.

Una joven recién casada, a la que habían dicho que una mujer joven debe tener siempre la fisonomía animada, sonreía complacida y buscaba con los ojos a la señora de la casa para darle las gracias con su mirada por haberse acordado de invitarla. Sin embargo, iba siguiendo intranquila la música, no tan intranquila como la vizcondesa de Franquetot, pero con cierta preocupación, la cual tenía por objeto, no el pianista, sino el piano, porque había en él una bujía que temblaba a cada *fortissimo*, amenazando con prender fuego a la pantalla, o por lo menos con manchar de esperma el palosanto. Al fin, sin poder contenerse, subió los dos escalones del estrado donde estaba el piano y se precipitó a quitar la arandela.

Pero cuando ya la iban a tocar sus manos sonó un último acorde, se acabó la polonesa y el pianista se levantó. Sin embargo, la atrevida decisión de aquella joven y la corta promiscuidad que resultó entre ella y el pianista produjeron una impresión más favorable que otra cosa.

-¿Se ha fijado usted en lo que ha hecho esa joven, princesa? -dijo el general de Froberville, que había ido a saludar a la princesa de los Laumes, abandonada un instante por la señora de la casa.

-Es curioso. ¿Será una artista?

-.No, es una de las pequeñas Cambremer –contestó ligeramente la princesa, y añadió en seguida.: Vamos, eso es lo que he oído decir, porque yo no tengo idea de quién pueda ser.

Detrás de mí dijeron que eran vecinos de campo de la marquesa de Saint-Euverte; pero me parece que no los conoce nadie. Deben ser gente del campo. Además, yo no sé si usted está muy enterado de la brillante sociedad que aquí se congrega, pero yo no conozco ni de nombre a ninguna de estas gentes tan raras. ¿A qué dedicarán su vida, fuera de las reuniones de la marquesa de Saint-Euverte? Se conoce que las ha alquilado, con los músicos, las sillas y los refrescos.

Reconocerá usted que esos invitados de casa de Belloir. Son espléndidos. Tendrá valor para alquilar esos comparsas todas las semanas? ¡No es posible!

-Pero Cambremer es un nombre auténtico y muy antiguo -repuso el general.

-No veo inconveniente en que sea antiguo –respondió secamente la princesa.; pero, en todo caso, no es eufónico -.añadió, pronunciando la palabra eufónico como si estuviera entre comillas, afectación de habla muy peculiar al grupo Guermantes

-Quizá. Es realmente muy bonita; está para comérsela .dijo el general, que no perdía de vista a la joven Cambremer. ¿No es usted de mi opinión, princesa?

-Me parece que se hace ver mucho, y no sé si eso es siempre agradable en una mujer tan joven, porque se me figura que no es de mi tiempo .contestó la señora de los Laumes (esa expresión de mi tiempo. era rasgo común a los Gallardon y a los Guermantes).

Pero la princesa, al ver que el general seguía mirando a la damita, añadió, un tanto por malevolencia hacia ella como por amabilidad hacia el general: .No es siempre agradable... para el marido. Siento mucho no conocerla; ya que tanto le gusta a usted, se la habría presentado .dijo la princesa, que probablemente no hubiera hecho lo que decía de haber conocido a la joven Cambremer.. Pero voy a decirle a usted adiós porque es hoy el santo de una amiga mía y tengo que ir a darle los días., dijo con tono modesto y sincero, reduciendo la reunión mundana a donde iba a ir, a la sencillez de una ceremonia aburrida, pero a la que era menester asistir por obligación y delicadeza. .Además, tengo que ver allí a Basin, que mientras que estaba yo aquí ha ido a visitar a unos amigos suyos; creo que usted los conoce, tienen nombre de puente, los Jena.

-Fue primero un nombre de victoria, princesa -dijo el general.. ¡Qué quiere usted!, para un soldado viejo como yo .añadió, quitándose el monóculo para limpiarlo, como el que se cambia de vendaje, mientras que la princesa miraba instintivamente a otro lado., esa nobleza del Imperio es otra cosa, claro, pero en su género vale algo; son gentes que después de todo se han batido como héroes.

-No; si yo tengo un gran respeto a los héroes -dijo la princesa con tono levemente irónico.; si no voy con Basin a casa de esa princesa de Jena no es por nada de eso, sino porque no los conozco, nada más. Basin los conoce y los quiere mucho. No; no es lo que usted se imagina, no hay ningún *flirt*, yo no tengo por qué oponerme. Y, además, ¿para qué me sirve oponerme? .añadió con melancólica voz, porque todo el mundo sabía que el príncipe de los Laumes engañaba constantemente a su encantadora prima desde el día mismo que se casó con ella.. Pero, bueno; ahora no es ése el caso. Son conocidos suyos hace mucho tiempo, y hace muy buenas migas con ellos, con mucho gusto por mi parte. Claro que su casa, por lo que me ha dicho Basin, no... Figúrese usted que todos sus muebles son estilo Imperio..

-Pero, princesa, es muy natural, es el mobiliario de sus abuelos.

-No digo que no; pero por eso no deja de ser feo.

-Comprendo perfectamente que no todo el mundo puede tener cosas bonitas; pero, por lo menos, que no se tengan cosas ridículas. ¡Qué quiere usted!; no conozco nada más académico y más burgués que ese horrible estilo, con unas cómodas que tienen cabezas de cisne, como las pilas de baño.

-Pero, si no me equivoco, creo que hasta tienen cosas de

valor; me parece que en su casa está la famosa mesa de mosaico donde se firmó el tratado de...

-¡Ah!, yo no digo que no tengan cosas interesantes desde el punto de vista histórico. Pero por eso no va a ser bonito... si es horrible. Yo también tengo cosas de esas que Basin ha heredado de los Montesquieu. Pero las guardo en las buhardillas de Guermantes para que no las vea nadie. Y, además, ya le digo a usted que tampoco es por eso; me precipitaría a ir a su casa con Basin, iría allí en medio de sus esfinges y sus cobres si los conociera, pero... no los conozco.

Y desde pequeña me tienen dicho que no está bien ir a casa de personas que uno no conoce .dijo con tono pueril.. Y hago lo que me enseñaron. ¿Qué harían esas buenas gentes al ver entrar en su casa a una persona desconocida? Quizá me recibieran muy mal.

Y, por coquetería, añadió a la sonrisa que la inspiraba esta hipótesis, y para embellecerla más, una expresión soñadora y dulce de la mirarla, que tenía fija en el general.

-Demasiado sabe usted, princesa, que no cabrían en su pellejo de alegría...

-No, ¿por qué? .le preguntó la princesa con extrema vivacidad, ya para aparentar que no se daba cuenta de que el general lo decía porque ella era una de las primeras damas de Francia, ya porque le gustara oírselo decir.. ¿Por qué, usted qué sabe? Quizá les desagradar mucho. Yo no sé, pero si juzgo por mí, ya me molesta tanto a veces ver a la gente que conozco, que si tuviera que ir a ver también a los que no conozco, por muy .heroicos. que fueran, sería cosa de volverse loca.

Además, salvo en el caso claro de amigos viejos, como usted, a quienes no tratamos por eso sólo, yo no sé si eso del heroísmo se puede llevar muy bien en sociedad. A mí me es bastante cargante tener que dar comidas; pero figúrese usted si tuviera que dar el brazo a Espartaco para ir a la mesa... No, no; si nos juntamos trece no seré yo quien llame a Vercingitoris para que haga el catorce. Lo reservaría para las reuniones de gran gala. Y como en mi casa no las hay...

-¡Ah!, princesa, no en balde es usted una Guermantes. Bien claro se le ve el ingenio de la casa.

-Pero siempre se habla del ingenio *de los* Guermantes, yo no sé por qué. Como si les quedara algo a *los demás,* ¿verdad? -añadió soltando una carcajada alegre y ruidosa y recogiendo y juntando los rasgos fisonómicos todos en la red de su animación, con los ojos chispeantes, encendidos en un flamear radiante de alegría, que sólo podían prender las palabras, aunque fuera la misma princesa la que las decía, de alabanza a su ingenio o su belleza.

Ahí tiene usted a Swann, que está saludando a su Cambremer, ahí, junto a la vieja Saint-Euverte, ¿no lo ve? Pídale que lo presente, pero dése prisa, porque me parece que se va.

-¿Se ha fijado usted que mala cara tiene? .dijo el general.

-Vamos, Carlitos. Por fin viene. Ya empezaba a creer que no quería verme.. Swann estimaba mucho a la princesa de los Laumes, y además, al verla, se acordaba de Guermantes, tierra cercana a Combray, región toda aquella que le gustaba muchísimo, y donde no iba ahora por no separarse de Odette. Y empleando unas formas medio artísticas, medio galantes, con las que se hacía grato a la princesa, y que se le ocurrían espontáneamente en cuanto volvía a tocar en aquel su ambiente de antes, y deseoso, además, de expresarse a sí mismo la nostalgia que sentía del campo, dijo, como entre bastidores, de modo que lo oyeran a la vez la marquesa de Saint-Euverte, con quien estaba hablando, y la princesa de los Laumes, para quien estaba hablando:

-¡Ah!, ahí está la princesa bonita. Mire usted, ha venido expresamente de Guermantes para oír el *San Francisco de Asís,* de Liszt, y como es un abejaruco lindo que ha venido volando, no ha tenido tiempo más que de picotear unas cerecillas de pájaro y unas flores de espino y ponérselas en la cabeza; todavía tienen unas gotitas de rocío y de esa escarcha que tanto miedo debe de dar a la duquesa. Es precioso, princesa.

-Pero, cómo, ¿conque la princesa ha venido expresamente de Guermantes? Eso es ya demasiado, no lo sabía; verdaderamente, no sé cómo darle las gracias .exclamó la Saint-Euverte, ingenuamente, poco hecha al modo de hablar de Swann. Y fijándose en el peinado de la princesa.: Es verdad, imita como si fuera castañitas, pero no, eso no... es una idea deliciosa. ¿Y cómo conocía la princesa el programa? Ni siquiera a mí me lo habían dicho los músicos.

Swann, que siempre que veía una dama con la que tenía costumbre de hablar en tono de galantería, le decía alguna cosa delicada que pasaba inadvertida para muchas de las gentes del gran mundo, no se dignó explicar a la marquesa de Saint-Euverte que había hablado en pura metáfora. La princesa se echó a reír a carcajadas, porque en su círculo de íntimos se tenía en gran estima la gracia de Swann, y además, porque no podía oír ningún cumplido dirigido a ella sin que le pareciera muy fino y gracioso.

-Encantada, Carlos, de que le gusten a usted mis florecillas de espino. ¿Cómo es que estaba usted saludando a esa Cambremer? ¿También es vecina de campo suya?

La marquesa de Saint-Euverte, viendo que la princesa estaba muy a gusto charlando con Swann, se había ido.

-También lo es de usted, princesa.

-¡Mía! Pero esa gente en todas partes tiene tierras. ¡Qué envidia me dan!

-.No son los Cambremer, sino los padres de ella; es una señorita Legrandin que iba a Combray. Yo no sé si usted se acuerda de que es condesa de Combray y de que el cabildo le debe a usted un censo.

-Lo que me debe el cabildo no lo sé, pero lo que sé es que el cura me saca todos los años cien francos, cosa que no me hace ninguna gracia. En fin, esos Cambremer tienen un nombre bastante chocante. Menos mal que acaba a tiempo, pero acaba mal –dijo riéndose.

-Pues no empieza mucho mejor .contestó Swann.

-En efecto, es una abreviatura doble.

-Sin duda fue alguien muy irritado y muy fino que no se atrevió a apurar la primera palabra.

-Pero, ya que no pudo por menos de empezar la segunda, debía haber rematado la primera, para acabar de una vez. Carlitos, estamos haciendo unos chistes deliciosos, pero es muy fastidioso eso de no verlo a usted .añadió con tono zalamero , porque me gusta mucho que hablemos un rato. ¿Querrá usted creer que no he podido meter en la cabeza a ese idiota de Froberville que el nombre de Cambremer era chocante? La vida es una cosa horrible; hasta que no lo veo a usted, no dejo de aburrirme.

Indudablemente, esto no era absolutamente cierto. Pero Swann y la princesa tenían un mismo modo de juzgar las cosas menudas, que daba como resultado .efecto, a no ser que fuera la causa de ello. una gran analogía en la manera de expresarse y hasta en la pronunciación. Esa semejanza no llamaba la atención, porque sus voces eran muy diferentes. Pero si se lograba quitar a las frases de Swann la sonoridad que las envolvía y los bigotes por entre los cuales brotaban, se veía muy claro que eran las mismas frases e inflexiones de voz, el estilo del grupo Guermantes. Respecto a las cosas importantes, las ideas de Swann y de la princesa no coincidían en ningún punto. Pero desde que Swann se sentía tan triste, siempre con aquel escalofrío que no sobrecoge cuando vamos a echarnos a llorar, experimentaba el imperioso deseo de hablar de su pena, como un asesino de su crimen. Al oír lo que le dijo la princesa, de que la vida era una cosa horrible, sintió una impresión tan dulce como si le hubiera hablado de Odette.

-Sí, la vida es una cosa horrible. A ver si nos vemos a menudo, mi querida princesa. Lo agradable que tiene el pasar un rato con usted es que usted no está alegre. Podríamos vernos una de estas noches.

-¿Y por qué no viene usted a Guermantes? Mi madre política se alegraría mucho. La gente dice que aquello es feo, pero a mí no me disgusta nada. Tengo horror a las regiones pintorescas.

-Ya lo creo, es una tierra admirable .contestó Swann, demasiado hermosa, con demasiada vida para mí en este momento; es una tierra para ser feliz. Quizá sea porque yo he vivido allí, pero todas las cosas de ese país me dicen algo. En cuanto se levanta un soplo de viento y los trigales empiezan a agitarse, me parece que va a llegar alguien, que voy a recibir una noticia. Y las casitas que hay a la orilla del río... no, me sentiría muy desgraciado...

-Cuidado, cuidado, Carlitos; ahí está la terrible Rampillon, que me ha visto; tápeme usted, recuérdeme qué es lo que le ha pasado, se ha casado su hija o su querido, yo no sé, o los dos, me parece que los dos, eso es, su querido con su hija. No, ahora recuerdo, es que la ha repudiado su príncipe. Haga usted como que me está hablando, para que esa Berenice no venga a invitarme a cenar.

-Digo, ya me voy. Oiga, Carlitos, y ya que nos vemos, me dejará usted que me lo lleve a casa de la princesa de Parma, que se alegrará mucho de verlo, y lo mismo Basin, que me está esperando allí.

-Si no fuera porque Memé nos da noticias suyas... Es que ahora no se lo ve a usted nunca.

Swann no quiso aceptar; había dicho a Charlus que volvería directamente a casa después de la fiesta de la marquesa, y no quería arriesgarse, por ir a casa de la princesa de Parma, a perderse una esquelita que estuvo toda la noche esperando que le entregara un criado en el concierto, y que quizá ahora, al volver a casa, le daría el portero. .Ese pobre Swann .dijo aquella noche la princesa a su marido. sigue tan simpático como siempre, pero tiene un aire tristísimo. Ya lo verás, porque ha dicho que va a venir a cenar una noche. En el fondo, me parece ridículo que un hombre de su inteligencia sufra por una persona de esa clase, y que, además, no tiene ningún interés, porque dicen que es idiota., añadió con esa prudencia de las gentes que no están enamoradas y que se imaginan que un hombre listo no debe sufrir de amor más que por una mujer que valga la pena; que es lo mismo que si nos asombráramos de que una persona se digne padecer del cólera por un ser tan insignificante como el bacilo vírgula.

Swann ya iba a marcharse; pero en el momento de escapar, el general de Froberville le pidió que lo presentara a la damita de Cambremer, y tuvo que volver a entrar en el salón para buscarla.

-Yo digo, Swann, que preferiría ser el marido de esa señora a que me asesinaran los salvajes, ¡eh!, ¿a usted qué le parece?

Esas palabras de .que me asesinaran los salvajes. hirieron a Swann en el corazón; y en seguida sintió deseo de continuar hablando de eso con el general:

-¡Ah!, pero ha habido muchas vidas notables que han acabado así. Ese navegante, cuyas cenizas trajo Dumont d´Urville... La Pérousse... (y con eso Swann se tenía por tan feliz como si hubiera hablado de Odette). Ese tipo de La Pérousse es muy simpático, a mí me atrae mucho .añadió melancólicamente.

-¡Ah, sí!... La Pérousse... .dijo el general.. Sí, es un hombre conocido. Creo que tiene su calle.

-¿Conoce usted a alguien en esa calle? -preguntó Swann un poco inquieto.

-No conozco más que a la señora de Chalinvault, la hermana de ese buen Chanssepierre. El otro día nos dio en su casa una función de teatro muy bonita. Es una casa que llegará a ser muy elegante, ya lo verá usted.

-¡Ah!, con que vive en la calle de La Pérousse. Es una calle simpática, muy bonita, muy triste.

-No, triste no; lo que pasa es que hace mucho tiempo que no va usted por allí; pero aquello ya no está triste, han empezado a edificar por todo aquel barrio.

Cuando, por fin, presentó Swann al general a la damita de Cambremer, aunque era la primera vez que ella oía el nombre del general, esbozó la misma sonrisa de alegría y sorpresa que si ese nombre le hubiera sido conocidísimo, porque, como no conocía a las amistades de su nueva familia, siempre que le presentaban a alguien suponía que era amigo de los suyos, y creyendo dar prueba de tacto aparentando que había oído hablar mucho de esa persona desde que estaba casada, ofrecía su mano con ademán vaciante, que tenía por objeto mostrar que su espontánea simpatía triunfaba sobre la aprendida reserva. Así que sus suegros, a los fue consideraba ella como las personas más ilustre de Francia, la miraban como a un ángel; entre otras cosas, porque así parecía que al casarla con su hijo lo hicieron más bien ganados por sus gracias personales que por su gran fortuna.

-.Señora, ya se ve que es usted música de corazón -dijo el general, haciendo una alusión inconsciente al episodio de la arandela.

Pero el concierto se reanudó, y Swann comprendió que ya no podía irse hasta que se acabara aquel número. Le dolía verse encerrado en medio de aquellas gentes, cuyas tonterías y ridiculeces se le representaban más dolorosamente, porque como ignoraban su pasión, y aunque la hubieran conocido no habrían sido capaces de otra cosa que de sonreír, como de una niñería, o deplorarla, como una locura, ponían a Swann en el trance de considerar su amor como estado subjetivo, que sólo existía para él, sin nada externo que le afirmara su realidad; sufría muchísimo, y hasta el sonido de los instrumentos le daba ganas de gritar, de prolongar su destierro en aquel sitio, donde Odette no entraría nunca, donde no había nadie que la conociera, de donde estaba totalmente ausente.

Pero, de pronto, fue como si Odette entrara, y esa aparición le dolió tanto, que tuvo que llevarse la mano al corazón. Es que el violín había subido a unas notas altas y se quedaba en ellas esperando, con una espera que se prolongaba sin que él dejara de sostener las notas, exaltado por la esperanza de ver ya acercarse al objeto de su espera, esforzándose desesperadamente para durar hasta que llegara, para acogerlo antes de expirar, para ofrecerle el camino abierto un momento más con sus fuerzas postreras, de modo que pudiera pasar, igual que se sostiene una puerta que se va a caer. Y antes de que Swann tuviera tiempo de comprender y de decirse que era la frase de la sonata de Vinteuil y que no había que escuchar, todos los recuerdos del tiempo en que Odette estaba enamorada de él, que hasta aquel día lograra mantener invisibles en lo más hondo de su ser, engañados por aquel brusco rayo del tiempo del amor y creyéndose que había tornado, se despertaron, se remontaron de un vuelo, cantándole locamente, sin compasión para su infortunio de entonces, las olvidadas letrillas de la felicidad.

Y en vez de las expresiones abstractas época en que yo era feliz., cuando me querían., que pronunciaba sin mucho dolor porque todo lo que en ellas encerraba del tiempo pasado eran falsos extractos sin contenido, se encontró con aquello mismo que dio eterna fijeza al elemento específico y volátil de la dicha perdida; lo vio todo, los pétalos nevados y rizosos del crisantemo que ella le tiró al coche, y que él fue besando todo el camino, el membrete en relieve de la *Maison Dorée,* en aquella carta donde decía:

-Me tiembla tanto la mano al escribir.; el fruncirse de sus cejas cuando le dijo en tono suplicante:

-¿Tardará usted mucho en decirme que vuelva?; percibió el olor de las tenacillas con que el peluquero le rizaba su .cepillo., mientras que Loredan iba en busca de la obrerita; las lluvias tormentosas que cayeron aquella primavera, la vuelta a casa en coche abierto, a la luz de la luna; todas y cada una de las mallas de costumbres mentales, de impresiones periódicas, de creaciones cutáneas que tejieron en el espacio de unas semanas esa red uniforme, en la que volvía a sentirse preso su cuerpo. En aquellos momentos pasados satisfacía la voluptuosa curiosidad de conocer los placeres de los que viven de amor. Y creyó que podría no pasar de ahí, que no iba atener que aprender las penas de los que viven de amor; y ahora, el encanto de Odette no era nada comparado con ese formidable terror que lo prolongaba a modo de inquieto halo, con esa inmensa angustia de no saber minuto por minuto lo que hacía, por no poseerla para siempre y en todas partes. Se acordó del tono con que ella dijo: .Podremos vernos siempre, yo no tengo nada que hacer.; ella, que ahora siempre tenía que hacer; del interés y la curiosidad que le inspiraban la vida de Swann, el deseo ardiente de que él le hiciera, el favor .cosa que Swann temía entonces como posible causa de molestias. de dejarla penetrar en esa vida; cuánto tuvo que rogarle para que se dejara llevar a casa de los Verdurin; y en aquella época, en que la invitaba a ir a su casa una vez al mes, lo mucho que tuvo que repetirle ella, antes de que Swann cediera, ¡qué delicia tan agrande, sería el verse a diario!., delicia que entonces era el sueño de Odette, y a Swann le parecía un fastidio, y que luego fue cansándola a ella hasta romper definitivamente con la costumbre, mientras que para Swann se convertía en dolorosa e invencible necesidad. Y ya no sabía si era verdad que la tercera vez que se vieron cuando ella le preguntó:

-Por qué no me deja usted venir más a menudo?., le contestó él, sonriendo y por galantería:

-Es que tengo miedo a sufrir. Ahora le escribía también desde un restaurante o desde un hotel en cartas con membrete, pero las letras del nombre le quemaban como si fueran de fuego. Escribe desde el hotel Vouillemont. ¿Qué ha ido a hacer allí?, ¿y con quién? ¿Qué habrá pasado?.. Se acordó de los faroles aquellos que iban apagando en el bulevar de los Italianos, cuando se la encontró contra toda esperanza entre las erráticas sombras de aquella noche, que le pareció sobrenatural, y que, en efecto noche en que no tenía que preguntarse si le iba a contrariar que la buscara, porque estaba seguro de que la mayor alegría de ella, sería verlo y volver con él,
pertenecía a un mundo misterioso en el que nunca se puede tornar a penetrar una vez que se nos cierran sus puertas. Y Swann vio,
inmóvil, frente a aquella dicha rediviva, a un desgraciado que le dio lástima primero porque no lo conocía; tanta lástima, que tuvo que bajar la vista para que no se le vieran las lágrimas. Era él mismo.

Cuando lo hubo comprendido, cesó su compasión, pero sintió celos de su otro yo que Odette había querido, sintió celos de todos aquellos hombres, a los que miraba antes, diciendo:

-Quizá los quiere, sin gran pena, mientras que ahora había cambiado la idea vaga de amar, en la que no hay amor, por los pétalos del crisantemo y el membrete de la *Maison Dorée*, que estaban llenos de amor. Y como su dolor iba siendo muy agudo, se pasó la mano por la frente, dejó caer el monóculo y limpió el cristal. Indudablemente, si en aquel momento se hubiera visto a sí mismo, habría añadido a su anterior colección de monóculos ese que se quitaba de la cabeza cual un pensamiento importuno y de cuya empañada superficie quería borrar las penas con su pañuelo.

Tiene el violín cuando no se ve el instrumento y no se puede relacionarlo que se oye con su imagen, cosa que modifica su sonoridad. acentos semejantes a algunas voces de contralto que llegan a dar la ilusión de que hay una cantante. Alzamos la vista sin ver otra cosa que las cajas de los violines, preciosas como estuches chinos, y, sin embargo, por un momento aún, nos engaña la falsa llamada de la sirena; otras veces, se nos figura que en el fondo de la docta caja se oye a un genio cautivo que está luchando allá dentro, embrujado y frenético, como un demonio en una pila de agua bendita; cuando no, se nos representa un ser sobrenatural y puro que cruza por el aire difundiendo su invisible mensaje.

Como si los instrumentistas estuvieran, más que tocando la frase; procediendo a los ritos indispensables a su aparición y ejecutando los sortilegios necesarios para obtener y prolongar por unos instantes el prodigio de su evocación, Swann, que ya no podía verla, como si perteneciera a un mundo ultravioleta, y que saboreaba igual que la frescura de una metamorfosis esa momentánea ceguera que lo aquejaba al acercarse a ella; Swann sentía su presencia, como una diosa protectora y confidente de su amor, que para poder llegar hasta él delante de todo el mundo y hablarle un poco aparte se había endosado el disfraz de esas apariencia sonora. Y mientras pasaba ligera, calmante, murmurada, como un perfume, diciéndole todo lo que le tenía que decir, todas las palabras que Swann escrutaba con avidez, lamentando que huyeran tan pronto, sin querer hacía con los labios el movimiento de besar al paso su cuerpo armonioso y fugitivo. Ya no se sentía desterrado, y sólo porque la frase se dirigía a él, le hallaba a media voz de Odette. Porque ya no tenía aquella vieja idea de que la frase no los conocía. ¡Había sido testigo tantas veces de sus alegrías!... Verdad que también les había avisado de la fragilidad de aquellos goces. Y mientras que en aquellos tiempos adivinaba un dolor en su sonrisa, en su entonación límpida y desencantada, ahora más bien le veía la gracia de una resignación alegre casi. Y de esas penas, de las que antes le hablaba la frase sin que lo alanzaran a él, de esas penas que iba arrastrando sonriente en un curso rápido y sinuoso, de esas penas que ahora eran suyas, sin esperanza de librarse jamás de ellas, le decía ahora la frase lo mismo que antaño le dijo de la felicidad: .¿Y qué es eso? Eso no es nada.. Por primera vez el pensamiento de Swann saltó en un arranque de piedad y cariño hacia aquel Vinteuil, aquel hermano sublime que tanto debió de sufrir. ¿Cómo sería su vida? ¿De qué dolores debió sacar aquella fuerza de Dios, aquella ilimitada potencia de crear? Y cuando era la frase la que le hablaba de la vanidad de su pena, Swann sentía muy suave esa misma juiciosa prudencia que le pareció intolerable cuando leída en el rostro de los indiferentes, que juzgaban su amor como una divagación sin importancia. Y es que la frase, por el contrario, y cualquiera que fuese la opinión que tuviera sobre la brevedad de esos estados de ánimo, veía en ellos, no como las gentes, una cosa menos seria que la vida positiva, sino algo muy superior a ella: lo único que valía la pena de expresarse.

Aquellas seducciones de la íntima tristeza es lo que ella intentaba imitar, volver a crear, y hasta su misma esencia, que está en ser incomunicable y aparecer como frívola a toda persona que no la sienta, la captó y la hizo visible la frase. De modo que todos aquellos oyentes .por poco músicos que fueran. confesaban su valor y saboreaban su divina dulzura, aunque luego en la vida ya no lo reconocieran en cada caso particular de amor que brotara a su lado.

Sin duda, la forma en que la sonata había codificado esos sentimientos no podía resolverse en razonamientos. Pero, desde hacía más de un año que le revelaba a Swann muchas riquezas de su alma, le había brotado el amor a la música, al menos por algún tiempo, y consideraba él los motivos musicales como verdaderas ideas de otro mundo, de otro orden, ideas veladas por tinieblas desconocidas, imposibles de penetrar por la inteligencia, pero perfectamente distintas unas de otras, desiguales en cuanto a valor y significación. Cuando, después de la reunión de los Verdurin, hizo que le tocaran esa frase, quiso averiguar, porque lo circunvenía, lo rodeaba, al modo de un perfume o de una caricia, y se dio cuenta de que la poca distancia entre las cinco notas que la componían y la vuelta constante de dos de ellas eran origen de aquella impresión de dulzura encogida y temblorosa; pero, en realidad, sabia que estaba razonando, no sobre la frase misma, sino sobre sencillos valores, que, para mayor comodidad de la inteligencia ponía en lugar de esa entidad misteriosa, que ya percibió, antes de conocer a los Verdurin, en aquella reunión donde oyó la sonata por vez primera. Sabía que hasta el recuerdo del piano falseaba el plano en que veía las cosas de la música, porque el campo que se le abre al pianista no es un mezquino teclado de siete notas, sino un teclado inconmensurable, desconocido casi por completo, donde aquí y allá, separadas por espesas tinieblas inexploradas, han sido descubiertas algunos millones de las teclas de ternura, de coraje, de pasión, de serenidad que lo componen, tan distintas entre sí como un mundo de otro mundo, por unos cuantos grandes artistas que nos han hecho el favor, despertando en nosotros la equivalencia del tema que ellos descubrieron, de mostrarnos la gran riqueza, la gran variedad oculta, sin que nos demos cuenta, en esa noche enorme, impenetrada y descorazonadora de nuestra alma, que consideramos como el vacío y la nada. Vinteuil fue uno de esos músicos. En su frase, aunque presentara a la razón una superficie oscura, se sentía un contenido tan consistente, tan explícito, tan lleno de fuerza nueva y original, que los que la habían oído la guardaban en la memoria en el mismo plano que las ideas del entendimiento. Swann se refería a ella como a una concepción de la felicidad y del amor, cuya particularidad apreciaba tan perfectamente como la de la .Princesa de Clèves o la de René en cuanto esos nombres se presentaban a su recuerdo.

Hasta cuando no pensaba en la frase seguía latente en su ánimo, lo mismo que esas otras nociones sin equivalente, como la de la luz, el sonido, el relieve, la voluptuosidad física, etc., que son los ricos dominios en que se diversifica y se exalta nuestro reino interior.

Quizá los perdamos, quizá se borren, si es que volvemos a la nada; pero mientras vivamos no nos queda otro remedio que darlos por conocidos, como no nos queda otro remedio con los objetos materiales, y como no podemos, por ejemplo, dudar de la lámpara encendida ante los objetos metamorfoseados de nuestro cuarto, de que pone en fuga hasta el recuerdo de la oscuridad. Por eso la frase de Vinteuil, lo mismo que algunos temas de Tristán, por ejemplo, que representan para nosotros una cierta adquisición sentimental, participaba de nuestra condición mortal, cobraba un carácter humano muy emocionante. Su suerte estaba ya unida al porvenir y a la realidad de nuestra alma, y era uno de sus más particulares y característicos adornos. Acaso la nada sea la única verdad y no exista nuestro ensueño; pero entonces esas frases musicales, esas nociones que en relación a la nada existen, tampoco tendrán realidad.

Pereceremos; pero nos llevamos en rehenes esas divinas cautivas, que correrán nuestra fortuna. Y la muerte con ellas parece menos amarga, menos sin gloria, quizá menos probable.

Así que Swann no iba muy equivocado al creer que la frase de la sonata existía en realidad. Aunque, desde ese punto de vista, era humana, pertenecía a una clase de criaturas sobrenaturales que nunca hemos visto, pero que, sin embargo, reconocemos extáticos cuando algún explorador de lo invisible captura una de ellas, y la trae de ese mundo divino, donde le es dado penetrar para que brille unos momentos encima de nuestro mundo. Eso había hecho Vinteuil con la frasecita. Sentía Swann que el compositor se limitó con sus instrumentos de música a quitarle su velo, a hacerla visible, siguiendo y respetando su dibujo con mano tan delicada, prudente, cariñosa y segura que el sonido se alteraba a cada momento, difuminándose para indicar una sombra y cobrando vigor cuando tenía que seguir detrás de un perfil más atrevido. Y una prueba de que Swann no se equivocaba, al creer en la existencia real de esa frase, es que cualquier aficionado listo se habría dado cuenta en seguida de la impostura si Vinteuil, a falta de potencia para ver y traducir las formas de la frase, hubiera intentado disimular, añadiendo de cuando en cuando cosas de su cosecha, las lagunas de su visión olas debilidades de su mano.

Ya había desaparecido. Swann sabía que volvería a salir en el último tiempo, después de un largo trozo que el pianista de los Verdurin se saltaba siempre. En el cual había admirables ideas, que Swann no distinguió en la primera audición y que ahora veía, como si en el estuario de su memoria se hubieran quitado el disfraz uniforme de la novedad. Swann escuchaba los temas sueltos que iban a entrar en la composición de la frase, como las premisas en la conclusión necesaria, y asistía a su génesis.

-¡Qué genial audacia! -se decía., tan genial como la de un Lavoisier o un Ampère, la de Vinteuil, experimentando y descubriendo las secretas leyes de una fuerza desconocida, llevando a través de lo inexplorado, hacia la única meta posible, ese admirable carro invisible al que va fiado y que nunca verá.. ¡Qué hermoso diálogo oyó Swann entre el piano y el violín al comienzo del último tiempo! La supresión de la palabra humana, lejos de dejar el campo libre a la fantasía, como se habría podido creer, la eliminó; nunca el lenguaje hablado fue tan inflexiblemente justo ni conoció aquella pertinencia en las preguntas y aquella evidencia en las respuestas. Primero, el piano solo se quejaba como un pájaro abandonado por su pareja; el violín lo oyó y le dio respuesta como encaramado en un árbol cercano.

Era cual si el mundo estuviera empezando a ser, como si hasta entonces no hubiera otra cosa que ellos dos en la tierra, o por mejor decir, en ese mundo inaccesible a todo lo demás, construido por la lógica de un creador, donde no habría nunca más que ellos dos: el mundo de esa sonata. ¿Es un pájaro, es el alma aun incompleta de la frase, o es un hada invisible y sollozante cuya queja repite en seguida, cariñosamente, el piano? Sus gritos eran tan repentinos, que el violinista tenía que precipitarse sobre el arco para recogerlos. El violinista quería encantar a aquel maravilloso pájaro, amansarlo, llegar a cogerlo. Ya se le había metido en el alma, ya la frase evocada agitaba el cuerpo verdaderamente poseso del violinista, como el de un médium. Swann sabía que la frase hablaría aún otra vez.

Y estaba tan bien desdoblada su alma, que la espera del instante inminente en que iba a volver a tener delante la frase lo sacudió con uno de esos sollozos que un verso bonito o una noticia triste nos arrancan, no cuando estamos solos, sino cuando se lo decimos a un amigo, en cuya probable emoción nos vemos nosotros reflejados como un tercero. Reapareció, pero sólo para quedarse colgada en el aire, recreándose un instante, como inmóvil, y expirando en seguida.

Por eso Swann no perdió nada de aquel espacio tan corto en que se prorrogaba. Todavía estaba allí como una irisada burbuja flotante.

Así, el arco iris brilla, se debilita, decrece, alzase de nuevo, y antes de apagarse se exalta por un instante como nunca; a los dos colores que hasta entonces mostró añadió otros tonos opalinos, todos los del prisma, y los hizo cantar. Swann no se atrevía a moverse, y habría querido obligar a los demás a que se estuvieran quietos, como si el menor movimiento pudiera comprometer el sobrenatural prestigio, frágil delicioso, y que estaba ya a punto de desvanecerse.

En verdad, nadie pensaba en hablar. La palabra inefable de un solo ausente, de un muerto quizá (Swann no sabía si Vinteuil vivía o no), exhalándose por sobre los ritos de los oficiantes, bastaba para mantener viva la atención de trescientas personas, y convertía aquel estrado en donde se estaba evocando un alma en uno de los más nobles altares que darse puedan para una ceremonia sobrenatural.

De modo que, cuando, por fin, la frase se deshizo, flotando hecha jirones en los temas siguientes, aunque Swann en el primer momento se sintió irritado al ver a la condesa de Monteriender, famosa por sus ingenuidades, inclinarse hacia él para confiarle sus impresiones antes de que la sonata acabara, no pudo por menos de sonreír y de encontrar un profundo sentido, que ella no veía, en las palabras que le dijo Maravillada por el virtuosismo de los ejecutantes, la condesa exclamó, dirigiéndose a Swann:

-Es prodigioso, nunca he visto nada tan emocionante.. Pero, por escrúpulo de exactitud, corrigió esta primera aserción con una reserva:

-Nada tan emocionante... desde los veladores que dan vueltas...

Desde aquella noche Swann comprendió que nunca volvería a renacer el cariño que le tuvo Odette, y que jamás se realizarían sus esperanzas de felicidad. Y los días en que por casualidad, era buena y cariñosa, y tenía alguna atención con él, Swann anotaba esos síntomas aparentes y engañosos de un insignificante retorno de su amor, con la solicitud tierna y escéptica, con esa alegría desesperanzada de los que están asistiendo a un amiga, en los últimos días de una enfermedad incurable, y relatan como hechos valiosísimos: .Ayer él mismo hizo sus cuentas, y se fijó en que nos habíamos equivocado en una suma; se ha comido un huevo con mucho gusto; si lo digiere bien, probaremos a darle una chuleta; aunque saben que todo eso no significa nada en vísperas de una muerte inevitable. Indudablemente, Swann estaba seguro de que si ahora viviera separado de su querida, Odette acabaría por hacérsele indiferente, de modo que se hubiera alegrado mucho de que ella se fuera de París para siempre; a Swann, aunque no tenía coraje para irse, no le habría faltado valor para quedarse.

Se le había ocurrido hacerlo muchas veces. Ahora que había vuelto a su trabajo sobre Ver Meer, necesitaba ir, al menos por unos días, a La Haya, a Dresde y a Brunswick. Estaba convencido de que una .Diana vistiéndose., que compró el Mauritshuits en la venta de la colección Goldschmidt, atribuido a Nicolás Maes, era en realidad un Ver Meer. Y habría deseado estudiar el cuadro de cerca, para afirmar su convicción. Pero marcharse de París cuando Odette estaba allí, o aunque hubiera salido .como en lugares nuevos, donde las sensaciones no están amortiguadas por la costumbre, se reaviva y se anima el dolor ., era un proyecto tan duro para él, que si podía estar siempre pensando en él, es porque sabía que nunca lo iba a llevar a cabo. Pero ocurría que en sueños la intención del viaje retornaba, sin acordarse de que tal viaje era imposible, y llegaba a realización. Una noche soñó que salía de París para un año; inclinado en la portezuela del vagón, hacia un joven que estaba en el andén, diciéndole adiós, lloroso, Swann intentaba convencerlo de que se fuera con él. Al arrancar el tren, lo despertó la angustia, y se acordó de que iba a ver a Odette aquella noche, al día siguiente, casi a diario. Y entonces, bajo la impresión del sueño, bendijo las circunstancias particulares que le aseguraban la independencia de su vida, que le permitían estar siempre cerca de Odette, y gracias a las cuales podía lograr que consintiera en verlo alguna vez que otra; recapitulando todas esas ventajas: su posición, su fortuna a la que Odette tenía que recurrir lo bastante a menudo para hacerla vacilar ante una ruptura (hasta había quien decía que abrigaba la idea de llegar a casarse con él)., su amistad con el barón de Charlus, que, a decir verdad, nunca había sacado a Odette grandes cosas en favor de Swann, pero que le daba la dulzura de sentir que ella oía hablar de su amante de un modo muy halagüeño a ese amigo de ambos, a quien tanto estimaba Odette, y hasta su inteligencia puesta, casi enteramente, a la labor de combinar cada día una nueva intriga para que su presencia fuera necesaria, ya que no agradable a Odette; y pensó en lo que habría sido de él si le hubiera faltado todo eso, que de ser pobre, humilde y necesitado, teniendo que trabajar forzosamente, atado a unos padres o a una esposa acaso, no habría tenido otro remedio que separarse de Odette, y que ese sueño que acababa de asustarlo, sería cierto. Y se dijo:

-Nunca sabemos lo felices que somos. Por muy desgraciados que nos creamos, nunca es verdad.. Pero calculó que esa existencia duraba ya unos años, que lo más que podía esperar es que durara toda la vida, que iba a sacrificar su trabajos, sus placeres, sus amigos, su vida entera, a la esperanza diaria de una cita que no le daba ninguna felicidad; se preguntó si no estaba equivocado, si lo que favoreció sus relaciones e impidió la ruptura no había perjudicado a su destino, y si no era el acontecimiento que debía desearse, ese de que tanto se alegraba, al ver que no pasaba de un sueño: la marcha; y se dijo que nunca sabemos lo desgraciados que somos, que por muy felices que nos creamos, nunca es verdad. Algunas veces tenía la esperanza de que Odette muriera sin sufrir, por un accidente cualquiera, ella que estaba siempre correteando por calles y caminos todo el día. Cuando la veía volver sana y salva, se admiraba de que el cuerpo humano fuera tan ágil y tan fuerte, de que pudiera desafiar y evitar tantos peligros como lo rodean (y que a Swann le parecían innumerables, en cuanto los calculó a medida de su deseo), permitiendo así a los seres humanos que se entregaran a diario y casi impunemente a su falaz tarea de conquistar el placer. Y Swann se sentía muy cerca de aquel Mahomet II, cuyo retrato, hecho por Bellini, le gustaba tanto, que al darse cuenta de que se había enamorado locamente de una de sus mujeres, la apuñaló, para, según dice ingenuamente su biógrafo veneciano, recobrar su libertad de espíritu. Y luego se indignaba de no pensar más que en sí mismo, y los sufrimientos suyos le parecían apenas dignos de compasión, porque tenía tan en tan poco la vida de Odette.

Ya que no podía separarse de ella sin volver, al menos si la hubiera visto ininterrumpidamente, quizá su dolor habría acabado por calmarse, y su amor por desaparecer. Y desde el momento que ella no quería marcharse de París, Swann deseaba que no saliera nunca de París. Como sabía que su gran viaje de todos los años era el de agosto y septiembre, Swann tenía espacio para ir disolviendo con varios meses de anticipo esa idea en todo el tiempo por venir, que, ya llevaba dentro de sí por anticipación, y que como estaba compuesto de días homogéneos con los actuales, circulaba frío y transparente por su ánimo, aumentando su tristeza, pero sin hacerle sufrir mucho. Pero, de pronto, aquel porvenir interior, aquel río incoloro y libre, por virtud de una sola palabra de Odette, que le alcanzaba a través de Swann, se inmovilizaba, endurecíase su fluidez como un pedazo de hielo, se helaba todo él; Swann sentía de repente, dentro de sí, uña masa enorme e infrangible que pesaba sobre las paredes interiores de su ser hasta romperlas; y es que Odette le había dicho con una mirada sonriente y solapada, que lo estaba observando: .Forcheville va a hacer un viaje muy bonito para Pascua de Resurrección; va a Egipto., y Swann había comprendido en seguida que eso significaba: .Para Pascua de Resurrección me voy a Egipto con Forcheville.. Y, en efecto; cuando algunos días después Swann le decía: .¿Y qué hay de ese viaje que me dijiste que ibas a hacer con Forcheville?., ella le respondía atolondradamente:

-Sí, hijo mío, nos vamos el 19; te mandaremos una tarjeta desde las Pirámides.. Y entonces Swann quería enterarse de si era o no querida de Forcheville, preguntárselo a ella. Sabía que era supersticiosa y que ciertos Juramentos no los haría en falso, y, además, el miedo que hasta entonces lo contuvo de irritar a Odette, de inspirarle odio, ya no existía, porque había perdido toda esperanza de que lo volviera a querer.

Un día recibió un anónimo diciéndole que Odette había sido querida de muchísimos hombres (entre otros Forcheville, Bréauté y el pintor), de algunas mujeres, y que iba mucho a casas de compromisos. Lo atormentó extraordinariamente el pensar que entre su amigos había uno capaz de escribirle esa carta (porque la carta denotaba por algunos detalles un conocimiento íntimo de la vida de Swann). Reflexionó en quién podría ser. Pero Swann nunca sabía sospechar de los actos desconocidos de una persona, de esos actos que no tienen concatenación visible con sus palabras. Y cuando quiso saber si debía revestir la región desconocida donde nació esa acción innoble con el carácter aparente del barón de Charlus, del príncipe de los Laumes, del marqués de Orsan, como ninguno de ellos había hablado bien delante de él de los anónimos, y, al contrario de sus palabras había deducido muchas veces que los reprobaban, no encontró razón alguna para atribuir esa infamia a la índole de ninguno. Charlus era un poco chiflado, pero muy cariñoso y bueno.

El príncipe, aunque seco, tenía un modo de ser sano y recto. Y Swann nunca había visto a una persona que fuera hacia él, hasta en las más tristes circunstancias, con unas palabras más sentidas y un ademán más adecuado y discreto que Orsan. Tanto que no podía comprender el papel poco delicado que se atribuía a Orsan en las relaciones que tenía con una mujer muy rica, y cada vez que pensaba en él, Swann dejaba a un lado esa mala reputación inconciliable con tantas pruebas de delicadeza. Un momento después sintió que se le oscurecía la inteligencia y se puso a pensar en otra cosa para recobrar su lucidez. Luego tuvo el valor de volver sobre esas reflexiones. Pero antes no podía sospechar de nadie, y ahora sospechaba de todo el mundo. Después de todo, Charlus lo quería, tenía buen corazón, sí; pero era un neurótico, y aunque quizá el día de mañana se echaría a llorar si le decían que Swann estaba malo, hoy, por celos, por rabia, por cualquier idea repentina, podía haber deseado hacerle daño. En el fondo, esta clase de hombres es la peor de todas. Claro que el príncipe de los Laumes no quería a Swann tanto como Charlus, ni mucho menos. Pero precisamente por eso no tenía con él las mismas susceptibilidades, y aunque era un temperamento frío, tan incapaz era de grandes acciones como de villanías. Swann se arrepentía de no haber dado la preferencia en la vida a seres así. Pensaba después que lo que impide a los hombres hacer daño es la bondad, y que en el fondo él no podía responder más que de naturalezas análogas a la suya, como era, en cuanto a los sentimientos, la del barón de Charlus. Sólo la idea de hacer daño a Swann lo habría sublevado. Pero con un hombre insensible, de otro genio, como el príncipe de los Laumes, era imposible prever a qué actos podían arrastrarlo diversos móviles. Lo principal es tener buen corazón, y Charlus lo tenía. Tampoco le faltaba a Orsan, y sus relaciones cordiales, aunque poco íntimas con Swann, se basaban, ante todo, en el gusto que tenían al ver cómo coincidían sus pensamientos en hablar juntos, y más se acercaban a un afecto tranquilo que el cariño de Charlus, capaz de entregarse a actos de pasión buenos o malos. Si había una persona que Swann comprendió que lo entendía y lo quería delicadamente, era Orsan. Sí; pero ¿y esa vida tan poco decente que hacía? Swann lamentó no haber tenido eso en cuenta, y haber confesado muchas veces en broma que nunca sentía simpatía y estima tan vivas como tratándose con un canalla.

    Por algo se decía ahora, los hombres han juzgado siempre a sus prójimos por sus actos. Eso es lo único que significa algo, y no lo que pensamos o lo que decimos. Charlus y el príncipe tendrán los defectos que se quiera, pero son personas honradas. Orsan no tiene ningún defecto, pero no es un hombre decente. Y quizá haya hecho una felonía más. Luego sospechó de su cochero Rémi, que no pudo haber hecho otra cosa que inspirar la carta; es cierto, y esa pista le pareció un momento la verdadera. En primer término, Loredan tenía motivos para aborrecer a Odette. Además, no podía por menos de suponer que, como los criados viven en una situación inferior a la nuestra, y añaden a nuestra fortuna y a nuestros defectos riquezas y vicios imaginarios, causa de que nos envidien y nos desprecien, tienen que obrar fatalmente por móviles distintos que los caballeros. También sospechó de mi abuelo. ¿Acaso no le había negado todos los favores que le pidió Swann? Además, con sus estrechas ideas burguesas quizá creyera que así le hacía un bien a Swann.

Sospechó luego de Bergotte, del pintor, de los Verdurin, y al paso rindió un tributo de admiración a las gentes de la aristocracia, por no querer codearse con esas gentes de los círculos llamados artísticos, donde son posibles acciones tan innobles, y hasta se las bautiza de bromas graciosas; pero entonces se acordaba de los rasgos de rectitud de aquellos bohemios, y los comparaba con la vida de argucias y habilidades, casi de estafas, a que se veían llevados muchas veces los aristócratas por la falta de dinero y por la necesidad de lujos y placeres. En suma: ese anónimo le demostraba que conocía a un ser capas de semejante villanía, pero no veía razón alguna para decidir si ese malvado se ocultaba en el fondo, inexplorado hasta entonces, del carácter del hombre cariñoso o del hombre frío, del artista o del burgués, del gran señor o del lacayo. ¿Qué criterio adoptar para juzgar a los hombres? En el fondo, acaso no conocía a una sola persona que no fuera capaz de una infamia. ¿Había que dejar de tratarse con todos? Su ánimo se llenó de bruma; se pasó la mano dos o tres veces por la frente, limpió con su pañuelo los cristales de los lentes, y pensando que, después de todo, gentes que valían tanto como él, trataban al barón de Charlus, al príncipe y a los demás amigos suyos, se dijo que eso significaba no que eran incapaces de una infamia, sino que en esta vida tenemos que someternos a la necesidad de tratar a gentes que no sabemos si son capaces o no de cometer una felonía. Y continuó estrechando la mano de todos los amigos de quienes sospechara, únicamente con la reserva, de pura forma, de que acaso habían querido hacerle daño. El fondo de la carta no le preocupó siquiera, porque ni una de las acusaciones formuladas contra Odette tenía sombra de verosimilitud. Swann era de esas personas tan numerosas que tienen el espíritu tardo y carecen de la facultad de invención. Sabía perfectamente, como verdad de orden general, que la vida de las personas está llena de contrastes, pero para cada ser, en particular, se imaginaba que la parte desconocida de su existencia era idéntica a la parte de ella que él conocía. Cuando estaba con Odette y hablaban de alguna acción o sentimiento indelicados de otra persona, ella los censuraba en nombre de los mismos principios que Swann oyera de boca de sus padres y a los que se mantuvo fiel; luego arreglaba sus flores en jarrón, bebía un sorbo de té y preguntaba a Swann cómo iban sus trabajos. Y Swann extendía esas costumbres a todo el resto de la vida de Odette, y repetía esos ademanes cuando quería representarse esa parte de la vida de ella que no veía. Si se la hubieran pintado portándose con otro hombre tal como se portaba o se había portado con él, habría sufrido, porque la imagen le parecería verosímil. Pero eso de que fuera a casa de alcahuetas, de que se entregara a orgías con mujeres y que hiciera la vida crapulosa de una criatura abyecta, era una divagación insensata, y los tres sucesivos, los crisantemos imaginados y las virtuosas indignaciones no dejaban pensar, a Dios gracias, en la posibilidad de tales cosas. Tan sólo de vez en cuando daba a entender a Odette que con mala intención le contaban todo lo que ella hacía; y utilizando hábilmente un detalle insignificante, pero cierto, que había llegado a su conocimiento por casualidad, y que era el único cabo que dejaba él pasar de esa reconstitución de la vida de Odette que llevaba dentro, le hacía suponer que estaba enterado de cosas que ni sabía ni sospechaba siquiera; y si muchas veces conjuraba a Odette a que le confesara la verdad, era consciente o inconscientemente, para que ella le dijera todo lo que hacía.

Indudablemente Swann no mentía al decir a Odette que le gustaba la sinceridad, pero le gustaba como una proxeneta que podía tenerlo al corriente de lo que hacía su querida. Y como su amor a la sinceridad no era desinteresado, no le servía de nada bueno. La verdad que ansiaba era la que le iba a decir Odette; pero, para lograrla, no temía, recurrir a la mentira, a aquella mentira que describía siempre a Odette como camino seguro a la degradación de toda criatura humana. Y, en suma, venía a mentir tanto como Odette, porque era más infeliz que ella y no menos egoísta. Y Odette, al oír a Swann contarle cosas que ella misma había hecho, lo miraba con desconfianza, y por si acaso, con un poco de enfado, para que no pareciera que se humillaba y que tenía vergüenza de sus actos.

Un día, cuando estaba en uno de los períodos de calma más largos que pudo atravesar sin que lo atormentaran los celos, aceptó un convite al teatro que le hizo la princesa de los Laumes. Abrió un periódico para ver lo que daban, y al leer el título de la obra, *Las muchachas de mármol*, de Teodoro Barriere, sintió una impresión tan dolorosa que se hizo para atrás y volvió la cabeza a otro lado. Y es que la palabra .mármol., que ya no le hacía ninguna sensación por lo acostumbrado que a ella estaba, en aquel sitio nuevo en que figuraba, en aquel título, como iluminada por la luz de las candilejas, se le representó visiblemente y le trajo a la memoria el recuerdo de una cosa que le había contado Odette: y era que en una visita que hicieron al Palacio de la Industria ella y la señora de Verdurin, ésta le había dicho: .Ten cuidado, tú no eres de mármol, ya sabré yo deshelarte.. Odette le aseguró que era broma, y él no hizo caso.

Pero en aquella época tenía más confianza en Odette que ahora. Y cabalmente en el anónimo se aludía a amores de esa especie. Sin atreverse a alzar la vista hacia el periódico, lo desdobló para volver una hoja y no ver ya esa frase: .Las muchachas de mármol, y se puso a leer maquinalmente las noticias de provincias. Había habido una tormenta en la región del canal de la Mancha; señalábanse destrozos en Dieppe, Cabourg y Beuzeval. Y otra vez se hizo atrás.

Porque, al leer Beuzeval, se acordó de otro pueblo de aquella región, Beuzeville. El cual se escribe en los mapas unido por un guión a Bréauté, cosa que él había visto muchas veces, pero sin caer nunca en que ese Bréauté era el mismo nombre que el del amigo que en el anónimo se daba como uno de los amantes de Odette. Después de todo, la acusación en lo que a Bréauté se refería, no era completamente inverosímil; pero en lo relativo a la Verdurin era en absoluto inadmisible. Del hecho de que Odette mintiera algunas veces no podía deducirse que jamás decía verdad; en aquellas palabras que cruzó con la Verdurin, y que luego le contó a Swann, veía éste muy claro una de esas bromas inútiles y peligrosas que por ignorancia del vicio e inexperiencia de la vida gastan a veces, revelando así su inocencia, mujeres que, como por ejemplo Odette, distan mucho de sentir hacia otra mujer una exaltada pasión. Al contrario, la indignación con que rechaza Odette las sospechas que por un instante despertó su relato en Swann cuadraban muy bien con las aficiones y el temperamento de su querida, tal como él los conocía. Pero en aquel momento, por una inspiración de hombre celoso, como esas que dan al poeta o al sabio, que no tenían más que una rima o una observación, la idea o la ley que les ha de ganar la fama, Swann se acordó por vez primera de una frase que le dijo Odette hacía dos años: .Sabes, para la señora de Verdurin, ahora no hay nada más que yo; soy un encanto; me besa, quiere que vaya con ella de compras, me pide que la trate de tú.. Muy lejos de considerar que esa frase tenía relación con las palabras absurdas del día del Palacio de la Industria, que un día le contó Odette, la estimó como prueba de calurosa amistad. Pero ahora, bruscamente, el recuerdo de aquel cariño de la Verdurin venía a superponerse al recuerdo de aquella conversación de mal gusto.

No podía separarlos en su ánimo y los veía enlazados también en la realidad, porque el cariño de la Verdurin daba un tono de seriedad e importancia a aquellas bromas que ya parecían menos inocentes.

Fue a casa de Odette. Se sentó a distancia de ella. No se atrevía a besarla por no saber si con su beso despertaría afecto o enfado. Se callaba e iba viendo morir su amor. De pronto adoptó una resolución.

-Mira, Odette .le dijo., yo ya sé que te soy odioso, pero no tengo más remedio que hacerte una pregunta. ¿Te acuerdas de aquella cosa que se me ocurrió a propósito de ti y de la señora de Verdurin? Dime si es verdad, o con ella o con otra.

Sacudió la cabeza, frunciendo los labios, con ese gesto que ponen, a veces, algunas personas cuando al preguntarles si van a ir a ver la cabalgata, o si asistirán a la revista, contestan que no irán, que eso las aburre. Pero ese movimiento de cabeza, que por lo general se emplea tratándose de una cosa por venir, cuando se usa para denegar un hecho pasado, da a esa negativa muy poca seguridad. Y, además, con él parece que se evocan más bien razones de conveniencia personal que de reprobación o de imposibilidad moral.

Y al ver que Odette hacía el gesto de que no era verdad, Swann comprendió que quizá era verdad.

-Ya te lo dije, lo sabes muy bien .añadió irritada y triste.

-Sí; ya, ya; pero, ¿estás segura?

-No me digas…

-Ya te lo dije.

-Dime, nunca he hecho esas cosas con ninguna mujer.

Ella repitió como chica de escuela, con tono irónico y para quitárselo de encima:

-Nunca he hecho esas cosas con ninguna mujer.

-Quieres jurármelo por tu medalla de Nuestra Señora de Laghet?

Swann sabía que no se atrevería a jurar en falso:

-Calla, no sabes lo que me haces sufrir -exclamó, escapándose con un brusco movimiento del aprieto de la pregunta. ¿Acabarás de una vez? No sé qué es lo que tienes; por lo visto, has resuelto que te odie y te aborrezca. Mira, ahora que quería yo volver contigo a los buenos tiempos, igual que antes, me das las gracias así.

Pero él no la soltó, como cirujano que espera que acabe el espasmo para seguir su operación, sin renunciar a hacerla.

-Estás muy equivocada si te figuras que por eso voy a tomarte el menor odio, Odette .le dijo con embustera y persuasiva suavidad., yo nunca te hablo más que de lo que sé, y siempre me callo más que lo que digo. Pero tú, confesando, endulzarás eso que cuando me lo cuentan otros me inspira aborrecimiento hacia ti. Si me enfado contigo no es por tus actos, que te los perdono porque te quiero, sino por tu falsía, por esa absurda falsía que empleas en negar cosas que yo sé. Cómo quieres que siga queriéndote cuando veo que me sostienes y me juras una cosa que me consta que es falsa? Odette, ¿para qué prolongas este martirio para los dos? Si tú quieres, en un minuto se acaba y te quedas libre. Júrame por tu medalla si has hecho o no eso:

-Y yo qué sé .respondió ella colérica.; quizá allá hace mucho tiempo, dos o tres veces, sin darme cuenta de lo que hacía.

Swann ya había previsto todas las posibilidades. Pero, indudablemente, entre la realidad y las posibilidades hay la misma relación que entre recibir una puñalada y ver cómo pasan las nubes levemente por encima de nuestras cabezas, porque esas palabras dos o tres veces. se le grabaron como una cruz en pleno corazón.

¡Qué cosa tan rara eso de que unas palabras .dos o tres veces, sólo una frase, unas cosas que se dan al aire, así, a distancia, puedan desgarrar el corazón como si lo tocaran, y envenenar como un tóxico que se ha ingerido! Swann pensó, sin querer, en aquello que oyó en la reunión de la marquesa de Saint-Euverte:

-Desde lo de los veladores que dan vueltas no había visto nada tan emocionante.

El dolor que sentía no tenía parangón con nada de lo que se había figurado. No sólo porque en tus horas de más desconfianza no había llegado tan lejos en sus figuraciones de cosas malas, sino porque aquella cosa, si llegó alguna vez a su imaginación, era de modo vago e incierto, sin el horror particular que se desprendía de esas palabras dos o tres veces, sin esa específica crueldad tan distinta de todo lo conocido antes como un mal que se padece por vez primera. Y, sin embargo, a esa Odette, origen de tales dolores, no por eso la quería menos, sino que érale, por el contrario, más preciosa, como si, a medida que iba acreciéndose su dolor, aumentara el valor del calmante, del contraveneno que sólo ella poseía. Y aun sentía más deseos de cuidarla, como pasa con una enfermedad cuando descubrimos que es más grave de lo que se creía. Deseaba que aquella cosa atroz que Odette le dijo haber hecho dos o tres veces. no se volviera a repetir. Y para eso tenía que velar sobre Odette. Se suele decir que revelando a un amigo los defectos de su querida sólo se logra unirlo más a ella, porque él no da crédito a lo que le dicen, pero si lo cree, se une aún más a ella. Pero, ¿cómo protegerla de una manera eficaz?, se preguntaba Swann. Podría defenderla de una determinada mujer, pero quedaban aún centenares de mujeres, y Swann comprendió la locura aquella que lo asaltó cuando, la noche que no encontró a Odette en casa de los Verdurin, empezó a desear la posesión de otro ser, que es siempre cosa imposible. Afortunadamente para Swann, debajo de aquellas penas nuevas que se le habían entrado en el alma como horda de invasores, existía un fondo de carácter más antiguo, más suave, trabajador silencioso, como las células de un órgano herido que en seguida se ponen a rehacer los tejidos lesionados o como los músculos de un miembro paralizado que tienden a recobrar el movimiento. Esos habitantes de su alma, los más antiguos y los más autóctonos, se entregaron con todas sus fuerzas a ese trabajo oscuramente reparador que da la ilusión del descanso a un convaleciente, a un operado.

Esta vez, al contrario de lo usual, esa quietud por agotamiento se produjo más bien en el corazón de Swann que en su cerebro. Pero todas las cosas de la vida que tuvieron existencia tienden a renacer, y lo mismo que un animal moribundo se agita otra vez a impulso de una convulsión que ya se creía acabada, el mismo dolor volvió a trazar la misma cruz en el corazón de Swann, que ya parecía salvado.

Acordóse de aquellas noches de luna, cuando reclinado en su victoria, que lo llevaba a la calle de La Pérouse iba cultivando voluptuosamente en su propio ser las emociones del enamorado, sin saber el envenenado fruto que fatalmente habrían de producir.

Pero todos esos pensamientos duraron un secundo, el tiempo de llevarse la mano al corazón, de recobrar el aliento y de sonreír para disimulo de su tortura. Y volvió a las preguntas. Porque a sus celos, que se habían tomado más trabajo que aquel de que habría sido capaz un enemigo suyo, para darle el golpe y causarle el dolor más grande que sintiera, a sus celos no les parecía, aún que había sufrido bastante y querían herirlo más hondo. Y cual perversa divinidad, los celos, inspiraban a Swann y lo empujaban a su ruina. Si al principio su suplicio no se agravó, no fue por su culpa, sino de Odette.

-Bueno, amiga mía, ya se acabó -le dijo-. ¿Era con una persona que yo conozco?

-No, no, te lo juro; y, además, me parece que he exagerado; yo no he llegado a eso.

Swann, sonriente, prosiguió:

-¡Qué quieres!, es poca cosa eso, pero siento que no me puedas decir el nombre. Si pudiera representarme a la persona ya no volvería a acordarme de nada. Lo digo por ti, porque así ya no te molestaría. ¡Me calma tanto eso de representarme las cosas!... Lo horrible es lo que no se puede imaginar. Pero demasiado buena has sido ya, no quiero cansarte. Muchas gracias por todo el bien que me has hecho. Se acabó. Mira, una cosa nada más: ¿cuánto tiempo hace de eso?

-Pero, Carlos, ¿no ves que me estás haciendo un daño mortal? Es viejísimo. No había vuelto a pensar en eso; parece que tú me lo quieres recordar. Poco saldrías ganando .añadió por maldad voluntaria o estupidez inconsciente.

-Lo único que quería saber es si te conocía yo ya. Hubiera sido muy natural que ocurriera aquí mismo... ¿No podrías acordarte de una noche determinada? Es para que yo me pueda representar lo que hacía yo aquella noche... Ya ves, Odette, vida mía, no es posible que no te acuerdes de con quién era.

-Yo no sé, creo que fue en el Bosque, una noche que tu viniste a buscarnos a la isla. Creo que habías cenado en casa de la princesa de los Laumes, dijo ella contenta por poder dar un detalle concreto, que demostraba la veracidad de sus palabras. En una mesa de al lado estaba una mujer, a la que yo no veía hacía mucho tiempo. Me dijo: .Vamos a ver el efecto de la luna en el agua, allí, detrás de aquella roca.. Yo, a lo primero, bostecé, y respondí:

-Estoy cansada, no quiero moverme de aquí.. Pero ella decía que nunca se vio tan hermosa luna. Y yo le dije que no me la daba, que ya sabía yo adónde iba a parar.

Odette contó todo aquello medio riendo, ya porque le pareciera muy natural, ya porque así creyera que atenuaba la importancia de los hechos, o para no aparecer como humillada. Pero al ver la cara de Swann, cambió de tono:

-Eres un miserable, te complaces en torturarme, en hacerme decir mentiras que tengo que inventar para que me dejes en paz.

Ese segundo golpe fue aún más cruel que el primero, para Swann. Nunca supuso que fuera una cosa tan reciente, oculta sin que sus miradas hubieran sabido descubrirla, no en un pasado desconocido, sino en noches que recordaba perfectamente que había vivido con Odette, que él se figuraba conocer muy bien y que ahora, retrospectivamente, le parecieron atroces y falsas; de repente, entre ellos, abríase un vacío terrible, ese momento en la isla del Bosque.

Odette, aunque no era inteligente, tenía el encanto de la naturalidad.

Contó aquella escena con voz y ademanes tan sencillos que Swann, anhelante, lo iba viendo todo, el bostezo de Odette, la roca. La oía contestar con tono alegre: .¡Ay!, a mí no me la das.. Se dio cuenta de que aquella noche ya no le sonsacaría nada más, que no debía esperar ninguna nueva revelación, se calló y le dijo:

-Pobrecilla mía, ya sé que te he hecho sufrir mucho! Ya se acabó, ya no me volveré a acordar de eso.

Pero Odette vio que se quedaba Swann con la mirada fija en las cosas que no sabía, en aquel pasado de su amor, que se presentaba a su memoria monótono y dulce porque era muy indeciso, y que ahora desgarró ella como una herida con la evocación de aquel minuto en la isla del Bosque, a la luz de la luna, la noche de la cena en casa de la princesa de los Laumes. Pero tan acostumbrado estaba Swann a considerar la vida como una cosa interesante y a admirar los curiosos descubrimientos que en su campo se hacen, que aun sufriendo hasta el punto de imaginarse que no podía resistir dolor tan grande, se decía: .Realmente, la vida es asombrosa y nos guarda sorpresas bonitas; el vicio está mucho más extendido de lo que la gente se figura. Aquí está esa mujer, en la que yo tenía confianza, tan sencilla y honrada, al parecer, normal y sana en sus gustos, aunque un poquito ligera, y por una delación absurda la interrogo y lo poco que me confiesa revela muchas cosas más de las que se podían suponer. Claro es que no podía limitarse a estas desinteresadas reflexiones. Aspiraba a juzgar exactamente la importancia de lo que Odette le contara, para ver si podía deducir si esas cosas las había hecho muchas veces, y si era probable que se repitieran. Rumiaba las frases de ella: .Yo sabía adónde iba a parar; .Dos o tres veces.; .A mí no me la das.; pero estas frases, al reaparecer en la memoria de Swann, ya no iban desarmadas como antes: cada una llevaba su cuchillo y le asestaba nueva puñalada.

Estuvo un rato, como un enfermo que no puede por menos de ejecutar a cada instante el movimiento que le da el dolor, repitiéndose:

-No me quiero mover de aquí., .A mí no me la das; pero tan fuerte era el sufrimiento que tenía que pararse. Se maravillaba de que unas cosas que antes juzgaba él con ligereza y buen humor, se le aparecieron ahora tan graves como una enfermedad que puede matar. Claro que conocía a muchas mujeres a quienes podría haber encargado que vigilaran a Odette. Pero acaso no se colocaran en el mismo punto de vista con que él miraba esos actos y siguieran opinando de ellos lo mismo que Swann opinaba antes, en todo el voluptuoso curso de su vida; quizá le dijeran, riéndose: .Mira el tonto celoso que quiere privar de un gusto a los demás.. ¿Por qué misterioso escotillón, abierto de repente a sus pies, cayó él (que antes sólo sacaba del amor de Odette delicados placeres) en ese nuevo círculo infernal, cuya salida no veía por parte alguna? ¡Pobre Odette! No le guardaba rencor por eso; la culpa no la tenía ella. ¿Acaso no decía todo el mundo que fue su propia madre la que la echó en brazos de un inglés riquísimo, en Niza, cuando ella era aún una chiquilla? Y estimaba lo dolorosamente exacto de esas palabras del *Diario de un Poeta*, de Alfredo de Vigny, que antes leía con indiferencia: .Cuando se enamora uno de una mujer hay que preguntarse: ¿Qué seres la rodean? ¿Qué vida hace? Y en esto descansa toda la felicidad de la existencia.. Asombrábase Swann de que simples frases que iba deletreando mentalmente:

-Yo ya sabía adónde iba a parar. y .A mí no me la das., pudieran hacerle tanto daño. Aunque comprendía que lo que él llamaba simples frases no eran más que piezas de la armadura donde se encerraba, para volver a herirlo, el dolor que sintió cuando el relato de Odette.

Porque ese dolor es el que volvía a sentir. En vano sabía ya el daño que encerraban esas palabras; en vano sabía que, andando el tiempo, las olvidara un poco y las perdonara, porque en el momento de repetírselas el dolor lo colocaba de nuevo en el estado en que estaba antes de que hablase Odette, confiado y sin saber nada; y sus celos, para que pudiera herirlo bien la confesión de Odette, volvían a ponerlo en la posición del que no sabe, y al cabo de unos meses aquella historia ya vieja, lo trastornaba como una nueva revelación.

Admirábase de la terrible potencia reproductora de su memorial Sólo podía esperar que se calmara su tortura por la progresiva debilidad de esa generadora que va perdiendo fecundidad con los años. Y cuando ya parecía que la potencia dañina de unas de las palabras de Odette se iba agotando, llegaba una de aquellas en que apenas se fijara Swann, una palabra casi nueva, a relevarla, a herirlo con un vigor fresco. Lo más penoso era el recuerdo de la noche que cenó en casa de la princesa de los Laumes; pero ese punto sólo era el centro de su enfermedad, la cual irradiaba confusamente por todo su alrededor en los días anteriores y posteriores a aquél. Y cuando quería tocar a cualquier recuerdo de Odette, era la temporada entera en que los Verdurin iban a cenar a la isla del Bosque lo que le hacía daño. Tanto que, poco a poco, la curiosidad que en él despertaban los celos se fue neutralizando por temor a las nuevas torturas que se infligiría al satisfacerlas. Se daba cuenta de que la vida de Odette, ante de que se conocieran, período que Swann nunca había intentado representarse, no era la abstracta extensión que vagamente entreveía, sino una trama de años determinados, tejida con incidentes concretos. Pero temía que, si se enteraba de esos hechos, aquel pasado incoloro, fluido y soportable no tomara un cuerpo tangible e inmundo, un rostro diabólico e individual. Y no hacía ningún intento para representárselo, no ya por pereza de pensar, sino por miedo a sufrir. Tenía la esperanza de que ya vendría un día en que pudiera oír el nombre de la isla del Bosque, el de la princesa de los Laumes, sin que le doliera la herida antigua, y le parecía imprudente provocar a Odette a que le diera palabras nuevas, nombres de sitios y de circunstancias distintos, que, apenas calmada su angustia, la reavivaran bajo otra forma.

Pero ocurría que las cosas desconocidas, las cosas que tenía miedo a conocer se las revelaba Odette misma espontáneamente y sin darse cuenta; es que Odette ignoraba lo grande que era la distancia que el vicio creaba entre su vida real y la vida de relativa inocencia que Swann creyó, y a veces seguía creyendo; que hacía su querida: un ser vicioso, como aparenta siempre la misma virtud delante de las personas que no quiere que se enteren de sus vicios, carece de conciencia para darse cuenta exacta de cómo esos vicios, que van creciendo de modo continuo e insensible para él, lo arrastran fuera del modo usual de vivir. Como todos los recuerdos cohabitaban en lo hondo del alma de Odette, aquellos recuerdos de las acciones que ocultaba a Swann daban sus reflejos a otros, los contagiaban, sin que ella les encontrara nada raro, sin que desentonaran en medio de aquel ambiente particular que dentro de su alma los rodeaba; pero, al contárselos a su querido, Swann se asustaba por el ambiente terrible que dejaban transparentar. Un día quiso preguntarle, sin herir su susceptibilidad, si había estado alguna vez en casa de una alcahueta. Estaba convencido Swann de que no; el anónimo introdujo en su mente aquella suposición, pero de un modo puramente mecánico, sin encontrar ningún crédito; pero, sin embargo, allí estaba, y Swann, para librarse de la presencia puramente material, pero molesta siempre, de la sospecha, deseaba que se la extirpara Odette:

-No; y sabes, no será porque no me persigan -añadió, revelando con su sonrisa una satisfacción vanidosa, sin ocurrírsele que tal sentimiento podría parecer a Swann poco legítimo. Una hay que se estuvo aquí esperándome dos horas, y me ofrecía el dinero que yo pidiera. Según parece, la mandaba un embajador que le había dicho: .Si no viene, me suicido.. Le dijeron que yo no estaba en casa, pero no tuve más remedio que salir a hablar con ella yo misma para que se marchara. Me habría alegrado que hubieras visto cómo la recibí. Mi doncella, que estaba en el cuarto de al lado, cuenta que yo decía a grito pelado: .¿No le he dicho a usted que no quiero? Me parece que estoy en edad de hacer lo que me dé la gana. Si necesitara dinero, lo comprendo..... El portero ya tiene orden de no dejarla entrar y decirle que estoy en el campo.

¡Cuánto me habría alegrado de que hubieras estado oyéndolo desde cualquier rincón. Me parece que te habrías quedado satisfecho. Ya ves si tiene algo bueno tu Odette, aunque haya alguien que la encuentre detestable!

Por lo demás, aquellas confesiones que Odette hacía de las cosas que se figuraba descubiertas por su querido, más que dar remate a las dudas viejas, servían de punto de partida a nuevas sospechas.

Porque las confesiones nunca guardan proporción con las dudas.

Aunque Odette quitara lo más esencial, siempre quedaba en lo accesorio algún detalle que Swann no había imaginado, que venía a abrumarlo con su novedad y con el cual podría cambiar los términos del problema de sus celos. Y ya nunca olvidaba aquellas confesiones. Como cadáveres flotaban por su ánimo, las rechazaba, las mecía. Y se le iba envenenando el alma. Una vez Odette le habló de una visita que le había hecho Forcheville el día de la fiesta París-Murcia.

-¿Pero lo conocías ya? ¡Ah!, sí; es verdad .dijo, corrigiéndose para que no pareciera que lo ignoraba.. Y de pronto se echó a temblar, porque se le ocurrió que aquel día de la fiesta, precisamente cuando ella le escribió la carta que Swann guardaba como una alhaja, quizá había estado almorzando con Forcheville en la Maison Dorée. Ella juró que no. .Pues, sin embargo, hay algo de la Maison Dorée que tú me contaste y que luego he averiguado que no era verdad., le dijo para asustarla. .Sí, claro que no estuve allí la noche aquella que tú me buscaste en Prévost, cuando te dije yo que salía de la Maison Dorée., le respondió ella (creyendo que Swann lo sabía) con decisión, que más que cinismo revelaba timidez, miedo de contrariar a Swann, aunque esto lo quería ocultar por amor propio, y deseo de hacerle ver que era capaz de franqueza. De modo que el golpe tuvo la precisión y el vigor que si fuera de mano de verdugo, y lo asestó Odette sin ninguna crueldad, porque no tenía conciencia del daño que hacía a Swann; hasta se echó a reír, para no tener cara de humillación y azoramiento.

-.Sí, es verdad que no estuve en la Maison Dorée; salía de casa de Forcheville. Había estado en Prévost, eso es lo cierto, y allí me lo encontré y me invitó a que subiera a ver sus grabados. Pero entonces llegó una visita. Te dije que salía de la Maison Dorée, por si lo otro no te gustaba. Ya ves que lo hacía con buena intención. Quizá me equivoqué, pero al menos te lo digo francamente. ¿De modo que qué interés podría tener en no decirte que había almorzado con él el día de la fiesta París-Murcia si hubiera sido verdad? Además, entonces aún no nos conocíamos mucho tú y yo, ¿verdad, Carlos?. Y él sonrió con la cobardía propia de ese ser sin fuerza en que lo convirtieron las palabras aplastantes de Odette.

¡Así que hasta en aquellos meses que nunca se atrevía a recordar, porque eran los de la felicidad, hasta en aquellos meses, cuando Odette lo quería, era falsa con él! Y como aquel momento (la noche de las primeras catleyas), en que ella le contó que salía de la Maison Dorée, debía de haber otros muchos encubriendo cada uno de ellos una mentira que Swann no sospechaba. Se acordó de que un día le dijo: .No tengo más que decir a la señora de Verdurin que no me tuvieron el vestido a tiempo, o que mi *cab* vino muy tarde. Ya me las arreglaré yo.. También a él debió de ocultarle muchas veces, sin que Swann se diera cuenta, tras las palabras con que explicaba un retraso o justificaba el cambio de hora de una cita, algún compromiso con otro, un otro al que habría dicho:

-No tendré más que decir a Swann que no me trajeron el vestido a tiempo o que mi *cab* vino muy tarde. Ya me las arreglaré yo.. Y por debajo de los más dulces recuerdos de Swann, de las palabras, más sencillas que Odette le decía, y que se creía él como un Evangelio, de las ocupaciones de cada día que ella le contaba, de los lugares que más frecuentaba, la casa de la modista, la avenida del Bosque, el Hipódromo, sentía insinuarse (disimulada en ese sobrante de tiempo, que hasta en la más detallada jornada deja espacio y lugar para esconder algunos hechos) la presencia invisible y subterránea de mentiras que tenían la propiedad de manchar de ignominia las cosas más caras que le quedaban, sus noches mejores, hasta la calle de La Pérousse, por donde Odette habría pasado a horas distintas de las que decía Swann; y sentía que circulaba por todas partes aquel soplo de horror que lo azotó al oír lo de la Maison Dorée, y que iba, como las bestias inmundas de la Desolación de Nínive, desmoronando piedra a piedra el edifico de su pasado. Y si ahora sentía pena al oír el nombre de la Maison Dorée, no era como le había ocurrido en casa de la marquesa de Saint-Euverte, porque le recordaba una felicidad perdida hacía mucho tiempo, sino porque le traía a la memoria una desgracia recién sabida. Luego aquel nombre de la Maison Dorée fue poco a poco haciendo menos daño a Swann. Porque lo que nosotros llamamos nuestro amor y nuestros celos no son en realidad una pasión continua e indivisible; se componen de una infinidad de amores sucesivos y de celos distintos, efímeros todos, pero que por ser muchos e ininterrumpidos, dan una impresión de continuidad y una ilusión de cosa única. La vida del amor de Swann y la fidelidad de sus celos estaban formados por la muerte de innumerables deseos y por la infidelidad de innumerables sospechas, que tenían todos por objeto a Odette. Si hubiera pasado mucho tiempo sin verla, los deseos muertos no habrían tenido sustitutos. Pero la presencia de Odette seguía sembrando en el corazón de Swann cuándo cariño, cuándo sospechas.

Alunas noches estaba con Swann amabilísima, y le advertía duramente que debía aprovecharse de aquella buena disposición, so pena de que no volviera a repetirse en años; era menester volver en seguida a casa en busca de .la catleya., y el deseo que Swann le inspiraba era tan repentino, inexplicable e imperioso, tan demostrativas e insólitas las caricias que le prodigaba luego, que aquel brutal e inverosímil cariño daba a Swann tanta pena como una mentira o una ruindad. Una noche que, cediendo a las órdenes de Odette, volvieron juntos a su casa, cuando ella entretejía en sus besos palabras de apasionado amor, tan en contraste con su sequedad de ordinario, a Swann le pareció de pronto que oía ruido; se levantó, buscó por todas partes, sin encontrar a nadie; pero ya no tuvo valor para volver junto a Odette, que, entonces, en el colmo de la rabia, rompió un jarrón y le dijo: .Contigo no se puede hacer nada.. Y a él le quedó la duda de si su querida tenía a alguien oculto para hacerlo sufrir de celos o para excitar su sensualidad.

Algunas veces iba a las casas de citas con la esperanza de enterarse de algo relativo a Odette, aunque no se atrevía a nombrarla:

-Tengo una chiquita que le va a gustar -le decía el ama y Swann se pasaba una hora hablando tristemente con una pobre muchacha, toda asombrada de que no hiciera más que hablar. Hubo una muy joven y muy guapa que le dijo un día: .Lo que yo quisiera es encontrar un amigo, porque podría estar seguro de que no iría con nadie más..

-¿Crees tú de verdad que una mujer agradece que la quieran y no engañe nunca?., le preguntó Swann ansiosamente.

-¡Ah!, claro, eso va en caracteres.. Swann no podía por menos de decir a estas chicas las mismas cosas que agradaban a la princesa de los Laumes. A esa que buscaba un amigo le dijo: .Muy bien; hoy has traído ojos azules, del mismo color de tu cinturón..

-También usted lleva puños azules.. .Bonita conversación para un sitio como éste. Quizá te esté yo molestando y tengas que hacer.

-No, nada.

-Si me aburriera usted, se lo habría dicho. Al contrario, me gusta mucho oírlo hablar.. .Muchas gracias. ¿Verdad que estamos hablando muy formalitos?., dijo al ama de casa, que acababa de entrar.

-Esto estaba yo pensando precisamente. ¡Qué serios! Y es que ahora la gente viene aquí a hablar. El príncipe decía el otro día que se está aquí mejor que en su casa. Y es que, según parece, la gente aristócrata tiene ahora unos modos... Dicen que es un escándalo. Pero, me voy, no quiero molestar.. Y dejó a Swann con la muchacha de ojos azules. Pero él, al poco rato se levantó y se despidió; la chica le era indiferente porque no conocía a Odette.

El pintor estuvo muy malo, y Cottard le recomendó un viaje por mar; algunos fieles se animaron a marcharse con él, y los Verdurin, que no se podían acostumbrar a estar solos, alquilaron un yate que luego acabaron por comprar; así que Odette hacía frecuentemente viajes por mar. Desde hacía un poco tiempo, cada, vez que Odette se marchaba, Swann sentía que su querida le iba siendo más indiferente; pero, como si esa distancia moral estuviera en proporción con la material, en cuanto sabía que Odette estaba de vuelta ya no podía pasarse sin verla. Una vez se marcharon para un mes; así lo creían Swann y Odette; pero ya porque en el viaje les fuera entrando en ganas, ya porque Verdurin hubiera arreglado las cosas así de antemano, para dar gusto a su mujer, sin decir nada a los fieles, más que poco a poco, ello es que de Argel fueron a Túnez, y luego a Italia, a Grecia, Constantinopla y Asia menor. El viaje duraba ya casi un año. Y Swann estaba muy tranquilo y se sentía casi feliz. Aunque la señora de Verdurin intentó convencer al pianista y al doctor Cottard de que ni la tía del uno ni los enfermos del otro los necesitaban para nada, y que no era prudente dejar volver a París a la señora del doctor, que, según aseguraba la Verdurin, no se hallaba en su estado normal, no tuvo más remedio que darles libertad en Constantinopla. Un día, poco después de la vuelta de aquellos tres viajeros, Swann vio pasar un ómnibus que iba al Luxemburgo, donde él tenía precisamente que hacer; lo tomó, y, al entrar, se encontró enfrente de la señora de Cottard, que estaba haciendo sus visitas de .día de recibir., en traje de gran gala, pluma en el sombrero, manguito, paraguas, tarjetero y guantes blancos recién limpios.

Cuando revestía esas insignias, si el tiempo no era lluvioso, iba a pie de una a otra casa, dentro del mismo barrio, y para pasar de un barrio a otro utilizaba el ómnibus con billete de correspondencia.

En los primeros momentos, antes de que la nativa bondad de la mujer atravesara la almidonada pechera de la burguesa presuntuosa, habló a Swann, naturalmente con voz lenta, torpe y suave, que muchas veces sumergía con su trueno el rodar del ómnibus, de las mismas cosas que oía y repetía en las veinticinco casas cuyas escaleras trepaba al cabo de un día:

- Ni que decir tiene que un hombre tan al corriente como usted, habrá visto en los Mirlitons el retrato de Machard, que está de moda en París. ¿Qué le parece? ¿Es usted de los que aprueba o de los que censuran? En ninguna reunión se habla de otra cosa, y para ser *chic*, puro y enterado, hay que opinar algo del tal retrato.

Swann respondió que no lo había visto, y entonces la señora de Cottard temió que le hubiera molestado tener que confesarlo.

-¡Ah!, muy bien, usted por lo menos lo dice francamente, y no cree que sea una deshonra el no haber visto el retrato de Machard. Creo que hace usted muy bien. Yo sí que lo he visto, y los pareceres están muy divididos. Hay quienes opinan que es muy lamidito, muy de manteca; pero a mí me parece ideal. Claro que no se parece nada a esas mujeres azules y amarillas que pinta nuestro amigo Biche. Pero yo, si le digo a usted la verdad, y a riesgo de pasar por poco moderna, no los entiendo. Sí que reconozco las cosas buenas que hay en el retrato de mi marido, es menos extravagante de lo que suelen ser sus obras; pero, de todos modos, ha ido a pintarle un bigote azul. Y, en cambio, precisamente el marido de esta amiga que voy ahora a visitar (y que me da el gusto de disfrutar un rato de su compañía de usted) le ha prometido que cuando sea académico (es un compañero de mi marido) hará que lo retrate Machard. ¡Para mí es un sueño! Otra amiga dice que le gusta más Leloir. Yo no entiendo de pintura, y quizá en cuanto a ciencia valga más Leloir. Pero, en mi opinión, el primer mérito de un retrato, sobre todo cuando cuesta cien mil francos, es que sea parecido y de un parecido agradable.

Después de aquellas frases inspiradas por su alta pluma, las iniciales de oro de su tarjetero, el numerito puesto en sus guantes por el tintorero que los limpió, y lo molesto que le era hablar a Swann de los Verdurin, la esposa del doctor vio que aún faltaba mucho para la calle Bonaparte, donde había mandado parar al conductor, e hizo caso a su corazón que le aconsejaba otras palabras.

-Le han debido de sonar a usted mucho los oídos durante este viaje que hemos hecho con los señores de Verdurin le dijo:

-No se hablaba más que de usted.

A Swann le extrañó mucho, porque suponía que su nombre no se pronunciaba nunca delante de los Verdurin.

-Claro, Odette estaba allí, y con eso ya se ha dicho todo.

Odette no puede pasarse mucho tiempo sin hablar de usted, esté dondequiera. Y ya puede usted calcular que no es para hablar mal. ¿Qué, lo duda usted? .dijo al ver que Swann hacía un gesto de escepticismo.

Y, arrastrada por lo sincero de su convicción, y sin poner ninguna mala intención en aquellas palabras que tomaba sólo en el sentido que se emplea para hablar del afecto que se tienen dos amigos, dijo:

-Lo adora a usted. Claro que eso no se podría decir delante de ella, ¡buena la haríamos! Pero por cualquier cosa; por ejemplo, al ver un cuadro, decía: .Si él estuviera aquí, ya les diría si es auténtico o no. Para eso nadie como él.. Y a cada momento preguntaba:

-¿Qué estará haciendo ahora? ¡Si trabajara un poco! Lástima que un hombre de tanto talento sea tan perezoso. (Usted me dispensará que hable textualmente.) Lo estoy viendo en este momento: está pensando en nosotros, se pregunta por dónde andaremos. Y tuvo una frase que a mí me gustó mucho; la señora de Verdurin le dijo:

-¿Cómo es posible que vea usted lo que está haciendo en este momento, si estamos a ochocientas leguas de él?..
Y Odette respondió:

-Para la mirada de una amiga no hay imposibles.. No se lo juro a usted, no se lo digo para halagarlo, tiene usted en Odette una amiga como hay pocas. Y además, es usted el único, se lo digo por si no lo sabe. El otro día, cuando nos íbamos a separar, me lo decía la señora de Verdurin (porque ya sabe usted que cuando nos vamos a separar se habla con más confianza):

-.No es esto decir que Odette no nos quiera; pero todo lo que le digamos nosotros no pesa nada junto a cualquier cosa que le diga Swann.. ¡Ay!, ya para el conductor.

Charlando con usted iba a pasarme de la calle Bonaparte...

-Quiere usted hacerme el favor de decirme si mi pluma no está caída?...

Y la señora del doctor sacó de su manguito, para ofrecérsela a Swann, una mano de la que se escapaba un billete de correspondencia, una visión de vida elegante que se difundió por todo el ómnibus, y un olor de tintorería. Y Swann sintió hacia aquella dama una simpatía desbordante, y lo mismo por la señora de Verdurin (y casi casi por Odette, porque el sentimiento que ésta le inspiraba ahora, como ya no iba teñido de dolor, no era amor), mientras que desde la plataforma la vio entrarse valerosamente por la calle Bonaparte con la pluma del sombrero bien tiesa, recogiéndose la falda con una mano, llevando en la otra el paraguas y el tarjetero de modo que se vieran bien las iniciales, mientras dejaba balancearse el manguito.

Para competir con los sentimientos enfermizos que Odette inspiraba a Swann, la esposa del doctor, con terapéutica superior a la de su marido, injertó en Swann otros sentimientos normales, de gratitud y amistad, que en el ánimo de Swann transformaban a Odette en un ser mucho más humano (más parecido a las demás mujeres porque ese sentimiento lo inspiraban otras mujeres también), y que aceleraba su transformación definitiva en aquella Odette amada con tranquilo afecto, que una noche, después de la fiesta del pintor, lo llevó a su casa a beber un vaso de naranjada con Forcheville, cuando Swann entrevió que podía vivir feliz a su lado.

Antaño pensaba con terror en que acaso llegara un día en que ya no estuviera enamorado de Odette, y se prometía estar avizor, para retener su amor y aferrarse a él, en cuanto sintiera que iba a escapársele. Pero ahora, conforme su amor iba debilitándose, se debilitaba simultáneamente su deseo de seguir enamorado. Porque cuando cambiamos y nos convertimos en un ser distinto, no podemos seguir obedeciendo a los sentimientos de nuestro yo anterior. A veces, sentía celos al leer en un periódico el nombre de uno de los hombres que pudieron haber sido amantes de Odette. Pero eran unos celos muy ligeros, y como le probaban que aún no había salido por completo de aquellas tierras donde tanto sufrió pero dónde hallara también voluptuosas maneras de sentir., y que los zigzags del camino le dejarían todavía entrever de lejos y furtivamente las bellezas pasadas, le excitaban agradablemente, como le pasa al melancólico parisiense que sale de Venecia para volver a Francia cuando el último mosquito le demuestra que no están muy lejos aún el estío e Italia. Pero, por lo general, cuando se esforzaba en fijarse en aquel tiempo tan particular de su vida, de donde salía ahora, si no para seguir allí, por lo menos para verlo claramente antes de que ya fuera tarde, su esfuerzo era estéril; habríale agradado mirar aquel amor, de donde acababa de salir, como se mira un paisaje que va desapareciendo; pero es muy difícil desdoblarse así y darse el espectáculo de un sentimiento que ya no está dentro del corazón; en seguida se le entenebrecía el cerebro, no veía nada, renunciaba a mirar, se quitaba los lentes y limpiaba los cristales, y pensando que más valía descansar un poco, que dentro de un rato tendría aún tiempo, volvía a hundirse en su rincón, con esa falta de curiosidad y ese embotamiento del viajero adormilado que se baja el ala del sombrero para poder dormir en el vagón que lo va arrastrando cada vez más rápido, lejos de ese país donde vivió tanto tiempo, de ese país que él se prometía no dejar huir sin darle un último adiós. Y como ese viajero que se despierta ya en Francia, cuando Swann obtuvo casualmente la prueba de que Forcheville había sido querido de Odette, notó que ya no sentía ningún dolor, que el amor estaba ya muy lejos, y lamentó mucho no haberse dado cuenta del momento en que salió para siempre de sus dominios. Y lo mismo que antes de dar a Odette el primer beso, quiso grabar en su memoria el rostro con que ella se le apareció hasta entonces, y que con el recuerdo de este beso iba a transformarse, ahora habría querido, por lo menos en pensamiento, despedirse, mientras que aún estaba viva, de aquella Odette que le inspiró amor y celos, de aquella Odette que lo hacía sufrir y que ya no volvería a ver nunca.

Se equivocaba. Aún la vio otra vez, unas semanas después. Fue durmiendo, en el crepúsculo de un sueño. Paseaba él con la señora de Verdurin, con el doctor Cottard, con un joven que llevaba un fez en la cabeza y al que no pudo identificar. Con Odette, con Napoleón III y con mi abuelo; iban por un camino paralelo al mar y cortado a pico, una veces a mucha altura y otras sólo a algunos metros, de modo que no hacían más que subir y bajar cuestas; los paseantes que iban subiendo una cuesta no veían ya a los que estaban bajando por la siguiente; amenguaba la poca luz del día, y parecía que se iba a echar encima una negra noche. A trechos las olas saltaban la orilla, y Swann sentía que le salpicaban las mejillas gotas de agua helada.

Odette le decía que se las secara, pero él no podía, y eso lo colocaba, respecto a Odette, en una situación de azoramiento como si estuviera vestido con camisa de dormir. Tenía la esperanza de que con la oscuridad nadie se fijaría; pero la señora de Verdurin lo miró fijamente, con asombrados ojos, durante un largo rato, mientras que se le iba deformando la figura, se le alargaba la nariz y le brotaban enormes bigotes. Se volvió a mirar a Odette; tenía las mejillas pálidas, con unas manchitas rojas; estaba muy ojerosa y con las facciones muy cansadas; pero lo miraba con mirar lleno de ternura, con ojos que parecía que iban a desprenderse, igual que dos lágrimas, para caer sobre él; y Swann la quiso tanto, que habría deseado llevársela en seguida. De pronto Odette volvió la muñeca, miró un relojito y dijo: .Tengo que marcharme.; y se fue despidiendo de todos de la misma manera, sin llevar aparte a Swann, ni decirle dónde se verían aquella noche o al día siguiente. No se atrevió a preguntárselo, y aunque su deseo habría sido irse detrás, tuvo que contestar, sin poder volver la cabeza, a una pregunta de la señora de Verdurin; pero el corazón le daba vuelcos, y sentía odio a Odette y ganas de saltarle los ojos, que tanto le gustaban un momento antes, y de aplastarle las marchitas mejillas. Siguió subiendo en compañía de la señora de Verdurin, separándose, a cada paso que daba, de Odette, la cual iba bajando en dirección contraria. Al cabo de un segundo hacía ya muchas horas que ella se había marchado. El pintor le llamó la atención sobre el hecho de que Napoleón III se hubiera eclipsado apenas desapareció Odette. .Debían estar de acuerdo .añadió.; se reunirían ahí al bajar la cuesta; no han querido despedirse por el qué dirán. Odette es su querida.. El joven desconocido se echó a llorar. Swann se puso a consolarlo:

-Después de todo, tiene razón .le dijo secándole las lágrimas y quitándole el fez para que estuviera más cómodo.. Yo se lo he aconsejado más de diez veces. No hay motivo para apenarse tanto. Ese es el hombre que la comprenderá.. Y de ese modo se hablaba Swann a sí mismo, porque aquel joven, que al principio no reconocía, era él; como hacen algunos novelistas, había repartido su personalidad en dos personajes: el que soñaba y el que veía delante de él con un fez en la cabeza.

En cuanto a Napoleón III, era Forcheville: le dio ese nombre por una vaga asociación de ideas, por cierta modificación de la fisonomía habitual del conde y por el cordón de la Legión de Honor que llevaba en bandolera; pero, en realidad, por todo lo que el tal personaje representaba y recordaba en el sueño, se trataba, indudablemente, de Forcheville. Porque Swann, cuando estaba dormido, sacaba de imágenes incompletas y mudables deducciones falsas, y, momentáneamente, tenía tal potencia creadora que se reproducía por simple división, como algunos organismo inferiores; con el calor que sentía en la palma de la mano modelaba el hueco de otra mano que se figuraba estar estrechando, y de sentimientos e impresiones inconscientes iba sacando peripecias que, lógicamente encadenadas, acabarían por traer a un punto determinado del sueño de Swann el personaje necesario para recibir su amor o para despertarlo. De pronto, se hizo una noche negrísima, se oyó tocar a rebato, pasó gente corriendo, huyendo de las casas que estaban en llamas; Swann oyó el ruido de las olas que saltaban, y su corazón, que le latía en el pecho con la misma violencia. De pronto, las palpitaciones se aceleraron, sintió un dolor y una náusea inexplicables, y un campesino, lleno de quemaduras, le dijo al pasar:

-.Vaya usted a preguntar a Charlas dónde acabó la noche Odette con su camarada; Charlus ha estado con ella hace tiempo, y Odette se lo dice todo. Ellos son los que han prendido fuego. Era su ayuda de cámara, que acababa de despertarlo, diciendo:

-Señor, son las ocho; ha venido el peluquero, y le he dicho que vuelva dentro de una hora.

Pero esas palabras, al penetrar en las ondas del sueño de Swann, llegaron a su conciencia, después de esa desviación en virtud de la cual un rayo de sol en el fondo del agua parece un sol, lo mismo que un momento antes el ruido de la campanilla de la puerta, que en el fondo de los abismos del sueño tomó sonoridades de rebato, engendró el episodio del fuego. Entre tanto, la decoración que tenía delante fue deshaciéndose en polvo; abrió los ojos y oyó, por última vez, el ruido de una ola que iba alejándose. Se tocó la cara. Estaba seca. Sin embargo, se acordaba de la sensación del agua fría y del sabor de sal. Se levantó y se vistió. Había mandado ir temprano al barbero porque el día anterior escribió Swann a mi abuelo que por la tarde iría a Combray. Se había enterado de que la señora de Cambremer, la antigua señorita Legrandin, iba a pasar allí unes días, y asociando en su recuerdo la gracia de aquel rostro joven y de la campiña que hacía tanto tiempo que no había visto, se decidió a salir de París arrastrado por el atractivo de la dama y del campo.

Como las distintas circunstancias casuales que nos ponen delante de una persona no coinciden con el tiempo de nuestro amor, sino que unas veces ocurren antes de que nazca, y otras se repiten después que ha terminado, esas primeras apariciones que hace en nuestra vida un ser, destinado a gustarnos más adelante, toman, retrospectivamente, a nuestros ojos un valor de presagio y aviso.

De esa manera había Swann pensado muchas veces en la imagen de Odette cuando la vio por vez primera en el teatro, sin ocurrírsele que la iba a volver a ver, y lo mismo se acordaba ahora de la reunión de la marquesa de Saint-Euverte, donde presentó al general de Froberville a la señora de Cambremer. Son tan múltiples los intereses de nuestra vida, que no es raro que en una misma circunstancia una felicidad que no existe aún coloque sus jalones junto a la agravación de un mal efectivo que padecemos. Y eso quizá, le habría ocurrido a Swann en cualquier parte que no hubiera sido la reunión de la marquesa de Saint-Euverte. ¡Quién sabe si en el caso de no haber asistido a ella, de haber estado en otra parte, no le hubieran acaecido otras dichas u otras penas, que después se le habrían representado como inevitables! Pero lo que le parecía inevitable es lo que había ocurrido, y casi veía un elemento providencial en el hecho de haber ido a la reunión de la marquesa, porque su espíritu, deseoso de admirar la riqueza de invención de la vida, e incapaz de sostener por mucho tiempo una pregunta difícil; como la de saber qué es lo que habría sido mejor, consideraba los sufrimientos de aquella noche y los placeres aún insospechados que en su fondo germinaban .y que no se sabía cuáles pesaban más., como ligados por una especie de necesario encadenamiento.

Luego, una hora después de despertarse, mientras daba instrucciones al peluquero, para que su peinado no se deshiciera con el traqueteo del tren, se volvió a acordar de su sueño vio, tan cerca como los sentía antes, el cutis pálido de Odette, las mejillas secas, las facciones descompuestas, los ojos cansados, todo aquello que, en el curso de sucesivas ternuras, que convirtieron su duradero amor a Odette en un largo olvido de la imagen primera que de ella tuvo, había ido dejando de notar desde los primeros días de sus relaciones, y cuya sensación exacta fue a buscar, sin duda, su memoria mientras estaba durmiendo. Y con esa cazurrería intermitente que le volvía en cuanto ya no se sentía desgraciado, y que rebajaba el nivel de su moralidad, se dijo para sí:

-*¡Cada vez que pienso que he malgastado los mejores años de mi vida, que he deseado la muerte y he sentido el amor más grande de mi existencia, todo por una mujer que no me gustaba,*
que no era mi tipo!.....

Tercera Parte

Nombres de tierras:

El nombre

De todas las habitaciones cuya imagen solía yo evocar en mis noches de insomnio, ninguna distaba más en parecido de las habitaciones de Combray, espolvoreadas con una atmósfera granulosa, polinizada, comestible y devota, que aquella del Gran Hotel de la Playa, de Balbec, que contenía entre sus paredes pintadas al esmalte, brillante como el interior de una piscina donde azuleara el agua, un aire puro, azulado y salino. El mueblista bávaro, encargado de amueblar el hotel, había variado la decoración de las habitaciones, y por tres de los lados de aquel cuarto puso, a lo largo de la pared, estanterías bajas, rematadas con vitrinas de cristales, en los cuales, según el sitio que ocuparan y por un efecto imprevisto, se reflejaba este o aquel cuadro fugitivo del mar, desarrollando así un friso de claras marinas, interrumpido únicamente por los listones de la armadura de madera. Así que el cuarto parecía uno de esos dormitorios que se presentan en las exposiciones *modern stile* de mobiliario, adornados con obras de arte que se supone alegrarán la vista de la persona que allí duerma, y que tienen por asunto temas en consonancia con el sitio en donde esté la habitación.

Pero también tenía muy poco parecido con el Balbec de

verdad, aquel que yo me imaginaba los días de tempestad, cuando hacía un aire tan fuerte que Francisca, al llevarme a jugar a los Campos Elíseos, me decía que no me acercara mucho a las paredes para que no me cayera una teja en la cabeza, mientras que gimoteaba, hablando de los siniestros y naufragios que contaban los periódicos.

Mi más ardiente deseo era ver una tempestad en el mar, y más que como un espectáculo hermoso, como un momento de revelación de la vida real de la naturaleza; mejor dicho, es que para mí no eran espectáculos hermosos más que los que yo sabía que no estaban preparados artificialmente para placer mío, sino que eran necesarios e inmutables: la belleza de los paisajes o de las obras de arte. Las cosas que me inspiraban curiosidad y avidez eran las que consideraba yo como más verdaderas que mi propio ser, las que tenían valor por mostrarme algo del pensamiento de un gran genio, de la fuerza o la gracia de la naturaleza tal como se manifiesta entregada a sí misma, sin intervención humana. Lo mismo que no nos consolaríamos de la muerte de nuestra madre, oyendo su voz reproducida aisladamente en un gramófono, igual una tempestad reproducida mecánicamente me habría dejado tan frío como las fuentes luminosas de la exposición. Quería yo también, para que la tempestad fuera de verdad en todos sus puntos, que la costa fuera natural y no un dique creado recientemente por los buenos oficios del Ayuntamiento.

Y es que la naturaleza, por los sentimientos que en mí despertaba, me parecía la cosa más opuesta a las producciones mecánicas de los hombres. Cuanto menos marcada estuviera por la mano del hombre, mayor espacio ofrecía a la expansión de mi corazón. Y yo había conservado en la memoria el nombre de Balbec, que nos citó Legrandin como el de una playa cercana a .esas costas famosas por tantos naufragios y que durante seis meses del año están envueltas en la mortaja de las nieblas y la espuma de las olas.

-Al andar por allí se siente -decía Legrandin- aun más que el mismo Finisterre (aunque ahora haya hoteles superpuestos a aquel suelo sin que modifiquen lo más mínimo la antigua osamenta de la tierra), el verdadero final de la tierra francesa, europea, de la Tierra de los antiguos. Es el último campamento de pescadores, pescadores de esos como los que vivieron desde que el mundo existe, cara a cara del reino eterno de las nieblas marinas y de las sombras.

Un día que hablé yo de Balbec delante de Swann, para averiguar si, en efecto, desde aquel sitio era desde donde mejor se veían las grandes tempestades, me dijo: .Ya lo creo que conozco a Balbec. Tiene una iglesia del XII y el XIII, medio románica, que es el ejemplo más curioso de gótico normando, tan rara, que parece una cosa persa. Y me dio una gran alegría ver que aquellos lugares, que hasta entonces me parecían tan sólo naturaleza inmemorial, contemporánea de los grandes fenómenos geológicos, y tan aparte de la historia humana como el Océano o la Osa Mayor, con sus pescadores salvajes, para los cuales, como para las ballenas, no había habido Edad Media, entraban de pronto en la serie de los siglos, y conocían la época románica, y enterarme de que el gótico trébol fue también a exornar aquellas rocas salvajes a la hora debida, como esas frágiles y vigorosas plantas que en la primavera salpican la nieve de las regiones polares. Y si el gótico prestaba a aquellos hombres y lugares una determinación que antes no tenían, también seres y tierras conferían, en cambio, al gótico una concreción de que carecía antes. Hacía por representarme cómo fue la vida de aquellos pescadores, los tímidos e insospechados ensayos de relaciones sociales que intentaron durante la Edad Media, allí apretados en un lugar de la costa infernal, al pie de los acantilados de la muerte; y parecíame el gótico cosa más viva, porque, separado de las ciudades, donde siempre lo imaginaba hasta entonces, érame dado ver cómo podía brotar y florecer, como caso particular, entre rocas salvajes, en la finura de una torre. Me llevaron a ver reproducciones de las esculturas más famosas de Balbec, los apóstoles encrespados y chatos, la Virgen del pórtico, y me quedé sin aliento de alegría al pensar que iba a poder verlos modelarse en relieve sobre el fondo de la bruma eterna y salada. Entonces, en las noches tempestuosas y tibias de febrero, el viento, que soplaba en mi corazón y estremecía con idénticas sacudidas la chimenea de mi cuarto y el proyecto de un viaje a Balbec, juntaba en mi pecho el anhelo de la arquitectura gótica y el de una tempestad en el mar.

 Al día siguiente me habría gustado coger aquel hermoso y generoso tren de la una y veintidós, y cuando veía anunciada su hora de salida en los carteles de viajes circulares de la Compañía de Ferrocarriles, me palpitaba el corazón con más fuerza; esa hora parecíame que abría en la tarde una deliciosa brecha, una señal misteriosa, iniciadora de que, de allí en adelante, las horas tomaban un nuevo rumbo, y seguían llevándonos, sí, a la noche y a la mañana del día siguiente, pero noche y mañana que no ocurrían en París, sino en uno de aquellos pueblos por donde pasaba el tren, el que nosotros quisiéramos escoger, porque paraba en Bayeux, Coutances, Vitré, Questambert, Pontorson, Balbec. Lannion, Lamballe, Benodet, Pont Aven y Quimperlé, e iba avanzando con esa magnífica carga de nombres que me ofrecía, y de los cuales no sabía yo elegir porque me era imposible sacrificar ninguno. Sin esperar siquiera aquel tren, dándome prisa a vestirme, habría podido coger el de la noche, si mis padres me hubieran dejado, para llegar a Balbec a la hora de iniciarse el alba sobre aquel furioso mar, contra cuyas espumeantes salpicaduras habría buscado refugio en la iglesia de estilo persa. Pero, al acercarse las vacaciones de primavera, mis padres me prometieron llevarme a pasarlas en Italia, y en lugar de aquellas ilusiones de tempestad que me henchían el ánimo, sin más deseos que ver las olas precipitarse por todas partes, encaramado cada vez más arriba, en la parte más salvaje de la costa, junto a iglesias escarpadas y rugosas, como acantilados con torres, donde chillarían aves de mar, me invadió, borrando las otras, despojándolas de todo su atractivo, excluyéndolas, porque eran opuestas y sólo servirían para quitar fuerza a esta nueva ilusión contraria, la de una primavera delicadísima, no como la de Combray, que aún picaba ásperamente con las agujillas de la escarcha, sino esa que estaba cubriendo de lirios y de anémonas los campos de Fiesole, y deslumbraba a Florencia con fondos de oro como los del Angélico.

Desde entonces, sólo aprecié rayos de luz, perfumes y colores, porque la alternativa de las imágenes produjo en mí un cambio de frente del deseo y un cambio total de tono, casi tan brusco como los que suele haber en música, en mi sensibilidad. Y luego ya me ocurría que bastaba con una simple variación atmosférica para provocar en mí esa modalidad, sin necesidad de que tornara de nuevo determinada estación del año. Porque muchas veces, en tal tiempo del año, se encuentra un día extraviado, que pertenece a otra estación distinta, y que tiene la propiedad de hacernos vivir en esa época, evocando sus placeres, haciéndonoslos desear, y que viene a interrumpir las ilusiones que nos estábamos forjando, colocando fuera de su sitio, más acá o más allá, esa hoja arrancada de otro capítulo, en el calendario interpolado de la Felicidad. Pero muy pronto, lo mismo que esos fenómenos naturales de los que nuestra comodidad o nuestra salud saca beneficios accidentales y pareos hasta el día que la ciencia se apodera de ellos, los produce a voluntad y pone en nuestras manos la posibilidad de su aparición, substrayéndola de la tutela y capricho del azar, así la producción de esos sueños del Atlántico y de Italia escapó al exclusivo dominio de los cambios de estaciones y de tiempo. Y para hacerlos revivir, bastábame con pronunciar esos nombres: Balbec, Venecia, Florencia, en cuyo interior acabé por acumular todos los deseos que me inspiraron los lugares que designaban. Aunque fuera en primavera, el encontrarme en un libro con el nombre de Balbec bastaba para darme apetencia del gótico normando y de las tempestades; y aunque hiciera un día de tormenta, el nombre de Florencia o de Venecia me entraba en deseos de sol, de lirios, del Palacio de los Dux y de Santa María de las Flores.

Pero si esos nombres absorbieron para siempre la imagen que yo tenía de esas ciudades, fue a costa de transformarlas, de someter su reaparición en mí a sus leyes propias; de modo que esa imagen ganó en belleza, pero también se alejó mucho de lo que en realidad eran esas ciudades de Normandía o de la Toscana, y así, aumentando los arbitrarios goces de mi imaginación, agravaron la decepción futura de mis viajes. Exaltaron la idea que yo me formaba de ciertos lugares de la tierra, dándoles mayor precisión y, por lo tanto, mayor realidad. No me representaba yo entonces ciudades, paisajes y monumentos, como cuadros, más o menos agradables, recortados aquí o allá y todos de la misma materia, sino que cada cual se me aparecía como un desconocido esencialmente diferente de los demás, anhelado por mi alma, que sacaría gran provecho de conocerlo bien. ¡Y qué individualidad aun más marcada torearon al ser designados con nombres, con nombres que eran para ellos solos, con nombres como los de las personas! Lo que las palabras nos dan de una cosa es una imagen clara y usual como esas que hay colgadas en las escuelas para que sirvan de ejemplo a los niños de lo qué es un banco, un pájaro, un hormiguero, y que se conciben como semejantes a todas las cosas de su clase. Pero lo que nos presentan los nombres de las personas .y de las ciudades que nos habituamos a considerar individuales y únicas como personas es una imagen confusa que extrae de ellas, de su sonoridad brillante o sombría, el color que uniformemente las distingue, como uno de esos carteles enteramente azules o rojos en los que, ya sea por capricho del decorador, o por limitaciones del procedimiento, son azules y rojos, no sólo el mar y el cielo, sino las barcas, la iglesia y las personas. El nombre de Parma, una de las ciudades donde más deseos tenía de ir, desde que había leído *La Cartuja*, se me aparecía compacto liso, malva, suave, y si me hablaban de alguna casa de Parma, donde yo podría ir, ya me daba gusto verme vivir en una casa compacta, lisa, malva y suave, que no tenía relación alguna con las demás casas de Italia, porque yo me la imaginaba únicamente gracias a la ayuda de esa sílaba pesada del nombre de Parma, por donde no circula ningún aire, y que yo empapé de dulzura stendhana y de reflejos de violetas. Si pensaba en Florencia, veíala como una ciudad de milagrosa fragancia y semejante a una corola, porque se llamaba la ciudad de las azucenas y su catedral la bautizaron con el nombre de Santa María de las Flores. Por lo que hace a Balbec, era uno de esos nombres en los que se veía pintarse aún, como un viejo cacharro normando que conserva el color de la tierra con que lo hicieron, la representación de una costumbre abolida, de un derecho feudal, de un antiguo inventario, de un modo anticuado de pronunciar que formó sus heteróclitas sílabas, y que yo estaba seguro de advertir hasta en el fondista que me serviría el café con leche a mi llegada, y me llevaría a ver el desatado mar delante de la iglesia, fondista que me representaba yo con el aspecto porfiado, solemne y medieval de un personaje de *fabliau*.

Si mi salud hubiera ido afirmándose y lograra permiso de mis padres, ya que no para ir a vivir a Balbec, por lo menos para tomar una vez el tren de la una y veintidós, que tantas veces tomé en la imaginación, y trabar conocimiento con la arquitectura y los paisajes de Normandía o de Bretaña, me habría gustado pararme en los pueblos más hermosos; pero era inútil que los comparara, e imposible escoger entre ellos, como entre seres individuales, que no se pueden trocar uno por otro. ¿Cómo decidirse por uno de esos nombres? Bayeux, tan alto, con su noble encaje rojizo y la cima iluminada por el oro viejo de su última sílaba; Vitré, cuyo acento agudo dibujaba rombos de negra madera en la vidriera antigua; el suave Lamballe, que en su blancura tiene matices que van del amarillo de huevo al gris perla; Coutances, catedral normanda, coronada con una torre de manteca por su diptongo final, grasiento y amarillo; Lannion, silencio pueblerino, roto por el ruido de la galera escoltada de moscas; Questambert, Pontorson, sencillotes y risibles, plumas blancas, picos amarillos, diseminados en el camino de aquellas tierras fluviátiles y poéticas; Benodet, nombre aguantado por una leve amarra, que parece que se lo va a llevar el río entre sus algas; Pont Aven, revuelo blanco y rosa del ala de un leve sombrero que se refleja temblando en las aguas verdinosas del canal; Quimperlé, muy bien amarrado, que está desde la Edad Media entre arroyuelos, todo murmurante, de color perla como esa grisalla que dibujan a través de las telas de araña de las vidrieras los rayos del sol convertidos en enmohecidas puntas de plata parda.

Había otra razón para que aquellas imágenes fueran falsas, y es que, forzosamente, estaban muy simplificadas; indudablemente, había yo encerrado en el refugio de unos nombres esas aspiraciones de mi imaginación, que mis sentidos percibían sólo a medias y sin ningún placer en el presente, y como en ellos fui acumulando ilusiones, eran imán para mis deseos; pero como los nombres no son muy grandes, todo lo más que yo podía guardar en ellos eran las dos o tres .curiosidades. principales del pueblo, que se yuxtaponían sin intermedio; y en el nombre de Balbec, veía yo, como en esos cristalitos de aumento que hay en la punta de los portaplumas que se venden como recuerdo de una playa, alborotadas olas, alrededor de una iglesia persa. Acaso la simplificación de estas imágenes fue motivo del imperio que sobre mí tomaron. Cuando mi padre decidió un año que fuéramos a pasar las vacaciones de Pascua de Resurrección a Florencia y a Venecia, como no me quedaba sitio para meter en el nombre de Florencia los elementos que, por lo general, componen una ciudad, no tuve otro remedio que inventar una villa sobrenatural nacida de la fecundación de lo que yo creía ser esencialmente el genio de Giotto, por algunos perfumes primaverales. A lo sumo .y como en un nombre no cabe más tiempo que espacio., el nombre de Florencia, lo mismo que algunos cuadros de Giotto que muestran a un mismo personaje en dos momentos distintos de la acción, aquí acostado en su cama, allí preparándose a montar a caballo, se me aparecía dividido en dos compartimientos.

En uno, bajo un arquitectónico dosel, contemplábase un fresco; y una cortina de sol matinal, polvoriento, oblicuo y progresivo, parcialmente superpuesta a la pintura; en el otro (porque como para mí los nombres no eran un ideal inaccesible, sino un ambiente real donde yo iba a hundirme, la vida intacta y pura que en ellos me figuraba daba a los placeres más materiales y a las más sencillas escenas la seducción que tienen en los cuadros primitivos), iba yo atravesando rápidamente .en busca, del almuerzo que me esperaba, con frutas y vino de Chianti. el Ponte-Vecchio, todo lleno de junquillos, de narcisos y de anémonas. Y, aun estando en París, eso es lo que yo veía, y no las cosas que tenía a mi alrededor. Hasta si se mira desde un simple punto de vista realista, ocupan más espacio en nuestra vida las tierras que a cada momento deseamos, que aquella en que realmente vivimos. Evidentemente, si yo me hubiera fijado más en lo que había en mi pensamiento cuando yo pronunciaba las palabras .ir a Florencia, a Parma, a Pisa, a Venecia., me habría dado cuenta de que lo que yo veía no era una ciudad, sino algo tan diferente de todo lo que yo conocía, tan delicioso como podría ser para una humanidad, cuya, vida se desarrollara siempre en anocheceres de invierno, la desconocida maravilla de una mañana de primavera. Esas imágenes irreales, fijas, las mismas siempre, que llenaban mis días y mis noches, diferenciaron aquel período de mi vida de los que lo precedieron (y que habría podido ser confundido con ellos por un observador que no viera las cosas más que desde fuera, esto es, que no viera nada), lo mismo que en una ópera introduce una novedad un motivo melódico, que no se podría sospechar si nos limitáramos a leer el libreto, y menos aún si nos estuviéramos fuera del teatro contando los cuartos de hora que transcurren. Y ni siquiera desde el punto de vista de la simple cantidad son iguales los días de nuestra vida. Las naturalezas un poco nerviosas, como era la mía, tienen a su disposición, para recorrer los días, velocidades. diferentes como los automóviles. Hay días montuosos, difíciles, y tardamos mucho en trepar por ellos; y hay otros cuesta abajo, por donde podemos bajar a toda marcha, cantando. Durante aquellos meses .en que yo volvía, como sobre una melodía, sin hartarme sobre aquellas imágenes de Florencia, de Venecia y de Pisa, que despertaban en mí un deseo tan hondamente individual, como si hubiera sido un amor, amor a una persona. yo no dejé de creer, por un momento, que dichas imágenes correspondieran a una realidad independiente de mí, y me hicieron sentir esperanzas tan hermosas como la que pudo tener un cristiano de los tiempos primitivos en vísperas de entrar en el paraíso. Así, sin preocuparme de la contradicción que había en el hecho de querer mirar y tocar can los órganos de los sentidos, lo que fue obra de las ilusiones, lo que los sentidos no percibieron .y por eso era más tentador para ellos, más diferente de lo que conocían., todo lo que me recordaba la realidad de esas imágenes inflamaba mi deseo, porque era como una promesa de que sería satisfecho. Y aunque mi exaltación tenía como motivo básico el deseo de gozar placeres artísticos, mejor aún que con los libros de estética, se alimentaba con las guías y todavía más con los itinerarios de ferrocarriles. Me emocionaba pensar que aquella Florencia, que yo veía tan cerca, pero tan inaccesible en mi imaginación, distaba de mí, dentro de mí mismo, un espacio que no se podía recorrer, pero que, en cambio, podría llegar a ella dando una vuelta, por un rodeo, es decir, tomando la vía de tierra.. Claro que cuando yo me repetía, dando así gran valor a lo que iba a ver, que Venecia era .la escuela de Giorgione, la casa del Ticiano, el museo más completo de arquitectura doméstica en la Edad Media., me sentía feliz. Pero lo era aún más cuando, al salir a un recado, yendo de prisa, porque el tiempo, tras unos días de primavera, era otra vez invernal (como el que nos encontrábamos muchas veces en Combray para Semana Santa), veía los castaños de los bulevares que, aunque hundidos en un aire glacial y líquido como agua, invitados puntuales, vestidos ya, y que no se desaniman por el tiempo, empezaban a redondear y cincelar en sus congelados bloques el irresistible verdor que el frío lograría contrariar con su poder abortivo, pero sin llegar nunca a detener su progresivo empuje, y pensaba que el Ponte Vecchio estaría ya rebosante de jacintos y anémonas, y que el sol primaveral teñiría las ondas del Gran Canal con azul tan sombrío y esmeraldas tan nobles, que, al ir a estrellarse a los pies de los cuadros del Ticiano, rivalizarían con ellos en riqueza de colorido. Y no pude contener mi alegría al ver que mi padre, aunque consultaba el barómetro y se quejaba del frío, empezó a pensar cuál sería el mejor tren; cuando comprendí que, penetrando, después de almorzar, en el laboratorio negruzco de carbón, en la cámara mágica encargada de operar la transmutación a su alrededor, podría despertarme al otro día en la ciudad de oro y mármol, adornada con jaspes, empedrada de esmeraldas.. De modo que ella, Venecia, y la ciudad de las azucenas, no eran únicamente ficticios cuadros que se colocaran a nuestro antojo delante de la imaginación, sino que existían a una determinada distancia de París, que no había otro remedio que salvar si se las quería ver, en un determinado lugar de la tierra, y no en ningún otro; en una palabra, que eran perfectamente reales. Y todavía lo fueron más para mí cuando papá, diciéndome: .Así que podéis estar en Venecia del 20 al 29 de abril y llegar a Florencia el día de Resurrección., las sacó a las dos, no ya sólo del Espacio abstracto, sino de ese Tiempo imaginario, donde situamos algo más que un viaje único, muchos viajes simultáneos, y sin gran emoción, porque sabemos que son posibles .de ese Tiempo que se rehace tan bien que podemos pasarlo en una ciudad cuando ya lo hemos pasado en otra., y consagró a ambas ciudades días particulares que son el certificado de autenticidad de los objetos en que se emplean, porque esos días únicos se consumen con el uso, no retornan y no se los puede vivir aquí, cuando ya se los vivió allá; y sentí dos Ciudades Reinas, cuyas torres y domos me sería dable inscribir, gracias a una prodigiosa geometría en el plano de mi propia vida, salían del tiempo ideal donde no existían, dirigiéndose para ser absorbidas por él a un tiempo determinado, a la semana que empezaba con el lunes en que quedó la planchadora en traerme el chaleco blanco, que me había manchado de tinta. Pero ése no era más que el primer paso hacia el último grado de la alegría; que, por fin, llegó cuando oí decir a mi padre:

-.Puede que haga frío aún en el Gran Canal; por si acaso, debes meter en el baúl tu abrigo de invierno y tu americana gruesa.; porque entonces tuve la súbita revelación de que en la semana próxima, la víspera de Resurrección, por las calles de Venecia, donde chapoteaba el agua, enrojecida con el reflejo de los frescos de Giorgione, ya no andarían, como me imaginé por tanto tiempo, y a pesar de repetidas advertencias, hombres .majestuosos y terribles como el mar, cubiertas las armaduras de broncíneos reflejos con sangrientos mantos., sino que acaso fuera yo ese personaje minúsculo que, en una gran fotografía de San Marcos, que me prestaron, puso el ilustrador delante del pórtico, con su sombrero hongo. Esas palabras de mi padre me exaltaron a una especie de arrobamiento, sentí que iba a entrar entre aquellas .rocas de amatista, como un arrecife del mar de las Indias., cosa que hasta entonces me parecía imposible; y con esfuerzo supremo y muy superior a mis fuerzas, me despojé, como de un caparazón sin objeto, del aire que en mi cuarto me rodeaba, substituyéndolo por partes iguales de aire veneciano, de esa atmósfera marina indecible y particular como la de los sueños que yo encerraba en el nombre de Venecia, y sintiendo que en mí se operaba una milagrosa desencarnación; a la cual vino a unirse en seguida ese vago deseo de arrojar que se siente cuando hemos cogido un fuerte catarro de garganta; y me tuve que meter en la cama, con una fiebre tan persistente, que el médico dijo que no sólo había que renunciar al viaje a Florencia y a Venecia, sino que era menester evitarme, cuando estuviera restablecido, todo motivo de agitación, y abstenerse de cualquier proyecto de viaje, por lo menos durante un año.

Y, por desgracia, prohibió igualmente, de modo terminante, que me dejaran ir al teatro a oír a la Berma; aquella artista sublime, que Bergote consideraba genial, quizá me habría consolado de no haber ido a Florencia y a Venecia, y de no ir a Balbec, dándome emociones, acaso tan bellas e importantes como las del viaje. Era menester limitarse a mandarme todos los días a los Campos Elíseos, bajo la guarda de alguien que no me dejara cansarme: para este oficio se designó a Francisca, que había entrado a servir en casa después de muerta mi tía Leoncia. Ir a los Campos Elíseos me era muy cargante. Si, por lo menos, Bergotte los hubiera descrito en alguno de sus libros, me habrían entrado deseos de conocerlos, como me pasaba con todas las cosas cuyo duplicado empezaron por meterme en la imaginación. Dábales ésta aliento y calor de la vida, les prestaba personalidad y yo deseaba ya verla, en la realidad; pero en aquel jardín público mis sueños no tenían adónde acogerse.

Un día, como estaba muy aburrido, en nuestro sitio de siempre, junto al tiovivo, Francisca me llevó a una excursión al otro lado de la frontera .que defendían separados por espacios iguales los bastiones de los vendedores de barritas de azúcar., a aquellas regiones vecinas, pero extranjeras, donde se ven cara desconocidas y por donde pasa el coche de las cabritas; luego volvió a recoger los bártulos, que había dejado en su silla junto a un macizo de laureles; estaba esperándola paseando por la pradera de raquítico y corto césped, amarillenta por el sol, y que tenía, al final, un estanque dominado por una estatua, cuando salió del paseo, dirigiéndose a una muchachita de pelo rojizo que estaba jugando al volante enfrente del estanque, otra que se iba poniendo el abrigo y guardando su raqueta, y que le gritó con voz breve: .Adiós, Gilberta, me voy: no se te olvide que esta noche, después de cenar, vamos a tu casa.. Aquel nombre de Gilberta pasó junto a mí, y evocó con gran fuerza la existencia de la persona que designaba, porque no se limitó a nombrarla como a una ausente de la que se está hablando, sino que se dirigía a ella misma; pasó junto a mí, por decirlo así, en acción, con fuerza realzada por la trayectoria de la voz en el aire y por lo próximo de su objetivo .llevando a bordo la amistad y las nociones que tenía de la persona a quien la voz se encaminaba, no yo, sino la amiga que la llamaba, todo lo que al gritar veía o, al menos, poseía en su memoria la muchacha, de su diaria intimidad, de sus mutuas visitas, de la vida, desconocida, aun más inaccesible y dolorosa para mí, por ser tan familiar y manejable para aquella feliz criatura, que me rozaba con todas esas cosas sin que yo pudiera penetrar en ellas, lanzándolas en un grito a pleno aire., dejando ya flotar en el aire la deliciosa emanación que desprendió la voz al tocarlos con suma precisión, de unos cuantos puntos invisibles de la vida de la señorita de Swann, de cómo sería la noche esa en su casa después de cenar .formando, celeste pasajera por un mundo de niños y criadas, una nubecilla de precioso color, como esa que está, toda bombeada, flotando sobre un hermoso jardín de Poussin, y que refleja minuciosamente, como nube de ópera, llena de carros y caballos, una apariencia de la vida de los dioses.; y, en fin, echando sobre aquella pelada hierba, en el sitio donde ella estaba (un trozo de césped marchito y un momento de la tarde de la rubia jugadora de volante, que no dejó de lanzarlo y recogerlo hasta que la llamó una institutriz con unas plumas verdes en el sombrero), una franjita maravillosa, de color de heliotropo, impalpable como un reflejo, y superpuesta como una alfombra, que yo no me cansé de pisar en paseos lentos, nostálgicos y profanadores, mientras que Francisca no me gritó: .Vamos, échese los botones de su abrigo, que nos largamos., cuando advertí yo, por primera vez y con enojo, que Francisca hablaba muy vulgarmente y no llevaba sombrero con plumas.

¿Volvería Gilberta a los Campos Elíseos? Al otro día no estaba, pero la vi los días siguientes; me pasaba el tiempo dando vueltas alrededor del sitio donde estaba ella jugando con sus amigas, así que, una vez que no eran bastantes para jugar a justicias y ladrones, me mandó preguntar si quería completar su bando, y desde entonces jugué con ella siempre que iba. Cosa que no ocurría todos los días; porque muchas se lo impedían sus clases, el catecismo, una merienda, toda esa vida separada de la mía, que ya había sentido pasar tan dolorosamente cerca de mí condensada con el nombre de Gilberta, por dos veces: en el atajo de Combray y en la pradera artificial de los Campos Elíseos. Esos días anunciaba ella de antemano que no iría; si era por sus estudios, decía:

-¡Qué lata, mañana no puedo venir, vais a jugar y yo no estaré aquí!., con aire de pena que me consolaba un poco; pero, en cambio, cuando estaba invitada a alguna casa, y yo sin saberlo le preguntaba si vendría a jugar al día siguiente, me contestaba: .Confío en que no. Creo que mamá me dejará ir a casa de mi amiga.. Por lo menos esos días ya sabía que no iba a verla, mientras que otras veces su madre se la llevaba de improviso a hacer compras, y al otro día decía Gilberta: .¡Ah!, sí; salí con mamá., como si eso fuera una cosa tan natural y no la mayor desgracia posible para cierta persona. También había que contar los días de mal tiempo, cuando su institutriz, que tenía miedo al agua, no la llevaba a los Campos Elíseos.

Así que, cuando el cielo estaba dudoso, yo, desde la mañana, no dejaba de mirar arriba y me fijaba en todos los presagios. Si veía a la señora de enfrente junto a la ventana poniéndose el sombrero, me decía yo: .Esa señora va a salir, de modo que hace tiempo de salir; ¿por qué no va a hacer Gilberta lo que esta señora? Pero cada vez se ponía más nublado, y mi madre decía que, aunque todavía podía arreglarse el tiempo, si salía un poco el sol, lo más probable era que lloviese; y si llovía, ¿para qué ir a los Campos Elíseos? En cuanto acabábamos de almorzar, yo no separaba mis ansiosas miradas del cielo, anubarrado e incierto. Seguía nublado.

Por detrás de los cristales veíase un balcón gris. Y de pronto, en su tristón piso de piedra, observaba yo no un color menos frío, sino un esfuerzo por lograr un color menos frío, la pulsación de un rayo de sol, vacilante, que quería dar libertad a su luz. Un instante después la piedra palidecía, espejeando como un agua matinal, y mil reflejos de los hierros de la baranda venían a posarse en el suelo. Dispersábalos un soplo de viento y se ennegrecía otra vez la piedra; pero, como si estuvieran domesticados, retornaban los reflejos; la superficie pétrea empezaba otra vez a blanquearse imperceptiblemente, y con uno de esos crescendos continuos de la música que al final de una obertura conducen una nota hasta el fortísimo supremo, haciéndola pasar rápidamente por todos los grados intermedios, veía yo cómo la piedra llegaba al oro inalterable, fijo, de los días buenos, oro en el que se destacaba la recordada sombra del adorno historiado de la balaustrada, en negro como una vegetación caprichosa, con tal tenuidad en la delineación de los menores detalles, que delataba la satisfacción de un artista que ha trabajado a conciencia, y con tal relieve y tal densidad en sus masas sombrías, tranquilas y descansadas, que en realidad aquellos reflejos, largos y floridos, que reposaban en el lago de sol, parecía como si tuvieran conciencia de que eran garantía de calma y de felicidad.

Yedra instantánea, flora parasitaria y fugitiva, la más incolora, la más triste, y con mucho de todas las que pueden trepar por una pared o adornar una ventana; yedra para mí más cara que todas desde que apareció en el balcón como la sombra misma de Gilberta, que quizá estaba ya en los Campos Elíseos, que me diría en cuanto yo llegara: .Vamos a empezar a jugar a justicias y ladrones; usted está en mi bando.; yedra frágil, que un soplo arrancaba, pero que no dependía de la estación del año, sino de la hora; promesa de la felicidad inmediata que el día niega o concede, de la felicidad inmediata por excelencia, de la felicidad del amor; yedra más suave y más cálida allí en la piedra que el fino musgo; yedra viva que con un rayo de sol nace y da alegría hasta en el mismo corazón del invierno.

Y aún en aquellos días en que desaparece toda la demás vegetación, cuando el hermoso cuero verde que sirve de funda a los árboles viejos está oculto por la nieve, si dejaba de nevar, el sol solía asomar de pronto, entretejiendo hilos de oro y bordando reflejos negros en el manto de nieve del balcón, y aunque el tiempo seguía muy nublado, y no era de esperar que Gilberta saliese, mi madre me decía: .Ya hace bueno otra vez; podías probar a ir un poco a los Campos Elíseos.. Y aquel día no encontrábamos a nadie, o sólo a una niña que ya iba a marcharse y que me aseguraba que Gilberta no salía. Las sillas, abandonadas por el conclave imponente, pero friolero, de las institutrices, estaban vacías. Sólo había sentada, junto al césped, una dama de cierta edad, que iba al jardín, hiciera el tiempo que hiciera, vestida siempre del mismo modo magnífico y sombrío, habría yo sacrificado por trabar conocimiento con tal dama las mejores cosas de mi vida futura, si el trato hubiera sido posible.

Porque Gilberta iba a saludarla todos los días; la señora preguntaba a Gilberta cómo estaba su .encanto de mamá.; y se me figuraba que si yo la hubiera conocido sería ya para Gilberta un ser distinto, un ser que conocía a los amigos de sus padres. Mientras que sus nietos andaban por allí jugando, ella leía los *Debates*, que llamaba mis *Debates*, y por dejo aristocrático, al hablar de la cobradora de las sillas o del guarda, decía: .Mi antiguo amigo el guarda o ya somos viejas. amigas la de las sillas y yo.

Francisca sentía mucho frío para poder estarse quieta, y nos llegábamos hasta el puente de la Concordia a ver el Sena helado;

todo el mundo se acercaba al río, fasta los mismos niños, sin ningún miedo, como a una gran ballena encallada y sin defensa que van a descuartizar. Volvíamos a los Campos Elíseos; yo me arrastraba lánguidamente, dolorido, entre el tiovivo y la pradera artificial, toda blanca, cogida en la red de los paseos, que ya habían limpiado de nieve, y con su estatua, que ahora tenía en la mano una varilla de hielo, con la que parecía justificar su actitud. La señora anciana dobló sus *Debates*, preguntó qué hora era a una niñera que pasaba por allí, y le dio las gracias .por su gran amabilidad., y luego suplicó al barrendero que dijera a sus nietos que volvieran porque la abuelita tenía frío, y añadió: .Se lo agradeceré infinito. Y dispénseme que me atreva a molestarlo.. De pronto, rasgóse el aire y en el hermoseado horizonte, entre el circo y el teatro guiñol, asomó el verde plumero de la institutriz, destacándose sobre el cielo, que empezaba a abrir. Y Gilberta venía a todo correr hacia mí, radiante, encarnada, con su cuadrada gorra de piel, excitada por el frío, por el retraso y por el deseo de jugar. Un poco antes de llegar, dejó que sus pies se deslizaran por el helado suelo, y ya fuera para guardar mejor el equilibrio, ya porque le pareciera gracioso o por afectar la actitud de una patinadora, avanzó hacia mí sonriendo, con los brazos abiertos, corno si quisiera recibirme en ellos.

-¡Bravo, bravo!, eso está muy bien; si yo no fuera de otra época, del antiguo régimen, diría eso que dicen ustedes, que es muy *chic*, muy valiente, el venir sin miedo a la nieve., dijo la señora anciana, tomando la palabra en nombre de los silenciosos Campos Elíseos, para dar las gracias a Gilberta por haber ido sin dejarse atemorizar por el tiempo.

-Usted es tan fiel como yo a los Campos Elíseos; somos dos atrevidas.

-¿Sabe usted? A mí me gustan así, con nieve y todo. Aunque se ría usted de mí, yo le confieso que esa nieve me parece armiño.. Y la dama se echó a reír.

El primero de aquellos días .que con la nieve, imagen de las potencias que podían privarme de ver a Gilberta, tomaba la tristeza de un día de separación y casi el aspecto de un día de partida, porque cambiaba la fisonomía y hasta estorbaba el uso de los habituales lugares de nuestras entrevistas, ahora todo transformado, con sus fundas blancas. hizo dar a mi amor un paso adelante porque fue como una primera pena que ella compartió conmigo. De nuestro bando no había nadie más que nosotros dos, y ser el único que estaba con ella era algo más que un principio de intimidad: era como si Gilberta hubiera venido para mí solamente; salir de la casa con ese tiempo me parecía tan digno de gratitud como si una de esas tardes que estaba invitada hubiera renunciado a la invitación para ir a buscarme a los campos Elíseos; cobraba yo mayor confianza en la vitalidad y en el porvenir de nuestra amistad, que seguía viva y despierta en medio de aquel adormecimiento de las cosas que nos rodeaban, y mientras que ella me echaba bolas de nieve por el suelo, sonreía yo cariñosamente a aquel acto suyo de venir, que me parecía a la vez una predilección que me mostraba tolerándome como compañero de viaje por aquel país invernal y nuevo, y una fidelidad que me guardó en los días de infortunio. Una tras otra fueron llegando por la nieve, como tímidos gorriones, todas sus amigas. Empezamos a jugar, y estaba visto que aquel día que empezó tan tristemente tenía que rematar con gozo, porque al acercarme, antes de empezar el juego, a aquella amiga de voz breve que el primer día me hizo oír el nombre de Gilberta, me dijo:

—No, no; ya sabemos que le gusta a usted más estar en el bando de Gilberta, y mire usted: ya lo está ella llamando. Y, en efecto, me llamaba para que fuese a jugar a la pradera de nieve a su campo, que el sol convertía, dándole con sus rosados reflejos el metálico desgaste de los brocados antiguos, en un campo de oro.

Y aquel día tan temido fue de los únicos en que no me sentí desdichado.

Porque, para mí, que no pensaba más que en no pasarme un día sin ver a Gilberta (tanto, que una vez que la abuela no volvió a la hora de almorzar, no pude por menos de pensar que si la había cogido un coche tendría yo que dejar de ir, por un poco tiempo, a los Campos Elíseos; y es que cuando se quiere a una persona, ya no se quiere a nadie), sin embargo, esos momentos que pasaba junto a ella, tan impacientemente esperados desde el día antes, que me habían hecho temblar, por los que lo habría sacrificado todo, no eran, en ningún modo, momentos felices; de lo cual me daba cuenta perfectamente, porque eran los únicos momentos de mi vida a los que yo aplicaba una atención minuciosa y encarnizada, sin descubrir ni un átomo de placer en ellos.

El tiempo que pasaba lejos de Gilberta, sentía deseos de verla, porque, a fuerza de intentar continuamente representarme su imagen, acababa por fracasar en mi empeño y por no saber exactamente a qué figura correspondía mi amor. Además, ella no me había dicho nunca aún que me quería. Por el contrario, sostenía muchas veces que tenía amigos mejores, que yo era un buen camarada con quien le gustaba jugar, a pesar de ser un poco distraído y no estar muchas veces en el juego; y varias veces me había dado muestras aparentes de frialdad, que quizá habrían quebrantado mi creencia de que yo era para Gilberta un ser distinto de los demás, caso de haber considerado, como fuente de esta creencia, un posible amor de Gilberta a mí, y cuando, en realidad, yo sabía que no tenía otro fundamento que el amor que yo sentía por Gilberta; con lo cual era mucho más resistente, porque así dependía de aquel modo forzoso, que, por una necesidad interior, tenía yo de pensar en Gilberta. Pero todavía no le había yo declarado lo que sentía por ella. Cierto que no me cansaba de escribir en todas las hojas de mis cuadernos su nombre y sus señas; pero al ver aquellos vagos rasgos que trazaba mi mano, sin que por eso Gilberta se acordara de mí, y que, al parecer, me servían para introducirla en mi existencia, aunque en realidad Gilberta siguiera tan ajena a mi vida como antes, me descorazonaba, porque esos rasgos no me hablaban de Gilberta, que ni siquiera habría de verlos, sino de mi propio deseo, y me lo mostraban como cosa puramente personal, irreal, enojosa e impotente. Lo que corría más prisa era que Gilberta y yo pudiéramos vernos y confesarnos recíprocamente nuestro amor, que hasta entonces no comenzaría, por decirlo así. Indudablemente, los motivos que me inspiraban tanta impaciencia por verla, habrían tenido menor imperio sobre un hombre maduro. Porque ya más entrados en la vida, nos ocurre que tenemos mayor habilidad para cultivar nuestros placeres, y nos contentamos con el placer de pensar en una mujer tal como yo pensaba en Gilberta, sin preocuparnos en averiguar si esa imagen corresponde o no a la realidad, y con el de amarla sin necesidad de estar seguro de que ella nos ama; o renunciamos al placer de confesarle la inclinación que hacia ella sentimos con objeto de mantener más viva la inclinación que ella siente hacia nosotros, a imitación de esos jardineros japoneses que, para obtener una flor más hermosa, sacrifican otras varias. Pero en aquella época en que estaba enamorado de Gilberta creía yo que el amor existe realmente fuera de nosotros, y que sin permitirnos, a lo sumo, otra cosa que apartar unos cuantos obstáculos, ofrecía sus venturas en orden que nosotros no podíamos cambiar en lo más mínimo; y me parecía que de habérseme ocurrido sustituir la dulzura de la confesión por la simulación de la indiferencia, no sólo me habría privado de una de las alegrías que más me ilusionaron, sino que me fabricaría a mi antojo un amor ficticio y sin valor, sin comunicación con la verdad, y cuyos misteriosos y preexistentes senderos no me atraerían.

    Pero al llegar a los Campos Elíseos .y pensando que iba ya a poder confrontar mi amor para imponerle las rectificaciones exigidas por su causa viva e independiente de mí., en cuanto me hallaba delante de esa Gilberta Swann, con cuya viva estampa contaba yo para refrescar las imágenes que mi cansada memoria no podía ya encontrar; de esa Gilberta Swann, con la que jugué la víspera y a la que acababa de conocer y de saludar, gracias a un instinto ciego como el que al andar nos pone un pie delante del otro antes de tener tiempo de pensarlo, en seguida ocurría todo como si ella y la chiquilla objeto de mis sueños fueran dos personas distintas. Por ejemplo, si desde el día antes llevaba yo en la memoria unos ojos fogosos en unas rejillas llenas y brillantes, el rostro de Gilberta ofrecíame ahora insistentemente algo de lo que precisamente no me acordé, un agudo afilarse de la nariz, que iba a asociarse inmediatamente a otros rasgos fisonómicos, y lograba la importancia de esos caracteres que en historia natural definen una especie, cambiándola en una muchacha que podría incluirse en el género de las de hocico puntiagudo. Mientras que me disponía a aprovecharme de ese ansiado momento para entregarme con aquella imagen de Gilberta que antes de llegar tenía ya preparada y que ahora no sabía encontrar en mi cabeza, a las rectificaciones, gracias a las cuales luego, en las largas horas de la soledad, podría estar absolutamente seguro de que la que yo recordaba era exactamente la Gilberta real, y de que mi amor a ella era lo que yo iba agrandando poco a poco como una obra que estamos componiendo. Gilberta me daba una pelota; y lo mismo que el filósofo idealista que con su cuerpo se fija en el mundo exterior sin que su inteligencia crea que existe realmente, el mismo yo que me obligara a saludarla antes de haberla reconocido se apresuraba a hacerme coger la pelota que me tendía ella (como si Gilberta fuera un compañero con quien venía yo a jugar y no un alma hermana con la que venía a unirme), y me hacía hablarle, por educación, de mil cosas amables e insignificantes, impidiéndome, de ese modo, que guardara el silencio que acaso me habría permitido llegar a coger la imagen urgente y extraviada, o que le dijera las palabras que serían paso definitivo para nuestro amor y con las que ya no podía contar hasta la tarde siguiente. Sin embargo, el amor nuestro daba algunos pasos adelante. Un día fuimos con Gilberta hasta el puesto de nuestra vendedora, que estaba siempre muy amable con nosotros .porque a ella le compraba siempre el señor Swann su pan de especias, que consumía, por razón de higiene, en gran cantidad, por padecer de una eczema congénita y el estreñimiento de los profetas., y Gilberta me enseñó, riéndose, dos chiquillos que venían a ser el chico colorista y el chico naturalista de los libros infantiles. Porque uno de ellos no quería una barrita de caramelo encarnada por la razón de que a él le gustaba el color violeta, y el otro, saliéndosele las lágrimas, se negaba a aceptar una ciruela que su niñera quería comprarle, porque, según dijo con mucho empeño, .le gustaba más la otra porque tenía gusano.. Yo compré dos bolitas de a perra chica. Y miraba, todo admirado, las bolitas de color de ágata, luminosas y cautivas en un plato especial, que me parecían valiosísimas, porque eran rubias y sonrientes como chiquillas y porque costaban a dos reales la pieza. Gilberta, que siempre llevaba más dinero que yo, me preguntó cuál me gustaba más. Tenían la transparencia y el matiz de cosas vivas. Mi gusto hubiera sido que no sacrificara a ninguna, que hubiera podido comprarlas y liberarlas a todas. Pero al cabo le indiqué una del mismo color que sus ojos. Gilberta la cogió, buscó su reflejo dorado, la acarició, pagó el precio del rescate, y en seguida me entregó su cautiva, diciéndome: .Tenga usted, para usted, se la doy como recuerdo.

Otra vez, preocupado siempre con el deseo de oír a la Berma en una obra clásica, le pregunté si no tenía un folleto donde Bergotte hablaba de Racine, y que no estaba a la venta. Me pidió que le recordara el título exacto, y aquella misma noche le mandé una carta telegrama y escribí en un sobre el nombre de Gilberta Swann, que tantas veces había trazado en mis cuadernos. Al día siguiente me trajo en un paquete, atado con cintas de color malva y lacrado con lacre blanco, el folleto que había mandado buscar. .Ya ve usted que es lo que usted me ha pedido, dijo, sacando de su manguito la cartita mía. Pero en la dirección de aquella carta telegrama, que ayer no era nada, no era más que un *neumático* que escribí yo, y que en cuanto el telegrafista lo entregó al portero de Gilberta y un criado lo llevó a su cuarto se convirtió en ese objeto precioso: una de las cartas telegramas que ella recibió aquel día. me costó trabajo reconocer los renglones vanos y solitarios de mi letra, debajo de los círculos impresos del correo, y de las inscripciones hechas a lápiz por el cartero, signos de realización efectiva, sellos del mundo exterior, simbólicos cinturones morados de la vida, que por vez primera vinieron a maridarse con mis ilusiones, a sostenerlas, a animarlas, a infundirles alegría.

Otro día me dijo: .Sabe usted, puede llamarme Gilberta; yo, por lo menos, lo voy a llamar a usted por su nombre de pila, porque es más cómodo.. Sin embargo, siguió aún por un momento tratándome de .usted., y cuando yo le dije que no cumplía su promesa, sonrió y compuso una frase como esas que ponen en las gramáticas extranjeras sin más finalidad que hacernos emplear una palabra nueva, y la remató con mi nombre de pila. Y, acordándome luego de lo que entonces sentí, he discernido en ello una impresión como de haber estado yo mismo por un instante contenido en su boca, desnudo, sin ninguna de las modalidades sociales que pertenecían, no sólo a mí, sino a otros camaradas suyos, y cuando me llamaba por mi apellido a mis padres, modalidades que me quitó y me arrancó con sus labios .en ese esfuerzo que hacía, parecido al de su padre, para articular las palabras. como se pela una fruta de la que sólo hay que comer la pulpa, mientras que su mirada, poniéndose en el mismo nuevo grado de intimidad que tomaba su palabra, llegó hasta mí más directamente, no sin dar testimonio de la conciencia, el placer y hasta la gratitud que sentía haciéndose acompañar por una sonrisa.

Pero no me fue dable apreciar el valor de estos placeres nuevos en el momento mismo. No venían esos placeres de la muchacha que yo quería, para mí que la quería, sino de la otra, de la chiquilla con quien yo jugaba, y eran para ese otro yo que no estaba en posesión del recuerdo de la verdadera Gilberta, y que no tenía aquel corazón que hubiera podido apreciar el valor de la felicidad, por lo mucho que la deseaba. Ni siquiera, ya vuelto a casa, los saboreaba, porque ocurría todos los días que la esperanza fatal y necesaria, de que al otro día podría contemplar tranquilamente, exactamente; felizmente a Gilberta, de que me confesaría su amor explicándome las razones que tuvo para ocultármelo hasta entonces, me obligaba a considerar el pasado como inexistente, o no mirar más que por delante de mí, y a estimar las pequeñas diferencias que me tenía dadas, no en sí mismas y con valor suficiente por sí, sino como escalones nuevos donde ponerle el pie, que me permitirían dar un paso más hacia adelante y alcanzar, por fin, la felicidad, hasta entonces no lograda.

Si bien algunas veces me daba pruebas de amistad, otras me hacía sufrir porque parecía que no le gustaba verme; y eso sucedía muy a menudo, precisamente en aquellos días con que más contaba yo para el logro de mis esperanzas. Cuando .ya al entrar por la mañana en la sala, a besar a mamá, que estaba arreglada, con la torre de sus negros cabellos, perfectamente construida y sus manos finas y torneadas, oliendo aún a jabón. me enteraba, al ver una columna de polvo, que se sostenía ella sola en el aire, por encima del piano, y al oír un organillo que tocaba al pie de la ventana *La vuelta de la revista*, de que el invierno recibiría por todo el día la visita inopinada y radiante de un tiempo primaveral, tenía la seguridad de que Gilberta iría a los Campos Elíseos y sentía un gozo que parecía mera anticipación de una mayor felicidad. Mientras estábamos almorzando, la señora de enfrente, al abrir su ventana, hacía largarse bruscamente de junto a mi silla .de un salto, que atravesaba nuestro comedor en toda su anchura. al rayo de sol que estaba allí durmiendo la siesta, y que pronto reanudaba su sueño. En el colegio, en la clase de la una, languidecía de impaciencia y de aburrimiento al ver cómo el sol arrastraba hasta mi pupitre un dorado resplandor, invitación a esa fiesta, a la que yo no iba a poder llegar antes de las tres, porque a esa hora venía Francisca a buscarme a la salida y nos encaminábamos hacia los Campos Elíseos por calles decoradas de luminosidad, llenas de gente, donde había casas con balcones vaporosos, abiertos por el sol y que flotaban delante de las casas como nubes de oro. Llegábamos a los Campos Elíseos; Gilberta no estaba; no había ido aún. Me quedaba quieto en la pradera, que cobraba vigor nuevo con un sol invisible que hacía rebrillar de cuando en cuando la punta de una hierbecilla, y en la que estaban posados unos pichones, como esculturas antiguas que el jardinero desenterrara con su azada; me quedaba quieto, con los ojos clavados en el horizonte, en la esperanza de ver aparecer, de un momento a otro, la imagen de Gilberta con su institutriz por detrás de la estatua, que aquel día parecía ofrecer el niño que llevaba en brazos y chorreaba todo luz, a la bendición del sol. La señora que leía los *Debates*, sentada en un sillón, en el sitio de siempre, saludaba a un guarda con ademán amistoso, y le decía: .Vaya un tiempo más hermoso, ¿eh?.. Y cuando la mujer de las sillas se acercó para cobrarle su asiento, la señora hizo mil tonterías, colocando el billetito de perra gorda en la abertura de su guante, como si fuera un ramillete que deseaba poner, por atención hacia el donante, en el sitio que más le pudiera halagar. Y cuando ya estaba el recibito alojado, la dama imponía a su cuello una evolución circular, se arreglaba bien el boa y lanzaba a la de las sillas, al mismo tiempo que le mostraba el pico de papel amarillo que sumaba en su muñeca, la hermosa sonrisa con que una mujer indica a un joven que mire el ramo que lleva en el pecho, diciéndole: .¿Qué, conoce usted mis rosas?

    Yo me llevaba a Francisca hacia el Arco de Triunfo, para salir al encuentro de Gilberta, pero no la encontrábamos, y me volvía hacia la pradera, convencido de que ya no vendría, cuando al llegar a los caballitos, la chiquilla de la voz breve se lanzaba sobre mí:

    -Vamos, vamos, Gilberta hace ya más de un cuarto de hora que está aquí. Se va a marchar en seguida y le estamos a usted esperando para empezar la partida.. Mientras subía yo por la Avenida de los Campos Elíseos, Gilberta había llegado por la calle de Boissy d'Anglas, porque la institutriz había aprovechado el buen tiempo para hacer unas compras; el señor Swann iba a ir a buscar a su hija.

    De modo que la culpa era mía; yo hice mal en alejarme de la pradera, porque nunca se sabía por que lado iba a llegar Gilberta, si vendría un poco antes o un poco después; y con esa espera era mucho más grande la emoción de que se revestían no sólo los Campos Elíseos enteros y el espacio de la tarde, como vasta extensión de tiempo, que a cualquier momento podría revelarme, en un punto cualquiera de ella, la aparición de la imagen de Gilberta, sino esta misma imagen, porque detrás de ella veía yo oculta la razón de que viniera a herirme en pleno corazón a las cuatro en vez de a las dos y media, con sombrero de visita y con boina de juego, por delante de los .Embajadores., y no por entre los guiñols y adivinaba yo allí escondida una de esas preocupaciones en que no me era dable acompañar a Gilberta, que la obligaban a salir o a quedarse en casa, y me ponía así en contacto con su vida desconocida. Ese mismo misterio me preocupaba cuando, al echar yo a correr, por orden de la chiquilla de voz breve, para llegar en seguida y empezar la partida, veía a Gilberta, tan brusca y viva con nosotros, haciendo una reverencia a la dama de los *Debates* (que le decía: .Vaya un sol hermoso, parece fuego.), hablándole con tímida sonrisa y aire muy modoso que me evocaba la muchachita distinta que Gilberta debía ser con sus padres, con los amigos de sus padres, de visita, en toda aquella vida suya que a mí se me escapaba. Pero nadie me daba una impresión tan clara de esa existencia como el señor Swann, que iba un poco más tarde a buscar a su hija. Tanto él como su señora .por vivir Gilberta en su casa, por depender de ellos sus estudios, sus juegos y sus amistades. se me representaban, más aún que la misma Gilberta, con inaccesible incógnito y dolorosa seducción, que parecía tener su fuente en marido y mujer. Todo lo que a ellos se refería me preocupaba constantemente, y los días como aquel en que el señor Swann (que antes, cuando era amigo de mi familia, veía tan frecuentemente sin que me llamara la atención) iba a buscar a su hija a los Campos Elíseos, cuando ya se había calmado el acelerado latir del corazón, que me entraba al ver de lejos su sombrero gris y su abrigo con esclavina, su aspecto seguía impresionándome como el de un personaje histórico sobre el que hemos leído muchos libros y que nos interesa en sus menores detalles. Su amistad con el conde de París, de la que yo oía hablar en Combray, sin la mínima emoción, me parecía ahora maravillosa, como si nadie hubiera conocido nunca a los Orleáns más que él, y lo hacía destacarse vivamente sobre el fondo vulgar de los paseantes de distintas clases, que llenaban aquel paseo de los Campos Elíseos, admirándome yo de que consintiera en pasearse por entre aquellas gentes, sin reclamar de ellas honores especiales, que a nadie se le ocurriría tributarle por el profundo incógnito en que se envolvía.

Respondía cortésmente a los saludos de los compañeros de Gilberta, también al mío, porque aunque estaba regañado con mi familia, hacía como que no sabía quién era yo. (Lo cual me hace pensar que ya me había visto muchas veces en el campo; yo me acordaba de ello, pero mantenía ese recuerdo en la sombra, porque, desde que había vuelto a ver a Gilberta, Swann era para mí su padre, ante todo, y no el Swann de Combray; como las ideas con que yo entroncaba ahora su nombre eran muy otras de aquellas que formaban la red donde antes se encerraba, y que ahora ya no utilizaba nunca cuando tenía que pensar en él, se había convertido en un personaje nuevo; seguía enlazándole, sin embargo, por una línea artificial, transversal y secundaria a nuestro invitado de antaño; y como ahora todo lo valoraba en cuanto que podía serme o no provechoso a mi amor, sentí tristeza y vergüenza por no poder borrarlos, al encontrarme con aquellos años en que debí aparecerme a los ojos de aquel Swann que ahora estaba delante de mí en los Campos Elíseos, y a quien quizá afortunadamente no habría dicho Gilberta cómo me llamaba, tan ridículo por mandar recado a mamá de que subiera a mi cuarto a darme un beso mientras que estaba tomando el café con él, con mis padres y con mis abuelos en la mesita del jardín.)

Decía a Gilberta que la dejaba jugar otra partida y quedarse un cuarto de hora más; se sentaba, como todo el mundo, en su silla de hierro, y pagaba el *ticket* con la misma mano que Felipe VII había estrechado tantas veces; mientras, nosotros empezábamos a jugar en la pradera, espantando a las palomas, cuyos irisados cuerpos tienen forma de un corazón, que son como las lilas del reino animal, y que volaban a refugiarse, como en otros tantos lugares de asilo, una en el vaso de piedra, que parecía tener por destino ofrecerle copia de frutas y de granos, porque el pájaro metía allí el pico, como para picotear algo, y otra en la frente de la estatua, que coronaba, cual uno de los objetos de esmalte que con su policromía dan variedad en obras antiguas a la monotonía de la piedra, como atributo que, al posarse sobre la figura de una diosa, hace que los hombres le den un epíteto particular, y la convierte, como un apellido a una mujer mortal, en una divinidad distinta.

Uno de aquellos días de sol en que no tuvieron realidad mis esperanzas, me faltaron fuerzas para ocultar mi decepción a Gilberta.

-Precisamente hoy tenía muchas cosas que preguntarle .le dije.. Este día me parecía a mí que iba a ser muy importante para nuestra amistad. Y apenas he llegado me dice usted que ya se va a marchar. ¿Si pudiera usted venir mañana temprano para poder hablar con usted?

Con cara resplandeciente y saltando de alegría, me contestó:

-Amiguito: esté usted tranquilo, porque mañana, no vengo; estoy convidada a una merienda magnífica; pasado mañana tampoco, porque voy a casa de una amiga, a ver la entrada del rey Teodosio, que será muy bonita, y al otro día iré a *Miguel Strogoff*; además, pronto llegará la Navidad y las vacaciones de Año Nuevo.

Es posible que me lleven al Mediodía; yo me alegraría mucho, aunque entonces me perdería un árbol de Navidad. De todas maneras, aunque me quede en París, no vendré aquí, porque iré con mamá a hacer visitas. Bueno, adiós; me llama mi papá.

Volví a casa con Francisca; las calles seguían empavesadas por el sol, como si ese día hubiera habido una fiesta y quedaran puestas aún las banderolas. Apenas si podía arrastrar las piernas.

-No tiene nada de particular .dijo Francisca.; este tiempo no es natural, hace casi calor. Tiene que haber mucha gente enferma; allá en el cielo deben de andar con la cabeza un poco trastornada.

Yo iba diciéndome para mí las palabras con que Gilberta expresó su radiante júbilo por dejar de ir a los Campos Elíseos, y contenía los sollozos. Pero ya el encanto que por simple mecanismo de funcionamiento llenaba mi ánimo en cuanto éste se ponía a pensar en Gilberta, la posición particular y única .aunque fuera triste en que me colocaba con respecto a Gilberta, el esfuerzo interno de reconcentrar mi mente, empezó a teñir aquella señal de indiferencia con un romántico colorido, y en medio de mis lágrimas se inició una sonrisa que era esbozo tímido de un beso. Y cuando llegó la hora del correo, me dije como todas las noches: Voy a recibir una carta de Gilberta; me dirá que no ha dejado de quererme un momento, explicándome las razones que haya tenido para ocultármelo hasta aquí, y por qué ha fingido que se alegraba de no verme, y cuál motivo tuvo para adoptar la apariencia de la Gilberta camarada de juego.

Todas las noches me complacía en imaginarme la carta esa; se me figuraba que la estaba leyendo, me la recitaba frase a frase.

De pronto me paré asustado. Acababa de ocurrírseme que si tenía carta de Gilberta no podía ser jamás aquella que yo me recitaba, porque ésa era una invención mía. Y desde entonces procuré desviar mi pensamiento de las palabras que me habría gustado que me escribiera, temeroso de que esas frases, que eran cabalmente las más deseadas, las más queridas de todas, se vieran excluidas del campo de las realizaciones posibles, por haberlas enunciado yo. Y si, con verosímil coincidencia, esa carta que yo había compuesto hubiera sido la que Gilberta me escribiera, al reconocer mi propia obra, no habría tenido la impresión de recibir una cosa que no salía de mí, real, nueva, una dicha exterior a mi espíritu, independiente de mi voluntad, don verdadero del amor.

Entre tanto, leía y releía una página que, aunque no era de Gilberta, llegó a mí por su conducto, la página de Bergotte sobre la belleza de los antiguos mitos en que se inspiró Racine, que tenía siempre a mano, al lado de la bolita de ágata. Me enternecía pensar en la bondad de mi amiga, que había mandado buscar el libro para mí; y como todo el mundo necesita encontrar razones a su amor, hasta tener la alegría de reconocer en el ser amado cualidades que, según aprendieron en conversaciones o en libros, son dignas de excitar el amor, y asimilárselas por imitación y convertirlas en nuevos motivos de amor, aunque esas cualidades sean de lo más opuestas a las que buscaba el amor cuando era espontáneo .lo mismo que le sucedía antaño a Swann con el carácter estético de la belleza de Odette., yo que, al principio, desde Combray, quise a Gilberta por toda la parte desconocida de su vida, en la que habría deseado precipitarme, encarnarme, arrojando mi propia vida, que ya no me importaba nada, pensaba ahora que Gilberta podría llegar a ser un día la humilde sirvienta, la cómoda y adecuada colaboradora de esa vida mía tan desdeñada y tan conocida, y que por la noche me ayudaría en mi trabajo coleccionando folletos.

Por lo que hace a Bergotte, a aquel viejo infinitamente sabio y casi divino, que primero fue causa de que quisiera a Gilberta antes de haberla visto, ahora si lo quería era por causa de Gilberta.

Miraba con tanta complacencia como sus páginas sobre Racine el papel con los sellos de lacre blanco, atado con muchas cintas de color malva, en que ella me trajo envuelto el libro. Daba besos a la bolita de ágata, que era lo mejor del corazón de mi amiga, la parte no frívola, la parte fiel, y que, aunque estaba adornada con el hechizo misterioso de la vida de Gilberta, vivía conmigo en mi cuarto, y dormía en mi cama. Pero me daba yo cuenta de que tanto la belleza de aquella piedra como la de las páginas de Bergotte, que asociaba yo con gusto a la idea de mi amor a Gilberta, para dar a este amor una especie de consistencia en los momentos en que se me aparecía como borroso e inexistente; eran anteriores a mi enamoramiento, no se le parecían en nada, que sus elementos se congregaron gracias al talento o a las leyes mineralógicas, antes de que Gilberta me hubiera conocido, de que en el libro y en la piedra no habría cambiado nada si Gilberta no me hubiera querido, y que, por consiguiente, nada me autorizaba a leer en uno ni en otra un mensaje de felicidad. Y mientras que mi amor, esperando sin cesar del otro día la confesión del de Gilberta, anulaba y deshacía todas las noches el trabajo mal hecho de la jornada, en la sombra de mi mismo, una desconocida obrera no dejaba que se desperdiciaran los hilos que yo había arrancado, y los disponía, sin preocuparse por darme gusto ni por trabajar en pro de mi felicidad, en otro orden distinto, el que solía dar siempre a todas sus obras. Como ella no tenía ningún interés particular por mi amor, y no empezaba por decidir que me querían, recogía las acciones de Gilberta, que a mí me parecieron inexplicables, y los defectos que yo le había dispensado. Y entonces, esos defectos y acciones cobraban una significación. Y aquel nuevo orden parecía decirme: .Te equivocas si piensas que cuando Gilberta deja de ir a los Campos Elíseos por una reunión o por unas compras con la institutriz, o cuando se prepara a un viaje de vacaciones de Año Nuevo, lo hace por frivolidad o por obediencia.. Porque de haberme querido, no habría sido ni frívola ni dócil, y caso de haberse visto forzada a obedecer, habríalo hecho con la misma desesperación que yo sentía los días que le me pasaban sin verla. Decíame también ese orden nuevo que yo debía saber lo que era amar, puesto que amaba a Gilberta; llamábame la atención sobre mi perpetua preocupación por hacerme valer a los ojos de Gilberta (motivo de que quisiera yo convencer a mi madre para que comprara a Francisca un impermeable y un sombrero con plumas azules, y mejor todavía para que no me mandara a los Campos Elíseos con aquella criada que me avergonzaba; a lo cual respondía mi madre que era un ingrato con Francisca, tan buena mujer y que tanto nos quería), y sobre mi imperiosa necesidad de ver a Gilberta, por la cual me pasaba meses y meses procurando enterarme de en qué época del año se iría de París y adónde, y me parecía un destierro cualquier lugar delicioso donde ella no estuviera, sin desear salir de París mientras pudiera verla en los Campos Elíseos; y no le costaba mucho trabajo convencerme de que en los actos de Gilberta nunca descubriría yo análogo deseo ni preocupación semejante. Gilberta, por el contrario, apreciaba mucho a su institutriz, sin preocuparse de lo que yo opinara de ella. Y le parecía muy natural no ir a los Campos Elíseos cuando tenía que hacer compras con la institutriz, y muy agradable tener que salir con su madre. Y aun suponiendo que me hubiera permitido ir a pasar las vacaciones al mismo sitio donde ella, la habrían decidido para la elección de ese sitio el deseo de sus padres y las mil diversiones que allí podría hallar, pero en ningún modo la intención que mi familia tuviera de mandarme a mí allí. Cuando, a veces, me afirmaba que me quería menos que a otro amigo suyo, que me quería menos que el día antes, porque por un descuido mío había perdido la partida, yo le pedía perdón, le preguntaba lo que tenía que hacer para que me quisiera tanto como antes, y más que a los demás amigos; deseaba que me dijera Gilberta que ya estaba todo arreglado, se lo suplicaba lo mismo que si ella pudiera modificar su afecto hacia mí, con arreglo a su voluntad o a la mía, por darme gusto, sólo con unas palabras que ella dijera, y según mi mala o buena conducta. ¿No sabía yo que el sentimiento que Gilberta me inspiraba en nada dependía de ella ni de mí, de sus acciones o de mi voluntad?

Y aquel orden nuevo que dibujaba la obrera invisible me decía, por fin, que aunque deseemos que las acciones que no nos agradan en una persona no sean genuinamente suyas, sin embargo, se presentan con tan coherente claridad, que nuestro deseo nada puede contra ella, y esa claridad nos indica lo que habrán de ser las acciones de esa persona el día de mañana, aunque sean contrarias a nuestros deseos.

Mi amor oía claramente esas palabras; lo convencían de que el día siguiente sería como los demás, de que el sentimiento que yo inspiraba a Gilberta, ya harto viejo para poder cambiar, era la indiferencia; que en mi amistad con Gilberta, todo el cariño lo ponía yo. .Es verdad .decía mi amor., de esa amistad no se puede sacar nada, no cambiará.. Y entonces, al otro día (si no esperaba a un día de esos que no son como los demás, el de Año Nuevo, el de una fiesta, el de un cumpleaños, días en que el tiempo vuelve a empezar, con pasos primeros, rechazando la herencia del pasado, sin aceptar de él otro legado que el de sus tristezas), pedía a Gilberta que renunciáramos a nuestra amistad de antes y echáramos los cimientos de una nueva amistad.

Yo siempre tenía a la mano un plano de París, que me parecía un tesoro, porque en él podía distinguirse la calle donde habitaban los señores de Swann. Y por gusto, y por una especie de caballeresca fidelidad, a poco que viniera a cuento, pronunciaba el nombre de esa calle, tanto que mi padre, que no estaba enterado de mi amor, como mi abuela y mi madre, me preguntó:

-.Yo no sé por qué estás siempre hablando de esa calle, no tiene nada de particular. Se debe de vivir bien allí, porque está a dos pasos del Bosque, pero también hay otras que les pasa lo mismo.

Yo me las arreglaba para hacer pronunciar a mis padres, a cualquier propósito, el nombre de Swann; claro que mentalmente yo no dejaba de repetírmelo un momento, pero además necesitaba oír su deliciosa sonoridad y hacer que me tocaran esa música, con cuya muda lectura no me satisfacía. Ese nombre de Swann, aunque lo conocía yo de antiguo, era para mí ahora un nombre nuevo, como sucede a los afásicos con las palabras más usuales. Y mi alma, aunque siempre lo tenía presente, no podía acostumbrarse a él. Yo lo descomponía, lo deletreaba; su ortografía era para mí una sorpresa. Y al mismo tiempo que dejó de ser familiar para mí, dejó también de ser inocente. Me parecía tan culpable el gozo que sentía yo al oírlo, que muchas veces, cuando yo intentaba hacérselo pronunciar a mis padres, se me figuraba que me adivinaban el pensamiento y que desviaban la conversación. Entonces yo hacía recaer la charla sobre temas referentes a Gilberta, machacaba sobre idénticas palabras, porque aunque sabía muy bien que no eran más que palabras .palabras pronunciadas allí, lejos de ella, que ella no oía; palabras sin virtud alguna que repetían lo que era, pero sin poder modificarlo, sin embargo, se me antojaba que, a fuerza de manejar y de revolver todo lo que tocaba a Gilberta, quizá saldría de allí una chispa de felicidad. Contaba y recontaba a mis padres que Gilberta quería mucho a su institutriz; como si esta proposición, al ser enunciada por centésima vez, tuviera la virtud de hacer entrar a Gilberta y traerla a vivir para siempre con nosotros. Tornaba a mis elogios de la señora anciana que leía los *Debates* (yo insinué a mis padres que debía de ser la esposa de algún diplomático, quizá una alteza), celebraba su hermosura, su magnificencia y su nobleza, hasta un día que yo dije que Gilberta delante de mí la llamó señora Blatin.

-¡Ah, ya sé quién es! ¡Alerta! ¡Alerta!, como decía el abuelo - exclamó mi madre, mientras yo me ponía muy encarnado.. ¿Y a eso llamas tú ser guapa? Es horrible y siempre lo fue. Es viuda de un alguacil. ¿No te acuerdas tú, cuando eras pequeño, de las combinaciones que hacía yo en el gimnasio para huir de ella? Venía a hablarme sin conocerme, con el pretexto de decirme que eras demasiado guapo para niño. Ha tenido siempre la manía de conocer gente y debe de estar un poco loca, si es que se trata con la señora Swann. Porque, aunque es de una familia muy ordinaria, nunca ha dado que hablar. Pero siempre está haciendo amistades. Es una mujer horrible, vulgarísima y, además; muy cargante.

Quería yo parecerme a Swann, y me pasaba, todo el tiempo que estaba en la mesa, tirándose de la nariz y restregándome los ojos. Mi padre decía: .Este niño es tonto, se va a poner horrible.
Mi gran deseo hubiera sido tener la calva de Swann. Parecíame un ser extraordinario, y juzgaba maravilloso el que lo conocieran otras personas a quienes trataba yo, y que fuera posible encontrárselo en las casuales incidencias de un día cualquiera. Y una vez que mi madre nos estaba contando, como solía hacer todas las noche, durante la cena, sus compras y quehaceres de aquella tarde, hizo brotar en

medio de su relato, tan árido para mí, una flor misteriosa, sólo con estas palabras: .¿Y sabéis a quién me he encontrado en Los Tres Barrios., en la sección de paraguas?: a Swann... ¡Con qué voluptuosa melancolía me enteré de que aquella tarde, destacando entre la muchedumbre su forma sobrenatural, Swann había ido a comprar un paraguas! Entre los demás acontecimientos grandes y chicos, que me dejaban todos indiferentes; aquel tenía la propiedad de despertar en mí esas particulares vibraciones características que hacían temblar constantemente a mi amor por Gilberta. Mi padre decía que a mí no me interesaba nada, porque no prestaba atención cuando se hablaba de las consecuencias políticas que podría acarrear la visita del rey Teodosio, en aquel momento huésped de Francia, y aliado suyo, según se contaba. Pero, en cambio, tenía unas ganas atroces de enterarme de si Swann llevaba aquella tarde su abrigo con esclavina.

-¿Os habéis saludado? .pregunté yo.

-Naturalmente .contestó mi madre, siempre temerosa de confesar que estábamos en relaciones muy frías con Swann, por si acaso intentaba alguien reconciliarnos, cosa que no le agradaba porque no quería conocer a la mujer de Swann.. Él ha sido quien vino a saludarme; yo no lo había visto.

-¿Entonces, no estáis regañados?

-¡Regañados! ¿Y por qué vamos a estar regañados? – contestó en seguida, como si yo hubiera atentado a la ficción de sus buenas relaciones con Swann, con ánimo de trabajar por una reconciliación.

-Podría estar enfadado, porque ya no lo invitas a cenar.

-Pero no hay obligación de invitar a todos los amigos. ¿Me invita él a mí? Yo no conozco a su mujer.

-Pero cuando estábamos en Combray sí que iba a casa...

-Sí, en Combray, sí; pero en París tiene más cosas que hacer, y yo también. Pero te aseguro que no parecía ni en lo más mínimo que estuviéramos enfadados. Hemos estado hablando un momento, mientras él esperaba que le trajeran su paquete. Me ha preguntado por ti, me ha dicho que jugabas con su hija .añadió mi madre, maravillándome ante aquel prodigio de ver que yo existía en la mente de Swann, y de modo tan completo, que cuando yo temblaba de amor delante de él, en los Campos Elíseos, sabía mi nombre, quién era mi madre, y podía amalgamar a mi calidad de camarada de su hija detalles relativos a mis abuelos y a su familia, al sitio donde vivíamos, particularidades de nuestra vida de antaño que quizá yo no conocía. Pero mi madre parecía que no había encontrado un encanto especial a esa sección de .Los Tres Barrios., donde se apareció a los ojos de Swann como una persona definida, que le recordaba cosas de otro tiempo comunes a ambos, recuerdo que motivó aquel movimiento de Swann de acercarse a ella y saludarla.

Y ni ella ni mi padre encontraban, al parecer, placer extremo en hablar de los abuelos de Swann, del título de agente de Bolsa honorario. Mi imaginación había aislado y consagrado en el París social una determinada familia, lo mismo que en el París de piedra hizo con una determinada casa, y rodeó la puerta de entrada de esa casa con preciosas esculturas, y llenó sus balcones de valiosos adornos. Pero yo era el único que veía tales ornamentos. Lo mismo que para mi padre y mi madre, la casa donde vivía Swann era semejante a las demás casas hechas por la misma época en el barrio del Bosque; también la familia de Swann les parecía de la misma clase que otras muchas familias de agentes de Bolsa. Juzgábanla más o menos favorablemente, según el grado en que participó de los méritos comunes al resto de los mortales, sin ver en ella ninguna cualidad única. Lo que apreciaban ellos en la familia de Swann podían encontrarlo, en igual o mayor grado, en otra parte. Y por eso, después de decir que la casa estaba muy bien situada, hablaban de otra que aun era mejor, pero que nada tenía que ver con Gilberta, o de bolsistas de más categoría que su abuelo; y si por un momento pareció que opinaban lo mismo que yo, debíase a una mala interpretación que pronto se disipaba. Y es que mis padres carecían de aquel sentido suplementario y momentáneo con que a mí me dotó el amor para percibir, en todo lo que a Gilberta rodeaba, ésa cualidad desconocida, análoga, en el mundo de las emociones, a lo que es quizá en el de los colores el infrarrojo.

Los días que ya me había anunciado Gilberta que no iría a los Campos Elíseos procuraba yo dar paseos que me acercaran un poco a ella. A veces llevaba a Francisca en peregrinación hasta delante de la casa donde vivían los Swann. Siempre le estaba haciendo que me repitiera lo que la institutriz le había contado de la señora de Swann. .Parece que tiene mucha fe en unas medallas. No sale nunca de viaje cuando oye cantar a un mochuelo, o si se le figura que ha oído en la pared un tictac como el del reloj, o cuando ve un gato a medianoche u oye crujir la madera de un mueble. Es una persona muy religiosa.. Tan enamorado estaba yo de Gilberta, que si nos encontrábamos en el camino a su viejo maestresala, que sacaba de paseo a un perro, me tenía que parar de emoción y clavaba en las blancas patillas del criado miradas de fuego.

-¿Qué le pasa a usted? .me decía Francisca.

Seguíamos andando hasta que, al llegar delante de la puerta principal de la casa, donde había un portero diferente de todos los demás porteros, empapado hasta en los galones de su librea de la misma dolorosa seducción que sentí yo en el nombre de Gilberta; el cual portero parecía saber que yo era uno de esos seres que por indignidad original no podrían entrar nunca en la misteriosa vida cuya guarda le estaba confiada, vida que ocultaba las ventanas del entresuelo, como si tuvieran conciencia de que servían para eso; y esas ventanas, con las nobles caídas de sus cortinas de muselina, se parecían mucho más que a otras ventanas cualesquiera a las miradas de Gilberta. Otras veces íbamos por los bulevares, y yo me colocaba a la entrada de la calle Duphot, porque me habían dicho que Swann solía pasar mucho por allí cuando iba a casa de su dentista; y mi imaginación diferenciaba de tal modo al padre de Gilberta del resto de los humanos, y tanta maravilla vertía su presencia en el mundo real, que antes de llegar a la Magdalena ya iba emocionado al pensar que me acercaba a una calle donde inopinadamente podría ocurrir la sobrenatural aparición.

Pero lo más frecuente .cuando no tenía que ver a Gilberta., como yo estaba enterado de que la señora de Swann paseaba a diario por el paseo de las Acacias, alrededor del lago grande, y por el paseo de la Reina Margarita, es que encaminara a Francisca hacia, el Bosque de Boulogne. Era para mí el bosque uno de esos jardines zoológicos donde se encuentra uno reunidas flores diversas y paisajes contrarios; después de una colina hay una gruta; luego, un prado, y rocas, y un río, y un foso y un collado y una charca; pero sin que nosotros ignoremos que están allí para dar ambiente adecuado o pintoresco marco al retozar del hipopótamo, de las cebras, de los cocodrilos, de los conejos rusos, de los osos y de la garza real; y el Bosque, tan complejo, asilo de pequeños mundos distintos y separados .una hacienda plantada de rojos robles americanos, igual que una explotación agrícola de la Virginia; un bosque de abetos a la orilla de un lago, un oquedal por donde asoma de pronto, envuelta en finas hieles, una paseante de agudo y bello mirar animal, andando muy de prisa., era asimismo el Jardín de las Mujeres; y el paseo de las Acacias, plantado para ellas de árboles de una sola especie .como el paseo de los Mirtos en la *Eneida*, era favorito de las bellezas más famosas. Lo mismo que el asomar a lo lejos de la roca desde donde se echa la otaria al agua, arrebata de alegría a los niños; porque saben que van a ver muy pronto al bicho, ya antes de llegar al paseo de las Acacias, se me aceleraba el latir del corazón: porque de las acacias irradiaba un perfume delator, ya a distancia, de una blanda individualidad vegetal, cercana y extraña; porque luego, al acercarme, veía ya lo más alto de su travieso y ligero follaje, de esas hojas fácilmente elegantes, de corte coquetón y tejido fino, donde fueron a posarse centenares de flores como colonias aladas y vibrátiles de parásitos preciosos, y porque tenían un nombre femenino, ocioso y suave; y el deseo que así me aceleraba el latir del corazón era un deseo mundano, como esos valses que sólo nos evocan los nombres de hermosas invitadas que va anunciando el criado a la entrada del salón de baile.

Me habían dicho que en aquel paseo podría ver a muchas elegantes, que aunque no eran todas casadas, solían nombrarse cuando se nombraba a la señora Swann; pero, por lo general, con su nombre de guerra; sus nuevos nombres, cuando los tenían, no eran más que una especie de incógnito que los que hablaban de ellas tenían buen cuidado de quitarles para que se supiera a quién se referían. Imaginándome que lo bello .en el orden de las elegancias femeninas. regíase por leyes ocultas al conocimiento y en las que estaban iniciadas las elegantes, que además, tenían poder para realizarlas, aceptaba de antemano, como una revelación, la aparición de su *toilette*, de su carruaje, de otros mil detalles, en cuyo seno ponía yo toda mi fe como un alma interior que daba a aquel conjunto efímero y movible la cohesión de una obra maestra. Pero a quien yo quería ver era a la señora de Swann, y esperaba su paso, emocionado, como si se tratara de Gilberta, porque sus padres, impregnados, como todo lo que la rodeaba, del encanto suyo, me inspiraban tanto amor como ella, y una turbación aun más dolorosa (porque su punto de contacto con Gilberta estaba en esa parte de su vida, que yo no conocía), y además (porque pronto me enteré, como se verá, de que no les gustaba que jugase yo con Gilberta), esa veneración que siempre guardamos a los que poseen sin freno alguno la posibilidad de hacernos daño.

Para mí, la sencillez se ganaba el primer lugar en el orden de los méritos estéticos y de las grandezas mundanas el día que veía a la señora de Swann a pie, con una polonesa de paño, una gorra adornada con un ala de lofóforo en la cabeza y un ramo de violetas en el pecho, atravesar aprisa el paseo de las Acacias, como si fuera el camino más corto para ir a su casa, respondiendo con una ojeada a los señores de coches que, al reconocer de lejos su silueta, la saludaban, diciéndose que no había mujer con más *chic*. Pero, otras veces, no era la sencillez, sino el fausto, el que se ganaba el primer puesto de mi preferencia, aquellos días en que después de obligar a Francisca, que ya no podía más y que se quejaba de que sus piernas .se hundían., a andar arriba y abajo más de una hora, veía yo, por fin, desembocar por el paseo que viene de la Porte Dauphine .imagen para mí de un prestigio real, de una llegada de reina, como ninguna reina de verdad me la ofreció más adelante, porque la idea que de su poder tenía era menos vaga y más experimental. La victoria arrastrada por el volar de dos caballos fogosos, delgados y bien perfilados, como esos de los dibujos de Constantino Guys, sustentando en su pescante un enorme cochero, tan abrigado como un cosaco, y un menudo *groom*, que recordaba al tigre del difunto Baudenord, cuando yo veía .por mejor decir, sentía su forma imprimirse en mi corazón, haciéndome una herida cortante y agotadora. una incomparable victoria, un poco alta, de propósito y transparentando, a través de su lujo, .a la ultima., alusiones a las formas de antiguos coches, y en el fondo de la victoria a la señora de Swann, con su pelo, rubio ahora sin más que un mechón gris, ceñido por una franja de flores, por lo general violetas, de donde caían largas velos, con una sombrilla color malva en la mano, y en los labios, mis sonrisa ambigua, que a mi me parecía benevolencia de majestad, y que, en realidad, era provocación de *cocotte*, sonrisa que ella inclinaba dulcemente hacia las personas que la saludaban.

Esa sonrisa, en realidad, decía a los unos:

-Me acuerdo muy bien, era exquisito; a dos otros.

-Me habría gustado mucho, pero hemos tenido mala suerte., o .Como usted quiera, voy a seguir en la fila un momento, y en cuanto pueda me saldré…Cuando los que pasaban eran desconocidos, sin embargo, dejaba flotar alrededor de sus labios una sonrisa ociosa, sonrisa que parecía esperar a un amiga o acordarse de otro, y que arrancaba exclamaciones de: ¡Qué hermosa es!... Y sólo para algunos hombres ponía una sonrisa forzada, tímida y fría, que significaba:

-Sí, bichejo, ya sé que tienes lengua de víbora y que no sabes callar. ¿Digo yo algo de ti?

Coquelin pasaba perorando con un grupo de amigos y saludaba a la gente de los coches con ademán ampuloso y teatral. Pero yo no pensaba más que en la señora de Swann, y hacía como si no la hubiera visto, porque sabía perfectamente que en cuanto llegara a la altura del Tiro de Pichón mandaría a su cochero salirse de la fila y parar, con objeto de bajar el paseo a pie. Y los días que me sentía con valor para pasar a su lado arrastraba a Francisca hacia allí. Y, en efecto, negaba un momento en que por el paseo, de a pie y en dirección contraria a la nuestra, veía yo a la señora de Swann, que ostentaba desdeñosamente la larga cola de su traje color malva, vestida como el pueblo se imagina que van las reinas, con telas y ricos atavíos que no llevan las demás mujeres, inclinada la mirada sobre el puño de su sombrilla, sin fijarse en la gente que pasaba, como si su ocupación capital fuera hacer ejercicio, sin acordarse de que todo el mundo la veía y de que todas las miradas convergían hacia ella. Pero, de cuando en cuando, se volvía para llamar a su lebrel y lanzaba en torno de ella una imperceptible ojeada circular.

Hasta los que no la conocían sentían una impresión rara y excesiva .quizá una radiación telepática como las que desencadenaban en la ignorante multitud tempestades de aplausos en los momentos sublimes de la Berma., aviso de que aquella mujer debía de ser una persona conocida. Se preguntaban ¿quién será?., interrogaban a alguno que pasaba por allí, o se fijaban en el modo como iba vestida, para con ese punto de referencia ir a preguntar a otros amigos más enterados. Los había que se paraban y decían:

-.¿No sabe usted quién es? La señora de Swann. ¿No cae usted? Odette de Crécy.

-¡Ah!, sí, ya decía yo; esos ojos tristes... Pero, oiga usted, ya no debe estar en la primera juventud. Me acuerdo que dormí con ella el día que dimitió Mac Mahon.

-Será prudente que no se lo recuerde usted. Ahora es la señora de Swann la mujer de un socio del Jockey Club, de un amigo del príncipe de Gales. Y se halla aún magnífica:

-Sí, pero si la hubiera usted visto, entonces sí que estaba bonita. Vivía en un hotelito muy raro, con cacharros chinos. Me acuerdo de que nos molestaban mucho los vendedores de periódicos que iban voceando y acabó por hacerme levantar.

Yo, sin fijarme en lo que decían, percibía en torno de ella el vago murmullo de la celebridad. Mi corazón latía de impaciencia, porque aun tenía que pasar un momento antes de que todas aquellas gentes, entre las cuales no estaba, con harto sentimiento mío, un banquero mulato que a mí me parecía que me despreciaba, vieran que aquel jovenzuelo desconocido, en el que no se fijaba nadie, saludaba (sin conocerla, a decir verdad, pero creyéndome autorizado a hacerlo, porque mis padres conocían a su marido, y yo jugaba con su hija) a esa mujer, reputada universalmente por su elegancia, su belleza y su mala conducta. Pero la señora de Swann ya estaba encima, y yo me quitaba el sombrero con ademán tan exagerado y tan prolongado, que ella no podía por menos de sonreír. Había personas que se reían. Por lo que a ella hace, nunca me había visto con Gilberta, no sabía cómo me llamaba; pero me tomaba como a los guardas del Bosque, al barquero, a aquellos patos del lago a los que echaba pan. por uno de esos personajes secundarios, familiares, anónimos de sus paseos por el Bosque, tan desprovisto de caracteres individuales como un .papel. de teatro. Algunos días no la veía en el paseo de las Acacias, y solía encontrarla en el de la Reina Margarita, donde van las mujeres que quieren estar sola o que aparentan quererlo estar; no pasaba allí mucho rato, porque en seguida se le reunía algún amigo, para mí desconocido muchas veces; con .tubo. gris, que charlaba largamente con ella, mientras que los dos coches los iban siguiendo.

He vuelto a encontrar esa complejidad del Bosque de Boulogne, por virtud de la cual es un sitio artificial, un jardín, en el sentido zoológico o mitológico de la palabra, este año, cuando lo atravesaba camino del Trianón, una de las primeras mañanas de noviembre; porque ese mes, en París y en las casas donde se siente uno privado y tan cerca del espectáculo del otoño que agoniza, sin que asistamos a su acabamiento, inspira una nostalgia de hojas muertas, una verdadera fiebre, que llega hasta quitar el sueño. Allí, en mi cuarto, cerrado, esas hojas muertas se interponían hacía un mes, evocadas por mi deseo de verlas, entre mi pensamiento y cualquier objeto en que me fijara, revoloteando en torbellinos, como esas manchitas amarillas que, a veces, se nos ponen delante de los ojos, miremos a lo que miremos. Y aquella mañana, al no oír la lluvia de los días anteriores, y al ver sonreír al buen tiempo en una comisura de las cerradas cortinas, como en la comisura de una boca cerrada que deja escaparse el secreto de su felicidad, sentí que me sería dable ver aquellas hojas amarillas atravesadas por la luz, en plena belleza; y sin poder por menos de irme a ver los árboles, coma antaño cuando oía el viento soplar en la chimenea, no podía por menos de marcharme a orillas del mar, salí hacia el Trianón, atravesando el Bosque de Boulogne. Era la estación y la hora en que el Bosque parece más múltiple, no sólo porque esté subdividido, sino porque lo está de otra manera. Hasta en las partes descubiertas donde se abarca un gran espacio, acá y acullá, frente a las sombrías masas de árboles sin hojas o aún con las hojas estivales, había una doble fila de castaños, que parecía, como en un cuadro recién comenzado, ser lo único pintado aún por el decorador, que no había puesto color en todo lo demás, y tendía su paseo en plena luz para el episódico vagar de unos personajes que serían pintados más tarde.

Más allá, entre todos los árboles que estaban todavía revestidos de hojas verdes, había uno achaparrado, sin mocha, testarudo, sacudiendo su fea cabellera roja. En otras partes cumplíase como el primer despertar de aquel mes de mayo de las flores, y había un ampelopsis maravilloso y sonriente, igual que un espino rosa de invierno, florecido desde aquella mañana. Y el Bosque presentaba el aspecto provisorio y artificial de unos viveros o de un parque donde, ya por interés botánico, ya para preparar una fiesta, se acabaran de instalar, entre los árboles de especie común que aun quedaban por arrancar, dos o tres clases de arbustos de precioso género, con follaje fantástico, y que a su alrededor parecían reservarse un vacío, abrirse espacio y crear claridad. Así era esa estación del año cuando el Bosque de Boulogne deja transparentar más diversas esencias y yuxtapone los elementos más dispares en una bien compuesta trabazón. Y así era también la hora del día. En aquellos sitios donde había aún árboles con hojas, el follaje parecía sufrir como una alteración de su materia desde el momento que lo tocaba la luz del sol; tan horizontal ahora por la mañana como lo estaría horas más tarde, cuando empezara el crepúsculo vespertino, que se enciende como una lámpara y proyecta a distancia sobre el follaje un reflejo artificial y cálido, haciendo llamear las hojas más altas de un árbol, que no es ya más que el candelabro incombustible y sin brillo donde arde el cirio de su encendida punta. En unos sitios la luz era espesa, como masa de ladrillos, y cimentaba toscamente contra el cielo las hojas de los castaños, como un lienzo de fábrica persa con dibujos azules, mientras que en otras partes las destacaba contra el firmamento, hacia el cual tendían ellas sus crispados dedos de oro. Hacia la mitad de un tronco de árbol revestido de viña loca, la luz hizo un injerto, del cual arrancaba, imposible de distinguir claramente por el exceso de luz, un gran ramo de flores rojizas, quizá una variedad de clavel. Las diferentes partes del Bosque, confundidas durante el estío por el espesor y la monotonía del follaje, se destacaban ahora separadamente. Había claros que indicaban las separaciones; otras veces, un suntuoso follaje designaba como una oriflama un lugar determinado. Y podían distinguirse, como en un plano de colores, Armenonville, el Prado Catalán, Madrid, las orillas del layo y el Hipódromo. De cuando en cuando se apartaban los árboles, y entre ellos asomaba alguna construcción inútil, una gruta artificial, un molino, plantados en la muelle plataforma de una pradera. Veíase claro que el Bosque no era un bosque, que respondía a una finalidad muy distinta de la vida de los árboles; la exaltación que yo sentía no tenía por fuente tan sólo la admiración del otoño, sino un deseo. ¡Manantial de alegría que el alma percibe primeramente sin conocer su causa, sin comprender qué cosa externa la motiva! Y así miraba yo a los árboles, penetrado de infinita ternura, que iba mucho más allá de ellos, que se encaminaba, sin darme yo cuenta, hacia esa maravilla de las mujeres hermosas que se pasean por entre la arboleda unas horas cada día. Iba camino del paseo de las Acacias. Atravesaba oquedales donde la luz matinal, que les imponía divisiones nuevas, podaba árboles, juntaba tallos distintos y componía ramilletes. Hábilmente agarraba dos árboles, y sirviéndose de las poderosas tijeras del sol y de la sombra, cortaba a cada uno la mitad de su tronco y de sus ramas, y ligando las dos mitades que quedaban, formaba con ellas, ya un pilar de sombra delimitado por el sol de alrededor, ya un fantasma de claridad, cuyo contorno artificioso y trémulo se encerraba en una red de sombra. Cuando un rayo de sol doraba las ramas más altas, parecía que, empapadas en brillante humedad, surgían ellas solas, de la atmósfera líquida color de esmeralda, donde estaba sumergido, como en el mar, el oquedal entero. Porque los árboles seguían viviendo su vida propia, que cuando no tenían hojas brillaba aún mejor en la vaina de terciopelo verde que envolvía sus troncos, o en el blanco esmalte de las esferitas de muérdago, sembradas en lo alto de los álamos, y redondas como el sol y la luna de la Creación miguelangesca. Pero como hacía tanto tiempo que, por un a modo de injerto, tenían que vivir en relación con las mujeres, me evocaban la dríada, la damita elegante, esquiva y coloreada, que ellos abrigan con sus ramas, haciéndoles sentir, como ellos la sienten, la fuerza de la primavera o del otoño; me recordaban los felices tiempos de mi crédula juventud, cuando yo iba a esos lugares donde maravillosas obras de arte femenino tomaban forma pasajera entre las hojas inconscientes y encubridoras. Pero la belleza, cuyo deseo me inspiraban los abetos y las acacias del Bosque de Boulogne, era más inquietante que la de los castaños y las lila del Trianón, adonde yo me dirigía, porque esa belleza no estaba plasmada fuera de mí en recuerdos de una época histórica, en obras de arte, en un templo consagrado al amor, que tenía a sus pies montones de hojas estriadas de oro. Pasé por la orilla del lago, y fui hasta el Tiro de Pichón. La idea de perfección que en mí se encerraba la ponía ahora en una victoria un poco alta, en la delgadez de unos caballos furiosos y rápidos como avispas, con los ojos inyectados en sangre, cual los crueles caballos de Diómedes; y ahora, arrastrado por un deseo de volver a ver lo que amé un día, tan fuerte como el que antes me empujaba hacia esos lugares, habría querido tener delante aquellas bestias, en aquel momento en que el enorme cochero de la señora de Swann, guardado por un menudo *groom*, que abultaba lo que el puño, y tan infantil como un San Jorge, intentaba dominar sus alas de acero, palpitantes y espantadas. Pero, ¡ay!, que ahora ya no se veían más que automóviles, guiados por mecánicos bigotudos, con grandes lacayos al lado. Hubiera querido tener allí, al alcance de mis ojos corporales, aquellos sombreritos de mujer, tan chicos y tan bajos, que parecían una corona, para ver si a ellos les parecían tan bonitos como a los ojos de mi memoria. Pero ahora los sombreros eran enormes, todos cubiertos de flores, de frutas, de variados pájaros. En vez de aquellos espléndidos trajes de la señora de Swann, unas túnicas grecosajonas ennoblecían, con arrugas tanagrinas o de estilo Directorio, a las telas Liberty, sembradas de florecillas, como los papeles pintados. Los señores que antaño habrían podido pasearse con la señora de Swann por el paseo de la Reina Margarita, no llevaban en la cabeza el sombrero gris de otros tiempos, ni sombrero de ninguna clase: iban descubiertos. Y a mí ya no me quedaba feo creencia alguna que infundir en todas estas partes del espectáculo, para darle consistencia, unidad y vida; pasaban dispersas por delante de mí, al azar, sin verdad, sin llevar centro ninguna belleza que mis ojos hubieran podido trabajar, como antaño.

Eran unas mujeres cualesquiera; yo no tenía fe en su elegancia, y sus trajes me parecían insignificantes. Pero cuando desaparece una creencia, la sobrevive .y con mayor vida, para ocultar la falta de esa fuerza que teníamos para infundir realidad a las cosas nuevas. un apego fetichista a las cosas antiguas, que ella animaba, como si acaso lo divino residiera en las creencias y no en nosotros, y como si nuestra incredulidad actual tuviera por causa contingente la muerte de los dioses.

Y yo me decía: ¡Qué horror! ¿Cómo es posible que estos automóviles puedan parecer tan elegantes como los antiguos trenes?

Será que he envejecido mucho; pero ello es que no nací para un mundo donde las mujeres van atadas en trajes que ni siquiera son de paño. ¿Para qué venir aquí, a la sombra de estos árboles amarillentos, cuando en lugar de las cosas exquisitas que servían de marco se han colocado la vulgaridad y la insensatez? Mi consuelo, hoy que ya no existe la elegancia, es pensar en las mujeres que conocí. Pero, ¿cómo van a sentir el encanto que era ver a la señora de Swann con su sencilla toca de color malva, o con un sombrerito sin otro adorno que un lirio muy derecho, esas gentes que se complacen en contemplar a unas criaturas horribles que llevan en el sombrero una pajarera o un huerto? ¿Cómo hacerles comprender la emoción que yo sentía, las mañanas de invierno, cuando me encontraba con la señora de Swann, a pie, con su capillo de nutria, y una sencilla gorra con dos cuchillos de plumas de perdiz, pero que evocaba toda la artificiosa tibieza de su cuarto, sólo por el ramito de violetas prendido en el pecho, que con su florecer vivo y azulado frente al cielo gris, frente al aire helado, frente a los árboles sin hojas, tenía el encanto de no considerar la estación y el tiempo más que como un marco y de vivir en una atmósfera humana, en la atmósfera de esa mujer, la misma que envolvía en los jarrones y las jardineras de su salón, junto al fuego encendido, delante del sofá de seda, a otras flores que miraban cómo caía la nieve por detrás de los cristales? Además, no me habría bastado con que las modas fueran como entonces.

Porque, como existe una gran solidaridad entre las distintas partes de un recuerdo, y nuestra memoria las mantiene juntas en un equilibrio que no se puede alterar ni quitarle nada, lo que yo habría querido es ir a pasar el final de la tarde en casa de una de esas mujeres, delante de una taza de té, en una habitación con las paredes pintadas de tonos sombríos, como era la de la señora de Swann (el año siguiente a aquel en que termina la primera parte de este relato), donde brillaran los anaranjados fuegos, la roja combustión, la llama rosa y blanca de los crisantemos en el crepúsculo de noviembre, en unos momentos semejantes a aquellos en que (como luego se verá) no supe descubrir los placeres que deseaba. Pero ya no había más que cuartos de estilo Luis XVI, todos de blanco, esmaltados de hortensias azules. Además, ahora se volvía a París muy tarde. Y si hubiera pedido a la señora de Swann que reconstituyera para mí los elementos de ese recuerdo que estaba amarrado a un año lejano, a una fecha a la que no podría remontarme, me habría contestado que no volvía hasta febrero, cuando ya había pasado, con mucho, el tiempo de los crisantemos; porque los elementos de ese deseo eran tan inaccesibles como el placer que antaño perseguí en vano. Y habría sido menester igualmente que fueran las mismas mujeres, aquellas cuyos trajes me interesaban, porque en aquel tiempo en que todavía seguía yo creyendo, mi imaginación las individualizó, las rodeó de sendas leyendas. Y ¡ay!, en el paseo de las Acacias, en el paseo de los Mirtos aun vi algunas, ya muy viejas, sombras terribles de lo que fueron, errantes, buscando desesperadamente yo no sé qué en los bosquecillos virgilianos. Acabaron por desaparecer, porque yo me estuve mucho rato interrogando en vano los caminos desiertos. El sol se había puesto. La Naturaleza tornaba a señorearse del Bosque, y huyó volando la idea de que era el Jardín Elíseo de la mujer; por encima del molino falso había un cielo gris de verdad; el viento rizaba el lago grande con onditas pequeñas, como un lago de veras; grandes pájaros cruzaban por encima del Bosque, como por encima de un bosque, y lanzando chillidos penetrantes se posaban uno tras otro en los robles añosos, que con su druídica corona y su majestad doderreana, parecían pregonar el inhumano vacío de la selva sin empleo, y me ayudaban a comprender la contradicción que hay en buscar en la realidad los cuadros de la memoria, porque siempre les faltaría ese encanto que tiene el recuerdo y todo lo que no se percibe por los sentidos. La realidad que yo conocí ya no existía. Bastaba con que la señora de Swann no llegara exactamente igual que antes, y en el mismo momento que entonces, para que la Avenida fuera otra cosa. Los sitios que hemos conocido no pertenecen tampoco a ese mundo del espacio donde los situamos para mayor facilidad. Y no eran más que una delgada capa, entre otras muchas, de las impresiones que formaban nuestra vida de entonces; el recordar una determinada imagen no es sino echar de menos un determinado instante, y las casas, los caminos, los paseos, desgraciadamente, son tan fugitivos como los años.

Printed in Great Britain
by Amazon